2016
短篇小说
中篇小说
散 文
报告文学
中国文坛纪事

2005

2010

2016

中国文坛纪事

白 烨／主编

人民文学出版社

图书在版编目（CIP）数据

2016 中国文坛纪事/白烨主编. —北京：人民文学出版社，2017
ISBN 978-7-02-013300-0

Ⅰ. ①2… Ⅱ. ①白… Ⅲ. ①中国文学—文学史—史料—2016 Ⅳ. ①I209.76

中国版本图书馆 CIP 数据核字（2017）第 214520 号

责任编辑　王　晓
装帧设计　马诗音
责任校对　杨益民
责任印制　王景林

出版发行　人民文学出版社
社　　址　北京市朝内大街 166 号
邮政编码　100705
网　　址　http://www.rw-cn.com

印　　刷　三河市鑫金马印装有限公司
经　　销　全国新华书店等

字　　数　469 千字
开　　本　880 毫米×1230 毫米　1/32
印　　张　17.375　插页3
版　　次　2017 年 11 月北京第 1 版
印　　次　2017 年 11 月第 1 次印刷

书　　号　978-7-02-013300-0
定　　价　55.00 元

目　录

年度特载

文联十大作协九大特辑

学习"讲话"笔谈

批评现状反思

百家论坛

研讨举要

文人互看

对话与访谈

忆怀故人

史料与史实

年度逝世文艺家

年度大事记

在中国文联十大、中国作协九大
开幕式上的讲话

（2016 年 11 月 30 日）

习 近 平

各位代表,同志们,朋友们:

中国文学艺术界联合会第十次全国代表大会、中国作家协会第九次全国代表大会,是我国文艺界的一次盛会。首先,我代表党中央,向大会的召开,表示热烈的祝贺! 向全体代表,并通过你们向全国广大文艺工作者,致以诚挚的问候!

党对文艺工作历来高度重视,这是因为,文艺事业是党和人民的重要事业,文艺战线是党和人民的重要战线。在革命、建设、改革各个历史时期,广大文艺工作者响应党的号召,坚持为人民服务、为社会主义服务的方向,坚持百花齐放、百家争鸣的方针,创作了一大批脍炙人口、深入人心的优秀作品,弘扬了中国精神,凝聚了中国力量,为我们党团结带领人民实现民族独立、人民解放、国家富强、人民幸福作出了十分重要的贡献。

2014 年 10 月,我们召开文艺工作座谈会,我同文艺界的同志们深入交流,进一步明确了新形势下繁荣发展社会主义文艺的方向和任务。党的十八大以来,广大文艺工作者积极投身实现"两个一百年"奋斗目标、实现中华民族伟大复兴中国梦的火热实践,倾情服务人民,倾心创作精品,热情讴歌全国各族人民追梦圆梦的顽强奋斗,弘扬崇高理想和英雄气概,奏响了时代之声、爱国之声、人民之声。特别是在党和国家举办的一系列重大活动中,在面向基层、面向群众的文化服务中,在中外人文交流中,广大文艺工作者勇挑大梁、不计名利、夙夜奔忙,展现了昂扬的精神风貌、高超的艺术水平。在广大文艺工作者辛勤努力下,我国文艺界出现新气象新面貌,文学、戏剧、电影、电视、音乐、舞蹈、美术、摄影、书法、曲艺、杂技、民间文艺、文艺评论、群众文艺、艺术教育等都取得丰硕成果,主旋律更加响亮,正能量更加强劲,为人民提供了丰富精神食粮,向世界展示了中华文化魅力。

实践充分证明,广大文艺工作者心怀祖国人民、响应时代召唤、追求艺术理想,是一支有智慧有才情、敢担当敢创新、可信赖可依靠的队伍。党和人民感谢你们!

各位代表!同志们、朋友们!

实现中华民族伟大复兴,是中华民族近代以来最伟大的梦想,也是我们这一代人的历史使命。当今世界正处在大发展大变革大调整时期,当代中国正沿着中国特色社会主义道路奋力前进。这是一个风云际会的时代,也是一个英雄辈出的时代。在中国共产党领导下,有中国人民团结一心、自强不息的精神,有中国人民创新创造、开拓进取的勇气,有中国人民艰苦奋斗、顽强拼搏的毅力,中华民族在苦难和曲折中一步步走到今天,必将在辉煌和奋斗中大踏步走向明天,中华民族伟大复兴的航船一定能够劈波斩浪驶向光辉的彼岸。

实现中华民族伟大复兴,需要物质文明极大发展,也需要精神文明极大发展。早在革命战争年代,毛泽东同志就多次强调要建设民族的、科学的、大众的中华民族的新文化。1940年,他说:"我们不但要把一个政治上受压迫、经济上受剥削的中国,变为一个政治上自由和经济上繁荣的中国,而且要把一个被旧文化统治因而愚昧落后的中国,变为一个被新文化统治因而文明先进的中国。"1979年10月,邓小平同志在中国文学艺术工作者第四次代表大会上发表祝词强调:"我们要在建设高度物质文明的同时,提高全民族的科学文化水平,发展高尚的丰富多彩的文化生活,建设高度的社会主义精神文明。"他还强调:要大力发扬党和人民在长期实践中形成的崇高精神,"大声疾呼和以身作则地把这些精神推广到全体人民、全体青少年中间去,使之成为中华人民共和国的精神文明的主要支柱,为世界上一切要求革命、要求进步的人们所向往,也为世界上许多精神空虚、思想苦闷的人们所羡慕"。

中华民族生生不息绵延发展、饱受挫折又不断浴火重生,都离不开中华文化的有力支撑。中华文化独一无二的理念、智慧、气度、神韵,增添了中国人民和中华民族内心深处的自信和自豪。在5000多年文明发展中孕育的中华优秀传统文化,在党和人民伟大斗争中孕育的革命文化和社会主义先进文化,积淀着中华民族最深沉的精神追求,代表着中华民族独特的精神标识。我们要大力弘扬以爱国主义为核心的民族精神和以改革创新为核心的时代精神,大力弘扬中华优秀传统文化,大力发展社会主义先进文化,不断增强全党全国各族人民的精神力量。

各位代表!同志们、朋友们!

文运同国运相牵,文脉同国脉相连。实现中华民族伟大复兴,是一场震古烁今的伟大事业,需要坚忍不拔的伟大精神,也需要振奋人心的伟大作品。鲁迅先生1925年就说过:"文艺是国民精神所发的火光,同时也是引导国民精神的前途的灯火。"广大文艺工作者要坚持以人民为中心的创作导向,坚持为人民服务、为社会主义服务,坚持百花齐放、百家争鸣,坚持创造性转化、创新性发展,高擎民族精神火炬,吹响时代前进号角,把艺术理想融入党和人民事业之中,做到胸中有大义、心里有人民、肩头有责任、笔下有乾坤,推出更多反映时代呼声、展现人民奋斗、振奋民族精神、陶冶高尚情操的优秀作品,为我们的人民昭示更加美好的前景,为我们的民族描绘更加光明的未来。

这里,我给大家提几点希望。

第一,希望大家坚定文化自信,用文艺振奋民族精神。实现中华民族伟大复兴,必须坚定中国特色社会主义道路自信、理论自信、制度自信、文化自信。创作出具有鲜明民族特点和个性的优秀作品，要对博大精深的中华文化有深刻的理解，更要有高度的文化自信。广大文艺工作者要善于从中华文化宝库中萃取精华、汲取能量，保持对自身文化理想、文化价值的高度信心，保持对自身文化生命力、创造力的高度信心，使自己的作品成为激励中国人民和中华民族不断前行的精神力量。

文化是一个国家、一个民族的灵魂。历史和现实都表明，一个抛弃了或者背叛了自己历史文化的民族，不仅不可能发展起来，而且很可能上演一幕幕历史悲剧。文化自信，是更基础、更广泛、更深厚的自信，是更基本、更深沉、更持久的力量。坚定文化自信，是事关国运兴衰、事关文化安全、事关民族精神独立性的大问题。没有文化自信，不可能写出有骨气、有个性、有神采的作品。

古往今来，世界各民族无一例外受到其在各个历史发展阶段上产生的文艺精品和文艺巨匠的深刻影响。中华民族精神，既体现在中国人民的奋斗历程和奋斗业绩中，体现在中国人民的精神生活和精神世界中，也反映在几千年来中华民族产生的一切优秀作品中，反映在我国一切文学家、艺术家的杰出创造活动中。

在每一个历史时期，中华民族都留下了无数不朽作品。从诗经、楚辞、汉赋，到唐诗、宋词、元曲、明清小说等，共同铸就了灿烂的中国文艺历史星河。中华民族文艺创造力是如此强大、创造的成就是如此辉煌，中华民族素有文化自信的气度，我们应该为此感到无比自豪，也应该为此感到无比自信。

一个时代有一个时代的文艺，一个时代有一个时代的精神。任何一个时代的经典文艺作品，都是那个时代社会生活和精神的写照，都具有那个时代的烙印和特征。任何一个时代的文艺，只有同国家和民族紧紧维系、休戚与共，才能发出振聋发聩的声音。反映时代是文艺工作者的使命。广大文艺工作者要把握时代脉搏，承担时代使命，聆听时代声音，勇于回答时代课题。

古今中外，文艺无不遵循这样一条规律：因时而兴，乘势而变,随时代而行,与时代同频共振。在人类发展的每一个重大历史关头,文艺都能发时代之先声、开社会之先风、启智慧之先河,成为时代变迁和社会变革的先导。离开火热的社会实践,在恢宏的时代主旋律之外茕茕孑立、喃喃自语,只能被时代淘汰。

对文艺来讲,思想和价值观念是灵魂,一切表现形式都是表达一定思想和价值观念的载体。离开了一定思想和价值观念,再丰富多样的表现形式也是苍白无力的。文艺的性质决定了它必须以反映时代精神为神圣使命。社会主义核心价值观是当代中国精神的集中体现,是凝聚中国力量的思想道德基础。广大文艺工作者要把培育和弘扬社会主义核心价值观作为根本任务,坚定不移用中国人独特的思想、情感、审美去创作属于这个时代、又有鲜明中国风格的优秀作品。

祖国是人民最坚实的依靠,英雄是民族最闪亮的坐标。歌唱祖国、礼赞英雄从来都是文艺创作的永恒主题,也是最动人的篇章。我们要高扬爱国主义主旋律,用生动的文学语言和光彩夺目的艺术形象,装点祖国的秀美河山,描绘中华民族的卓越风华,激发每一个中国人的民族自豪感和国家荣誉感。对中华民族的英雄,要心怀崇敬,浓墨重彩记录英雄、塑造英雄,让英雄在文艺作品中得到传扬,引导人民树立正确的历史观、民族观、国家观、文化观,绝不做亵渎祖先、亵渎经典、亵渎英雄的事情。要抒写改革开放和社会主义现代化建设的蓬勃实践,抒写多彩的中国、进步的中国、团结的中国,激励全国各族人民朝气蓬勃迈向未来。

坚定文化自信,离不开对中华民族历史的认知和运用。历史是一面镜子,从历史中,我们能够更好看清世界、参透生活、认识自己;历史也是一位智者,同历史对话,我们能够更好认识过去、把握当下、面向未来。"观古今于须臾,抚四海于一瞬"。没有历史感,文学家、艺术家就很难有丰富的灵感和深刻的思想。文学家、艺术家要结合史料进行艺术再现,必须有史识、史才、史德。

历史给了文学家、艺术家无穷的滋养和无限的想象空间,但文学家、艺术家不能用无端的想象去描写历史，更不能使历史虚无化。文学家、艺术家不可能完全还原历史的真实，但有责任告诉人们真实的历史，告诉人们历史中最有价值的东西。戏弄历史的作品，不仅是对历史的不尊重，而且是对自己创作的不尊重，最终必将被历史戏弄。只有树立正确历史观，尊重历史、按照艺术规律呈现的艺术化的历史，才能经得起历史的检验，才能立之当世、传之后人。

中华文化既是历史的、也是当代的，既是民族的、也是世界的。只有扎根脚下这块生于斯、长于斯的土地，文艺才能接住地气、增加底气、灌注生气，在世界文化激荡中站稳脚跟。正所谓"落其实者思其树，饮其流者怀其源"。我们要坚持不忘本来、吸收外来、面向未来，在继承中转化，在学习中超越，创作更多体现中华文化精髓、反映中国人审美追求、传播当代中国价值观念、又符合世界进步潮流的优秀作品，让我国文艺以鲜明的中国特色、中国风格、中国气派屹立于世。

第二，希望大家坚持服务人民，用积极的文艺歌颂人民。人民是历史的创造者，是时代的雕塑者。一切优秀文艺工作者的艺术生命都源于人民，一切优秀文艺创作都为了人民。广大文艺工作者要坚持以强烈的现实主义精神和浪漫主义情怀，观照人民的生活、命运、情感，表达人民的心愿、心情、心声，立志创作出在人民中传之久远的精品力作。

人民需要艺术，艺术更需要人民。马克思说："人民历来就是作家'够资格'和'不够资格'的唯一判断者。"以为人民不懂得文艺，以为大众是"下里巴人"，以为面向群众创作不上档次，这些观念都是不正确的。文艺创作方法有一百条、一千条，但最根本的方法是扎根人民。只有永远同人民在一起，艺术之树才能常青。

文艺要服务人民，就必须积极反映人民生活。今天，在我国960多万平方公里的大地上，13亿多人民正上演着波澜壮阔的活剧，国家蓬勃发展，家庭酸甜苦辣，百姓欢乐忧伤，构成了气象万千的生活景象，充满着感人肺腑的故事，洋溢着激昂跳动的乐章,展现出色彩斑斓的画面。广大文艺工作者大有可为,也必将大有作为。

我们的文学艺术,既要反映人民生产生活的伟大实践,也要反映人民喜怒哀乐的真情实感,从而让人民从身边的人和事中体会到人间真情和真谛,感受到世间大爱和大道。关在象牙塔里不会有持久的文艺灵感和创作激情。离开人民,文艺就会变成无根的浮萍、无病的呻吟、无魂的躯壳。一切有抱负、有追求的文艺工作者都应该追随人民脚步,走出方寸天地,阅尽大千世界,让自己的心永远随着人民的心而跳动。

人民不是抽象的符号,而是一个一个具体的人的集合,每个人都有血有肉、有情感、有爱恨、有梦想,都有内心的冲突和忧伤。真实的人物是千姿百态的,要用心用情了解各种各样的人物,从人民的实践和多彩的生活中汲取营养,不断进行生活和艺术的积累,不断进行美的发现和美的创造。

典型人物所达到的高度,就是文艺作品的高度,也是时代的艺术高度。只有创作出典型人物,文艺作品才能有吸引力、感染力、生命力。广大文艺工作者要始终把人民的冷暖和幸福放在心中,把人民的喜怒哀乐倾注在自己的笔端,讴歌奋斗人生,刻画最美人物。

走入生活、贴近人民,是艺术创作的基本态度;以高于生活的标准来提炼生活,是艺术创作的基本能力。文艺工作者既要有这样的态度,也要有这样的能力。文艺反映社会,不是通过概念对社会进行抽象,而是通过文字、颜色、声音、情感、情节、画面、图像等进行艺术再现。因此,社会的色彩有多么斑斓,文艺作品的色彩就应该有多么斑斓;社会的情境有多么丰富,文艺作品的情境就应该有多么丰富;社会的韵味有多么淳厚,文艺作品的韵味就应该有多么淳厚。

"文变染乎世情,兴废系乎时序。"揭示人类命运和民族前途是文艺工作者的追求。伟大的作品一定是对个体、民族、国家命运最深刻把握的作品。改革开放近40年来,我们党领导人民所进行的奋斗,推动我国社会发生了全方位变革,这在中华民族发展史上是前所未有的,在人类发展史上也是绝无仅有的。面对这种史诗般的变化,我们有责任写出中华民族新史诗。史诗是人民创造的,不论多么宏大的创作,多么高的立意追求,都必须从最真实的生活出发,从平凡中发现伟大,从质朴中发现崇高,从而深刻提炼生活、生动表达生活、全景展现生活。

历史变化如此深刻,社会进步如此巨大,人们的精神世界如此活跃,为文艺发展提供了无尽的矿藏。社会是一本大书,只有真正读懂、读透了这本大书,才能创作出优秀作品。读懂社会、读透社会,决定着艺术创作的视野广度、精神力度、思想深度。广大文艺工作者要努力上好社会这所大学校,读好社会这本大书,创作出既有生活底蕴又有艺术高度的优秀作品。

"文人之笔,劝善惩恶。"文艺要反映生活,但文艺不能机械反映生活。茅盾说过:"文艺作品不仅是一面镜子——反映生活,而须是一把斧头——创造生活。"生活中不可能只有昂扬没有沉郁、只有幸福没有不幸、只有喜剧没有悲剧。生活和理想之间总是有落差的,现实生活中总是有这样那样不如人意的地方。广大文艺工作者要对生活素材进行判断,弘扬正能量,用文艺的力量温暖人、鼓舞人、启迪人,引导人们提升思想认识、文化修养、审美水准、道德水平,激励人们永葆积极向上的乐观心态和进取精神。

文艺创作的目的是引导人们找到思想的源泉、力量的源泉、快乐的源泉。清泉永远比淤泥更值得拥有,光明永远比黑暗更值得歌颂。广大文艺工作者要提高阅读生活的能力,善于在幽微处发现美善、在阴影中看取光明,不做徘徊边缘的观望者、讥诮社会的抱怨者、无病呻吟的悲观者,不能沉溺于鲁迅所批评的"不免咀嚼着身边的小小的悲欢,而且就看这小悲欢为全世界"。要用有筋骨、有道德、有温度的作品,鼓舞人们在黑暗面前不气馁、在困难面前不低头,用理性之光、正义之光、善良之光照亮生活。对人民深恶痛绝的消极腐败现象和丑恶现象,应该坚持用光明驱散黑暗、用真善美战胜假恶丑,让人们看到美好、看到希望、看到梦想就在前方。

第三,希望大家勇于创新创造,用精湛的艺术推动文化创新发展。优秀作品反映着一个国家、一个民族文化创新创造的能力和水平。广大文艺工作者要把创作生产优秀作品作为中心环节,不断推进文艺创新、提高文艺创作质量,努力为人民创造文化杰作、为人类贡献不朽作品。

当代中国正经历着我国历史上最为广泛而深刻的社会变革,也正在进行着人类历史上最为宏大而独特的实践创新。这种伟大实践必将给文化创新创造提供强大动力和广阔空间。广大文艺工作者要努力创作同我们这个文明古国、我们这个蓬勃发展的国家相匹配的优秀作品。中国人民不仅将为人类贡献新的发展模式、发展道路,而且将把自己在文化创新创造中取得的成果奉献给世界。

中华文化延续着我们国家和民族的精神血脉,既需要薪火相传、代代守护,也需要与时俱进、推陈出新。要加强对中华优秀传统文化的挖掘和阐发,使中华民族最基本的文化基因同当代中国文化相适应、同现代社会相协调,把跨越时空、超越国界、富有永恒魅力、具有当代价值的文化精神弘扬起来,激活其内在的强大生命力,让中华文化同各国人民创造的多彩文化一道,为人类提供正确精神指引。

创新是文艺的生命。要把创新精神贯穿文艺创作全过程,大胆探索,锐意进取,在提高原创力上下功夫,在拓展题材、内容、形式、手法上下功夫,推动观念和手段相结合、内容和形式相融合、各种艺术要素和技术要素相辉映,让作品更加精彩纷呈、引人入胜。要把提高作品的精神高度、文化内涵、艺术价值作为追求,让目光再广大一些、再深远一些,向着人类最先进的方面注目,向着人类精神世界的最深处探寻,同时直面当下中国人民的生存现实,创造出丰富多样的中国故事、中国形象、中国旋律,为世界贡献特殊的声响和色彩、展现特殊的诗情和意境。

与时俱进、自强不息,是中华民族的鲜明禀赋,也是我国文艺不断繁荣发展的强大动力。我国文艺不仅要有体量的增长,更要创造质量的标杆。创新贵在独辟蹊径、不拘一格,但一味标新立异、追求怪诞，不可能成为上品，而很可能流于下品。要克服浮躁这个顽疾，抵制急功近利、粗制滥造，用专注的态度、敬业的精神、踏实的努力创作出更多高质量、高品位的作品。

第四，希望大家坚守艺术理想，用高尚的文艺引领社会风尚。文艺是铸造灵魂的工程，承担着以文化人、以文育人的职责，应该用独到的思想启迪、润物无声的艺术熏陶启迪人的心灵，传递向善向上的价值观。广大文艺工作者要做真善美的追求者和传播者，把崇高的价值、美好的情感融入自己的作品，引导人们向高尚的道德聚拢，不让廉价的笑声、无底线的娱乐、无节操的垃圾淹没我们的生活。

伟大的文艺展现伟大的灵魂，伟大的文艺来自伟大的灵魂。歌德说过："如果想写出雄伟的风格，他也首先就要有雄伟的人格。"一切艺术创作都是人的主观世界和客观世界的互动，都是以艺术的形式反映生活的本质、提炼生活蕴含的真善美，从而给人以审美的享受、思想的启迪、心灵的震撼。只有用博大的胸怀去拥抱时代、深邃的目光去观察现实、真诚的感情去体验生活、艺术的灵感去捕捉人间之美，才能够创作出伟大的作品。虽然创作不能没有艺术素养和技巧，但最终决定作品分量的是创作者的态度。具体来说，就是创作者以什么样的态度去把握创作对象、提炼创作主题，同时又以什么样的态度把作品展现给社会、呈现给人民。

经典之所以能够成为经典，其中必然含有隽永的美、永恒的情、浩荡的气。经典通过主题内蕴、人物塑造、情感建构、意境营造、语言修辞等，容纳了深刻流动的心灵世界和鲜活丰满的本真生命，包含了历史、文化、人性的内涵，具有思想的穿透力、审美的洞察力、形式的创造力，因此才能成为不会过时的作品。

文艺要塑造人心，创作者首先要塑造自己。养德和修艺是分不开的。德不优者不能怀远，才不大者不能博见。广大文艺工作者要把崇德尚艺作为一生的功课，把为人、做事、从艺统一起来，加强思想积累、知识储备、艺术训练，提高学养、涵养、修养，努力追求真才学、好德行、高品位，做到德艺双馨。要自觉抵制不分是非、颠倒黑白的错误倾向,自觉摒弃低俗、庸俗、媚俗的低级趣味,自觉反对拜金主义、享乐主义、极端个人主义的腐朽思想。

文艺创作是艰苦的创造性劳动,来不得半点虚假。那些叫得响、传得开、留得住的文艺精品,都是远离浮躁、不求功利得来的,都是呕心沥血铸就的。我国古人说:"吟安一个字,捻断数茎须。""两句三年得,一吟双泪流。"路遥的墓碑上刻着:"像牛一样劳动,像土地一样奉献。"托尔斯泰也说过:"如果有人告诉我,我可以写一部长篇小说,用它来毫无问题地断定一种我认为是正确的对一切社会问题的看法,那么,这样的小说我还用不了两个小时的劳动。但如果告诉我,现在的孩子们二十年后还要读我所写的东西,他们还要为它哭,为它笑,而且热爱生活,那么,我就要为这样的小说献出我整个一生和全部力量。"广大文艺工作者要有"板凳坐得十年冷"的艺术定力,有"语不惊人死不休"的执着追求,才能拿出扛鼎之作、传世之作、不朽之作。要遵循言为士则、行为世范,牢记文化责任和社会担当,正确把握艺术个性和社会道德的关系,始终把社会效益放在首位,严肃认真考虑作品的社会效果。要珍惜自己的社会形象,在市场经济大潮面前耐得住寂寞、稳得住心神,不为一时之利而动摇、不为一时之誉而急躁,不当市场的奴隶,敢于向炫富竞奢的浮夸说"不",向低俗媚俗的炒作说"不",向见利忘义的陋行说"不"。要以深厚的文化修养、高尚的人格魅力、文质兼美的作品赢得尊重,成为先进文化的践行者、社会风尚的引领者,在为祖国、为人民立德立言中成就自我、实现价值。

各位代表!同志们、朋友们!

"盖有非常之功,必待非常之人。"人是事业发展最关键的因素。文艺界是思想活跃的地方,也是创造力充沛的地方,济济多士,英才辈出。我国文艺事业要实现繁荣发展,就必须培养人才、发现人才、珍惜人才、凝聚人才。中国文联、中国作协是党和政府联系广大文艺工作者的桥梁纽带,在团结文艺工作者方面负有重要职责。多年来,中国文联、中国作协开展了许多卓有成效的工作。哪里有文艺工作者,文联、作协的工作就要做到哪里,发挥好文艺界人民团体作用。

新形势下,文联、作协要深化改革,工作向基层倾斜,服务向最广大文艺工作者拓展,改变机关化、行政化倾向,不断增强组织活力。要加强引领,突出政治性、先进性、群众性,团结带领广大文艺工作者践行社会主义核心价值观,不断增强组织向心力。要加强联络,延伸工作手臂,加强对新文艺组织、新文艺群体的团结引导,把千千万万文艺从业者、爱好者凝聚起来,不断增强组织吸引力。要增强本领,加强能力建设,强化行业服务、行业管理、行业自律,发挥在行业建设中的主导作用,不断增强行业影响力。要加强沟通,待人以亲、助人以诚,多做得人心、暖人心的事,成为文艺工作者事业上的好伙伴、生活中的真朋友,成为文艺工作者的温馨之家,把文艺战线的力量发动起来,把人民群众中蕴藏的创作能量激发出来,推动文艺事业呈现百花齐放的繁荣景象。

加强和改进党对文艺工作的领导,是文艺事业繁荣发展的根本保证。各级党委要高度重视文艺工作,充分认识文联、作协的重要作用,指导推动文联、作协深化改革、发展事业,加大政策支持和保障力度。要用符合文艺规律的方式领导文艺事业,充分发扬学术民主和艺术民主,保护好文艺工作者积极性和创造性。要按照全面从严治党的要求,加强文联、作协党的建设,加强文艺单位党的建设,选好配强文艺单位领导班子,把讲政治、懂业务、能干事、愿服务的干部放到文艺工作领导岗位上来。要加强和改进文艺理论和评论工作,褒优贬劣,激浊扬清,更加有效地引导创作、推出精品、提高审美、引领风尚。要做到政治上充分信任、思想上主动引导、工作上创造条件、生活上关心照顾,多为文艺工作者办实事、做好事、解难事,营造有利于出人才、出精品的良好环境。要重视和加强艺术教育,提高人民群众艺术素养。

各位代表!同志们、朋友们!

文艺作品不是神秘灵感的产物,它的艺术性、思想性、价值取向总是通过文学家、艺术家对历史、时代、社会、生活、人物等方方面面的把握来体现。面对生活之树,我们既要像小鸟一样在每个枝丫上跳跃鸣叫,也要像雄鹰一样从高空翱翔俯视。中国不乏生动的故事,关键要有讲好故事的能力;中国不乏史诗般的实践,关键要有创作史诗的雄心。我相信,我们这个时代的中国文学家、艺术家不仅有这样的雄心,而且有这样的能力,一定能创作出无愧于我们这个伟大时代、无愧于我们这个伟大国家、无愧于我们这个伟大民族的优秀作品。

"江山留胜迹,我辈复登临。"伟大的时代呼唤伟大的文学家、艺术家。广大文艺工作者要牢记使命、牢记职责,不忘初心、继续前进,同党和人民一道,努力筑就中华民族伟大复兴时代的文艺高峰!

最后,预祝大会圆满成功!

(新华社 2016 年 11 月 30 日电)

我的文学情缘

习 近 平

"精忠报国"是我一生追求的目标

我看文学作品大都是在青少年时期,后来看得更多的是政治类书籍。记得我很小的时候,估计也就是五六岁,母亲带我去买书。当时,我母亲在中央党校工作。从中央党校到西苑的路上,有一家新华书店。我偷懒不想走路,母亲就背着我,到那儿买岳飞的小人书。当时有两个版本,一个是《岳飞传》,一套有很多本,里面有一本是《岳母刺字》;还有一个版本是专门讲精忠报国这个故事的,母亲都给我买了。买回来之后,她就给我讲精忠报国、岳母刺字的故事。我说,把字刺上去,多疼啊!我母亲说,是疼,但心里铭记住了。"精忠报国"四个字,我从那个时候一直记到现在,它也是我一生追求的目标。

当时能找到的文学经典我都看了

修身、齐家、治国、平天下,我们这代人自小就受这种思想的影响。上山下乡的时候,我 15 岁。我当时想,齐家、治国、平天下还轮不到我们去做,我们现在只能做一件事,就是读书、修身。"一物不知,深以为耻",我给自己提出了这样一个要求。那个时候,除了劳动之外,一个是融入群众,再一个就是到处找书、看

14

书。我们插队那时候,也是书籍的大交流。我是北京八一学校的,同去的还有清华附中、五十七中等学校的,这些学校的有些学生有点家学渊源。我们都是背着书下乡,相互之间交换着看。那个环境下,就是有这样一个爱读书的小气候。那时,我居然在乡村教师那儿也发现很多好书,像《红与黑》《战争与和平》,还有一些古时候的课本,比如清代课本、明代课本等。毫不夸张地说,当时的文学经典,能找到的我都看了,到现在脱口而出的都是那时读到的东西。

"三言"里的很多警句我都能背下来

"文革"时,我们家搬到中央党校住。按当时的要求,中央党校需要把书全集中在科学会堂里,负责装车的师傅都认识我,他们请我一起搬书。搬书的过程中,我就挑一部分留下来看。那段时间,我天天在那儿翻看"三言"(明代文学家冯梦龙编纂的《喻世明言》《警世通言》《醒世恒言》),其中很多警句我都能背下来。

冯梦龙当过福建宁德的寿宁县知县。那里是福建最犄角旮旯的地方,寿宁的县委书记也被戏称为"省尾书记"。记得我在宁德工作时,早上出发,傍晚才能到寿宁。那个地方都是山路,我上山时想起了戚继光的诗,"一年三百六十日,都是横戈马上行"。到了寿宁以后,我要下车但下不来了,被颠得腰肌劳损了,后来让人把我抬下来,第二天才好。冯梦龙去了那么艰苦的地方,一路翻山越岭,据说他当时走了好几个月。到寿宁以后,他写了个《寿宁待志》,当时那儿还没有县志。所以,我对冯梦龙有很深的印象,后来常常引用他的东西。

读完《怎么办?》睡光板炕炼毅力

我年轻时看过很多俄罗斯作家的作品。上次在索契,俄罗斯电视台主持人采访我,问我读过哪些俄罗斯作品。看到我说俄罗斯作品如数家珍,他很惊讶。他说,我们俄罗斯好多人都没看过这么多。

我们那一代人受俄罗斯经典的影响很深。看了普希金的爱情诗《叶甫盖尼·奥涅金》,后来我还去过敖德萨,看那里留下的一些诗人痕迹。我很喜欢莱蒙托夫的《当代英雄》,说英雄,谁是英雄啊？每一个时代都有每一个时代的英雄。当时,在梁家河的山沟里看这本书,那种感受很强烈。陀思妥耶夫斯基是最有深度的俄国作家,托尔斯泰是最有广度的俄国作家,两相比较,我更喜欢托尔斯泰。托尔斯泰的三部代表作,我更喜欢的是《战争与和平》,当然《复活》给人很多心灵上的反省。我也很喜欢肖洛霍夫,他的《静静的顿河》对大时代的变革和人性的反映,确实非常深刻。

车尔尼雪夫斯基是一个民主主义革命者,他的作品给我们不少启迪。他的《怎么办?》我是在梁家河窑洞里读的,当时在心中引起了很大震动。书的主人公拉赫美托夫,过着苦行僧式的生活,为了磨炼意志,甚至睡在钉板床上,扎得浑身是血。那时候,我们觉得锻炼毅力就得这么炼,干脆也把褥子撤了,就睡在光板炕上。一到下雨下雪天,我们就出去摸爬滚打,下雨的时候去淋雨,下雪的时候去搓雪,在井台边洗冷水澡,都是受这本书的影响。

俄罗斯还有一批艺术大师,像音乐家柴可夫斯基、画家列宾等。我为什么对列宾印象很深刻呢？当时,在农村还能够发现一批美术杂志,那是非常宝贵的资料,我就一本一本地看。其中,有一篇专门介绍列宾的油画《意外归来》,讲一个流放的革命志士突然回家的场景,那幅画给我深刻印象,那篇文章也写得不错。

插队时走 30 里路去借《浮士德》

德国的文艺作品比较大气恢弘,像歌德、席勒的作品。我14岁看《少年维特之烦恼》,后来看的《浮士德》。当时,《浮士德》的汉译本有三种。访问德国的时候，我跟他们讲，我演讲中提到的一些东西不是谁给我预备的材料，确实都是我自己看过的。比如，歌德的《浮士德》这本书，我是在上山下乡时，从30里外的一个知青那儿借来的。他是北京五十七中的学生，老是在我面前吹牛，说他有《浮士德》。我就去找他，说借我看看吧，我肯定还你。当时，我看了也是爱不释手。后来他等急了，一到赶集的时候，就通过别人传话，要我把书给捎回去。过了一段时间，他还是不放心，又专门走了30里路来取这本书。我说，你还真是到家门口来讨书了，那我还给你吧。《浮士德》确实不太好读，想象力很丰富。我跟默克尔总理说，也跟德国汉学家说，我当时看《浮士德》看不太明白。他们说，不要说你们了，我们德国人也不是都能看明白。我说，那看来不是因为我太笨。

两次踏访海明威的写作之地

美国的作品，我看得不多。像惠特曼的自由诗《草叶集》，再有就是马克·吐温的作品，《竞选州长》里的那个小片段给人印象深刻，还有《哈克贝利·费恩历险记》。我喜欢的是杰克·伦敦，像他的《海狼》《荒野的呼唤》《热爱生命》。《热爱生命》是列宁的枕边书，列宁在生命弥留之际仍请人给他朗读这本书。海明威的《老人与海》对狂风和暴雨、巨浪和小船、老人和鲨鱼的描写，给我留下了深刻印象。所以，我就想体验一下当年海明威写下那些故事时的精神世界和实地氛围。

我去过古巴两次，第一次是在福建工作时去的。我说，我们找找海明威当年写作的那个遗址吧。后来，到了他写《老人与海》的那个栈桥边，场景和小说中的一模一样，几个黑人孩子在那儿戏水，旁边有一个酒店，这个酒店是他写作的地方。我们专门在那儿吃了一顿饭。第二次去古巴的时候，我已经是国家副主席，他们听说我想了解海明威，就带我到了城里面一个海明威经常去的酒吧。他曾经在那个酒吧里写作。海明威最爱喝的一种饮料叫"莫希托"，是用朗姆酒配薄荷叶，再加冰块和白糖制成的。《老人与海》描述的那种精神，确实是一种永恒的精神。

雨果的作品最让我感到震撼

我青年时代就对法国文化抱有浓厚兴趣，法国的历史、哲学、文学、艺术深深吸引着我。我们年轻的时候，法国的很多书籍都翻译过来了。司汤达的《红与黑》很有影响，但对人世间的描写，还是要算巴尔扎克、莫泊桑的作品，像《人间喜剧》的影响就很大。最让我震撼的是雨果的作品，《悲惨世界》《九三年》都是以大革命为背景的。我看《悲惨世界》，读到卞福汝主教感化冉阿让那一刻，确实感到震撼。伟大的作品，就是有这样一种爆发性的震撼力量，这就是文以载道。再有，就是罗曼·罗兰的《约翰·克利斯朵夫》。法国的画家有一大批，像莫奈、塞尚、德加、马奈等，音乐家有比才、德彪西等，都让我印象深刻。

冯老给了我一个在正定建荣国府的理由

冯老（冯其庸）是红学家，我跟冯老结识于正定，当时我在正定当县委书记。那个时候，《红楼梦》剧组正好要搞荣国府。当时要找依据，就是为什么在正定搞？他们没有实际的荣国府、宁国府的图，但是我找到了。在哪儿找到的呢？在故宫博物院。故宫博物院有个专家叫王璞子，是正定人，我托人从他那里找到了图。再就是请冯老给了我一个为什么在正定建荣国府的理由。见《红楼梦》剧组的时候，我说我们这儿完全有资格搞，因为曹雪芹是正定人。他们都笑了，说莫名其妙，曹雪芹怎么是正定人？我说，曹雪芹的老家是正定的，这是冯老提供的。冯老研究红学，查明了曹雪芹的身世。曹雪芹的祖先是北宋的开国大将曹彬，曹彬是真定灵寿人，真定就是现在的正定，正定府当时的范围包括河北的灵寿县，就在正定的隔壁。我就拿这个理由跟他们讲，当然也是开玩笑。我记得，我们请冯老是1983、1984年的事情，冯老那时候还英姿勃发。

王愿坚讲的故事对我很有帮助

1982年，我到河北正定县去工作前夕，一些熟人来为我送行，其中就有八一厂的作家、编剧王愿坚。他对我很有帮助，为什么呢？他给我讲了很多长征的故事，讲了很多老将军的故事，第一批授衔的老将军，他大部分都采访过。他当时给我讲的一个故事，让我非常有感触。王愿坚说，有一次，我去采访一位吃过草根树皮、经历过九死一生的老领导。正说着话，警卫员进来对老领导说，首长，参汤拿来了。老领导喝了一口，说凉了。小警卫员把参汤接过去，顺手就泼在了外面。王愿坚说，看到这一幕，心里很不是滋味，突然想到我们现在条件好了，"补"的东西多了，按中医的说法，人不能只补不泻，现在是该"泻一泻"了。他的意思是说，不能忘了初心啊，不能忘了打天下时的艰苦岁月，现在条件好了，要警惕脱离群众。我听了这个故事，也很有感触。联系到我们现在的反腐倡廉，为什么要这么做？王愿坚当时就说，近平同志，我没有别的说的，就是希望你真正能够深入到农民群众中去，深入到他们的生活和心灵中去，那可能对你从政很有帮助。

文艺与从政虽然"隔行如隔山"，但是也有一些通行的规律。比如，王愿坚跟我讲到柳青。他说，柳青是一个陕西作家，1952年曾经任陕西长安县县委副书记，后来辞去了县委副书记职务、保留常委职务，并定居在那儿的皇甫村，蹲点14年，他的《创业史》很多素材就是从那儿得来的。王愿坚说，我为什么要跟你说这一条呢？你们这些人都是制定政策和执行政策的人，柳青可以做到中央或者陕西省的一个文件发下来，他会知道他的房东老大娘是哭还是笑。如果你们对人民的心声能了解到这个程度，那对施政是不是很有帮助呢？我说，你说得太好了，我一定谨记这句话。

贾大山被我"赶鸭子上架"当文化局长

　　我在河北正定工作时,结识了作家贾大山。当时,河北文联的副主席林漫(又名李满天)挂职正定县委常委,是他带我去贾大山那个文化馆的。贾大山是一位热爱人民的作家,他对人民的热爱,使我很受感动。他本身就来自于群众,他不愿意做官,是我生拉硬拽让他去当县文化局局长。他说,你这真是"赶鸭子上架"啊。我说,你这个"鸭子"就变一变吧,学着上架。在我选他之前,石家庄地区文联让他去当主席。他对我说,他们让我去,我一直在犹豫,直到中午回家吃了一碗菠菜面条之后,我心中有了答案——我到了石家庄,谁给我做这碗菠菜面条呢?于是我就决定不去了。我说,好,留下来干吧。他给我印象最深的就是忧国忧民情怀,"处江湖之远则忧其君"。要是说起来,贾大山有的时候显得很"天真",如果听到一些他觉得亵渎真理的事情,他就坐不住、睡不着,就要问我为什么会这样。你给他解释清楚了,他就很高兴。贾大山和贾平凹是同时出名的,但是贾大山后来不是那么多产,也没有写长篇的东西。我曾经把他们两个人的作品放在一起看,有人把这称为"二贾研究"。

　　讲到贾大山,我们俩的交往是,晚上我工作完了一般是11点以后,他到我的办公室来,或者我去他家蹭顿饭。他们家吃饭就是菠菜面条,有的时候他到街上买一只当地的"马家"卤煮鸡,还有一种叫"跑肉",也就是野兔子肉,野兔子不是跑的嘛,做得黑乎乎的。再开一瓶正定常山香酒,大概是一两块钱一瓶。吃完之后,再来一碗菠菜面。他到我那儿来,我们开一个午餐肉罐头,也是喝一瓶常山香酒。

文艺创作要反映真实的生活

　　我和叶辛同志(中国作家协会副主席)都是上山下乡的知识青年一辈。他讲到的一些体会和心态,像开始见到农村、农民的那种感受,我是很能理解的。他是在贵州插队,我是在陕北黄土高原。当时,我从延安坐卡车到延川县城,然后从延川坐卡车到文安驿公社,下车以后再徒步走15华里才到我那个村。这一路过去,走一步那个土就往上扬,比现在的PM2.5可难受多了。后来回忆当时的情景,我开玩笑说,那叫PM250。晚上出来到村里的沟边上,看到的最大平面不足100平米,看着窑洞里星星点点的煤油灯火,我当时说了一句非常不恭敬的话——这不是"山顶洞人"的生活嘛。当时对那里很不适应,有种距离感。但是,后来我就同老百姓打成一片了。我住的那个屋子有一排炕,因为就剩我一个知青了,睡的全是当地的农村孩子,虱子、跳蚤也都不分人了,咬谁都可以。晚上,我那个屋子就成了一个说古今的地方,由我主讲。最后,我发现他们有很多让我敬佩之处。我说,你别小看这一村的人,也是人才济济,给他们场合,给他们环境,都是"人物"。当时我们有这样的经历,也看到有这样的现象,这是活生生的,我觉得写这些东西才是真实的生活。

军旅文艺工作者要有军味、战味

我赞同阎肃同志(空政文工团一级编剧,已故)讲的"风花雪月"(阎肃在文艺工作座谈会的发言中说,军队文艺工作者也有"风花雪月",但那风是"铁马秋风"、花是"战地黄花"、雪是"楼船夜雪"、月是"边关冷月"),这是强军的"风花雪月"。一提到这个词,我就想起古代的军旅诗人,有那么多荡气回肠的诗文啊。如果我们的解放军文艺工作者没有军味、没有战味,那干嘛要穿这身军装啊?我们的军旅文艺工作者要围绕强军目标,做自己该做的事情,这也是今后军队文艺工作体制机制改革的一个方向。

形象塑造要全面把握人物性格

李雪健同志(中国文联副主席、中国电影家协会主席)讲得充满深情(在文艺工作座谈会上,李雪健作了题为《用角色和观众交流》的发言,谈了塑造杨善洲、焦裕禄等典型人物电影形象的体会)。他演了很多电影、电视剧,当时演《渴望》的时候,我没怎么太在意,但看他演的宋江,我觉得把握住了这个人物;他演的《焦裕禄》《杨善洲》,两个人物都刻画得特别好,按行话讲,就是入戏了。有句话叫"人生如戏,戏如人生",这两部戏不是那种戏说,体现出来的是真正的杨善洲、焦裕禄,他们就是这样的人,我们的艺术形象塑造全面把握住了人物性格。通过雪健同志所讲的,我感受到他与塑造的人物是真正的共鸣、真正的理解。雪健同志那句话说得好,"共产党员的职业病——自找苦吃"啊。中国共产党人就是以解放全人类为自己的崇高目标,没有个人的私利。

文艺作品要有质量、有特色

文艺创作要在多样化、有质量上下功夫。当前存在一种"羊群效应",这边搞个征婚节目,所有的地方都在搞谈恋爱、找对象的节目。看着有几十个台,但换来换去都是大同小异,感觉有点江郎才尽了。还是要搞点有质量、有特色的东西。我们有很多历史题材可以拍,不要都是凄凄惨惨的,老是说甲午战争我们被打得一塌糊涂,冯子材镇南关大捷、戚继光抗倭,这些都可以拍一拍。要开拓思路,除了戚继光、冯子材,还有其他人物和故事。

现在的问题是怎么讲好故事?故事本来都是很好的,有的变成文艺作品以后,却失去了生命力。《智取威虎山》拍得还有点意思,手法变换了,年轻人爱看,特别是把现实的青年人和当时的青年人对比,讲"我奶奶的故事",这种联系的方法是好的。实际上,我们有很多好的故事,可以演得非常鲜活,也会有票房。像《奇袭白虎团》《红灯记》《沙家浜》等,不要用"三突出"的方法拍,而是用贴近现实的、更加戏剧性的方法拍,把元素搞得活泼一点,都能拍得很精彩。

重要建筑特别是标志性建筑
应当有中国风格、中国气派

（中国美术学院院长许江发言：浙江美术馆已经与西湖融为一体，与环境合而为一，让西湖不仅具有了自然美，而且有了人文美，成为杭州的地标、浙江的地标，在浙江美术事业建设乃至全国的美术事业建设上，具有非常重要的作用，意义非常重大。）建筑也是富有生命的东西，是凝固的诗、立体的画、贴地的音符，是一座城市的生动面孔，也是人们的共同记忆和身份凭据。我们对待建筑的新风格、新样式要包容，但是绝不能搞那些奇奇怪怪的建筑。现在，一些地方不重视城市特色风貌塑造，很多建设行为表现出对历史文化的无知和轻蔑，做了不少割断历史文脉的蠢事。我们应该注意吸收传统建筑的语言，让每个城市都有自己独特的建筑个性，让中国建筑长一张"中国脸"。浙江美术馆就建在西湖边上。2003 年除夕，当时我还在浙江，美术馆建设有两个备选方案，一个是建在钱江新城，一个是建在西湖边上。有些同志认为应该建在钱江新城，我认为还是建在西湖边上好。要把西湖的自然景致与美术馆的人文韵味和谐地融为一体，这才是具有时代气息、中国气质的美。记得当时，我还跟许江同志说，浙江美术馆的建筑风格，就要跟你许江同志现在穿的这件中式衣服一样，要有中国风格。

（原载 2016 年 10 月 14 日《人民日报·海外版》）

习近平在中国文联第十次全国代表大会、中国作协第九次全国代表大会上强调

高擎民族精神火炬吹响时代前进号角
筑就中华民族伟大复兴时代文艺高峰

李克强张德江俞正声刘云山王岐山张高丽出席

中国文学艺术界联合会第十次全国代表大会、中国作家协会第九次全国代表大会30日上午在北京人民大会堂开幕。中共中央总书记、国家主席、中央军委主席习近平出席大会并发表重要讲话。他强调,文运同国运相牵,文脉同国脉相连。广大文艺工作者要坚持以人民为中心的创作导向,坚持为人民服务、为社会主义服务,坚持百花齐放、百家争鸣,坚持创造性转化、创新性发展,高擎民族精神火炬,吹响时代前进号角,把艺术理想融入党和人民事业之中,做到胸中有大义、心里有人民、肩头有责任、笔下有乾坤,推出更多反映时代呼声、展现人民奋斗、振奋民族精神、陶冶高尚情操的优秀作品,努力筑就中华民族伟大复兴时代的文艺高峰。

中共中央政治局常委李克强、张德江、俞正声、刘云山、王岐山、张高丽出席大会。

上午10时,大会开始。全体起立,高唱国歌。

在热烈的掌声中,习近平发表重要讲话,首先代表党中央向大会的召开表示热烈的祝贺,向全体代表和全国广大文艺工作者致以诚挚的问候。

习近平指出，党对文艺工作历来高度重视，这是因为，文艺事业是党和人民的重要事业，文艺战线是党和人民的重要战线。在革命、建设、改革各个历史时期，广大文艺工作者响应党的号召，坚持为人民服务、为社会主义服务的方向，坚持百花齐放、百家争鸣的方针，创作了一大批脍炙人口、深入人心的优秀作品，弘扬了中国精神，凝聚了中国力量，为我们党团结带领人民实现民族独立、人民解放、国家富强、人民幸福作出了十分重要的贡献。

习近平强调，党的十八大以来，在广大文艺工作者辛勤努力下，我国文艺界出现新气象新面貌，主旋律更加响亮，正能量更加强劲，为人民提供了丰富精神食粮，向世界展示了中华文化魅力。实践充分证明，广大文艺工作者心怀祖国人民、响应时代召唤、追求艺术理想，是一支有智慧有才情、敢担当敢创新、可信赖可依靠的队伍。党和人民感谢你们。

习近平指出，实现中华民族伟大复兴，需要物质文明极大发展，也需要精神文明极大发展。中华民族生生不息绵延发展、饱受挫折又不断浴火重生，都离不开中华文化的有力支撑。中华文化独一无二的理念、智慧、气度、神韵，增添了中国人民和中华民族内心深处的自信和自豪。实现中华民族伟大复兴，是一场震古烁今的伟大事业，需要坚忍不拔的伟大精神，也需要振奋人心的伟大作品。

习近平在讲话中给广大文艺工作者提出4点希望。

第一，希望大家坚定文化自信，用文艺振奋民族精神。实现中华民族伟大复兴，必须坚定中国特色社会主义道路自信、理论自信、制度自信、文化自信。创作出具有鲜明民族特点和个性的优秀作品，要对博大精深的中华文化有深刻的理解，更要有高度的文化自信。广大文艺工作者要善于从中华文化宝库中萃取精华、汲取能量，保持对自身文化理想、文化价值的高度信心，保持对自身文化生命力、创造力的高度信心，使自己的作品成为激励中国人民和中华民族不断前行的精神力量。要把握时代脉搏，承担时代使命，聆听时代声音，勇于回答时代课题。要把培育和弘扬社会主义核心价值观作为根本任务,坚定不移用中国人独特的思想、情感、审美去创作属于这个时代、又有鲜明中国风格的优秀作品。要高扬爱国主义主旋律,用生动的文学语言和光彩夺目的艺术形象,装点祖国的秀美河山,描绘中华民族的卓越风华,激发每一个中国人的民族自豪感和国家荣誉感。

第二,希望大家坚持服务人民,用积极的文艺歌颂人民。人民是历史的创造者,是时代的雕塑者。一切优秀文艺工作者的艺术生命都源于人民,一切优秀文艺创作都为了人民。广大文艺工作者要坚持以强烈的现实主义精神和浪漫主义情怀,观照人民的生活、命运、情感,表达人民的心愿、心情、心声,立志创作出在人民中传之久远的精品力作。一切有抱负、有追求的文艺工作者都应该追随人民脚步,走出方寸天地,阅尽大千世界,让自己的心永远随着人民的心而跳动。要始终把人民的冷暖和幸福放在心中,把人民的喜怒哀乐倾注在自己的笔端,讴歌奋斗人生,刻画最美人物。要对生活素材进行判断,弘扬正能量,用文艺的力量温暖人、鼓舞人、启迪人,引导人们提升思想认识、文化修养、审美水准、道德水平,激励人们永葆积极向上的乐观心态和进取精神。

第三,希望大家勇于创新创造,用精湛的艺术推动文化创新发展。优秀作品反映着一个国家、一个民族文化创新创造的能力和水平。广大文艺工作者要把创作生产优秀作品作为中心环节,不断推进文艺创新、提高文艺创作质量,努力为人民创造文化杰作、为人类贡献不朽作品。中国人民不仅将为人类贡献新的发展模式、发展道路,而且将把自己在文化创新创造中取得的成果奉献给世界。要把创新精神贯穿文艺创作全过程,大胆探索,锐意进取,让作品更加精彩纷呈、引人入胜。

第四,希望大家坚守艺术理想,用高尚的文艺引领社会风尚。文艺是铸造灵魂的工程,承担着以文化人、以文育人的职责,应该用独到的思想启迪、润物无声的艺术熏陶启迪人的心灵,传递向善向上的价值观。广大文艺工作者要做真善美的追求者和传播者,把崇高的价值、美好的情感融入自己的作品,引导人们向高尚的道德聚拢。文艺要塑造人心,创作者首先要塑造自己。广大文艺工作者要把崇德尚艺作为一生的功课,努力追求真才学、好德行、高品位,做到德艺双馨,成为先进文化的践行者、社会风尚的引领者,在为祖国、为人民立德立言中成就自我、实现价值。

习近平指出,中国文联、中国作协是党和政府联系广大文艺工作者的桥梁纽带,在团结文艺工作者方面负有重要职责。新形势下,文联、作协要深化改革、加强引领、加强联络、增强本领、加强沟通,把文艺战线的力量发动起来,把人民群众中蕴藏的创作能量激发出来,推动文艺事业呈现百花齐放的繁荣景象。

习近平强调,各级党委要高度重视文艺工作,指导推动文联、作协深化改革、发展事业。要用符合文艺规律的方式领导文艺事业,充分发扬学术民主和艺术民主,保护好文艺工作者积极性和创造性。要做到政治上充分信任、思想上主动引导、工作上创造条件、生活上关心照顾,多为文艺工作者办实事、做好事、解难事,营造有利于出人才、出精品的良好环境。要重视和加强艺术教育,提高人民群众艺术素养。

中国文联主席孙家正致开幕词,共青团中央书记处第一书记秦宜智和中央军委委员、军委政治工作部主任张阳分别致贺词。中国作协主席铁凝主持开幕式。

部分中共中央政治局委员,中央书记处书记,全国人大常委会、国务院、全国政协和中央军委有关领导同志出席大会。

中央和国家机关有关部门负责同志,全国文艺工作者代表,香港特别行政区、澳门特别行政区和台湾地区的特邀代表以及海外地区的特邀嘉宾约 3300 人参加会议。

(新华社北京 11 月 30 日电)

中国文联十大中国作协九大在京闭幕

　　据新华社消息　12月3日,中国文学艺术界联合会第十次全国代表大会、中国作家协会第九次全国代表大会在京闭幕。会议期间,与会代表认真听取并学习了习近平总书记在中国文联十大、中国作协九大开幕式上的重要讲话精神。大会修订了《中国文学艺术界联合会章程》《中国作家协会章程》,选举产生了中国文联、中国作协新一届领导机构,铁凝当选中国文联主席、连任中国作协主席。

　　与会代表认为,习近平总书记在中国文联十大、中国作协九大开幕式上的重要讲话,站在党和国家的事业全局,站在民族复兴的历史高度,站在党和人民的鲜明立场,深刻论述了文艺在当前历史进程中的重要地位和独特作用,进一步指明了文艺发展的正确方向。这对于团结带领广大文艺工作者更加奋发有为地投身社会主义文艺事业,鼓舞人民决胜全面建成小康社会,凝聚起实现中华民族伟大复兴中国梦的强大力量,将产生重要和深远的积极影响。

　　铁凝表示,中国文联将认真落实中国文联十大提出的各项任务,化挑战为机遇,变压力为动力,努力推进文艺事业的繁荣发展,不断开创文艺工作和文联工作新局面。我们坚信广大文艺工作者一定不会辜负党中央的亲切关怀和高度信任,不会辜负时代的召唤和人民的期待,一定会更加辛勤地耕耘,更加潜心地创作,更加倾情地奉献,争做讲品位、重艺德、深受人民喜爱的文艺工作者,把更多优秀文艺作品奉献给人民,奉献给时代。

　　左中一、叶小钢、冯巩、冯远、边发吉、许江、李屹、李前光

（蒙古族）、李祯盛、李雪健、张平、陈振濂、迪丽娜尔·阿布拉（女，维吾尔族）、孟广禄、赵实（女）、胡占凡、奚美娟（女）、郭运德、彭丽媛（女）、董伟、潘鲁生、濮存昕22人当选为新一届中国文联副主席。王瑶（女）、王一川、冯双白、陈建文、高西西、盛小云（女）6人当选为主席团委员。中国文联第十届主席团推举赵实（女）、李屹、左中一、李前光（蒙古族）、郭运德、陈建文6人为中国文联第十届书记处书记。

王安忆（女）、叶辛、白庚胜（纳西族）、吉狄马加（彝族）、刘恒、李敬泽、何建明、张炜、张抗抗（女）、陈建功、莫言、贾平凹、钱小芊、徐贵祥、高洪波15人当选为新一届中国作协副主席。王跃文、扎西达娃（藏族）、叶梅（女，土家族）、冯艺（壮族）、刘兆林、刘震云、池莉（女）、麦家、苏童、杨克、吴义勤、迟子建（女）、阿来（藏族）、阿扎提·苏里坦（维吾尔族）、阿尔泰（蒙古族）、邰丽（女）、周梅森、柳建伟、施战军、格非、唐家三少、曹文轩、阎晶明、梁鸿鹰、韩少功、舒婷（女）26人当选为主席团委员。中国作家协会第九届主席团推举钱小芊、吉狄马加（彝族）、何建明、李敬泽、白庚胜（纳西族）、阎晶明、吴义勤7人为中国作家协会第九届书记处书记。

（新华社12月3日消息）

认真学习贯彻习近平总书记在中国文联
十大、中国作协九大开幕式上重要讲话

钱 小 芊

习近平总书记在中国文联十大、中国作协九大开幕式上的重要讲话,揭示了社会主义文艺发展规律,进一步回答了事关我国文艺事业长远发展的一系列重大问题,是继文艺工作座谈会重要讲话之后,对马克思主义文艺观和中国特色社会主义文艺理论的又一次深刻阐述和重大创新,是指导文艺工作、引领文艺创作、推动文艺事业的纲领性文献,具有重大的现实意义和深远的历史意义。

习近平总书记的重要讲话在参加中国作协九大的近千名代表中,激起了非常强烈的反响。在大会的学习讨论中,在会场内外,广大作家和文学工作者谈体会、说感想、讲认识,学习这一重要讲话成了中国作协九大贯穿始终的内容。大家感到,总书记的讲话语重心长,感人肺腑,激越心灵,荡涤胸怀,充分体现了以习近平同志为核心的党中央对文艺工作的高度重视、对文艺规律的深刻把握、对广大文艺工作者的亲切关怀和殷切希望。大家认为,讲话以高度的文化自信,把用文艺振奋民族精神放在中华民族伟大复兴的位置上来考量,有思想高度,有理论深度,有关怀和激励文艺工作者的情感温度。在讲话精神的指引下,文艺工作有方向、有目标、有动力,必将带来文艺大发展、大繁荣。

大家纷纷表示，要以总书记讲话为指导，牢记使命、牢记职责，不忘初心、继续前进，努力推出更多反映时代呼声、展现人民奋斗、振奋民族精神、陶冶高尚情操的优秀作品，同党和人民一道，努力筑就中华民族伟大复兴时代的文学高峰。

学习总书记的重要讲话，我们有以下一些认识和体会。

第一，讲话高度评价了文艺工作的地位作用，充分肯定了文艺界出现的新气象新面貌，令人深受鼓舞，备感振奋。讲话深刻指出，"文运同国运相牵，文脉同国脉相连。实现中华民族伟大复兴，是一场震古烁今的伟大事业，需要坚忍不拔的伟大精神，也需要振奋人心的伟大作品"，勉励广大文艺工作者"坚持创造性转化、创新性发展"，"为我们的人民昭示更加美好的前景，为我们的民族描绘更加光明的未来"。我们感到，这是对马克思主义文艺功能论的创新和发展，是对广大文艺工作者的巨大激励和鞭策。我们要组织引导广大作家和文学工作者认真学习、深刻领会，进一步增强责任意识和使命意识，更加自觉地坚持以人民为中心的创作导向，坚持为人民服务、为社会主义服务，坚持百花齐放、百家争鸣，高擎民族精神火炬，吹响时代前进号角，把艺术理想融入党和人民事业之中，做到胸中有大义、心里有人民、肩头有责任、笔下有乾坤。

第二，讲话对文艺工作者提出的四点希望，具有很强的思想性指导性和实践性针对性，既是对广大文艺工作者的殷切期许，也为文艺工作、文艺创作提供了根本遵循。特别是讲话关于"文化自信，是更基础、更广泛、更深厚的自信，是更基本、更深沉、更持久的力量。坚定文化自信，是事关国运兴衰、事关文化安全、事关民族精神独立性的大问题"，"祖国是人民最坚实的依靠，英雄是民族最闪亮的坐标。歌唱祖国、礼赞英雄从来都是文艺创作的永恒主题，也是最动人的篇章"，"典型人物所达到的高度，就是文艺作品的高度，也是时代的艺术高度"，"走入生活、贴近人民，是艺术创作的基本态度；以高于生活的标准来提炼生活，是艺术创作的基本能力"，"我国文艺要有体量的增长，更要创造质量的标杆"，"伟大的文艺展现伟大的灵魂，伟大的文艺来自伟大的灵魂","文艺要塑造人心,创作者首先要塑造自己"等一系列重要思想和观点,抓住了当前文艺创作的关键问题、核心问题、要害问题,发人深省,催人奋进,旗帜鲜明,振聋发聩。我们要组织引导广大作家和文学工作者深入学习贯彻,把总书记的殷切嘱托转化为文学界创作更多振奋民族精神、引领社会风尚的优秀作品的不竭动力和实践成果。

第三,讲话就新形势下做好文联、作协工作提出了明确要求,明确指出,"哪里有文艺工作者,文联、作协的工作就要做到哪里,发挥好文艺界人民团体作用",这为做好作协工作、加强作协组织建设进一步指明了方向。我们要根据讲话要求,进一步在深化改革、加强引领、加强联系、增强本领、加强沟通上下功夫、见实效,把广大作家和文学工作者更广泛更紧密地团结在党的周围,使作家协会真正成为广大作家和文学工作者的温馨之家。同时,要根据讲话关于加强和改进党对文艺工作领导的有关要求,深入学习贯彻党的十八届六中全会精神,加强作协组织党的建设;加强和改进文学理论和评论工作,褒优贬劣,激浊扬清,更加有效地引导创作、推出精品、提高审美、引领风尚。

第四,组织文学界深入学习贯彻习近平总书记在中国文联十大、中国作协九大开幕式上的重要讲话,是我们当前首要的政治任务,也是一项长期的重要任务。作代会期间,与会代表进行了热烈讨论,我们组织媒体进行了重点报道,向文学界和全社会宣传讲话的重大意义和精髓要义,积极营造学习讲话的热烈氛围。会后,中国作协党组向各团体会员单位和中国作协所属各单位、各部门下发了《关于认真学习贯彻习近平总书记在中国文联十大、中国作协九大开幕式上的重要讲话的通知》,号召全国广大作家和文学工作者兴起学习贯彻讲话精神的热潮,就学习贯彻工作作出了具体部署。下一步,我们要在组织好传达学习的基础上,紧密结合文学界和作协工作实际,采取专题研讨、座谈会、培训班、研修班等多种形式,进一步组织广大作家和文学工作者深入领会讲话的重大意义、丰富内涵和实践要求,自觉把思想和行动统一到讲话精神上来。把学习贯彻讲话精神纳入鲁迅文学院和各地作协文学院教学内容。安排组织中国作协和各团体会员单位所属的报刊社网认真做好讲话精神的宣传报道,开设专版专栏,介绍学习动态,交流学习经验,组织撰写刊发学习体会和理论文章,大力营造浓厚的学习宣传氛围。我们要把学习贯彻习近平总书记在中国文联十大、中国作协九大开幕式上的重要讲话与学习贯彻总书记在文艺工作座谈会上的重要讲话紧密结合起来,与"两学一做"学习教育紧密结合起来,与作协深化改革紧密结合起来,真正把讲话精神落实到思想认识的提高上,落实到社会责任感的增强上,落实到文艺创作水平的提升上,落实到出人才出精品上,推动学习贯彻紧贴实际,取得实效。

(原载 2016 年 12 月 12 日《文艺报》)

坚定文化自信　攀登文艺高峰

铁　凝

雄浑充沛的文化自信,这是我聆听习近平总书记在中国文联十大、中国作协九大开幕式上的重要讲话时的强烈感受。这是对中华文化发自肺腑的热爱,对中国社会主义文艺方向与道路的深思熟虑和坚定选择,对广大文艺工作者的高度尊重与殷切期待。总书记的讲话也是在向世界宣告,正在迎来伟大复兴的中国永远将文化作为最持久的力量来源,作为最深厚的根基所在。我想,这就是大国气派。这就是文明古国的泱泱风范。

文化自信。在这里不仅仅是一个词语,更是信念、情感,是磅礴的力量,是对过去的认同更是对未来的承担。它从五千年历史中传递下来,就像熊熊燃烧的火炬,人们的心被这火炬所照亮,从文学、戏剧、电影、音乐、美术、曲艺到舞蹈、民间文艺、摄影、书法、杂技、电视,每一个文艺领域、广大的文艺工作者都庄重地体认着自己所从事的事业的分量,都意识到沉甸甸的责任,都在认真思考文化自信之于文艺究竟意味着什么。

如果我们想象这世界是由各个不同民族、不同文化所形成的一片森林,中华文化就是其中最古老最具生命力的一棵大树。那些和她一起萌芽生长的树木,有多少已经停留在了时间深处,成为一株标本,而属于我们的这棵大树,栉风沐雨,历经重重灾难依然苍劲而青翠,焕发出勃勃生机。我们的文化自信,所信的正是中华民族生生不息的悠久历史,是在这历史中形成、支撑着我们一路走来的传统和价值;对文艺工作者来说,文化自信更是对五千年来中华民族产生的一切优秀文艺作品、风神独具的美学精神的热爱、铭记和传承。这一切也就是习近平总书记所说的"中华文化独一无二的理念、智慧、气度、神韵",它如同呼吸和血液在我们身上暗自运行,它从根本上、从最深处指引、滋养、塑造着我们,成为我们的底气、骨气、精气神之所在,把我们从精神上紧密地联结在一起,使我们无论走到多么远的地方,无论经历多少波折变化,都不会失去共同的家园。

中华文化是传统的,也是当代的;是陈列在博物馆的珍宝,更是这个时代活跃的精神脉动。习近平总书记指出:"在5000多年文明发展中孕育的中华优秀传统文化,在党和人民伟大斗争中孕育的革命文化和社会主义先进文化,积淀着中华民族最深沉的精神追求,代表着中华民族独特的精神标识。"以文学为例,无论是传之久远的古典文学,还是一百年来现当代作家为争取民族解放和复兴而书写的"新文学",直到此时此刻我们对当下中国的表现和讲述,这些共同构成了璀璨夺目的中华文化的一部分。我们的文化自信,既是依靠着我们的伟大传统,更是面向时代面向世界面向未来的。今天,我们比历史上任何时期都更接近中华民族伟大复兴的目标,比历史上任何时期都更有信心、有能力实现这个目标。坚定文化自信,振奋民族精神,就是要在新的时代条件下,为人民创造文艺杰作,为人类贡献不朽作品。

当听到总书记说,"中国人民不仅将为人类贡献新的发展模式、发展道路,而且将把自己在文化创新创造中取得的成果奉献给世界",我不由得想起,仅仅三十年前,中国作家还曾经为"走向世界"而焦虑。那时候,"世界"仿佛在我们之外,在遥远的远方,我们必须奋力跋涉才能走过去。但今天,一切都不同了,我们的作家艺术家们,他们从改革开放的宏伟实践中,从祖国和人民的迅猛前进中获得力量、获得新的视野,变得更加自信从容。作家曹文轩在获得国际安徒生奖后说,"十多年前,我就对中国的文学做过一个判断,中国最优秀的文学作品就是国际水准的作品。"他还说,"我讲了一个个地地道道的中国故事,但同时也是属于全人类的故事。中国作家必须坚定地立足于自己的这块土地。这个国家,这个民族向你提供了这个世界上唯一的丰富的写作资源,这个资源大概是任何国家和任何民族不具备的。在你讲中国故事的时候,你必须站在全人类的高度去思考人类存在的基本状态。"是的,对当今中国的作家艺术家来说,世界在远方,世界更在脚下,我们深刻意识到,越是全球化,越需要坚持民族文化的根性和本位,越需要民族文化的自觉和自信。而越具有文化自信,我们也就越加开放和包容,更强烈地认识到中国作家艺术家对全世界、全人类的文化责任。习近平总书记指出:"要把提高作品的精神高度、文化内涵、艺术价值作为追求,让目光再广大一些、再深远一些,向着人类最先进的方面注目,向着人类精神世界的最深处探寻,同时直面当下中国人民的生存现实,创造出丰富多样的中国故事、中国形象、中国旋律,为世界贡献特殊的声响和色彩、展现特殊的诗情和意境。""让中华文化同各国人民创造的多彩文化一道,为人类提供正确的精神指引。"这是何等豪迈的情怀,这是何等庄严的使命! 这是中华民族伟大复兴时代向中国的作家艺术家发出的召唤,召唤着我们每个人献出整个一生和全部力量去创造。

文化自信从根本上是价值观的自信,文艺创造是在价值观指引下的创造。习近平总书记在中国文联十大、中国作协九大开幕式上的重要讲话中引用了茅盾先生的一句话:"文艺作品不仅是一面镜子——反映生活,而须是一把斧子——创造生活",这种"创造"首先就是价值观的选择和坚守,像雕塑家一样,去掉那些多余的荒芜和臃赘,让那些被艺术家们潜心创造出的生活在价值观的烛照下,凸现出它的真、它的善、它的美。由此,我们把深藏在艺术家心中的梦想变成所有人的梦想,把我们的文化和生活中最珍贵、最根本的价值通过艺术创造跨越时空、超越国界带到更广大的人群中去。

创造。多么迷人的词语。习近平总书记每次提到这个词语的时候,都在我心中引起强烈的回响。我们这些人,这些被称作作家、艺术家的人,本质上都应当是创造者。创造是我们的神圣天职,是我们所从事的事业中最为明亮、也最具魅力的核心。文艺创造需要我们有坚守本来的定力,与时俱进的能力。毫无疑问,创造是艰苦的。日复一日的劳作,永不停歇的高难度训练,忍耐着乏味的、疲倦的、自我怀疑的时光,但这一切都是值得的,是为了迎来被创造之光照亮的那一刻,是为了在创造中获得艺术上和精神上的新生。四十年前,我开始了我的写作生涯。我的生命在阅读和写作中度过,在用脚丈量生活、用心阅读生活、用笔表现生活的实践中得以充实。常常有人问我成为一个作家的秘诀是什么,我回答说,相信生活是打不倒的,相信人民是不朽的,坚持不知疲倦地写下去,永远坚信你最好的作品即将被书写出来,永远坚信你的创造对于此时和未来、对于民族和历史、对于世界和人类的意义。我知道,不仅我是如此,许许多多作家、艺术家也是如此——每个人对自身创造力的信心从根本上来自他的文化自信和文化担当。中华文化已经创造了繁星璀璨、群峰耸峙的辉煌奇迹,我们对我们文化的生命力、创造力充满自信,我们坚信,还有更大的辉煌、更多的奇迹等待被创造。在中华民族朝气蓬勃创造未来的征程中,中国的作家和艺术家一定能够登上一座又一座新的文艺高峰。

(原载 2016 年 12 月 12 日《中国艺术报》)

坚定文化自信

——学习习近平总书记在中国文联十大、中国作协九大开幕式上的重要讲话

张　江

习近平总书记在中国文联十大、中国作协九大开幕式上的重要讲话中，深刻阐述文化自信是更基础、更广泛、更深厚的自信，是更基本、更深沉、更持久的力量，把我们党对社会主义文艺发展规律的认识提升到新的境界。我们要从全局和战略高度，深刻认识坚定文化自信的重大意义，坚守文化理想、强化文化担当，努力筑就中华民族伟大复兴时代的文艺高峰。

一、坚定文化自信是推动我国文艺繁荣发展的重要前提

文化是一个国家、一个民族的灵魂，滋养着一个国家或民族的世界观、人生观、价值观，影响着一个国家或民族的思维方式、行为方式、交往方式。古往今来，任何国家或民族的发展与振兴，总是以文化的兴盛为支撑的。历史和现实都一再表明，一个抛弃或背叛自己历史文化的民族，是不可能实现发展和振兴，是没有前途和未来的，而且很可能上演一幕幕历史悲剧。坚定文化自信，是事关国运兴衰、事关文化安全、事关民族精神独立性的大问题。习近平总书记明确指出，文运同国运相牵，文脉同国脉相连。实现中华民族伟大复兴，是中华民族近代以来最伟大的梦想，也是我们这一代人的历史使命。中华民族伟大复兴中国梦的实现，必须坚定中国特色社会主义道路自信、理论自信、

制度自信、文化自信。创作出具有鲜明民族特点和个性的优秀作品,要对博大精深的中华文化有深刻的理解,更要有高度的文化自信。没有文化的继承和发展,没有文化的弘扬和繁荣,就没有中国梦的实现,就没有中华民族的伟大复兴。没有文化自信,就没有当代中国文艺的繁荣发展,既不可能创作出有骨气、有个性、有神采的作品,也不可能筑就中国文艺高峰。

中华民族生生不息绵延发展,饱受挫折又不断浴火重生,都离不开中华文化的有力支撑。同样,中华民族的伟大复兴,也必然伴随着中华文化的繁荣昌盛。只有发达物质成果的"跛脚巨人",不可能屹立于世界民族之林,也难以赢得其他国家和民族敬重。在民族复兴的道路上,文化既是保持民族特性、巩固民族认同、塑造民族精神的重要力量,也是整合民族力量、牵引民族前进的重要精神资源。有了文化的滋养,有了精神的助推,才能历经磨难而不坠青云之志,才能动员起全民族力量去成就中华民族伟大复兴这一震古烁今的伟大事业。坚定的道路自信、理论自信、制度自信,其本质是建立在5000多年文明传承基础上的文化自信。文艺是文化的有机组成部分,是文化的重要表现形式。文化自信是文艺成长壮大之"钙",强健着文艺的筋骨;文化自信是文艺繁荣发展之基,支撑着文艺的大厦。当然,文艺的繁荣发展反过来又影响文化自信,辉煌屹立的文艺高峰必然进一步夯实和强化文化自信。只有坚定文化自信、振奋民族精神,文艺才能为民族、为人民建设共同的精神家园,才能焕发出蓬勃生机与活力。广大文艺工作者应当保持对自身文化理想、文化价值的高度信心,保持对自身文化生命力、创造力的高度信心,以优秀作品激励中国人民和中华民族不断前行。

二、坚定文化自信的底气源于中华文明

人类历史发展到今天,当今世界上要说哪个政党、哪个国家、哪个民族能够自信的话,那中国共产党、中华人民共和国、中华民族是最有理由自信的。我们能够有文化自信,能够坚定文

化自信,是有我们的理由、我们的底气的,这个理由和底气就是我们深厚的文化根脉和独特的文化优势。中华民族在5000多年文明发展和繁衍生息中,孕育出了辉煌灿烂的中华文化,成为人类文明百花园中的瑰宝,更是中华民族凝聚力的内核。它既涵盖数千年绵延不绝、博大精深的中华优秀传统文化,也包括党领导人民创造的激昂向上的革命文化和生机勃勃的社会主义先进文化;既有贯穿其中的科学理论指导、坚定理想信念、正确价值追求,也有以爱国主义为核心的民族精神和以改革创新为核心的时代精神。这些宝贵的文化资源,积淀着中华民族最深层的精神追求,代表着中华民族独特的精神标识,铸就了中华民族持久而强大的凝聚力向心力,滋养着当代中国的发展进步,增添了中国人民和中华民族内心深处的自信和自豪。它们是我们应当坚守的精神高地,也是我们保持文化自信的坚强基石。

只有在与历史文化的对话中,在历史文化的传承发展中,中国文艺才能找到自己今天的位置,才能明确自己未来的方向。纵观中华文明发展史,在每一个历史时期,中华民族都无不彰显出非凡的文艺创造活力,诞生了无数卓越的文艺大师和不朽的文艺经典,共同铸就了灿烂的中国文艺历史星河。不仅为中华民族提供了丰厚滋养,而且为世界文明贡献了华彩篇章。正如习近平总书记所说,中华民族文艺创造力是如此强大、创造的成就是如此辉煌,中华民族素有文化自信的气度,我们应该为此感到无比自豪,也应该为此感到无比自信。广大文艺工作者应坚持不忘本来、吸收外来、面向未来,努力实现创造性转化和创新性发展,创作更多体现中华文化精髓、反映中国人审美追求、传播当代中国价值观念、又符合世界进步潮流的优秀作品,以鲜明的中国特色、中国风格、中国气派傲立于世界文艺舞台。

三、坚定文化自信必须始终坚持以人民为中心

坚定文化自信,就要始终坚持以人民为中心的创作导向。习近平总书记明确指出,人民是历史的创造者,是时代的雕塑

者。社会主义文艺,从本质上讲,就是人民的文艺。人民需要文艺,有着不断增长和提升的精神文化及艺术审美追求。艺术更需要人民,人民是文艺创作的源头活水,是文艺工作者的艺术生命所在。离开人民,文艺就会变成无根的浮萍、无病的呻吟、无魂的躯壳。文艺事业是党和人民的重要事业,文艺战线是党和人民的重要战线。坚持以人民为中心,首要的是解决好文艺为什么人这个根本性、原则性问题,始终坚持为人民服务、为社会主义服务的根本方向,把满足人民不断增长的精神文化需求作为文艺工作的出发点和落脚点,把人民作为文艺表现的主体,把人民作为艺术审美的鉴赏家和评判者,把为人民服务、为人民创作作为文艺工作者的神圣天职和光荣使命。只有牢固树立马克思主义文艺观,真正做到以人民为中心,文艺才能发挥坚定文化自信的作用。

文艺要服务人民,就必须积极反映人民生活。既要反映人民生产生活的伟大实践,也要反映人民喜怒哀乐的真情实感,让人民从身边的人和事中体会到人间真情和真谛,感受到世间大爱和大道。文艺工作者要讴歌奋斗人生,刻画最美人物,创造出反映时代艺术高度的典型人物。始终秉持走入生活、贴近人民的艺术创作态度,做到"身入""心入""情入",从平凡中发现伟大,从质朴中发现崇高,以高于生活的标准深刻提炼生活,以更富魅力的语言生动表达生活,以更多样化的形式全景展现生活,创作出既有生活底蕴又有艺术高度的优秀作品。要坚持以强烈的现实主义精神和浪漫主义情怀,观照人民的生活、命运、情感,表达人民的心愿、心情、心声,用有筋骨、有道德、有温度的作品,引导人们找到思想的源泉、力量的源泉、快乐的源泉,鼓舞人们在黑暗面前不气馁、在困难面前不低头,用理性之光、正义之光、善良之光照亮现实生活,激励人们永葆积极向上的乐观心态和进取精神。

四、坚定文化自信必须大力弘扬中国精神

思想和价值观念是文艺的灵魂,一切表现形式都是表达一定思想和价值观念的载体。核心价值观是一个民族赖以维系的精神纽带,是一个国家共同的思想道德基础。如果没有共同的核心价值观,一个民族、一个国家就会魂无定所、行无依归。中华民族之所以能够在几千年的历史长河中生生不息、薪火相传、顽强发展,很重要的一个原因就是中华民族有一脉相承的精神追求、精神特质、精神脉络。文艺作为意识形态的特殊属性,决定了它必须以反映时代精神、弘扬民族精神为神圣使命。

实现中华民族伟大复兴的中国梦,必须走中国道路、弘扬中国精神、凝聚中国力量。社会主义核心价值观是当代中国精神的集中体现,是凝聚中国力量的思想道德基础。文艺在培育和弘扬社会主义核心价值观方面具有独特作用。中国精神是社会主义文艺的灵魂。广大文艺工作者要把培育和弘扬社会主义核心价值观作为根本任务,把社会主义核心价值观生动活泼、活灵活现地体现在文艺创作之中,通过栩栩如生的作品形象,告诉人们什么是应该肯定和赞扬的,什么是必须反对和否定的,取得春风化雨、润物无声的效果。坚定不移地用中国人独特的思想、情感、审美去创作属于这个时代、又有鲜明中国风格的优秀作品。要在全社会大力培育和弘扬社会主义核心价值观,大力传承和践行中国精神,成为中国人民的共同价值追求、独特精神支柱和日用而不觉的行为准则。要引导人们树立正确的历史观、民族观、国家观、文化观,绝不能亵渎祖先、亵渎经典、亵渎英雄。广大文艺工作者不仅要在文艺创作上追求卓越,更应身体力行践行社会主义核心价值观,努力做到言为士则、行为世范。

五、勇于创新创造是坚定文化自信的必然要求

与时俱进、自强不息,是中华民族的鲜明禀赋。中华文化既

需要薪火相传、代代守护,也需要与时俱进、推陈出新,需要创造性转化和创新性发展。习近平总书记强调,要加强对中华优秀传统文化的挖掘和阐发,使中华民族最基本的文化基因同当代中国文化相适应、同现代社会相协调,把跨越时空、超越国度、富有永恒魅力、具有当代价值的文化精神弘扬起来,激活其内在的强大生命力,让中华文化同各国人民创造的多彩文化一道,为人类提供正确的精神指引。

创新是文艺的生命,也是我国文艺不断繁荣发展的强大动力。当代中国正经历着中华民族历史上最为广泛而深刻的社会变革,也正在进行着人类历史上最为宏大而独特的实践创新,为中国文艺的创新创造和繁荣发展开辟了广阔天地。我们不能仅仅满足于成为世界文化大国,而且要建设成为世界文化强国。我们不仅要有继承中国历史文化传统、扎根当代中国伟大实践的文艺理论,而且要有与中国国际地位和世界影响相匹配、能够成为人类标志性文化符号的文艺经典和优秀作品。广大文艺工作者要把创新精神贯穿文艺研究和文艺创作全过程,不断推动文艺理论创新、提高文艺创作质量。要力戒"以洋为尊""以洋为美""唯洋是从"。要善于设置议题命题,提出标识性概念,深入阐释中国理论、中国观点、中国主张。要以博采众长的心态投身文明交流互鉴,辩证取舍、择善而从,吸收借鉴人类文明一切有益成果。要把提高作品的精神高度、文化内涵、艺术价值作为不懈追求,向着人类最先进的方面注目,向着人类精神世界的最深处探寻,立足和直面当下中国人民的生存现实,着力登高望远,展开宏大叙事,创造出更加丰富多样的中国故事、中国形象、中国旋律、中国色彩。

(原载 2017 年 1 月号《求是》)

文化自信与繁荣文艺

仲呈祥

习近平总书记在中国文联十大、中国作协九大开幕式上的讲话中对广大文艺工作者提出的第一条希望就是:"希望大家坚定文化自信,用文艺振奋民族精神。"他把"坚定文化自信"与"用文艺振奋民族精神"联系起来,发人深思,启人心智。他再次强调了在庆祝中国共产党成立 95 周年大会上的讲话中深刻阐明的较之于道路自信、理论自信、制度自信,"文化自信,是更基础、更广泛、更深厚的自信"之后,又进一步深刻指出文化自信"是更基本、更深沉、更持久的力量"。的确,文化自信是一种伟大的力量,而且"是更基本、更深沉、更持久的力量"。文化是人独有的生存方式,文化无处不在、无时不有,浸润于每一个人的心灵深处,小而言之,攸关每一个人的理想信念、价值取向、道德情操,大而言之,体现出一个民族的精神品格和人文素质。对自己民族文化的自信程度,决定着一个民族在当今世界风云激荡、思潮交锋中具有多么深沉的耐力和多么持久的定力。因此,坚定文化自信,是事关国运兴衰、事关文化安全、事关民族精神独立性的大问题。没有文化自信,不可能写出有骨气、有个性、有神采的作品。

坚定文化自信,就是要坚定地对在 5000 多年文明发展中孕育的中华优秀传统文化充满自信,就是要坚定地对在党和人民伟大斗争中孕育的革命文化和社会主义先进文化充满自信,因为这些文化中积淀着中华民族最深沉的精神追求,代表着中华民族独特的精神标识。我们只有从博大精深的中华文化宝库中萃取精华、汲取能量,才能保持对自身文化理想、文化价值的高度信心,保持对自身文化生命力、创造力的高度信心,也才能"做到胸中有大义、心里有人民、肩头有责任、笔下有乾坤",创作出激励中国人民和中华民族不断前行的优秀文艺作品。

中华优秀传统文化是中华民族的精神血脉。一个时代有一个时代的文艺,一个时代有一个时代的精神。从诗经、楚辞、汉赋,到唐诗、宋词、元曲,再到明清小说等,共同铸就了辉煌灿烂的中国文艺历史星河。习近平总书记深情地指出:"中华民族文艺创造力是如此强大、创造的成就是如此辉煌,中华民族素有文化自信的气度,我们应该为此感到无比自豪,也应该为此感到无比自信。"我们应当继承弘扬中华民族素有的这种文化自信的气度,而继承弘扬这种文化自信,一定要与时俱进,落到实处。一是要遵循文艺"因时而兴,乘势而变,随时代而行,与时代同频共振"的规律,让文艺"发时代之先声、开社会之先风、启智慧之先河,成为时代变迁和社会变革的先导","离开火热的社会实践,在恢宏的时代主旋律之外茕茕孑立、喃喃自语,只能被时代淘汰。"二是要坚持思想和价值是文艺的灵魂,一切表现形式都是表达一定思想和价值观念的载体。"离开了一定思想和价值观念,再丰富多样的表现形式也是苍白无力的。"三是要坚持把歌唱祖国、礼赞英雄当作文艺创作的永恒主题。"对中华民族的英雄,要心怀崇敬,浓墨重彩记录英雄、塑造英雄,让英雄在文艺作品中得到传扬,引导人民树立正确的历史观、民族观、国家观、文化观,绝不做亵渎祖先、亵渎经典、亵渎英雄的事情。""必须有史识、史才、史德","不能用无端的想象去描写历史,更不能使历史虚无化"。在这里,习近平总书记以马克思主义的历史观、美学观,褒优贬劣,扬清激浊,既言简意赅、语重心长指明了坚定文化自信的正确航向,又旗帜鲜明、一针见血地批评了那种脱离时代和人民、热衷于形式主义和历史虚无主义那一套的丧失文化自信的错误倾向。我们一定要深长思之,认真践行。

习近平总书记还精辟指出:"中华文化既是历史的、也是当代的,既是民族的、也是世界的。"因此,坚定文化自信,还必须坚定对党和人民在斗争和建设中创造的革命文化(如井冈山精神、长征精神、延安精神、西柏坡精神及"两弹一星"精神、雷锋精神、焦裕禄精神、抗洪救灾精神、航天精神等等)和社会主义先进文化充满自信,对社会主义核心价值观充满自信,同时也对学习借鉴世界文化中适合中国国情的有用的成果充满自信。我们自信既能不忘本来,各美其美;又能吸收外来,美人之美;更能面向未来,交融整合、美美与共;从而在继承中与当代生活相适应、与现代社会相协调,实现创新性的转化,在借鉴中完成创造性超越与中国化。正如习近平总书记所殷殷期望的:"创作更多体现中华文化精髓、反映中国人审美追求、传播当代中国价值观念,又符合世界进步潮流的优秀作品,让我国文艺以鲜明的中国特色、中国风格、中国气派屹立于世。"

(原载 2016 年 12 月 12 日《中国艺术报》)

在攀登文艺高峰征途上高擎理想信念旗帜

董 学 文

习近平总书记在中国文联十大、中国作协九大开幕式上的讲话,是继 2014 年他在文艺工作座谈会上的讲话之后又一指导文艺发展的纲领性文献。这一文献进一步发展了中国特色社会主义文艺理论,对 21 世纪中国马克思主义文艺学的构建做出了新的贡献。

一

认真学习习近平总书记这次文代会、作代会开幕式上的讲话并将其与他在文艺工作座谈会上的讲话联系起来,就会发现,前者比较集中阐发的是新形势下社会主义文艺发展繁荣的方向、道路和现状问题;后者比较集中阐扬的则是新形势下社会主义文艺如何发展、如何繁荣的问题。或者说,前者主要解决的是拨正船头、指明航向、扭转文艺界的不良风气问题;后者主要解决的是怎样做一个合格的社会主义文艺家的问题,是事关"文心"和"艺魂"的问题。习近平总书记的文艺论述,总括起来看,解决的是文艺家"为什么创作"和"如何创作"的问题。这个问题的提出和解决是历史的需要,是时代的召唤。在实现"两个一百年"奋斗目标、实现中华民族伟大复兴中国梦和为人类对更好社会制度的探索提供中国方案的时候,我们的文艺因时而兴,乘势而变,随时代而行,与时代同频共振,这是极为光荣而紧迫的战略性任务。

文艺的作用不可替代,文艺工作者大有可为。但文艺怎么才能擎起民族精神的火炬,吹响时代前进的号角,筑就新时代的文艺高峰呢?这成了习近平总书记在这次文代会、作代会开幕式上重要讲话的主题。为了说明这个道理,他从多个方面进行了论述。在他这些高屋建瓴、意蕴深邃、亲切感人又言近旨远的阐释里,其中最为关键、最为根本的,则是期望在文艺阵地和文艺家头脑里高高飘扬起理想信念的旗帜。这是问题核心中的核心,要害中的要害,整个讲话都可以说是围绕这一轴心展开的。

习近平总书记突出强调要坚定文化自信,这在本质上就是要注重张扬理想和信念。他曾在文艺工作座谈会上的讲话中指出,中华民族保持了坚定的民族自信和强大的修复能力,培育了共同的情感和价值、共同的理想和精神。增强文化自觉和文化自信,是坚定道路自信、理论自信、制度自信的题中应有之义。其后,在哲学社会科学工作座谈会上的讲话中,他强调,我们说要坚定中国特色社会主义道路自信、理论自信、制度自信,说到底是要坚定文化自信。文化自信是更基本、更深沉、更持久的力量。历史和现实都表明,一个抛弃了或者背叛了自己历史文化的民族,不仅不可能发展起来,而且很可能上演一场历史悲剧。在此次讲话中,他更是把文化自信问题提到掌握哲学社会科学话语权和巩固国家、民族地位和生存价值的高度,并且同文艺创作成败得失紧密联系起来。他说:"坚定文化自信,是事关国运兴衰、事关文化安全、事关民族精神独立性的大问题。没有文化自信,不可能写出有骨气、有个性、有神采的作品。"

这是习近平总书记首次提出"坚定文化自信"是事关多方面的"大问题",且对它与文艺创作的关系说得非常彻底。的确,经验和教训反复告诫我们,由于我国有独特的历史、独特的文化、独特的国情,这就决定我国必须走一条有别于他国的自己的文艺发展之路。如果我们的文艺总是陷在"以洋为尊""以洋为美""唯洋是从"的泥潭,还是"把作品在国外获奖作为最高追求",依然"跟在别人后面亦步亦趋、东施效颦,热衷于'去思想化'、'去价值化'、'去历史化'、'去中国化'、'去主流化'"那一套,那么,这种文艺创作不仅没有前途,而且会直接影响国运的兴衰,威胁文化的安全,甚或民族精神的独立性都将受到挑战。可见,确立自觉而坚定的文化自信,在习近平总书记治国理政新理念新思想新战略以及其文艺思想中占据何等重要的位置!

习近平总书记强调坚定文化自信,当然是有具体所指的。他对文化自信中的"文化"概念,有着明确的界定,擘划出清晰的范围。他在庆祝中国共产党成立95周年大会上的讲话中说过,在这次文代会、作代会开幕式上的讲话中又加以重申:我们可以自信的文化是指"在5000多年文明发展中孕育的中华优秀传统文化""在党和人民伟大斗争中孕育的革命文化"和"社会主义先进文化"。这个界定表明,我们所坚守和自信的文化,是完全正能量的文化。随意把文化自信中的"文化"概念泛化,把各种糟粕文化也纳入其中,是不妥当的。尤其是,习近平总书记提出的党领导人民创建的革命文化和社会主义先进文化,是有具体内涵的,它是社会主义核心价值观的源泉与渊薮。它以其鲜明的时代性、革命性和先进性,理应成为我们文化自信的主要成分。

文化自信的实质是什么?说穿了,就是理想和信念的自信、世界观和价值观的自信。理想、信仰、信念、世界观、价值观,是文化的精华,是关乎人的灵魂的本根。文学家、艺术家乃"人类灵魂的工程师",对于他们而言,这是最要紧的事情。习近平总书记号召文学家、艺术家坚定文化自信,归根结底就是坚定对理想和信念的自信。党的十八届六中全会公报说得好:"共产主义远大理想和中国特色社会主义共同理想,是中国共产党人的精神支柱和政治灵魂,也是保持党的团结统一的思想基础。必须把坚定理想信念作为开展党内政治生活的首要任务。"这种字字千钧的要求,是对全党发出的,对于党员文艺家,对于进步的文艺家,也不能例外。习近平总书记在不同场合多次谈到理想信念问题,他明确指出,我们的信仰是马克思主义,我们的信念是社会主义和共产主义。这就从根本上揭示了坚定文化自信的内核与精髓。

二

在中国文联十大、中国作协九大开幕式上的讲话中，习近平总书记谈了很多文艺创作和批评问题。这些问题，从文艺理论角度看，可说是创作方面的意见；如果从思想建设的角度看，又可说是个精神塑造问题。一言以蔽之，搞好文艺创作和批评，文学家、艺术家和批评家坚定理想信念，切实解决好世界观、人生观、价值观这个"总开关"问题是第一位的。这个"总开关"问题若解决得不好，创作和批评出现这样那样的偏颇与弊端就不可避免。习近平总书记曾经语重心长地说过，理想信念动摇是最危险的动摇，理想信念滑坡是最危险的滑坡。信仰缺失是一个需要引起高度重视的问题。在这次文代会、作代会开幕式上的讲话中，他从文艺的角度把这个问题谈得更加透彻了。

习近平总书记要求广大文艺工作者坚持以人民为中心的创作导向，坚持为人民服务、为社会主义服务，高擎民族精神火炬，吹响时代前进号角，把艺术理想融入党和人民事业之中，做到胸中有大义、心里有人民、肩头有责任、笔下有乾坤，推出更多反映时代呼声、展现人民奋斗、振奋民族精神、陶冶高尚情操的优秀作品，为人民昭示更美好前景，为民族描绘更光明未来。显而易见，这样的一种愿景，如果没有理想信念的有力支撑，是不可能真正实现的。这样的一种状态的出现，只能是理想信念充盈之后的反映。

在这次讲话中，习近平总书记给文艺家们提了四点希望。这四点希望，可以说恰是对文艺家扬起理想信念之帆的真诚呼唤。他要求广大文艺工作者"坚定文化自信，用文艺振奋民族精神"。他期待文艺创作"把握时代脉搏，承担时代使命，聆听时代声音，勇于回答时代课题"，"发时代之先声、开社会之先风、启智慧之先河，成为时代变迁和社会变革的先导"。要完成这个任务，没有笃定的理想信念呵护，没有将理想信念作为导引人们前行的"灯火",没有在文化自信中挺起理想信念脊梁的勇气,是不可想象的。那种"离开火热的社会实践,在恢宏的时代主旋律之外茕茕孑立、喃喃自语"的作品,之所以不被人民接受和欣赏,说到底,就是因为那些作品把理想信念抛到了脑后,忘记了文艺同国家和民族休戚与共、紧紧维系才能发展的道理,结果造成目光狭隘、信仰匮乏、卑琐小气、一地鸡毛的局面。

习近平总书记指出:"对文艺来讲,思想和价值观念是灵魂,一切表现形式都是表达一定思想和价值观念的载体。离开了一定思想和价值观念,再丰富多样的表现形式也是苍白无力的。文艺的性质决定了它必须以反映时代精神为神圣使命。"他批评了"亵渎祖先、亵渎经典、亵渎英雄"的现象,告诫文学家、艺术家"不能用无端的想象去描写历史,更不能使历史虚无化"。任何戏弄历史的作品,最终必将被历史戏弄。

习近平总书记要求文学家、艺术家坚守艺术理想,用高尚的文艺引领社会风尚。他一方面强调,只有用博大的胸怀去拥抱时代、深邃的目光去观察现实、真诚的感情去体验生活、艺术的灵感去捕捉人间之美,才能够创作出伟大的作品。而要做到这一点,显然,只有马克思主义文艺观才能提供最强大的思想武器。另一方面,他又指出:"伟大的文艺展现伟大的灵魂,伟大的文艺来自伟大的灵魂。"正是文学家、艺术家的灵魂质量制约着文艺的生态和面貌。他说:"虽然创作不能没有艺术素养和技巧,但最终决定作品分量的是创作者的态度。具体来说,就是创作者以什么样的态度去把握创作对象、提炼创作主题,同时又以什么样的态度把作品展现给社会、呈现给人民。"也就是说,跟"素养""技巧"相比,在决定作品分量的时候,"态度"和"立场"是更紧要的。文艺承担着以文化人、以文育人的职责,因之,"文艺要塑造人心,创作者首先要塑造自己"。文艺家须德艺双馨,自觉抵制不分是非、颠倒黑白的错误倾向,反对拜金主义、享乐主义、极端个人主义腐朽思想。要"敢于向炫富竞奢的浮夸说'不',向低俗媚俗的炒作说'不',向见利忘义的陋行说'不'",要把崇高的价值、美好的情感融入作品,引导人们向高尚的道德聚拢，"不让廉价的笑声、无底线的娱乐、无节操的垃圾淹没我们的生活"。

习近平总书记希望文艺家坚持服务人民，用积极的文艺歌颂人民；勇于创新创造，用精湛的艺术推动文化创新发展。不难看出，这里强调的依然是唯物史观问题、人民本位问题，依然是伟大实践才能给文化创新提供强大动力和广阔空间的问题。

习近平总书记明确反对那种"以为人民不懂得文艺，以为大众是'下里巴人'，以为面向群众创作不上档次"的观点，认为只有永远同人民在一起，艺术之树才能常青。他明确主张文艺要塑造"典型人物"，要能以高于生活的标准来提炼生活，认为这是艺术创作的基本能力。毫无疑问，在习近平总书记心目中，典型人物是文艺家社会理想和审美理想的载体，只有灌注理想和信念，"只有创作出典型人物，文艺作品才能有吸引力、感染力、生命力"。

为此，习近平总书记指出："读懂社会、读透社会，决定着艺术创作的视野广度、精神力度、思想深度。"这就表明，掌握能"读懂""读透"社会的社会科学理论，是尤为必要的。有了这个理论，我们才能以强烈的现实主义精神与浪漫主义情怀去观照人民的生活、命运、情感，表达人民的心愿、心情、心声，才能创作出传之久远的精品力作。在他看来，文艺家要把提高作品的精神高度、文化内涵、艺术价值作为追求，让目光再广大一些、再深远一些，向着人类最先进的方面注目，向着人类精神世界的最深处探寻，摆脱个人身边"小悲欢"的缠绕和遮挡，努力创作出中华民族新史诗。而这，唯有坚守文化自信，走高扬理想信念之路，才能最终实现。

高扬理想信念，是社会主义文艺的宝贵传统，是社会主义文艺"不忘初心"的根本体现，是社会主义文艺立于不败之地的主心骨，是社会主义文艺安身立命的基石。任凭理想信念动摇滑坡，就容易成为市场的奴隶，就难以抵制俗媚的诱惑，就会导致精神上缺"钙"，就会使历史虚无主义泛滥。如此一来，创作出无愧于伟大时代、伟大国家、伟大民族的优秀作品，就将成为一句空话。

　　筑就新时代的文艺高峰,须得筑就新时代的精神高峰。而攀登文艺高峰,须得体现出理想高峰、信念高峰、信仰高峰、道德高峰和价值高峰。让我们展开理想信念的翅膀,为繁荣发展社会主义文艺而努力奋斗。

（原载 2017 年 2 月号《红旗文稿》）

构筑时代文艺高峰的思想指针

白　烨

正当全国文艺界以习近平总书记《在文艺工作座谈会上的讲话》的精神为指引,隆重召开中国文联第十次全国代表大会、中国作协第九次全国代表大会之际,习近平总书记出席开幕式并作重要讲话,高屋建瓴地要点阐发,语重心长地殷切期望,对于文艺界在新的形势下推进文艺事业、构筑文艺高峰提出了新的目标,对于文艺工作者创作优秀作品、力求德艺双馨提出了新的希望,给广大文艺工作者争取社会主义文艺的持续繁荣与更大发展,指明了方向,厘清了思路,提供了动能,激发了信心。

距离习近平总书记《在文艺工作座谈会上的讲话》发表两年多的时间,习近平总书记又一次就文艺工作发表《在中国文联十大、中国作协九大开幕式上的讲话》,这既显示了以习近平同志为核心的党中央对文艺事业的高度重视,也体现了习近平总书记对于文艺事业与文艺工作蒸蒸日上的热切期待。这种重视与期待,在习近平总书记的讲话中表现得尤为充分,显现得更为具体。这都使得我们当下面临各种挑战的文艺工作,如同大海行舟,行有导航仪表,进有导向指针。

两个"重要"的高度估价

文艺所具有的重要地位与特殊作用,是党在不同时期都极其重视、认真对待的重要问题。延安时期,毛泽东《在延安文艺座谈会上的讲话》中，就根据当时国内国际的总体形势，联系抗战背景下革命事业的现实需要，充分地肯定和评价了文艺的地位与作用。他把"文化的军队"看成是"团结自己，战胜敌人必不可少的一支军队"。由此，他把文艺看作是"整个革命机器的一个组成部分"。可以说，正是由此开始，中国共产党人对于文艺的地位与作用的认识达到了前所未有的新高度。

时隔 70 多年的今天，社会历史的演进，文艺自身的进取都使现今的文艺与当年的文艺，面临着不同的历史背景、社会环境和文化处境，如何在新的历史条件下认识文艺的地位与作用，习近平总书记于 2014 年 10 月《在文艺工作座谈会上的讲话》中讲到第一个问题"实现中华民族伟大复兴需要中华文化繁荣昌盛"时，就着重论述了当今时代文艺的重要地位与特殊作用。他从民族的生存与发展，人类社会的进步和人类文明升华的大视野、大角度，谈到文艺作为精神结晶和文明符号的意义，又从中华民族的伟大复兴，说到伟大事业需要伟大精神，顺理成章地得出"文艺的作用不可替代，文艺工作者大有可为"的结论。取精用弘的论述，高屋建瓴的见解，形象而科学地阐明了中国共产党人在新的历史阶段对于文艺工作意义的深刻认识与高度评价。

习近平总书记这次《在中国文联十大、中国作协九大开幕式上的讲话》中谈到党对文艺工作的一贯重视时，特别指出："文艺事业是党和人民的重要事业，文艺战线是党和人民的重要战线"。在对文艺事业作了这样两个"重要"的高度肯定和充分估价之后，又进而指出："在革命、建设、改革各个历史时期，广大文艺工作者响应党的号召，坚持为人民服务、为社会主义服务的方向，坚持百花齐放、百家争鸣的方针，创作了一大批脍炙人口、深入人心的优秀作品，弘扬了中国精神，凝聚了中国力量，为我们党团结带领人民实现民族独立、人民解放、国家富强、人民幸福作出了十分重要的贡献。"这种以高度精练的语言对文艺工作的作用与贡献的高度概括，反过来又以昭如日星的事实证明两个"重要"的言之有据，广大文艺工作者"有智慧有才情，敢担当敢创新,可信赖可依靠"的毋庸置疑。这种相互印证精湛论说,既对两个"重要"的论断给予了有力的深化,又给文艺工作者一如既往地做好文艺工作以莫大的激励。

文艺的地位要在完成历史任务中进而彰显,文艺的作用要在履行时代使命中加以落实。因此,习近平总书记在讲话中,从"实现中华民族伟大复兴,是中华民族近代以来最伟大的梦想,也是我们这一代人的历史使命"说起,既高屋建瓴地指出"实现中华民族伟大复兴,需要物质文明极大发展,也需要精神文明极大发展",又豪情满怀地期望文艺工作者"高擎民族精神火炬,吹响时代前进号角,把艺术理想融入党和人民事业之中"。这些重要论述,既站高望远又钩玄提要,从文艺与民族精神的走向、与时代进步风向的密切缘结,说到民族的伟大复兴、文化的繁荣昌盛与文艺的繁荣发展的内在关联,既步步深入地论述了民族、文化与文艺彼此映照、相互依存的密切关联与递进关系,又由小到大、由远及近地把民族复兴的伟业落实到文艺工作上。这既是对文艺事业地位与意义的高度认定,也是对文艺工作者工作的高度评价和殷切期待。它昭示人们和文艺工作者,需要从民族复兴的大局、社会发展的需要、历史进步的趋势的高度来认识文艺的作用与职能,也需要从这样的大局、趋势与高度来认识自己的使命与责任,从而做到"胸中有大义、心里有人民、肩头有责任、笔下有乾坤",肩负起这个时代文艺家的重要历史责任,履行好这个时代文艺家应有的神圣职责。

三个要点的充分强调

习近平总书记的讲话里,就当下文艺工作面临的现状,需要解决的问题,应当着力的方面,都有全面的论说与精当的阐述。细读这个讲话,还会发现在众多的要点阐发中,有三个方面的问题论述较为集中,话题更为彰显,这就是文艺与时代、创作与现实、作家与人民。因此,时代、现实、人民,可以说构成了文艺工作的三个基本要素与内在要点。

多角度和多方面地强调和论述文艺与时代的关系,在习近平总书记的讲话里俯拾皆是、随处可见。这里既有从大的方面着眼的"文运同国运相牵,文脉同国脉相连"的不易之论,又有从文艺的具体发展得出的文艺"因时而兴,乘势而变,随时代而行,与时代同频共振"的至理名言。有了这些丰盈而精湛的论述作铺垫,"文艺的性质决定了它必须以反映时代精神为神圣使命"的论断,就至当不易,难以移易。把反映时代生活和时代精神作为文艺的使命,并提升到神圣的位置,可以说既是一个基本的要求,也是一个很高的标准。

事实上,处于一定时代的作家艺术家,既不一定就是时代生活的随行者,也不一定就是时代精神的歌吟者。君不见,所谓表现"自我"的写作屡见不鲜,所谓疏离时代的写作也大有人在。还有一些写作,只以游戏为旨归,以娱乐为目的,时代生活在他们这里或被变形的审美所遮蔽,或被"二次元"的作品所替代。在文艺如何面对时代、如何处理生活这一方面,我们确实需要认真地自省,也确实需要真正的自觉。正是在这个意义上,如何在文艺创作上,"把握时代脉搏,承担时代使命,聆听时代声音,勇于回答时代课题"就成为文艺工作者需要不断进行自我检省和自我调整的现实问题。

关于文艺与生活,习近平总书记在讲话中除了一再强调文艺要"积极反映人民生活","反映人民生产生活的伟大实践",还特别提请文艺家们注意:"改革开放近 40 年来,我们党领导人民所进行的奋斗,推动我国社会发生了全方位变革,这在中华民族发展史上是前所未有的,在人类发展史上也是绝无仅有的。面对这种史诗般的变化,我们有责任写出中华民族新史诗。"显而易见,近 40 年的巨大变革,既是中华民族新史诗,也是这一代文艺家最该写作的题材和最能反映的生活。

改革开放以来的文学艺术,总的来说,是与时代同频、与现实同行的。但仔细检视起来,真正以改革开放的壮阔历程和由此引发的人民精神巨变为表现对象的小说写作,尤其是长篇小说力作,数量既不很多,质量也明显不高。摆在作家艺术家面前的，确实有一个亟待解决的问题，那就是如何"努力创作同我们这个文明古国，我们这个蓬勃发展的国家相匹配的优秀作品"。

在文艺与人民的关系问题上，习近平总书记于2014年10月所作的《在文艺工作座谈会上的讲话》，专列了"坚持以人民为中心的创作导向"议题，从"人民需要文艺"，"文艺需要人民"，"关键是热爱人民"三重角度，详尽论述了如何使"以人民为中心"成为基本导向和真正落到实处。在讲话中，习近平总书记在强调"扎根人民""贴近人民"的同时，还从"反映人民生活""反映人民喜怒哀乐"以及以弘扬正能量的作品"引导人民""激励人民""服务人民"等诸多方面，论述了文艺与人民无处不在的广泛关联，阐发了文艺与人民深刻关联的多种可能。

如果"以人民为中心"是一个大的目标和总的要求的话，那么，"观照人民生活""追随人民脚步""面向群众创作""鼓舞人们""在人民中传之久远"等几个方面的要求，由上到下，从内到外，涉及情怀与立场，状态与面向等重要的现实问题。这些具体而微的要求与期望因为秉承了提高与普及相结合的方针，坚持了社会效益与经济效益相兼顾的原则，使得人们看取文艺的眼光自然向下，文艺工作的重心必然下移，这就使得"以人民为中心"成为文艺工作的一个纵贯始终的系统工程，保证了"以人民为中心"的目标原则，成为始终不渝的创作导向，构成文艺工作的基本常态。

四点"希望"的发展之策

习近平总书记在讲话中，向文艺工作者提出了四点希望。这里的"希望"，凝结了党的领导人对于文艺工作者的热切期待与诚挚厚望，实际上也是针对文艺创作"有数量缺质量，有'高原'缺'高峰'"的现状，为着开创新形势下文艺工作的崭新局面，构筑中华民族伟大复兴时代的文艺高峰，从精神姿态、创作导向、文艺手段、理想持守等几个方面，所给予的顶层设计，所谋划的切实策略。四点"希望"，各有独到内涵，彼此环环相扣，它们的内在关联与积极互动,构成了搞好文艺创作和做好文艺工作的四大要点。

"坚定文化自信,用文艺振奋民族精神",从确立信念、提振信心的层面,呼唤文艺工作者建立起高度的文化自信,焕发出全新的精神面貌。

作为人类灵魂工程师的文艺工作者,自身具有怎样的魂魄,对于文艺工作者的为艺和为人都至关重要。为此,习近平总书记在讲话中指出:"创作出具有鲜明民族特点和个性的优秀作品,要对博大精深的中华文化有深刻的理解,更要有高度的文化自信。广大文艺工作者要善于从中华文化宝库中萃取精华、汲取能量,保持对自身文化理想、文化价值的高度信心,保持对自身文化生命力、创造力的高度信心,使自己的作品成为激励中国人民和中华民族不断前行的精神力量。"这里既有如何识古和继往,又有如何知今与开来,对文化自信的应有内涵作了简要的概述。不同于人们一般多在自我与个人的角度上去理解和认知文化自信,习近平总书记特别指出文化自信超越文艺工作的重要性所在,那就是"坚定文化自信,是事关国运兴衰、事关文化安全、事关民族精神独立性的大问题"。因此,文化自信从小处说关乎文艺创作,从大处说关系到民族的伟大复兴。因而,坚定地拥有文化自信,坚韧地持守文化自信就是文艺工作的题中应有之义。

"坚持服务人民,用积极的文艺歌颂人民",是对"以人民为中心的创作导向"的再度重申和生发。在谈到这个问题时,习近平总书记通过对"人民是历史的创造者,是时代的雕塑者","人民历来就是作家'够资格'和'不够资格'的唯一判断者"的引述式论证,在"为了人民"的总目标下,既强调文艺创作要"歌颂人民",又强调文艺工作要"服务人民",在文艺的各个方面都强调人民的立场、人民的角度、人民的坐标、人民的元素,从而把"人民"具体而微地落实到文艺创作、文艺生产、文艺传播、文艺阅读的各个环节,使文艺创作"扎根人民",使文艺家"永远和人民在一起"。在这里,人民与时代和生活一起,构成创作之源、作品之本、作家之根、文艺之依,既为文艺创作所不可或缺,又使得"艺术之树"常绿长青。

"勇于创新创造,用精湛的艺术推动文化创新发展"旨在以创新手段促动优秀文艺作品的产生,推动文艺创作的新变。习近平总书记在讲话中切近文艺创作的客观规律,提醒文艺工作者,"创新是文艺的生命。要把创新精神贯穿到文艺创作全过程",又强调文艺家在文艺创作中,要努力做到"观念和手段相结合、内容和形式相融合","要把提高作品的精神高度、文化内涵、艺术价值作为追求"。因此,他又告诫文艺工作者,"我国文艺不仅要有体量的增长,更要创造质量的标杆。创新贵在独辟蹊径、不拘一格,但一味标新立异、追求怪诞,不可能成为上品,而很可能流于下品。要克服浮躁这个顽疾,抵制急功近利、粗制滥造,用专注的态度、敬业的精神、踏实的努力创作出更多高质量、高品位的作品。"这些论述都清楚而分明地告诉人们,创新既要锲而不舍又要秉要执本。

"坚守艺术理想,用高尚的文艺引领社会风尚"主要从艺术家的理想和艺术作品的内涵两个方面强调有为的文艺工作者的自我塑造与积极的文艺作品的正面影响。习近平总书记在讲话中一语破的地指出:"伟大的文艺展现伟大的灵魂,伟大的文艺来自伟大的灵魂。"而拥有这样的"伟大的灵魂",就需要文艺家自身"养德"与"修艺"并重,"崇德"与"尚艺"兼顾,使自己做到德艺双馨,使自己的作品达到文质兼美。在这一部分的问题论说中,习近平总书记在强调文艺家的"文化责任和社会担当"的同时,还一再希望文艺家们"不为一时之利而动摇、不为一时之誉而急躁","要做真善美的追求者和传播者,把崇高的价值、美好的情感融入自己的作品,引导人们向高尚的道德聚拢,不让廉价的笑声、无底线的娱乐、无节操的垃圾淹没我们的生活"。可以说,这些希望中有提醒,引领中有劝诫,其情切切、其言谆谆,令人感奋,也引人警醒。

总之,习近平总书记《在中国文联十大、中国作协九大开幕式上的讲话》以深入浅出的理论性、求真务实的操作性直面文艺的新实际,读解文艺的新课题,钩玄提要地阐述了党对文艺工作的新要求与新希望,简明扼要地提出了推动创作繁荣和构筑文艺高峰的新思路与新策略,使它成为继《在文艺工作座谈会上的讲话》之后,我党关于文艺工作的又一重要文献。相信这两个有关文艺的重要讲话的贯彻与落实必将使广大文艺工作者明确前进的路向,振奋创新的精神,使新世纪的文艺工作获得更大的动力,焕发新的活力,从而构筑起属于我们这个时代的文艺高峰,谱写出社会主义文艺事业新的光辉篇章。

(原载 2016 年 12 月 3 日《文艺报》)

文艺评论话语建设的范例

毛 时 安

习近平总书记在中国文联十大、中国作协九大开幕式上的重要讲话,为这个冬天增添了浓浓的暖意。自两年前习近平总书记在文艺工作座谈会上的重要讲话发表后,党中央和各级政府又先后出台了《中共中央关于繁荣发展社会主义文艺的意见》等一系列文件政策,为我国文艺的繁荣,为文艺精品的创作,提供、创造了极为良好的环境。可以说,近年来,我国文艺已经走出了一度陷入的得不到发展资金的困境,走出了缺乏文化自信、完全仰望他人的徘徊、游移。虽然"高峰"尚未完全露头,但"高原"已有春色撩人。尤其是这些年来,不少一度濒临危机的民族文艺样式,正在得到有力的保护和传承。如曲高和寡的昆曲已经走出深谷,为越来越多的年轻人所热爱;作家莫言获诺贝尔文学奖,作家曹文轩获安徒生儿童文学奖,麦家小说的欧洲畅销;中国的戏曲、绘画、电影、电视剧大踏步走出去。虽然我们还有不少困难,但那是前进中的困难。总体来说,现在是 1949 年以来中国文艺最好的发展时期,既有相对宽松自由的创作环境,又有比较可靠的资金投入,还有艺术家们越来越高的心气和越来越充沛的文化自信。我们的文艺充满了崭新的生机和活力。

习近平总书记的讲话充满了当下性和在场感,对这些年我国文艺面临的各种现实困境和现实挑战,有着极为清醒的认识和科学理性的判断,清晰地指出了中国文艺未来的发展走向,廓清了多年来缠绕、困惑着我们的许多问题。讲话气贯长虹,汪洋恣肆,其本身就是一篇说理充沛,高扬着文学理想主义旗帜,洋溢着文学色彩的"美文"。理性分析与情感抒发,犹如长江、黄河贯穿全文,有筋骨,有血肉,情真意切,让听众和读者激情澎湃,热血沸腾。对于我们转变文风,对于我们文艺评论的话语建设,是一篇难得的范文。

唐代古文运动大家韩愈曾大声疾呼,惟陈言务去之。毛泽东同志也严肃批评过"党八股"的文风。但这些年来,陈陈相因,我们的文艺批评充斥了各种陈词滥调,各种废话套话,各种不着边际的空话官话,各种假话大话,还有一种"正确的"废话。文风之乏味、空洞、干瘪,已经到了连我们自己都不堪卒读的地步。学习讲话,我们要用深入人心的话语面对大众。话语的精深不在艰涩晦涩而在它的平实语词背后的内容结实。总书记通篇讲话娓娓道来,话语犹如春风化雨滋润心田。讲话一开始就明确提出"文运同国运相牵,文脉同国脉相连"。用极其平实易懂的语言,定位了文艺的价值和功能,凸显了文艺对国家对民族的重要作用,精确地揭示了文艺、文艺家和国家的内在关系。这一概括,很容易使我们联想到曹丕《典论·论文》的那句名言"盖文章,经国之盛事,不朽之伟业"。既有气势,又有高度,而且明白。对于文艺的品相,讲话要求以文化自信写出"有骨气、有个性、有神采的作品"。这"神采"二字,评论中用得少但用得非常有见地有精神。话语的宗旨是交流接受,话语表达的最佳状态是能直抵心灵。讲话的许多内容,能唤起文艺界广泛的心灵共鸣。

学习讲话,我们要用贴近时代的鲜活话语直面当下。讲话对近几年文艺界的成就和问题,都有着极其清醒细致的观察和看法,以鲜明的指向和褒贬,既不保留也不回避,让我们有信心也有方向。讲话提醒我们,不做徘徊边缘的观望者、讥谗社会的抱怨者、无病呻吟的悲观者。作家艺术家是人类中气质最为敏感的那群人,有时难免心理上的迷惘,动摇恍惚,从而影响自己的创作情绪。特别是处在当前这思潮多元激荡纷繁复杂的大时代,必定会如讲话指出的,生活和理想之间总有落差,现实生活总是有这样那样不如人意的地方。但我们要努力从以上三种情绪中解脱自己,提升自己。又如告诫我们绝不做亵渎祖先、亵渎经典、亵渎英雄的事情,带着坚定、强烈的现实指向性。

学习讲话,我们要用观念创新的话语引领潮流。时代已经进入 21 世纪,我们必须坚守一些最基本的原则性精神性的东西,但同时,这个时代语言、语词变动急速,惟有运用鲜活灵动语词才能触动受众的心弦。我们必须用新的充满时代气息的创新理念不断丰富我们坚守的原则,用适应变化时代的创新话语,产生、聚焦话题,激发关注引领文艺前行的能量,使话语能保持与时代同步的生命活力。讲话有许多极富创新的理念。如用"不忘本来、吸收外来、面向未来",不但严肃理性科学地对待传统文化和外来文化,同时明确了这种努力的指向既不在于故步自封,也不是为了数典忘祖,而在于我们的"未来"。在论及人民与历史的关系时提出,人民既是历史的"剧中人",也是历史的"剧作者"。赋予我们熟悉的戏剧语词以新的时代含义。

学习讲话,我们要用充满文学色彩的话语感染人心。习近平总书记有广泛的文学阅读体验,和众多文学家艺术家倾心交往,他的讲话不是官样文章不是高头讲章,讲话有我们所说的"文学性",遣词、说理、节奏都非常讲究发挥汉字独有特色,有文学才有的美感。讲话谈艺术家与生活,这是一个老生常谈的话题。讲话是这样说的,"面对生活之树,我们既要像小鸟一样在每个枝丫上跳跃鸣叫,也要像雄鹰一样从高空翱翔俯视"。诗化了文艺"源于生活,高于生活"的基本原理。诚如孔子所言的内容和形式统一的"文质彬彬"。

学习讲话,用符合艺术规律的话语对待艺术。讲话不仅有对艺术普遍规律的论述,更有对中国特色社会主义文艺特殊规律,尤其是对当前文艺现象旗帜鲜明的阐发。讲话强调以人民为中心的创作导向,但反对公式化概念化模式化地把人民变成苍白空洞的抽象,而且特别强调"是一个个具体的人的集合,每个人都有血有肉、有感情、有爱恨、有梦想,都有内心的冲突和忧伤"。内心的冲突和忧伤,出自党的总书记之口,特别让我们心动。

站在新涌现的层出不穷的文艺现象面前,文艺评论不能再袭用一成不变的语汇、语速、语调对待丰富而充满变化的文艺作品、文艺现象、文艺思潮。习近平总书记的这次讲话为我们带来了属于一个新的时代的清新文风。

（原载 2016 年 12 月 28 日《文艺报》）

文学艺术要为实现民族复兴
中国梦贡献力量

杜 学 文

习近平总书记在中国文联第十次全国代表大会、中国作协第九次全国代表大会上的重要讲话充分肯定广大文艺工作者心怀祖国人民、响应时代号召、追求艺术理想,是一支有智慧有才情、敢担当敢创新、可信赖可依靠的队伍。他强调,实现中华民族伟大复兴,需要物质文明极大发展,也需要精神文明极大发展。文运同国运相牵,文脉同国脉相连。在这一伟大的历史进程中,我们既需要坚忍不拔的伟大精神,也需要振奋人心的伟大作品。作为这一时代的亲历者、参与者,文学艺术工作者必须为实现民族复兴中国梦作出重要的贡献。

中华民族是一个伟大的民族。五千年来,不仅创造了灿烂的物质文明,也创造了辉煌的精神文明,为人类发展进步作出了巨大贡献。回顾历史,我们就会发现,中华民族在人类轴心时代,形成了自己基本的价值体系;在公元前两个世纪时就形成了统一的国家体系及治理体系;在人类漫长的历史进程中,中国大部分时期都是世界上最为发达的地区,是为全球提供经济财富、文化思想、科学技术的重要地区,是令人向往与憧憬的国度。丝绸之路沟通了世界各地,推动了不同地区之间的经贸往来、文化交融、科技交流,拓展了人类的视野与知识领域,也使世界各民族能够更好地相互了解、相互影响、共同进步。在这种交流、交融中,中华民族与世界各民族人民共同创造了人类文明,共同推

66

动了人类发展。我们必须有这样的文化自信。

但是,我们也要清醒地认识到,近代以来,在欧洲发生包括工业革命在内的一系列重大变革的时刻,我们错过了历史的机遇,由辉煌而衰落,由发达而落后,由强盛而积弱,被先发列强宰割、欺凌。我们永远不能忘记这一屈辱的历史,永远不能甘于落后挨打,必须清醒理性地总结历史的经验与教训,清醒理性地认识自己存在的问题,发奋追赶历史前进的脚步,实现民族的伟大复兴。这是近200年来中华民族筚路蓝缕、前赴后继的不懈追求。我们的前人,在困境中探索,在落后中前行,不惜抛家舍业,不怕流血牺牲,付出了巨大代价,做出了巨大努力。一直到中国共产党建立,才找到正确的道路,建立了属于人民的共和国。国家的独立才得以实现,人民才能当家做主,挨打挨饿的日子才一去不复返。今天,我们正经历着一个前所未有的大变革、大转型、大发展的历史时期。我们的国家与人民正面临着巨大的挑战与考验,将要通过我们的努力取得一个又一个巨大的胜利。我国社会发生的全方位变革,不仅在中华民族发展史上是前所未有的,而且在人类发展史上也是绝无仅有的。我们比历史上任何时期都更接近中华民族伟大复兴的目标,比历史上任何时期都更有信心、更有能力实现这个目标。这是人民的选择,是历史的必然。面对这样的现实,我们有责任写出中华民族的新史诗。

如果说,近代以来,中华民族救亡图存的任务得到了较好解决的话,文明再造的使命仍然任重道远。文明再造,就是要使中华文明重现辉煌,就是要在继承中华民族优秀传统文化的同时,吸纳人类文明中能够解决中国问题的成分,进行创造性转化与创新性发展,使党和人民在伟大斗争中孕育的革命文化、社会主义先进文化得到传承弘扬与新的更大发展。我们的民族曾经为人类提供了博大精深的思想资源、价值体系,今天我们应该而且也能够继续为人类的发展进步提供中国经验、中国方案、中国道路与中国精神。在这样的历史时刻,我们的文学艺术没有理由背过身去,惟一的选择是,为中华民族的伟大复兴贡献力量。

我们的文学艺术要为民族复兴提供积极的精神引领。优秀的文艺作品总是在具体社会生活中引导人们求真向善，面向未来。所谓"成教化，助人伦，穷神变，测幽微"，是中国美学的重要范畴。我们的民族仁爱诚信、自强不息，开拓创新、博大包容，具有非常优秀的精神品格。新的历史时期，我们仍然要经受来自各个方面的挑战，文学艺术必须大力弘扬这些优秀的品格，生动表现人民群众在党的领导下推动历史进步的创造力、战胜困难的意志力、爱憎分明的人格魅力、走向未来的想象力、对美好事物的感受力。要通过我们的作品，表现人民群众在这一历史进程中克服困难、走向胜利的智慧、勇气、情怀与能力，揭示历史发展的基本规律与必然趋势，弘扬能够使社会更和谐进步、人民更团结向上、国家更富强文明的人文精神与价值观，使人们从我们的作品当中得到更多的启示，获取能够走向美好未来的精神动力。

　　我们的文学艺术要为民族复兴提供强大的思想资源。作家艺术家不是生活的简单描摹者，不能满足于对现实生活不加提炼的简单再现，而是要为时代提供启迪心智的思想武器。艺术的深刻程度源于创作者对生活体悟的深度。每一个时代都有这一时代需要解决的问题。艺术虽然不能简单地为我们解决现实问题提供具体方法，但应该为我们打开思想的窠臼提供启迪，点燃照亮我们前进道路的火炬。启蒙运动因为接受了东方文化的影响，使欧洲从神本主义中解放出来。五四新文化运动由于接受了外来思想的影响，传播了民主科学的思潮。在这些社会变革的重要关头，文化都能够感国运之变化、立时代之潮头，出现了产生重大影响的作家艺术家。他们既是特定时代的代言人，更是人类文明高峰的标志，是全人类的宝贵财富。在我们实现民族复兴的历史进程中，必须也当然能够出现具有时代性标志的思想文化高峰。

　　我们的文学艺术要为民族复兴提供不竭的文化动力。人类在改造自然与自身的实践中创造了文化。文化是人类重要的本质特征。有什么样的实践就会形成什么样的文化。反之，有什么样的文化就将出现什么样的实践。这是马克思主义唯物辩证法的体现。在民族复兴的历程中,中国人民在继承优秀传统文化的同时,接受了马克思主义,找到了正确的发展道路,形成了中国化的马克思主义理论,并不断发展创新,凝结成中国特色社会主义理论。这一理论是中国人民在长期实践中形成的,是我们的行动指南、思想宝库。只有物质的强盛,不能完成民族复兴的重任。没有文化力量的民族是没有未来的民族。我们的文学艺术要生动形象地表达中国精神、中国气派,创造属于中国人奋斗、进步的文化。不论是语言特色、人物形象,还是情感方式、价值选择,都要有这个时代的中国意蕴、中国风格。要让更多的人接受我们的文化,认同我们的文化,并从中汲取前进的智慧与力量。

我们的文学艺术要为民族复兴提供典型的艺术形象。任何创作都是对人的描写与塑造,包括外在行为的描写,以及内心世界的表达。不同的时代有不同的使命、不同的人物。这些生活在不同历史条件下的人物,在表面的一致性后面往往隐藏着某种具有特殊意义的典型性。作家艺术家就是要通过自己的创作揭示出这种特定历史条件下的典型性,揭示出典型人物所具有的精神气质、品格情怀和深刻的历史内涵、人文价值。要描写生活在当下中国的人们所具有的理想、希望,表现他们在现实道德支配下的追求、奋斗,努力塑造具有人格魅力、性格光彩与人文情怀的中国人形象。在这样的典型形象中,使人们看到中国人的智慧、能力、信心与力量,看到一个具有悠久历史、创造了灿烂文明的民族怎样克服种种困难,走向美好未来,并由此揭示出人类命运的某种必然性。

古今中外,文艺无不因时而兴,乘势而变,随时代而前行,与时代同频共振。在人类发展的每一个重大历史关头,文艺都能发时代之先声、开社会之先风、启智慧之先河,成为时代变迁与社会变革的先导。我们正处于实现民族复兴中国梦的关键时刻,文学艺术必须为此弹奏出具有强大的艺术魅力、深刻的思想启迪的时代旋律。

(原载 2016 年 12 月 14 日《文艺报》)

关于新形势下作家协会职能定位的思考

杨 学 锋

习近平总书记在文艺工作座谈会重要讲话中明确指出："文联、作协要充分发挥优势,加强行业服务、行业管理、行业自律,真正成为文艺工作者之家。"《中共中央关于繁荣发展社会主义文艺的意见》更是明确要求："各级党委政府要加大对文联作协的支持保障力度,切实支持其履行团结引导、联络协调、服务管理、自律维权职能,在行业建设中发挥主导作用。"以中央规范性文件形式对作协职能作出科学界定和明确规定,这为我们做好新的历史条件下作协工作提供了行动指南和根本遵循。《意见》既重申了作协已有的联络、协调、服务职能,更是与时俱进,赋予作协以团结、引导、管理、自律、维权等新的职责和使命,需要我们准确把握,认真履行。认真学习贯彻习近平总书记重要讲话和《意见》精神,对于进一步明确新的历史条件下作家协会的职能定位,不断创新完善作协工作体制机制,推动文学事业繁荣发展,具有重要的理论和实践意义。

团结引导职能

作为人民团体,作协与广大作家之间没有行政隶属关系,主要是靠自身的影响力和凝聚力,通过各种活动和渠道,努力把广大作家和文学工作者广泛紧密地团结起来,激发引导大家创作出更好更多的文学精品,推动文学事业繁荣发展。作协的团结职能是首要的,是履行好其他职能的前提和基础。作协团结的对象包括四个方面。一是广大会员作家和评论家。加入各级作协的作家和评论家,都是在全国或者省市文学界影响较大,文学创作、评论成绩突出的著名作家和评论家,或者是文学实力强、创作潜力大的骨干作家和评论家。这应该成为作协团结的重要对象。二是广大非会员作家和文学爱好者。作协既要培养造就一批德艺双馨的著名作家和文学领军人物,更要团结广大非会员作家和文学爱好者,为文学事业奠定广泛的人才基础;既要团结传统文学、经典文学作家,也要加强与新的文学类型、新的文学群体的联系,如网络作家和自由撰稿人等;既要团结作协体制内的专业作家,也要团结业余作家和广大文学爱好者,最大限度地把他们纳入到作协工作视野,引导他们积极参与作协的活动,努力使他们成为繁荣发展社会主义文学事业的有生力量。三是文学工作者。中国作协主席铁凝曾说:"促进文学繁荣发展有两支队伍,一支是作家队伍,他们为社会所关注,知名度高,影响大。一支是作协工作队伍,这是一支不被世人所知默默无闻地做着奉献的队伍。我们要关注这支队伍,感谢这支队伍。"文学工作者最基本的职责就是服务作家。在新的历史条件下,作协职责发生了深刻变化,这就需要作协把广大文学工作者紧密地团结起来,进一步调动和激发他们做好文学工作的积极性和为广大作家服务的主动性,不断提高自身文学业务素质和服务工作能力,努力为"多出人才、多出精品"做好服务工作。四是关心文学事业的社会力量。包括新闻、出版、广电等文化部门和新媒体的文学编辑、文学策划等与文学有关的人员,也包括有志于从事文学事业繁荣发展的文学社团和社会各界关心热爱文学的人士。作协要立足自身优势,积极主动作为,团结各类文学人才、文学力量和文学资源,吸引和影响全社会更多的人关注文学、关心文学、支持文学,形成有益于文学事业繁荣发展的社会生态和文化环境。

作协的引导职能,主要是发挥作协的组织优势,引导广大作家和文学工作者坚持正确的创作导向和工作导向。一是引导广大作家坚定不移走中国特色社会主义文学之路。要引导广大作家和文学工作者进一步明确社会主义文艺工作的指导思想和方针原则，坚持以人民为中心，以社会主义核心价值观为引领，以中国精神为灵魂，以中国梦为时代主题，以中华优秀传统文化为根脉，以创新为动力，以创作生产优秀作品为中心环节，深入实践、深入生活、深入群众，推出更多无愧于民族、无愧于时代的文艺精品，不断满足人民精神文化需求，建设社会主义文化强国，为实现"两个一百年"奋斗目标、实现中华民族伟大复兴的中国梦提供强大的价值引导力、文化凝聚力、精神推动力。二是引导广大作家始终坚持以人民为中心的创作导向。习近平总书记强调，社会主义文艺，从本质上讲，就是人民的文艺。文艺要反映好人民心声，就要坚持为人民服务、为社会主义服务这个根本方向。这是党对文艺战线提出的一项基本要求，也是决定我国文艺事业前途命运的关键。作协要引导广大作家和文学工作者牢固树立以人民为中心的创作导向，把满足人民精神文化需求作为文学和文学工作的出发点和落脚点，把人民群众作为文学表现的主体，把人民群众作为文学审美的鉴赏家和评判者，把为人民服务作为作家和文学工作者的天职，始终把人民的冷暖幸福放在心中，把人民的喜怒哀乐倾注笔端，把经得起人民评价、专家评价、市场检验作为好的文学作品的标准，坚决反对那种价值混乱、调侃崇高、亵渎经典、颠覆历史、丑化人民群众和英雄人物的不良倾向，坚决反对低俗、庸俗、媚俗的现象和市场为王、金钱至上的倾向，不沾铜臭气，不当市场的奴隶，努力为人民书写，为人民抒情，为人民抒怀，用文学的形式坚定人们对美好生活的憧憬和信心。三是引导广大作家自觉深入生活。习近平总书记指出，文艺的一切创新，归根结底都直接或间接来源于人民，文艺创作最根本、最关键、最牢靠的办法是扎根人民、扎根生活。作协要通过各种方式、各种有效措施为作家深入生活创造条件，提供服务，引导广大作家努力克服所谓的"为艺术而艺术"和脱离现实的现象，扎根现实生活，紧跟时代潮流，从人民群众的伟大实践和丰富多彩的火热生活中不断进行生活和艺术的积累，不断进行美的发现和美的创造,不断创作出更多"接地气"、动人心的优秀作品。四是引导广大作家潜心精品创作。衡量一个时代的文艺成就最终要看作品,推动文艺繁荣发展,最根本的是要创作生产出无愧于我们这个伟大民族、伟大时代的优秀作品。没有优秀作品,其他事情再热闹、再花哨,也只是表面文章。作协要针对文艺创作中存在着的有数量缺质量、有"高原"缺"高峰"的现象,引导广大作家和文艺工作者牢记创作是自己的中心任务,作品是自己的立身之本,不断增强精品意识,继承和发扬中华民族优秀文学传统和革命文学传统,学习和借鉴世界各国优秀文化成果,不断进行文学内容和形式的探索和创新,提高作品的思想水平和艺术水平。积极创造条件,帮助广大作家创作出传播当代中国价值观念、体现中华文化精神、反映中国人审美追求,思想性、艺术性、可读性有机统一的优秀作品。

要履行好团结引导职能,需要正确处理好团结与引导的关系。团结是做好引导的前提和基础,引导是团结的方向和引领。团结是坚持正确导向下的团结,引导是遵循创作规律的引导。这就要求作协既要始终坚持党对文学工作的领导,坚持党的事业第一和人民利益第一,始终把握正确的创作导向和工作导向,又要充分发扬艺术民主和学术民主,尊重广大作家的创造性劳动,既引导广大作家坚守思想品质,又鼓励和提倡独特的艺术追求和不同形式风格的自由发展,创造和谐民主、严肃活泼的氛围,形成良好的文学生态,把更多的作家和文学工作者团结在作协周围,从而更好地发挥作协引领导向的职能作用。

联络协调职能

联系广泛是群团组织的优势特点,联络协调是群团组织的重要职能。就作协而言,联络协调职能就是要充分发挥好党联系广大作家的桥梁纽带作用,认真做好上下纵横各方面的联络交流和沟通协调工作,为广大作家和文学工作者从事创作、评论,开展文学活动拓展良好的空间和氛围。一是与广大作家和文学工作者的联络工作。要时刻关注广大作家和文学工作者的思想动态和创作动态，关心广大作家和文学工作者的学习成长和工作生活，及时了解掌握汇集广大作家和文学工作者的真实情感和意愿诉求，及时发布报道文学权威政策信息和最新动态，积极组织作家进行创作交流、座谈研讨等，切实发挥好作家之家的作用。二是作协系统的联络。一方面要加强中国作协、省区市和各市地州作协之间的纵向沟通联络，充分发挥上级作协对下级作协的业务指导作用，切实履行下级作协作为团体会员单位对上级作协应尽的义务和职责；一方面要加强省、市同级作协的横向联络和交流，相互学习借鉴，团结合作，资源共享，促进不同地域文学的发展。三是与各级各部门和社会各界的联络。主要是加强与文化艺术界及有关部门、系统、各界别的联系交流与合作，提高全社会对文学的关注度、参与度，推动形成各级各部门协同推进、全社会共同参与的文学工作发展新格局。同时，还要发挥作协的组织优势，协调各个方面，开展重点文学选题策划、重点深入生活项目的实施，做好跨区域、跨行业、跨部门深入生活、采访采风的联络协调等工作。四是与海外文学界的交流合作。主要是加强与海外文学组织和作家群体的交流与合作，学习借鉴外国先进理念、经验和做法，推动中国优秀作家作品走出国门、走向世界。

服务管理职能

作协的服务管理职能，主要是加强行业服务和行业管理。作协团结的对象，也就是作协服务的对象，既包括广大会员作家、非会员作家、文学工作者和文学爱好者，也包括各行各业和相关人员。加强行业服务，就是要不断提升作协的服务意识、服务能力、服务质量和服务水平，为多出精品、多出人才提供有益帮助，创造良好环境。一是文学公共服务。文学作为一项重要的文化事业，承担着为人民群众提供更好更多精神食粮的公共服务职责和开展文学普及服务的任务，要通过多种形式，把优秀的作品奉献给广大人民群众,普及文学知识,培养文学爱好,提高全社会的文学素养和文学欣赏水平。二是人才培训服务。作家的成长成才既要靠作家自身的执着追求和不断学习探索,也要靠各级作协组织的培养和扶持。作协通过举办文学培训班、组织各种文学教育活动、重点作家扶持培养等方式,引导广大作家加强党的方针政策的学习,加强文艺理论和文学专业知识的学习以及经济、政治、文化、社会、科技、生态、法律、历史等方面知识的学习,不断提高个人道德修养、文学素养和创作实力,激发广大作家创作文学精品的自觉性和积极性。三是深入生活服务。深入生活是作家创作的必由之路,但对许多作家而言,对于一些党和政府的中心工作、重大活动的采访采风,以及到改革开放前沿、基层一线、革命老区等地体验生活,仅靠作家自身很难完成。这就需要作协充分发挥组织联络优势,为作家深入基层、深入生活搭建平台、创造条件,提供实实在在的服务,帮助广大作家把深入生活、扎根人民落到实处。四是宣传推介服务。文学作品的传播、交流离不开宣传推介,特别是在海量信息、碎片阅读、低门槛写作的新媒体时代,文学作品要实现社会效益和经济效益的有机统一,实现经典化,更需要对作品进行宣传推介。这就需要作协通过组织文学出版、评论、研讨、交流、改编影视作品等各种方式,全面展示宣传推介文学精品创作成果,扩大文学精品的知名度和影响力,为社会各界和广大读者了解和阅读文学精品提供有效服务。五是创作和生活服务。作协要努力为广大作家提供更多的服务内容和项目,包括出版发表、版权贸易、作品改编、职称评定等,积极帮助作家解决创作、生活中遇到的各种实际困难,为广大作家潜心创作创造良好环境,提供坚实保障。

行业管理,主要是指作协要充分发挥在行业建设和发展中的主导作用,促进文学事业健康有序发展。一是加强党的领导。党的领导是文学事业繁荣发展的根本保证,是保证文学沿着正确方向前进、保持文学优良传统的生命线,是广大作家安身立命、创作精品的首要前提。要坚持党对文学工作的领导,把自觉接受党的领导、团结服务广大作家和文学工作者、依法依规按照章程开展工作统一起来,在思想上政治上行动上始终同党中央保持高度一致,自觉维护党中央权威,坚决贯彻党的意志和主张,严守政治纪律和政治规矩,经得住各种风浪考验,承担起引导广大作家和文学工作者听党话、跟党走的政治任务,为夯实党执政的组织基础和群众基础做出文学界的贡献。要切实发挥党的核心领导作用,保障文学事业和作协工作坚持正确的方向。二是文学阵地管理。习近平总书记在文艺工作座谈会重要讲话中强调:"要重视文艺阵地建设和管理,坚持守土有责,绝不给有害的文艺作品提供传播渠道。"作协必须进一步强化阵地意识、责任意识,牢牢掌握主动权、话语权,更加积极主动有效地加强对文学报纸期刊、研讨论坛、培训课堂、展示交流等文学阵地的建设和管理,做到守土有责、守土负责、守土尽责,绝不给错误思想和不健康思潮提供散布和扩大的平台和机会,巩固和壮大主流思想舆论,弘扬主旋律,传播正能量。三是文学业务管理。包括对各类群众性文学组织和社团的业务指导和管理,帮助他们健全领导班子,规范开展各项文学活动,发挥他们在促进文学事业繁荣发展中的作用。四是会员管理。会员是作协构成的基础,会员管理是作协行业管理中的重要职能。需要规范会员的权利和义务,形成有效的行为规范和约束机制。规范入会条件和办法,把那些符合会员基本条件、创作势头好、有潜力的青年作家发展入会,引导他们积极参加作协组织的各种文学活动,从而壮大作协组织、提升行业形象,推动作家成长成才。

服务和管理是相辅相成、互为促进的关系。只有更广泛、更直接地为广大作家和文学工作者服好务,才能为加强行业管理奠定良好的群众基础,使行业管理更有效、更接地气。也只有切实履行好行业管理职能,才能够更好地维护文学工作秩序,使服务工作方向更明确,措施更到位,从而形成良好的文学环境。

自律维权职能

　　加强文学行业自律,是发挥文学引领时代风气作用、促进文学事业繁荣发展的重要保障。要加强作协本身的自律。各级作协要认真贯彻落实中央各项方针政策,加强党风廉政建设,坚持"三严三实",加强学习型、服务型、创新型和谐作协建设,求真务实、干事创业、廉洁清正,确保作协工作思路和措施更好地适应新形势的要求和广大作家的需要,确保各项文学工作和文学活动科学、规范、高效、有序开展。要加强文学界的行业自律。引导广大作家和文艺工作者模范践行社会主义核心价值观和《职业道德公约》,坚持德艺双馨,规范文学创作,认真履行社会责任,树立良好社会形象,推动文学界讲正气、树正风、走正道,真正发挥文学作品引领风尚、教育人民、服务社会、推动发展的重要作用。维权职能就是发挥作协自身的组织优势,切实维护广大作家的正当合法权益,为文学事业繁荣发展创造良好的法治环境。这是作协做好团结服务作家工作的一个重要内容,是作协的重要职责。需要作协认真贯彻落实党的文艺方针政策,维护广大作家的各项社会权利,保障作家从事正当文学活动自由和创作自由。要充分运用组织的力量,帮助作家加强作品版权保护,维护广大作家的著作权。

　　团结引导、联络协调、服务管理、自律维权,这16个字的职能要求是一个统一的整体,既互相联系,又各有侧重。团结引导是方向引领,联络协调是措施手段,服务是根本目的,管理、自律、维权是重要保障。我们只有准确深刻地认识和把握这些职能的内涵要求和外延范围,才能更好地履行职能,做到到位不越位,在位不缺位,真正发挥作协的职能作用。

　　习近平总书记在文艺工作座谈会上强调,要通过深化改革、完善政策、健全体制,形成不断出精品、出人才的生动局面。《意见》明确要求:"文联、作协要改革创新、增强活力,改进工作机制和方法手段,改进工作作风,避免机关化、脱离群众现象,真正成为文艺工作者之家,更好地团结凝聚广大文艺工作者,充分调动一切积极因素,为繁荣发展社会主义文艺、建设社会主义文化强国作贡献。"作家协会应该按照作协的职责任务要求,与时俱进,探索创新,不断建立完善与社会主义市场经济体制、文学发展规律和人民团体职能相适应的管理体制和运行机制,使作协工作体现时代性、把握规律性、富于创造性,更加有效地促进文学事业的繁荣发展。

（原载 2016 年 3 月 11 日《文艺报》）

中国作协八届六次全委会在京召开

　　中国作家协会第八届全国委员会第六次全体会议1月12日至13日在北京召开。会议深入学习贯彻习近平总书记在文艺工作座谈会上的重要讲话精神,贯彻落实中央《关于繁荣发展社会主义文艺的意见》和全国宣传部长会议精神,总结中国作协2015年工作,研究部署2016年工作。中国作协主席铁凝主持会议。中国作协党组书记、副主席钱小芊作工作报告。中宣部副部长景俊海出席会议并讲话。会议邀请中央农村工作领导小组副组长、中央农办主任陈锡文作了关于五中全会精神和"十三五"规划建议的专题报告。

　　钱小芊在报告中回顾总结了中国作协2015年工作,主要是:深入学习贯彻习近平总书记系列重要讲话精神,牢牢把握文学繁荣发展的正确方向;组织文学界积极开展纪念中国人民抗日战争暨世界反法西斯战争胜利70周年系列活动;精心组织第九届茅盾文学奖评奖颁奖活动;持续开展"深入生活、扎根人民"主题实践活动;进一步加强文学评论和重点作品扶持;广泛联系服务、团结带领作家,积极扩大工作覆盖;积极开展对外文学交流,稳步提升中国文学影响力;积极稳妥推动所属文学报刊社网发展;大力加强人才队伍建设和作协机关建设。

　　钱小芊说,在2016年的工作中,我们要深入学习贯彻习近平总书记系列重要讲话精神,全面贯彻党的十八大和十八届三中、四中、五中全会精神,贯彻落实中央《关于繁荣发展社会主义文艺的意见》和全国宣传部长会议精神,以社会主义核心价值观为引领,以全心全意为作家服务为宗旨,以出精品出人才为重点,坚持以人民为中心的创作导向,积极探索体制机制改革创新,大力营造文学界团结和谐的良好氛围,迎接中国作协第九次全国代表大会的召开。

钱小芊指出,要紧密结合文学事业和作协工作实际,围绕强化和落实五大发展理念谋篇布局。坚持创新发展,始终把创新摆在文学创作和文学组织工作的核心位置,不断推动创作题材、体裁、风格、样式推陈出新,推动作协组织建设改革创新;坚持协调发展,在解决突出问题、补齐短板上下功夫,着力增强文学事业发展的平衡性、包容性;坚持绿色发展,注重发展的可持续性,防止急功近利,切实在人才队伍、文学阵地、基层组织等基础性建设上使实劲、下真功,久久为功;坚持开放发展,以开放的姿态推动文学对外交流,讲好中国故事,在对外开放的环境下促进我国文学事业发展,走好从文学大国到文学强国的发展道路;坚持共享发展,更好地满足人民群众日益增长的精神文化需求。

钱小芊提出了今年七项重点工作任务,并作了说明:一是进一步深入学习贯彻习近平总书记系列重要讲话精神;二是精心筹备召开中国作协第九次全国代表大会;三是扎实做好中国作协会员培训工作;四是持续推动"深入生活、扎根人民"主题实践活动;五是努力催生精品力作,加强文学评论;六是积极拓宽渠道,深入开展对外和对港澳台文学交流;七是深入贯彻中央党的群团工作会议精神,努力把作协建设成团结和谐的作家之家。

景俊海在讲话中对中国作协一年多来为繁荣发展文学事业作出的突出贡献给予充分肯定。他强调,要深刻把握习近平总书记文艺工作座谈会重要讲话的重大理论创新和实践要求,进一步把讲话精神的学习贯彻引向深入。要紧紧围绕中国梦这个宏伟目标和时代主题,深刻把握国内国际大势,探寻文学创作的切入点、突破点。景俊海指出,现在,党和国家对文艺工作的重视程度、推进力度前所未有,文艺事业正处于繁荣发展的"黄金期"。我们应当抓住难得机遇,主动作为、加倍进取,以文学的繁荣引领和推动文艺的繁荣,努力铸就时代高峰。他就聚焦中国梦,打造时代精品;建立长效机制,推动深入生活、扎根人民制度化常态化;抓好评论评奖,推动文艺繁荣;加强队伍建设,提升行业形象;加强工作引导,创新体制机制等提出了希望和要求。

全委们对钱小芊所作的工作报告和《中国作协2016年工作要点》进行了分组审议。大家充分肯定了2015年中国作协的工作,一致认为,在习近平总书记文艺工作座谈会精神指引下,文学界的面貌发生了许多可喜的变化。通过一年努力,中国作协较好地完成了工作任务,各项工作取得了新进展、新成绩。大家认为,工作报告和《中国作协2016年工作要点》确定的总体要求和重点任务,体现了习近平总书记在文艺工作座谈会上的重要讲话精神和中央《关于繁荣发展社会主义文艺的意见》要求,思路清晰、重点突出,必将进一步推动我国文学事业的繁荣发展。大家在讨论发言中,就如何进一步把学习贯彻习近平总书记在文艺工作座谈会上的重要讲话精神引向深入,推动"深入生活、扎根人民"主题实践活动,切实加强文学理论评论、营造健康的文学批评氛围,扩大对外文学交流,加强鲁院培训,加大对文学期刊的扶持力度,维护作家合法权益,重视和加强基层作协组织建设,切实组织好会员培训等,发表了意见建议。

会议增选中国作协党组成员、书记处书记白庚胜为中国作家协会副主席,增选中国作协书记处书记吴义勤为中国作家协会主席团委员。

中组部、中宣部等有关部门负责同志到会指导。中国作协各直属单位、机关各部门主要负责人列席会议。

会后,出席中国作协第八届全国委员会第六次全体会议的全委们参加了阎肃同志先进事迹报告会。

(原载2016年1月14日《文艺报》)

深入学习贯彻
习近平总书记文艺工作座谈会重要讲话
中国作家协会第一期培训研讨班开班

3月24日,由中宣部、中国作协共同举办的深入学习贯彻习近平总书记文艺工作座谈会重要讲话第一期培训研讨班在京开班。中宣部副部长景俊海、中国作协主席铁凝先后在培训研讨班授课。中国作协党组书记、副主席钱小芊作了开班讲话。为期两年的中国作协系统文学骨干和管理干部培训活动由此全面启动。

景俊海指出,这期培训研讨班是2016年至2017年全国文艺业务骨干和管理干部培训工作的重要组成部分。主要任务是,深入学习贯彻习近平总书记系列重要讲话精神特别是文艺工作座谈会重要讲话精神,总结经验,交流体会,进一步推动社会主义文艺繁荣发展。要深刻把握习近平总书记文艺工作座谈会重要讲话的重大理论创新和实践要求,进一步把讲话精神的学习贯彻引向深入。深刻理解讲话宏阔的理论视野,准确把握文艺的重要地位和作用;深刻理解讲话强烈的问题意识,准确把握文艺工作的中心任务;深刻理解讲话深厚的人民情怀,准确把握文艺的根本方向;深刻理解讲话坚定的文化定力,准确把握社会主义文艺的灵魂;深刻理解讲话鲜明的工作导向,准确把握文艺发展的根本保证。要紧紧围绕中国梦这个宏伟目标和时代主题,深刻把握国内国际大势,探寻文艺创作的切入点、突破口。要不忘初心、不辱使命,扎实做好文艺工作。要抓引导,始终坚持以人民为中心的创作导向;抓精品,创作更多无愧于时代的优秀文艺作品;抓生活,在深入基层、扎根人民中提升文学创作水平;抓队伍,更好地为繁荣文艺打牢人才基础,锐意进取、扎实工作,为建设社会主义文化强国,实现中华民族伟大复兴的中国梦作出更大贡献。

铁凝在授课时说,习近平总书记文艺工作座谈会重要讲话立足于民族复兴的历史高度,植根于中华文化的深厚土壤,站在党和人民的立场,放眼人类文明的国际视角,深刻论述了关系当前文艺发展迫切需要解决好的重大理论和现实问题,提出了一系列新思想、新论断和新观点,体现了为繁荣发展中国特色社会主义先进文化高度的文化自觉,是指明新形势下文艺工作的新航标。

铁凝说,作品是作家立身之本。每一个以文学为志业的人,要倾听自己内心最深处的声音,尽一切所能,让被文学所塑造的更好的那个自己,稳稳地站在中国的大地上,不断从时代生活中汲取力量,用于文学的创造。要虔诚地对待自己的创作,树立高远的艺术理想,耐得住寂寞,顶得住诱惑,沉下心去,静心笃志,大胆创新,自觉地将自己的文学活动同正在发生深刻变革的社会主义社会的人民生活联系起来,永葆创造美好生活的希望和梦想。

铁凝说,文学具有凝聚一个民族和在世界上展示一个民族分量的重要性。文化、文学关乎人的魂魄。作家应该以人类灵魂工程师的标准要求自己,严肃对待自己所从事的崇高职业,认真考虑作品的社会效果,自觉承担以优秀的作品鼓舞人的光荣职责。广大作家要秉持风骨操守,树立高远的文学理想,要把对先进文化的创造、建设和传播作为自己的使命,为人民书写、为时代放歌;拒绝做市场和金钱的奴隶,通过优秀的文学作品引导人们求真、向善、向美,努力做到既在思想上、艺术上取得成功,又在市场上受到欢迎,"经得起人民评价、专家评价、市场检验"。

钱小芊在开班讲话中说,在习近平总书记文艺工作座谈会重要讲话精神的激励和指引下,我国文艺界文学界出现了许多可喜的新气象新变化,开展深入学习贯彻习近平总书记文艺工作座谈会重要讲话精神培训研讨,有助于广大作家和文学工作者在学习贯彻习近平总书记系列重要讲话精神的自觉性、坚定性上有新提高,在树立马克思主义唯物史观和文艺观、牢牢把握文学正确方向上有新提高,在提升思想境界和职业精神上有新提高,以更加奋发有为、昂扬向上的精神状态,为繁荣发展社会主义文学事业贡献力量。在这次培训研讨活动中要进一步深入学习习近平总书记系列重要讲话,特别是在文艺工作座谈会上的重要讲话,学习党的文艺方针政策,学习《中共中央关于繁荣发展社会主义文艺的意见》,学习革命文艺和社会主义文艺的优良传统,学习文艺界先进典型的感人事迹、精神品质和道德情操,坚定以人民为中心的创作导向,增强高扬社会主义核心价值观旗帜的自觉性,真正把创作生产优秀作品作为中心环节,努力创作无愧于时代和人民的优秀作品。要把学习的收获转化为推动创作、推动工作的持久动力,推动文学事业大发展大繁荣。

据了解,中国作协对在文学界组织好深入学习贯彻习近平总书记文艺工作座谈会重要讲话培训研讨工作高度重视。今年1月召开的八届六次全委会已将其列为年度重点工作,党组书记处专门成立培训研讨工作领导小组,根据中宣部、中国作协等六部委联合印发的《2016—2017年全国文艺骨干和管理干部培训工作规划》,制订周密培训研讨实施方案。培训研讨将采取中国作协集中培训和委托省区市作协分片培训两种方式进行。本次培训研讨班采取集中授课和分组讨论、自学相结合的方式。根据安排,在这期培训研讨班上,还将由中国作协副主席吉狄马加、何建明围绕不同主题授课,中国作协副主席白庚胜作培训研讨小结。中国作协主席团成员、全委会委员,各团体会员单位和中央军委政治工作部宣传局有关同志,中国作协机关、直属单位负责同志,以及部分作家参加培训研讨。

(原载 2016 年 3 月 24 日《文艺报》)

陈忠实遗体告别仪式在陕西西安举行

　　八百里秦川云雾深锁,终南山下江河无言。5月5日上午8时,中国共产党优秀党员、中国当代杰出作家、中国作家协会副主席、陕西省作家协会名誉主席、第四届茅盾文学奖获得者陈忠实遗体告别仪式在陕西省西安市殡仪馆举行。数千名文艺界人士和各界群众参加仪式。中国作家协会主席铁凝,中国作协党组成员、副主席、书记处书记李敬泽专程来到西安,代表全国文学界,与陈忠实深情作别。

　　陈忠实因病医治无效,于2016年4月29日在西安病逝,享年74岁。

　　陈忠实逝世后,党和国家领导同志通过各种方式对陈忠实逝世表示哀悼,对陈忠实家人表示慰问,并敬献花圈。陈忠实病重期间,中国作协党组书记、副主席钱小芊,陕西省委省政府领导同志专程到医院看望。

　　陈忠实1942年生于陕西西安灞桥区西蒋村,1965年开始文学创作,迄今已出版《陈忠实文集》《陈忠实小说自选集》《白鹿原》《生命之雨》等著作100余种。他的多部作品被翻译成英、法、俄、日、韩等多语种文字出版。《白鹿原》先后被改编为电影、电视剧、话剧、舞剧等多种艺术形式,是被改编最多的当代文学经典之一。

　　遗体告别仪式现场肃穆凝重,哀乐低回,大厅上方高悬着"沉痛悼念陈忠实同志"的黑色条幅,中间悬挂着遗像,两侧挽联低垂:"三秦文胆,华夏风骨,铸忠实人格,笔蕴千钧担天道","终南气象,灞原襟怀,育白鹿精魂,情含万汇传史音",这是对陈忠实一生为人为文的贴切写照和总结。陈忠实静卧于白色鲜花丛中，遗体上覆盖着中国共产党党旗，颈下所枕的正是他的长篇小说《白鹿原》，鲜花制成的"永远怀念"四个大字置于遗体前，诉说着人们最真挚的敬意和最深切的怀念。

铁凝、李敬泽等在陈忠实遗体前肃立默哀，在哀乐中向遗体三鞠躬，并与陈忠实亲属一一握手，表示慰问。陕西省副省长姜锋主持遗体告别仪式，中共陕西省委常委、宣传部部长梁桂介绍了陈忠实生平。中央有关部门，陕西省委、省政府及有关方面负责同志马中平、韩勇、郭永平、魏民洲、毛万春、胡悦、白阿莹、孟祥林、黄道峻、贾平凹等参加告别仪式。

人们佩戴白花，排成长队，前来为陈忠实送行。其中有陕西省各界人士、文化艺术界代表，更多的则是操着陕西乡音的、来自陈忠实家乡的群众。大厅一侧的屏幕上渐次出现陈忠实生前的一张张照片，音容笑貌亲切如往昔。他笑得灿烂，总在田间地头和老乡们缠在一起；他写得辛苦，常常一拿起笔就到深更半夜；他善良豁达，热忱质朴，对登门拜访的乡里乡亲几乎有求必应……在他离开的时候，人们风尘仆仆从北京、上海、黑龙江、四川、甘肃等地以及陕西的各个地方赶来，送他最后一程。殡仪馆前的广场上挤满了前来送行的人们，大家带来了各种版本的《白鹿原》，有人展开了专门写的悼念长诗，表达哀思，更多人擎着报刊特别制作的"送别陈忠实专号"，一排连着一排，一片又一片，这是老百姓对一位作家最高的褒奖。人群中，不时有人高喊："陈老师，我们送您来了！""陈老师，您一路走好！"来自陈忠实家乡西安市灞桥区的74岁老人王吉仲在儿子的搀扶下来为陈忠实送行，他含着泪说："上世纪60年代，陈忠实作为下派干部在我们村工作过几年，他为人质朴诚恳，心里总是装着百姓。"这些凌晨即起、迎着晨曦赶来的人们就是为了今天再郑重地看看他，再向他深深鞠躬，记下他刀刻一般的皱纹，爽朗憨直的笑声，永远惦念他74载春秋大写的人生。

作别陈忠实的铁凝难掩哀痛，不时拭泪。就在前一天，铁凝和李敬泽代表中国作协专程前往陈忠实家中吊唁，悼念逝者，慰问亲属。铁凝回忆起与陈忠实交往共事的点滴,谈起陈忠实为中国文学事业繁荣发展和中国作协工作做出的贡献,以及他对中国文学的重要意义。她表示,陈忠实视写作为生命,一部《白鹿原》是他留给人们的杰出作品,他以不朽的作品捍卫着文学的神圣。以他端严正大、忠厚率真的人格品格,成为一个民族、一块土地上一个非常耀眼的文化标识,她相信这种精神力量会一代代延续下去,酝酿出优秀的高峰之作。

(原载 2016 年 5 月 6 日《文艺报》)

柳青百年诞辰纪念座谈会在京举行

今年是陕西作家柳青百年诞辰,这位杰出的现实主义作家与世长辞,给我们留下了一部未完成的《创业史》和远未终结的纪念与探讨。2014年10月15日,习近平总书记在文艺工作座谈会上发表重要讲话,对柳青"深入到农民群众中去,同农民群众打成一片"给予高度评价。如何深入生活、扎根人民,从生活走向艺术,让艺术回归生活,是作家柳青给后来者提出的重要课题。

6月29日,柳青百年诞辰纪念座谈会在京举行。中国作协主席铁凝出席座谈会并讲话。中国作协党组书记、副主席钱小芊主持座谈会。中共陕西省委常委、宣传部部长梁桂,陕西作协主席贾平凹,陕西省委宣传部副部长陈彦,陕西作协党组书记黄道峻,柳青家人,近20位专家学者、鲁迅文学院第29届高研班学员及中国作协各单位负责同志与会。

铁凝在以《和人民一道前进》为题的讲话中谈到,今天我们都会强烈地感到,柳青并未远去,他仍在我们中间,他的生活和创作、他的人格和理想,启发和激励着后来的作家,他的《创业史》是中国文学永在的高峰。柳青是一个真正的人民作家,他毕生的创作和实践,都在有力地回答"为了谁、依靠谁、我是谁"的问题,他为中国广大文学工作者树立了光辉的典范。柳青那一代作家是第一代站在农民之中的作家,他们在社会前进的高度上揭示人民的劳作和奋斗所具有的实践品格和美学价值。这是新的、以人民为中心的文学,在中国文学的漫长历史上,这是具有崭新而持久的现代性意义的光荣创举。

文学作品里装着多少历史和人民，人民和历史就会接纳、铭记多少。铁凝说道，从《咬透铁锹》《种谷记》到《铜墙铁壁》再到《创业史》，柳青为中国文学留下了一份丰厚的遗产。他的那些关于生活、关于写作的经验之谈至今熠熠生辉。柳青留给我们的，是宏大的、人民的史诗，同时他还留下了一条道路、一种精神，他对中国当代文学的发展产生了深刻的影响。纪念和缅怀柳青，将推动我们更加深刻地理解习近平总书记的重要讲话精神。和人民一道前进，这就是柳青的精神和道路，也是新的时代对广大中国作家发出的热切召唤，让我们深入生活、扎根人民，在人民创造历史的伟大实践中迎来中国文学的更大繁荣发展。

　　钱小芊在主持中表示，在中国当代文学史上，作家柳青是一面旗帜。柳青的一生，是满怀对国家民族的责任感投身火热生活和革命实践的一生，是与人民群众同呼吸共命运的一生。他毕生致力于描绘人民群众的生活实践和不懈奋斗，讴歌人民群众。我们今天纪念柳青同志，就是要深入学习和弘扬柳青精神，与人民同行、与时代同行。今年，中国作协将举行第九次全国代表大会，这次大会将进一步深入学习贯彻习近平总书记在文艺工作座谈会的重要讲话，高举讲话的旗帜，团结广大作家和文学工作者，推动中国特色社会主义文学事业繁荣发展。我们相信，在总书记讲话精神的指引和激励下，在柳青精神的感召下，将会有更多作家自觉走与时代与人民相结合的文学创作道路，我国文学界将会涌现出更多有作为的作家，创作出更多反映时代生活、描画人民精神图谱的优秀作品。

　　柳青是陕西大地抚育出的文学大家，他深深热爱着那片土地和那里的人民。梁桂谈到，柳青的脚步始终向着陕西，用62年春秋的勤奋和汗水，走到了当代文学舞台的中央，把陕西文学事业托举到了一个前所未有的高度。柳青以严谨大气的现实主义创作风格，勾勒出新中国成立后山村变化，为陕西文学赢得了广泛的赞誉，特别是他的《创业史》铸就了当代文学的一个高峰，被誉为中国农村社会主义革命的史诗，是具有里程碑意义的经典之作。柳青的精神是陕西文学前行的灯塔，柳青用自己的作品和人格为文学陕西树起了一座精神的丰碑。

与会专家学者围绕柳青的人生和创作道路展开了探讨。贾平凹认为，柳青的经验是在深入生活的过程中并不是只考虑他的作品，是全身心地融入生活，而使自己拥有了为天地立心，为生民立命的灵魂，当拥有了这种灵魂，以他的天才，以他的能量，自然而然就写出了大作品。一个作家有多大的灵魂，有多大的能量就能产生多大的作品，同时，他也会在深入生活中知道他需要什么，他该走什么路子，他该承受什么寂寞和困难。白烨说，柳青克服种种困难，排除重重干扰，坚守高远的理想，坚持既定的追求，他矢志不渝的人生信念，坚忍不拔的拼搏精神值得永远学习。畅广元说，柳青具有真正的独立人格，对自我的生命意义有着清醒正确的认识，这样作家才能在其生命历程中、在其艺术实践中，始终保持着清醒自觉的生存状态。阎纲谈到，柳青对文学的贡献，在于继承"五四"以来长篇小说现实主义传统，同时把外来的、特别是苏俄批判现实主义的长篇小说传统拿来，与本土本民族广大群众的思想内容相结合，成就为人民喜闻乐见的民族风格、地方风情和中国气派的中国化的长篇范本。

今天我们该如何认识、评价柳青的创作及其中蕴含的精神？贺绍俊说，柳青以作家特有的思想触觉去体悟农民的精神世界，《创业史》是一个革命时代的知识分子在实践中的积极尝试。王干认为，在当代文学史上柳青是一座桥梁，往下他联系着王汶石、路遥、陈忠实、贾平凹等作家，他对中国的乡土文学写作具有重要意义。《创业史》塑造的梁三老汉的形象丰富了文学人物画廊，也为后人提供了启迪和思考。段建军认为，要学习他立足生活扎根人民的精神，用先进理论分析生活提炼生活的精神，以及向中外大师学习精益求精搞创作的精神。李云雷认为，柳青精神可以概括为以人民为中心的艺术探索精神，主要包括：深入生活，深入时代核心；胸怀理想，讲述中国故事；精益求精，勇攀艺术高峰。窦红宇谈到，柳青引导着人们去思考这样一个问题——"我"是什么？"我们"意味着什么？突破小我，走向人民才是作家的创作方向。

柳青的女儿刘竹风回忆起诸多往事,她说,1982年12月4日,贺敬之到访皇甫村时曾写下两首诗,其中一句"父老心中更千尺,春风到处说柳青"令她印象深刻。父亲是同基层干部和农民共同建设农村的身体力行者。与此同时他始终坚守着自己创作文学的目标,把实际工作和创作融为一体,要求自己不是深入生活而是融入生活。他说体验生活主要是体验细节,反复体验才能使自己具有人物的感受和心理,才能达到人物的境界,写出他们的喜怒哀乐和个性。他认为细节是编不出来的,只能来源于生活,生活的积累越丰厚,生活的基础就越扎实,虚构的能力就越强,虚构出来的东西也越实在有分量,不空虚。深入生活可能遇到各种各样的困难,也需要吃点苦,有志于文学就要有坚持不懈的精神和坚韧不拔的毅力。她说,父亲常问自己——"我看到了什么,我看得对不对,我写出来对人民有没有好处",这些都值得铭记、弘扬、传承下去。

（原载2016年6月29日《文艺报》）

加强合作共享,推动网络文学健康发展

——中国作协网络文学工作交流会召开

　　6月29日,中国作协在北戴河召开网络文学工作交流会。中国作协副主席李敬泽,新闻出版广电总局数字出版司网络监管处副处长程晓龙,中国作协创研部副主任李朝全、中国作协全国网络文学工作联席会办公室副主任肖惊鸿,全国部分省、市作协及网络作协相关负责人以及全国网络文学重点园地工作联席会的代表等出席交流会。

　　经过18年的蓬勃发展,网络文学已经成为社会主义当代文学的重要组成部分,得到了党和政府的高度重视。李敬泽在致辞中说,网络文学在整个文化产业链中占有越来越重要的位置,已经成为我国当代文化体系中至关重要的原创资源,在现代大众文化生态中是想象力和创造力的重要生产者和供应者。网络文学面临着巨大的发展机遇和各种复杂困难,网络文学工作的对象和方式方法都与过去有很大不同。目前,全国越来越多的省市已经设立了网络文学工作机构,中国作协也将加强与各省市网络作协的合作共享,发挥互联网思维,团结广大网络文学作家,与各个文学网站积极沟通,搭建平台,达成共识,为网络文学创造良好的生态环境。李敬泽还强调,中国的网络文学无论如何发展,都应该合乎社会的主流价值观,这是社会对网络文学的外在要求,也是网络文学作为通俗文学类型的内在属性。

　　王跃文、何弘、邓子强、王忠琪、吴正峻、夏烈、周西篱、李智明、李伟长、袁锐等介绍了各省市网络作协的工作开展情况。多年来,各地网络作协或网络文学委员会在吸收和推介网络文学作家、完善服务机构、开设网络文学培训、开展网络文学奖项扶持、提升网络文学质量以及维护网络文学作家权益等方面做了大量工作,也取得了一定成绩。夏烈认为,应该加强网络文学和文化产业的结合,注重网络文学研究中的智库性研究,明确网络文学在整个文学事业和文化产业中的位置和发展趋势,注重普及性研究和宣讲以及网络文学的数据库建设,力求达到资源共享。与会者还就网络文学理论评论工作达成共识,认为除了服务、培训等工作外,网络文学工作的着力点还在于加强网络文学的理论评论。大家表示,目前关于网络文学的理论研究仍然有所欠缺,需要研究网络文学生态下应该如何开展网络文学理论和评论工作,加强最基本的理论和现象研究,并形成舆论场。网络文学领域竞争与机遇同行,尤其需要良好的"生态系统"。晋江文学城副总裁刘旭东提醒说,我们应该对资本多一份警惕,避免作者为了追求利润"打鸡血"似的创作,而要给他们酝酿和生发的时间,因为"长远的生态比年度的收入更重要"。

座谈会上,网络文学的内容质量和版权保护也成为与会者关注的问题。程晓龙介绍说,以往网络文学存在着重市场需求、轻价值引领,作品同质化和重复性,对重大题材把握能力弱,文字差错和常识性差错等不足,这些问题现在仍然存在,不容轻视。但近年来,从新闻出版广电总局启动的重点网络文学阅评工作中,也能发现一些新气象,比如对中国历史文化进行考据和描述的作品得到了各大网站的力推,在内容质量上有所提高。另外,网络文学侵权盗版的现象屡见不鲜,新闻出版广电总局对此也出台多项治理措施,如针对侵权盗版的剑网行动以及网络文学数字管理系统等。起点中文网主编魏来谈到,无论是网络文学作家还是传统文学作家,都需要捍卫创作的尊严。在以版权为基础的 IP 时代,版权保护的形势日益严峻,反盗版需要网络文学同仁和作协等作家团体的强力支持。

(原载 2016 年 6 月 30 日《文艺报》)

第十一届全国少数民族文学创作 "骏马奖"在京颁奖

　　9 月 27 日晚,第十一届全国少数民族文学创作"骏马奖"颁奖典礼在北京中国现代文学馆举行。中国作协主席铁凝,中国作协党组书记、副主席钱小芊出席颁奖典礼并分别致辞。中国作协副主席李冰,中宣部副部长景俊海,国家民委副主任李昌平,中国作协名誉副主席丹增,中国少数民族作家学会名誉会长玛拉沁夫,以及在京参加中国作协八届十次主席团扩大会议的全体同志出席颁奖典礼。

　　全国少数民族文学创作"骏马奖"是由中国作家协会、国家民族事务委员会共同主办的国家级文学奖,旨在贯彻落实党和国家的民族政策和文艺政策,推动少数民族文学的繁荣发展和各民族文学的交流与融合,促进中华民族的大团结,是我国目前最重要的文学奖项之一。在本届"骏马奖"的评选中,共有 24 部作品和 3 名译者获奖。

　　铁凝在致辞中向获奖作家和翻译家表示热烈祝贺。她说,这是一个交流、交融、分享和共享的夜晚。中国少数民族作家以卓越的创造为建设中华民族共有的精神家园作出了重要贡献。你们沟通着各民族人民的心,使我们的心贴得更紧,使我们在情感上、精神上最深刻地团结在一起。你们为中国文学注入了丰沛的活力,使得中华民族的文学百花齐放、星空灿烂。在本届获奖的 27 位作家、翻译家中,既有年近八旬、成就卓著的长者,也有崭露头角的"80 后"新秀,其中绝大部分都是第一次获得"骏马奖",这充分显示了少数民族文学创作和翻译薪火相传、人才辈出的盛况。这些作家和翻译家以他们艰辛的工作和不凡的创造表达了中国各族人民特别是各少数民族人民的生活和梦想、奋斗和思考，证明了文学在这个时代宽阔、深厚、感人的力量。铁凝感谢评委们的辛勤付出，认为他们以公平公正之心对待每一部作品，以公平公正的结果回应文学界和社会的期待。铁凝希望广大少数民族作家以高昂的热情深入生活、扎根人民，在各民族人民的丰富多彩的生活和创造中讲述中国故事，在各民族人民深邃宽广的心灵世界中弘扬中国精神，创作出一大批有道德、有筋骨、有温度的优秀作品。铁凝说，本届"骏马奖"是对我国少数民族文学创作的一次全面检阅，也是党的民族政策丰硕成果的展示。面对着这丰收景象，我们完全可以满怀信心地说，中国少数民族文学正在进入又一个创作高潮，正在迎来新的大繁荣大发展。新的高度和新的壮美风光等待着我们，让我们不忘初心，奋力前行。

钱小芊说，这届评奖的获奖作品中，有对各民族现实生活和精神风貌的描绘，有对各民族人民在实现中国梦的伟大征程中光辉业绩的讴歌，有对民族团结、国家统一的赞颂。这些获奖作品充分体现了近年来少数民族文学主旋律高昂、题材风格多姿多彩的喜人局面。党和国家历来高度重视和关心少数民族文学事业。特别是党的十八大和习近平总书记在文艺工作座谈会上发表重要讲话以来，我国少数民族文学事业迎来了大繁荣、大发展的新高潮。少数民族文学的成就，体现了当代中国文学的整体进步，为建设社会主义文化强国作出了重要贡献。这份荣耀与自豪，属于各少数民族，也属于中华民族大家庭。

据悉，本届"骏马奖"的评选范围是：少数民族作者用汉文或少数民族文字创作、2012 年 1 月 1 日至 2015 年 12 月 31 日期间在中国大陆地区首次成书出版、符合评选体例要求的作品；评选年限内出版中国当代文学汉文或少数民族文字翻译作品的译者，不限民族，均可参加翻译奖的评选。评奖工作从今年 3 月启动，历经半年时间，依据严格的程序，从符合申报条件的 309 部参评作品和 12 名译者中进行严格评选。评奖工作认真负责、公开透明,坚持导向性、权威性、公正性和少而精、宁缺毋滥的原则,力求思想性、艺术性的完美统一。49 名评委经过 4 轮投票,最终评选出获奖作品、译者。评奖结果发布后,文学界和社会舆论的反映积极正面,认为获奖作品和译者是当前少数民族文学多语种多门类不断繁荣发展的集中体现,反映了当下少数民族文学创作深入生活、扎根人民、紧跟时代的良好创作态势。

在欢快的乐曲声中,获奖作家、翻译家陆续上台领奖。一座座奖杯金光灿灿,昂首奋进的"骏马"见证了少数民族文学丰收的喜悦,也凝聚着广大少数民族作家和翻译家辛勤耕耘的汗水。马英(蒙古族)、金宽雄(朝鲜族)、何永飞(白族)、降边嘉措(藏族)、马金莲(回族)、阿拉提·阿斯木(维吾尔族)等 6 位获奖者代表发表了获奖感言。作家们或平实朴素,或幽默风趣,讲述了创作背后的故事以及对社会人生的感悟。

铁凝、钱小芊、李冰、景俊海、李昌平、丹增、玛拉沁夫、张健、吉狄马加、廖奔、何建明、陈崎嵘、白庚胜、叶辛、阎晶明、吴义勤、汤恒、武翠英等为获奖作家、翻译家颁奖。颁奖典礼由李敬泽主持。阿扎提·苏里坦、冯艺、艾克拜尔·米吉提、叶梅、扎西达娃、胡平等评委代表宣读授奖辞。出席颁奖典礼的还有本届"骏马奖"评奖委员会委员、纪律监察组成员,中国作协各部门、各直属单位的负责人和干部职工,以及正在鲁迅文学院学习的中青年作家等。

(原载 2016 年 9 月 28 日《文艺报》)

刘白羽百年诞辰纪念座谈会在京举行

    在中国现代文学馆的"作家书房"里,有一块空间属于作家刘白羽。自1936年开始文学创作,到奔赴延安,加入中国共产党,再到后来成为党的文艺工作的领导者,刘白羽的一生都与祖国和人民紧密相连。2016年适逢刘白羽百年诞辰,10月9日,中国作协在中国现代文学馆举行刘白羽百年诞辰纪念座谈会。中国作协主席铁凝出席会议并致辞。中国作协党组书记、副主席钱小芊主持会议。中国作协名誉副主席金炳华、中国作协副主席李敬泽出席活动。来自军队和地方的部分作家、评论家代表,以及刘白羽同志的家属、亲友,中国作协机关各部门负责人等70余人参加座谈会。

    铁凝在致辞中回顾了刘白羽投身革命和文学事业所取得的成就,高度评价了刘白羽为人为文和他为党的文艺事业作出的卓越贡献。铁凝说,刘白羽毕生不曾放下他的笔。50余部作品、400多万字,横跨小说、散文、报告文学、传记文学、通讯报道等门类,显示出一位杰出作家永不枯竭的创作活力。其中,《长江三日》《日出》等一系列散文杰作,唱响了新时代崇高、壮美的主旋律;长篇小说《第二个太阳》获得第三届茅盾文学奖。他的作品被翻译成英、俄、德、缅等多种文字,获得过斯大林文艺奖金。他毕生都是时代的歌者。他的写作,一直紧紧追随着中华民族伟大复兴的历史进程,从革命战争的壮丽史诗、抗美援朝的英雄故事,到社会主义建设的火热图景,他始终挺立在时代的潮头,他的笔始终为中国人民创造历史的斗争和实践而劳作,他的心始终为祖国的独立和富强而激动,他无愧于时代,无愧于人民。刘白羽曾多次说过,他不仅仅是一个作家,更是一位革命军人、一名共产党员。回顾他的一生,他的理想信念从不曾动摇,他的党性矢志不渝。晚年,他把一生的手稿,获得的奖章、奖状,收藏的字画、艺术品和图书全部捐赠给中国现代文学馆。他留下的不仅是那些珍贵的物品,更是一个共产党人清风明月般的无私风范。也正是这种坚定不移、毕生奉行的共产主义信念,为其创作提供了不竭的激情和动力。

铁凝谈到,刘白羽始终自觉践行《在延安文艺座谈会上的讲话》精神,深入生活、扎根人民。他的文字是有生命的文字、他的写作是有根的写作,因为他的心始终和战士在一起,始终和工人在一起。深入生活,这对他来说,是知行合一,更是党性与人民性的高度统一。他的作品,激情豪迈、气大声宏,字里行间闪耀着理想主义的光辉。正所谓"文如其人",文字的激情,根源于心灵的强健。透过他的文字,我们能够触摸到一位激情澎湃、相信未来的共产党人的赤诚之心。铁凝表示,习近平总书记《在庆祝中国共产党成立95周年大会上的讲话》中指出,全党同志一定要不忘初心、继续前进。"不忘初心",这也是刘白羽一生创作道路的写照。今天,我们纪念刘白羽,对于认真学习、深入领会习近平总书记重要讲话精神具有重要意义。今天的会议,不仅是回顾他成就卓著的一生,更是要总结和继承他的精神,让他那颗文学的"初心"、奋斗的"初心"、共产党员的"初心"和作家的"初心",在新的时代继续传递和跃动。

钱小芊在主持时说,刘白羽同志是中国共产党优秀党员、著名作家、文艺工作活动家、党在文艺战线的优秀领导干部。他在"九一八"事变的烽火中投身拯救民族危亡的革命事业,1938年奔赴陕北,加入延安文艺工作团,受到毛泽东亲切会见,并参加了延安文艺座谈会。新中国成立后,特别是1955年以后,刘白羽同志长期从事党和军队的文艺领导工作,历任中国作协党组书记、副主席、书记处书记,文化部副部长,解放军总政治部文化部部长、顾问,《人民文学》主编等职。他重视新时期军事文学的发展,鼓励和支持部队作家作品,亲历并见证了共和国文学的光荣与曲折，为发展和繁荣社会主义文艺作出了突出贡献。作为从战火中成长起来的作家，刘白羽在60多年的创作生涯中写下了50多部脍炙人口的作品。他的重要著作连同他对文学的献身与热爱，他对时代全身心的拥抱与投入，他激情燃烧的写作方式，都已成为中国社会主义文艺宝库中珍贵的财富。我们可以看到，一个有作为的作家总是胸怀理想、信念坚定，同他的祖国和人民紧紧地站在一起，始终坚持以人民为中心，为人民抒写，为祖国歌唱，有强烈的文化自觉、文化自信和文化担当。他崇高的文学精神和创作追求，永远值得我们学习。钱小芊表示，再过一个多月，中国作家协会第九次全国代表大会即将召开。党的十八大以来，特别是习近平总书记在文艺工作座谈会发表重要讲话以来，中国特色社会主义文学事业正在迎来新的繁荣发展的黄金期。我们要紧紧团结在以习近平同志为总书记的党中央周围，高举中国特色社会主义伟大旗帜，高举总书记文艺工作座谈会讲话的旗帜，同心同德，齐心协力，为实现中华民族伟大复兴的中国梦作出我们文学界应有的贡献。

李祯盛、金炳华、王丽、张炯、范咏戈、周明、胡世宗、宋学武先后在会上发言。大家再一次谈及刘白羽的文学作品，回忆起曾经过往的岁月，先生的音容笑貌在饱含深情的讲述中逐渐鲜活起来。大家谈到，回顾刘白羽的一生，他留下了大量优秀的文学作品，更留下了宝贵的文学遗产和精神财富。作为一名共产党员，他始终坚持理想信念，不忘初心，执着追求，无私奉献。始终坚持正确的文艺方向，为人民写作，创作出许多反映伟大时代、塑造美好心灵、鼓舞教育人民不断奋进、传播正能量的作品。他是中国军事文学的奠基人之一，创作了许多优秀的军事文学作品，发现、培养了一大批部队作家，为中国军事文学的发展作出了重要贡献。他以自己的创作实践诠释了重要的美学理念，在深入生活、扎根人民中收获了珍贵的体悟。平日里，他实事求是，严谨务实，待人诚恳谦和，他的文学观和价值观影响了许多后辈作家。晚年，刘白羽将自己的手稿、图书、书画藏品捐赠给中国现代文学馆，这体现了一个共产党员的无私风范和崇高品格。

刘白羽女儿刘丹代表家属发言,向中国作协对父亲的关心和支持表示由衷感谢。她说,父亲常常说他是从一个在旧社会苦难中挣扎的知识分子成长为一个革命者的,是党给了他新的生命。因此,他从未忘记过入党誓言,并牢记自己的使命和责任。尽管一生中他历经坎坷,但正是不灭的信仰和理想之光鼓舞他在逆境中奋发,保持一个共产党员的情操和境界,向着光明和希望不断前行。

(原载 2016 年 10 月 9 日《文艺报》)

陈映真文学创作研讨会在京举行

今年 11 月 22 日,台湾作家陈映真因病在京逝世,享年 80 岁。陈映真的离去,在海峡两岸引起大家深切的哀痛和深沉的思考。为回顾陈映真的文学成就,纪念陈映真为促进祖国统一所作出的斗争和贡献,12 月 23 日,中国作家协会在京举办"陈映真文学创作研讨会"。中国作协主席铁凝,中国作协副主席李敬泽、书记处书记吴义勤、名誉委员金坚范,陈映真夫人陈丽娜等出席研讨会。研讨会由中国作协书记处书记阎晶明主持。

陈映真是中国作协第七届、第八届全国委员会名誉副主席。"在北京的这些年,他与中国作协的朋友们结下了深厚的情谊。先生的离去,对我们来说,是失去了一位亲如家人的师长。"铁凝代表中国作协对陈映真的亲属表示慰问。铁凝说,陈映真不仅是一名作家,更是一名斗士。在他看来,文学是崇高的志业和责任;是为国家、民族的前途,为千千万万劳动者的命运而进行的庄严战斗的一部分。这样的信念贯穿了他的一生。深入到人民中去,谛听和写出不能说出的声音,写出对家国、对生命的思索与呐喊,这使陈映真的创作不仅反映着历史,而且参与着历史,不仅表现着人的命运,而且深刻地影响着人的灵魂。

铁凝表示,陈映真的一生致力于能够代代续传的民族文学和民族感情,致力于让一切海内外中国人,在对于中国新文学共同的感受、共同的喜爱、共同的关切的基础上,坚强地团结起来,以中国新文学自立自强的精神,参与推动在思想上、文化上、科学上、社会上、经济上和政治上,展开一个中国的、自立自强的运动,来战胜一切的艰难。他的作品充满着非以役人、更不役于人的民族精神独立性,这正是习近平总书记在中国文联十大、中国作协九大开幕式上的重要讲话中所说的,在坚定文化自信基础上的"有骨气、有个性、有神采的作品",探讨他的文学信念和创作成就,对于我们深入学习领会习近平总书记的重要讲话精神具有重要意义。作为卓越的作家和杰出的爱国者,陈映真以毕生的担当和创造,向我们展现着国家与民族的重量,为我们在前行的道路上点燃了一盏不灭的灯火。

陈映真曾说过,必须首先和我们所日日居息的土地,和我们所日日相与的同胞有心连着心的感情,我们才和自己的民族血脉相通,才能在弥漫的外来影响中,为淡漠、漂泊甚至丧失的民族感情,找到一个稳固的、中国的归宿。早在上世纪70年代,陈映真就敏锐意识到"文学台独"的苗头,曾多次撰文批判"分离主义"言论。他说:"一个中国人要当中国人,是他神圣不可侵夺的权利,是不假手别人的认可和批准的。"

金坚范认为,陈映真最早发现并批判"文学台独"思潮,并推动大陆文学界参与批判,可谓立功;他撰写的一系列有理有据的批判文章,其思想具有恒久的生命力,可谓立言;在艰苦卓绝的条件下,他为了民族大义,顺应历史潮流,毫无私利地进行斗争,其坚韧不拔的精神气质,可谓立德。

曾庆瑞、赵遐秋分析了陈映真小说《归乡》中的林世坤和老朱等艺术形象,认为陈映真笔下归乡的路,其实就是统一的路。而《忠孝公园》里,陈映真笔下的台湾籍日本兵林标究其一生,都对自己的身份感到困惑,在人生快要走到尽头的时候,他无奈又愤怒地发出质疑:"我,到底是谁? 我是谁呀?!"赵遐秋认为,每当看见在政治思想文化上残留的"心灵的殖民化",陈映真就紧迫地发出要批判"皇民化运动"的"去中国化"的余毒、要批判正在流行的"分离主义"思潮的呼吁,同时通过塑造艺术形象来反对民族"分离主义"、维护国家统一。

"他留下的与其说是积累于那个时代的一笔宝贵的'遗产',毋宁说是根植于那个年代的一粒不死的'种子'。"黎湘萍探讨了陈映真文学创作以及创办《人间》杂志过程中所展现的思想脉络。《人间》创办于 1985 年,它将当时台湾社会在经济繁荣崛起之后所忽略的问题作为重要议题进行报道和讨论。黎湘萍认为,仔细追索暗藏于陈映真作品的草蛇灰线,潜藏其中的无疑是战争与历史对人的深刻影响,陈映真试图用文学的方式去探究并清理已内化为人精神生活的历史与现实。没有读过陈映真创办的《人间》,就不可能真正了解陈映真和他深爱的台湾的土地与人民。而阅读陈映真的过程就是一个探索"人"的过程,也是自我认识和探索的过程。

陈丽娜感谢中国作协一直以来对陈映真的支持和关怀。她说:"映真虽生长在台湾,却胸怀伟大祖国,悲悯浮华大众,关顾弱势群体。他为两岸统一劬劳奔走,把他的笔和他自己献给了他所爱的中国和中国人民。"

《文艺报》总编辑梁鸿鹰、《民族文学》主编石一宁、中国现代文学馆副馆长梁海春、中国作协外联部副主任李锦琦,以及赵稀方、陈友军、沈庆利、李云雷等学者、评论家与会。

(原载 2016 年 12 月 26 日《文艺报》)

网络文学行业自律倡议书新闻发布会在京举行

在当下中国文坛,网络文学是一个重要且影响深远的存在,十几年间,网络文学从论坛贴吧走出,今天已经成为文学艺术原创力和想象力的动力之一。据统计,截至 2015 年底,由网络文学作品转化出版的图书多达 5002 部,改编的电影 515 部,电视剧 568 部,游戏 201 部和动漫 130 部。在前景看好的同时,网络文学自身存在的问题也逐渐凸显,并制约着其健康长远的发展。加强行业规范和行业自律,利用新媒体新平台推出更多网络文学精品力作,成为文学界尤其是网络文学从业者的期待和追求。

7 月 20 日,网络文学行业自律倡议书新闻发布会在中国现代文学馆举行。中国作协副主席李敬泽、陈崎嵘出席会议。国家新闻出版广电总局数字出版司司长张毅君,中国作协创研部副主任李朝全,以及 50 余家文学网站负责人、网络作家等参加发布会。发布会由国家新闻出版广电总局数字出版司网络监管处副处长程晓龙主持。活动由中国作协网络文学委员会、中国音像与数字出版协会数字阅读工作委员会共同发起主办。

李敬泽在讲话中谈到,发布网络文学行业自律倡议书,是基于新形势下党和政府对文学发展提出的新要求,同时也是网络文学自身发展的内在需求。2014 年 10 月,习近平总书记在文艺工作座谈会上发表重要讲话,对文学包括网络文学,站在时代发展的高度提出了一系列新的要求。此后,《中共中央关于繁荣发展社会主义文艺的意见》出台，其中专门提到大力发展网络文学，这表明了近几年来党和政府对网络文学发展的高度关注和关切。经过18年发展，中国网络文学已经有力地证明了它是中国特色社会主义文学一个非常重要的生机勃勃的新的组成部分，而且为满足广大人民群众的精神文化需求，发挥了重要作用。网络文学已经成为文化原创力、想象力的一个重要来源。这意味着网络文学的从业人员、作家、网站管理人员和网站编辑，都肩负着愈发重要、沉重的责任。但必须承认，网络文学的发展还面临很多的问题，针对这些制约、阻碍网络文学进一步繁荣发展的问题，网络文学界经过认真思考，发出这一倡议书。李敬泽认为，倡议书涉及三方面内容，一是网络文学必须坚持以人民为中心的创作导向，必须把弘扬社会主义核心价值观作为内在核心；二是网络文学需要永远保持创新能力，不断出现优秀作品；三是各方要齐心协力共同推动形成有助于网络文学健康发展的制度环境和生态条件。

张毅君以"不忘初心"给网络文学从业者提出了要求和期望，他说，网络文学从业者首先要立志做人民伟大实践和火热生活的书写者，只有做到以人民为中心，把人民作为创作表现的主体，网络文学才有可能产生最大的正能量。二是要善于做融汇核心价值观，展示真善美的践行者，以高度的文化自觉和文化自信，以高度的责任意识和社会担当，将社会主义核心价值观鲜活灵动地融汇在创作之中。三是要勇于做传播优质网络文学作品的守护者，网络文学企业必须把选择优质文学作品作为第一要务，把内容质量当作企业生存发展的生命线，坚持探索建立与精品佳作的体制机制，始终把选择、加工、出版无愧于时代的优秀作品作为崇高的理想和不懈的追求。四是要坚持做网络文学发展环境的营造者，网络文学企业必须坚持依法经营，抵制侵权盗版，必须始终恪守行业规范和职业操守，成为构建优势互补、良性竞争、有序发展、产业格局和市场环境的积极力量。

全国网络文学重点园地工作联席会办公室副主任肖惊鸿宣布了倡议书。

网站代表侯庆辰、傅晨舟，网络作家代表天蚕土豆、骁骑校、红九先后发言。他们认为，网络文学天然具有人民性，作品只有引发人民共鸣，才能获得更广阔的发展。文学网站应该为网络作家创造更多机会，让更多网络作家深入生活、扎根人民，并会进一步加大对优秀作品重点扶植，鼓励作家创作出思想性艺术性俱佳的优秀网络文学作品。网络作家代表也谈到，签署倡议书之后，他们会在之后的创作过程更加注重社会主义核心价值观的指导，积极配合倡议书的落实执行。

（原载 2016 年 7 月 21 日《文艺报》）

"90后"：读书选择娱乐化
数字阅读是趋势

"我最近在读《三体》，这本书得过雨果奖。之前上课的时候老师推荐过，但一直没看，前几天去三联书店的时候就买回来了，刚开始看。"吉林大学文学院研究生范梦婷是个文艺的"90后"，穿着白色帆布鞋、破洞牛仔裤、印花T恤的她，从包里拿出《三体1》，"我完全没想到会被它深深吸引，精彩的内容、跳跃的思维震撼了我，都有点后悔自己从前的阅读范围太狭窄，像《三体》这样精彩的小说竟没发现。"这个文静的姑娘表示自己被这本科幻小说惊艳了。

"90后"一代，出生在改革开放以后，成长于计算机、漫画书在中国飞速普及的时期。他们可以说是信息时代的优先体验者，其思想观念与老一辈有很大的不同。年轻、活跃、勇于接受新鲜事物的他们，都爱读些什么书？有什么样的读书习惯？又有什么样的读书特征呢？

读书爱轻松　选书看口碑

亚马逊中国发布的2016全民阅读调查报告显示，"90后"更青睐文学和心理励志类书籍，笔者的随机访问也印证了这一点。比起"60后"爱读社科、哲学类，"80后"爱读经管、育儿类，"90后"的读书选择更偏向娱乐和轻松。

"爱小说。但是我的理智告诉我，不能老看小说。所以我也会买社科类的，但是有些类型我不太感兴趣，比如说学术著作,太严肃。"范梦婷讲到自己读书的类型时这样说。"不同题材的书,适合不同的心情。"整体来看,小说是她看得最多的类型,也是读起来最轻松的书。小说让她放下现实的单调,在想象中品尝书里的精彩人生。

在媒体工作的"90后"陈啸飞告诉笔者,他喜欢看有江湖气息的武侠小说。怎么选择要看的书呢?他是通过网络来了解一本书的口碑。"除了朋友推荐,我主要就是看评分和书评,这些在微博、豆瓣、知乎上都会有。"

"读优秀作家的作品,就像是看帅哥美女。"范梦婷形象地比喻道,"有一些作家我会格外偏爱,比如说茨威格,喜欢这个人我就会看他所有的书。他写的《一个陌生女人的来信》《象棋的故事》和《伟大的悲剧》我都看了。"就好像喜欢一个偶像明星,就去了解他的一切。

另外,出版社对于选择书也很重要。"书的装帧和出版社其实是有一定联系的,好的出版社装帧一般都不错。"陈啸飞说,他买书首先会关注到装帧,"同一本书我会倾向于去买装帧更好的版本。"

集中看书难　阅读碎片化

"有时间的话,我喜欢集中去读书,三四天读完一本书,一气呵成,畅快。"在北京航空航天大学读飞行器制造工程的余景山说,集中看书是一种享受,但是现在能挤出一两个小时来集中看书实属不易,他已经好久没有安安静静地读一本书了。

"现在手机挤占我的时间很多,查看手机已经变成下意识习惯。"范梦婷说,作为"90后",刷微信、看微博、看新闻是自己的日常生活。有调查显示,"睡前""节假日"以及"工作休息时以及上下班、上下学或出差途中"仍是读者主要阅读时间,阅读时间越来越碎片化。

根据亚马逊2016全民阅读调查报告,"90后"是社交媒体的重度用户,每天通过社交媒体阅读超过1小时的比例高达

54%,每天读纸质书超过 1 小时的比例仅为 41%。

看的东西比以前更多,但留下的东西越来越少。碎片化阅读的内容经常是"随读随忘",如果不能对信息进行不间断的梳理,就不能形成积累。"如果把碎片化阅读作为常识积累的主流方式,你只会觉得一天天特别空虚。"中信出版集团副总编辑绿茶这样评价碎片阅读。在他看来,"90 后"要对自己的碎片时间进行自主管理,规划出雷打不动的深度阅读时间。

偏爱电子书 "听书"也流行

"90 后"是目前对数字化阅读接受度最高的一群人。

"现在手机读书挺方便的,上班坐地铁,还是用手机看方便些。"在北京打工的"90 后"柳素素告诉笔者,"尤其是晚上,关了灯手机阅读是可以的,但纸质书就不太方便了。"在饭店工作一天很辛苦,但是下了班她还是会看会儿小说。"霸道总裁类、都市情缘类的我都很喜欢,最近在看古言架空类(依据少量历史背景虚构的古代言情小说,是一种流行的网络小说类型)。"

今年第十三次全国国民阅读调查显示,我国 2015 年人均每天电子阅读器阅读时长为 6.82 分钟,比 2014 年的 3.79 分钟增加了 3.03 分钟;人均每天接触 Pad 的时长为 12.71 分钟,较 2014 年的 10.69 分钟增加了 2.02 分钟。亚马逊 2016 全民阅读调查报告也认为,由于电子书携带方便、价钱实惠、使用便利,56% 的受访者表示电子书提升了其阅读总量,并且近九成受访者表示未来计划阅读更多的电子书。

但是就阅读完成率而言,电子书还是略显不足。调查显示,超过一半受访者的纸质书阅读完成率在 50% 以上,只有 44% 的受访者电子书阅读完成率在 50% 以上。

此外,"听书"也是部分"90 后"的另类"读"书法。"有些场景读书对眼睛不好,我就会听有声读物。但这些书必须有意思,不然听着听着就睡着了。"柳素素说,她最近在听的作品是《欢乐颂》。

（原载 2016 年 8 月 11 日《人民日报·海外版》）

第三十二届青春诗会助推新人成长

8月11日至16日,由诗刊社、大兴安岭地委宣传部和漠河县委、县政府联合主办的第32届青春诗会在黑龙江漠河举行。中国作协副主席吉狄马加,中共大兴安岭地委书记贾玉梅、地委宣传部部长王利文,《诗刊》常务副主编商震、副主编李少君等出席开幕式。曹立光、辰水、方石英、林火火、林子懿、陆辉艳、沈鱼、王琰、小葱、肖寒、严彬、臧海英、张远伦、祝立根、左右等15位青年诗人参加此次诗会。

吉狄马加在致辞中说,中国作协一直以来重视作家队伍建设,加强对文学人才的培养。青春诗会是诗刊社于1980年创办的重要诗歌品牌活动,是促进青年诗人成长的摇篮。它见证了新时期以来新诗发展的历程,培养了众多优秀的诗歌写作者。参加第32届青春诗会的青年诗人们接续了这一传统,希望他们能够通过深入生活、采访创作、修改诗稿、探讨交流等多种方式相互激发,以自由、包容、开放的心态写出更多优秀的诗篇。

诗刊社邀请谢冕、刘立云、李琦、李元胜、霍俊明等诗人、评论家担任本届诗会的辅导老师。参会诗人分为4组,每组由一位辅导老师和一位诗刊编辑带队,对提交的诗歌稿件进行详细讨论。在这些稿件中,有些作品沉溺于日常琐碎的细节但缺乏诗意的提炼,有些作品对一些宏大的、哲理性的命题进行言说但缺乏感性经验的支撑,如何在写作中实现"日常细节"与"诗意提升"、"感性"与"理性"、"小我"与"时代"的平衡,不断提升自己的写作格局,成为了师生们热议的话题。与会诗人们正处青春,意味着要有独立、自由、创新的精神,在创作中要讲究独创性,对生活要有独特的发现,并用独特的方式将之呈现出来。这是辅导老师对学员们提出的期望,也是青年诗人对自我的激励。

诗会期间,青年诗人们到洛古河村、卡伦小镇、雅克萨、北红村、北极村等地采访创作,深入了解漠河经济社会的发展变化,感受中国北极的自然环境、人文历史。一路上,大家互相分享对诗歌写作的看法。他们提出,诗歌既要聚焦脚下的大地,也要关注远方的星空。要把诗歌写作放置在一个广阔的自然、人文背景之下,把对个体生命、现实生活以及历史文化的感悟,转化成一篇篇有活力的诗篇。

与往年一样,诗刊社推出了"第32届青春诗会诗丛",为每一位参会诗人出版了一本诗集。同时,《诗刊》将于第12期推出"第32届青春诗会"专号。

(原载2016年8月19日《文艺报》)

近年来中国图书对外翻译出版：
当代文学成关注热点

何 明 星

世界图书馆联机中心（Online Computer Library Center，简称 OCLC）是迄今为止全世界最大的公益性图书馆组织，通过其收录的数据，可以发现中国出版的各类图书在全世界传播的文化地理分布情况，通过对中国图书的世界影响力研究发现，中国文学的翻译已成为一个最为突出的亮点。

翻译语种创历史新高

以 2009 年至 2013 年这 5 年为例，全世界共翻译中国各类图书的总品种数量约为 8752 种，涵盖了马克思列宁主义、毛泽东思想类，中国哲学类，中国社会科学总论类，中国政治、法律类，中国经济类，中国文化、教育、科学、体育类，中国历史、地理类，中国文学类，中国艺术类，中国语言文字类，中国医药、卫生类等 11 大类内容；这些图书涉及的语种为 52 种。翻译出版的有关中国主题的图书超过 100 种以上的语种共有 8 种，第一名是英语 4393 种，其次是越南语 840 种，第三名是法语 782 种，第四名是日本语 734 种，第五名是德语 500 种，第六名是朝鲜语（韩国语）426 种，第七名是西班牙语 335 种，第八名是泰语 137 种。其中亚洲语言超过了 4 种。

52 个外译语种数量，已经超过了中国图书对外翻译出版的高峰年代，即上世纪 60 年代曾经创造的 44 个语种的历史记录。这一点特别值得关注。在 52 个语种中，除联合国的 5 种工作语言和多语种外，非通用语为 46 种，绝大部分是中国周边国家、地区的民族语言，分布在"一带一路"地区，有一些甚至是国内并不关注的语言。

近年来，深受中国文化影响的东亚、东南亚地区对中国主题图书的翻译出版数量显著增加，如日本语 734 种，韩国语（朝鲜语）426 种，特别是越南语翻译出版中国图书的品种达到了 840 种，超出意料之外。其他如泰语 137 种、印尼语 48 种、马来语 36 种。在南亚地区，泰米尔语翻译出版了 7 种，印地语翻译出版了 5 种，斯里兰卡的僧伽罗语翻译出版了 5 种，尼泊尔语翻译出版了 4 种，孟加拉语翻译出版了 2 种。除此之外，还出现了一些国内并不熟悉的语种。如同样属于印度官方语言之一的旁遮普语、古吉拉特语、马拉塔语各翻译出版了 1 种，西太平洋岛国的密克罗西亚也翻译出版了 1 种。旁遮普语、古吉拉特语、马拉塔语都属于印度的官方语言，流通于邻近的印度哈里亚纳邦、喜马偕尔邦和德里、巴基斯坦等地。用旁遮普语翻译出版中国图书的内容是刘少奇的《论共产党员的修养》，于 2011 年出版。古吉拉特语也是印度西部民族古吉拉特人的语言，流行于孟买等地区，是印度宪法承认的官方语言之一，使用人口有 4000 万以上。调研发现，用古吉拉特语翻译出版的中国图书是一部哲学主题的书，收录了中国庄子、老子等哲人短句，于 2013 年出版。

翻译内容，东西方语言区别明显

从内容来看，东西方语言翻译出版中国文学类图书的区别明显，具体表现在：

欧美地区对于中国文学图书的翻译出版，一直延续着长期以来形成的传统，那就是高度关注中国古典文学的译介并持续朝着全面、精确的方向深化发展，而对于中国当代文学则一直持有较强的接受屏幕。

收藏图书馆数量最多的前50种英译中国图书排行榜中,文学类图书最多。如中国传统文学经典《红楼梦》的英译再版,2009年由新西兰浮动出版社(Floating Press)出版,收藏该书的图书馆为942家,英译者为原英国驻澳门领事馆副领事周骊(H. Bencraft Joly),此次是根据1892年至1893年的老译本重新再版;另一本是《金瓶梅》全译本,2011年由普林斯顿大学出版社出版,收藏该书的图书馆为808家,译者为普林斯顿大学著名的汉学家芮孝卫;还有3部中国民间文学的翻译出版图书也进入排行榜,一本是威斯康星大学的威廉·倪豪士翻译出版的《唐传奇》,一本是哈佛大学的著名中国戏剧研究专家尹维德教授翻译出版的《杨家将》,均由新加坡世界科技出版公司在2011年、2013年出版,收藏的分别为1026家、943家;另外一本是《哥伦比亚中国民歌和通俗文学选集》,由汉学家宾夕法尼亚大学教授梅维恒、美国俄亥俄大学汉学家马克·本德尔(Mark Bender)选编,哥伦比亚大学出版社2011年出版,收藏图书馆为836家。这3部中国民间文学作品的译者、编者本身均为世界一流汉学家,因此翻译它们具有学术研究性质,在欧美社会的影响最大。这充分体现了欧美地区翻译中国文学图书的传统:关注中国古典文学的译介并持续朝着全面、精确的方向深化发展。

在中国当代文学作品中,进入全世界收藏图书馆数量最多的前50种英译作品有余华的《兄弟》和《十个词汇里的中国》,由美国纽约万神殿出版社在2009年、2011年出版,收藏该书的图书馆为818家、920家。海外华裔作家中,马来西亚华人作家陈晴山的作品选集《晴山古道》上榜,由新加坡世界科技出版公司2011年推出,全世界收藏该书图书馆数量最多,为1054家。

欧美国家翻译出版的中国当代图书,特别是涉及中国政治、法律类以及社会科学总论类图书,普遍带有明显的意识形态倾向性,传播学界将其称为"接受屏幕"。这个无形的接受屏幕广泛存在于欧美学术研究、出版机构、媒体评论甚至大众书店、读者口碑等几个层面。其核心层次往往是从学术界开始形成解释中国的基本理论和观点，这些观点再凭借欧美主流大众传媒的传播进一步放大，最后影响读者的阅读选择，再反过来间接影响出版机构对于中国图书翻译出版的内容选择。

新中国建立之初的上世纪五六十年代，曾与一些国家有过图书翻译出版的短暂合作，此后一直没有接续合作关系，直至新世纪初叶，特别是2012年莫言获得诺贝尔文学奖之后，中国当代文学图书再次获得青睐，比如用罗马尼亚语翻译出版的图书中就有莫言、苏童、阎连科的小说。

东亚、东南亚、南亚、西亚、北非等地区翻译出版的中国图书内容，与欧美倾向显著不同，而且超越了欧美的文本翻译方式，已经深入到影像、漫画、游戏等新技术、多媒体时代。

在东亚、东南亚国家、地区，以《三国演义》《红楼梦》《水浒传》《西游记》为代表的中国传统文学经典已被人广泛熟知，并完全超越了欧美社会的文本解读时代，改用本土语言进行改写、阐释甚至重新演绎的现象十分普遍，从图书等纸介文本到影像、漫画、游戏等新技术、新媒体传播的文化产品都十分丰富。中国文学的一些经典内容，已经成为亚洲人民共同的精神园地。

例如，日本拥有《三国演义》的最大读者群。在日本1000多家大学图书馆中，从《三国志》直接翻译的日译本就接近200种。在近年的日语翻译图书中，小川环树、金田纯一郎的《三国志》经典译本，就有德间书店2011年版和岩波书店2011年版两种，同时还有讲谈社2009年再版的、署名川合章子的《原典抄译三国志》，由中国天津神界漫画公司绘制、日本学研パブリッシング公司发行的全套漫画本也同时在日本市场发行。据2014年日本亚马逊网站销售统计，以《三国演义》故事为原型改写、衍生的口袋书、插图本、漫画绘本等多种日语产品已多达4080种。加上早已经走向世界、以《三国演义》为原型衍生的各类日本动漫游戏，中国的《三国演义》等文学经典，已经成为日本利润丰厚的动漫文化产业的创意源头之一。

当代文学图书也成为日本出版界关注的热点。如成为2009年中国热点话题的《蚁族》一书，2010年9月由日本勉诚出版社出版,日本三大报纸《朝日新闻》《读卖新闻》《日本经济新闻》连续刊发相关书评,成为 2012 年日本图书市场上的"亮点"。在近年的中国图书日文版中,不仅有获得诺贝尔文学奖的莫言的《蛙》《红高粱》《檀香刑》等相关作品翻译,还有知名度较高的余华、苏童、王小波、王安忆、残雪等一大批中国作家的作品。此外,中国大陆流行的作品,如海岩的《五星大饭店》、齐邦媛的《巨流河》等都有翻译。除纯文学图书之外,中国武侠小说、网络文学也获得日本读者的关注。如金庸的《鹿鼎记》《天龙八部》《越女剑》等系列武侠图书均有全译本并不断再版,中国青春文学也有部分作品得到翻译出版。

在韩国,莫言、麦家、苏童、余华等当代文学作家的作品,被一一出版,一些在中国大陆网上流行的图书也得到翻译。如翻译作家岳南的作品《风雪定陵——地下玄宫洞开之谜》《千古学案:夏商周断代工程纪实》《日暮东陵:清东陵地宫珍宝被盗之谜》等,早在 2002 年就由柳索影、沈揆昊翻译成韩文,由 ILBIT 出版社面向韩国读者推出。在近年由韩语翻译出版图书中,除《红楼梦》全译本、《三国演义》全译本等中国传统文学、历史经典之外,还有随中国中央电视台"百家讲堂"节目推出的一系列流行图书,如王立群的《解读史记》系列、易中天的《品三国》《中华文化史》等也得到翻译出版。轰动一时的财经类读物《货币战争》、与影视剧同时出版的《山楂树之恋》、网络文学作品《失恋 33 天》等作品都在翻译出版的书目中。

这种情况在西亚和北非也体现得很明显。如姜戎的《狼图腾》一书在 2004 年出版中文版后,随着国内热销的浪潮,逐步翻译成为 30 多种文字在海外出版。其中就有 2010 年由贝鲁特的出版机构翻译出版的阿拉伯语译本;莫言获得诺贝尔文学奖之后,2013 年在贝鲁特同时面世了莫言的两部阿拉伯语译作。除了中国文学热点图书,一些有关当代中国发展经验的书,也特别受到广大阿拉伯国家的欢迎。

在越南,《三国演义》等中国经典名著早已家喻户晓,840 种越南翻译出版的中国书目中,就有河内文学出版社的 2011 年的全译本和分集版。除中国古典文学经典之外,铁凝、莫言、王安忆、麦家、格非、阎连科等中国当代作家的系列作品也出版了越南语译本。备受中国大陆读者欢迎的畅销书,如海岩的《舞者》《永不瞑目》等影视剧小说,李可的《杜拉拉升职记》等职场小说系列,还有长期在东南亚流行的金庸、古龙、卧龙生等香港武侠小说都得到了翻译。特别是中国网络文学的代表作,在越南几乎都得到译介出版。如悬疑探秘的代表作家有天下霸唱的《鬼吹灯》系列,蔡骏的《诅咒》系列、《荒村公寓》系列,黄易的《寻秦记》《大唐双龙传》系列,等等;言情系列的代表作家如慕容雪村、温瑞安、明晓溪、步非烟、饶雪漫、青衫落拓等作家都榜上有名。大量网络文学得到亚洲周边国家的翻译出版,表明一种新的文学形式在新世纪所焕发出的蓬勃生机,有着庞大创作队伍的中国网络文学,正逐渐成为继《三国演义》等传统文学经典之后东南亚人民文化生活的"新宠"。

在西亚北非地区,用希伯来语翻译出版的中国图书有 17 种,既有中国古代诗歌节译,也有中国经典读解,还有中医药图书,出版商均来自以色列的特拉维夫。用阿拉伯语翻译出版中国图书有 12 种,包括中国传统文学经典《水浒传》,莫言的作品、姜戎的《狼图腾》以及一些中国学术名著也在其中。用土耳其语翻译出版的中国图书有 10 种,其中有莫言的小说,有介绍中国伊斯兰教发展概况的《中国伊斯兰教》,还有介绍新疆发展状况的年度研究报告。在伊朗和哈萨克斯坦,分别用波斯语和哈萨克语翻译出版了中国图书。

特别值得提出的是,在蒙古国的乌兰巴托,用蒙古语翻译出版了中国图书十余种,其中有瞿九思的《万历武功录》,还有史料价值较高的《庚申外史》。用蒙古语翻译出版的机构,除蒙古国的出版社之外,还有位于日本仙台的东北大学东北亚研究中心,翻译出版了栗林均的《元朝秘史》。在南非还用南非荷兰语翻译出版了一本介绍中国中医药的图书,2011 年出版,共有 900 多页。

从《三国演义》等传统文学、历史经典到中国流行图书、网络文学,东西方对中国文学的翻译出版具有不同的特性,他们共同关注中国古典文学、历史文化,而对于中国当代文学则显出差别,在意识形态性上显现出东西方语言的差别。部分亚洲国家由于地缘相近,可以同步接受来自中国大陆的影视、图书等流行文化产品,尤其是网络文学,几乎可以得到即时欣赏,无缝传播。中国图书在世界的翻译出版,仅仅是中国政治、经济、文化等综合实力的一种折射,表明中华文化在世界的影响力已经达到相当的规模和水平。

（原载 2016 年 9 月 30 日《文艺报》）

网络文学已成超级 IP 的重要来源

9 月 13 日上午,由清华大学新闻与传播学院主办的"IP 现象与 IP 市场"研讨会在清华大学举行。研讨会上发布了《传媒蓝皮书》课题组编撰的《2016 中国 IP 产业报告》,报告选取目前已经公开的 IP 影视项目,通过数据分析模型推出了"中国超级 IP–TOP100 影响力榜单"。榜单中网络小说为 61 部,占比 61%,传统小说为 29 部,占比 29%。IP 榜排名前三位的分别为《十九天》《盗墓笔记》和《西游记》。

超级 IP 消耗迅速,价值需正确评估

IP 即著作权或知识产权,近年来,从影视化到改编游戏,到周边产品开发,IP 越来越受到影视行业和资本市场的追捧。特别是诸多基于热门小说等改编的影视项目,譬如电影《致我们终将逝去的青春》《鬼吹灯之寻龙诀》、电视剧《何以笙箫默》《花千骨》等作品的成功,让 IP 市场愈发火爆。一些"超级 IP"项目甚至被炒至千万级别,个别作家的作品还未写完就已经被预定。IP 市场的火爆让不少业内人士和专家忧心忡忡。

针对这一现象,清华大学新闻与传播学院副院长崔保国表示,在国家政策的扶持下,中国 IP 产业发展势头良好,有利于版权市场健康持续发展和文化产业的专业化升级。但与此同时,崔保国对于 IP 价值被夸大的问题提出警示,过去十年是中国网络文学从兴起到高峰的发展时期,这一阶段所累积的优秀 IP,正在被资本驱动下的影视行业迅速消耗。IP 价值需要正确评

估,IP开发与培育需要良性互动,影视文化行业理应百花齐放。

网络文学的价值没有被真正挖掘

慈文传媒董事长马中骏认为,IP市场的确存在一些泡沫,但市场发展有个过程,过去那些年里IP价值被严重低估,而这点被大多数人所忽略。以互联网为传媒媒介的网络文学实际上为我们这个传播时代奠定了特别重要的基础,而网络文学的真正价值也还没被真正挖掘。

马中骏谈到,在网络文学IP的选择上,慈文秉承三个标准:一是文学性。跟评价所有的传统经典小说文学的评价系统一样,从作品视角、类型、人物、情节等角度衡量;二是制作难度。网络文学往往具有天马行空的想象力,需要考虑影视化时是否可操作、制作难度怎样、技术上能否实现等;三是网络文学数据,包括粉丝的群体性分析、IP粉丝所带来的数据、数据背后的粉丝喜好、转化率等。

IP产业最重要的问题是质量的提升

北京大学视听传播研究中心主任陆地在研讨会上提出,IP产业面临的重要问题是IP质量的提升。以年轻人为主体的草根群体生活积累和文学修养有限,如果要创作出有震撼力、有生命力的作品有待于更多作家的参与以及知识文化的积淀。要通过作者队伍的提高来提升作品的质量,提高IP市场的规范性和含金量,同时,也需要增强资本的参与度。

光线传媒青春光线总裁张航以一个畅销书作者身份对好作品的评判提出五点标准:第一是题材是否有趣;第二是人物设定是否新鲜;第三是情感关系是否强烈,能否打动人心;第四是是否有独特的风格,好作品一定要有很强的辨识度;第五是作品是否有好的情景或者世界观设定,能否给大家提供一种新的看待世界的方式。

对于网络文学的质量问题，万达影视传媒有限公司副总经理韦翔东持乐观态度。他认为，网络只是一个平台、一个载体。随着大家对网络文学的关注和更多人的参与，网络作者也会成长。网络只是一个平台，并不是实实在在的属性。无论网络文学，还是严肃文学，不同的读者群都有各自诉求，大家各取所需。而 IP 质量基本上还是由市场决定，大浪淘沙，优胜劣汰。

IP 价值在于全产业链开发

韦翔东衡量 IP 价值的关键标准之一是看这个 IP 是否具有全产业链开发的特征和潜力。他谈道，所有的 IP 只是一个起点。如果一个 IP 在网络上很多人喜欢，说明它经过大众的淘汰，给我们提供了相对稳定的数据依靠，但是这件事情的推动和落实，不是钱能解决的，也不是粉丝能解决的，更多取决于制作环节。对此，星站 TV 创始人朱峰提出了"碎片化视频集合的 IP 新理念"的概念。她认为 IP 内容无非两种：一是花钱买的内容，二是做分流。所谓分流，即是用碎片化的内容累积流量。互联网的最大特征是去中心化和长尾化，注意力被分散后，形成了很多"泛中心"，这些中小泛中心集合在一起将形成新的"主流"。在以工业流水线的方式打造原创性的、小而美的、类型化的作品之后通过市场验证不断淘汰完善，最后保留的作品汇集起来就成为一个大 IP。

（原载 2016 年 9 月 18 日"中国作家网"）

中国网络文学，冲出国门闯世界

在过去的 10 年里，中国网络文学爆发式成长是一个令人称奇的现象，从最初的业余爱好者自发创作、交流到逐步商业化，进而成为价值急剧上升的热门互联网内容产业，网络文学每年吸引的读者高达 2.57 亿人次。由网络作品改编而成的影视剧屡创佳绩，以《琅琊榜》等为代表的网络改编作品内容深刻、制作精良，改变了公众对网络文学的认识。

众印象里，充满神秘色彩和东方特色的中国网络文学是极其本土化的文学类型，比纯文学更难令国外读者接受。但事实上，越来越多的国外读者正被中国网络文学所吸引，他们自发地翻译热门作品，讨论情节，交流翻译经验，甚至有人为此专门学起了汉语。

外国网友迷上中国网文　自发翻译网站多达上百

"武侠世界（www.wuxiaworld.com）"是目前英文世界最大的中国网络文学网站，内容以玄幻、武侠、仙侠为主。截至今年 11 月，"武侠世界"在全世界网站点击率排行榜上竟然排到了第 1536 名，日均页面访问量达 362 万次。读者来自全球近百个国家和地区，其中来自美国的读者占了近 1/3，其余大都来自菲律宾、印度尼西亚、加拿大和德国。到 2016 年 6 月底，"武侠世界"上已拥有两部翻译完毕的中国长篇网络小说——我吃西红柿的《盘龙》和《星辰变》，以及正在翻译之中的 18 部中国网络小说。

类似的翻译中国网络小说的个人网站如今已有上百家之多，虽然大部分没有能长期坚持翻译和更新，但也有"后起之秀"，例如规模仅次于"武侠世界"的 Gravity Tales。在 2016 年 6 月 24 日，Gravity Tales 的总点击量超过了 2.5 亿，更值得注意的是，相较于"武侠世界"里清一色的玄幻和仙侠小说，Gravity Tales 上的小说类型更加丰富，正在翻译的 14 部中国网络小说里，既有仙侠小说的代表作之一《凡人修仙传》，也有近来大火的都市娱乐小说《我真是大明星》，以及蝴蝶蓝的网游小说《全职高手》。值得一提的是，虽然 Gravity Tales 仍以英语翻译为主，但也开始出现其他语言的翻译版本。

　　在"武侠世界"网站的论坛里，一位外国网友说："我最喜欢仙侠的地方就是，虽然它蛮浅薄的，但也很积极。我以前是看日本动画漫画还有轻小说的，现在能看到仙侠里这种持续前进的故事还有强大的主角，简直就像一个快要淹死的人终于能够呼吸一口气了一样。"

　　"武侠世界"网站站长在接受媒体采访时也指出，与西方作品相比，中国玄幻、仙侠类小说基于深厚的中国文化、历史和神话构造出广阔天地，具有中国特色的五行等概念对第一次接触的西方网友而言，非常有新鲜感。

　　近年来，许多在中国有影响的网络文学作品都陆续被译介到外国。韩国 Paran Media 出版社自 2012 年起，相继购买了网络作家桐华《步步惊心》和《大漠谣》《云中歌》3 部作品的韩文版权，《步步惊心》韩文版在韩国相当畅销。

　　据媒体报道，国内知名网络文学网站晋江文学城网站每天就有一部网络文学作品被签下海外版权。该网站自 2011 年签订了第一份越南文版权合同以来，至今已向越南输出 200 多部作品的版权。2012 年，晋江文学城网络小说《仙侠奇缘之花千骨》泰文版权合同签订，2013 年该书在泰国一经上市便被抢购一空。2014 年在泰国书展上，泰国版《花千骨》成为吸引泰国青少年的主力书籍。晋江文学城已同 20 余家越南出版社、2 家泰国出版社、1 家日本合作方开展合作。通过晋江代理出版的中文图书,发行地已囊括中国大陆、台湾、香港以及越南、泰国、新加坡等地;日本、美国也表现出对晋江版书籍极大的兴趣。17K小说网与泰国方面签署了酒徒的小说《家园》的泰文版权合同。

"中国网络文学是继金庸的武侠小说、琼瑶的言情小说之后,在东南亚地区的第三波文学阅读热潮。"中国文化走出去效果评估中心执行主任何明星长期关注中国网络文学的海外传播,据他统计,2009年至2013年,越南翻译出版了841种中国图书,差不多3天就有一本中国图书被翻译成为越南文出版。其中,中国网络文学代表作,几乎差不多都被翻译成越南语出版。如天下霸唱的《鬼吹灯》系列,蔡骏的《诅咒》系列、《荒村公寓》系列,黄易的《寻秦记》《大唐双龙传》系列等;言情类的代表作家明晓溪、步非烟、饶雪漫、青衫落拓等近百位中国网络作家都有越南语译本。

何明星指出,理论上在世界各地,凡是能够阅读中文的读者都能够通过登录中国大陆文学网站进行阅读。全世界使用中文的人群除中国大陆外,还广泛分布在东亚、东南亚等亚洲周边国家,在美国、加拿大以及澳大利亚、新西兰和欧洲长期生活的海外华裔群体,也是网络文学最为忠实的粉丝。"这就意味着中国网络文学的海外需求是巨大的,这是走出去的基础。"何明星说。

中国文学网站布局　海外版权输出剧增

一向嗅觉灵敏的中国网络文学网站当然也注意到了这一点。国内知名文学网站、上市公司中文在线今年专门在美国旧金山和欧洲设立了分公司,总经理人选已经就位。中文在线董事长兼总裁童之磊对记者说,海外读者约占中文在线读者总数的5%到10%,虽然来自海外的收益目前还很小,但增速很快。"我们注意到,海外读者非常喜欢看中国网络小说,我们和当地一家文学网站合作,授权他们使用我们的作品,点击率都是当地最高的。这说明中国网络小说有普适性,不仅仅中国读者爱看,也一样可以吸引国外读者。我们目前的想法是不仅仅要把付费阅读这种模式搬到海外去,还要直接在当地设立平台,吸引国外的作者在上面创作。"童之磊说。

11月18日,国内另一家知名网络文学企业掌阅科技与韩国英泰在北京正式签约,英泰旗下4000多册韩文数字图书授权掌阅韩国销售。掌阅科技创始人张凌云对记者说,中国网络文学市场竞争极其激烈,经过中国市场洗礼的文学网站竞争优势明显,不但内容有优势,技术也先进。他说:"中国的互联网文化企业应该加快走出去,灿烂的中华文化加一流的技术让我们在全球任何一个国家都有竞争力。"

据介绍,自2015年7月掌阅推出面向海外读者的阅读器iReader以来,在全球60多个国家里,掌阅iReader都在阅读类APP销售榜位居前列。目前掌阅手机客户端可向海外用户提供30万册中文内容,5万册英文内容及数万册的韩文和俄文内容。"实践证明,文化走出去,'卖出去'要比'送出去'效果好得多。"张凌云说。前段时间由网络小说改编的电视剧《微微一笑很倾城》在海外热映,掌阅同名原版书的销量也非常大,获得了影响力和收入的双丰收。

阅文集团副总裁侯庆辰今年4月在出席网络文学保护论坛时对记者表示,阅文集团非常重视海外推广。从最早的推出台湾地区繁体的版权,到今天已遍布越南、泰国、日本、韩国等国家,阅文旗下的热门作品《斗破苍穹》《斗罗大陆》《鬼吹灯》《药婉淑女》等都曾在当地畅销一时。《灵界山》的版权输出日本,由日本公司拍摄成动画片,"以前大家看日本动漫,我们现在反向输出版权,网络作品应该更多走出去。"

何明星认为,与纯文学相比,我国网络文学的题材更加丰富、类型更加多样、阅读体验更具娱乐性,这些是纯文学所无法比拟的。"中国网络文学具有巨大的创作活力和文学欣赏的多样性,能够在不同国家、地区找到读者群。这是中国网络文学走出去的先天优势。"何明星说。

加大版权保护力度　打造中国式"好莱坞"

中文在线 2012 年以侵犯著作权将苹果公司告上法庭,今年年初胜诉。"网络文学走出去一个障碍就是盗版问题。以前外国总说我们盗他们的版,现在是他们盗我们的版。在苹果的 App Store 里现在还有很多我们的作品可以免费下载。"童之磊说,网络文学的市场价值越来越大,以前仅仅是作品本身付费阅读的损失,现在一个作品可能涉及游戏、电影、电视剧等一连串产品,一旦被盗版,损失巨大。"可以说,国外网友自发翻译的几乎都没有得到我们的授权,当然他们喜爱中国网络文学,我们是乐见其成。但'先授权、后使用'是国际规则,我们现在也在和他们沟通,给他们授权,力争让他们从灰色地带变成合法的。"

据何明星统计,在越南翻译出版的 841 种书目中,除部分知名作品外,相当一部分是没有经过中国各大文学网站授权的盗版作品。越南现在有上万家出版社,急需内容资源,一些出版机构雇用在华越南留学生和广西、云南等省份的一些中国人,直接从中国各大文学网站获取出版资源,翻译、改编、改写成为适宜越南读者阅读的长度后,以中国作者的名义出版发行。

2015 年 1 月,国家新闻出版广电总局印发《关于推动网络文学健康发展的指导意见》,明确提出"开展对外交流,推动'走出去'"。鼓励网络文学作品积极进入国际市场;支持有条件的网络文学企业通过海外并购、联合经营、设立分支机构等方式开拓海外市场,加大对优秀网络文学作品对外贸易、版权输出、合作出版传播渠道的拓展扶持力度;鼓励以技术、标准、产品、品牌、知识产权等自身优势和特点参与国际竞争。

中国网络文学已形成了从培养作者、付费阅读到产品开发的一整套成熟的运作模式,何明星说:"中国网络文学的这种模式,在某种程度上就是文学大众化的发展模式,与美国好莱坞初期拓展世界市场具有一定相似性,如果加以适当引导,使其从纯粹的娱乐化进一步提升,具有很大的发展潜力,对于增强中华文化的世界影响力是有积极意义的。"

（原载 2016 年 12 月 15 日《人民日报》）

阅读正在变成悦读

"过去的 2016 年有哪些书值得回味？2017 新年伊始，该读哪些书来充实自己？"元旦前后，不少人在社交媒体分享、讨论这个话题。不只是在岁末年初这样的特殊时间节点，阅读，正在成为越来越多人日常生活中的必需品。

传播形式更多元

在"书单来了"微信公众号主页面的醒目位置，有一个名为"书单库"的链接，点进去能看到一长串书单，包括人文社科、经营、科技、生活、文艺等诸多类别。"这个栏目是持续更新的，每隔几周就会有新的书目和相应介绍。"中国人民大学新闻学院本科三年级学生苏日乐格是这个微信号的"老主顾"了，"我会定期查阅最新书单，根据兴趣购买书阅读。"

书太多，到底该读哪本？哪些书是某领域的必读经典？这些问题常令很多人头疼。荐书也因此应运而生，从身边朋友的口碑传播到知名人士的书单罗列、权威媒体的打分排名，荐书早已有之。如今，新的技术手段为荐书提供了更广阔的平台，传播手段不断更新，直播、图书漂流等新玩法正吸引越来越多的人走进读书圈。

掌阅（iReader）手机客户端就推出了读书类直播秀"女神夜读"，平均每期观看量可达 15 万人次，目前累计辐射"100 万+"阅读人群，作家特辑还会根据不同作者定制访谈内容。

"新世相"微信公众号开展"图书馆计划活动"，由主办方甄选书籍,读者在支付 129 元后,会随机收到一本纸质书,读完后寄回给主办方。如果一个月内能读完并寄回 4 本书,活动结束后主办方将返还 129 元。"我们就想做一个比较酷的和读书有关的活动,帮助我们与用户更有效地沟通。"新世相联合创始人杨远骋说。

据著名出版人、果麦文化传媒公司董事长路金波观察,现在的荐书带有鲜明的人格化特征,让荐书卖书变得真诚、有趣。"比如罗振宇推荐凯文·凯利的《必然》、吴晓波推荐重译的《国富论》、汪涵在节目里推荐《浮生六记》。"

荐书热的背后,是阅读人群的增长和读者对图书品质的要求。

在这样的新需求下,老牌的传统出版社也不甘被抛下,纷纷将直播等互联网传播手段引入图书的营销活动中。

"2016 年,直播逐步成为我们营销活动的标配,比如贾平凹的《极花》、张悦然的《茧》等。平均每期在线观看人数约 1 万人。"人民文学出版社策划部主任宋强说,早在 2015 年,人民文学出版社便探索将线下阅读沙龙引入手机端直播,从而扩大受众群体。而这个创意最初来自一名热心读者"不能到沙龙现场的人是否可以线上即时提问"的提议。

阅读品种更细分

在路金波看来,各类媒体不约而同地推出荐书榜单,还有着深刻的社会原因。

"互联网技术的进步,尤其是社交媒体的发展,让图书能够便捷有效地抵达用户,这在 10 年前是不可想象的。过去,报纸副刊、杂志专栏的荐书受众较窄,更多偏向知识分子的喜好,往往有着较强的学术性和书斋气。现在,荐书的自媒体平台自带粉丝和流量,大家有着共同的阅读喜好和兴趣,荐书的效率大大提高。"路金波说。

近几年,阅读的回暖也是带动荐书热的重要原因。路金波认为,如今,人们的文化需求变得更强了。随着国人生活质量的不断提高,精神需求愈发强烈,这是社会经济进步所带来的自然变化。人们会根据自身兴趣去主动阅读,也会因为当前社会对复合型人才的要求,通过阅读去跨界学习某一方面的具体知识或技能,这些都共同推动了当前阅读市场的增长。

阅读产业越来越大,阅读品种也更加细分。这种细分不仅体现在阅读产品上,也体现在阅读形式和阅读人群的变化中。

从图书出版看,图书品种不断增多,为人们提供不同层次和门类的阅读选择。以少儿图书为例,仅这一个板块就有少儿科普读物、卡通动漫图书、低幼启蒙图书、国学普及读物、军事读物等众多类别。

更加细致的还有阅读的方式。除了纸质书与电子书,各类阅读类手机应用、有声书等多媒体形式正成为不少人的阅读选择。通勤路上、工作间隙,拿起手机听会儿书十分常见。

在喜马拉雅FM联合创始人兼联席CEO余建军看来,有声书的媒介特性能让受众有效利用生活中的碎片时间,吸收书本里的营养。"通过不同介质阅读不同内容,这样全民阅读氛围的形成是社会发展的必然。这些新形式从不同角度培养用户的阅读习惯,填补了不同细分人群的需求。"余建军说。

除了更加细分、更加个性化的阅读之外,还有许多有共同阅读喜好和品位的人群在社交网络中形成固定的读书小组,分享读书感悟,督促阅读进度。

相关专家表示,随着人们终身阅读、终身学习需求的进一步增强,读书的人会越来越多,图书的推荐和选择也会更高效。"爱读书的人读到好书,通过社交媒体随手推荐会成为常态。朋友圈有各种炫富和晒幸福,同样有炫知识。随手分享所读之书,解决社会的知识焦虑,是分享知识、推动阅读的大势所趋。"路金波说。

阅读人群更庞大

无论是荐书热还是阅读回暖,都离不开我国阅读产业的不断进步。来自相关部门和各大电商的数据也佐证了这一点。

据统计，2015年图书出版总量品种达到47.58万类，较2014年增加了6.11%。图书出版产业结构更趋优化，重印图书品种数和总印数大幅增长。丰富的图书产品满足受众不同的阅读需求，又借助多元载体使得知识与信息能进一步下潜，覆盖到最广泛的群体。亚马逊2016年纸质书畅销榜单中，名列前茅的既有《百年孤独》《活着》《追风筝的人》等经典书籍，也有散文、国学的题材和像《七堂极简物理课》这样的科普书籍。

产业链也在不断延伸。今天的阅读产业已不再是"作家写作、出版社发行、受众阅读"的简单线性流程，同一部作品，往往会有计划地先后推出文字、漫画、有声书等不同载体的版本，满足读者在不同场景的需求。以阅文集团为例，其旗下囊括了QQ阅读、起点中文网、创世中文网等品牌，拥有1000万部作品储备、400万名创作者，覆盖200多种内容品类，图书成为一种IP（知识产权）资源，产业链延伸至电影、电视等领域。

第十三次全国国民阅读调查数据显示，国民综合阅读率再创新高，达到79.6%，数字化阅读率上升到64.0%，人均纸质图书阅读量增加至4.58本。"读屏"并没有影响纸质书阅读的"存量"，反而成为了阅读的"增量"。电子阅读和纸质阅读各居一端、相互补充，读书的人越来越多。读书更成为年轻人的新风尚，天猫图书数据显示21岁至30岁的年轻人占据总购买人数的近40%，成为2016年"双11"购书的主力群体。

阅读的持续升温正为产业和读者带来双赢——产业界在创新中释放新活力，大众拥有更多获取知识的渠道。阅读正在标注我们这个时代的精神高度，建设"人人皆学、处处能学、时时可学"的学习型社会，并不遥远。

（原载2017年1月4日《人民日报》）

2016 文学出版:快节奏生产,慢节奏阅读

回望 2016 年文学出版,无论是名家新作,还是热点阅读都是值得关注的话题。从更深的层面看,文学出版的发展、繁荣,得益于出版业的成功转型。而出版业态的日渐成熟,也使得近年,尤其是 2016 年的中国文学进入了良性循环的轨道。

读者分层趋向明晰

诚如有业内人士所说,2016 年文学出版两个趋势凸显:一是大众出版市场正在向名家作品集中;二是文艺类图书的读者层级分化越来越清晰,严肃文学和通俗文学作品的读者分层越来越明显。

以长篇小说为例。王安忆《匿名》、贾平凹《极花》、格非《望春风》、张炜《独药师》等名家作品,无疑有更强的市场号召力,也受到更多关注。而这种关注,也开始更多地向作品本身倾斜。从这个意义上讲,就像有评论说的,在文学方面,虽然 2016 年称得上是大年,但更多表现出平静内敛的特点。

与此同时,网络文学越发显现出强大的生命力和创造力。相比严肃文学更趋向精品化,网络文学作品依然呈现出作者明星化、读者粉丝化的趋势。2016 年,无论是唐家三少讲述恋爱史,天下霸唱写“古玩”,还是《芈月传》作者蒋胜男续写历史题材,相关讯息一出就引来粉丝的追捧。

值得一提的是,2016 年的大众出版,尤其是小说作品,依旧受到 IP 大潮的裹挟和影响。以《欢乐颂》为例,2010 年,作者阿

耐在晋江和自己的博客上连载这部小说。两年后,小说首版图书问世。据该书责任编辑李淑云介绍,这部小说出版之初的销量"也还将就",但受 2016 年 5 月同名热播影视剧的带动,"销售增量很大"。相似的例子还有《翻译官》,该书于 2006 年首次出版时,虽然拥有忠实读者,但远未达到为大众普遍知晓的程度。随着 2016 年 5 月同名电视剧热播,同期上市的新版小说就充分享受了电视剧热播带来的红利。

事实上,IP 大潮早在几年前就已经显现,得风气之先的出版机构不满足于售卖版权,纷纷成立了影视公司,探索图书和影视的联动模式,只是那时还没有被赋予这样的命名。2015 年被认为是"IP 元年"。2016 年,IP 之火持续热烧,出版社以书为依托,走版权经营之路,延长图书的产业链,为出版增值的首要可能路径。当然,IP 拓展对出版界而言是全新领域,影视剧开发在可能增值的同时,出版机构也要承担较大的风险。

很显然,社会热点也在推动阅读潮流化,热门影视剧、雨果奖等带动相应图书热销。Kindle 付费电子书榜中《余罪》等都是受影视剧热映的影响而进入年度榜单的前 20 位。去年刘慈欣的《三体》获得雨果奖之后,在 2016 年度榜中,《三体》分别位居 Kindle 付费电子书畅销榜的第 2 位和纸书榜的第 28 位。此外,在 2016 亚马逊中国年度纸质图书畅销中,2016 年逝世的杨绛先生的多部早年出版的著作也进入榜单靠前的位置,其中《我们仨》位居排行榜第 4 位。

对于拓展读者阅读而言,不论是走传统出版的路子,还是被 IP 大潮带动,可以说都是利好的消息。特别需要指出的是,2016 年 6 月,中宣部等 11 个部门联合印发《关于支持实体书店发展的指导意见》,指出到 2020 年,要基本建立以大城市为中心、中小城市相配套、乡镇网点为延伸、贯通城乡的实体书店建设体系。实体书店的强势回归,无疑会对引领全民阅读起到更好的示范导向作用,也在提示阅读要慢慢沉淀下来。

据日前亚马逊在 2016 年度阅读盛典发布的中国年度榜单及奖项表明,《岛上书店》《解忧杂货店》《这么慢,那么美》位居

"年度纸质图书畅销榜"前三甲。应该说，这三本图书都属于温情、慢生活的风格。由此表明，在快节奏的现实生活中，人们更希望在阅读中享受难得的"慢节奏"。

出版业转型升级产生深远影响

从健全和完善图书产业链角度来看，出版当然是至关重要的一环，但让图书以何种途径更快更好地到达读者手中，则有赖于营销。总体来看，2016年文学图书，表现出营销渠道多样化的特点。

要说2016年卖得最快的书，非《S.》莫属。这部引进自美国的悬疑小说被称为"烧脑神书"。有意思的是，该书的营销渠道，主要不是实体书店，也不是电商平台，而是以视频内容为主的微信公众号"一条"。

之前，出版界对"一条"的了解只局限在其高超的微信运营能力上，如"在15天的时间内'一条'粉丝破百万"和"营收千万、徐沪生如何做标题"等，但"一条"凭借两天半售空25000套《S.》共计420多万元码洋的纪录在出版圈彻底火了一把。之后，找"一条"合作的出版机构络绎不绝。应该说，最近几年，新兴渠道的建设和兴起在出版业已不算什么新鲜事，社群电商、微信群和朋友圈都成了图书营销的新天地。

如果从宏观层面对图书出版业态做深入的考察，我们会发现，方兴未艾的出版业正进入快速转型发展的时期，出版领域推出的各种创新举措，相比图书营销策略的推陈出新，可以说一点也不逊色。2016年8月11日，上海世纪出版集团新领导班子宣布成立。8月31日，中共中央政治局委员、上海市委书记韩正在调研该集团时强调，唯有全面深化改革，才能不断开创新局面，上海世纪出版集团深化改革自此拉开大幕。

在接受相关采访时，上海世纪出版集团总裁高韵斐表示，上海世纪出版集团是目前国内最具影响力的出版生产和内容提供企业之一，但如何顺应时代和出版行业发展趋势，满足当下新型阅读需求,进一步提升世纪版图书的市场占有率和市场影响力,实现线上线下融合发展,是世纪出版集团面临的重要课题。这不只是该集团面临的重要课题,也是其他出版集团,还有民营书业面临的重要课题。惟其如此才能理解,何以该集团 2016 年开启的这一轮改革受到各方瞩目。

2016 年 6 月 6 日,中南文化(股票代码 002445)发布公告,以 4.5 亿元现金收购北京新华先锋文化传媒有限公司,并在后期将陆续投入巨额资金,全面布局 IP 文化产业链。这是我国民营书业历史上最高额的一起收购。交易完成后,新华先锋成为中南文化的全资子公司。

实际上,此前 5 月 31 日起,"中南重工"更名为"中南文化",主营业务由金属制品业转向大文化产业。在大文化产业方面,中南文化目前已形成影视、游戏、综艺、教育、衍生品多位一体的文化娱乐产业布局。据介绍,新华先锋是目前国内少有的同时具备互联网出版权(新华阅读网)、图书策划发行和影视改编全产业链一体化的现代新型媒体"互联网+"公司,也是行业内最早推动书影 IP 互动的民营传媒企业。《金陵十三钗》《让子弹飞》《唐山大地震》等在业界颇有影响的书影互动、全产业链运作的图书,均出自新华先锋。

北京新华先锋文化传媒有限公司创始人兼总裁王笑东表示,依靠纸书、数字、影视、衍生产品的协同开发,可以帮助作家实现收益最大化。与影视方、游戏方进行商业谈判是需要专业能力的,专业公司出面,可能会比作者本人出面更合适。他认为,IP 的火热正在彻底改变行业的生态,出版人的第二个春天也会随之到来。另外,南方传媒上市、文轩回归 A 股、当当完成私有化欲转投国内资本市场、中国科技出版传媒 IPO 获批,诚可谓资本搅动出版界。

早些时候,4 月 28 日,新经典文化召开发布会,宣布投资法国菲利普·毕基埃出版社,显示了其布局国际市场,引领中国文学"走出去"的目标和志向。新经典文化副总编辑陈丰透露,除了投资菲利普·毕基埃出版社,未来几年,新经典文化还将在法国普罗旺斯设立中国作家创作基地,将他们推介到国际市场。在新闻出版"走出去"战略的指引下,近年来,国内出版机构,还有民营书业在国外以投资、并购、设立分社等形式进一步对接国际图书市场,成效显著。

尤值一提的是,十八届三中全会发布《中共中央关于全面深化改革若干重大问题的决定》,明确提出"在坚持出版权、播出权特许经营前提下,允许制作和出版、制作和播出分开"。数月前,国家新闻出版广电总局将江苏、北京、湖北等地设为"制版分离"改革试点。2016年6月末,"制版分离改革"试点工作正式启动。该政策,将"编"和"印"过程中的部分环节纳入民营书企的业务链条,并以规章形式使其合法化,稿费、纸张费和印刷费等可以进入民营书企的成本,对于民营出版企业税收抵扣、财务阳光化乃至上市等至关重要。

毫无疑问,2016年出版界的这一系列重大举措,将对以后包括文学出版在内的图书出版产生深远的影响。

文学发展进入良性循环还需质量保证

出版业的转型升级,文学出版业态的日渐成熟,使得近年中国文学发展进入了良性循环的轨道。2012年诺贝尔文学奖首次颁给中国作家莫言,国际文学类奖项逐渐开始关注到中国作家。2016年4月,曹文轩获得"国际安徒生奖项",成为中国获得该奖项的第一人。8月,中国科幻女作家郝景芳凭借小说《北京折叠》抱回了世界科幻大奖"雨果奖"的最佳中篇小说奖。

有业内人士分析指出,曹文轩的获奖,是中国文学多年发展"水到渠成"的结果。随着中国综合国力的提升,国际地位的提高,使得中国作家越来越多进入各国读者的视野。同时,出版是文学"走出去"的重要渠道和桥梁。从2013年中国少年儿童新闻出版总社首次独立组团参加博洛尼亚书展开始,经少读工委组织,中国的少儿出版界已经连续4次独立组团到博洛尼亚。此外,曹文轩的获奖也得益于频繁的国际交流合作。从文学出版翻译的大环境看,曹文轩的获奖,还与国家新闻出版广电总局的翻译资金支持有关。

虽然 2016 年原创少儿图书数量急剧增加,但有业内专家指出,引进的少儿图书在整体质量水平上依旧大大领先于国内原创图书。这一点即使在成人文学方面也不例外。2016 年,S. A.阿列克谢耶维奇的《二手时间》、加西亚·马尔克斯的《活着为了讲述》、奥尔罕·帕慕克的《我脑袋里的怪东西》、迈克尔·翁达杰的《安尼尔的鬼魂》、唐娜·塔特的《金翅雀》等名家名作相继引进出版,广受读者欢迎。

总体看,在文学出版上,中国文学不缺品种和数量,而质量还需进一步提高。曹文轩以儿童文学为例表示,儿童是世界上最好的读者,但需要引导。每一个孩子都需要文学的滋养。如何确定一些书籍是好的、优秀的,大概要组成一支陪审团,而这个陪审团的组成肯定不只是有孩子,还要有家长、专家。“儿童的阅读水准也是一个国家、一个社会、一个民族未来的阅读水准。”推而言之,一个国家的文学出版和文学阅读,也是衡量其国民素质的重要指标。

（原载 2017 年 1 月 9 日《文学报》）

长篇创作中的非审美化表现

雷　达

为什么在世纪之交会出现长篇小说创作潮,且延续了近20年之久,至今不衰? 有人说,是因为长篇小说的字数便于市场化出版,便于宣传和营销;也有人说,是互联网改变了写作方式,使原先不敢想的人也平添了创作长篇的勇气;还有人说,是因为长篇小说易于"触电",便于改为影视;更有人认为,"真正有出息的作家都该有长篇小说"。这后一条似乎对刺激生产特别起作用。然而,以上种种原因,毕竟只是外在因素,一个民族有那么多的作家投入了长篇小说创作,不可能没有更为深层的原因。在我看来,其内在驱动力应该是缘于中华民族100多年来所经历的民族解放道路的艰辛和痛苦的磨难,以及不断的精神裂变,也缘于近40年来中国改革开放的足迹和现代性的转型,缘于民族的和个人的各种复杂经验,源于漫长历史记忆和巨大时代变迁。这是世所罕见的"中国经验",需要一种集聚和释放,需要更为充分的艺术表达。同时,经过上世纪90年代长篇小说审美经验的积淀,新世纪本该是一个长篇繁荣和鼎盛的时代。

然而审美经验和审美判断的问题并不能按照线性思维进行逻辑推理。新世纪以来的长篇小说无疑取得了喜人成就,但在相当一些作品中,在相当长一段时间里,却也存在较为明显的非审美化倾向,若在更长时间中观察,恐怕问题会更突出。但我们

139

对此可能已习焉不察,当局者迷了。诚然,长篇的写法可以有种种,文体的演变也多样,无法定于一尊。莫言说,长篇小说的尊严,就在于它的"长度、密度和难度";我也认为,优秀的长篇小说应当具有对"一定长度的时代和人生"的高度概括和审美判断,这是任何时候都不好改变和打折扣的,不妨称之为长篇小说基本的质量标准,有人称之为新时代"长篇小说的写作伦理"。这大概也是针对长篇小说写作的非审美化问题而提出的。

一

长篇小说创作的非审美化现象,首先表现在写作速度之快、数量之多与写作资源日益严重的短缺所构成的尖锐矛盾上。

在我看来,长篇小说创作的非审美化现象,首先表现在写作速度之快、数量之多与写作资源日益严重的短缺所构成的尖锐矛盾上。现在每年到底有多少长篇小说出版,似乎一直没有准确统计。2013年《解放日报》有一文章披露,说当年长篇的总数是4798部,声言这是在新闻出版署登记在册的原创长篇小说的数字,但并未得到进一步证实。也有长年阅读长篇小说者表示,感觉没有那么多,顶多在3000部左右,每年印象较深的也就四五十部。他们表示,除了极少部分看过外,无法掌握其余上千部写得如何,写了些什么。但不管怎样,我国长篇小说的数量之巨,为其他文体所无可比拟;目前在全世界也是最高的。但长篇最基本的艺术要求却发生了某种微妙的"位移",直白地说,就是长篇创作全面"提速"了。以前,两年写一部长篇都可能会遭人诟病;现在一年写两部长篇也很正常,好像长篇小说就该这么多而快地生产出来。

当然,我们不能简单地以写作时间长短论英雄,速度降下来不一定就出大作品。但我坚持认为,尽管长篇写作全面提速了,却不能也不应该改变长篇小说创作所必须的"必要的劳动时间"和密度要求,以及重要的规律和法则。因为"全面"提速很容易导致"文本的生产化"(伊格尔顿)现象,而与大量"文本的生产"相关的,就是文本、文类之间大量的"近亲繁殖",文本之间相互模仿,于是显得空洞化、贫血化、夹生化。快速的文本生产直接导致了原创力的匮乏,也强化了作家畸形的复制能力,比如对犯罪、审判、强拆、贩毒、买卖人口、器官走私、讨薪等题材的经营,让人觉得看小说就是在看媒体新闻。那么,为什么小说写作变成了"新闻故事"?首先在部分作家看来,在这个剧变的时代,现实世界比小说世界更真实、更精彩,作家应当以热烈的姿态拥抱现实,且新闻媒体表现出来的事实已足以令人震惊;其次是因为快速的文本生产,使得作家来不及对变动不居的社会作出较为冷静的沉淀和深入的概括。

当年托尔斯泰写《复活》时,他曾参观了莫斯科和外省的许多监狱,上法庭旁听审判,接触罪犯、狱吏,并深入农村调查农民生活,还查阅了大量档案资料,6年间,他写了三份草稿。关于卡秋莎·玛丝洛娃——这一个有真人原型的人物的命运和最终结局,他总觉得前两稿没有深刻触及历史和时代真实,于是选择从头再来,最终"将自己完全燃烧"在主人公命运的强烈而激情的火焰中。托尔斯泰终于写出了玛丝洛娃以及聂赫留朵夫身体和灵魂地复活,《复活》也得到了整个欧洲乃至世界的公认,读者引托尔斯泰为自己真正的朋友。事实上,伟大的作品都有这样一个长期的困顿和艰难的突围过程,长篇小说的构思、立意与运思更是如此。但是,在全球化、网络化、市场化、高科技化的时代,作家看着"读者面孔"写,迎合读者,迎合大众传媒,力求耸人听闻,或以影视剧里的视觉快感为鹄的来运营文字,结果是,原创性丧失,小说的艺术审美缺少了穿透物质世界外壳而进入心灵世界的能力。小说原本是追求独一无二,追求排他性的,而今天,在电脑技术支持下,为了赶时间,作家来不及体验,来不及消化,来不及沉淀,只能以思维的拼贴、拷贝、寄生等代替真正的创作。所以,平面化、同质化的倾向严重,大量面向大众消费的长篇小说,现象堆积、情节雷同,官场、职场、情场发生的故事相互模仿,小说创作成了现成套路,"文本生产"出现了千人一面的模式化倾向。

二

非审美化的突出表现是为追求某些虚悬的价值目标，使得叙事文学的文学性被冲淡，因为"思想"的作梗，使得人物的灵魂不够饱满。

非审美化的第二个表现是，追求"思想"的表达却与整个艺术机体脱节。非审美化的突出表现是为追求某些虚悬的价值目标，使得叙事文学的文学性被冲淡，因为"思想"的作梗，使得人物的灵魂不够饱满。长篇小说追求思想并没有错，但思想并不是长篇小说的终极目标和最高标准；作品当然要有思想，甚至要形而上，要富于文化的、哲学的品格，但是小说创作自有其个别性原则，形象性原则，否则就滑向非文学了。有人总是"引导"作家向一种艰涩而可疑的风格靠近，这实际是牺牲文学性向西方的某些文化哲学靠近，混淆了文学和非文学的界限，也混淆了文学与文化哲学的界限。事实上，这样努力的结果是不断地让长篇小说"远离文学"。是的，我们目前最欠缺的仍然是思想、思想的穿透力，但这种穿透力不可能通过牺牲诗性和叙事性来获得；这种思想魄力并非西式观念加中国式转述，而应是扎根本土，饱蕴感性、灵魂和血肉，是与中国当下的人文命题紧密结合的一种形象的力量。

在这个意义上，我仍然希望作家回到文学，寻找自己的"精神原乡"，而不是单纯地追求所谓高深的"思想"。成功的作家都有一个自己的文化记忆，自己的精神原乡。莫言的高密东北乡，陈忠实的关中，贾平凹的陕南，王安忆的上海，阎连科的豫东，雪漠的河西走廊等等，他们都有各自的文学根据地。莫言曾说，他要学福克纳，要创造一个文学王国。高密东北乡事实上已经成了一个文学的地理概念，一个虚拟的空间；雪漠的长篇《大漠祭》，至今看还是一部不折不扣的优秀之作，其意义就在于它写出了当代西北农村生活连筋带肉的密实与真切，无论写大漠奇景，还是写西部生存，都令人唏嘘感叹，荡气回肠。这种情感的塑造是语言化的,形象化的,当然也是文学化的,它不同于社会主义前期农村题材的某些革命现实主义的"正史式"写作,也不同于《爸爸爸》《厚土》等作品的文化寻根写作,而是对我们很容易忽视的、农民的基本生存状态的深刻观照,在某种程度上具有开山意义。

但是近年来有些作家在"超越自我"的路途中似乎太过于追求剑走偏锋。雪漠的《野狐岭》等,阎连科的《炸裂志》等,以某种浓得化不开的意念、情绪来推动叙事,使得"思想"裸露在形象之外,突破的意味自然有,但生硬的感觉仍会占据阅读者的头脑。雪漠自觉或不自觉地放弃了原乡经验和血肉形象,转而寻找一种宗教的、哲学的阐释,虽然这是"有意为之",但是其中隐现了一个问题,那就是因追求某种"思想"(比如"证悟""超越名相""灵魂至上"等)逐渐淡化了对那些与"大漠世界"血脉相连的凡俗人生的精神开掘。碎片化的、零散化的切割,与审美的完整性要求是否矛盾?碎片化是必须的吗?为什么不能冷静地富有情趣地赏心悦目地或惊心动魄地讲一个有深度的故事呢?完整的故事,贯穿的意义,个性鲜明的人物,甚至塑造典型,是否过时?

同样,才气横溢、笔锋凌厉的阎连科,在《炸裂志》中,追求一种"怪诞"的叙事风格,也彰显了作家强烈的主观化、意念化企图。《炸裂志》写了"炸裂"这个耙耧山脉深处的村庄的"三十年",作品以荒诞、夸张的手法呈现了一个百人乡村如何走向超级大都市的变迁,将经济发展中走向富裕的狂野欲望和家族的绵绵仇恨融合,作家本人也有写一部乡村志的意向。但是,在过于强烈外露的乡村批判和用力过猛的笔触下,作家试图将这种观念上升为一种凝固化的新"理念"。于是,这种写作会不会滑入一种非审美化的"为思想而写作"的误区?所以,无论是雪漠的"说教"元素,还是阎连科的"激烈"元素,最终也会弱化作家对人物灵魂完整的把握。这样的问题在当下应该不是特例。

非审美化的倾向之所以堪忧,是因为如果过于片面地追求"有思想",靠外在的意念推动叙事,容易使人物之间的血肉联系变得简单化、僵硬化,甚至会破坏叙事艺术本身的文体伦理。这种追求并不能反映生活的复杂性,反而会把复杂与深刻浅表化。在这个意义上,我一直主张长篇小说应拥有丰盈的精神,而不是裸露的"思想"。

三

现今作家们力图保持自己"在场",力图对现实发言,从而将社会新闻与小说叙事元素过于快速、直接地黏合。这既是作家不得不将叙事焦点对准热点话题的一种叙事动机,同时也是缺乏连接地气的、拥有可持续写作资源和能力的表现。

非审美化的第三个表征是网络的冲击与作家的"媚大众文化"表现("大众文化"内涵丰富复杂,此处主要从媚俗而言)。的确,1990年代那个波澜壮阔的"长篇时代",为长篇小说的繁荣积累了一些丰富的审美经验,而新世纪以来,长篇小说作家遭遇网络、特别是传统型作家与网络作家之"比速度",本身就是一件可悲的事。虽然网络作家通过网络写作的狂欢化方式,与读者实现共时性的创作过程,但是,网络创作必须与读者的跟进速度齐头并进,随时更新。比如在起点中文网、红袖添香网等大型文学网站上,日更新量上万甚至好几万字是很普遍的,否则根本满足不了在线读者的阅读需求。如果像毕飞宇一样,写《青衣》用不到两个月写完了,但寻找"青衣"这个名儿,就花去了他40多天时间,这种反复把玩恐怕在网络写作中无异于天方夜谭。网络作家的期许仍然是待价而沽,或期望与读者及时交流,或得到影视编剧和纸媒的青睐。为了早日"浮出网海",他们既要快速地写,又要在短时间内进行拼贴式、作坊式组装。他们把传奇、性爱、政治批判等多种元素调和在一起,做成了一道好莱坞式的煽情菜,或者以氤氲缠绵的诗词抚慰读者。这很容易导致只有一时的剧场效果而缺乏较长时间的阅读价值。

在纸媒发表、出版小说的传统型作家的现状怎样?在我看来,状况并不十分乐观。他们同样希望通过高频率地出版作品,以与读者不断地"见面",以证明自己的"在场";这种"在场的焦虑"使得个人的体验未经充分沉淀,就洋洋洒洒地动辄写出几十万言,而这种动机很容易受到类型化、猎奇化的影响,也很容易把电视剧大团圆的故事结构放置到小说叙事的至高处。

现今作家们力图保持自己"在场",力图对现实发言,力图对转型时代复杂的现实生活迅速作出审美判断,是难度很大的任务。对一些作家而言,他们一方面借影视剧的结构和情节来构思小说,走快餐化的路子,一方面又想急切地为时代立言,成就一部不愧于时代的大作。然而,社会转型期的复杂现实和信息时代的媒介变革,又让文学在今天的"发言"变得十分困难,于是出现了作家将社会新闻与小说叙事元素过于快速、直接地黏合。这既是作家不得不将叙事焦点对准热点话题的一种叙事动机,同时也是缺乏连接地气的、拥有可持续写作资源和能力的表现。

四

作家像个蹩脚的魔术师,将先锋意识以及对现实的批判简化为一堆无用的"怪物",使文本逻辑变得混乱不堪,如果没有对生活新的独特发现和洞见,无论附着多少花哨的观念和叙事的技巧,仍然难掩其贫乏。

长篇小说的第四种非审美化表现,我以为是一些作家没能走出"为魔幻而魔幻"的怪圈。魔幻虽古已有之,中外皆有之,但现今的魔幻现实主义毕竟是一种以奇观化、荒诞化手法和技巧来表现想象世界的方法,具有不可低估的叙事学意义。这也是加西亚·马尔克斯为后人尊敬的重要原因之一。魔幻是对拉丁美洲光怪陆离、无奇不有的历史和现实土壤上的天才表现,如卡彭铁尔所言,是"神奇现实",其突出特征是"变现实为幻想而不失其真"。中国的情形和中国的文化还是与之有所不同的。在中国,陈忠实《白鹿原》中的"白鹿显灵",莫言的《生死疲劳》中的"六道轮回",贾平凹《怀念狼》中的"人狼幻化",范稳《水乳大地》中的"云中斗法",《尘埃落定》中的"傻子视角"等等,应该说都比较成功,应该肯定。传统现实主义文学之后,的确需要这样的表现方式来加以丰富和升华。但是,现在不少长篇所谓的魔幻,"傻子""白痴"大量涌现,动辄让牛羊说梦话,让人变成飞禽走兽,且人头乱滚,白日见鬼,鬼魂附体,花样繁多,认真推敲就会发现,变来变去的魔幻,并无深化作品的意义,也无规定情景的或然,而是通过强制性的叙事助推,使得人物形象偏离了情理逻辑和叙事逻辑,以极度扭曲的方式进入文本,致使人物往往是残缺的、病态的,或叙事者就是一个"白痴"、智障儿、梦游者,或切除生殖器的自虐者,或干脆让叙述人脑袋里长了一个大瘤子……在这种幻变之下,作家像个蹩脚的魔术师,将先锋意识以及对现实的批判简化为一堆无用的"怪物",使文本逻辑变得混乱不堪,使阅读变成一种活受罪;如果以为这就是深刻,这就告别了传统的现实主义,实在是一个不小的误区。我并不是魔幻的反对者,相反,对精妙的魔幻倍加赏识。我只是觉得,如果没有对生活新的独特发现和洞见,无论附着多少花哨的观念和叙事的技巧,仍然难掩其贫乏。

　　总之,长篇除了一定长度的分量和容量,更重要的是怎样让历时性的变迁以共时性的灵魂密度体现出来,而不是单纯为影视传媒和大众文化所掳掠,不是越荒诞不经就越能触及问题的本质。毕竟,长篇小说表现的是一个时代、一群人的曲折命运,是为时代的灵魂"立传"。在这个意义上,当下长篇小说的非审美化倾向应当引起更多人的关注。

(原载 2017 年 1 月 9 日《文艺报》)

长篇小说:讲出中国故事的世界意义

贺 绍 俊

近年来的长篇小说,作家们越来越重视中国故事的世界意义,并且努力讲出中国故事的世界意义。同时,只有以非常文学的方式讲述中国故事,才会让中国故事行走得很远很远。

中国故事,这是一个十分响亮的词,所以使用频率也越来越高。我不妨也追逐一下时尚,将这个词作为本文的关键词。中国故事,说起来也很普通,中国当代作家在自己的小说中主要讲的不就是中国故事吗?但是谁在听中国故事呢?当然主要是中国读者。我们的作家似乎主要也是针对中国读者来讲故事的。2012年的诺贝尔文学奖授予了中国作家莫言,2016年的国际安徒生奖授予了中国作家曹文轩,向人们传递出这样的信息:世界其他国家的读者也愿意听到中国故事。这也说明了一个重要问题:中国故事包含了世界意义。如果总结过去中国文学走向世界的步子为什么不是太大的话,也许其中有一个关键原因,就是我们的作家过去在讲述中国故事时,对于中国故事的世界意义挖掘得不够。阅读近5年来的长篇小说,我有一个最深的印象,就是作家们越来越重视中国故事的世界意义,并且努力讲出中国故事的世界意义。

全球化视界下的现实性

现实性是当代长篇小说的突出特点。但文学的现实性不应

该止步于客观反映了现实生活,还应该体现出作家对现实生活的认知。

现实性是当代长篇小说的突出特点。但文学的现实性不应该止步于客观反映了现实生活,还应该体现出作家对现实生活的认知。随着中国社会的日益开放,中国现实与世界的联系也越来越紧密,作家们看待现实的眼界也越来越开阔,它带来一个直接的结果就是,小说的现实性是一种全球化视界下的现实性。全球化被看成是人类社会不可逆转的文明进程,它让物质和精神产品的流动冲破区域和国界的束缚,影响到地球上每一个角落的生活,它同时也在改变我们的思维路径,也在创造新的景观和新的人物。

当然,中国的现实中已包含太多的全球化元素,敏感的作家最先抓住了这些元素:生态、环保、移民、跨国公司、吸毒贩毒、恐怖主义等等。赵德发的《人类世》就是把沿海城市建设的故事放到全球化背景下来写的。小说揭露了城市发展中的种种问题,这一切归根结底都与人的贪欲有关,比生态危机更可怕的是信仰危机。"人类世"是地质学家提出的一个新概念,认为我们处在人类世时代,人类成为环境最主要的影响力。赵德发借用这个概念,认为中国出现的这些问题其实也是人类共同面临的问题,他警示人们要珍惜地球,维护好人类共同的家园。迁移是全球化的最大价值,孙颙的《漂移者》写的就是迁移,他以后殖民文化的身份来写一个殖民文化的迁移者,这个迁移者无疑会带着殖民文化的心理优势。但是小说提供了一个非常重要的信息:作者并没有因此就具有一种后殖民文学难以摆脱的被殖民文化的心理劣势。这里表现出一种文化自信心,在东西方文化的碰撞中,中国不再是被动和弱者的姿态。彭名燕《倾斜至深处》的主人公杰克则是被全球化精心打造出来的一个异类。有人说,"全球化"最令人艳羡的顶层价值就是它的"移动性"以及移动的自由。杰克正是在"移动性"中获得了巨大的成功,但他的内心仍是焦虑的,我们或许可以从杰克的失踪中得到一种暗示:当"全球化"渗透在我们家庭的日常生活中时,也要警惕它给人的内心所造成的变异。

　　2015年适逢抗日战争胜利70周年的纪念，以抗日战争为题材的长篇小说出版了不少，尽管抗日战争的故事在当代长篇小说中被反复讲述，但我从这些新作中看到了一个重要变化，不少作家是将中国的抗日战争作为世界反法西斯战争的组成部分来书写的，具有一种世界性的眼光。首先在题材选择上就体现出新意。如范稳的《吾血吾土》写中国远征军的老兵，黄国荣的《极地天使》以发生在山东潍坊的同盟国集中营的故事为原型，书写了在战争灾难面前中外人民心心相印的情景。因为视界的开阔，作家们对战争的反思也就更加深刻。《吾血吾土》的主人公赵广陵在抗日的战场上出生入死，按说是一名民族英雄，但因为中国的政治斗争，他不得不以隐姓埋名的方式生存，范稳通过一个老兵的遭遇揭露了极端政治化的战争思维对于民族精神的伤害。曾以写长沙市民生活见长的何顿因为被长辈英勇抗战的事迹所感动，转向写抗日战争，从《来生再见》到《黄埔四期》，何顿接连写出两部作品，一部比一部厚重，从湖南抗日战争的三次大战役，到以黄埔四期的一代精英为对象，涉及时空更为广阔，胸襟也更为博大。何顿的叙述具有一种悲壮感，这种悲壮既包含着作家对于历史的敬畏之心，也凝聚着作家从现实出发的批判性。在书写抗日战争的作品中，尤其给我耳目一新之感的是袁劲梅的《疯狂的榛子》。这部小说首次将中美混合联队"飞虎队"奋勇抗战的故事写进了小说之中。小说完全超越了以往的战争叙事，作者由战争引伸出两个家庭两代人的情感纠葛和历史遭遇。正如作者所说："没有一场战争不同时也是内心的战争。"这也正是以上几部小说共同触及的"打扫战场"的问题。"打扫战场"是中国革命进程中的特定现象，战争结束后，战争背后的政治漫延到参与战争的所有人的身上，影响到参与者以后的人生命运。《疯狂的榛子》中的男女主人公，在抗战期间萌发了爱情，但纷乱的时事使他们无法结合，男方去了台湾，女方留在大陆。他们的子女又把他们的情感纠葛带到了海外，无论是长辈还是晚辈，无论是在海外或台湾，还是在本土，他们都自觉地或被动地从内心"打扫战场"。袁劲梅由此对两代人的家国情怀都有了豁达的理解，小说提供了宽容、博大的地球村理念，正如小说结尾告诉人们的好消息是，从宇宙往下看，"有一颗小行星，叫地球。地球的轨道只有一条，可以叫'正道'"。

特别强调袁劲梅的海外华裔身份，因为有一批海外华裔作家陆续加入到当代文学的大合唱中，他们有着跨文化的优势，全球化的时代特征在他们身上表现得尤为突出。严歌苓近几年相继推出《妈阁是座城》《床畔》，彰显了她讲故事的能力，故事背后是作家对人和人性的独特思考。张翎的《邮购新娘》写了移民中的一种特殊现象，通过无奈的新娘，把乡愁、道义、命运和精神慰藉等一并邮购给读者。陈河几年前写的《红白黑》还明显带有他海外漂泊的痕迹，但在新作《甲骨时光》里，他成为了一名考古学者，回到民间的安阳，围绕殷墟甲骨文物，展开了一场文化保卫战。

立足于本土经验的现代性反思

如果说过去我们侧重于从他者那里观照现代性，那么现在逐渐将目光转向自身，立足于本土经验进行现代性的反思。

现代性无疑是我们这个时代具有世界意义的关键词，它浸润在作家的写作理念之中。如果说过去我们侧重于从他者那里观照现代性，那么现在逐渐将目光转向自身，立足于本土经验进行现代性的反思。

乡土叙事在现当代文学中一直占据着最强悍的位置，但也是突破和创新最难的。从近 5 年来的长篇小说创作情况看，现代性正是乡土叙事的突破口。贾平凹是乡土叙事的代表性作家，乡村精神融入到了他的灵魂之中，他对乡土性与现代性的冲突特别敏感，他在这种冲突中困惑和解惑，他真实地将自己的困惑和解惑写进小说。在《古炉》中，他重新组织"文革"生活的记忆，展现了民间生活伦理的兼容性。在《带灯》里，他对庸庸碌碌和浑浑噩噩的乡村环境中一丝微弱的光亮表达高度的敬意。

《老生》则借一位唱丧歌的老艺人之歌喉,去问询历史和命运中隐藏的生死秘密。《极花》的主角是一位被拐卖的乡村女孩,贾平凹力图平息女孩的内心煎熬,却透露出他自己的内心煎熬。可以说,贾平凹的小说是他一直走在现代性路上留下的一个又一个印记。李佩甫的《生命册》所讲述的故事从乡村延伸到城市,记录了一位出身于乡村的城市知识分子回望乡村日益凋敝的忧思。小说直面社会转型中的种种现实问题。乡村与城市的尖锐对立始终是李佩甫最大的心结,这也局限了李佩甫的视野,但作为"平原三部曲"的终曲,《生命册》在思想境界上明显要比《羊的门》和《城的灯》更加开阔,现代性意识更强。范小青的《我的名字叫王村》从本土经验中抽象出具有普遍性的哲学意义,这样的写法对于擅长写实的范小青来说真是一次革命性的突破。范小青的构思建立在一个奇异的想象上。她以一个妄想狂的精神病患者为主人公,这个妄想狂妄想自己有一个弟弟,从而构成了两个互相依赖的人物,一个是主人公"我",一个则是"我"妄想中的弟弟。"我"丢掉了弟弟,又去寻找弟弟。丢掉,寻找,成为小说的基本线索,也建构起一个关于主体性的主题。弟弟作为一个象征,寓意着当代社会在片面追逐现代化和城市化的情景下,人们丧失了自己的主体性,一切都被物质、经济和权力牵着鼻子走。从这个角度说,我们每一个人都需要认真想一想是否丢失了"弟弟"——自己的主体性。主体性是一个非常抽象的哲学概念。这部小说的叙述是非常形而下的,但叙述的结果却是把人们带向非常抽象的哲学命题。形而下与形而上在这里友好地妥协了。小说警示人们,主体性是与我们的家园连在一起的,失去主体性,最终就会失去家园,这既是安居乐业的物质家园,也是安放灵魂的精神家园。张炜的《独药师》通过养生,把人的身体和社会的革命同时置于现代性之火上烘烤,身体秘史与革命秘史诡秘地相交重叠,揭示出现代性的复杂和艰巨。

在现代性的激荡下,打开自我的内心,去面对急遽变化的现实,让个人经验与家国情怀碰撞出思想的火花。这也是近5年来长篇小说创作中的一种趋势。在《北去来辞》中，主人公柳海红无疑具有作家林白的影子。林白很珍惜自己的个人经验，以前的每一部小说，她都是选取个人经验史的一段作为想象的资源。但写《北去来辞》时，不愿被"主义"牵制的林白突然会去关注形形色色的"主义"，习惯于自语的林白也变得在与他人交流时充满了自信；她在处理个人经验的同时也在处理她与现实的关系，她的小历史的叙事完全涵盖了大历史的叙事。我们反思1950、60年代的文学时，痛感当时的作家只有"大我"没有"小我"，从此"大我"与"小我"处于分裂的状态。但年轻一代的作家在现代性的烛照下，能够比较理智地处理"大我"与"小我"的关系。弋舟写几个"70后"的爱情遭遇，却把小说命名为《我们的踟蹰》，这分明透露出一种整体意识，作者试图通过小说表达他对于"70后"在爱情上的整体观。在他看来，踟蹰是"70后"普遍的精神状态，这既是作者的自我反省，也是对一代人的思想命运的反思。而徐则臣的《耶路撒冷》干脆被评论家称之为是"70后"一代人的史诗。小说完全依赖于作者的生活体验，勾连起自己的家乡花街和北京之间的联络，演绎了几个年轻人出走故乡、闯荡世界、追求理想的故事。

把目光更多地投向普通人，从普通人中发现普遍的真理。这也是现代性反思带来的结果之一。苏童的《黄雀记》写的就是普通人，小说塑造了三个"受侮辱与被损害的"人物形象，特别是保润这个人物，倒霉仿佛像影子一样伴随着他的一生，他在绝望和希望间挣扎，却总也摆脱不了命运的捉弄，正如书名所隐喻的，在螳螂捕蝉的命运拼搏中，后面永远有一个神秘的"黄雀"。小说通过这样的形象对当代社会的精神无主现象作了形象的解析，这是一个关于"罪与罚"的普遍性的文学主题。迟子建是一位始终把目光和热情投放在普通人身上的作家。她的《群山之巅》仍然如此。小说写到东北山村龙盏镇上形形色色的小人物，迟子建的笔饱含情义，她体悟笔下人物的生存选择，感受他们的喜怒哀乐，她要让人们明白，哪怕是最卑微的人物，也有生命的尊严。正如迟子建自己所说的"高高的山，普普通通的人,这样的景观,也与我的文学理想契合,那就是小人物身上也有巍峨"。书写小人物,揭示大精神——这是那些写小人物的成功之作的共同特点。陈彦的《装台》同样也是写小人物的,剧团出身的陈彦深谙中国戏曲,他把这部小说写成了一部中国戏曲的"苦情戏",陈彦借"苦情戏"之壳,对中国普通百姓的人生哲学进行了重新阐释。陈彦从苦情戏进入,却以现代意识升华了苦情戏的意蕴。它虽然仍然缺少西方悲剧的崇高感,却有一种足踏大地的凝重感。

现代性首先就是一种时间观念,从一定意义上说,时间是把握和调节现代精神的深层枢纽。因此作家们就有了更自觉的时间意识,现代的时空观也渗透进他们的作品之中。韩少功将自己反思知青命运的小说称为"日夜书",显然是要采取一种非线性的时间观重新处理历史记忆。以生活实感取胜的荆永鸣在书写北京市民日常生活时就发现,"北京时间比乡下的时间过得快",这部小说叫《北京时间》,荆永鸣试图用充满亲情和友情的日常生活时间来校正跑得太快的北京时间。周瑄璞在《多湾》中设置了一座钟表的细节,这座钟表是小说的灵魂。周瑄璞在梳理奶奶一辈人的命运时,触摸到中国在现代化进程中的时间矛盾:在现代时间文化意义观念上的超前性,而这种超前性又作为现代时间生存基础的现代生产—交换方式处于分裂乃至对立状态。她从奶奶身上发现了一种应对时间矛盾的精神力量。

中国故事的文学色彩

只有以非常文学的方式讲述中国故事,才会让中国故事行走得很远很远。

中国大地上每天都在产生精彩的中国故事,这是中国当代文学最丰富的资源,但是如果以老实甚至呆板的方式讲述出来,是不可能传播得很远的。传播也是一种交流和对话,但人与人、民族与民族之间的交流和对话存在着各种隔阂,如语言的隔阂、文化的隔阂、政治的隔阂,最大的隔阂莫过于心与心之间,而文学则是打通心与心之间隔阂的魔杖。因此,只有以非常文学的方式讲述中国故事,才会让中国故事行走得很远很远。

过去我们讲故事的方式比较单一。新时期以来作家们最重要的努力之一就是克服单一的讲故事方式,从而使得中国故事的文学色彩日益丰富。近5年来的长篇小说也突出表现出这一点。在田耳的《天体悬浮》中,年轻人相恋时一起用望远镜观看夜空里的星星,失恋后则以观望星空来疗治心灵的痛苦。这是一个非常文学化的构思,让一个世俗的故事变得生机勃勃。好的文学想象是生活现实酿造出来的,比如超现实仍然看得出现实的影子。陈应松是典型的现实主义作家,但长年扎根于神农架,那里氤氲着的神奇诡秘常常为他的小说带来一种超现实的想象。《还魂记》完全建立在超现实的基础上,作者采用亡灵叙事,让死于非命的柴燃灯灵魂返乡,通过亡灵的眼睛,便看到了现实世界种种不合理的现象。艾伟的《南方》同样借用了亡灵叙事的表现手法,小说的形式感更加明显,展现出艾伟处理现实经验的艺术能力。于怀岸的《巫师简史》中的巫气和匪气,显然就是作者对湘西历史和现实的真切体验。冉正万的《天眼》同样从贵州的山水风情中吸取到了灵气,这种灵气贯注在他的叙述中,使他的文字有一种飞扬感。另外,红柯《喀尔布风暴》中粗犷的浪漫主义,张好好《布尔津光谱》《禾木》中主体意识流的叙述,东君《浮世三记》中将故事处理得非常干净的现代叙述方式,都呈现出异样的色彩。周大新的《安魂》是他书写内心反复吟唱的一支悲歌,"诗言志,歌咏情",悲情充溢是这部小说的特点,这是父子情,也是生死情;都是人类心灵能够共同感受的情感。但作家并没有沉湎于情感之中,而是由情入理,将其写成了一个充满人间情怀的"浮士德"式的文本。

不要忽略王安忆的《匿名》带来的文学冲击。因为王安忆完全改变了人们对小说的期待。她并不是在描述一个故事的始末,而是要对这个世界进行阐释。小说有一个总的阐释目标,这就是文明与人类的关系。王安忆尝试以一个被绑架者为对象,去探究文明印迹从一个人身上逐渐褪去以及这个人再次进入文明圈后的情景。但王安忆并不是在描述这一情景,而是通过情景去阐释。因此小说会不断地生出一个又一个的阐释点,每一个阐释点就像分出的枝丫,使情节变得非常不连贯。在阐释的过程中,王安忆充分开发了细节的功能,把细节当作阐释中最基本的概念,让细节与抽象理念衔接起来,构筑起小说的阐释方式。王安忆是带着一种新的小说观来写这部小说的,表现出具有充实内容的先锋性。我将王安忆新的小说观称之为"阐释化"的小说观,我相信它对拓宽文学疆界和增强文学表现力一定会产生深远影响。

讲好中国故事的世界意义,文学大有可为。

(原载 2016 年 9 月 14 日《文艺报》)

诗歌:回应"现实"与预叙"未来"

霍 俊 明

在被指认为文学阅读碎片化的年代,近5年的中国诗歌继续在平稳中推进,在多元中发展,在沉静中开掘,在喧嚣中分化。繁荣、多元、和谐、共生是诗歌发展的关键词。尤其是新诗、旧体诗词、散文诗、儿童诗出现共同长足发展的局面。其中,少数民族诗歌在关注各个民族独特的文化传统和地方性知识的同时也更为关注现实生活以及个体复杂的情感,整体呈现出绚烂多彩且风格各异的创作局面。同时,以底层诗人为主体的非专业写作成为近年的一大亮点。

"回暖"与反思

碎片化、电子化阅读语境下,诗歌写作、阅读和批评实现了即时性、交互性、日常化和大众化。新媒体尤其是移动自媒体使得诗歌在写作人数、传播速度、接受面积以及社会效应等方面都出现了新变。而"媒体报道"的点击率法则一定程度上对"诗歌现实"构成了巨大的虚构力量,使得带有"新闻话题""娱乐效应"的诗人和写作群体一夜成名,比如余秀华现象、底层诗人、纪录片《我的诗篇》等。诗歌的跨界传播,如剧场化、影视化、广场化等成为令人瞩目的现象。由此,诗歌在社会和公众中的地位和形象有所改变,受关注度和社会影响力也明显扩大,但是在诗歌"活动"已达高峰期的时候,研究者应对以上的诗歌现象做出审慎的分析和判断。一方面是热闹的诗歌现场和诗歌文化的多元化,"大跃进"式的诗歌生产,频繁的诗歌活动和奖项,诗歌刊物"回暖",各种渠道出版或自印的诗集、诗刊、诗选的繁荣局面以及难以计数的微信群和诗歌公众号;另一方面是新媒体和各种活动、奖项刺激下的写作者的虚荣心和膨胀心理,而大众对诗歌"读不懂"的困惑以及对"个人化""圈子化""小众化"的不满仍然存在。

近年来,人们对诗歌的普遍观感是重新"回暖"了,诗歌似乎又重新回到了大众身边。而诗歌如何有效地重建与读者的密切关系,是诗歌界不断探索和热议的课题。习近平总书记在2014年的文艺座谈会中提到传统诗歌和文化在教育中的重要性。孔子倡导的"不学诗,无以言"的诗教传统在今天该如何传承?北岛编选的《给孩子的诗》、王小妮编选的《给孩子的诗》、叶开主编的《这才是中国最好的语文》(诗歌卷)、中国青年出版社《天天诗历》的热销以及全国中学校园诗歌节、广东小学生诗歌节,还有电视节目《诗歌之王》《中华好诗词》《中国诗词大会》等的热播,都引发了文学界和教育界对诗教问题的反思。适合儿童和青少年阅读的诗歌选本和相应的教材以及首都师范大学、北京大学、中国人民大学、北京师范大学等高校推出的驻校诗人制度都在一定程度上推动了诗歌教育的普及和校园诗歌文化建设。

"诗缘情"和"诗言志"

诗歌既是幽微的心灵世界的复杂呈现,也是时代和社会主潮的揭示者。"诗缘情"和"诗言志"的传统构成了诗歌发展的车之两轮、鸟之双翼。在"中国梦""一带一路"背景下,在习近平总书记文艺工作座谈会重要讲话精神的指引下,近些年涌现出大量的高歌中国梦、传播正能量、弘扬社会主义核心价值观的主旋律叙事长诗、长篇政治抒情诗和组歌。其中代表性的诗作在抒写重大主题和为人民抒怀的同时在诗歌的思想性、历史感以及艺术架构、想象力和语言上均有一定的探索和突破。与此同时,同类题材的诗歌也存在着挖掘不深、空泛议论、浮夸抒情、缺乏生命体验和真挚情感的弊端。近几年以中青年为主体的军旅诗歌写作以爱国主义和英雄主义为宗旨,表现时代的重大主题,携带着生命体温、情感热度、思想深度、人文情怀和社会观照。当然,军旅诗歌创作也出现了一些"短板",一些军旅诗歌缺乏锐气和担当,缺乏有写作难度和精神难度的撼动人心的大作品。

5年来的旧体诗词在创作、文献整理、理论研究和多媒体传播、对外文化交流等方面都获得了长足发展。旧体诗词在继承和创新中力求表达新的时代经验,实现中国古典诗歌传统的当代化和创造性转化,显示出日益旺盛的生机和活力。据统计,相关诗词歌赋社团组织达3000多个,创作者分布在各个阶层和年龄段。尤其是纪念抗日战争暨世界反法西斯胜利70周年、建党95周年、红军长征胜利80周年等一系列重大活动,一定程度上促进了当代诗词的繁荣发展。其中更为可喜的是,涌现了一批热衷于古体诗词并且带有新气象的"80后"和"90后"青年写作群。借助于这些传统的诗歌样式,青年诗人焕发出了别样的生机和精神景观。他们更为关注的是传统形式与鲜活的时代现实的对接,凸显出了个人体验、现实精神以及敢于创新的文体求变能力。

诗歌是面向未来的,而预写未来的主体必将是青年一代。5年来,青年诗人成长速度的加快不仅与诗歌自身发展的日渐成熟和良好的诗歌生态有关,也与新媒体、自媒体所提供的交流平台相关联,诗人之间的互动和相互砥砺以及快速的诗歌传播都打开了青年诗人的眼界。不过,必须提出青年写作中存在的问题。一部分年轻诗人在诗歌写作中存在"否定性的面孔",诗人不能滥用了"否定"的权利,甚至更不能偏狭地将其生成为二元对立的极端。实际上,诗歌最难的在于知晓了世界的残酷性还能继续说出"温暖"和"爱"。只有一种"怨恨"的诗学是畸形的,当然只有赞美的冲动也是可怕的。诗歌不能仅仅局限于

"怨恨诗学",除了表达不满、怨愤和紧张感,诗歌中还有比这更重要的内容需要去发现、关注和抒写。诗不是贴在这个时代的小广告、匿名信和举报信,它应该让我们看到人群和现实中无比丰富的多层次性以及人类的整体命运和精神大势。

"雾霾时代诗人何为"

叙利亚诗人阿多尼斯说:"没有诗,就没有未来",在他看来,诗歌无论是回应现实还是回避现实都是一种"奴役"。这一论断自然有其道理,但是诗人如何能够超越现实和当下而面向未来呢?诗人的写作和"现实"没有关联吗?显然,记忆、现实和未来应该是三位一体的,是彼此接通、相互打开的。换言之,诗歌既不能成为"现实"的寄生物和二手货,也不能成为完全抽离了现实体验的空想和高蹈。由此,诗歌中的"现实"以及应该具有的超拔于现实之外的想象能力和"修远视野"正是考察这5年来诗歌的一个入口或切口。

时代的发展、生活的巨变对诗歌构成了严峻考验,也为有作为的诗人敞开了广阔天地。诗人对现实尤其是社会焦点问题和公共事件的关注从未像今天这样强烈而直接,这一定程度上与媒体开放度有关。而对生存问题的揭示、对生态环境的忧虑、对民生问题的反思正印证了当下最为流行的话——"雾霾时代诗人何为"。而当下对"诗人与现实""诗歌与生活"等问题的争议使得写作者对"现实感"的理解发生分歧。一部分诗人强调诗歌的"介入""见证""及物",强调应该站在现场和烟尘滚滚的生活面前,感受生活的残酷性;另一部分诗人则认为诗歌应该保持独立性、纯粹性和个体主体性,应该重新对"生活""现实""时代"进行衡估和再认识。无论是现代诗还是旧体诗,诗人都必须面对一个"传统",即诗人如何通过语言、修辞和想象来面对一个时代的现实。由5年来诗歌写作中的"现实抒写",我们注意到日常现实和诗歌中的现实是两回事,诗人所理解的现实也是多层面的、差异很大的,任何执于一端的"现实"都会导致偏狭或道德化的可能。真正的写作者应该是冷峻的"旁观者"和水深火热的"介入者"的双重身份,从而发现日常中"新鲜的诗意"。

中国目前有 3.1 亿的农民工,有 2000 万在写作,有 100 万的一线打工诗人。现代性的城市化景观在带来了时代美好前景的同时,也给一部分诗人的写作带来了"乡愁",最具代表性的是近年来以广东(珠三角)和云南为代表的诗人群落。广东因为经济原因成为"打工大省""移民大省",涌现出了大批外出务工者的"异乡"写作,如郑小琼、许立志、郭金牛、谢湘南、乌鸟鸟等。与此相对的则是较为偏远的"西部高原",一部分诗人在"故乡"生活和写作。他们感受到的是日新月异的新时代巨变以及随之生发出的对现代性的反思,比如于坚、雷平阳、樊忠慰、艾傈木诺、王单单等,都在诗歌中重建了文化的乡愁、地方性的想象和差异性的现实感。

诗人与日常生活和社会现实之间的紧密关系使得诗歌的现场感、及物性得到很大程度的提升,与此同时诗歌的题材化、伦理化、道德化和新闻化也使其思想深度、想象力和诗意受到挑战。深入探讨诗歌与现实的关系对于深入研究和解决当下诗歌写作中出现的问题,进一步引导现代新诗的健康发展有重要的现实意义和诗学价值。

女性诗歌与长诗写作

当下的女性诗歌已经渐渐祛除了偏激的精神疾病的气息,在日常生活和精神想象中舒展出内心的潮汐冷暖。或者可以说,这些女性的声音不再像以往那样尖利,而是在静水流深中闪现的幽微光芒和闪电。但问题是,当下的女性写作者之间的面目越来越模糊,尽管女性的精神世界已经足够丰富,女性在文字中也能发挥出感性和想象的才能,但是正是因为了缺乏一种精神提升的力量和开阔的视野,女性写作呈现出窄化和自我迷恋的趋势。近几年来,大批涌现的年轻女性诗人群体在一定程度上提供了崭新的精神质素和写作方向。我们由此看到了一个个别致而充满差异性的女性花园,花园里每夜都有人在讲着属于个人的故事。女性诗歌仍然在不同程度延续了"个人情感"写作向度的同时进一步打开了诗歌的空间。在女性独白的幽微闪电的照彻下,我们还要注意女性写作中的生命意识、历史意识、生存意识、生态意识以及现实经验。尤其是翟永明、蓝蓝、路也、海男、安琪等以生态、历史、战争和精神自传为题材的长诗写作,提供了女性写作的另一种景观和可能性前景。

长诗写作在这 5 年来获得了长足的发展,无论是叙事诗还是一般意义上的长诗都展现了当代诗人综合写作能力的提升。对于长诗写作而言,最大的难度不仅来自于空间和时间,更来自于抒情主体的个人化想象能力,以及抒情性和叙事性之间的平衡。代表性文本是吉狄马加的《我,雪豹……》《致马雅可夫斯基》、西川的《万寿》、欧阳江河的《凤凰》、翟永明的《随黄公望游富春山》、孙文波的《长途汽车上的笔记——感怀、咏物、山水诗之杂合体》、柏桦的"史记"系列、周伦佑的《后中国七部书》、萧开愚的《内地研究》、雷平阳的《去白衣寨》、陈先发的《九章》、杨键的《哭庙》、王明韵的《长爱歌》、道辉的《大呢喃颂》、胡弦的《蝴蝶》等。这些长诗文本无论是在个体精神的复杂性、思想的深度、历史的个人化、现实体验,还是在写作技巧、修辞策略上都体现了探索精神和实验意识。

阵地建设与理论批评

诗歌的跨语际、跨文化、跨国别的交流活动近几年呈现繁多的局面,除了各种国际诗歌节和交流活动之外,中国作家协会创研部的对外翻译工程(含少数民族文学的对外翻译)、北师大的国际写作中心以及磨铁图书公司的"诗人互译"工程,以及不断涌现的"诗人翻译家",如西川、王家新、陈黎、李笠、黄灿然、汪剑钊、田原、高兴、树才、李以亮、桑克、程一身、伊沙等,使得近年的诗歌译介取得了相当大的成绩。

诗歌批评和诗歌理论上成绩不俗。尤其是在新诗百年之际,中国作协诗歌委员会、中国诗歌学会、中华诗词学会、中华诗词研究院、中华诗词网、中国诗歌网以及首都师范大学、北京大学、北京师范大学、西南大学、南京大学、南开大学、东吴大学等高校的诗歌研究机构以及《诗刊》《星星诗刊》《扬子江诗刊》《中华诗词》《中华辞赋》《中华诗词研究》等刊物主办的相关研讨会,推出的研究文集、报告和专著均取得建设性成果,如《中国诗歌通史》《中国新诗编年史》《二十世纪中国新诗理论史》《中国现代诗学丛书》《中国新诗研究论文索引》《中国诗歌现代性问题学术研讨会论文集》等等。此外,中国作协创研部、中国作协诗歌委员会和江苏作协联合举办一系列"中国新诗百年论坛"活动对诗歌的传统、现代性、本土性、地方性、语言、形式建设、翻译、批评和理论、少数民族写作等问题进行了富有成效的讨论。而近年来涌现的以"70后"和"80后"为主体青年诗歌批评家姜涛、张桃洲、胡续冬、李润霞、冷霜、王敖、杨佳娴、杨宗翰、孙良好、胡亮、杨庆祥、张定浩、何同彬、刘春、刘波、陈卫、陈均、张伟栋、崔勇、茱萸、熊辉、易彬、卢桢、王东东、颜炼军等以蓬勃的激情、鲜活的研究方法以及多元化的研究领域成为诗歌理论建设的生力军。

　　对于诗歌的来路、当下以及未来,我们有理由相信汉语诗歌正在不断成熟和快速发展,但是也要注意"时间神话"和"文学进化论"的危险,当下诗歌问题也并不比以往时代要少。尽管诗歌的交流渠道正在新媒体的狂欢中变得如此便利和快捷,但是仍有优秀的诗人可能被一拥而上的欢呼所淹没。由此,观察、发现、再造、冷静、深入、沉潜,是我对当下诗人的期待。

　　来路正长,时间会收割一切。

(原载 2016 年 11 月 25 日《文艺报》)

散文：气韵高妙、异彩纷呈的新世纪

王　冰

进入 21 世纪以来,伴随着国家的发展与整体文学状况的繁盛,散文写作者个人的生活经历、个性特征、思维形式、审美理想和写作方式等发生了转变,散文创作迎来了再度繁荣。这一时期,散文写作者生活空间的扩大、写作精神的相对自由,写作主体意识的提升与写作心态的相对平和,对散文创作产生了很大的影响。新世纪以来,很多散文家从他们自己的内心出发,经过精心的辨别和筛选,盯准了自己精心挑选的某个领域,进入到生活的深处和思想的深处,进入到其中的细部中去,用思想的利器将它剖开。他们的创作力图在继承中国散文传统的进程中,进入到更为深广的创作领域和更为精致的审美艺术中,出现了一个色彩缤纷、异彩纷呈的散文新世纪。

新世纪的散文创作承接了新时期以来老一辈作家的散文创作精神,并在这种精神的滋养和带动下成长、成熟起来。他们秉承一以贯之的精神,关注人的心灵和生存现实,用散文来表达自己对于世界人生的理解。尤其要提及的是,在大多数散文写作者遗忘了散文写作的精神传统之时,仍有不少散文家在散文的领域中开疆扩土,创作出了一批令人满意的优秀之作。

散文发展的时代背景

新世纪以来时代的发展和变迁,为散文创作注入了新的内容和基本动力。社会层面的丰富多彩和巨大体量,为散文写作提供了无限延展的写作可能。而且,在散文创作的行程中,散文家对于时代认识的自足和自信,使得他们的散文在关注现实的能力方面有所提升,由此使得自己笔下的散文变得深刻,变得饱满,变得有了厚度。众多作家的散文真挚、热爱、忧郁,有诉说、辩解、剖析时的战栗和激动,有心灵的煎熬与疼痛,更有现实生命的激情,体现着自己独特的写作价值。

其次,个体主体性的普遍兴起是新世纪以来散文家的独特要素,正是散文家自身修养的提升带来的主体性的强化,使得这个时期的很多散文在境界上是有所提升的,一种厚重之气开始在整体的散文创作中慢慢产生,有一种特有的情怀从这些散文中渗透出来。很多散文家的作品充满着对人生存的苦难意识、忧患意识和终极关怀,从而使自己文章的内蕴丰富,具有一种强大的冲击力,以此促成了一种散文新的力量,这也成为了新世纪散文发展的重要因素之一。

此外,新世纪以来的散文作家的审美标准发生了很大的变化,这是新世纪散文呈现出与以前时代散文不同面貌的原因之一。散文所要求的诸如审美要素,不仅包括形式的美感,更包括情感的浓度、思想的厚度、道德的亮度、题材的宽度等,以及散文中隐忍的忧伤之美、猛烈之后的冲淡之美、调侃之下的血性、悟彻生死的豁达等,这是一个作家在岁月的洗礼和磨砺中才会渐渐形成的,而新世纪以来社会各方面的极大发展以及由此带来的很大的宽容度,使得散文作家的创作能够全面深入地将个体精神和情感用较为自由的存在方式和书写方式表达出来。这也是新世纪散文发展的重要因素。

各具特色的个体创作

就创作的个体而言,新世纪以来产生了众多优秀散文作家和散文作品。其中,贾平凹的散文开朗、豁达、劲健、安谧,并有幽默情趣不时流露。他的散文与其独特的人文情怀和人格修养有关,有一种佛气、鬼气,还有一种儒家和道家之气。在灵悟妙觉之间,他能从一种直觉感性进入到一种四者一体的融合。比如《〈老生〉后记》,作者在文中带着道家的烟气娓娓道来,认为命运是一条无影的路,有太多的变数,沧海桑田,沉浮无定,其中有参悟,有达观,有担心,有希望,在烟气腾腾中,一切恍如梦境,又真实闪烁。

王蒙近年的散文创作不断,他的《秋水的余响》《文学中的诗与数》,写出了人生哲理。其中后者,作者从"天数"开始讲起,联系着汉语中的"气数已尽""三十年河东,三十年河西"等词语,讲到了文学中的数字,然后由此引出了一个数字的游戏,延伸到了数学上的悖论,可谓满是禅机,处处见到作者在时间流逝之后领悟到的智慧,见到作者看山还是山、看水还是水的人生境界。

雷达的《皋兰夜语》既能站在高处俯视,又能将山川景色拥入怀中,抒写了世事的变幻、人间的沧桑、渺远的情思,情感质朴、自然深厚,其中那些对世态人情的揣摩,对人对物的情深意厚的表达,对风土人情的热爱,对一些人生的疼痛和人性的深处思索,对文学和作家的关注的脉络和痕迹,都使之走到了文学创作的高地之上。

李敬泽的《小春秋》体现了作者的智慧,其中的《瘗生二三事》《二子同舟》《一盘棋》亦庄亦谐,是作者智慧的外显。文章表面写历史,矛头却是指向当下的诸多现状,里面有作者面对古人的倾慕和对今人今世的叹息,或让人触目惊心、或让人忍俊不禁。在《春秋的老实人和天真汉》中,作者用历史人物的老实和天真,来影射现实中人的聪明与诡诈,读来有意思也有意义。

铁凝的散文之所以韵味微婉,正面有礼,重情志而归于无邪,与她写作的内心秩序相关。可以说,铁凝散文的秩序就是她内心天性向善的秩序,是她后天秉持文化传承的秩序,她散文的方向就是心灵的方向。《会走路的梦》体现出的美学及价值取向,无不显露着作者思想的真实丰富,文字所关怀的领域的深入宽广。

马丽华由东海之滨走向西藏那片神秘的土地。神奇美丽的西藏给她带来了新的灵感,西藏的山山水水、风土人情以及藏文化,都给了马丽华一种新的存在和把握命运的方式以及写作方式。可以说,西藏独特的风情物性和人文精神,造就了马丽华散文中鲜明的地域特色和真实色彩。

　　张承志的散文真挚、纯洁、深邃、博大、慈爱、忧郁,有心灵的煎熬与疼痛,有诉说、辩解、剖析时的战栗和激动,充满着热情却非常敏感。他相信人的善,但又总是发现人们灵魂中的瑕疵,因此他的散文掩盖着的,常常是对自己民族的挣扎和奋争,显示了明亮、深邃、高雅的境界。

　　筱敏在散文中倾听着从历史中慢慢传过来的回声,并用尽全力把它用散文的形式做成了一座精神的雕塑,凝结着历史的回忆,艺术的凝聚、良知的感悟。她以慎重而准确的方式,体验着现存的和已经逝去的各种残酷的秘密,写出了在历史发展的进程中种种精神被一点点毒化的过程,让我们体验到一种喷射而来的苦痛的撕扯。

　　杜丽的散文是她本人智慧的彰显,她用散文与心灵对话,阐述自己对这个世界的看法,她在散文中显现的智慧有其文学实用性的一面,但其中更多的应该是作为文本的内敛性、道德性的外在表露,它超脱、聪明,甚至有些冷峻,如此才能使得她的散文远大、深广、有力度、有美感,有探索内心世界的深邃,有面对人类苦难的悲悯。

　　斯妤的散文写作从爱开始,流淌着一种爱的暖流,也是一种爱意的呈现和回归。她用自己的真实情感来抒写一种朴素、简洁的爱和爱本身的魅力。在她的散文里,对自然的推崇、对生活的热爱、对生命的赞颂,无不与爱相关,这应该是她真实心态的外在体现。

　　洁尘习惯用警觉而迷离的一瞥来打量读者和这个社会,她在把生活转换成艺术的同时也把艺术转换成生活,让我们觉得艺术与现代生活之间的界限正在消失。她从内心体验出发,拨开纷乱的生活表象,通过观察人生、描摹世态,对于人的存在、人的心灵世界进行探寻和追问,写出了灵魂的悸动、精神的痛楚,柔美又不乏理性。

格致的散文给人展现了一片新的天地和生机。她将自己选择的内容重新组合、规定、安排,使之达到一种别样的状态,从而给了我们一种震荡,一种新的穿越散文美的途径,并由此在散文体式上获得了一种崭新的风格和意义。

周晓枫站在彼岸世界来对这个现存的空间进行理性审视,她试图解读诸多精神领域的疑惑,比如人活着就必然遇到困窘的原因;无论如何挣扎、以何种方式生活,人总要背负无奈悲哀的困惑……她开启了一扇反方向思考的理性之门,引领着人们进入一个熟悉或者说是习惯了的世界,却又能走在一条变迁了的道路之上。

周涛追求的是一种对苍茫生命的解读,他具有时间的纵深性,也具有空间的广阔性。进入他的写作中的不是一种细密细腻的东西,而是一种更为广阔的领域在他思想中渗透出的东西,这也是他散文的内心的光线以及所及的景象。

祝勇的天性中有一种对历史真相、文化真相的向往,也有一种对于真相探入的能力,他对历史和文化有一种解剖的欲望,有一种还原细节的冲动。他将枯燥的历史生动化,将史料进行合理的想象与推测,在时间和空间的行走中寻找出其中蕴含的秘密,试图拼接出一幅真实的图景,以此来构筑自己的散文王国。

农村题材散文

就写作的内容和题材来看,很多散文家是触及了各种领域的。比如农村题材依旧是众多散文家最为钟爱的。同样的,在十几年来的散文创作中,农村题材的散文创作依旧占有很大的比例,其中的优秀之作也是很多的。比如周晓枫的《纸艺里的乡村》、傅菲的《南方的忧郁》、刘醒龙的《像诗一样疼痛》、郭文斌的《望》、陈忠实的《我经历的"鬼"事》、任林举的《上善若水:粮食与大道》、吴佳骏的《河岸上游荡的生灵》、彭学明的《流年》

《湘西年味》、苍耳的《乡村琴师》《那飘忽的微咸气息》、南帆的《火车驶过田埂》、李晓君的《乡村爱情故事》、刘轶的《树倒了》、阿慧的《迷失乡野》《雪地胎羊》《泥娃》等等，都怀揣着对于乡村的怀恋，将在时间深处湮埋的与农村相关的往事翻了出来，并在自己的创作中更加突出主体的感受色彩，力图寻找出乡村中那些被人忽视的事物和故事来进行创作。

尤其要提及的是，任林举的长篇散文《上善若水：粮食与大道》，文章是专门写粮食的。作者从人类历史的脉络和背景中来观察粮食，围绕我们曾经的灾难来写粮食对于我们的意义。粮食如此重要，但那些真正的粮食生产者却不能把握自己那把握不定的命运。粮食里有惊涛骇浪，但现在的我们似乎已经不知道了，所以作者能这样专门去写粮食就很有意义了。

《我们在稻谷上睡了一个冬天》是帕蒂古丽的散文，文章的语言很有灵气，比如"那一年，地里的稻谷还没有收回来，大雪就像盗贼一样从南山那边扑过来，抢夺了村庄里收割的喜悦"。比如写人们从稻田里回村的时候，是"一步一回头，好像那些稻谷会在他们哪一次回头时，一下子从雪窝里蹿出来，蹿到他们跟前"，这些都是很有灵性的句子，是长时间的写作实践之后才能得到的。

历史题材散文

历史题材的散文写作也是新世纪以来散文创作的重要组成部分，有很多散文作家把历史视为自己的金矿，通过进入历史，还原历史、叙述历史、解析历史展示自己进入散文创作的能力。这些作品贯穿着作者对于历史和现实的独有认识和深入思考，有些甚至试图通过还原历史的真实细节和真实的情景来进行创作，从而避免陷入对于历史进行陈述和对于故事进行演说的创作迷局。穆涛的《董仲舒说冰雹》《东汉末年的两次文化大清洗》《礼仪之邦的底线》《给力的细节》《谈何容易》《董仲舒的查史方法》等，都是精致短小的读史感悟，寓意深邃，借古讽今，鞭辟入里。

冯秋子的《1962:不一样的人和鼠》,将记忆中封存的情景又展示出来。那个年代,人民带着饥饿和无法解决的恐慌去挣扎着生存。双腿浮肿、面色苍白的母亲只能去挖黄耗子洞里的粮食——莜麦和黄豆。粮食都被人挖走了,百般无奈中,"耗子们纷纷选择了绝望之旅:上吊",鼠都到了这般田地,人的境遇也就可想而知了。

冯六一的《指模》是一篇让人心惊扼腕的文章,虽然"很多字迹耐不住南方潮湿岁月的侵蚀,模糊不清了",我们依然透过那些汉奸的躲闪眼神,看到了他们心中的阴沉、凶残、狡诈、不甘、无奈、猥琐、惊恐。

其他的,比如蒋蓝的《为天空命名》、耿立的《悲哉,上将军》、陈恭怀的《闪亮的白帆》、崔济哲的《滹沱河的记忆》、北岛的《父亲》、刘心武的《好一趟六合拳》、苏叔阳的《不会忘却的师友》、王安忆的《我的阿姨们》、马识途的《难得的欢会》、陈洪金的《清驿:远去的宦影》、庞培的《童年册叶》、祝勇的《文渊阁:文人的骨头》),都是具有积极探入历史的个性化写作,其中透出的不仅是一种沉重的气息,更有一种从远处凝视的特有光泽。

对于智慧的表现

一篇好的散文,必须体现出作者的某种智慧,散文之所以为散文,其优势和特长就是能够直接抒发感情和展示智慧,所以散文对于智慧的要求是必需的。新世纪以来,一些散文作家对于这种智慧着重展现,这种散文的数量和质量也是新世纪以来重要的成绩之一。

谢宗玉的《〈死囚漫步〉:死刑之辩》《活着和抒写都是奇迹》《残酷风俗的价值》《灵肉相搏的〈苦月亮〉》《无效的"道德死刑"》,都是很有见地的文章,比如他这样写道,"几千年来中国简直就没有知识分子,包括惟皇权是尊的屈原在内,都不算什么知识分子。"这让我们在惊悸之余,似乎也感到了作者文章中某种偏执的合理性。

蒋子龙的文章总透出他作为前辈优秀作家的质感和智慧,他的文章像贴了一层布幔,不知不觉就将人的思维给盖住了。《人书俱老》写出了自己的大师兄陈国凯的性格特点,也写了作者与失去说话能力的陈国凯之间心灵的交汇与交流,写出了两人不需要语言的喜悦与友情。《近十年来的花边》里面有三篇文章:《天下美事》《金玉良言》《气死人不偿命》,也非常老到,透彻耐读。

陈希米的《让"死"活下去》长歌当哭,作者追问和思考并重。其中对于生死、爱情、诚实、孤独、时间、永恒、生存意义等问题的追问,时时闪烁在字里行间,散发出炫目的智慧之光,是作者在经历了切肤之痛、心灵的大悲伤之后才有的。

王彬的散文是他长期潜心琢磨切磋,颇得创作要义的结果。他的散文严正、充盈,充满了生活的意趣与参悟,比如他的散文集《旧时明月》,写得颇为兴味盎然。这种兴味,应该源于他的淡定圆融。如此,他才能对于笔下的景物、人情、事理,不温不火,审视玩味,娓娓道来。

另外,敬文东的《肠胃的精神分析》《悲悯与诅咒——关于鲁迅的絮语》《失败的偶像——有这样一个战士》、张承志的《红叶的暗示》、荣萤的《凝视与谛听》、王开岭的《一个人的精神地理》、王跃文的《我们把肉体放在何处》、白描的《被上帝咬过的苹果》、安然的《哲学课》、雷达的《今天怎样看帝王之爱》、王学泰的《"康雍乾"三朝对于上人的驯化——再说清代有经学无儒学》,在岁月蹉跎中打开了人生的隐秘之路,是一种历经白云苍狗之后揭示生命本真的写作。在这类散文中,散文作者随着生命的沉浮而沉浮,随着自己的体验而思索行走,文中的每一个文字都蕴涵着写作者滚烫的生命血液和深刻的生命思索。

对人的关注与表现

对人的关注和表现也一直是散文写作中的主题之一,在新世纪以来的散文写作中,对于人物的描写依旧能够体现散文家对于生命本身的思考和悟力所能达到的程度。从散文中所回溯和抒写的人物来看,其中,既有对历史深处人物的重新解读,也有对现代背景下的人物的判断和展示,它所体现出来的是散文创作中应该具有的宽度。阎晶明的《鲁迅:故人云散尽,余亦等轻尘》《鲁迅:起然烟卷觉新凉》抓住了鲁迅的穴位和脉络,写了鲁迅一生交缠在他身上,始终不能去除的两点:死亡和烟卷,内容相当翔实确凿。作家以对鲁迅的深入研究,写出了鲁迅面对友人死亡时的悲伤和敬重,是很结实的散文佳作。

杨献平的《身体内的闪电与玫瑰》是写身体的,对于身体这个感觉四周的惟一渠道,作者是敏感的,当然这源于他附在身体之上的思维是敏感的,所以他能感受到身体内的那种病态一样的巨响,像一块岩石,又像一团棉花,恐慌、惊悸、恐惧,在看到所有事物面目诡异之时,体验到一种无力、无奈与苍凉的快乐。

迟子建的《落红萧萧为哪般》、叶尔克西·胡尔曼别克的《新娘》、江子的《井冈山往事》、薛忆沩的《一个年代的副本》、孙郁的《〈民报〉拾趣》《〈奔流〉》琐记》、叶兆言的《万事翻覆如浮云》、李晓君的《山静日长读鹤林》、丁三的《精卫填海》,都是可以圈点的散文作品。

城市题材的抒写

一些散文作者举着现实的旗帜,把社会现实的状态或直接或隐语式地加以表露,于是那些不可遏制的生存欲望、生存的快乐与痛苦,便在其间凸显出来,对此,对城市题材的抒写与创作是有所收获的。比如吴佳骏,他在《在重庆的码头上流浪或飞奔》一文中,写了自己从农村走向城市的艰难,写了自己像游魂一样飘荡在城乡之间,感受到的那种周围的景色的灰暗与寒冷。塞壬的《匿名者》、安黎的《农民工》、周闻道的《企业病·阵痛史》、宋唯唯的《深圳简笔》、郑小琼的《东莞生存词》、江子的《歧路上的孩子》、张生全的《城市变形词》、谭延桐的《城市的心脏》、纳兰妙殊的《租客》、闫文盛的《职业所累》等,也都真实写出了城市的各个侧面。

新世纪以来,散文之所以呈现出如此繁盛的面貌,原因很多,除了上面所谈的,其中还有一种,就是这些散文作家对于中国散文的精神的继承和发扬。我们知道,中国散文的精神来源主要有三,一为儒家的"载道"一派;二为道家的"言志"一派;三是西学东渐后的现代性。可以说,就是这些因素支撑着中国当下的散文创作,并成为其中的那颗跳动不息的心脏。中国散文在探索宇宙、思索人生、关注生命意识和理性精神上,应该得益于这些文化精神因素,并应成为众多散文作品思想和艺术上的根据的。因此,中国新世纪的散文,既有中国传统文化中的"气韵",强调儒家的"中庸之道",推崇"中和之美",又有道家那种化解心灵块垒的方式,最终会因体验化为妙悟,从而进入那种出世之后的超然与达观,同时包含自五四新文化运动而来的现代性,以及由现代性的奠基带来的启蒙思想理性、进步的价值观。

新世纪以来,现实生活日益多元化,人们的观念日益复杂,进一步分化,这使这个时期的散文创作更加立体、多元和纵深。我们看到诸多散文作家在岁月的缝隙里游走,他们将自己步履所经的苍茫、眼光所及的景象、心灵在时光照射下的变化,尽力地用散文的方式加以呈现。这个时期,老中青三代散文作家在岁月的缝隙里绽放或者游走,写出了许多耐读的优秀之作,由此呈现出了一个色彩缤纷、异彩纷呈的散文新世纪。

(原载 2016 年 9 月 30 日《文艺报》)

成就与困厄

——对当下报告文学的谏言

李 炳 银

世界上的事情,一切都处在发展的过程中。这期间的起起伏伏,曲折改变和发展道路,或许就是历史的痕迹。中国的报告文学创作,在经历了上世纪 30 年代的萌生和 1980、90 年代的强势崛起之后,开始进入了一个相对平缓发展的阶段。在这个阶段中,报告文学既不像开初那种新锐品种的勃发情形,也缺少了此后在国家处于战争岁月与思想政治变革中的强劲呐喊与声援作用,逐渐地转入了更加接近作家自我社会驱动选择和文学表达的范式当中了。因此,报告文学创作虽然还保持着不断推进的步伐,但其社会影响和声威在减缓;报告文学活动耕耘的天地在扩大,但在单位面积产量上却较少有明显特别的轰动突破;报告文学在社会思想文化建设方面有探索追求的努力,可似乎较少强悍的表达与影响;报告文学在文学表达的方式上有所用心,可似乎在艺术手段掌握和表现过程中仍然需要认真用心地寻找。

铁肩担道义

报告文学作家的社会公共意识和努力影响社会向和平文明进步发展的自觉要求非常明确,强烈分明的社会性是报告文学立足和发挥自己独特个性的一个非常重要的思想文化因素,也

是报告文学实现自身特性价值的很好舞台。

小说、诗歌等文学体裁创作更多建立在作家个人对社会生活的观察感受之上，与之相比，报告文学这种文体是从一开始就要求作家面对社会公众的一种介入性言说创作。报告文学作家的社会公共意识和努力影响社会向和平文明进步发展的自觉要求非常明确，强烈分明的社会性是报告文学立足和发挥自己独特个性的一个非常重要的思想文化因素，也是报告文学实现自身特性价值的很好舞台。在上个世纪的报告文学创作中，报告文学这样的特性在瞿秋白、范长江、夏衍、萧乾、徐迟、黄宗英、理由、赵瑜等作家的作品中已经有许多明显的表现，在中国的社会历史发展中都留下了清楚的痕迹。报告文学需要继承这样不游离于社会现实，不逃避现实社会矛盾而退缩到自我，努力在促进社会进步和国家建设发展中发挥的传统。

这种在较大的范围内，从国家民族的整体立场角度观察、感受社会生活存在现象的自觉，虽然滥觞于报告文学萌生之时，在此前的"社会问题报告文学"创作过程中成果辉煌；但即使在"社会问题报告文学"比较兴盛的时期，今天看来，一些作家的创作中，虽然用心用情急迫，参与现实生活深入，但不时还存在偏颇与情绪化的现象。不少简单地呐喊呼吁与主观的评判，致使某些放眼国家全局和普遍民生的作品处于激情洋溢而缺少冷静理性的思考总结状态，存在明显的主观局限性。世纪之交前后，因为中国社会生活的剧烈变化与调整，报告文学创作也开始冷静理性和再兴起来。赵瑜在《强国梦》中最早思考忧患中国的体育运动方向和体制弊端之后，又在《马家军调查》中，通过对辽宁女子中长跑运动队起伏曲折以至衰败的道路探析报告，再次深化了自己对中国体育体制针砭求变的主题。王宏甲在《中国教育风暴》和《教育的良心》中先后对中国教育从传统体制到实际教学现场的追问思索，引发了教育寻找变革的潮涌；梅洁在《西部的倾诉》中对西部女童教育面临危机的关注；金辉在《恸问苍冥》中对国人在抗日战争的苦难年代不少麻木软弱习性的反省考量；陈桂棣在《淮河的警告》中对淮河遭受严重污染向国人发出的警告呐喊等,都是从国家民族的角度面对与拷问社会中存在现象的表现。为国承担,为民呼吁,一直是报告文学的责任立场所在。

比较自觉和坚定地推进立场,力求真实生动地表达国家民族经历和重大事件的还有何建明的创作。面对国家各种矿藏资源被无序乱挖乱采,遭受巨大破坏的情景,他焦急地写下《共和国告急》;此后为贫困大学生呼吁解困的《落泪是金》;报告三峡建设移民情形的《国家行动》;历史地追踪余秋里在国家石油开发进程中突出贡献的《部长与国家》;动情地叙述2012年利比亚战争危机中,中国政府全力救护撤离中国侨民壮烈情景的《国家》;在纪念抗日战争胜利70周年时,真实揭露当年日本侵略者在南京暴行的《南京大屠杀全纪实》等,都充分体现了何建明关注国家民族利益的浓厚情怀。这种关注民生冷暖和国家事务的自觉,恰是报告文学社会性的需要与特长。

这样出于国家民族立场利益的报告文学叙述还有很多。李鸣生的"航天系列"报告,王旭烽真实报告革命女性不屈不挠甚至舍生追求信仰的《主义之花》,徐剑感受思考青藏铁路建设的《东方哈达》,邢军纪记述对现代科学具有奠基性作用的科学家叶企孙的《最后的大师》,杨晓升考量"只生一个孩子"政策无奈与局限的《只生一个孩子》,陈启文对国家粮食生产销售储存等问题进行考察的《共和国粮食报告》,李春雷追踪任仲夷的脚步书写改革开放的《木棉花开》,铁流、徐锦庚追踪《共产党宣言》最初在山东乡村流传情景的《国家记忆》,李延国、李庆华回顾冀鲁豫根据地战争历史的《根据地》,丰收书写新疆生产建设兵团伟大贡献的《西长城》,张雅文从反省评判的角度展示不同"二战"历史观的《与魔鬼博弈》,黄传会关注农民工子女教育问题的《我的课桌在哪里》,胡平反省中国社会历史负载的《千年沉重》,秦岭关注并积极改变地方群众用水困难的《在水一方》,李青松对外来植物正在产生巨大危害情形而发出警告的《薇甘菊》等,都有很浓重的国家关注特点和对价值弘扬的努力,国家的形象性格和精神情感在这些作品中得到了充分的表达,是精彩的中国故事的真实文学书写。

还有党益民的《守望天山》、朱晓军的《天使在作战》、刘先琴的《玉米人》、李春雷的《我的中国梦》等，在对一个个真实的人物信仰追求及思想感情的表现中，具体地表达了国家意志和精神品格，以小见大，用报告文学的方式书写描绘着国家民族的核心价值观念和性格，因此同样是一种大感情的表达。

报告文学创作这种"俯首甘为孺子牛""虽九死其犹未悔""我以我血荐轩辕"的创作态度和行为，在不少文艺作品表现出过分自我与轻浮之时，显得分外的庄重和真诚、纯粹和清醒，表现了突出的国家民族和社会使命担当精神。

无情不似多情苦

报告文学如果只是匍匐在现实生活的平面上，让自己成为一种简单与社会生活发展平行的伴随，就很容易陷入平庸轻微。在如今这个空前复杂、振荡的社会现实中，正确思想精神的建设是一个沉重的任务，也是一个难得的机会。

报告文学是生长于时代社会生活土壤上的文学体裁，它的特性天生地与不断发展变化的社会现实有着密切的联系。及时地感应与回应时代的呼唤，参与社会的矛盾转变与正确的建设发展趋向，理应是报告文学的职责。这样的行为，实际上也是报告文学占据社会生活现实舞台，实现自己能力作用的最好机会。因此，报告文学面对纷纭的现实生活，需要一种自觉担当、迎接挑战的选择精神，愈是在艰难的时候，愈要努力提高自己认识理解、把握表现现实社会矛盾以及各种复杂事件、人物的能力，使自己成为一种敏锐发现，独立思考，敢担当、能担当的社会角色。真正优秀的报告文学，应当像当年徐迟的《哥德巴赫猜想》、理由的《扬眉剑出鞘》、黄宗英的《小木屋》、赵瑜的《强国梦》《马家军调查》等一样，成为一种社会的声音源、风向标，正确影响、引导人们的社会认识感受和评判取向。但是，令人感到惋惜的是，近些年来，报告文学虽然在描绘现实生活方面涌现了不少优秀的作品,像赵瑜的《寻找巴金的黛莉》、任林举的《粮道》、肖亦农的《毛乌素绿色传奇》、陈启文的《命脉》《大河上下》等,可是,这样的作品数量嫌少,大量的作品题材内容与现实的社会生活中心话题和焦点对象距离较远,即使一些不错的叙述也时常被读者所忽略。

报告文学作家疏离社会现实,原因十分复杂。其中自然免不了来自各个方面的限制,如直接的采访耗费时间精力代价巨大、有关方面的回避阻挠等。但最为主要的是,作家在复杂纷乱的现实面前,缺少深刻整体的观察分析与把控能力,有茫然、无所适从的困惑。不能够在社会生活茫荡的时候,拥有切问近思的自觉,表现不出转释成智的能力,创作就会陷入一种近乎事务性的单纯呈现中。当然,这样的现象不仅是报告文学作家的问题,但报告文学作家既要有面难的勇气,更要有努力化解困难的力量和艺术水平。人常说:响鼓还要重锤击。即使在报告文学不断出现好作品的情形下,也还是很需要拥有重锤敲击的响声,有锥尖锋利的刺痛作品面世,这样才会引起强烈的关注效果。报告文学如果只是匍匐在现实生活的平面上,只是让自己成为一种简单与社会生活发展平行的伴随,那就很容易使自己陷入平庸轻微的场景中。在如今这个空前复杂、振荡、缺乏核心凝聚的社会现实中,正确思想精神的建设是一个沉重的任务,也是一个难得的机会。在可以立足现实,表达思想精神见识与核心铸造的报告文学创作中,是可以大有作为和能够出现大作品的时候。

社会的现实生活是一个庞大繁复的对象,我们虽然不能够要求报告文学只是面对那些焦点的政治、急迫的民生话题表达,可是,政治和民生在任何时候都应该是社会话题最为敏感与关注度极高的对象,也时常是报告文学展现自己个性力量的地方。当下报告文学创作在这方面的乏力是一种遗憾。如今的报告文学创作,几乎将自己的选择对象铺展到社会生活的方方面面,在政治、经济、军事、民生、文化、科学、历史等领域,都有不同程度的介入表达。这本应是一个很好的态势,可是这样的表达在某些时候,被作家不经意间变成了对现实生活重大焦点矛盾话题逃逸的借口。有些作家陶醉于自己的行业、地域文化历史或科学描绘的时候,忽略了报告文学参与社会生活矛盾的特性,使自己的言说接近成为了文化历史的单纯陈列与堆砌,缺少鲜活的时代生活生气。即使某些再现强烈政治因素内容的题材作品,也会因为机械简单地重复相同主题、类同人物而给人有浮泛之感。所以,报告文学只是题材天地领域的扩大,而不在精准深刻的地方开拓,同样不易于提升自己的地位影响。

满腔热血酬知己

真实性是报告文学的生命,现实生活是报告文学的舞台,思想性是报告文学的灵魂,文学艺术表达性是报告文学的翅膀。报告文学是这些构成因素的综合体,相互很难分开脱离。

报告文学的文学艺术性表现不足,这也是报告文学如今被一些人诟病甚至排斥的一个原因。对于这个现象,需要给予深入而个性的探讨与描述。一般读者总是希望报告文学能够击打在社会生活话题的焦点上,在人们最敏感的心弦上拨动,呼应人们的殷切要求和期待。这样的希望是正当、自然、合理的。可是,许多人似乎不大关注报告文学的社会性价值,而更多是从所谓纯粹的文学艺术性来看待和评价报告文学作家作品,存在一种强硬苛求的倾向。这种不尽深入认识和理解把握报告文学的特性品格,而任性地用凝固的传统文学艺术观念圈套报告文学的行为,具有一定的迷惑与摧毁性,给中国报告文学的现实发展制造了很多本不该有的障碍与麻烦。

对于报告文学的文学艺术性,需要有个性的阐述。报告文学是在真实事实原则基础上的文学性表达,既区别于新闻的客观真实,也不同于可以虚构的小说、戏剧影视等。只有在这样的原则基础上,才能寻找报告文学的文学艺术性途径。文学艺术性,不能纯粹地看成只是情节故事、结构叙述、细节语言。与社会的关系程度、真实的对象、思想内容的独特深刻、精神情感的趋向等,都应该是文学艺术性的必要组成部分。真正优秀的文学作品从来都不是没有内容的锦绣皮囊,也不是花拳绣腿的花架子。因此,将形式表现凌驾于所有的文体表达之上,无疑是蛮横和粗暴的。

但是,不管报告文学生长的现实环境如何,报告文学自身的艺术表达却是需要认真面对和努力提升的。多年来,报告文学作家在报告对象的选择方面相对用心,总是期望走近某些个性独特的重大矛盾事件和人物跟前。可是,在这样选择的过程中,有不少人多从自身的观察感受出发,简单地用是否感动人、是否具有社会宣传价值等来判断。这样的取舍原则固然没有什么不对,但若是脱离了社会生活的现实背景,不注意题材内容的精神与情感时代特性价值,就容易使自己跌入平庸和惯常的思维表达范式当中。报告文学是对真实事实的描绘表达,但对真实事实的选择取舍却需要花费心思。只有那些呼应着社会期待和作家自己沉思与激动的事实对象,才可能具有选择的价值。像当年徐迟选择陈景润、朱晓军选择天使大夫陈晓兰等,就是作家在与报告的题材对象之间有了一种很强的彼此呼应,题材本身包含了很丰富的社会性,作家又可以借其激情尽兴地言说自己的社会思考和主张。报告文学创作从开始选择题材,就需要作家将思想文学的典型化逻辑手段融入其中,艺术方式的开始同步于选材甚至更早。

有很多的创作现象说明,报告文学作家是被真实的事实捆绑着手脚在行动,所以行动呆板、缺少生气与变化,显示不出作家的才能表现。报告文学是一种具有规定性的创作,不能虚构,只能在题材人物真实活动的范围内展开,甚至有时只是在社会环境允许的语言范围内表达,这些都对作家构成困难和压力。但是,真正的大家永远不会受拘束和局限,而是努力调动自己的艺术创造才能。我们报告文学作家,在文学艺术创作的自觉和用心方面畏怯和懒惰,在努力进行文体探索方面投入心血不足,确实创作中存在简单、粗鄙、模式、随意的表现,较少显示出艺术的魅力。其实,报告文学创作在主题的提炼深化、在细节的采集运用、在组织结构情节、语言表述风格等方面,都存在不小的腾挪空间和艺术表达的可能性。我曾经认为并反复表述:真实性是报告文学的生命、现实生活是报告文学的舞台、思想性是报告文学的灵魂、文学艺术表达性是报告文学的翅膀。报告文学是这些构成因素的综合体,相互很难分开脱离。在呼吁报告文学文学艺术性改变和提升的时候,就是期望报告文学能够调动文学艺术性的机能,使自己振翅高飞,在现实社会的天空舞蹈出属于自己的个性风格与独特的形象作用。

一种相思　两处闲愁

在当下,一些人将文学与人的精神情感和真实的生活撕裂,变成了纯粹的玩闹,以博取笑声与掌声。这是文学的陷落和悲哀,也是中国优秀文学传统的断裂和危机。

当下报告文学所展现的状况,其实是一个十分丰富的对象,足以经得起系统宏大理论的研究面对。这无论是在传统接续还是现实总结认知方面,都需要理论批评的走近与研究。

其实,中国文学有很强的写实传统。从先秦散文开始,以至唐宋元明的许多大家文章,许多被认为散文的作家作品中都有明显的体现。即使明清之际小说兴起,这样的文脉也依然未断。《三国演义》《二十年目睹之怪现状》,甚至《红楼梦》,不都有很强的纪实的影子吗?当代小说《保卫延安》《林海雪原》《红岩》《创业史》等,其纪实性特点也是分明的。可以说,写实是中国文学的根系之所在。可是,在西方的文学观念渐渐传入中国之后,似乎写实就成为了落后传统的对象,而把虚构提升到了至高无上的地位。前些年,有人甚至将西方的先锋、现代、魔幻等手段推崇抬高,甚至唯其独尊。近些年,又有人在建设所谓“小说伦理”的旗帜下,经营诸如悬疑、穿越、盗墓等概念,将文学与社会生活关系隔离,将文学与人的精神情感和真实的生活撕裂,变成了纯粹的玩闹,以博取笑声与掌声。这是文学的陷落和悲哀,也是中国优秀文学传统的断裂和危机。

报告文学是建立在写实性上的文学表达,报告文学在中国的文学传统中有丰厚的土壤。这种写实理论观念长远而坚实,但是需要很好地阐发、总结、更新与推广。可惜这方面的研究探讨活动稀少,深入程度欠缺。比起报告文学创作的收获来说,报告文学的批评表现薄弱,未能及时系统地给不少包含了丰富内容的作品以理论解读与阐释,报告文学的理论建设和深入发展不够。点评欣赏不少,及时推荐很多,可在理论观察、归纳上展开讨论和总结批评的比较稀少。总的来说,理论还缺乏对丰富的创作成果以很好的统御和注解,引领不力。特别是报告文学面临诸如"非虚构""纪实文学""报告小说"等看似新锐概念的烦扰情景下,更是需要自己的坚定守望和清晰态度,而这正是需要很好辨析用力的地方,甚至比创作本身的发展更为重要。

现实的报告文学处在一个蓄势待发,希望无限的良好阶段。人们万万不要因为现实报告文学创作的不尽理想,而对报告文学这种文体的强烈个性力量和发展空间产生怀疑、动摇。以写实为核心的报告文学在纷乱的当下,在人们渴望真实、真相的社会环境中,具有非常特殊的功能价值,会给伟大的作品和伟大的作家提供成功的可能。

(原载 2016 年 11 月 14 日《文艺报》)

网络文学:媒介融合背景下的 "主流化"与"多样化"

邵 燕 君

中国网络文学在世纪之交萌芽,在新世纪第一个 10 年内获得飞速成长,用户接近两亿(2010 年 1.95 亿,据中国互联网中心统计数据,下同)。进入第二个 10 年之后,在用户数量稳步上升(2011 年 2.03 亿;2012 年 2.33 亿;2013 年 2.74 亿;2014 年 2.94 亿;2015 年 2.97 亿)的同时,也经历着升级换代、"地震""洗牌"。5 年间不断有"××年"乃至"××元年"的说法诞生——如 2011 年被称为"网络文学影视改编元年",2012 年被称为"移动年",2013 年被称为"手游年",2014 年被称为"IP 元年",2015 年被称为"'二次元'年",正在进行时的 2016 年也被称为"VR 元年"——如此频繁的"元年"出现正显示着媒介变革的高频率。在媒介融合的大背景下,资本力量的大举入场使网络文学终于从某种意义上的"化外之地"变成了各种力量博弈的"文学场",总体呈现出向"主流化"和"多样化"发展的趋向。

从"PC 时代"到"移动时代"到"IP 时代"

网络文学是伴随网络革命诞生的一种新媒介文学,"网络性"是其区别于以纸质文学为代表的"传统文学"的核心属性。然而,网络文学所栖身的网络媒介本身一直在进行着持续的革命,仅仅在最近的 5 年内,已经经历了从"PC 时代"到"移动时代",以至更具媒介融合性质的"IP时代"的变迁,这些网络内部的媒介变革同样内在影响着网络文学的文学形态。

我们今天所说的"网络文学"的基本形态大都形成于PC时代,包括以网站为基地的内容生产方式、以VIP制度为核心的收费制度以及作家制度、编辑制度、粉丝评论制度等等。与传统的纸质期刊、出版制度相比,网络空间具有天然的草根性、民主性、自由性,但网络也不是没有门槛的,特别是在网络文学发轫期,作为一种与世界接轨的新媒介,它的技术门槛、收费门槛、年龄门槛都使其形成了某种"区隔"——"文傻""穷人""中老年人""主流人群"被在无形中阻隔——从而形成其带有一定"技术宅"和"青少年亚文化"特征的"精英性"。随着电脑的普及,网络收费的降低,这种"精英性"在逐渐被打破——如2007年网络文学出现的"小白文"潮流就是第一次重要的冲击。从此,网络文学粉丝分为"老白"和"小白"两大阵营,"老白"指的是读网文时间较长的、见多识广的、品位较高的、参与性较强的(如写长评、经常在书评区发言)的"精英粉丝","小白"指的是阅读网文时间较短的、口味较直白的新粉丝,通常带有"三低"特征:低年龄(或低社会融入度)、低收入、低学历。由于"小白"读者比重不断上升,"小白文"逐渐成为网文主潮。进入"移动时代"以后,更是"得小白者得天下"。

也是在2007年,革命性网络终端苹果手机问世,起点中文网率先推出wap网站。2008年,中国移动阅读基地和专攻手机阅读的掌阅科技(iReader)公司成立。中国移动阅读基地自2010年起正式收费,当年收入即达到约3亿。到了2012年,无线端收入已与PC端收入持平,甚至略超。在此前后,掌阅、起点读书、QQ阅读等APP端口陆续上线,网络阅读正式进入"移动时代"。据艾瑞咨询数据,到2015年12月,网络文学在日均覆盖人数上,移动端是PC端的近3倍(3297.5万);在月度浏览时间上,前者更是后者的近5倍(8.03亿小时)。

随着移动端成为最重要的阅读渠道,在内容上也与传统PC端文学网站展开竞争。新入的无线阅读用户以农民工和中小学生群体为主,大都没有电脑,也没有机会从 PC 端接触网文。"老白"们抱怨大量"小白"的涌入拉低了网文水准,比如类型相对窄化,男频的"玄幻文""都市文",女频的"霸道总裁文"太过"霸屏";具有自我创新性的"类型文"变为僵化的"套路文",很多过时的"老梗"卷土重来……网络文学发展不过 10 年,网站 PC 端的地位似乎有点像文学期刊了,已经代表某种意义上的"传统文学"。其实,在人类文明发展史上,每一次媒介革命都会带来文化普及和"阅读下沉"的悖论。从另一角度说,移动端的引入也确实繁荣了网文。这种繁荣不仅是读者数量的倍增,也因移动阅读采用直接扣话费的方式付费,因此带动了一大批正版阅读。事实上,正是通过与移动分成,已经成功运行 VIP 收费制度 7 年之久的起点中文网才真正盈利(2010 年)。并且,也正是在移动端,网络文学更深地与 ACG 文化融合,从而引来大资本进入,进入了 IP 时代。

2014 年 BAT(即百度、阿里巴巴、腾讯)互联网巨头纷纷在文学、影视、游戏、动漫、音乐等领域布局,抢占 IP 资源。"IP"(Intellectual Property)直译为"知识产权",但它又不单单是一个法律概念,而是复合了符号、品牌、版权等多重含义,指具有长期生命力和商业价值的跨媒介内容运营模式。对于处于产业链上游的网络文学来说,IP 运营可以让其从以前单一的付费阅读模式升级为产业化运营。也只有进入了"泛娱乐"开发的"IP 时代",网络文学才能找准它在网络文艺中的真实定位——虽然相对于纸质传统文学,网络文学如早上八九点钟的太阳,但作为"文字的艺术",它毕竟是印刷文明的"遗腹子",相对于影视和 ACG 文化,并不是网络时代"最受宠的艺术"。然而,在中国的具体环境中,网络文学又是远比影视和 ACG 成熟的网络文艺形式。在"泛娱乐"开发中,网络文学最大的价值还不在于那些可以采摘的果实,而在于生长果实的树木和土壤——经过十几年相对自由的成长,网络文学形成的那套完整的生产机制、作家培养机制、粉丝文化机制以及庞大的作者——粉丝群体——使其不但成为可以持续生产的内容基地,也可以成为其他艺术形式的孵化器。

在良性的互动环境中，IP开发也可以反哺网络文学等上游环节，只是形成有待时日。目前的IP开发更多的是大资本对网络文学多年孕育的优秀果实的盲目囤积，甚至滥砍滥伐。由于一旦被改编成影视剧或游戏，网络作家立刻身价倍增，一些大神级作家的作品也出现明显的游戏化、"小白化"倾向，使多年的忠实粉丝"弃文"；一些崭露头角的作家被挖走做影视编剧，一些颇有潜力的作家直接接受"IP反向定制"——这样的影响也是传统纸质文学面对影视冲击时曾经发生过的。

从"PC时代"到"移动时代"再到"IP时代"，网络文学跨越的不仅是媒介平台，更是不同媒介的文艺形式。根据媒介变革的理论，每一种新媒介成为主流媒介后，旧媒介文艺会变成新媒介文艺的内容而自身升格为更高雅或更小众的艺术形式。网络文学的特殊性在于，由于媒介变革速度太快，它"尚未入主，已不受宠"，但又要在很长一段时间内事实上承担着"主流文艺"的任务。对网络文学来说，最重要的是在媒介融合的大背景下，进一步强化自身"文艺自主原则"——这一原则是多年来"大神"们、"老白"们和懂行的编辑们在默契中形成的。如何让圈内人的"口碑"更加自成体系，将"好网文"和"热IP"的价值分开？如何让"老白"更好地影响"小白"，"有爱"更能带来"有钱"？这些都是网文保持其核心价值和持续发展动力的关键处，也是学院派精英批评可能介入的着力点。

从"通俗文学"到"准主流文学"

网络文学诞生以来，在很长一段时间内都被"主流文学界"以"通俗文学"的位置"安顿"，网文界似乎也很乐于接受这种暗含等级秩序的"安顿"，以期换得相对隔离的自由空间。然而，随着网络文学日益坐大，"圈地自萌"已不可能。

事实上，网络文学从来就不是什么"化外之地"，从诞生之日起就一直在有关部门的管理监督之下。2014年声势浩大的

"净网行动"被认为是有史以来国家机器对网络文学"最严厉的一次介入",但这一"行动"实际上是 2011 年即开启的。2014 年 12 月 18 日,国家广电出版新闻总局出台《关于印发〈关于推动网络文学健康发展的指导意见〉的通知》,在此前后,国家领导人几次发表重要讲话,强调要大力发展网络文艺。广电总局、中国作协都从 2015 年起组织推荐网络文学优秀作品,发布"推优榜""精品榜"。中国作协在 2009 年即开始对网络文学加大关注力度,成立了"全国网络文学重点园地联席会议",鲁迅文学院开始举办网络文学作家培训班、网络文学编辑培训班。鲁迅文学奖和茅盾文学奖也相继在 2010 年、2011 年向网络文学敞开大门。

可以看到,意识形态管理部门在力图对网络文学进行"规范化"的同时,也明显具有促进其"主流化"意图。这种"主流化"意图与资本有着共同的指向,即以网文精品为带动的多媒体产业开发"激发网络文学产业链各个环节的创造热情","加大推动网络文学与新媒体的融合力度,与图书影视、戏剧表演、动漫游戏、文化创意等相关产业形成多层次、多领域深度融合发展"。以此,网文的发展也被作为打造国家"主流文艺"的基础。

网络文学在进入集团化以后,也有向"主流化"发展的意图。2009 年初号称"网络文学航空母舰"的盛大文学组建不久,CEO 侯小强就对"主流文学"发出挑战,提出"网络文学走过十年之路,成为准主流文学"。当时,他的主要依据是,网络文学是"主流的网络读者的选择","被读者认同的文学才是主流"。但是此时网络文学其实并没有拥有"主流读者"——近 2 亿的网络文学读者虽然数量庞大,但仍是一个亚文化群体。网络文学真正进入"主流人群"视野是在 2011 年"影视剧改编元年"之后,随着《步步惊心》《甄嬛传》《失恋三十三天》《致青春》《何以笙箫默》《花千骨》《琅琊榜》《芈月传》等一系列影视剧的席卷,主流的影视剧观众,尤其是电视剧观众"被网络化"。不过,在此过程中,网络文化与主流文化之间的差异冲突也显现出来。

到底网络文学能不能成为"主流文学",这其实取决于网络文学能不能担纲主流价值观。虽说"正能量"一直是大众文学的"正常态",但网络文学"以爽为本"的文学观与"寓教于乐"的精英文学观之间其实有着不同的出发点,找到交集需要文学想象力——好在网络空间从来不乏惊喜。

比如,在《甄嬛传》的网络价值观遭遇主流批判之后,电视剧《琅琊榜》却以更"非主流"的"耽美文化"为隐秘动力,激活了中国男性"美丰仪"的美学传统,以"颜值"填补正义,在权谋腹黑之后,重新奏响了家国情怀的"主旋律"。由此得到了"官方"和"腐圈"的皆大欢喜,父母和儿女的"双向破壁",甚至"萌向国际"。

再比如,虽然鲁迅文学奖和茅盾文学奖向网络文学伸出橄榄枝,但由于评奖标准的巨大差异,参评网文作品都早早出局。恰在陷入僵局之际,"一枝繁花上枝头"——2015年荣获茅盾文学奖的《繁花》出自文学期刊资深编辑金宇澄之手,深受"纯文学"界认可,而从其成书过程来看,却是典型的网络文学。这样一枝"新媒介"和"旧传统"嫁接的"繁花",不但打破了网络文学和"传统文学"的壁垒,也打破了"网络文学就是类型文学"的刻板印象,展现出这种新媒介文学应有的"繁花形态"。

更大的惊喜来自文化输出领域。近年来中国网络文学海外输出的势头越来越强,而且,其原动力主要不是来自国家推广和资本扩张,而是民间粉丝的力量。传播范围不仅包括东南亚等文化生产能力相对薄弱的地区,也包括美国这样的文化输出超级大国。一批粉丝自发组织的以翻译和分享中国网络小说为主的网站和社区影响力越来越大,在"SPCNET""Lightnovel"上都有"欧美字幕组"的身影,更具代表性的是2014年创建的WuxiaWorld(武侠世界)小说阅读网站——目前共翻译了6部最火的网络小说,都是仙侠类和玄幻类的"小白文",如我吃西红柿的《盘龙》、耳根的《我欲封天》,目前,翻译速度已经基本接近网站"更文"速度,每天吸引着数以万计的来自美国、菲律宾、加拿大、印度尼西亚、英国等八十几个国家的读者追更。

借助媒介革命的力量,中国网络文学弯道超车,走到了世界的前列。但是,能不能代表国家的"软实力","在世界舞台讲好中国故事、传播好中国声音、阐发中国精神、展示中国风貌"仍是任重而道远。

"主流化""多样化"与"精品化"

网络文学发展十年之后,一批"精品文"开始出现。猫腻的《择天记》完成了对仙侠传统的融合性继承,使这一报刊时代形成的中国现代类型小说传统在网络时代的"玄幻文"中获得重生。这不仅是猫腻个人的一次创作跃进,也是中国类型小说的一次媒介跨越。

经过多轮"地震""洗牌",网络文学目前已形成了"一超多强"的格局。由腾讯文学和盛大文学合并而成的"阅文集团"成为无人可敌的行业老大,旗下拥有"起点中文网""创世中文网""红袖添香""潇湘书院"等多家网站;"多强"包括"百度文学""中文在线集团""女性向"大本营的"晋江文学城"和以中短篇小说为主的"豆瓣阅读";以及无线端占据优势的"掌阅文学""阿里文学""咪咕阅读"。此外,随着手机阅读的普及和网络文学领域日益细分而兴起的新网站也为数不少,其中发展势头较好的有主打同人小说的"飞卢小说网"和以"二次元"小说为主的"不可能的世界"等。

在媒介融合"泛娱乐"开发的总体背景下,IP价值高、粉丝范围广的类型文自然更为膨大,但值得关注的是,"小众类型"也开始增多。原因恰恰是随着网络媒介成为主流媒介,各年龄段、各种文化习性读者涌入,市场需求多样化,而网络媒介又为"小众生产"提供可能——大数据时代,平均500个粉丝就可以养活一个作者,而且,这样的粉丝可以来自整个地球村。目前已有移动端(如QQ阅读)开始使用"书找人"的个人推荐系统,根据个人浏览、阅读、打赏信息推荐书目,这一豆瓣网已经实践多年的推荐模式有利于催生"小众文""特色文"的生长。

近5年来,"男频文"以"都市类"和"玄幻类"作品为主,不过"仙侠类"和"历史类"在精品数量上并不逊色。"都市类"作品中,最出色是常书欣的《余罪》,小说通过紧张刺激的警匪故事描绘出真切可感的社会氛围,人物刻画颇为出彩。最为热门的"玄幻类练级文"中,随着技巧的持续积累,不断有作品超越"小白化"的简单套路而呈现丰富性:辰东的《遮天》发挥"挖坑"的悬念技巧,整部作品笼罩在各个时代超级高手之间跨越时间的斗争格局中;风凌天下的《傲世九重天》以热血友情作为主基调,慷慨激昂;荆轲守的《青帝》创造以"气运"为中心的新等级体系,还演绎出世界升级的演化历史以及相应的权力格局,暗含着对世界历史演化的独特认识。还有一些新类型不断涌现,如科玄合流的《奥术神座》(爱潜水的乌贼),温馨日常的《回到过去变成猫》(陈词懒调),儒家体系的《儒道至圣》(永恒之火),以"吐槽兼具热血"取胜的《从前有座灵剑山》(国王陛下)等等。

"女频文"仍旧以"都市言情"和"古代言情"为主。其中,"都市言情"出现了两种重要趋势,一是将"都市言情"与"悬疑推理"元素结合,代表作品有丁墨《他来了,请闭眼》和玖月晞"亲爱的"系列(《亲爱的阿基米德》《亲爱的弗洛伊德》《亲爱的苏格拉底》);另一种趋势是"后净网"时代娱乐圈的灿烂星光成为重点书写题材,最具代表性的娱乐圈文是御井烹香的《制霸好莱坞》。"古代言情"方面,穿越、重生仍然是非常重要的情节元素,代表作品有我想吃肉《奸臣之女》、希行《名门医女》、祈祷君《木兰无长兄》等。在此基础上发展出"宅斗文""庶女文""种田文"等新类型,代表作品有吱吱《庶女攻略》、关心则乱《知否?知否?应是绿肥红瘦》、弱颜《重生小地主》。"玄幻""修仙"是另一个比较重要的题材类型,代表作品有金铃动《极品女仙》、云芨《仙灵图谱》等。此外,2012 年以来,受男频元素影响,"末世文"及其衍生出的"星际未来文",成为女频的重要类型,代表作品有妖舟《blood X blood》、须尾俱全《末日乐园》等;这一趋势在女频的耽美类型中体现得更为明显,出现了非天夜翔《二零一三》、水千丞《寒武再临》等重要作品。

特别令人欣喜的是,网络文学发展 10 年之后,一批"精品文"开始出现。"历史研究型"一直是"穿越"小说中最有知识含量的一脉,近几年佳作频出,如随风轻去的《奋斗在新明朝》《大明官》、Cuslaa(哥斯拉)的《宰执天下》、贼道三痴的《雅骚》《清客》等,作者大都宣称要用最严肃认真的态度来对待历史,"战战兢兢,如履薄冰"(三戒大师),以保证史实的精确,逻辑的严密。"穿越历史,尊重文明",成为这一类小说共同的底色。愤怒的香蕉的《赘婿》堪称"穿越"小说集大成性质的作品,融会了历史官场、历史争霸、历史生活多种子类型,作者抱着"写名著"的抱负"苦写",更新极慢,却拥有大批的"死忠粉"。

猫腻的《将夜》使"东方玄幻"终于具有了中国文化的肉身,并且在"文明的冲突"(小说创造了一个儒释道和基督教文明共生的玄幻世界)的格局下,展开对神的起源、信仰与权力、人的自由与反抗等深刻命题的思考。在此之后的《择天记》是腾讯推出的第一部"泛娱乐"开发 IP 大制作,这部志在吸引"90 后小白"和圈外粉丝的作品,对于猫腻这样一个一向受"老白"拥戴的"最文青网络作家"来说,是个不小的挑战。猫腻完美地迎接了这一挑战,《择天记》延续了他以往作品中对重大命题的思考,将严肃的命题、宏大叙事的故事框架、传神的人物、扎实的细节架构在"小白文"的升级体系上,使世界架构更宏大,故事更复杂,爽点更密集,想象更高魔,由此也更加"二次元"。通过这部作品,猫腻进一步完成了对金庸、古龙为代表的武侠传统和还珠楼主为代表的仙侠传统的融合性继承,使这一报刊时代形成的中国现代类型小说传统在网络时代的"玄幻文"中获得重生。所以,这不仅是猫腻个人的一次创作跃进,也是中国类型小说的一次媒介跨越——当然,这跃进不是猫腻一个人完成的——在猫腻写作《将夜》《择天记》的同时,烽火戏诸侯的《雪中悍刀行》和无罪的《剑王朝》也是以武侠风写玄幻文,这几部"神作"的成功,使得"东方玄幻"这一参照西方奇幻形成的网文类型终于落地生根,讲出了"中国风格"的故事。

2016 年启动的旨在打击盗版的"剑网行动"令网文界十分

振奋,如果盗版问题能够解决,将十分有利于网文的精品化和多样化发展。据业内人士估计,中国ACG行业要真正发展起来恐怕还需要10年的时间,这10年应该是网络文学发展难得的黄金时间。无论是其自身的发展,还是作为其他文艺的孵化器,网络文学都需要深挖洞、广积粮,完善好机制,拿出好作品。

(原载2016年11月18日《文艺报》)

科幻五年,五大飞跃

吴 岩

以往的 5 年,是中国科幻文学从小众走向大众、从个体创作到集群创作、从小说到全产业、从国内走向国际、从自发创作到政府支持的 5 年。总结 5 年来中国科幻文学发展的成就,有助于我们看清一种文学类型怎样在时代中寻找自己的使命,又怎么由使命感焕发出青春的历程。

从小众走向大众

众所周知,中国科幻文学起源于 1902 年,梁启超和周树人是这个文类的肇始者。但是,由于种种原因,中国科幻文学后来的发展经历过几次停滞。特别是在改革开放初期,经历了一个短暂的繁荣之后,在商品经济和高考制度等外部因素的压力下,这种文学逐渐受到排斥,作家纷纷逃离,市场门可罗雀。可喜的是,在新世纪创新型国家建设和大力发展文化产业等外部因素的刺激之下,科幻作家经过艰苦努力,终于换来了一个全新的繁荣时代。

中国的科幻文学从小众走向大众,与刘慈欣《三体》系列的出版是分不开的。从 2006 年到 2010 年,刘慈欣经过刻苦努力,凭借一己之力,创作了中国历史上内容最丰富、故事最复杂、人物矛盾和世界观最具颠覆性的科幻三部曲。从 2011 年到 2016 年,三部曲畅销海内外,不但赢得了科幻迷和专业人士的喜爱,还走向了科技研发、互联网创业、中小学教育甚至顶层设计等诸多领域。可以说,过去5年对《三体》三部曲的传播历史,不但造就了中国科幻历史中最大的辉煌,还建立了优秀文学作品走向公众的成功范例。目前,各大高校学生研究《三体》的论文与日俱增。互联网行业的诸多领导者也强调,这本小说中隐含着当前互联网行业竞争的法则。教育领域也出现了大量通过作品倒逼教师成长的范例,许多学生买到《三体》交给老师,要求老师限期读完然后跟自己进行交流。

不仅是刘慈欣,在过去的5年中,更多作家完成了自己从被小众欣赏走向被广大读者接受的转换。王晋康在5年中几乎每年出版一到两本长篇小说,这其中多数作品是他对科技进步过程中人类方案选择和道德选择的严肃思考。韩松的作品也年年刷新自己的创作记录,他的"轨道交通三部曲"《地铁》《高铁》和《轨道》,从多个侧面反映了我们时代高速发展造成的奇迹和问题,作家带领读者逃离愚蠢的直线思维,进入多元思考境界的勇气着实可嘉。何夕的小说《天年》从太阳系围绕银河系运转的更加宏伟的角度观察人类的生存,期待我们能克服当前的短暂问题,走向真正的可持续生存。

从2011年到2016年,中国科幻小说出版总数从年度77种发展到年度179种,原创读物从35种发展到102种,增长量在一倍以上。其中,刘慈欣小说的单册销量已经超过300万本,创造了自《小灵通漫游未来》之后的又一个科幻小说销售奇迹。在刘慈欣作品的带动下,其他作家的作品销量也发生了不同程度的增长。这些数据虽然看起来不大,但在一个图书行业正在走向衰落和转型的停滞市场,对一个曾经受过许多质疑甚至抵抗的文类,上述数据的变化映射了我们文化产业发展的稳健和务实。毕竟,科幻行业并不希望大起大落。只要能回归自然,我相信这一文类的表现还将继续向好。

从个体创作到集群创作

多年以来,科幻小说一直是精英文学的组成部分,虽然许多批评家对这类作品不屑一顾,认为属于大众文学范畴,但现实的状况恰恰相反,科幻作家的学历和知识水平、思考层次普遍偏高,迈过科幻创作的门槛相当困难。而且,阅读科幻作品的读者也具有相当程度的文化水准和求知欲。但过去的5年,由于社会变革、科技发展特别是互联网文化的兴起,科幻文学的创作方式正在走出精英的象牙塔,走向大众。在这方面一个最为重要的代表,就是作家和科幻迷携手成立的世界华人科幻协会。这个以阅读、创作、推广为核心的组织,在过去的5年中,试图通过建立科幻作家跟读者、出版人之间的联系,构造了一种新的业界生态。事实证明,实现作家、创作者、出版人、产业人、读者之间的互联互通不但需要网络等硬件,更需要活跃者和组织者的全力奉献。当来自全国各地甚至世界各地的科幻爱好者和从业者共同讨论作品,讨论阅读和创作中出现的问题时,许多问题本身已经迎刃而解。这种交流导致了集群创作的产生,即出现了大量相互联系、相互影响的创作者群体,他们不断在写作中研讨着写作,作品质量、数量大幅提高。

除了世界华人科幻协会这种私下建立的群体,在多种平台建设方面,过去的5年也成绩显著。具有优秀传统且曾经引领过时代发展的《科幻世界》增办了《科幻世界·少年版》,百花文艺出版社出版了瞄准白领读者的《科幻Cube》。

把创作从小众推向大众的,还有一系列互联网平台和实体书店平台。在过去的5年中,有关科幻的网络平台数量大增。这些平台有的设在腾讯、百度,也有的设在果壳网、蝌蚪五线谱、科幻星云网,甚至有的设在微信平台上。实体书店也在推进科幻创作大众化方面起到了积极作用,发生在实体书店的签售、讲座、朗读、读者见面会大幅度增长。

评奖是人才成长的抓手。具有全国性影响力的中国科幻银河奖和全球华语科幻星云奖持续提高评奖质量,大连出版社主办的"大白鲸世界杯"原创幻想儿童文学奖也重点关照科幻方向。新出现的奖励还包括深圳科学与幻想成长基金的晨星科幻文学奖、时光幻象文化传播有限公司跟新华网主办的全球华语科幻电影星云奖、腾讯网和中国科普作家协会合办的"水滴奖"等。

恰恰是在这种多平台、多媒体的支持下,中国的科幻作家队伍获得了长足发展,从曾经仅有的几十人已经发展到数百人。这其中,陈楸帆、夏笳、钱莉芳、马伯庸、宝树、飞氘、江波、郝景芳、梁清散、程婧波、陈奕潞、萧星寒、张冉、阿缺、刘洋、迟卉、周敬之等作家分别在不同领域崭露头角。作家队伍的异质性也大大增强,科技工作者、文学工作者、互联网和高技术企业从业者、大中学生研究生等的介入,使科幻创作中的创意和生活更加丰富,而创作队伍的发展为未来科幻文学的繁荣奠定了基础。

从小说到全产业

过去 5 年,科幻文学一个最显著的发展是走出小说范畴,进入电影、电子游戏、主题公园、科幻创意教育等组合的全产业疆域。

随着中国电影事业的发展,科幻电影在过去 5 年辉煌起步。小说 IP 转化是电影发展的第一步。这其中,游族影业对刘慈欣小说《三体》三部曲的改编引发了广泛关注。而国家副主席李源潮接见科幻作家刘慈欣和《蒸发太平洋》导演周赟等人,显示了国家层面对这个领域转型的支持。正是在这样的努力和支持之下,中国科幻电影迈出了可喜的一步。2016 年 1 月,电影《美人鱼》等带动的中国电影票房总量第一次超过美国,成为世界第一大票房收入国。此后,陆川导演的《九层妖塔》也获得了好的成绩。目前,专门从事科幻电影拍摄的影业公司也在创建之中。像竺灿、十放、壹天、水星、天津地平线等影业公司都在积极运作,希望能在下一个 5 年创作出有影响力的作品。

除了科幻电影,科幻电子游戏的发展正在考虑跟教育相结合,创意者试图从教育教学的目标着手去设计和引导玩家。把科幻教育教学作为专项发展的清大紫育,连续两年举办中小学生科普科幻夏令营和科普科幻剧表演,报名人数年年上升。利用机器人、无人机和借助"STEM教育"结合科幻的尝试也获得了一定的成果。

当前,有关科幻的主题公园设计除了目标对准航天、史前生物之外,还有一些针对博物场馆的设计和设想正在论证之中。时光幻象文化传播有限公司首创了全国第一个中国科幻博物馆,并开始收集与科幻发展相关的文物和产品进行展出,这个思路具有前瞻价值。由《科幻世界》杂志社承担的建设全国最大的"科普科幻传媒基地"项目已正式列入《四川省新闻出版广播影视"十三五"发展规划》和《四川省科学技术协会深化改革实施方案》。

最近两年,年轻人的科幻创业热潮正在逐渐兴起。赛凡科幻空间、未来事务管理局、青蜜科技、八分光文化等年轻人创建的公司,积极响应了李克强总理的"大众创业、万众创新"号召,公司的主营业务是直接运营科幻创意、组织科幻文化传播、设计科幻周边产品、提供科幻社会服务,这些全新的创业尝试的价值可能会在未来几年初步显露。

从国内走向国际

过去5年,中国科幻文学发展的最大亮点是从国内到国际的突破式发展。虽然早在上世纪70年代,中国科幻小说就已经被翻译到国外,但这些作品在国际市场和读者中反响不大。2015年8月23日,刘慈欣小说《三体》的英文版在73届世界科幻大会上获得雨果奖,对世界科幻领域产生了震撼。

雨果奖是为纪念著名科幻编辑、美国科幻黄金时代推手雨果·根斯巴克而建立的一个奖项。该奖项多年来聚焦英美科幻文学,极少有外国作家作品能够获奖,刘慈欣成为了获得该奖项的第一个亚洲作家。刘慈欣创作小说的过程中大量吸取了国际、国内科幻历史中重要的成果，并创造性地将工程思维、价值逻辑、社会学和宇宙学相互结合。他创造的质子二维展开、维度压缩等概念确为科幻领域首创，而具有独特性的黑暗森林法则，不但给人类认知外太空生命提供了新思路，还给受到日常困惑的国人提供了考察周边人际关系的方法。刘慈欣获奖最大的作用就是提升了国内外读者对中国科幻的兴趣，但同时也应该看到，这一走向世界的成果是中国出版界根据商业规律运作国际出版物的成功典范。这其中，借行业内成熟的外国公司"借船下海"、邀请在海外有重要影响力的作者担任翻译，按照海外商业营销法则进行设计流程等，都是值得肯定的做法。

刘慈欣获奖后仅仅一年，科幻作家郝景芳再次摘得雨果奖桂冠。如果说刘慈欣的获奖是对中国作家几十年孜孜不倦追求作品国际品味和国际水准的褒奖，那么郝景芳的获奖则是对中国科幻创作后继有人、潜力巨大的肯定。如果说刘慈欣的小说更多给人对科学的敬畏，那么郝景芳的小说更多给人对未来的思考。但无论怎样，两部作品从深度和广度上全面测绘了西方科幻界对中国科幻走向世界所带去冲击的承受力，也加深了中国科幻能够顺利走向世界的自信。

除了刘慈欣和郝景芳，在过去的 5 年中，中国科幻作家的更多作品被译介到海外。这其中，微像文化跟美国《克拉克的世界》杂志合作推出的中国科幻专号，定期发表中国作家的科幻小说，《人民文学》主编的英文刊物《路灯》也发行了科幻专号。此外，由刘宇昆翻译的陈楸帆小说《丽江的鱼儿们》还获得了2012 年科学与幻想翻译国际奖。

2013 年春天，笔者和维罗妮卡·霍灵格尔共同主编的美国《科幻研究·中国专号》，第一次在国外学术期刊上全面介绍中国科幻发展及其研究成果。在这个刊物的带动下，国际上许多其他刊物也相继出版了介绍中国科幻文学的文章。

从自发创作到政府支持

5 年中还有一个最大的变化,那就是科幻文学从自发创作走向政府支持。在过去的两年中,国家领导人多次对科幻事业的发展表示了支持。中国科学技术协会、中国作家协会等分别召开了刘慈欣作品座谈会。2016 年 3 月,在国务院办公厅出台的《全民科学素质行动计划纲要实施方案(2016—2020 年)》中,明确指出要大力开展科幻、动漫、视频、游戏等形式的科普创作。5 月,习近平总书记在出席全国科技创新大会、两院院士大会、中国科协第九次全国代表大会时提出,要加速创新型国家建设。随后,韩启德会长宣布建立"国际科幻节"已经进入科协的行动纲领。9 月 8 日,"2016 中国科幻大会"在北京航空航天大学正式开幕,李源潮副主席在开幕式上发表讲话,希望中国当代科幻、科普从业者牢记时代使命,多思考、勤创作,力争拿出更多群众喜闻乐见并可以在国际舞台上大放光彩的优秀作品。中国科协、中国作家协会、团中央等单位的领导还一起参观了科幻产业发展历史的展示。来自顶层的声音和主管机构的持续动作,已经为科幻文学与艺术的繁荣提供了强有力支撑和保障。

在科研领域,国家社科基金从 2012 年开始支持科幻研究,此后几乎每年都会分配一定资金支持科幻相关项目的展开,聚焦科幻学术或产业发展的科研活动逐年增多。2011 年 8 月,《南方文坛》和上海作家协会合作举办第二届"今日批评家"论坛,主题是"《地铁》与韩松科幻小说"。此后,相关领域的研讨活动一直没有停止。这其中,2015 年重庆大学高等研究院主办"中国科幻文学再出发"研讨会和 2016 年初海南大学举办的"刘慈欣科幻小说与当代中国的文化状况"研讨会声势浩大。2016 年第二季度,复旦大学"科幻文学工作坊"邀请了海外专家参与;第三季度,北京师范大学科幻创意研究中心在"中国科幻大会"上发布的《2016 中国科幻创意与创新方向年度报告》,把科幻创意跟当前中国的顶层设计、技术研发相互融合;第四季度,北师大还将汇合中国科普作协一起为纪念《乌托邦》出版500周年举行"乌托邦与科幻文学研究国际会议"。

虽然中国科幻文学和文化事业取得了长足发展,但也应该看到其中存在着一些问题。首先,作家培训非常缺乏。相关行业如何将资金更多注入这个领域,政府更多在这个方面引导和投入,可能是增强科幻发展软实力的最重要方向。其次,平台建设仍然需要时间。当前虽然新建了许多平台,但这些平台的运营没有创新,不能吸引更多从业者的到来,这一点应该引起重视。第三是行业浮躁现象的出现。与所有正在高速成长的行业一样,科幻文学走向影视化的过程中,由于资本强势注入,导致了部分作家从小说创作迅速转向电影剧本撰写,但在不熟悉的领域中摸索需要大量时间,一些作家感到一种两面不着家的困惑。更重要的是,如果作家不注重文体创新、不注重对科幻文学本身的思索,整个文类无法赶上文学和时代的发展需求,势必影响原创能力发展。

当前,科技革命和世界秩序的改变,已经给科幻文学这个面向未来发展的文学门类以更多机会,对科幻从业者来说,如何面对如此丰富和伟大的时代机遇,如何为中国和世界的文学与文化发展做出应有的贡献,是摆在每一个科幻人面前最为严肃的问题。

（原载 2016 年 11 月 28 日《文艺报》）

在稳步前行中不断拓进

——近五年文学批评走向观察

白　烨

进入新世纪以来的文学批评，因社会环境的剧烈变动，文学内部的深层异动，面临着接续不断的严重冲击，遇到前所少有的巨大挑战。我曾在一篇文章中把这种情形描述为：一个相对滞后的批评，在面对一个不断更变的文学；一个相对萎缩的批评，在应对一个不断放大的文坛。但事实上，文学批评家们并没有为之气馁，文学批评也没有止步不前，仍然在审时度势中不断调整，依然在左冲右突中奋勉前行。

习近平总书记在 2014 年 10 月发表了《在文艺工作座谈会上的讲话》，其中对于文艺批评的评估与批评、要求与期望，既给批评家们极大的震撼，也给文学批评以极大的激励。文学批评界在学习讲话和领会精神中，反观批评的现状、反思批评的问题，使得批评的自省与自审，成为振兴文艺批评的内在动力，文学批评在许多方面都呈现出新的面貌，体现出新的进取。

新作评介与年度综述体现的现场感

文学批评有许多方面，有很多任务，但最为重要的，是对当下创作的最新成果及时地予以品评，对一个时期的创作情形进行概要地梳理，使作家悉心创作的文学新作、一个时期的创作概貌，经由批评的回应与概括，使人们看到当下作家创作的最新收获,近期文学创作的最新动向。这也使得批评在与创作相随相伴行进的同时,强化了介入性,增进了现场感。

长篇小说因为篇幅较大、分量较重,一向为文坛内外所广泛关注,而对年度长篇小说新作的跟踪评介,也成为文学批评的一个重点。2014年到2015年间,一些小说名家先后推出自己的长篇新作,其中一些作品在乡土中国的变迁、乡土伦理的嬗变方面,既突破了作家以往的创作,也在一定程度上更新了乡土文学的写作,如贾平凹的《老生》、关仁山的《日头》、范小青的《我的名字叫王村》、孙惠芬的《后上塘书》、迟子建的《群山之巅》等。在这些作品甫一发表,便有李星、陈晓明、谢有顺、雷达、胡平、范咏戈、汪政、周景雷、潘凯雄、孟繁华等人评论上述作品的文章跟随而来,以自己的阅读感受对这些名家新作给予了精到的解读。这一时期,那些直面当下都市现实,书写人们的精神困惑与情感疲惫的作品,批评家们也都一一看在眼里,并用不同视角的阅读体会给出了自己的批评解说。如雷达、陈福民等人评论阎真的《活着之上》,孟繁华、陈晓明、岳雯、牛玉秋等人评论王跃文的《爱历元年》,孙郁等人评论宁肯的《三个三重奏》,彭敏等人评论徐则臣的《耶路撒冷》等。

文学批评的要义是发现好作品,有些作者声名并不显赫,但作品确实让人眼前一亮,也会进入批评家的视野,并得到相对充分的肯定。2015年间,陕西的陈彦写作了长篇小说《装台》,作品在小人物的写作上卓见新意,先后有多篇评论予以推介,如李敬泽、雷达、李星等人的文章。《装台》甫一出版,便广受关注,这种集束式的评论推介显然起到了作用。

2015年8月第九届茅盾文学奖揭晓之后,有关茅盾文学奖获奖作家与作品的评论,在一个时期形成热点。这里既有评论具体作家作品的,也有从茅奖获奖作品来观察长篇小说发展的。获奖作品何以成为精品,获奖作家何以形成独特风格,在这里都有细切的阅读与精到的评说。2012年到2016年间,莫言荣获诺贝尔文学奖,刘慈欣荣获雨果文学奖,曹文轩荣获安徒生文学奖,其间都有为数不少的评论文章及时跟进,评说作家获奖的根据与缘由,论述作家创作的成就与特色。这些评论,以对获奖作家与作品的细致阅读与集束论评,使文学批评起到了解读文学精品,引导文学创作的积极作用。

因为各类创作的数量越来越多,作品的发表、出版与一定的年度相关,年度文学创作的宏观考察与整体综评,就显得越来越重要。在这方面,小型的年度报告,有中国作协创研部撰著的《年度中国文学发展状况》。这个从2012年做起的文学发展报告,从文学创作、文学理论批评和文学活动三个大的方面,对年度文学创作、文学理论批评和文学活动等,进行了钩玄提要式的描述,带有年度文学大事纪要的特点。大型的年度文学报告,有白烨主持的课题组撰著的《年度文情报告》(也称《文学蓝皮书》),这个起始于2003年的文情报告,分10个专题,从各类创作到理论批评,从文学声音到文坛资讯,都有较为全面的记述与概要的反映。因注重资讯的以点带面,综述的宏微相间,具有年度文学总盘点的性质。除去这两份出自团队作者的年度文学报告,出自个人之手的年度文学创作综述,也逐步增多,蔚为大观。

现象捕捉与倾向评析中的问题意识

这些年来,在一些作家作品的论评中,一些批评家力求透过现象看内在,循着倾向找问题,使得他们的评论文章都不同程度地体现出一定的问题意识,其所论问题也给人们造成了强烈的印象。如贺绍俊先后发表的《以文学介入中国经验的阐释》等文章,在论述近期的长篇小说创作时,着重从"中国经验"的角度,发现作品的精神内涵与思想价值,使得作者自觉不自觉地隐藏在长篇小说中的思想追求,既得到了一定的阐发,又得到了鲜明的张扬。如洪治纲的《论新世纪文学的"同质化"倾向》,从创作中人们习焉不察的作家的自我重复与相互袭仿,揭示出优秀作品所以稀少的原因,是由于作家精神的懒惰化和写作的惯性化导致的"同质化"。既解析了作品"同质化"的内在原因,又提出了"主体意识自觉"的有益建言。在第九届茅盾文学奖揭晓之后，一些评论家就长篇小说现象进行的思考，从宏观层面提出了一些值得人们关注的问题。如杨扬的《长篇小说之"长"》，针对有一些长篇小说字数越写越多，篇幅越拉越长，指出长篇创作事实上存在的"马拉松式"写作倾向。这些作品虽然越来越长，但却"并没有带来文学的惊喜，而是恐惧和担忧"。由此，他认为，"文学写作变得长篇化、巨量化"，"已成为当今中国文学面临的主要问题"。而同样是着眼于长篇小说创作，汪政的《长篇小说的轻与重》，从一些"70后"作家的小故事结构、小规模叙事入手，谈到"轻质小说的创作"，已成为长篇创作的主要取向。他经由一些作品文本的具体分析，指出："一种新的轻质小说美学已经形成"。这也向人们表明，长篇小说创作的多样化，已是一个基本的定势。这些文章从现象出发，由作品立足，而从中捕捉到的问题，论析到的因由，却关乎总体的长篇小说创作乃至整体的文学创作，很令人深长思之。

在近年来的文学批评中，在观现象、察倾向方面做得较为出色也较有影响的，是批评家雷达。雷达依凭着厚实的理论功底与敏锐的审美触觉，常能在纷纭的事象中发现现象，在氤氲的现象中捕捉倾向，文章所谈话题既契合着现实的创作实际，又触摸着切实的文学时弊。他近年来在《文艺报》开辟的"雷达观潮"专栏，就典型地体现了他的这一批评特点。这个专栏从去年到今年，连续推出多篇话题性文章，如《从"乡土中国"到"城乡中国"》《文学与社会新闻的"纠缠"及开解》《反思阅读方式的巨变》《面对文体与思潮的漫泛》《慢说"非虚构"》《文学批评的"过剩"与"不足"》《关于文学批评的几条标准》等等。这些文章所抓取的现象，所触及的问题，从文学的社会环境、文化氛围到创作的矛盾、阅读的异动、批评的难题，都是当下文学中切实存在而又未能引起重视的。经由他如此这般的给予描述和加以评析之后，现象凸显了、问题严峻了，而他渗透在其中的评说与见解，也总能给人一定的新的启迪，或引发人们的再度思考。

文学批评家中，另一位具有较强问题意识的是孟繁华。他在2012年间曾以一篇《乡村文明的崩溃与"50后"的终结》触及到时下较为敏感的乡土写作传统与"50后"的写作状况的评估问题。他认为当下的文学创作,事实上已经发生了结构性的变化。那就是:传统的乡土文明日益为全新的都市文明所替代,代表了乡土写作传统和旧的文学意识形态的"50后",应该让位给对这个时代的表征与精神做出有力表达的"60后""70后"。这样的一个斩钉截铁的论断,因为稍显简单一度引起不小的争议。在综述2015年的短篇小说创作情形时,他以《无处不在的情义危机》为题,以他读到的小说不约而同地"缺情少意",得出了"这种没有约定的情感倾向的同一性,不仅是小说中情义危机,而且也昭示了当下小说创作在整体倾向上的危机"的结论。这些论断因为以极而言之的方式表述出来,常常会引起一定的争议,但它实际上以自己的方式揭示着一种真相。而引起争论本身,也引发了更多的人们关注倾向,探讨问题,对于引申人们的思考,活跃批评的气氛也都大有裨益。

网络文学相关问题的研探渐趋深入

　　网络文学的研究是随着网络文学的市场拓展与写作进展逐步展开和推进的。一开始,关注与热议网络文学的主要是来自传统文学领域的研究者与评论家。既有的文学观念使得他们的看法不免带有以传统的眼光打量网络文学的明显特点。后来,随着一些研究者对于网络文学作家创作的持续跟踪与文本阅读,一些出自传统文学领域的专家学者逐渐在网络文学研究上取得一定的成果,并在网络文学批评上获得了一定的发言权。从目前初步形成的格局看,当前的网络文学研究已大致形成五个重镇,并分别以中国作协"中国作家网"、北京大学中文系、中南大学文学院、杭州师大动漫学院、山东师大文学院为团队代表,他们各自都取得了一定的研究成果并业已形成各有侧重的研究特点。而在网络文学研究刊物方面,创办较早影响也较大的,先后有广东作协主办、花城出版社出版的不定期的《网络文学评论》,浙江作家协会、浙江网络作家协会主办的《华语网络文学研究》(不定期,已出 1、2 期)。2016 年 9 月,广东作协经有关方面审核批准获取了《网络文学评论》的正式刊号,使得此刊成为国内第一种网络文学评论的纸质传媒。

在网络文学研究中,一些研讨会起到了沟通信息、交流意见和推进研究的重要作用。如 2014 年 6 月,由中国作协创研部与人民日报社文艺部举办的"网络文学再认识"的研讨会。2014 年 7 月,由中国作家协会创作研究部、全国网络文学重点园地工作联席会议、人民日报社文艺部、光明日报社文艺部共同举办的全国网络文学理论研讨会。尤其是在 2015 年 9 月、2016 年 9 月,分别于上海、广州举办的首届和第二届中国网络文学论坛,网络文学的写作者与研究者,经营者与管理者等各个方面的人士齐聚一堂,跨界交流、相互沟通,在网络文学的许多重要问题上都形成了一定的共识,取得了丰富的收获。

在网络文学研究中,谈论较多的是网络文学的特性问题,马季认为,网络文学具有文学性与商业性的双重身份。20 世纪末以来,以互联网为传播媒介的信息革命,不仅改变了人们的阅读方式,而且逐渐改变了人们的生活习惯和思维方式。新世纪文学的空前变化,从表面看似乎源自网络文学的蓬勃兴起,本质上却是信息革命引发的文化价值系统的转型和重组。邵燕君从媒介新变的角度来看网络文学的发生与发展。她认为,严格来说,网络文学并不是指一切在网络发表的文学,而是在网络中生产的文学。在"网络性"的生产过程中,粉丝的欲望占据最核心的位置。网络文学不仅是文学研究的对象,更是文化研究的对象。追踪网络文学的潮流新变,可以触摸到国民的精神脉搏和心理趋向。要建设具有价值观引导性的主流文学,也需要从研究网络文学的快感机制入手,摸索寓教于乐的新途径。

2015 年间,网络文学研究的话题又有新的拓展,如邵燕君的《媒介融合时代的"孵化器"——多重博弈下中国网络文学的新位置与新使命》探讨网络文学在各种压力下保持"自主力量"的可能性。黄发有的《网络文学的本土文学传统》则在西方文学与文化的主导性影响下,探求网络文学与本土文化建立内在关系的可能性。马季的《网络文学的三个变量》从受众层面、审美层面和表现方式三个方面,观察了网络文学以特有的语言消解文学的倾向与问题。而千幻冰云的《IP 对网络文学发展的影响》、夏烈的《从中国故事到中国 IP——网络文学的新境界和新使命》聚焦于当下最为热门的 IP 概念,由知识产权的新角度探讨 IP 对于网络文学的全面推进。显而易见,网络文学的研究与评论,较之过去,数量上有较大增长,质量上也有显著提升。

批评的现状反思与问题自省

进入新世纪之后,由于文艺观念的趋于多元,文学创作的日益多样,文艺批评既面临着严峻的挑战,自身也需要随着新的文艺时代适时新变。习近平总书记在文艺工作座谈会上的讲话既对文艺批评的作用提出了新的更高的要求,也对文艺批评的现状提出了一些严厉的批评。这些有关文艺批评的意见与精神,进而促使文艺批评界对于文艺批评现状进行自我检省与自我批评。

谈到文艺批评如何改变当下的现状,一些论者首先提到要真正回到文学现场,密切联系创作实际。钱小芊在《结合文学创作展开文学批评》的文章中,以博鳌文学论坛为例,论说了关注中国经验、介入文学现场开展文学批评的可行性与重要性。他指出,文学评论应在借鉴吸纳人类丰富经验的同时更多地关注中国经验、中国传统、中国现实。面对我国文学创作生产活跃、内容形式丰富、风格手法多样的新现实,文学批评应该"及物"、"中的"、褒优贬劣、激浊扬清,评论家也要走出书斋深入生活,面对中国当代变革中的新鲜经验,自觉以马克思主义文艺理论为指导,从中国文学发展实际出发,运用历史的、人民的、艺术的、美学的观点评判和鉴赏作品,在艺术质量和水平的评判上敢于实事求是,对各种不良文艺作品、现象、思潮敢于表明态度,在大是大非问题上敢于表明立场,说真话、讲道理,把好文艺批评的方向盘。

文学批评的自省，涉及到文艺批评领域的方方面面。首先的一个问题，依然是对于存在的主要问题的把脉与诊断。因为角度不同，对于问题的看法也不尽一致，但大致都指向着批评的错位、批评的失衡、批评的不及物等现象。雷达在《文学批评的"过剩"与"不足"》一文里指出批评的矛盾与尴尬在于一方面"过剩"，一方面又"不足"。黄力之则从另外一个角度来审视文艺批评的弊病，他在《文学批评主体性的阙如与滥用》一文中指出现在文艺批评的问题，一方面是批评者主体性阙如，另一方面是滥用主体性。

文艺批评要有批评精神，是文艺批评现状反思中的另外一个焦点。朱辉军在《文艺评论要有批评的锋芒》的文章中指出，人们不满于文艺批评的，主要是批评缺乏批评的锋芒，不能对文艺作品、文艺思潮、文艺现象等做出鞭辟入里的分析，给人以茅塞顿开的启迪。因此，改进文艺评论，首要的就是应恢复其批评的锋芒，重建其在公众心目中的权威。曾庆瑞在《好的文艺批评也是剜掉文艺烂苹果的正义之剑》的文章里发表了相近的看法。他认为，有些号称"文艺家"的人在市场经济大潮中迷失方向，沾满铜臭气……治理这种乱象，和威力无比强大的"法治"一样，文艺批评同样可以大有作为。

在对文艺批评进行自省的同时，一些批评家还从各自不同的角度就文艺批评需要予以特别重视和着力加强的方面提出了许多建议与建言。如庞井君在《文艺评论工作急需加强顶层设计和工作布局》里提出，推动文艺评论繁荣发展既需要从战略上做好"顶层设计"，又需要从理论、组织、阵地、人才等各方面扎实推进工作。刘川鄂在《文学批评的文体与批评的有效性》一文里提出重塑文学批评的文体意识，增强文学批评的权威性；通过各种综合性的工作，提高文学批评的有效性。李云雷在《文艺需要争鸣》的文章里，提出需要开展文艺争鸣的问题，他认为，中国当代文艺的发展面临着重大机遇，也面临着诸多问题，要以文艺争鸣的方式表达出不同的观点，不同的观点进行平等的学术讨论，"百花齐放，百家争鸣"才能为当代文艺发展提供不同的可能性。樊星在《良好的批评氛围需要各方共建》的文章里提出文艺批评需要建立良好的氛围，这既需要作家养成豁达的胸襟、评论界远离不正之风，也需要有关管理部门吸取前车之鉴，以宽容的胸怀营造百家争鸣的良好氛围。杨庆祥在《文学批评的文化责任》一文里提出抛开西方强加于我们的自我认知，找到新的方法论，建构具有中国视野或者中国立场的文学批评。刘大先也在《文学批评的中国视野》中提出，要重提文学批评的中国视野，这一方面是要接续中国文学批评主体性历史建构的"未完成的规划"，另一方面则是走出文学批评的封闭圈，让文学回到生活之中与现实发生互动。这两者实际上都指向了一种瞻望中国文学批评未来前景的企图。如许角度不同又自有见地的意见体现了批评家自我反省的多维与多向，也表明了文艺批评需要从多个方面予以改进与加强。

批评建设中的新刊创办与新人崛起

作为文学事业不可或缺的重要一翼，文学批评既需要即时性的活跃，又需要持续性的发展。而这种"活跃"与"发展"就必然涉及到批评刊物的建设与批评新人的培育。而在这两个重要方面，这些年已取得了显著的进取与可喜的成绩。

在文学批评刊物方面，无论是新中国成立前后创办的《文艺报》《文学评论》等，还是新时期之后诞生的《当代作家评论》《文艺争鸣》《小说评论》《当代文坛》《南方文坛》《上海文化》《名作欣赏》《扬子江评论》等，在不同文学时期都以坚定的持守、明亮的声音为当代文学的繁荣与发展起到了保驾护航的重要作用。这些年，这些批评刊物均把当代文学现象观察、重要作家作品评论、新人新作推介作为自己的主要任务，共同铸就了当代文学批评多样的园地与坚强的阵地，给文学批评提供了表现的舞台与交流的平台。

特别引人注目的，是 2015 年间，《中国文学批评》与《中国文艺评论》的相继创刊。《中国文学批评》季刊由中国文学批评研究会主办。该刊以理论探讨和文学批评两大方面为主,在文学批评方面,在当代作品的评论之外,还开辟了"当代作家评论小辑",相继推出"关仁山评论小辑""王安忆评论小辑",对于重要作家结合新的创作进行系统观照与深入解读。近期该刊还围绕美籍华裔学者夏志清的《中国现代文学史》涉及的文学史观,组织专栏文章进行研讨,体现出在文学史观的反思上激浊扬清的鲜明倾向。《中国文艺评论》月刊,由中国文艺评论家协会主办。该刊面对的领域涉及到艺术的方方面面,但不少话题都与文学有关,如话剧《白鹿原》的改编,网络时代的文艺批评等,都从文艺领域的宏观角度提供了有益于文学批评的重要资讯与丰富营养。在批评新刊的创办上,前些年还有山东的《百家评论》,今年湖北的《长江文艺评论》。这些都表明文学批评的期刊建设,一直是在持续发展、稳步前行的。

文学批评因为需要综合性造诣与实践性积累,要求较高,难度较大,出新人也较难。这种情形,与文学创作新人层出不穷,从"30 后"到"90 后"七代人同台演出相比,文学批评的队伍显得有些势单力薄,后续力量明显不足。文学批评的这一显见的弱环与短板,在近几年因为重视批评队伍的建设和强化批评新人的培育,一批新人脱颖而出,加入了批评的合唱,较前有了一定的增强与明显的改善。

在文学批评新人的培育上,重点大学的文学教育与研究生培养,中国作协与地方作协的青年批评家培训等都起到了重要的促动作用,其中尤以中国作协中国现代文学馆的"客座研究员"计划,《南方文坛》的"今日批评家"专栏,用心用力最多,起的作用最大。这种不遗余力的扶持,加之批评新人自身的努力,批评新人在这些年有如雨后春笋,茁壮成长。目前,活跃于文坛的年轻批评家,既有出道较早的"75 后""80 后"群体的批评新秀,如黄平、金理、金赫楠、刘涛、刘大先、霍俊明、张定浩、黄德海、何同彬、傅逸尘、饶翔、周明全等人,又有近年涌现出来的岳雯、王敏、项静、陈思、徐刚、丛治辰、王鹏程、李振、马兵、方岩、杨辉、杨晓帆、刘芳坤、黄相宜等人。他们的批评表现出年轻一代特有的锐气与生气,关注新的创作形态与新的文学代际,新的文坛话题,逐步与比他们年长的批评家们拉开距离,并显示出他们自己的优势所在。

（原载 2016 年 10 月 30 日《文艺报》）

时代语境中的多民族书写

——少数民族文学五年回顾

刘　大　先

文艺是民族精神的火炬,文化是民族的血脉,是人民的精神家园,实现中华民族伟大复兴,离不开中华文化的兴盛,这是2011 年 11 月中国作家协会第八次全国代表大会上的核心命题之一。丰富多彩的少数民族文学无疑是新世纪以来我国文艺工作的亮点之一。5 年来,少数民族文学发展工程在得到国家扶持的基础上,取得了令人瞩目的成就:编辑出版了涵盖 55 个少数民族的《新时期少数民族文学作品选集》丛书,扶持少数民族文学作品创作,推动少数民族文学作品在少数民族文字之间、在少数民族文字和汉语之间进行互译,推动少数民族文学的对外翻译出版,鲁迅文学院与少数民族比较集中的地区作协联合举办少数民族作家或翻译家培训班,第十届和十一届全国少数民族文学创作"骏马奖"的评定,都取得了良好的效应。

近年来,随着中国文学整体性的繁荣趋势和日益开放的生长空间,少数民族文学获得了长足的发展,老中青几代作家在多种体裁上都保持了旺盛的热情,纷纷推出佳作。它们或者厚重,或者轻盈,或者关注民生,或者反思历史,或者注重精神探索和传承,或者聚焦形式创新与技巧开发,在集体记忆与个人经验、民族美学与普遍诉求、地方特色与族群文化、当代现状与母语传统等各个向度上都取得了令人不容忽视的成就。

人民关怀与民族历史

习近平总书记在文艺工作座谈会上的重要讲话中强调,文艺是时代前进的号角,最能代表一个时代的风貌,最能引领一个时代的风气。实现"两个一百年"奋斗目标、实现中华民族伟大复兴的中国梦,文艺的作用不可替代,文艺工作者大有可为。与这样的精神相呼应,少数民族长篇小说最为突出的特点无疑是作家们的现实关怀,他们通过从鲜活的生活实践中提炼的人物与故事,有力地展现了20世纪后半叶尤其是当下的社会与经济变革以及随之而来的生活方式、情感结构、宗教信仰和道德伦理的变迁。他们的写作没有停留在民族风情或民俗特色的层面,而是在地方与族群的现场发现了具有普遍意义的内容。

对于民众生存与生活的现实关怀一直是少数民族文学的一条主线,也贯穿在近年来颇受关注的作品中。李传锋(土家族)的《白虎寨》写的是武陵山区土家族山寨的新农村建设,关联起了全球化时代金融危机和新一代返乡民工主体性的建立与自我更新,堪称当下的"创业史"。田耳(土家族)的《天体悬浮》以基层警察的角色转换为线索,辐射描绘出乡土社会城市化进程中的贫富分化、资本主宰和人性裂变。肖勤(仡佬族)的《水土》则以乡镇干部为主线,刻画出新语境下处于剧烈变迁中的官场生态、人情风俗和情感心态。阿巴斯·莫尼牙孜(维吾尔族)的《心灵之曲》(维吾尔文),以一个木卡姆民间艺人的经历为线索,追索的是民族文化的现代性命题,涉及到关乎宗教与世俗生活之间的矛盾与纠葛,置诸于新疆的现实之中,显示了对于重大时代命题的思考。乌·宝音乌力吉(蒙古族)的《信仰树》(蒙古文)通过还俗喇嘛三代人的故事,讲述了民族信仰与现代教育的双重文化内涵。这些试图回答时代提出的问题的作品,回应了巴尔扎克的论断——"根据事实,根据观察,根据亲眼看到的生活中的图画,根据从生活中得出来的结论写的书,才享有永恒的光荣",也复苏了现实主义的伟大传统。

重述传统,建立关于某个族群的历史叙事,则是另一个值得重视的少数民族文学现象。如果说既有的少数民族历史小说曾经一度带有将某个民族的过去神话化、传奇化、风情化的色彩,近年来则更多具有充满辩证唯物主义的、为当代史留真存证的意味。袁仁琮(侗族)的《破荒》三部曲用亲历者冷静而又理性的观察代替了新历史主义式的想象与虚构,在生活面前保持了绝对的中立和客观,又充满同情的理解,对贵州西南腹地侗族山村和县城从解放前后到改革开放30多年的历史进行了正面强攻式的细致勾勒,充分展示了历史本身的复杂性和人性的丰富与变化,却又没有价值预设,没有轻浮的道德评价,依靠丰富的情节、真实的细节、广阔的社会背景表现了"较大的思想深度和意识到的历史内容"。这种写作明显有别于流行在主流文学中的那种将历史怀旧化、浪漫化、传奇化、碎片化的处理方式,具有现实主义当下复归的标本意义。冶生福(回族)的《折花战刀》打捞出一段被尘封的历史,讲述由青海藏族、回族、撒拉族、汉族等各民族群众组建的骑八师,在装备落后的情况下,于青海备战、出征河南、出征安徽、还乡铸剑为犁的经历,曲折显示了中华民族在现代以来艰辛的凝聚过程,体现着浓郁的爱国主义情怀。马瑞翎(回族)的《怒江往事》、祁翠花(藏族)的《天山祭》以厚重的篇幅分别讲述了多民族聚居的怒江峡谷和祁连山麓晚清至民国的社会与生活画卷。崔红一以朝鲜文创作的《龙井别曲》则从民族工商业的独特角度切入,叙述了延边龙井地区朝鲜族从辛亥革命到1950年代的曲折历史进程,达到了情节的生动性和丰富性的融合。

少数民族文学不仅在观念与内容上取得了一定的突破,在美学上也取得了艺术性和人民性的结合,显示了有别于主流文学的独立性、创造性和自由自觉的品质。比如阿拉提·阿斯木(维吾尔族)的《时间悄悄的嘴脸》以新疆玉王的故事反映当代维吾尔族文化转型,小说充分结合了意识流动、时空转换和维吾尔传统中麦西莱普式的场面与幽默风格,并且在修辞上以陌生化的语言丰富了当代汉语的书写。芭拉杰依·柯拉丹木(鄂温克族)的《驯鹿角上的彩带》中,鄂温克文化的天人合一的生态美学和萨满意识,无疑也对乡土中国的多样性文化提供了生动的案例,为城市文学树立了可供参考与对照的素朴书写。刘萧(苗族)的《筸军之城》写的是改土归流后湘西汉苗杂居的镇筸地区的战争与和平、血性与柔情、坚守与吸纳;泽仁达娃(藏族)的《雪山的话语》写的是晚清到民初康巴地区贝祖村的人与事,两者都明显地吸收了先锋小说留下的技巧与结构遗产,与此同时,一个渗透着苗族的生死观和边地巫文化,一个则融入了雅江倒话和藏地意识,分别在地方记忆中树立了独特的美学气质。

个人经验与普遍情感

　　一些人对"少数民族文学"这个概念有错误的看法,他们认为,被冠以"少数民族"的定语之后,"文学"变得不再具有普遍性了。这恰恰是不明就里的望文生义,因为所有的文学作品总是基于个人经验(包括族群的记忆、地域的实感、个体化的感悟等)进而上升到带有共通性的情感和体验。尽管少数民族文学这个分类先天带有国家政策的色彩,在实践中却并不以民族为界,而是追求关于人、人性、信仰与爱、苦难与超越的广阔主题。对于族别与身份、宗教传统与文化记忆的强调固然是一部分少数民族作品的"民族性"诉求,但更多的作家已经跨越了认同的藩篱和异族风情的表面符号,他们的作品置诸于整个当代文学的脉络之中也毫不逊色,甚而具有别具一格的独特性,这在中短篇小说和诗歌中最为突出。

　　吉狄马加(彝族)的《我,雪豹……》、和晓梅(纳西族)的《呼喊到达的距离》、陶丽群(壮族)的《母亲的岛》、金仁顺(朝鲜族)的《僧舞》、央金拉姆(藏族)的《独克宗13号》、娜夜(满族)的《娜夜的诗》、德本加(藏族)的《无雪冬日》(藏文)、努瑞拉·合孜汗(哈萨克族)的《幸福的气息》(哈萨克文)、刘荣书(满族)的《浮屠》等作品或作品集就是这方面的代表。在这其中,女作家尤为突出,比如和晓梅、陶丽群、金仁顺、娜夜都有着鲜明的女性意识,她们的书写也多从细微幽暗的情绪和底层边缘入手,却并没有囿于其题材和情感的狭窄层面,而着力于向心灵深处掘进。在少数民族诗歌写作中,宗教信仰的影响是显而易见的。例如,阿顿·华多太、德乾恒美、那萨·索样、班玛南杰的藏地诗歌,多有着宗教信仰的潜在影响,却将传统作为精神遗产来继承,而不拘泥于精神上的固化。持久而强大的抒情传统,在各个少数民族的诗歌创作中普遍存在。比如,鲁娟的《好时光》、阿苏越尔的《阳光山脉》、阿兹乌火的《彝王传》等彝族诗人的作品就是如此。

人生体验的书写赋予了经验以共情的可能。马金莲(回族)的《赛麦的院子》从儿童的视角,写出了消逝的童真和希望的幻灭,以其密实的生活质感和强烈的性别意识,令人印象深刻。《念书》和《柳叶哨》则有着强烈的自叙传色彩,这是一个少女成长的心灵史,烙下了时代的背景,在必然性与惆怅当中,少女的人生经验贯通了所有人的人生经验,因而这个童年记忆就超越了故事本身,而具有了普遍的人类性。马金莲的作品,以朴实自然的叙述风格,细腻单纯的艺术手法,生动地展现了西北地区的乡村故事,揭示了现实的沉重和命运的无常。在书写特有的生命体验和文化记忆、生存、成长、蜕变以及对人性的观照时,她的小说形成了三个突出的特点:第一,儿童视角的自叙传,孩童从懵懂无知到明白事理的过程,就像太阳升起,光芒逐渐驱散早晨的浓雾,袒露出清白而复杂的大地景色,因而这样的小说总是带有成长小说的意味。第二,性别意识的不自觉的流露,比如在《赛麦的院子》里写到的那个生了7个女儿的悲苦的母亲,《鲜花与蛇》里怀孕少妇的微妙的心理悸动,以一个女性作家细腻的经验与体验,书写出为很多男性作家所忽略的女性那幽暗曲折的生理与心理过程。第三,细致而富有质感的底层生活日常描写,充满了种种真实可信的细节,尤其令人印象深刻的是她关于饥饿和劳累的精雕细刻。她的小说就像在西北贫瘠山地上生长着的豌豆花,清新、流丽又有着坚韧而顽强的内在生命力。这是一种经验性的写作,作家依靠厚实的人生经历,以朴素而直观的文字娓娓道来,因而获得了接地气的感人力量。

田耳的中短篇作品多集中于现实题材,善于虚构与提炼别出心裁的故事,比如《长寿碑》中为了发展地方经济而打造长寿文化的荒诞,《范老板的枪》中在出轨与猜疑、阴谋与释放中的步步惊心,《被猜死的人》里聚焦老人心理的吊诡与黑色幽默,都在小人物、小情节、小细节中包含大关切、广阔内涵和深远忧思,令人玩味良久。次仁罗布(藏族)有《祭语风中》这样优秀的长篇小说作品,但他的中篇小说则给人惊艳之感,他的《放生羊》与万玛才旦的《玛尼石静静地敲》、龙仁青的《咖啡与酸奶》等藏族中短篇小说集都比较关注现实变迁中的藏地经济、文化与情感转型,在空灵、纯净和舒朗简洁的叙事中,让主题自然而然地流露出来。这些作品体现了我们时代少数民族文学的一种创作趋势,既立足于个人、区域、族群的历史传承、集体记忆、文化脉络、现实遭际,又在此基础上表达了交往、交流、交汇、交融的愿望与挣扎,在这种张力和拉扯中间,文学的魅力与创造性也便得以显现。

族群美学与时代气息

2012年9月,第五届全国少数民族文学创作会议在京召开,会议上确立的工作思路,发挥了极其重要的引导作用,包括实施少数民族文学精品战略,加快培养少数民族作家的步伐,推动少数民族文字创作和翻译出版,完善少数民族文学评奖,扶持少数民族文学刊物和网站,支持少数民族地区作协的工作,扩大对少数民族文学作品的宣传推介,加强少数民族文学的理论研究和评论等。这一切无疑鼓舞了别具特色的少数民族族群美学从微弱的声音变为宏伟的合唱,从一度潜隐的状态走上了百花争艳的生动场景。

多语种文学是少数民族文学对于中国文学的一大贡献,族际互译使得不同的文化因子、美学要素、审美趣味得以交流互动,从而形成了独具中国气派与风格的文学格局,也涌现出维吾尔文译汉文的姑丽娜尔·吾甫力(维吾尔族)、蒙古文译汉文的马英(蒙古族)、藏文译汉文的久美多吉(藏族)等翻译家。不同语种与体裁的作品更是争奇斗艳,诗歌集如何永飞(白族)的《茶马古道记》、崔龙官(朝鲜族)的《崔龙官诗选集》(朝鲜文)、妥清德(裕固族)的《风中捡拾的草叶与月光》、依力哈尔江·沙迪克(维吾尔族)的《云彩天花》(维吾尔文);散文集如雍措(藏族)的《凹村》、金宽雄(朝鲜族)的《话说历史的江——图们江》(朝鲜文)、杨犁民(苗族)的《露水硕大》、特·官布扎布(蒙古族)的《蒙古密码》(蒙古文)、黄毅(壮族)的《新疆时间》,有的激活地方文化资源以彰显民族风韵,有的注目于微小事物而展现博大情怀,有的将边远边地事象升华为带有启示意义的辞章,有的回溯悠久的历史以体现社会的脉动,形成了多元共生的景象。

少数民族文学源自不同族群的小传统在当下得以现代转换,形成了新的美学观念。概而言之,少数民族文学的美学观念主要表现为三点:其一,源于农耕、游牧、渔猎等多样传统共有的天人合一理念的族群生态和谐观念,这不仅仅是不偏不倚、不过无不及,而是在现实情境中人与自然、人与动植物、人与人造环境之间相互依偎、依存的共生关系,置诸于文学生态之中,也就是不同文学样式与趣味之间的调和鼎鼐、八音克谐。其二,源于民间信仰和习俗的神性气质与敬畏观念,这种有别于启蒙工具理性的观念在现代性分化之后,尤其是在功利主义盛行的语境中,具有纠偏补弊、凝聚团结的再造共同体功能。其三,源于民间文化和口头传统的清新高洁、明净素朴风格的复兴,这在深受西方现代文学影响的当代中国文学中可谓一股大野之风,对于已经走入到绝境的展示人性之恶、历史阴暗、琐碎欲望的文学潮流能够有一定程度的洗刷和反拨的意义,毕竟文学不仅要针刺褒贬,更重要的是要带来美、善、希望和信心。

在这里我们可以看到,无论何种美学意义上的现象,都有着浓郁的时代气息,显示了一种中华传统的当代显形。比如叶梅(土家族)的《歌棒》尽管浸染着鄂西土家族文化的深刻影响,却并没有抱残守缺，沉浸在过往的遗迹之中，而是将那种对于生与死、爱与恨、生存与发展的认识遗产带入到时代生活的书写与沉思之中。赵晏彪（满族）的《中国创造》更是明确地将"中国制造"推展为"中国创造"，一字之差，可见一个民族作家对于自强不息、刚健有为精神的理解，而这也正是中国少数民族文学之所以生机勃勃的原因所在。近年来涌现出的优秀报告文学，如冯雪松（回族）的《方大曾：消失与重现——一个纪录片导演的寻找旅程》、降边嘉措（藏族）的《这里是红军走过的地方》、龙宁英（苗族）的《逐梦——湘西扶贫纪事》、伊蒙红木（佤族）的《最后的秘境——佤族山寨的文化生存报告》，这样的"非虚构"书写无不有着强烈的时代气息，构成了中国文学鲜活的一维，让我们可以一睹中国当代多民族民众的现状和呼求。

　　从总体上而言，近年来的少数民族文学涌现出大量现实关怀、历史重写与美学创造的融合之作，为完整的中国文学版图绘制了多元共生、生态和谐的图景。但也存在着一定程度的局限，那就是依然有很多作品存在着故事平面化、抒情浅薄化和审美狭隘化的问题，未能构成文化反思和精神探索的深度，在未来需要在宏观总体性的把握上进一步着力，从而达至对民族文化历史与美学、现实与艺术、继承与批判的统一。

（原载 2016 年 11 月 4 日《文艺报》）

儿童文学:却顾所来径 童稚遍山林

刘 绪 源

像水果一样的文学

真正高质量的儿童文学是有审美内涵的,是必须有生活而又有艰苦创作过程的,它必须像十年树木那样合于艺术发展规律,不可能大量速成,也没有直接实用的价值,却能影响人的灵魂,影响孩子的一生,这样的文学可喻为"水果"。

近日请教业内专家,明白了童书出版的"黄金十年"指的是2001—2011年。那么现在,又有5年过去了,看来好光景还在延续。但在那最初10年的中间阶段,从创作发展的角度看,其实是有些萧条的。销售虽然日见旺盛,品种却很单一,那大量流行的基本就是搞笑版"校园小说"和描写准恋爱的"青春文学";写法上相互模仿,没有百家争艳的趣味,也不见各具特色的新作者涌现。这是市场和资本快速发展留下的代价。好在这情景很快改变,在这个10年的末端,作家们又活跃起来,纯文学的冲动不愿再受市场制约,不同风格的创造各显神通,书店里也不再是商业童书的一统天下了。

接下来的五六年,形势更为喜人,汤汤、黑鹤、小河丁丁、胡继风、舒辉波、顾抒、陈诗哥、史雷、李秋沅、慈琪……一大群充满活力的儿童文学新人走向一线,在一定程度上改变了文坛格局,他们不仅先后拿出了立得住的作品,有的还形成了鲜明的风格。

这就吸引更多作者从商业童书中脱身,转而向文学高峰攀爬,王勇英、孟飞等也都写出了令人瞩目的力作。成熟作家们更上层楼,曹文轩、张之路、秦文君、郑春华、汤素兰、彭学军等近年新作不断,在艺术上也有新的探索。再老一辈的作家,像任溶溶、任大星、金波、屠岸等创作也未间断,保持了他们一贯的风格。

　　能有如此蓬勃的局面,与各少儿出版单位不再只一味注重"最畅销"的品种有很大关系。在"黄金十年"中段,我不止一次听作者们抱怨过:想写熟悉的农村生活,出版社一定要把背景移到城市;想写严肃的题材,又非要改为"喜剧";作品中有不少校外生活,又要求集中写校园——其实就是要将作品全纳入当时最易畅销的搞笑版"校园题材"中去。到2011年前后,大部分少儿类出版社已在市场上掘得"第一桶金",更重要的是,在文学观念上,这时也已有了较大转变。过去相当长的时间里,儿童文学被视为教育工具,作品是用来帮助孩子改正缺点的,甚至强调每篇作品都要有针对性,这样的文学可比喻为"药";而前些年最畅销的迎合儿童口味的商业童书,可比喻为"可乐",它和药一样都是工业制品,都可批量生产;而真正高质量的儿童文学是有审美内涵的,是必须有生活而又有艰苦创作过程的,它必须像十年树木那样合于艺术发展规律,不可能大量速成,也没有直接实用的价值,却能影响人的灵魂,影响孩子的一生,这样的文学可喻为"水果"。如果说,"文革"前后所追求的主要是"药",前些年最畅销的主要是"可乐",那么最近五六年里,几乎所有出版社的老总,都想好好抓几种"像水果一样"的好作品,而不再只以"可乐"的销售业绩为荣了。当然,上级管理部门政策机制的转变,对此也有积极推动作用。

　　上述的观念转变,也时时伴随着争论,但到今年4月曹文轩获国际安徒生奖后,这类争论声戛然而止。曹文轩载誉归来,一再声称自己高擎的是"文学"的旗帜,认为对作品的追求首先应该是艺术,不然一切免谈。这正是审美的追求,是拒斥那种工业制品式的写作,而按照生活和艺术规律向读者奉献像水果一样的文学,国际安徒生奖所肯定的正是这种纯文学的努力。借此东风,近年喜人的局面或能更其蓬勃。

气象之大

不必讳言,优秀的成人文学作家在文学气象和文学深度上的追求,常常高于许多儿童文学作家。所以,成人文学作家的加盟给儿童文学带来的,正如那群青年作家的登场所带来的一样,是格局性的变化。这使整个儿童文学有一种焕然一新之感。

前几年,在一次儿童文学的评奖中,有一位成人文学评论家感叹道:"这么多作品看下来,气象最大的,还是黑鹤的动物小说。"我听后,深以为然。黑鹤长期生活在浩瀚的草原,有开阔的文学眼光,在进入儿童文学前有诗歌创作的训练,对动物生活很熟悉,他不是靠编造一些动物传奇故事以求畅销,也不是在动物生活中注入人类思想以教育儿童,他写的是真正的"自然的母题"。他的《黑狗哈拉诺亥》《血驹》等,都能大开大阖,在新奇的动物生活领域探幽入微,既扣人心弦又有震撼力,同时有漫长的历史感,这给人带来了丰富的阅读感受。

儿童文学作家因长期面对小读者,写作格局容易变小。但近五六年里,还是出现了几部气象较大的长篇。这与反法西斯战争胜利 70 周年也有关系,那几部作品都是写抗战的。李东华的《少年的荣耀》以全新的观念描写战争与儿童,写了抗战中山东乡间的几个孩子,她不再把他们拔高成能决定战争胜负的"小英雄",而致力于展现他们充满童趣的生活,写了他们的苦难、惊恐、坚韧、仇恨和成长。这种写法大大拓宽了战争题材的内涵,它的感染力也胜过了那些大同小异的战斗故事。史雷的《将军胡同》题材新颖,浑然天成,写的是抗战时期北京城里皮影戏班子的父女、前清八旗的落魄子弟、富有而又爱国的姥爷一家,从这三个家族的命运,透视了沦陷区不同阶层人们的思想、情感和遭遇,展示了那一特殊年代广阔的生活画面。其中写得最出色的是八旗后代图将军,写尽了他身上的混混气、败家子气和义气、侠气、爱国精神。小说充满京味儿,与老舍同类作品相比,滋味时有过之。曹文轩的《火印》以一匹良马雪儿为主角,除了马主人坡娃外,日本军官河野和小日本兵稻叶都写得相当丰满,并真实可信。河野是一个有文化的军官,也是养马的专家,他不愿看到日本军队滥杀无辜,也反对虐马,但最后,正是他下令烧掉村里的房子,轰毁整个村庄,坡娃父母都死于这场炮火。稻叶则是个稚气未脱的小兵,他同情各种小动物,对雪儿生出的小马驹百般照顾,以至小马驹认准了他是自己惟一的主人,为了寻找走失的马驹,他死在中国军队的枪下。作品由故事凸显复杂人物,又由复杂人物牵出深层思考,这正是现实主义文学的魅力所在。

这几年里,越来越多的成人文学作家的加盟,也为儿童文学带来了博大的气象和新鲜的气息。张炜的《寻找鱼王》写一个孩子找高山上的捕鱼人拜师,牵出了一男一女两个前辈鱼王的传奇身世,作品对传统的人与人的关系和人与自然的关系,都有深刻的发掘和探讨。阿来的《三只虫草》以一位优秀的、几乎有点天才的藏区儿童采挖虫草的经历为主线,写出了虫草产地平民、僧侣和官场的生态,小主角渴望读书、积极向善的心理,读来感人至深。赵丽宏的《童年河》写一个乡下孩子进城后的成长故事,作品充满生活气息,写出了上世纪60年代那特殊的时代气息。肖复兴的《红脸儿》写上世纪50年代北京大杂院里的儿童生活,在酣畅淋漓地表现人性美的同时,也对儿童天性中的恶劣成分作了深刻发掘;对人生的艰难,即所谓家家都有本难念的经,也写得切实可信,这在儿童文学中都是一种突破。还须一提的是黄蓓佳的《童眸》,这是她调动了自己久藏于心的童年经验的精心之作,她不惮于揭开人生中沉重与丑恶的一面,将它们与儿童对美好生活的渴望及失望放在一起写,既感人至深,又能引发深长思考。此书所表现的生活面非常开阔和复杂,过去曾感慨《城南旧事》和《小毕的故事》"能让小读者看到相对完整的人生";而现在,从《童眸》中,他们也能看到了。不必讳言,优秀的成人文学作家在文学气象和文学深度上的追求,常常高于许多儿童文学作家。所以,上述作品给儿童文学带来的,正如那群青年作家的登场所带来的一样,是格局性的变化。这使整个儿童文学有一种焕然一新之感。

儿童文学作家们也在追求更大的气象。如殷健灵,几年前她创作了《1937:少年夏之秋》,这也是抗战题材,她努力写出一种历史感,但还是少了点历史的和人物的"质感"。今年,她又拿出了长篇新作《野芒坡》,这是个更难写的题材。作品力图还原清末民初"育婴堂"和"孤儿院"的真貌,颠覆了一些既定结论,并探讨了那种宗教氛围中真实的人生和真实的儿童生活。小主人公幼安是独特而敏感的孩子,他有不自觉的艺术家的天赋,也渐渐发现了自己与这里的宗教氛围所存在的缝隙和距离,这在情节中布下了发展的契机。此书是作家创作生涯的突破,但艺术追求永无止境,同是民间的天才型的艺术爱好者,书中的幼安如与王安忆《天香》中的小绸和希昭相比,在人物描写的"质感"上仍有一点差距。

小的魅力

从幼儿的童心童趣中发现美,发掘美,永远是儿童文学作家的天职。儿童文学是多元的,纯文学的生态就应百花齐放,如果儿童文学转而一味追逐大气象大境界而排斥其小,那也是一种可怕的异化。

气象阔大的作品丰富了当代儿童文学的总貌,这并不等于说,儿童文学不用再追寻小的魅力——从幼儿的童心童趣中发现美,发掘美,永远是儿童文学作家的天职。儿童文学是多元的,纯文学的生态就应百花齐放,如果儿童文学转而一味追逐大气象大境界而排斥其小,那也是一种可怕的异化。

谢倩霓的"薄荷香"系列是三本可爱的小长篇,第一本《一个人的花园》写的是快到入学年龄的小女孩、她的家庭和亲人、她周围的邻居们,写生活中的各种小细节,还有她的小心眼小感受,那细微、温婉、安静、真切的描写有趣而不夸张,自然而然,一个劲地往读者心里钻,让你喜欢而感动。如果说儿童审美有什么"核心价值"的话，我想大概就在这里了。这种美感是其他任何文学都没法取代的。小河丁丁的短篇小说《田螺手链》也有相近之美，他写的是四五岁的小男孩对比他更小的邻村女孩的友谊，那女孩年幼、孤独、爱哭，别的孩子都不理她，说她眼里有"眼泪鬼"，谁和她对看"眼泪鬼"就会钻进眼里去，但他不怕，就是要和她玩，当知道一点她的家庭情况后，他就更同情她了。这种幼儿间的拳拳之心，写得极亲切，虽事情小而又小，读过却难以忘却。

郑春华的"奇妙学校"系列写六七岁的孩子在国际学校中的生活，其中《光头校长》写的是顽皮男孩和德国来的校长之间的冲突，校长的教育方式很奇特，而孩子内心的担忧、窃喜、害怕等也写得很到位，校长和孩子后来建立了很特别的友谊。另一本《玻璃丝小马》写一位小女孩对高班的大姐姐充满倾慕，生日时大姐姐送她玻璃丝编织的小马，对她来说这就是天下最贵重的礼物，她高兴得寝食难安。这种小儿心态最易为大人所忽略，但在儿童文学作家笔下却生发出熠熠的光彩。

左昡的中篇童话《住在房梁上的必必》是一部小小的杰作。必必很小很小，而且永远长不大，她是和小房子同时出生的，大概就是"房妖"一类的怪物吧。但她很好心，一心要照顾住在房里的康奶奶，她最大的本事就是把美好的梦境送到康奶奶的头脑里去。但康奶奶越来越老，越来越孤独，小房子面临拆迁，必必为此苦恼而焦急……童话写出了幼儿面对现实社会的焦虑，那一颗小小的心灵，还有那小而美的梦境，如何在大时代中摇曳、动荡。最后，小房子拆掉了，必必有过痛苦的流浪经历，而大房子终于盖起来了，她成了大房子的必必，新的生活在召唤着她，但她再也没能找到康奶奶。从这里我们可以看到，儿童文学中的"小"是如何与"大"悄悄连接的。

直面现实人生

直面当下人生的创作，进入新世纪后，在儿童文学界，确有

224

被逐渐淡忘的趋势。好在近几年,毕竟还有舒辉波、韩青辰、汤汤等作家,在这方面发愤努力。

上面提到的作品,或写重大历史题材,或写过去的儿童生活,或写幼儿的心灵,除了《住在房梁上的必必》,似很少有直接面对现实人生难题的。直面当下人生的创作,进入新世纪后,在儿童文学界,确有被逐渐淡忘的趋势。其实这类作品在上世纪80年代非常多。它们的淡出,明显减弱了儿童文学的审美力度。

好在近几年,毕竟还有几位作家,在这方面发愤努力。首先要说的是舒辉波,他过去曾是电视台记者,采访过许多底层少年,其中有民工的子女,有患白血病的孩子,也有逆境中的奋斗者和成功者;现在他是大学教师,但他花了大量时间对10年前的采访对象做追踪采访,既了解他们个人的命运和家庭的变迁,又在较长的时间跨度上把握时代的脉络。第二次寻访过程是无比艰辛的,收获也是巨大的,生活的确是最好的创造者,生活所揭开的人生百态,让任何编故事高手都黯然失色。他现在正把这些采访成果写成报告文学,叙述重心是少年的精神成长,是他们对苦难、丑恶、疾病和死亡的抗争,他要写出他们的人性之美,而在美的发掘中决不回避人生本有的沉重与黑暗。已刊发作品有《妈妈至今还是我的泪点》《我的小鸟飞走了……》等多篇,不久后它们将集结为《梦想是生命里的光》出版,很可能也是今年儿童文学创作最有分量的收获之一。

韩青辰去年发表的短篇小说《龙卷风》,也是不寻常的作品。她写了现在的中学生活中比较极端的一面。作品不是通过侧翼暗示,而是正面强攻,是鲁迅所说的"直面惨淡的人生",亦即"铁划银钩,放笔直干",这就有了非凡的力度。小说写了因受不了考试后的羞辱和压力而过早结束了自己生命的同学以及她的父母,也真实细腻地写出了女主角与母亲之间的令人揪心的斗法——这是青春少女"分裂时期"的真实写照,现实的学校和家庭中的反常氛围将这一切无限强化,于是造成了许多无可挽回的悲剧。对儿童文学来说,这样的作品太过惨烈,但如果作家都回避沉重的现实，又哪来"疗救的希望"？所以，这类作品不宜多，但也不能没有。它在当下创作中还是珍稀而可贵的。

常新港的长篇《五头蒜》、玉清的短篇《地下室里的猫》，还有薛涛的长篇《小城池》等，都能直面当下现实，或写出学生们的心理困境，或将这困境与社会上的不公相交织，在这样的背景上写少年的正直、单纯和人性美，就有了更切实的感染力。顾抒的《布若坐上公交车走了》等短篇幻想小说，用写实和非写实相交织的手法表现现实，读来非常有味，她的《草籽之歌》以幻想手法写校园暴力问题，既有强烈的现实感，又能将绝望的少女引向精神升华。此外，张之路短篇幻想小说《拐角书店》揭示社会问题，胡继风短篇小说集《鸟背上的故乡》深入描写农民工子弟的生活和心理，都体现了直面现实的自觉。

然而，面对现实人生难题，还有另一种写法，那虽不是直接描写，却仍是"直面"现实的——我指的是汤汤的童话。她的代表作《到你心里躲一躲》写人们利用孩子的天真到傻路路山包去取宝，念一句咒语就能跑进对方心里，再念一句咒语就能带着珠宝逃之夭夭，这珠宝能卖高价，麻木的傻路路们不知道这已是一项产业，仍好心对待一切孩子，最后，他们的山包没落了，不得不远走他乡——这里所写的，难道不是商业大潮席卷而来时，那些跟不上趟的落势群体吗？《喜地的牙》写的是少年喜地每次换牙都带来不可控的身体变化，同时还伴有短暂的精神上的迷狂——这种迷狂给家庭带来了可怕的破坏——家人简直不知怎么办才好。这故事所对应的，不就是现实中的青春期逆反的孩子，还有少年儿童的心理疾患问题吗？她的作品非常生动，阅读时完全沉浸在童话境界中，未必会作现实思考，但读过之后，这种强烈的感受就会让你把童话和现实联系起来。综观中国儿童文学，在汤汤之前，出现过张天翼、孙幼军等天才童话作家，他们的作品很注重与现实的对应，但他们多是直接描绘现实，让童话形象直接接触具体现实问题（左眩和顾抒也部分继承了这种写法）。而在汤汤的童话中，并不出现真正的现实问题，她给我们的只是审美体验上的对应，唤起的是内心同构的体验。这样的艺术效果并不亚于直接描写,这正是审美方式不同于逻辑方式的奇妙处。

散文与诗

在儿童散文创作中,这几年间最重要的作品,我以为还是殷健灵的《爱——外婆与我》。儿童诗不算热闹,但也不太寂寞。诗人陈诗哥、萧萍和王立春等各具特色。

在儿童散文创作中,张洁、徐鲁、孙卫卫、陆梅、毛芦芦、周静、赵霞等,都作出过重要贡献。但这几年间最重要的作品,我以为还是殷健灵的《爱——外婆与我》。这是充满真情实感的长篇散文,写的是作者对从小住在一起的外婆的怀念,全书朴实、流畅、清丽,很少有煽情的文字,但越这样越加感人,何况作者从小就知道,这外婆并不是亲外婆。作者不惜把寻常人世的真实写到"令人害羞的程度":外婆没有文化,她原是上海弄堂里的贫苦女工;她娇纵自己的外孙女,容忍她不肯洗澡、学邻居说脏话、对大人发脾气,甚至含着满口巧克力入睡;外婆老了,住在一起时有矛盾,有时会无端怀疑家人待自己不好,猜测她们瞒着自己到外面吃饭;在世俗生活的这种如实描写中,割不断的浓浓的亲情愈发凸显出来。此书还将亲情上升到了哲理高度,比如,外公和外婆吵架,作者对自己和"他者"有了独到的理解:"不能说我对外公没有感情,但那种感情和对外婆的不一样。外公之于我,是另一个独立的人;而外婆之于我,就是我自己,是我自己的身体和血肉。外婆痛,我也会痛;外婆难过,我也会难过。"比如对搬家,作者反思道:"搬离老房子,对我来说,是解放,是逃离;但对于外婆,却意味着丧失、孤独和寂寞。""对于一个身体健康的老人,'年老'的最大敌人,不是清贫,而是——寂寞。"此书在小读者和成人读者中都引起不小的反响。

儿童诗不算热闹,但也不太寂寞。这几年间,老中青几代诗人,如任溶溶、金波、屠岸、韦苇、高洪波、薛卫民、王宜振、李少白、徐鲁、安武林、莫问天心等都有诗集面世。这里只说三位各具特色的诗人:陈诗哥、萧萍和王立春。

陈诗哥可谓异军突起,他本人和他的作品在人们毫无准备时蓦然出现,引起的是惊讶的赞叹和审思。这些作品介乎于诗和童话之间,要说诗,也是散文诗,并不分行,有时是长长的一大块,但诗性却从字里行间掩不住地涌出来。去年他把这类作品结集出版,名为《风居住的街道》。什么是依凭想象的才华的创作?什么是"有意味的没有意思"?我以为这篇就可作为杰出的代表。作者由他所熟悉的风,展开了奇异的充满童趣的想象,一会儿把它描绘成耐心的点亮街灯的老者,一会儿又想象成翻书的少年(甚至诗人),而灯在风中摇曳和书页被风吹动,都是儿童熟悉的画面,所以这意象特别真切。看看小标题就能诱发奇妙的诗思:"点灯的风""读书的风""阴风""五颜六色的风""干净的风""要改名字的风""风弟弟和兔子"……作者是在搬家前夜写这首诗的,他对这里充满怀念,这里沉淀了他多年的生活和思考,也包括在一个个寂寞的夜晚泛上心头的无数儿童式的想象。所以,"有意味的没有意思"其实还是生活的赐予。试将此篇和书中另一篇《列国志》作一对比,二者篇幅、格局、写法都相似,但后者读起来十分累人。这也就是"自心中涌出"和"从笔下挤出"的区别了。

萧萍的《蚂蚁恰恰进行曲》是一首很有趣很热闹的童诗,音乐性和游戏性都很强,从儿童的独特视角展开想象,读来脍炙人口。但她意犹未尽,又把它改写成近10万字的五幕儿童诗剧,这就是前年出版的那本《蚂蚁恰恰》。萧萍是不歇的探索者,始终保持着对艺术形式的探索兴趣。这是诗与剧的结合,作者在人物设计和戏剧组合上动了不少脑筋,大段的诗句在人物的对话或独白中流动,每个进场、出场都有音响、光影、节奏和气氛上的考虑,据说孩子们在舞台上演出时效果很不错。只是将原诗单纯的童趣展现扩大成一幕大戏,要补充的东西实在太多,而这些东西其实要靠平时长期积累,不然就会有很多似曾相识或不够精到的内容阑入。此剧中小蚂蚁们坚强不屈、中途动摇(后又转变)、齐心斗敌、壮烈牺牲等等,可能都有作者儿时读过的革命故事的痕迹。所以我认为此作品形式的意义高于内容。

中国儿童文学史上的诗,主要有两种:一以童趣见长(比如任溶溶与柯岩),一以抒情见长(比如袁鹰和金波)。王立春几年前出版的诗集《贪吃的月光》却让人耳目一新,那是全新的品种,完全以儿童视角去写一事一物,书中所有的诗都以儿童想象的发挥见长。不管写路灯、小路、房子、篱笆、风筝,还是相对抽象的睡眠、夜、梦、季节,或孩子所熟悉的无限多样的动物和植物,她都能写出奇异独到的意味,那又是确确实实的孩子的心理和语言。这是一种让儿童沉浸在童话般的想象中的诗,想象是它的特色,也是它的目的。我们知道,六七岁以前的儿童,正是想象力疯狂发展的年龄,这一发展对他们未来的审美能力、创造性思维和理性发展,都有不可替代的作用。所以,不必再在这样的诗中加上太多教育的内容,它们不需要拔高,让儿童喜爱这想象的游戏,它已功莫大焉。孩子需要这样的作品,只是我们的作家和诗人过去提供得太少。近年王立春又写了不少这类新作,又有新集将出,我们拭目以待。

回望近五六年儿童文学的发展,原创图画书也是一个重要方面。彭懿、萧袤、曹文轩、朱自强、梅子涵、张之路、秦文君、余丽琼、张晓玲、麦子……都作出了各自的贡献。限于篇幅,此处只能点到即止了。

(原载 2016 年 9 月 28 日《文艺报》)

文学批评拿什么对"网络文学+"发声？

南　帆

　　网络小说制造的文学震荡正在持续,诸多人们熟悉的文学命题无不察觉到这个庞然大物的压力。现今的文学知识体系大约拥有一百年左右的历史。20世纪之初,五四新文化启动的"文学革命"曾经带来文学知识的深刻重组。传统的考据、义理、词章迅速地被"文学概论"覆盖,新型的文学教育得到了学院体制的保驾护航。尽管某些前沿的论题——例如现代主义或者超现实主义——仍然存在种种争议,但是,多数人业已就文学的形态、功能、类型、符号体系、传播网络、经典篇目等达成广泛共识。如果说,古典文学转换为现代文学曾经出现巨大的颠簸,那么,20世纪的文学知识业已再度稳定了如下的标准:何谓文学,何谓好的文学。

　　尽管这种标准迄今仍然在印刷文学之中享有崇高的声望,但是,网络小说仿佛带来了另一个文化空间。互联网上360百科的"小说"条目之中,《红楼梦》《阿Q正传》或者《安娜·卡列宁娜》《追忆逝水年华》已经不再充当小说的经典范本;条目推荐的小说标本多半流行于互联网,例如《倾尽天下》《重生之帝妃谋》《绝色倾城》《悲伤逆流成河》等等。相对于印刷文学的现实主义、现代主义乃至魔幻现实主义,网络小说提供了种种前所未有的类型,诸如玄幻小说、冶艳小说、穿越小说、网游小说,或者架空历史小说、耽美小说、末日生存小说。

当然,矜持的学院并不急于表态,大多数文学教授毋宁说置若罔闻。然而,当社会的阅读重心从印刷传媒转向互联网之后,如火如荼的网络小说必然谋求文学殿堂的正统身份。除了拥有不可比拟的读者数量,互联网同时展示了一个新型的知识传播体系。对于门户俨然的学院来说,互联网的冲击可能迅速颠覆沿袭已久的教学体系。这个意义上,网络小说的积累和总结不仅促进了文学知识的持续增长,更重要的是逐渐显示出两套文学知识的分歧和角逐。

"为人生"的文学与批评

"诗言志"或者"文以载道"是古代批评家反复陈述的信条。五四新文学运动之后,"为人生"的口号成为文学的最强音。作为这个口号的呼应,社会历史批评学派急速崛起。古老的神话传奇、宗经征圣退出了理论舞台,"历史"成为举足轻重的范畴。马克思主义批评家不仅将所谓的"志""道""人生"纳入社会历史;同时,物质决定精神、经济基础决定上层建筑构成了他们剖析社会历史结构的基本原则。根据社会历史的语境考察文学的产生及其功能,并且在文学的解读之中捕获社会历史演变的种种信息,这种认识方式已经成为众多文学知识的前提。学院的文学教育表明,文学理论的诸多命题无不成为这种前提的扩展和延伸。同时,这种前提形成的鉴别与衡量决定了作家的文学史位置,例如鲁迅、郭沫若、茅盾、巴金、老舍、曹禺构成的现代文学第一方阵。

许多批评家心目中,"为人生"的文学亦即"现实主义"文学。现实主义文学再现了社会的世俗百态,再现了形形色色的"人生"故事,正视大众的疾苦,关注小人物命运。但是,现实主义文学所谓的"现实"并非一张即时性的平面图,一种没有深度的表象堆砌;"现实"包含了昨天、今天、明天之间必然的历史脉络,包含了现实之所以如此的原因。这种历史脉络可以解释文学人物的性格形成,解释他们命运之中的悲喜剧,同时解释他们置身的"典型环境"如何延续到读者的"人生"之中,从而唤起批判、反抗与革命的信念与激情。所以,尽管贾宝玉、阿Q、安娜存活于另一个世界,但是,没有人觉得他们的悲欢"干卿何事","历史"将文学中的"人生"与此刻身边的社会联系在一起。

20世纪20年代,"为人生"的文学口号来自文学研究会。这个文学社团的众多作家不仅鄙视"唯美派"的风花雪月,同时对《礼拜六》《游戏杂志》以及鸳鸯蝴蝶派之类通俗文学表示不屑。才子佳人、黑幕大观、武侠侦探、宫闱秘闻,诸如此类的消遣性故事消磨斗志、麻醉精神,不啻于戕害大众的文化毒品。相当长的一段时间,所谓的通俗文学成了文学知识的否弃对象。大部分文学史教科书与学院的课堂拒绝研究,甚至拒绝谈论。通常,这些作品遭受拒绝的首要理由是脱离现实的"人生"。一帮无聊文人杜撰各种离奇的情节,编织催情白日梦,惊险的生离死别或者揪心的悬念背后不存在真实的气息;一些等而下之的粗劣之作甚至形同文字垃圾。

"欲望"与"现实"

然而,网络小说的汹涌大潮冲垮了文学知识构筑的脆弱堤坝。如果说,琼瑶、金庸、梁羽生们扮演了复兴通俗文学的先锋,那么,后续的网络小说终于蔚为大观。网络小说对于社会历史批评学派所围绕的"历史"范畴无动于衷。从众多武侠共同追逐一本武林秘籍到一幢凶宅突如其来地闪现吸血鬼,从若干后宫妃子密谋争宠到几个纯洁的青春期少女为梦幻之中的白马王子洒下一掬晶莹的泪珠,网络小说制造的悬疑、惊悚、争风吃醋和秘密怀春的确仅仅是一些短暂的临时性情绪波动。人们无法从中发现支配历史的深刻冲动。描述历史内部构造的众多范畴无助于解释这些故事,例如政治经济学,或者种族、阶级、性别、国家等等。尽管巧妙的悬念设置令人欲罢不能,奇幻的场面一个接一个抛出来,但是,这些眼花缭乱的故事与读者的生活没有内在的精神衔接。无论是就业、购房、婚姻还是缩小城乡差别、改善医患关系，网络小说无法提供任何值得信任的参考。

尽管如此，一个不争的事实是，网络小说拥有庞大的读者群。人们不得不面对一个令人费解的后续问题：脱离现实"人生"的作品为什么竟然赢下了如此之大的市场？许多时候，人们可以听到了大量"质朴"的回应。一个会计刚刚从众多财务报表之间脱身，一个温习功课的考生打算松弛一下紧张的精神，一个厨师试图离开烟火缭绕的厨房休息半小时——什么是他们合适的文学读物？这时，《诛仙》显然比曹雪芹和普鲁斯特有趣。等待一趟晚点的航班或者必须在嘈杂的地铁车厢度过大半个小时，多少人愿意琢磨鲁迅的《狂人日记》或者福楼拜的《一颗纯朴的心》？对大多数读者来说，娱乐是他们的首选。他们甚至坦率地表示，恰恰因为就业、购房或者开拓发展空间如此渺茫，网络小说至少有助于暂时遗忘各种挫折带来的不快。当会计、考生、厨师纳入"大众"范畴并且拥有市场消费者的身份之后，他们的愿望必将迅速转换为文学的生产订单。必须承认，这种状况是对文学教授的严重挑战，文学的意义、功能不得不重新规划和描述。有人感叹地说，网络小说绕过了五四新文学而径直汇合到鸳鸯蝴蝶派，这个事实甚至令人怀疑20世纪的文学教育成效。

在我看来，考察网络小说与现实"人生"的联系，现在已经到了正视一个概念的时候：相对于人们不断重复的"历史"范畴，"欲望"是某些文学介入读者精神生活的另一种形式。由于精神分析学的洗礼，人们对于"欲望"并不陌生。许多时候，某些不合时宜的欲望将会遭到社会规则的抑制和封闭，欲望的扑空通常意味了主体的某种现实匮乏。精神分析学认为，受挫的欲望并未消失，而是潜伏于无意识的某个角落，等待理性监控松懈之际乘隙逸出。逸出的欲望时常乔装打扮，借助各种符号和意象从事象征性表演。许多人时常虚构一段情节补偿现实匮乏，例如胆怯者幻想自己拥有绝世武功，姿色平庸者幻想自己的花容月貌。这时，欲望带动的想象已经与文学很接近了。事实上,弗洛伊德即是按照这种逻辑描述文学。他将文学形容为"白日梦",其核心观点是:未曾满足的欲望成为想象的催化剂。

受挫欲望的象征性补偿机制很大程度地解释了网络小说取悦大众的秘密。武侠和惊险小说隐含了英雄梦和淋漓尽致的复仇,后妃们勾心斗角赢下的是帝王的爱情和荣华富贵,青春美少女保存了滤尽烟火气息的纯情,穿越小说可以抛开世俗的烦恼遁入另一个快乐的空间。当代故事之中,"总裁"和"女上司"是炙手可热的主角,他/她们的潇洒、精致、霸道以及令人垂涎的绯闻无不隐含了腰缠万贯的前提。总之,权势、财富、性和情场上的赢家、暴力对抗的胜利者——这些诱人的情节背后隐藏了现实中遥不可及的荣耀和快感。换句话说,网络小说并未脱离现实"人生",而是以文学想象集中表征一个特殊的"人生"主题:受挫欲望的补偿。相对于日常工作的理性状态,人们的业余娱乐往往交付无意识掌控。这时,遭受压抑的欲望蠢蠢欲动,继而与等待多时的网络文学一拍即合。当然,精神分析学的"欲望"及其后续故事仅仅是一种心理图式,而不是历史结构。尽管"欲望"带来心理"共振"的强烈程度可能超出文学显现的"历史"动向,但是,没有嵌入历史结构的心理图式不可能改造历史,现实匮乏的虚拟补偿不可能消除匮乏的产生原因。

网络文学与传统文学的分歧、竞争

如果说,网络小说巨大的市场号召力再度证明了通俗文学的半壁江山,那么,作为某种理论回应,"欲望"有必要纳入文学知识成为一个常规范畴,并且与"无意识""象征性补偿"等另一些精神分析的概念相互补充。当然,提出"历史"与"欲望"两个考察文学的范畴,并非一分为二地重新分配另一些概念的归宿,例如精英与大众、官方与民间、经典与市场、网络文学与印刷文学,如此等等。事实上,介入文学场域的诸多因素往往按照不同的比例形成各种组合。同时,"历史"与"欲望"并没有成为两种迥然不同的纯粹模式,彼此绝缘。首先,所谓的通俗文学并非一个"本质主义"的概念,文学史的轴线上,某些通俗文学——譬如词、曲、话本——曾经在另一个时代转换为经典文学;其次,许多通俗文学并未拒绝"历史"信息,例如金庸武侠小说之中明史与清史的背景;另一方面,"为人生"的文学并不意味着"欲望"的彻底清除,现代文学史上那一批"革命加恋爱"的小说甚至流露出纵欲的气息。然而,不论二者之间存在多少交集,这个判断的意义并未缩减:现今,两种文学类型的分歧、竞争比以往任何时代都要尖锐。对于文学想象说来,遵从历史逻辑与遵从欲望逻辑包含了内在的对立,批评必须为两种类型的文学解读设置不同的代码系统。一个意味深长的文学史事实是,"为人生"的文学很大程度地塑造了五四时期一代青年的精神,他们借助文学洞察历史,决定自己的命运;相形之下,现今许多年轻读者的心目中,文学仅仅是一种娱乐,一种失意之际的慰藉,一种欲望的想象性完成——总之,与他们置身的生活仅有微弱的心理联系。当然,这个事实本身即是深刻的历史产物。

(原载 2016 年 10 月 28 日《文艺报》)

用十年重建文本细读的批评方法

陈 晓 明

　　马原《虚构》、格非《褐色鸟群》、余华《在细雨中呼喊》、王小波《我的阴阳两界》、莫言《生死疲劳》、贾平凹《秦腔》、刘震云《一句顶一万句》等作家及作品,如山如水,如风如树,将中国20世纪80年代中期以来的文坛结构为一片奇妙的景观。一定程度上可以说,这片景观的复杂魅力,尚未完全被许多读者深入了解。

　　马原的《虚构》是上世纪80年代中国小说艺术变革的最鲜明的标志。它公然以"虚构"命名,就是直指现实主义艺术规范的"现实性"与"虚构"的关系。它表达了80年代中国小说与西方现代/后现代主义小说方法内在的密切联系,尤其是与博尔赫斯的小说在文本细节上的独特联系,体现了80年代中国小说寻求突围的独特路径。当然马原有他独到的小说经验,他的小说诡异莫测,进入异域神秘经验所达到的境地,它对特殊的身体疾病与性爱经验的揭示,相当大胆地越过了当代小说经验的限度。所有这些,都有力地拓展了人们对世界与生命存在的感知深度和广度。

　　格非的《褐色鸟群》可以说是80年代中国先锋派小说的代表作,也是当代小说中最玄奥诡秘的文本,它对真相的掩盖与探究,反倒激起人们思考时间、记忆与存在的变异这类形而上的问题。直接感性与形而上的经验结合得如此玄奥,这就是当代小说建立的文学世界。

《在细雨中呼喊》是余华的第一部长篇小说,还带着先锋叙述的鲜明印记。作为成长小说,它在 80 年代如此有力地打开了儿童精神分析的空间,用儿童的眼睛看成人世界,进而揭示那个时期的困苦与荒诞。小说对心理分析的细致入微令人惊叹,撕碎生活的勇力和能力也不同寻常。

　　80 年代的先锋小说无疑对汉语小说的表现力做出了最为有效的拓展,作为它的副产品,也为文学抵达人类的经验世界提示了延伸的空间。苏童的《罂粟之家》堪称唯美主义的代表作,且不论它对历史的重写,对阶级与人性的独特把握,对宿命的感悟,这些在 20 世纪汉语小说经验中,已然是别具一格。它对感性的表现也算是汉语小说中的登峰之作,描写与诗情、颓废与无望、刻画与写意,都可谓笔法精湛,令人惊异于在 80 年代后期,何以有/何以需要这样的唯美与抒情?

　　阿城的《棋王》作为寻根文学的代表作,显示了 80 年代中期少有的文学自觉,此前的汉语文学受制于历史理性的需要,主要是从观念上来把握现实生活,不管是启蒙还是阶级论的观点,其观念化特征都无疑是鲜明的。寻根文学同样也是观念化的文学,但它的观念化不再被主导意识形态所约定,而是有文学共同体的立场和主张。《棋王》回到知青的生存状态去写他们生活的日常性,他们存在的真实方式,例如吃饭的需要与方式。这种朴素唯物论的思想,恰恰是让文学真实地回到生活,具有生活的真实质感,而且没有别的观念化的冲动。

　　王安忆的《新加坡人》在上海经济崛起的背景下来讲述一个在上海经商的新加坡人的故事,关于文化认同与家国身份的困惑,又与一个男人漂泊的寂寞结合在一起,故事讲述得委婉曲折,细腻别致。在现实性的意义上,可以读出对这个时期生活的精细表达,王安忆细密清晰地呈现上海市民的日常生活,那些生活的细部细节,那些微妙的心理,都让人感受到了作者给当代生活留下的鲜明印记。王安忆有意回避人性欲望的复杂性,不追求大悲大恸的故事,她的兴趣在于写出日常生活的那些细部,那些蜿蜒游离而又终有着落的心绪。日常生活在文学书写中的合法化,并非是文学落入世俗和庸俗的佐证,在当代中国,它可能更具有价值重构的意义。

白先勇在台湾现代作家中占据着极其重要的位置。他对《牡丹亭》情有独钟,他介入现代派则是以对《牡丹亭》的某种处理为导引。《游园惊梦》可以看作白先勇步入现代主义的突出标志,以其独特身世经历,在现代性历经巨大变异之后,写出个人在历史中坠落的情态,尤其是通过女性形象来表现人生命运多舛之痛楚。他运用意识流的手法表现人物心理的复杂微妙变化,可见出艺术探索之可贵。白先勇这样一个如此具有传统意味的作家,何以也要靠近现代主义?他的古典气质给予现代主义以别样的意味,也使中国的文学传统获得了另一番美学景象。

铁凝的《永远有多远》可以做多种解释,怀旧与对伦理的回望显然不能包裹住这篇小说。这篇看上去平实朴素、优雅感伤的小说,可以用更尖锐的后现代伦理学去撬开其内核,南希的"自我相异性"可作为阐释这篇小说的理论依据。白大省并不想固定存在于一个厚道奉献的道德形象里,因为在这些奉献中,她的生命实际上并未获得肯定性意义。她想生动,想成为富有魅力的女性,想成为西单小六那样的女性,但她却永远成不了。永远有多远?那种被时间化的距离其实只有咫尺之遥,这里面隐含着女性对自我认识的复杂结构。铁凝在书写女性内心的渴望时,自然流露出浪漫主义的情愫。在这种叙事中,我们再次看到,被理性现实主义压抑的中国浪漫主义传统,如何以潜流的方式奔涌不息,在那些历史的与美学的缝隙中寻求解释的各种途径。

王小波的小说一直有一种自由的品性,他始终在表现身体的困扰。显然,自由不只是精神和灵魂的问题,它要通过身体表现出来。《我的阴阳两界》表现了王小波相当直接的对身体压抑的批判,小说的构思十分独特,在阴阳两界的双重结构里来展开故事。生命存在的世界不只是过去与现在,而且还有阴界和阳界的区别,它们相互分离,也在不同的方位交错变异。这篇关于身体困扰的叙事也挑战了感性的限度,王小波从来不回避身体的感性存在形态,那里有困扰、有病态、有抗议、有温情。他关于身体的书写不只是突破了感性的樊篱,也是当代对身体与精神自由思考的最深刻的表达。

王朔是中国 1980、90 年代文学转型期最为重要的作家之一,他改变了文学写作的基本姿态和方向,在王朔之后,个人写作才成为可能。在这个历史时机,王朔无意中承担起了这样的角色,他本人的天分和生存状态也使他能担此角色。然而,沉寂了十多年的王朔,在新世纪要"王者归来",却转向了寻求信仰和纯文学,这让文学界和媒体都猝不及防。《我的千岁寒》确实是一个十分奇特的文本,它被称为小说本身就是对当代小说变革的再度挑战,它引入禅宗的资源,并且在叙述语言方面做得相当纯粹和精致,也不乏实验性的手法夹杂其中。尽管从常规小说的趣味来评判这部小说的艺术性还让人十分踌躇,但从当代小说艺术变革的角度来看,这部小说把宗教、语言实验与当代精神的迷惘结合在一起,它的意义是毋庸置疑的。

不管从哪方面来看,贾平凹的小说都具有最坚实的本土特色。90 年代初,关于《废都》的争论成了影响面最广的一个文学事件,焦点是《废都》写了性,如此露骨地写了性。关于《废都》的道德批判给 90 年代初知识分子的重新出场提供了最有效率的话语机制,但我们今天或许可以重新审视,贾平凹何以要在 90 年代以露骨的性描写来揭示所谓知识分子的精神危机问题?这个时代的精神困扰,只有通过身体的焦虑才能表现吗?经历过《废都》的争论,贾平凹在 21 世纪过去几年出版了《秦腔》这种关怀现实的作品,他以更为平实朴素的笔调来写乡村生活,写出那种原生态和颓败的乡村景象。《秦腔》与《废都》一为乡村,一为城市,二者风格迥异,它们显示了贾平凹另辟蹊径的努力。《废都》的焦灼放纵与《秦腔》的质朴本真构成强烈反差,前者试图回到传统美文,后者却是贴着土地在写;很难说何者为高,只是作者开掘不同的表现方法而已。但《秦腔》确实表现了回到本土、回到汉语的小说具有厚实而真切的当代性。把这两个文本放在历史语境中来阐释,是要看到小说文本是如何与历史发生关联,并且历史意义又是如何不可避免地投射到小说文本内的。

刘震云的《一句顶一万句》被称为中国的《百年孤独》,他并非是刻意要在马尔克斯之后来说中国的故事,只是去写出 20 世纪中国乡村农民的本真生活,对农民几乎可以说是一次重新发现。小说令人惊异之处还在于,它并不依赖编年史式的叙事,而是一个乡村农民改名的历史。杨百顺改名为杨摩西再改为吴摩西,最后改为罗长礼——这是他从小就想成为,却永远没成为的那个喊丧人的名字。这部作品开辟出一条讲述乡村历史的独特道路。小说对中国乡村生活与历史的书写,一改沈从文的自然浪漫主义与 1950、60 年代形成的宏大现实主义传统,以细致委婉的方式,在游龙走丝的笔法中透析人心与生活的那些关节,展开小说独具韵味的叙述。这似乎是从汉语言的特性中生发出文学的品质。它表明汉语小说在 21 世纪依然有能力保持自身的独特文学性,并且有着极其丰富的可能性。

2012 年 10 月,莫言获得诺贝尔文学奖,这表明世界对中国文学的积极肯定,也表明莫言的作品经得起世界文学标准的考验。从《红高粱家族》到《丰乳肥臀》,从《檀香刑》到《生死疲劳》,直至《蛙》,我们看到中国进入现代历史的苦难历程,分析这样的文本,我们不得不重新回到历史中,同时回到当代中国文学的变革中。也只有如此,我们才能看到莫言的作品的艺术含量,他对当代文学变革的贡献,甚至向世界文学贡献的中国文学经验的意义所在。

(原载 2016 年 9 月 9 日《文艺报》)

重建文艺批评标准的美学传统基础

王 一 川

当前从事文艺批评需用什么样的标准？应当看到，继有过关于文艺批评的"政治标准与艺术标准""思想标准与艺术标准""美学的和历史的原则"等诸多论述之后，有关文艺批评标准的最新表述是"运用历史的、人民的、艺术的、美学的观点评判和鉴赏作品"。我在这里想探讨的是，在运用文艺批评标准去评判和鉴赏具体的文艺作品时，有一点需要考虑，这就是中国公众、艺术家及批评家总是自觉或不自觉地习惯于运用自身的本土美学传统尺度，也就是把自己的喜好投寄给那些令他们感觉有兴味蕴藉的文艺作品。如此，发掘和重建文艺批评标准的中国本土美学传统基础，就是需要做的工作了。

探寻文艺批评标准的美学传统基础

关于文艺批评标准的美学传统基础，不少论者都有过探讨。我倾向于找到这样一系列关联性概念、命题或范畴，它们既来自源远流长的本土文化及艺术传统，又能在当代世界多元艺术竞争格局中有效地传承、复活或再现中国艺术的本土特性。对此，我想指出其中之一就是兴味蕴藉一词，当然还应有其他若干概念、命题或范畴。兴味蕴藉是由古典的"感兴""兴感""兴会""诗兴"或"兴象"等相互关联的词语丛所生发出来的概念。兴味和蕴藉两个词语，本来古已有之，它们在这里被组合起来成为一个词语,正可以表示中国人对文艺作品的兴味及其蕴藉性具有非同寻常的特殊喜好和追求习惯。由于注重感物类兴或感兴,从魏晋时代起至今,中国艺术批评就形成了一种独特的艺术批评体制及其价值尺度,这就是:凡是优秀文艺作品总具有令人兴起或感兴的意味,并且这种兴味可以绵延不绝或品味不尽。这样,兴味蕴藉,也称余兴蕴藉、余意蕴藉或余意不尽等,是指文艺作品所蕴蓄的感兴意义会对公众产生超出一般时间长度和意义繁复度的深厚意味。

注重兴味蕴藉,就需要在下面几个方面下功夫。第一是身心勃兴,是指文艺作品应能让受众在身体感觉和心灵陶冶两方面都产生兴奋和愉快。这意味着优秀文艺作品总会让人们在身体和心灵两方面都处在不同于日常生活状态的特殊的兴起或兴奋状态中,获得超常的身心愉悦。第二是含蓄有味,是说文艺作品的兴味不必过于直露或直接,而应当含蓄或蕴藉,而这正是衡量文艺作品的艺术成就的重要尺度。第三,与含蓄有味相连,余兴深长是指文艺作品应当在时间上和味道上都拥有让观众延后一段时间持久感发和反复品评的特殊的兴味。这几方面之间其实并无精准界限而是相互融合和贯通一气的,分拆开来只为论述兴味蕴藉之特质之便。

兴味蕴藉品质的当代意义

兴味蕴藉作为中国文艺作品的本土美学传统基础的独特性,只要同欧洲文艺作品的隐喻特征相比较,就显得更加鲜明了。欧洲或西方文艺传统的独特性之一在于崇尚隐喻的作用,其实质在以甲暗示乙,相比而言,中国文艺传统则擅长于推举兴味蕴藉或感兴的作用,其特质就在于"联类""类同"或"类比"性思维原则的运用。也就是说,与西方更突出隐喻的作用不同,中国人并非不主张隐喻,而是相比而言更强调感物类兴,兴而生辞,兴辞成文,也就是突出兴或感兴的作用,进而必然把兴味蕴藉视为自身的本土品质的标志。

假如兴味蕴藉作为中国文艺作品的本土美学传统基础,确实在当代具有一种世界性意义或普遍价值的话,那么,它就应当在无论面对哪种艺术类型作品时都具有批评的有效性;同时,它也应当在面对无论古代还是现当代中国文艺作品时都能充当一把有效的美学阐释标尺,甚至可以引导文艺家或观众去创作或鉴赏优秀的中国文艺作品。可以具体地说,按照这把本土美学传统标尺,优秀的中国文艺作品无论何种艺术类型、也无论古今,都应当总是具备身心勃兴、含蓄有味和余兴深长等兴味蕴藉品质。

从兴味蕴藉看当前文艺现象

如今,特别是在"平面化""浅薄化"或"非深度化"已然成为当前艺术创作的浩荡激流的情形下,在当代中国艺术批评或文艺评论的价值尺度中重建兴味蕴藉这一本土美学品质尺度,自然就有其具体针对性和现实意义。

文艺批评标准的兴味蕴藉传统基础,有助于对当前中国文艺创作中存在的两种极端现象做出一种评判和选择。这两种极端现象,一种是脱雅而随俗的作品,颇有普通公众人缘但却受到文化界质疑甚至狂贬;另一种是入雅而脱俗的作品,远离普通公众趣味而仅仅投缘于少数文化人(其中也有分歧)。以电影为例,前者的代表有《捉妖记》《港囧》《夏洛特烦恼》等,后者的代表有《钢的琴》《一九四二》《心迷宫》等。对待这种现象,文艺批评界也可以有而且确实已经出现了两种不同的选择:一种是对脱雅而随俗的作品持认可态度,认为它们贴近当代公众的生活诉求和审美趣味,"接地气",具有时代气息,满足了普通群众的审美需求,甚至在中国艺术与好莱坞之间的影院肉搏战中承担了文化抵抗的主力军的重任,从而即使有诸多不足也应予以宽容;另一种是对当今艺术时尚潮及其浅薄持强烈的反感或拒斥态度,认为它们患有"文化幼稚病",令人反感到只能拒绝去影院或拒绝观看电视剧的地步,不如深深地缅怀往昔高雅文艺作品所唤起的美感及深度思考。无论选择上述两种极端态度之哪一种，都可以激发起足以令人满足的共鸣声浪。

对文艺批评界来说，上面两种选择固然各有其合理性，但与之不同的第三条道路也可以探索，这就是重新伸张中国文艺作品的本土美学品质即兴味蕴藉。去年的电影界除了上述两种极端现象外，还存在第三种现象，这就是雅俗兼容的影片，例如《老炮儿》《战狼》《滚蛋吧！肿瘤君》《师父》《烈日灼心》《解救吾先生》和《破风》等。它们既有那些脱雅而随俗的影片所具有的某些时尚元素，更在其中包含了一些深度不同的价值蕴藉，因而就体现了兴味蕴藉的美学传统品质。《滚蛋吧！肿瘤君》叙述一则发自主人公熊顿的年轻生命本真处的悲喜剧体验，自有一般虚构作品所难以比拟的兴味蕴藉魅力，尽管它的叙述方式伴随动漫、喜闹等诸多时尚元素。《烈日灼心》叙述三个结拜兄弟潜隐在城市不同角落而协力抚养一个孤女的故事。开出租车的杨自道总是乐于助人，但从不接受记者采访；协警辛小丰能力突出，有过除暴安良的义举，却居然没想过晋升；渔排工陈比觉更是满足于整天照料孤儿的生活。当警察伊谷春及其妹妹伊谷夏碰巧介入时，三兄弟看似平静的日常生活骤然荡起波澜，随即发生了一连串令人无法预料的变化，直到牵扯出一桩曾轰动一时的命案，导致他们的命运被改变。这三个有过恶行或罪行的青年的自我赎罪过程，牵动和拷问着公众的心灵。无论是脱雅而随俗的作品还是入雅而脱俗的作品，最好都应致力于兴味蕴藉品质的营造，这应当是文艺批评标准得以落到实处的本土美学传统沃土。

（原载 2016 年 2 月 5 日《文艺报》）

甜蜜的批评与僵化的考评

孟繁华

鲍勃·迪伦获得2016年诺贝尔文学奖,再度引起了热议。批评家陈晓明认为这是诺奖评委们的一次"行为艺术";青年批评家徐刚认为:"诺贝尔文学奖从来都没有众望所归的时候",它"顽强地提示人们,在主流文学之外,它一直在关注一种独特的生活方式。而这,对于我们今天面对的不断'程式化'的文学形式与经验,无疑具有着重要的启示意义"。这两种不同的看法,来自同一所大学工作和出身的两代批评家。他们不同的看法告诉我们,不仅诺奖评选结果引起文学界的巨大分歧早在意料之中,同时也告知我们,见仁见智的文学不会有一个一成不变的标准。诺奖如此,对当下中国文学的评价同样如此。如果是这样的话,不同的意见就是正常的。评奖本质上是文学批评和文学经典化的一种形式,诺奖是国际公认的最权威的文学奖项,它的巨大影响力,使获奖作品常常引发或带动一种新的文学潮流,因此,诺奖具有鲜明的审美意识形态性。这是它引起广泛关注的最重要的原因。争议终将平息,而获奖的作品未必都是伟大的作品。近20年来,有哪些作品还能让人记住?即便是专业人士恐怕也会感到为难,这就是问题了。因此,诺奖并非是对文学作品的最终裁决。

但是,对于文学批评而言,它基本的评价尺度还是存在的。文学界内外对文学批评议论纷纷甚至不满或怨恨由来已久,说明我们的文学批评显然存在着问题。我们在整体肯定文学批评进步发展的同时，更有必要找出文学批评的问题出在哪里。在我看来，文学批评本身最大的问题就在于它整体的"甜蜜性"。当然，我们也有一些"尖锐"的不同声音，但这些声音总是隐含着某种个人意气和个人情感因素，不能以理服人。这些声音被称为"酷评"，短暂地吸引眼球之后便烟消云散了。因此还构不成对"甜蜜批评"的制衡或对手。所谓"甜蜜批评"，就是没有界限地对一部作品、一个作家的夸赞。在这种批评的视野里，能够获得诺奖的作家作品几乎遍地开花俯拾皆是。批评家构建了文学的大好河山和壮丽景象。而事实可能远非如此。文学批评是要"好处说好"，但它是有空间边界的。比如肯定一部作品的"好"，是在什么样的范围内，是一个省、一个地区，还是全国或世界范围内的"好"，这是非常不同的。我们是举国小文学，国家的经济形势好了，可以拿更多的钱支持文学创作和研讨，这是体制带来的"优越"。作家可以有更多的机会到处走走，更多的作家有机会被研讨和进行交流。但是，那里也隐含另外一种诉求：每个地区都希望有自己土地上生长出来的作家作品，都希望有本土的文学光环和荣耀。它可以提高地区的知名度，文化影响力，甚至可以带动地区的经济发展。这非常可以理解。但是，它却也会使文学批评不再那么纯粹，它的非文学的功利性一览无余。这是催发"甜蜜批评"生长的土壤之一。比如"×××流派"研究或研讨，就是典型的伪命题。他们把这个流派说成一朵花，但细究其内容却文不对题。它真正的意图是虚构自己的"业绩"或存在感。当代中国没有文学流派，在统一的文学思想路线的指导下，哪来的文学流派？这种强行的流派命名现象和地产商圈地、地下融资圈钱是一个思路。

我们知道，肯定一个作家或一部作品在某种程度上是更难的。这种肯定是在比较中形成的。它需要批评家深厚的文学素养和广博的文学视野，有恒久注视文学的耐心和犀利的审美眼光。需要批评家对"上游"的文学知识，比如中国古代文学；对"横向"的文学知识，比如西方文学，都有一定的修养和积累。这样，对作家作品的肯定才会可靠；当然，批评一个作家和一部作品也是困难的,它对批评家的要求与肯定一个作家作品是一样的。这里,诚实和诚恳的态度尤其重要。这是真正的文学批评,它和先划地为界然后再命名的所谓"研讨"或伪批评风马牛不相及。"甜蜜批评"可以没有要求,不要研究,只要是千篇一律的夸赞即可完成。我们在各种研讨会上听到的耳熟能详的那些发言就是如此。在这种批评风气盛行的环境里,文学批评几乎没有争论,更不要说像样的文学论争。新世纪以来,批评界在"祥和"的气氛里相安无事岁月静好。

另一方面,真正文学批评的缺失,与我们当下的大学的考评机制大有关系。现在文学批评的主要力量集中在高校。从事各专业的教师首先面对的,就是高校的各种评估。评估既包括个人,也包括专业。对当下包括评估在内的学术体制的反思和批判,应该说早已展开。有反思批判愿望和能力的学者,发表了大量言之有物、言之有据的文章,希望改变当下的学术体制以及由此滋生出来的严重后果。但是,这些身怀学术理想和有责任感的学人的声音,似乎刚刚发出就被浊浪排天的世俗声浪所湮灭,很少甚至没有人愿意倾听这种声音。这时我们才真切地感受到体制力量的强大。强调学术 GDP 的评估机制,促使批评家发表文章为第一要义,只要发表能够应对考评,其他都不重要。这种心态如何能够写出好的批评文章?在这样的考评环境里,我们也大致理解了当代为什么难以产生大批评家和有影响的文学批评理论。面对西方强势文学帝国,我们只能跟着说、接着说,而难以对着说。当然,真正文学批评的缺失,还有许多重要的原因,需要更深入的探讨。有些是我们可以言说和逐渐解决的,而有些则可能未必。因此,建立良好的批评环境,改变当下文学批评的状况,我们还有漫长的路要走。

(原载 2016 年 10 月 24 日《文艺报》)

辨优劣·鉴精粗·存经典
—— 全媒体时代文艺批评的任务

李 朝 全

回到批评的初心和常识

全媒体时代,文艺创作的观念、形式和载体发生了变革,但是文艺批评的职责和任务并未改变。仍旧是推优贬劣,去粗存精,鉴定经典,史化作品。

我们倡导文艺批评回到常识,回到原点,回到初心,回到根本。文艺批评直面作家艺术家和读者两大受众,而其面对的核心应该是作品文本,是从文本出发的批评。"批评"的内在含义包括了批阅、批注、批驳、批判、点评、评说、评论,既有评判论述之义,也有反驳贬斥之义,褒优贬劣,激浊扬清。文艺批评的关键在于建立一个科学、客观、公正的批评标准体系,用一把可靠的尺子或准绳去权衡作品。批评的核心环节和要务在于筛选出好作品。无论是文艺评论,还是各种评选与评奖,其根本旨归皆在于遴选出优秀作品。文艺批评的基本准则在于"说真话、讲道理",有一说一,有二说二;有好说好,有坏说坏。

要对文本进行选择去取,自然关涉到选择标准。用这个标准来考量文本对象,淘优汰劣,选取好作品。批评是一种选择。选择的结果一是推介给读者观众,引导阅读欣赏风尚,提升受众文化艺术素质;一是面向作家,引领创作思潮与趋向;一是对优秀作品进行经典化、历史化,使之进入文艺史、艺术史、文化史。文艺批评的力量包括其本身所具备的思想穿透力和艺术感染力,也包括对文艺创作的反作用力和推动力,还包括对读者阅读鉴赏的引导力和影响力。真正的文艺批评者由于其对文艺创作规律的准确把握,对思想哲学、艺术审美层面的深入开掘,对目标读者的极大关注,对艺术特色的执着追求,因此往往能站在更高的位置,取更为开阔的视野,抱更为宽宏的胸怀,对自己的批评对象进行审视、研究、剖析和评判,犹如一位医术高明的医师,手握解剖刀或手术刀,对自己的解剖对象或患者进行认真准确科学的剖析或手术治疗,不仅能揭示病理病变,指明疾患,更能疗疾治病,使患者躯体更为健康、更趋完美。这样的文艺批评对被批评者和广大受众都是有益有用有利的,对文艺创作的发展则是不可或缺的。

当下文艺批评存在的缺陷主要体现在五个方面。

批评准备不足和艺术能力低下,是造成文艺批评缺乏力量的根本原因。我们很多的文艺批评者思想理论准备不足,文艺创作能力贫乏,或者个人品德欠佳,审美趣味不高,他们所撰写的文艺批评先天地便带有缺陷。工欲善其事,必先利其器。文艺批评要切中肯綮、令人信服、文采斐然、生动好读,首先要求批评者具备比较高深的文艺素养、理论学养、品德修养和思想品位。文艺批评是一项创造性的劳动,是生动体现批评者个人人格道德修养、审美品位和艺术情趣的文艺作品。

其次是批评的勇气、胆识和自觉、担当不足。如果说能力不足必然带来不会批、批不好、批不准的后果,那么,缺乏胆识和勇气则会导致不敢批、不能批的后果。批评者要自信,要坚信自己的艺术判断,把自己的判断建立在科学准绳、科学思想指导之下,建立在严格的文本分析、逻辑推理和客观的评判基础之上。当然,更重要的是,批评者秉持的批评原则或标准需要被普遍公认或接受。这样作出的批评才可能让被批评者认同和吸纳。

再次是批评者常常"目中无人",读者定位不清,由此带来了批评的盲目性。文艺批评的目标读者首先应是文艺创作者,主体应是广大的受众。在此有必要明确批评的根本目的：一是指导创作，引导创作潮流；二是引领读者的阅读与欣赏，提升读者的艺术接受程度和深度，更好地开掘文艺作品的艺术力和影响力。我们目前的文艺批评有不少是自说自话，基本不关注读者，不考虑和研究读者的阅读感受，因而其接受与传播、感染力和影响力都相当局限。

四是批评的靶的不准。不能对准批评对象的核心抓住其要害，不能刺刀见红一针见血，常常是言不由衷、言不及物、言不达意和无的放矢、放空炮。很多批评失之偏激或偏颇。文艺批评界一些无谓的口水战显然已冲破文艺批评的范畴，涉及对人身和人格的攻击，无疑是缺乏理性的。

此外，大量的文艺批评文采贫乏。言而无文，行之不远。批评文章优秀的文艺性，个性化的语言和叙事、表达风格，可以吸引更多读者，可以弥补文章思想观点或评价判断方面的缺陷。没有文采的批评难以吸引阅读，其感染力和影响力必然十分有限。

穷究文艺批评的不足，根子仍在于批评标准体系的建设不够完善。

重申文本美学评价标准

纯正的学理性批评的关键在于建立评判标准。有无自己的批评标准，能否秉持评判标准，是文艺批评者水平高低的重要标杆。关于好作品的标准，从文本学角度看，基本上可以用"思想精深、艺术精湛和制作精良"来概括。思想性和艺术性是批判文艺文本的内在标准，而制作和包装方面的评价则是对文本外部、外在形象及呈现方式的要求，涉及装帧设计、封面、插图、图文、影像乃至音频、视频等立体的、动态的效果。每年国内和国际评选"最美图书"其实质就是对文艺文本外在包装的评选。

对文艺创作的批评，基本的评价标准应该包括五个方面：思想品位高下，知识丰瘠，趣味厚薄，艺术优劣，创新大小。我国历来看重文艺的教化、德育功能，有着悠久的"文以载道"的传统，注重文艺作品的人文关怀和人本情怀，强调对人的生存和人的尊严的尊重与珍视。我们今天尤其应该倡扬文艺在建构中国精神中的地位与作用，重视文艺的思想意义和文化价值。因此，思想情趣和品位高下应该成为文艺批评的首要标准。关注文本的思想性，就是要检视作品对现实生活、社会、人生以及个人情感、心灵和内心世界的反映、表现与解读、解析能力，检视其对于一个时代及人群的影像、精神图谱和心路历程的辨识力、表现力与解析力。好作品应该能够揭示具有哲理性的、普遍性的原理、事理和真理，在思考人、生命及其存在状态、生存方式方面具备真知灼见，有着对过去的烛照，对现实的洞察和对未来的洞见。

对文艺作品艺术优劣的评判，实质就是运用审美的标准，进行美学层面的评价。文艺作品能否带给阅读者以美的愉悦与感受，以及这种美的熏染程度之深浅，直接影响到作品的感染力及作用力。对艺术作品的评判，我国传统上有神品、妙品、能品或者上、中、下品"三品"之说，便是从接受者对作品的品评鉴赏效果而言。我国传统的文艺评判讲究意境、韵味、曲致、情趣等注重主体主观感受的标准。西方的审美标准则更多地采用节奏、旋律、结构、形式、技巧等偏重于量化分析的标准。对于文艺作品的美学评判应兼采中西之长，既要进行审美的普遍性价值判断，也要进行民族风格、民族作风、民族气派方面成就的评价。

文学是语言文字的艺术。文学精品首先应该是文字精品。纵观中国百年新文学史，白话文的发展进步，现代汉语的规范化表达，是借助鲁迅、郭沫若、茅盾、巴金、老舍、曹禺等现代文学大师的作品来奠定确立的。每一位文学大师几乎都是语言艺术大师，都在汉语的运用和丰富发展方面贡献良多。我们今天所使用的现代汉语，基本上是由这些大师创造的现代文学经典所首创的，并以之为代表和规范。在当代文学史上，以汪曾祺、孙犁、林斤澜等为代表的文学大师在语言文字的运用方面特别讲究且富于特点。他们自身有着深厚的民族优秀传统文学文化的素养，对文言文、古代文学文化典籍有着深入的研习和深刻的理解。这种基础性的学习与淬炼使他们的汉语表达拥有了厚实的根基和依凭。汪曾祺、孙犁、林斤澜作品的文字优美、精练、雅致，富于情感和艺术表现力，特别适合作为现代汉语教学的范本，也适合作为文学写作的摹本。事实上，当代文学有一批创作大家，基本上都是文字大家，都是文字运用方面的优秀代表。如贾平凹半文半白意味隽永的文字，苏童散发着浓厚历史气息的文字，阿来《尘埃落定》诗意馥郁的文字，邓友梅、陈建功等京味十足的文字……都不仅颇具个性，也有力地丰富和提高了汉语的表现力。文字富于个性的成熟运用，这既是一种文学创作技巧，也是作家创作风格的显著标志。文如其人，人如其文。文艺作品的风格根于人格，而体现在语言上。个人语言特色与特点的逐步凸显反映着作家创作风格的形成和成熟。优秀文学作品应该是创造性地运用文字、发挥文字魅力的佼佼者。文字之于文艺，犹如梁椽砖瓦之于建筑。有什么样的材料，怎样巧妙地运用和砌筑这些材料，决定着建筑的风格特点。语言之外，创作技巧和手法也很重要。这涉及叙事的人称、角度、方式的运用和结构的营建、氛围的烘托渲染、形式的美感等。

对文艺作品知识性的分析，其实是对其作认识功能和教育功能强弱的研判。好的作品可以从中汲取到有用的、有益的知识，可以帮助人们更好地认识自己，认识生活和世界。

趣味性也是评价文艺作品的重要标尺。是否有趣、趣味高下、趣味厚薄，与审美优劣一样，极大地影响到读者受众的阅读与欣赏，影响到作品的感染力和社会影响力。

一时代有一时代的文艺，文艺作品有无创新是其能否适应新时代新读者需要的一个重要因素。文艺创新，不仅表现在观念、内容、形式、方式、技巧等文本内在要素的创新，也体现在文艺样式、传播样式、媒介、途径等方面的创新。优秀的文艺需要与时俱进，努力去满足当下人们的阅读审美期待。

文艺批评的标准应该是通过对众多作家艺术家作品的比较、分析，从探寻差异性出发，经由综合、归纳和演绎而得来。对文艺创作的评判，是一个全面的、系统的过程，要从美学、哲学、历史学、心理学、社会学、人类文化学等多个角度、多个层面来进行分析和研判,避免偏颇与片面;要从文本、作者和时代生活实际出发,实事求是,以理服人。

建构文本接受美学标准

优秀的文艺应该拥有较多的读者,应该产生较好的、较大的社会影响。这其实是在衡量文艺作品的社会价值,也是衡量其是否成功的重要标志。我们既要反对那种片面迎合读者受众低级趣味和感官刺激的低俗、庸俗、媚俗的"三俗"创作,也要反对那种疏远读者、忽视观众的所谓的"曲高和寡"的文艺。文艺批评应该在鼓励文艺创新的同时,倡导文艺面向群众、面向时代和面向生活,倡扬作品做到情、理、义、趣四者的完美统一,让文艺主动接受群众的检阅与鉴赏,发挥其应该发挥的作用。

从接受美学方面看,好作品应该能够让人眼睛湿润、思想震撼、心灵共鸣和审美愉悦。

好作品应该能够感动人,打动人。感人泪下的作品一定是好作品。好作品往往通过一个好故事,以人物的生存状况、人生历程、命运遭际、情感曲折和心灵世界来引发受众的同理心、同情心和比同心,将读者带入故事情节和文本氛围,产生一种代入式体验,从而从内心打动受众,让其眼睛湿润。

思想震撼和思想启迪作用于受众的脑子。好作品借助形象思维和抽象思维的结合,带给受众人生教益、知识滋养和思想教育。人皆有自我提升和自我完善的内在需求,好作品可以带给受众以触动和震动,拨开其幽暗隐秘的心理和思想空间,给予其告诫、提醒和引领。

心灵共鸣作用于人的内心。好作品因为代表着社会的良知与良心,道出了人心,抒发出了人们的心声,指明了人可以怎样、应该怎样,植入了有益的观点、价值取向和健康的情感、人生观、世界观,从而引发受众强烈的认同与赞赏。

审美愉悦是一种全身心的"爽"与快感。不是低俗庸俗媚俗,不是迎合受众,而是引领受众超越与飞升。好作品带给受众阅读欣赏的愉快,是一种身心放松、抚慰触摸受众的内心渴求,带去安宁祥和惬意和快意,让人或微笑或大笑或含泪的笑,而在这种情感迸发或激发中感受到了心灵的洗礼和精神、灵魂的清洁,使人不断自我改进和完善,产生向真向善向美的愿望或渴求。

体验式欣赏与挑剔式辨析

回到文艺批评的初心和常识,建设批评标准体系,需要重申有效的批评。

首先须高度强调批评的主体性。批评是一种独立的文艺创作和文艺实践,批评者是文艺生产者的一支组成力量,他可以而且应该独立于文艺创作及文艺原创者而存在,是文艺创造的重要主体。文艺批评与文艺创作是相辅相成、互补互促的关系,而绝不是一种依存与被依存、主体与客体的关系。由此,须更加明确文艺批评的职责与担当。文艺批评的重要性、独特性需要重申,其无可取代的地位和作用需要得到尊重和重视。

其次,须注重批评者能力的提高。优秀的文艺批评者首先必须是高明的文艺鉴赏者。批评者作为文艺批评的创作主体,需要掌握批评的工具、手段和技巧,需要具备艺术审美力、鉴赏力和比较评判力。这就要求批评者自身要有充足的文艺美学和思想理论准备,需要具备较高的艺术素养和文化素养,建构起自己的艺术评价体系,掌握丰富的艺术判断经验,能够在众多文艺作品的比较权衡中作出准确的估价和评判。

三是,须大力张扬及物的、中的的批评。文艺批评要确立自己的读者对象,区分不同的受众,批评者心中要想着自己的阅读接受者即潜在的读者,力图使自己的批评能触及批评对象的核心或要害,站高望远,切中肯綮。这方面,批评者的艺术经验或创作实践经验显得不仅有必要而且重要。文艺史上那些入木三分的批评,其作者大多自身也是重要的文艺创作者,如文艺批评颇富个性且影响深远的鲁迅、茅盾、叶圣陶、李健吾、胡风等,皆是如此。而批评者深厚的哲学、思想、历史、文化等方面的修炼与能力也是必要的,譬如,马克思、恩格斯、列宁以至于萨特、叔本华、尼采等人的文艺批评,皆是成功的前例。

四是,须充分肯定批评文本的独立性和自足性。文艺批评具备自己独特的思想魅力和艺术品格,是一种有独特价值和意义的艺术创造。从广义上看,文艺批评也是一种文艺创作,它必然需要遵循文艺创作的基本规律,具备文艺创作的基本特征。文艺批评同样需要发挥批评者的想象力和创造力,具备鲜明的个性化的语言风格,讲究叙事技巧,文风活泼、生动、可读而不能刻板僵化、面目可憎。文艺批评同样具备教育、审美和娱乐功能,需要带给人思想的深刻启迪和艺术的审美愉悦。要鼓励多种多样、千姿百态的批评形式和风格、流派,以满足不同受众多方面、多层次、多样化的精神文化消费需求。

五是,须构筑良好的文艺氛围和批评生态。亦即要发扬艺术民主和学术民主,落实百花齐放、百家争鸣方针。既要确立批评的标准、边界、底线和红线——如批评应该止于思想艺术范畴而不应展开人身攻击,更要保障批评者的权利,保护批评者的积极性和创造力。同时也要保护被批评者的权利,允许其进行反批评,培养被批评者面对批评的平和心态,敬重批评者,乐于接受善意的批评,推动创作和批评、批评和读者、批评和作者形成多向或双向互动,从而造就一种宽松、包容、民主、平等、对话的良性的批评生态。

六是,须借鉴吸纳古今中外优秀批评的经验。要向思想大师、批评大家学习,学习他们直面现实和批评对象的勇气与胆魄,学习他们高深的艺术造诣和思想水平,学习他们客观严谨、求实说理的批评态度,学习他们博览群书海纳百川的胸襟和勇于创造敢于创造的激情热情。

有鉴于此,我特别推重全身浸入式的、体验感受式的文本阅读评析。既要沉浸其中,融入文本,又要跳出其外,给文本找刺找毛病。批评是一把尖刀和利器,要发挥其"剜烂苹果"的功能,挑问题,指不足。沿着一种阅读—研究—评判—分析的步骤和过程,对文本进行细读,辨析和解读,达致一种有意义的有价值的批评,一种独立自足的、及物的、有指向的批评,真正发挥文艺批评的力量。

（原载 2016 年 2 月 29 日《中国艺术报》）

"历史的"是首要标准

刘　琼

　　"历史的、人民的、艺术的、美学的",是习近平总书记在文艺工作座谈会讲话中提出的四个批评标准。这四个标准,既有当下性、针对性,也是符合文艺创作规律富有共识性的。其中,"历史的"是首要标准,它抓住了文艺的本质,看到了文艺创作的具体性和相对性。

　　近年来文艺批评出现的一些问题,与这种"历史的"标准的缺失有直接关系。它表现为对于文艺创作过高或过低的判断,即精准性的缺失。没有一条历史的轴线作为参照,理解和判断一定是没有准头的表达。"历史的",往往体现为世界观和方法论两种,但在批评实践中,它主要表现为方法论。在文艺批评中,强调"历史的"这一标准,是对文艺的本质的深刻理解。

　　人们常说,一个时代的文艺作品,体现了一个时代的人类的精神和心灵探索的高度、深度和丰富度。由古及今,不同时代的人对于不同时代的精神和心灵都有探索,这些探索成果会不会累加?理论上会,从继承和学习的角度也应该会,这也是我们进行理论评论研究的逻辑合法性所在。但事实上,落实到具体创作,每一个体在精神和心灵领域的经验都是独一无二的:如果它忠实于主体的经验的话,人们常常会蹚过同一条河流,会在同一个地方陆续地摔跤。而文艺创作特别是文学创作,与创作个体的生命体验和写作经验休戚相关。从独特性的角度看,文艺创作具有独特的阶段性重启特点。这也就是为什么许多艺术类型在人类文明的早期即已达到高峰，比如古罗马的雕塑、中国的唐诗宋词，而不是遵循进化论，"后来"一定胜于"从前"。如果清醒地意识到这一点，我们就会意识到文艺创作的每一个历史阶段，都充满了悬念和开放性，就不会执念于"今不如昔"的不满。也正因为每一个创作个体都可能喝了忘泉水，都有相似的经历，都在相似的经历下进行着不同的表达，不同历史时期的不同个体的文艺创作才有比较研究的可能性。

就一个历史阶段的文艺创作而言，它体现了某个时空间节点上人类的情感能力和认知能力。"一个历史阶段"，既是时间的维度，也是空间的维度。使用这个前置定语的必要性在于，对于文艺创作这种建立在主体想象能力和思维能力基础上的意识形态活动来说，它一定是对具体的历史环境的记录和表达。这个环境包括社会、政治、经济、地理，等等。不同的环境产生不同的人和不同的命运。有没有完全脱离历史的时空维度的文艺创作？我一直在想。从对于创作主体的历史性认定这个角度，任何一种文艺创作都不会脱离具体时空的局限，哪怕是穿越文字和玄幻文字，哪怕是舞蹈和雕塑这种以肢体和线条为语言的艺术，它们也隐藏着时代信息，隐藏着人群的价值取向。与文艺对一个历史时段人类的精神和心灵世界的探索相对应，文艺批评当然也是对这个历史时段的人的思想能力和理解能力的探索。时空的维度或显或隐，但必然存在，文艺批评在实践中首先要启用的标准自然是落在这个"历史的"上面。

表现在文艺批评实践中的"历史的"，其实应该包括两个大的层面：一是从批评主体的角度，二是从批评对象的角度。从批评主体的角度也包括两个方面，一是把文艺创作放在历史坐标中考量，这是历史的眼光和视野；二是批评主体自带的历史性维度，这是历史环境背景。从批评对象也即文艺创作的角度，文艺创作是历史的观照，也是历史的记录、历史的组成，这应该没有疑义。其中，历史的眼光和视野是关键，它可以克服主体自身的历史局限性。把文艺创作放在历史坐标中考量，可以通过具体的联系，判断文艺创作的旧和新、得与失的变化，才能理解趋势和潮流、主音和辅音。有历史的纵横比较,才可能对各个阶段的文艺创作有比较确切的判断。也正是这种"历史的"坐标判断,才使文艺批评具有了历史体贴。

　　具体的批评实践中能不能把握"历史的"这一标准,对批评主体提出了更高的要求。它要求批评主体对文艺创作要有"整体性"理解。"整体性"是个高要求,不只是批评主体的主观自觉问题,对批评主体成长中的教育背景也是个考验。当然,首先是对批评理念和批评主张提出的要求。

（原载 2016 年 2 月 5 日《文艺报》）

文艺批评的坚守与创新

彭　程

　　当前新媒体的飞速发展,极大地改变了文艺作品的生产机制及传播方式,也深刻地影响着文艺批评的面貌、格局和发展前景。

　　从总体态势上看,当前文艺批评工作取得了不小的成绩,人才陆续涌现,队伍不断扩大,学术视野和思维空间持续拓展,文章和著作数量浩繁。这些都令人鼓舞。但同时,也存在着一些不容忽视的弊端,在以下两个方面表现得较为突出:批评精神的衰落;批评手段的缺乏活力。

　　当前某些评论文章价值坐标模糊,审美标准含混,独立品格缺失,或唯市场马首是瞻,或沦为人情评论,对作品一味地说好,对其不足或者没有能力辨识,或者轻描淡写隔靴搔痒,而一些所谓的"酷评"则又走向了另一个极端,通篇尽是情绪化的宣泄,语不惊人死不休,语言暴力倾向明显。二者表面看来大相径庭,但同样是背离了冷静分析、公正评判的理性精神。更有一些评论文章无视学术研究所应当遵循的规范和严整,立论轻率随意,论据选取上唯我所适罔顾其他,动辄运用市场化、游戏化的语言方式,刻意营造炫目的效果。以上种种,固然有可能一时赢得读者,但却是对批评精神的损害、批评规范的扭曲,是一种自毁行为。不自重的后果便是最终失去别人的尊重。另一方面,虽然一些评论文章有志于坚持文艺批评的学术尊严和专业标准,但却往往陷溺于本身的话语系统内,结构呆板滞重,学术话语过多

260

堆砌,晦涩生僻,难以卒读,无法走向范围广大的读者。毕竟,文艺批评不是冷僻的学术研究,它具有引导创作、引导阅读的功能,当其丧失了这种引领作用,只能在极为狭小的圈子里传播和交流,在三两同行之间互相唱和时,尽管本身可能颇为精致,但在这个海量信息纷至沓来、注意力成为稀缺资源的时代,在信息的有效性而非信息本身更值得看重时,其存在的价值也就不得不大打折扣了。

为了改变当下文艺批评面临的这种左支右绌的局面,恢复其本来的尊严,并获得健康发展的动力,文艺批评工作应该调整自己的姿态。这种调整应该是坚守前提之下的创新,是坚守和创新的统一。

文艺批评担负着对文艺创作进行解析、评判和引导的职责,担负着引领读者的审美精神走向的职责,应该充分发挥文艺守护者的作用,坚持文艺批评的公正原则,坚持伦理和审美标准,在对作品进行价值评定时,不可含糊,不可丧失基本的标准和尺度,不能向权力、市场和人情低头。这一点应该是坚守勿失的。这是文艺批评的灵魂之所在,是其存在的根本依据,是其尊严之所系,也是其得以发展的动力。这是"道"的层面。

但同时,文艺批评可以并且应该适当寻求表达形式、传播方式上的变革和创新。这点姑且称之为"术"的层面。首先,在文艺批评的文本形式上,在不牺牲对理念、观点的表达的准确性、科学性的前提下,不妨尽力淡化高头讲章的色彩,力求生动晓畅,使之更具有对普通读者的亲和力、贴近感,以追求传播效果的最大化、最佳化。读别林斯基的评论,我们丝毫感觉不到阅读的障碍,其真知灼见是通过激情洋溢、生动活泼、鲜明形象的语言而得到表达,进而感染和启发读者的。固然,伴随着学术研究分工的深入化和精细化,建立起了一套相应的表达方式、话语系统,但它们没有理由成为表达的障碍。问题往往不是出现在专业术语的运用上,作为对具体范畴的概括和描述,晦涩难懂并非是它们的本质规定性。问题是不少评论家不善于将评论文章写得好看,不懂得如何才能获得清新生动的语言、疾徐有致的节奏、轻重匀称的结构。其次,可以借助当前行之有效的大众传播方式,让文艺批评走近公众,如请评论家在电视和网络上评点文艺作品或文艺现象,这样做,固然会因为视觉传媒方式本身的局限性,产生诸如信息耗损、理念简单化、阐释表层化等弊端,但倘若能够使公众对文艺批评产生兴趣,并因此而去进一步了解作为一门科学的、真正意义上的文艺批评的面貌和本质,从而能在公众和文艺批评之间,起到一种桥梁和中介作用,那么支付这种代价也是必要的。

（原载 2016 年 2 月 5 日《文艺报》）

青年批评家面临的时代问题

李 云 雷

　　新一代评论家面临的问题,不仅仅是对文艺作品做出具体的分析与评判,还有更多深层次的问题,这主要包括:我们为什么要评论,在什么样的环境中评论,评论能够起到什么样的作用? 等一系列的问题。这些问题的提出,既是时代语境变化的结果,也可以让我们更深入地面对批评本身运营的机制,及其所遭遇的问题。如果我们不能对这些最具根本性的问题作出让自己信服的回答,批评自身的发展便会缺乏内在的动力,缺乏生机与活力,也无法负担起时代所赋予批评的使命。新一代评论家只有将这些问题纳入自己的问题意识之中,并加以探索,才能在文学史上留下足迹。

　　回顾"五四"以来的文艺批评发展史,我们可以看到,批评最重要的一个转变即是公共空间的开拓,在"五四"之前,以评点、诗话为代表的传统中国文艺批评,更注重对文艺作品的鉴赏品评,更多的是三五好友"奇书共欣赏,疑义相与析"。但"五四"以来,文艺批评的社会职能与面对的对象发生了重要的变化,伴随着现代报纸刊物等新兴媒介的发展,批评成了一个公共事物,不再面向私人,而是面向社会公众,批评本身也成为了一个公共空间,任何读者,只要有兴趣和能力,都可以进入,这个空间也是开放的,任何人都可以阅读,既向作家与知识界敞开,也向社会公众敞开。应该说公共空间的开拓,并不是一件容易的事,这既是"五四"知识分子社会与文学整体理想的一部分,也是其重要载体。20世纪中国的"新文学",正是在这样的公共空间中传播发展,并在历史中占据了重要位置。但我们今天所面临的问题,则是这一公共空间的萎缩。萎缩的原因有很多,其中最重要的就是文学在文化与社会整体领域位置的变迁,以及文学观念的变化。在一个泛娱乐化与消费主义的文化环境中,文学的消遣娱乐功能得到凸显,而其认识启迪功能则大为弱化,文学尚且如此,批评的位置便显得更加尴尬。在这样的情境下,严肃的讨论与争鸣很难引起社会公众的关注,也很难发挥其社会功用,我们为什么要评论、评论能够起到什么样的作用,等问题便凸显出来。当然在这里,也存在批评自身的问题。1990年代以来,伴随着学院体制的建立及其规范化,文学批评也被纳入学科建设之中,更多地成为学术研究的一部分,而不再直接面对读者、公众与当代社会及其精神问题,更多地在理论层面展开论述,而较少涉及到当代的作家作品,文风也更加晦涩难懂,普通读者很难进入,这些都让文学批评从公共空间中退出,而成为一种专业领域的研究。

在这样的情境下,青年批评家要想在批评领域有所作为,不仅要对当代作家作品发声,而且要致力于重建文学批评的公共空间,让文学批评走出专业领域,在文学批评与当代社会之间建立起一种有机的连接。在这个意义上,我们有必要借鉴20世纪中国"新文学"的历史经验,研究文学批评的运行机制,及其与社会发生联系的方式。在我看来,"五四"以后文学批评运行机制最重要的特征在于,文学批评构建了一个公共平台,在其中提出并讨论重要的文学、思想与社会问题,而在不同派别之间的争鸣、讨论与商榷中,共同推动社会的整体进步。可以说这是一个更为开阔而又宏大的视野,文学批评所关注和评论的不只是文学,而是包括思想、艺术、社会等问题在内的一个时代的大问题。在这方面,我们只需看看鲁迅、陈独秀、胡适、茅盾、周作人等"五四"时代的批评家,他们虽然讨论文学问题,但文学问题只是他们整体问题意识的一部分,他们身处传统中国向现代中国的巨大转型中,以其思想的力量承担起知识分子的使命,为中国文学开拓出新的境界与命运。值得关注的是,他们的思想、观念与态度并不相同,比如陈独秀谈的是"文学革命论",胡适谈的是"文学改良刍议",周作人谈的则是"人的文学"与"平民的文学",但就整体而言,他们所谈论的问题却构成了一个整体的话语场,一个公共性的文化空间。他们以文学的方式提出了一个时代最为核心的精神命题,引领时代风气之先。不只"五四"时期如此,可以说从"五四"一直到20世纪80年代,文学批评都走在时代最前沿,提出并回应时代提出的文学、思想与社会问题,在整个社会中也处于重要位置。

新世纪以来,文学批评最大的问题在于缺乏问题意识,缺少严肃的思想与艺术争鸣,我们并不缺乏对具体作品的评论,在这方面毋宁说是"过剩"的,但大多却是就文学谈文学,缺少一种更加宏观的视野。而对于新一代评论家来说,缺乏问题意识并不是没有问题,而是尚没有将个人所遇到的问题学术化与历史化,让之成为其文学批评的一部分,或者说不少人的问题意识仍然是师长一辈的问题意识,并未将新一代人的经验、情感与思考带入到研究之中,从而提出新时代青年所面临的新问题,这可以说是新一代评论家所面临的瓶颈问题。要解决这一问题,最重要的或许不仅仅是读书治学,而是从学院中走出来,对当代中国的社会生活有更多的观察与思考,同时将个人体验与时代经验"相对化""历史化",将之融入到文学批评之中,只有这样,才能让文学批评充满生机与活力。评论应该有感而发,而在有感而发的背后,则是我们对当代中国社会的观察与思考,以及我们的文学理想,在这个意义上,文学批评所面对的对象不只是作品,也是整个世界,或者说评论家是带着对整个世界的理解进入作品的,只有这样的批评才是及物的,才能不断为我们带来新的经验与新的美学。

青年批评家面临的时代问题,不仅仅是文艺批评及其语境的变化问题,或许更加重要的是,如何承担起时代所赋予文学批评的使命,或者说如何以文学批评的方式介入当代文学与当代中国的变革之中,在这个意义上,发现自己的问题,或者发现时代的问题,就变得更加重要。在文学批评史的视野中,我们可以看到,伴随一代评论家成长起来的,是他们所倡导的新的美学原则,以及他们所面临的新问题、新经验以及解决问题的新路径。在 1980 年代,当时评论家所面对的是"文革文学"的问题,他们也正是在反思中重建了一种新的美学原则,1990 年代,当时的评论家所面对的是大众文化的崛起,当时的评论家集中讨论的便是市场经济、人文精神、日常生活、个人经验等重要命题。那么,对于新一代评论家来说,他们的问题是什么?我觉得这既涉及到个人问题,也涉及到时代问题,既涉及到经验问题,也涉及到美学问题。如果就具体的文学评论来说,我觉得有三个层面的问题,第一是我们如何评价一部文学作品,第二是我们如何理解作品产生的文艺环境,第三是我们如何认识作品产生的社会环境——也即我们如何认识我们的时代。这三个问题相互交织在一起,我们只有将一部作品置于更加宏阔的背景中,并结合当代中国社会与精神的重要命题加以讨论,才能对一部作品有更深刻的认识,也才能让潜隐于时代无意识的问题得以显影,为读者与社会公众所认识、了解并参与。在这个意义上,一个新的公共空间才能真正形成。新世纪以来,围绕"底层文学""非虚构""中国故事""80 后"等命题所发生的讨论、商榷与争鸣,波及甚广,在文学界与社会领域引起了较为广泛的关注,也让我们看到了新一代评论家介入文学、介入实践、介入现场的姿态,虽然围绕着这些命题的争论尚不充分,理论建设也不足,但这些问题的提出与讨论,无疑为新世纪中国文学的发展提供了动力。这也向我们展示了,新一代评论家只有站在时代前沿,不断提出新的问题,才能重建新的公共空间,才能让文学问题与当代中国问题紧密联系在一起,并在积极探索与相互争鸣中,发掘新经验,创造新美学,与当代中国与当代文学共同成长,开拓出新的空间与新的境界。

（原载 2016 年 3 月 21 日《文艺报》）

重申与弘扬现实主义的必要性

杜 飞 进

对于文艺创作来说，现实主义既是一个长期命题，也是一个现实课题。今天我们聚焦现实主义，并不是为了老话重提，而是基于文艺创作的现状，围绕文艺发展面临的问题，就创作理论和创作方法进行再研究再探讨。

一个多世纪以来，在文艺创作和文艺研究领域，现实主义作为理论和方法被广泛运用，并产生了大量经典作品，对包括中国文艺在内的整个世界文艺产生了极其深远的影响。远的如 19 世纪欧洲现实主义和批判现实主义不说，以我国当代文学创作为例，研究一些共识度较高的经典作品，比如柳青的《创业史》、路遥的《平凡的世界》和陈忠实的《白鹿原》，会发现这些作品有一个共性，它们不仅体现了恩格斯为"现实主义"所做的定义——除了细节的真实外，还要真实地再现典型环境中的典型人物，而且反映了时代要求和人民心声。这就给我们一个很重要的启示：文艺从发生到发展，无论怎样地虚构变形，怎样地创新创造，文艺作品记录与探索人类精神和心灵世界的宗旨不变，文艺创作的评价维度就不会改变，它的历史性原则也就不会改变。判断一部作品高低优劣的最终标准，还是要看它能否作为当下现实的一种文本进入历史长河，从而成为记载一个时代的一个不可或缺的样本。

历史和现实紧密相连。作为历史文本的一个重要特征，是对人类和人类社会的各种实践活动进行准确而生动的书写，从主体精神到创作方法到文本呈现，现实主义都充盈其中并闪闪发光。当然，现实主义在不断发展，早已脱离了其在14世纪到19世纪诞生到成熟的社会经济政治背景，超越了单纯的方法论层面，具有更加丰富的内涵和面向。我们今天重申和弘扬现实主义，既要重申和弘扬现实主义创作方法，更要重申和弘扬现实主义精神，也就是说，在理念和方法两个层面我们都需要坚持和弘扬，其中，对于现实主义精神的坚持和弘扬尤其重要。

为什么要重申和弘扬现实主义？重申和弘扬现实主义是我国当代文艺发展的需要，也是国家和民族文化复兴的需要。

警惕现实主义被窄化、污名化和弱化

一段时间以来，关于现实主义，我们碰到了三个问题：一个是现实主义被窄化，一个是现实主义被污名化，一个是现实主义被弱化。现实主义被窄化和被污名化的结果，必然是现实主义被弱化。因此，这三个问题之间是相互关联的。

现实主义被窄化，是指在当下的文艺实践中，一方面，围绕"现实主义"这个概念繁衍出各种各样的现实主义创作方法，如新写实主义、在场主义，等等；另一方面，现实主义的丰富性和多面向被遮蔽，特别是现实主义最可贵的精神层面被忽视、被抛弃，现实主义只留下了创作风格或创作技巧这些相对技术化的层面，有些时候甚至连现实主义创作风格和创作技巧也被窄化为"写实"或"白描"。现实主义被窄化，对现实主义是伤害，对文艺实践也是伤害，它混淆了生活真实与艺术真实的观系，混淆了文艺创作与实践现场的关系，使文艺创作在许多具体的领域裹足不前。理论的困惑必然带来实践的困惑，比如在非虚构写作或者说纪实文学、报告文学写作中，真实性原则和文学性写作的关系怎样处理一直模糊不清，成为了一个问题。又比如在小说创作中，怎样把握和处理现实生活中的美与丑、光明与黑暗的关系,也成了一个问题。

现实主义被污名化,是指现实主义被等同于落后、保守、平庸,被等同于教条主义、歌德派、艺术品质低劣,等等。当然,任何一种理论和方法都不是万能的,现实主义与其他任何一种理论和方法一样,有自己的优势,也有自己的局限,因而不能不加分析地否认现实主义存在的科学性、合理性。正如前面所说,现实主义作为一种创作精神和创作态度,作为一种创作风格和创作方法,是经过大量的丰富的中外文艺实践检验,符合文艺创作规律和人类认识及表达的内在需求的,是有生命力的理论和方法。现实主义被污名化,既是对现实主义缺乏客观公正认识的表现,也是对文艺创作理论和方法缺乏深入研究的表现,这种表现已经对当前我国的文艺创作产生了极大伤害。

现实主义被窄化,是客观认识不到位、不准确产生的后果。现实主义被污名化,有客观认识误差的原因,也有主观故意的原因。被窄化也好,被污名化也罢,最终结果是现实主义被弱化。除了这两个原因,现实主义被弱化还有一个客观原因,就是相比较而言,现实主义的确是一块难啃的骨头。现实主义作为创作精神和创作方法,对创作者要求很高,它要求创作者深入生活,与人民同甘共苦,在了解客观社会现实的基础上,进行形象的、逼真的书写和呈现。现实主义创作的难度在于,它有明确的标准,有生活的照伪镜,它能一眼就将作品打回原形,识别出创作者的认识水平和表达水平。正因为此,许多缺乏生活和生命体验、缺乏对生活底色的认识能力和表现能力的创作者,就会自动地绕开"现实主义"。

重申与弘扬现实主义是民族和时代发展的需要

习近平总书记在文艺工作座谈会重要讲话中谈到了当前我国文艺创作中存在的一系列问题,比如"抄袭模仿、千篇一律""胡编乱写、粗制滥造、牵强附会""热衷于所谓'为艺术而艺术',只写一己悲欢、杯水风波,脱离大众、脱离现实",等等。分析起来,这些问题的产生,大多是因为创作与现实生活、创作与创作对象的关系出了问题。缺乏现实主义精神,缺乏对社会现实的观照、了解和认识,即使技巧再好、方法再新,其作品也只能架空现实背景,架空历史环境,架空细节再现,成为所谓的形式游戏,甚至文化垃圾。

我们身处一个伟大的历史变革时代,国家和民族奋发图强,经济社会文化持续崛起,整个文明形态正在重塑。记录这样一个伟大的时代,表现这么重要的历史进程,探索这些丰富奇妙的体验和经验,是我们这个时代文艺和文艺工作者百年不遇的机遇,也是神圣光荣的责任。作家艺术家不仅要在场,而且还要站在高处,站在前列,通过文艺创作倡导时代风气,引领社会发展。也正是站在表现时代、引导历史发展的战略高度,习近平总书记提出:"我国作家艺术家应该成为时代风气的先觉者、先行者、先倡者,通过更多有筋骨、有道德、有温度的文艺作品,书写和记录人民的伟大实践、时代的进步要求,彰显信仰之美、崇高之美,弘扬中国精神、凝聚中国力量,鼓舞全国各族人民朝气蓬勃迈向未来。"

"成为时代风气的先觉者、先行者、先倡者",是习近平总书记对作家艺术家社会功能的明确定位,也是对作家艺术家队伍"神圣性"的殷切期待。在中外文艺史上,作家艺术家都是作为"使者""言者"出现的,作家艺术家先天具有神圣的责任,不是也不应把自己等同于普通人。那么,怎样才能成为"时代风气的先觉者、先行者、先倡者"呢?只有了解时代,抓住时代生活的典型和规律,才能引领风气。对于作家艺术家而言,第一要务是了解时代,深入生活,始终站在现实的大地上,抬头看望远天。表现在文艺创作中,就是要坚持现实主义创作精神和浪漫主义情怀的有机结合,在把握社会现实本质的基础上,放飞想象和情怀的翅膀。在现实主义和浪漫主义这两者的关系中,现实主义精神依然起主导作用。

那么,什么是文艺创作中的现实主义精神呢?我们是不是可以用这样一段话概括:文艺创作坚持关注人类实践,关注社会现实,关注时代生活,通过对生活现场的观察,了解和把握客观现实中的新事物、新规律、新趋势,并通过艺术形象的提炼和塑造,努力真实、详尽、准确地书写和记录人类丰富多样的社会实践和精神心灵。

坚持现实主义精神,要紧紧抓住"深入生活""扎根人民""倡导时代风气"这些关键词。深入生活、扎根人民,是做好一切工作的基础,但在现实的文艺实践中,这个"基础"往往被忽略甚至忽视。也正是站在这样一个立场上,面对这样一种现实,我们今天需要特别重申与弘扬现实主义精神和现实主义创作方法。

现实主义需要坚持,也需要弘扬和发展

今天,我们尤其要坚持现实主义精神,推动现实主义成为文学创作的主音主潮。一方面,既往的历史实践充分证明了现实主义具有的顽强生命力,另一方面,现实主义的缺席必然导致文艺与生活、与人民的关系疏远,从而使文艺描写现实、记录历史的重要功能被削弱。众所周知,现实主义的优势在于与历史在一起,与时代在一起,与人民在一起,与民族和国家命运联系在一起。做到这些并不容易,作家艺术家需要克服惰性,向生活学习,回到生活现场,既要有情感,还要有行动,介入生活,懂得和理解文艺的特殊功能,通过各种文艺实践表现生活、干预生活。这也就是鲁迅先生当年呼吁的"为人生"的文艺。为人生的文艺,必然是胸怀人民的命运和前途、面向现实和历史的文艺,这样的文艺作品才会打动人,才会传之久远。

重申现实主义,坚持现实主义,还要弘扬和发展现实主义。创新理念方法,讲好中国故事,这是习近平总书记在2月19日召开的党的新闻舆论工作座谈会上对广大新闻舆论工作者提出的明确要求。这个要求同样适用于当前我国的文艺实践。任何一种理论和方法,在使用过程中都要与发展了的现实相结合,有针对性地进行自身的丰富和发展,这样的理论和方法才会有持

续的生命活力。

现实主义在弘扬和发展过程中，主要有两个问题需要从理论层面加以解决：一是如何处理好局部真实与整体真实的关系；二是如何处理好客观真实和主观想象的关系。如果其中任何一个问题没有得到正确解决，那么现实主义就难免会陷入片面或误区。

弘扬和发展现实主义，一定要有历史精神，要善于运用辩证法。比如人们常说的"一叶障目，不见泰山"，就是指实践过程中容易犯的本本主义和教条主义。认识、理解和表现现实，必须坚持唯物辩证法，不仅尊重局部经验，还需有全局观，在呈现生活真实的同时，处理好局部与全局、光明与黑暗的关系。具体地说，对于生活中的阴暗面如何表现，历史人物和历史题材怎么处理，这些都是现实主义创作常常碰到的问题。任何一种社会现实，只有放在历史的坐标中去衡量去判断，对于这种现实的本质的认识才能更加科学、更加准确。坚持历史精神和历史意识，现实主义创作也才能做到既实事求是，又把握社会发展趋势，从而引领时代生活的风向。

弘扬和发展现实主义，还要坚持文艺自身特质，处理好文学性与真实性也就是艺术想象与生活真实的关系。在这个问题上，有人主张放弃艺术想象，也有人主张"主观现实主义"，争论不断，各执一端。但我们认为，现实主义无论怎么开放，怎么创新发展，有一个基本立场必须坚守，这就是要坚持用生动典型的形象和具体细腻的细节讲述中国故事。坚守住了这一立场，实际也就坚守住了文艺表达的特质。

我国社会在不断地向前发展，因而必然对现实主义创作不断地提出新的要求。尽管在弘扬和发展现实主义这条路上，还有许多问题需要探索、需要回答，但是我想，只要我们坚持现实主义精神，尊重社会现实，尊重文艺发展规律，就一定能够创作出与今天我们这个伟大的时代相匹配的文艺作品，打造出属于我们这个伟大时代的文艺高峰。

（原载 2016 年 3 月 1 日《人民日报》）

如何看待文艺创作中"去思想化""去价值化""去历史化""去中国化""去主流化"的现象?

文艺创作是高尚的事业,追求真善美是它的永恒价值。文艺的最高境界是让人动心,让人的灵魂经受洗礼,让人去发现自然、生活和心灵之美。而做到这一点,需要文艺家和接受者自觉传递和吸纳向上向善的价值观。创作中那些有害的负面观念,恰是妨碍文艺创作发挥正能量的桎梏。习近平总书记在文艺工作座谈会讲话中,对此有深入的论述,值得我们认真学习。

文艺的功能在于铸造人的灵魂

习近平同志说:"文艺是铸造灵魂的工程,文艺工作者是灵魂的工程师。好的文艺作品就应该像蓝天上的阳光、春季里的清风一样,能够启迪思想、温润心灵、陶冶人生,能够扫除颓废萎靡之风。"因此,他希望"广大文艺工作者要高扬社会主义核心价值观的旗帜,把社会主义核心价值观生动活泼、活灵活现地体现在文艺创作之中,用栩栩如生的作品形象告诉人们什么是应该肯定和赞扬的,什么是必须反对和否定的,做到春风化雨、润物无声。"这些中肯亲切的话语,不仅把文艺价值引领的作用提到了前所未有的高度,而且也符合艺术规律地揭示了文艺价值引领的方法与途径。

文艺要铸造人的灵魂,这是文艺分内的事情。铸造什么样的灵魂,则是区别文艺高下优劣的分水岭。社会主义文艺是人民的文艺,它能把满足人民精神文化需求作为自己的出发点和落脚点,能在真切反映人民心声、愿望和憧憬的同时将最好的精神食粮奉献给人民。所以,它才要求"书写和记录人民的伟大实践","把人民作为文艺表现的主体";才要求作品"有筋骨、有道德、有温度","把爱国主义作为文艺创作的主旋律";才要求文艺能"引导人们增强道德判断力和道德荣誉感"。习近平指出:"只要中华民族一代接着一代追求真善美境界,我们的民族就永远健康向上、永远充满希望。"这便道出了社会主义文艺永葆青春的密码,道出了社会主义文艺根本属性之所在。

文艺是时代前行的号角,最能代表一个时代的风貌、引领一个时代的风气。要"实现'两个一百年'奋斗目标、实现中华民族伟大复兴的中国梦,文艺的作用不可替代,文艺工作者大有可为"。习总书记殷切地期盼广大文艺工作者"要从这样的高度认识文艺的地位和作用,认识自己所担负的历史使命和责任,坚持以人民为中心的创作导向,努力创作更多无愧于时代的优秀作品,弘扬中国精神、凝聚中国力量,鼓舞全国各族人民朝气蓬勃迈向未来"。这就把对文艺的功能和价值的认识升华到了新的水平。无疑,那些始终以人民的历史进程和民族奋斗复兴作为表现对象、注重揭示民族潜存的义无反顾进取精神和旺盛创造力背后的传统价值依托的作品,那些把创新和开拓作为民族发展不竭动力予以讴歌的作品,总是令人感动,让人肃然起敬的。

文艺创作要有文化传统的血脉

毋庸讳言,相当一段时间内,文艺创作中存在着忽视民族优秀文化传统和信奉偏斜文艺观的现象。有些作品,几乎到了忘记"中国精神是社会主义文艺的灵魂"的地步。什么是"中国精神"?习近平同志对其内涵有个高度凝练的概括,那就是以爱国主义为核心的民族精神和以改革创新为核心的时代精神振奋起全体人民的"精气神"。文艺的历史和实践已反复证明,这种"中国精神"对社会主义文艺创作有着无穷无尽的魅力和巨大的感召力。

文艺创作如何体现"中国精神"?习近平同志在文艺工作座谈会上的讲话中,从汲取中华优秀文化传统营养、增强文化自觉和自信的角度出发,已经给出了切中肯綮的答案:"创作不仅要有当代生活的底蕴,而且要有文化传统的血脉。'求木之长者,必固其根本;欲流之远者,必浚其源泉。'中华优秀传统文化是中华民族的精神命脉,是涵养社会主义价值观的重要源泉,也是我们在世界文化激荡中站稳脚跟的坚实根基。增强文化自觉和文化自信,是坚定道路自信、理论自信、制度自信的题中应有之义。如果'以洋为尊'、'以洋为美'、'唯洋是从',把作品在国外获奖作为最高追求,跟在别人后面亦步亦趋、东施效颦,热衷于'去思想化'、'去价值化'、'去历史化'、'去中国化'、'去主流化'那一套,绝对是没有前途的!事实上,外国人也跑到我们这里寻找素材、寻找灵感,好莱坞拍摄的《功夫熊猫》、《花木兰》等影片不就是取材于我们的文化资源吗?"

这段话中包含着多少丰富的文艺思想啊!一则,它告诉我们处理"当代生活"与"文化传统"之间的辩证关系;再则,它明确了文化自信与道路自信、理论自信和制度自信之间的内在关联;三则,它尖锐坦率地批评了崇洋媚外的、不健康的"西化"倾向和心态;复则,它对各种轻蔑"中国精神"、放弃"真善美"追求的文艺论调作了深入骨髓的批评。可谓是黄钟大吕,振聋发聩。我以为,这段话的核心,就是强调文艺创作要结合新的时代条件传承和弘扬中华优秀传统文化,传承和弘扬中华美学精神。任何"以洋为尊""以洋为美""唯洋是从"的做法,都是要不得的;任何看人家眼色行事,讨好外国人,"跟在别人后面亦步亦趋、东施效颦",邯郸学步,或不惜丑化历史、辱没民族以迎合洋人口味,"把作品在国外获奖作为最高追求"的扭曲态度,都是需要纠正和克服的。

那么,不赞成"以洋为尊""以洋为美""唯洋是从",是不是就无须向国外学习了呢?当然不是。为了防止产生歧义,习近平同志在讲话中专门阐述了这个问题:"我们社会主义文艺要繁荣发展起来,必须认真学习借鉴世界各国人民创造的优秀文艺。只有坚持洋为中用、开拓创新,做到中西合璧、融会贯通,我们文艺才能更好发展繁荣起来。"如此一来,文艺创作中批判继承问题理解上的各种片面性就都被解除了。不拒绝向国外的先进东西学习,不等于不拒绝在西方价值观和理论学说面前低三下四、挤眉弄眼、丧失创造的主体性。鲁迅当年就说过:"虽是西洋文明罢,我们能吸收时,就是西洋文明也变成我们自己的了。好像吃牛肉一样,决不会吃了牛肉自己也即变成牛肉的。""采用外国的良规,加以发挥,使我们的作品更加丰满是一条路;择取中国的遗产,融合新机,使将来的作品别开生面也是一条路。"把两者截然对立起来是不对的,正确的做法应是"外之既不后于世界之思潮,内之仍弗失固有之血脉"。拾人牙慧,断了走中国作风、中国气派之路的文艺创作,是难以行得通的。

搬掉妨害文艺创作的绊脚石

"以洋为尊"、"以洋为美"、"唯洋是从"在文艺创作观念上的反映,就是"热衷于'去思想化'、'去价值化'、'去历史化'、'去中国化'、'去主流化'"。这五"去"相互联系、彼此呼应;这五"去",几乎把主要错误观念都囊括了进去。

"去思想化"的要害是鼓励文艺娱乐化、低俗化、消闲化,把各类文艺活动都纳入"文化工业"的消费逻辑。它让传统娱乐文化的生产被新起的、单一以"快乐"为目的的生产方式所替代;它使文艺的认识、教育、审美功能发生大面积的转移和颠覆;它阻止人们去思考,只迷信于一种简单的"快乐"原则,甚至主张从"娱乐"到"狂乐"再到"傻乐"的一种"集体性无意识";它最终达到的是文艺在想象中摆脱所谓的"意识形态控制"和"去政治化"效果。由于对伦理、道德、世界观漠不关心,社会主义意识形态被逐渐空壳化，这种创作也就失去了精神影响力和美学支点。

"去价值化"是个虚伪的说法。它打着"去价值"的旗号，实际上在为另一种价值诉求鸣锣开道。所有的文艺创作都有价值承载，不赋予创作价值导向的作品是不存在的。"去价值"也好，"价值中立"也罢，本身就是一种价值，只不过倡导者不便明说。依照马克思的观点："'价值'这个普遍的概念是从人们对待满足他们需要的外界物的关系中产生的"，它"表示物的对人有用或使人愉快等等的属性"。不妨试想，倘若文艺作品没有了价值成分，取消了价值尺度，丧失了任何"有用"性，那它还能打动人心、让人震撼、让人愉悦、让人得出美丑判断吗？去除价值因素的文艺创作，会"立刻显出不死不活相"，只能变成为空虚、苍白、枯燥、无聊、逃避净化功能的语言和文字游戏。

"去历史化"则是解构主义的产物，它势必走向抽象人性论和历史虚无主义的歧途。文艺及其表现对象都是历时态的，除去历史维度，放弃在历史真实前提下求得艺术真实，文艺创作注定陷入凌空蹈虚、"戏说"、"穿越"、"恶搞"经典、断裂破碎、干瘪乏味的新形式主义泥淖。这一法则对现实主义、浪漫主义、现代主义和后现代主义都是适用的。恩格斯曾说："我们根本没有想到要怀疑或轻视'历史的启示'；历史就是我们的一切，我们比任何一个哲学学派，甚至比黑格尔，都更重视历史。"文艺的"去历史化"，显然与这种见解背道而驰。"去历史化"，说穿了，不过是在臆想和独断的基础上对"五四"以来的进步历史、对共产党领导的革命历史和社会主义的辉煌进程加以回避、稀释，加以扭曲、否定和妖魔化的另类表述罢了。它的目的是使革命的历史变成一种没有深度、激情和审美的东西。

"去中国化"有点"拔着头发想上天"的味道。身为中国作家，却要完全消除本土特征，非说"外国的月亮也比中国的圆"，能办得到吗？文艺创作假如真的从作品形态、主题、题材、语言、个性、意境、理念等方面都跟在外国人屁股后面跑，阻绝自己的血脉和尊严，又怎能去"引导人民树立和坚持正确的历史观、民族观、国家观、文化观，增强做中国人的骨气和底气"？这同丧失了精神脊梁的"洋奴"意识有何区别？这种创作不啻于饮鸩止渴，是不可能为实现民族复兴的"中国梦"添砖加瓦的。

"去主流化"的本质是排斥和反对"唱响主旋律、提倡多样化"。文艺创作的主流，是审美地反映亿万人民在党领导下艰苦卓绝的斗争生活和波澜壮阔的建设功绩。文艺的主流意识形态，是人民群众在实践中形成的向上向善的道德原则、社会主义的价值体系和共产主义的理想信念。思想文化领域存在着"多元"碰撞的状态，因之强调"主旋律"和"多样化"统一才有了根据。"去主流化"的后果，无非是创作走向"支流化""末流化"，走向所谓的"内宇宙"和"卿卿我我"。一旦把有理想感的革命生活当作不值一提的东西，那么沉浸于"小我"的"窃窃私语"和"一地鸡毛"就必然成为"香饽饽"。这和创造无愧于伟大时代和伟大民族优秀作品的愿望是南辕北辙的。

文艺要在开拓创新中迈上新台阶

文艺创作中的"五去"思想，是有悖于"革命的政治内容和尽可能完美的艺术形式的统一"原则的，是有悖于革命文艺的优良传统的，是风行一阵子的西方后现代主义思潮的衍生品。习近平同志对此语重心长地指出：热衷于这"五去"那一套，以洋为尊、以洋为美、唯洋是从，把作品在国外获奖当作最高追求，跟在别人后面亦步亦趋，"绝对是没有前途的！"广大文艺工作者须得有认识上的这份清醒，须得有文化上的这种自觉。

如何提高创作上的自觉和自信，关键是要扎根生活，扎根人民，珍视传统，紧接"地气"，努力消除愈走愈窄的"路径依赖"和"因袭依赖"，充分调动起作家、艺术家的原创精神和开拓积极性。再不能一味地追随、迎合与模仿了，再不能把一些似是而非的观念奉若神明了。文艺创作中作家要尽量有自己独立的体验、冷峻的思索、透辟的判断和深邃的主见，尽量"把人民的喜怒哀乐倾注在自己的笔端"。这样，作家、艺术家才能"成为时代风气的先觉者、先行者、先倡者"。

为了提高创作上的自觉和自信,作家、艺术家要克服浮躁情绪,消除卑怯心理,拒绝欲利诱惑,潜下心来创作。在这方面,作家路遥堪称楷模。众所周知,他花了多年的心血,累得两鬓斑白、皱纹纵横,最后憔悴和衰弱得像个垂危的病人一样,才完成了长篇小说《平凡的世界》的创作。作家倘若没有这股子忘我拼命的干劲,没有与故乡人民和黄土地的血汗浸泡,没有如海绵吸水般地汲取学习,怎能创作出如此紧扣时代脉动、高扬百折不挠自强不息民族精神和生存勇气、凸显社会主义价值理念,既砥砺人心又感人至深的经典作品。

习近平总书记号召:"文艺工作者要志存高远,随着时代生活创新,以自己的艺术个性进行创新。"在"中国精神"的激励和鼓舞下,创新已成为文艺发展的杠杆与引擎。文艺创作中那股浓郁的人文情怀再不能被无理说教和世俗欲望的暴风吹散了;文艺追求真善美的精神内涵再不能被无端地稀释和抽空了;文艺创作中信仰迷茫、理想迷失、精神上"缺钙"的"软骨病"再不能重犯了。有习总书记文艺工作座谈会讲话精神的指引,我国文艺创作一定会跃入新境界。

（原载 2016 年 2 月 26 日《文艺报》）

"以洋为美"必须反思

黄 力 之

"以洋为美"是"唯洋是从"在审美领域的表现

习近平同志在文艺工作座谈会上的讲话中明确指出,"中华优秀传统文化是中华民族的精神命脉,是涵养社会主义核心价值观的重要源泉,也是我们在世界文化激荡中站稳脚跟的坚实根基。增强文化自觉和文化自信,是坚定道路自信、理论自信、制度自信的题中应有之义。如果'以洋为尊'、'以洋为美'、'唯洋是从',把作品在国外获奖作为最高追求,跟在别人后面亦步亦趋、东施效颦,热衷于'去思想化'、'去价值化'、'去历史化'、'去中国化'、'去主流化'那一套,绝对是没有前途的!事实上,外国人也跑到我们这里寻找素材、寻找灵感,好莱坞拍摄的《功夫熊猫》《花木兰》等影片不就是取材于我们的文化资源吗?"

习近平同志概括了肆虐多年的西化思潮之三大理念——"以洋为尊""以洋为美""唯洋是从",以及包括"去中国化"在内的五个"化"之具体表现,体现出敏锐而深刻的文化洞察力。习近平同志所列西化思潮的种种行径,使人想起《法门寺》中的小太监贾桂,人家让他坐下说话,他却奴颜婢膝地说:"奴才站惯了,不想坐。"现在,中国文化艺术界的有识之士必须意识到,将自己定位于贾桂,绝对是没有前途的!

应该说，自改革之初开始，"唯洋是从"的西化思维定势便在审美领域开始了自己的进程，时起时落，影响了相当一些人，表现为"以洋为美"。客观上，改革之前的中国文艺界与20世纪的西方文艺基本处于隔绝的状态，连西方古典文艺的影响都处于淡化之中。开放之后，西方20世纪的所谓"先锋派"思潮的冲击突如其来。无知者最容易为新玩意儿所激动，中国文艺界如饥似渴地予以引进，按照事物的逻辑，先有所谓"新的美学原则"的崛起，后有所谓"八五新潮"，一时沸沸扬扬，光怪陆离而无奇不有，对西方现代主义与后现代主义的稍稍模仿就成为中国文艺的创新，或者晦涩艰深，或者形式至上，或者如皇帝的新装那样，空无一物而被说成是最美之物，或者干脆"赤身裸体，走向上帝"。直到现在，那些"唯洋是从"的东西，还在成为某些人继续享用的红利。

在审美理论领域，从所谓"方法论革命"（将系统论、信息论、控制论强行引入文艺研究）开始，再到主体论、本体论、审美感性论、精神分析论、形式论等等，研究者也许付出了自己的心血，但所有的功夫都用在抄袭洋人的文本上，再来点发现新大陆式的惊人之语以哗众取宠，有多少东西是中国学者自己对审美文化研究的真正创新性突破呢？实在看不出有多少。

比如说所谓本体论，提出者的本意在于确立文学的纯粹地位——非依附性的地位，而这个概念是美国人约·克·兰色姆在20世纪30年代由哲学领域引入的，他将文学作品"存在的现实"称为"本体"，实际上就是作品形式的独特性，这一"突破"本身就很难说比贝尔的"有意味的形式"及雅各布森的"文学性"——"使某一作品成为文学作品的东西"更有意义。因此，罗杰·福勒的《现代西方文学批评术语辞典》（1973年英文版）和阿伯拉姆斯的《文学辞典》（1981年英文修订版）都不将"文学本体论"收入。而中国学者撰写的有关文学本体论的大量论著中，无非就是用"本体"概念来说明文学形式或者人的感性生命体验的重要性，但实际上，无论中外，人们对文学的独特性因素或者说决定性因素的认识，绝大部分时间都是不依托于"本体"概念的。因而,轰轰烈烈的"文学本体论"不过是用汉语来宣布某些西方人的理论如何伟大而已。到了今天,又有谁觉得无"本体论"则不能论证审美的独特存在价值呢?

可见,习近平同志讲话所指,完全符合中国文化艺术界的状况,此一批评宣布了对"唯洋是从"的西化思维之告别,从根本上扭转了泛滥已久的西化倾向。

"以洋为美"源头之弊端

由于"以洋为美"本质上是一种西化思维定势,因此,对其分析首先必须回到西方文化的语境,看看西方20世纪的所谓"先锋派"思潮到底有多先进,其对审美的普遍性影响到底有多大。

这里需要强调的是,1980年代以来中国审美文化领域里的"以洋为美"之消极性后果,主要还不是崇尚一般意义——特别是文艺复兴至19世纪的现实主义、浪漫主义之"洋",而是20世纪的所谓"先锋派"之"洋",因为前者在20世纪的新文化运动时期已经发生过了,而且,理论与实践都证明,后者更不可尊为圭臬。

20世纪的所谓"先锋派"思潮包含现代主义与后现代主义两股势力。按照马克思主义的观点,任何思潮包括审美文化思潮,它们都没有自己的历史,因为它们只能产生于历史。英国历史学家汤恩比在《历史研究》中把西方现代时期的结束定位于第一次世界大战期间(1914—1918),而"后现代"的发生时期便顺延到两次大战期间。

汤恩比的逻辑是,第一次世界大战意味着西方文明的危机,现代性的乐观主义被击碎,开启了现代主义之后的新时期,后现代主义发生了。人们要问,西方1960年代以来的文化为什么不再满足于现代性批判,而要解读成以消解为基本特征的后现代主义呢?我们必须注意到西方思想文化的根——哲学在20世纪的重大转变。

自文艺复兴以来,适应资产阶级上升的内在需要,西方哲学一直在往理性主义的道路上迅跑,以此构筑认识论、本体论、价值论的大厦。凭着理性主义,人对自然的认识愈益深入,推动了科学技术的发展,空前地提高了生产力。凭着理性主义,资产阶级凌厉地批判了宗教神学,批判贵族社会的等级观念、血统论,推动了自由与民主机制的发展,使资产阶级的现代社会得以形成。

　　但是,到19世纪后期,当资产阶级社会成为一个胜利的事实时,它也马上面临了新的困境:在一个独立国家的内部,资产阶级的利益与工人阶级的利益处于尖锐对抗之中,社会在对抗之中随时可能倾覆;在资产阶级控制的不同国家之间,资本的利益也处于民族形式的对峙之中,发展的不平衡使得这种对峙进一步扩大,并孕育了武装冲突的可能。这一切,20世纪的初期以无产阶级革命与世界大战的形式予以了确证,资产阶级的理性主义世界观受到了毁灭性的打击。

　　因此,叔本华的悲观主义、尼采的"生命意志论"成为了理性主义破灭的哲学替代物。特别是尼采发出"上帝死了""重新估价一切价值"的疾呼之后,传统的理性主义更是陷入了非理性主义的汪洋大海之中。现代主义艺术成了新的信仰,试图为人们在迷失的世界中点燃一盏心灵的灯。现代主义以高深、晦涩著称,这使它具备了成为"上帝"的条件,尽管只是非理性主义的上帝。

　　"二战"以反法西斯的一方取胜,但局面却变得更加复杂:冷战来临,两大军事集团公开对峙,双方都拥有足以毁灭地球的核武器;民族主义运动导致了全球范围的大动荡;市场经济复兴了生产力的发展,但又消解了一切人类精神和价值体系,而且异化为统治人的神秘力量;生态危机随着工业化的扩张而加剧,地球因人类的掠夺和污染变得空前脆弱,人类文明的生存危机正在迫近。

　　这样,一种更为根本性的怀疑论思想开始滋长,这种思想不是要打破某种思维惯性,也不是要建立某个新的观念体系,而是对所有的一切都表示怀疑，认为人的思想、文化、语言、生活方式都是可疑的，这就是后现代主义思想。从本质上说，后现代主义也是非理性主义的，是反传统的理性主义的，可是它并不高举非理性主义的大旗，因为它认为一切主义都是不可靠的。后现代主义以自己的文本或行为直接地向人类价值观念发起挑战。在后现代主义文化中，世界是混乱的、无序的、无意义的，而"自我"也相应地只是"绝对空虚中的偶然产物"，人的"一生都是……通向混乱的一次旅程"，是"靠混乱而兴旺起来"，"耗尽"（burn out）之后的"自我"除了本能，别的都不存在，也不需要了。

在文化史的视野中，这样的所谓"艺术"，除了其文化理念嬗变的意义是可以分析出来的以外，审美上的先进性在总体上是可疑的——当然不排除少数作品的审美贡献，更谈不上去盲目学习和模仿了——即使你按照自主性原则去模仿了，也没有资格说是一种先进艺术的"崛起"。

实际上，在日常经验的层面，西方人自己也不认可所谓"先锋派"思潮。颇有讽刺意义的是，日本后现代艺术家村上隆，其作品夸张甚至带有色情淫亵的意味在里面。2010年9月，村上隆在欧洲传统艺术圣地凡尔赛宫搞个人作品展时，受到不少民众的抵制。凡尔赛宫门口人头攒动，抗议者头戴五彩花环，以示向喜欢鲜艳色彩的村上隆和他昂贵的作品"致敬"。现场处处充斥着象征性标着高价的纸盒、废弃的马桶，大标语上写着"艺术诈骗"。波旁王室的后代公开谴责展出是"亵渎祖宗的艺术和回忆"，拒绝将凡尔赛宫变成推销所谓现代艺术的橱窗。这是继1999年10月英国当代前卫艺术展在纽约布鲁克林美术馆举办时，遭受观众抵制的又一次文化事件。人的智商是不能大规模地、公开地亵渎的。

可悲的是，这股戏弄中国人智商的"以洋为美"思潮居然横行了三分之一世纪的时间。实事求是地说，"唯洋是从"是"以洋为尊"、"以洋为美"的逻辑结果，之所以在中国出现，其历史合理性在于历史本身。中国当初之必须学习西方，其一在于农业文明落后于工业文明,其二则在于中国人的视野的确落后于世界。以色列学者赫拉利在《人类简史》中考察西方文明与其他文明之间的关系,注意到西方人的优势是他们自文艺复兴以来便具有认识世界的视野,主动将认识转化为实践,而因视野狭隘而付出沉重代价的,除美洲原住民外,就是包括中国在内的亚洲各大帝国。

现在,中国已经崛起,中国对世界的无知也已经过去。当中国在学习的过程中提高了自身的力量,崛起于世界民族之林时,中国人开始成熟起来,理性起来,中国能够洞察各个文明、文化的长处和短处——比如所谓西方"先锋派"的东西,连众多严肃的西方学者、民众也不以为然,我们为什么要顶礼膜拜呢?站在这样一个伟大的历史平台上,中国文艺界的明白人应该对那些"唯洋是从"的玩意儿果断说"不"了,我们应摒弃"以洋为尊""以洋为美""唯洋是从"之痼疾,以中国五千年文化辉煌为支撑,重新树立民族文化的自信心,中华文化与艺术必定再一次影响世界,从而与中国的国家地位相称。

(原载 2016 年 4 月 1 日《文艺报》)

中国文化的基因、活力和能量

张 德 祥

文化的命运只能由文化自身的生命力决定,文化的生命力取决于文化基因对社会发展的适应能力。事实上,华夏文明不仅有着深厚根基和悠久传统,而且有着符合自然规律、符合人类文明进步要求的本元基因。这就要求我们从更基础、更根本的深层角度认识中国文化。

党的十八大以来,习近平总书记多次讲到文化自信问题,尤其是在中国文联十大、中国作协九大开幕式上的讲话中指出:"文化是一个国家、一个民族的灵魂。历史和现实都表明,一个抛弃了或者背叛了自己历史文化的民族,不仅不可能发展起来,而且很可能上演一幕幕历史悲剧。文化自信,是更基础、更广泛、更深厚的自信,是更基本、更深沉、更持久的力量。坚定文化自信,是事关国运兴衰、事关文化安全、事关民族精神独立性的大问题。"这段话,表明了习近平总书记对文化自信的高度重视。实际上,文化自信是文化创造和文化建设的首要前提。没有文化自信心,就不可能有民族精神的独立与自由,就不可能有海纳百川的气度,就不可能有"会当凌绝顶"的勇气、信心和意志。所以,文化自信,是我们从事文化创造所必须具备的心理素质和精神气度,因而是必须首先解决的关键问题。

文化自信或自卑,从根本上看,是近代以来中西文化碰撞在我们心里产生的影响,是来自于文化的差异性及其在现代化过程中的不同境遇。客观地说,近代以来,西方列强侵入中国,

"船坚炮利"体现的现代科技的先进性,使西方文化对中国文化构成了"高位"存在与"强势"压力,对我们民族文化自信心产生了无形挫伤。直到现在,这种挫伤依然没有完全平复:从学术界对西方文化思想界的亦步亦趋,食洋不化,到国产的销售给国人的许多产品都不用汉字标识;从对西方的各种艺术奖项的膜拜,到染黄头发的盲目模仿及对西方节日的浓厚兴趣等等,社会生活中形形色色的"媚外""哈外"现象,无不是民族文化自信心缺失的表现。前段时间,我在网上看到两篇文章,一篇是呼吁废除中医,因为中医"不是科学";一篇是建议中国不要用"龙"的形象作为象征,因为"龙"在英语中是一种恐怖的动物。很显然,这些想法和说法,都潜在有一种以西方文化为中心的观念。以西方文化为标准来衡量和要求中国文化,就无意识地表现了对自己民族母体文化的自卑。百余年来西方文化在中国的强势影响,使我们从衣食住行到文化消费甚至价值理念已经习惯于把"西方"当成"世界",当成"国际",当成"标准",而对自己的民族文化传统则是视而不见甚至自轻自贱。这不是一种健康的文化心态,更不是一种自信的文化心态,这是长期以来西方文化在中国强势影响投射的阴影。如何走出阴影,重获阳光的健康的文化心态,坚定文化自信,对实现中华民族伟大复兴至关重要。这就需要重新认识我们民族的文化传统与外来文化的关系,重新认识中国文化在全球化与世界秩序重建过程中的独特价值。

了解一下世界历史,就会明白,东西方文化是在各自相对独立的地域环境中生长发育的,创造了各自辉煌灿烂的古代文明。人类历史表明,世界上每一个民族都在自己的生产生活实践中创造了相应的文化,因地域、气候和环境不同,生产生活方式差异,所以,各民族的文化无不打上民族烙印,无不具有自己的特征。这表明人类文明起源时文化基因的多样性和生态的丰富性。随着生产力的提高和贸易往来,各民族活动范围的扩大,民族之间的文化交流融汇也就开始了,就像许多涓涓细流融汇成了大江大河一样,许多民族文化支流融汇成了世界几大文明脉系,基本上与世界水系地域的自然区隔相吻合。这就是说,不同的水系地域孕育出不同的文明脉系，正所谓"一方水土养一方人"。世界上几大文明脉系是在漫长的游牧、渔猎和农业文明时代形成的，在长期的发展过程中积淀出深厚的文化价值理念，就像河流冲积形成的土层一样深厚古老。进入工业化时代之后，社会生产力迅猛提高，跨文明脉系的市场开拓、资源掠夺以及殖民主义愈演愈烈，进而划分势力范围与谋取世界霸权，这就引起了不同文明脉系之间文化理念的碰撞。如果说工业化之前各大文明脉系的形成基本上是一个相近地域文化的天然融汇过程，即支流融汇成主流的自然过程，融合因素大于对抗因素，那么，工业化之后各大文明脉系的"融合"则因跨地域、跨文明脉系而体现出明显的人为强制性，引起了异质文化的深层理念冲突，对抗因素大于融合因素。正像马克思说，"它迫使一切民族——如果它们不想灭亡的话——采用资产阶级的生产方式；它迫使它们在自己那里推行所谓文明，即变成资产者。一句话，它按照自己的面貌为自己创造出一个世界。"所以，工业化带来的全球化过程中总是伴随着不同文明的价值观冲突。近代以来世界历史演进的特点之一，就是民族国家的利益争夺总是与不同文明板块的冲撞互为表里。

如上所述，世界不同文明脉系的相遇、不同文化板块的碰撞，是工业化引起的。西方文化因其先进的科学技术与资本主义生产方式而占有绝对优势，对世界其他还处于农业文明和冷兵器时代的民族文化体系产生了巨大冲击，以至于摧毁了落后民族国家的文化信心。马克思说："正像它使农村从属于城市一样，它使未开化和半开化的国家从属于文明的国家，使农民的民族从属于资产阶级的民族，使东方从属于西方。"就华夏文明而言，19世纪中叶西方列强用洋枪洋炮打开中国大门，工业文明的先进性，对古老的中华文化构成了巨大压迫，以至于中华文化要不要继续下去、能不能继续下去成为近百年来文化界反复争论的问题，也成为中国如何实现现代化的核心问题之一。洋务运动失败，戊戌变法失败，辛亥革命失败，中国从传统向现代转变，一次次失败，山重水复疑无路。先进知识分子们苦苦思索,最后把原因归结到文化上,认为是中国文化的落后所致。是的,面对急迫的救亡图存要求,中国传统文化确实不具备促进中国社会快速走向现代化的功能,而且传统文化中还存在着许多与现代化要求相抵牾的封建糟粕。于是,新文化运动兴起了,"拿来主义"为中国文化界、思想界吹来了新鲜空气,带来了新的思想营养,对促进中国社会进步起到了巨大的文化推动作用。新文化运动的功绩有目共睹,毋庸置疑。但是,"打倒孔家店""废除中医""废除汉字"等全盘西化思想也确实构成了对中华文化传统的彻底否定之势。矫枉过正,也许是历史进步不可避免的代价。2016年5月17日习近平总书记在哲学社会科学工作座谈会上讲话指出:"鸦片战争后,随着列强入侵和国门被打开,我国逐步成为半殖民地半封建国家,西方思想文化和科学知识随之涌入。自那以后,我们的国家和民族经历了刻骨铭心的惨痛历史,中华传统思想文化经历了剧烈变革的阵痛。"是的,有史以来,中国文化在与周边民族文化的融汇过程中从来都占有主动地位,起着主导作用,即使几次北方民族入主中原,也没有对中国文化构成威胁,相反,以黄河流域和长江流域为主体的华夏文明包容、吸收、融化了周边民族文化,进而形成了多元一体的华夏文明。华夏文明所具有的这种包容与融化能力同样体现于对佛教文化、西域文化等外来文化的吸收与消化。因而,作为文明之邦的华夏民族的文化优越感和自尊心由来已久。然而,这一次遭遇西方工业文明,是华夏文明从未有过的被动境遇。中国文化遇到了有史以来最严峻的生死考验。

文化的命运只能由文化自身的生命力决定,文化的生命力取决于文化基因对社会发展的适应能力。事实上,华夏文明不仅有着深厚根基和悠久传统,而且有着符合自然规律、符合人类文明进步要求的本元基因。这就要求我们从更基础、更根本的深层角度认识中国文化。第一,要把具体的"传统文化"与久远的"文化传统"这两个概念区别开来。因为某些具体的"传统文化"内容的腐朽不等于中国"文化传统"的腐朽,就像一条河流在流经某个阶段被污染了不等于这条河流本源就是污染的河流,不能在泼脏水时连孩子一同扔掉。其实,五四时期的知识分子,一方面在激烈批判传统文化,另一方面,又深入古老文化传统中发掘、整理、阐发中国文化的独特价值。第二,要把"文化"与"科技"区别看待。文化与科技有关,但不能简单地把两者等同起来。文化提供的是一种精神层面的价值,科技提供的是物质层面的知识与技术,二者有联系但又有功能区别。如果把两者混为一体并用来衡量中国文化,那中国文化当然是"落后"的,当然会被淘汰,因为中国文化中不具有近代才产生的现代科技知识。中国文化遭遇西方文化的致命打击,主要是来源于现代科技先进性的打击。中国文化传统没有孕育出现代科技知识体系,不等于不能兼容和吸收先进的知识体系。因此只要把这两者区别开来,就不会对中国文化产生"一无是处"的误判。历史发展证明,传统是母体、是根脉。任何想彻底摆脱传统母体而全盘西化都是不可能的,就像自己揪着头发想离开地面一样。比如废除汉字而改用拉丁文字,从上个世纪 20 年代至 50 年代,许多人做过努力,最后都行不通。可见,汉字简化可行而废除汉字不可行,这就是中国文化发展离不开自己的母体,而只能从母体中蜕变新生。

文化发展不是孤立的,而是和社会发展紧密相关。现代中国文化的演进,是和中华民族实现伟大复兴的历史使命相关的。要问现代中国文化是怎么演进过来的以及要往哪里去,都必须从民族国家的现代化与伟大复兴的历史使命寻找答案。这是历史的使命,也是文化的主题。这一百多年,中国历史的主题就是中华民族的救亡图存、振兴发展。民族使命与历史主题决定了文化必然适应历史发展要求而蜕旧变新。新文化运动,提倡个性解放,思想解放,首先是把人从封建礼教的禁锢中解放出来,从绳索的捆绑中解放出来,包括妇女解放,使人真正成为一个具有生命活力的自然人、自由人,使一个民族返老还童,获得生命元气。所以,"少年中国""青春中国""新青年"等概念成为新文化的核心意象。普及教育,开启民智,学习新的知识,举起民主与科学的旗帜,这都是一个古老民族新生的必然要求。西方文化经"文艺复兴"运动首先孕育了工业化,在人类进入工业化过程中先行一步,优势明显;但中国文化的巨大包容性决定了它能够吸纳西方文化营养,并很快转化为促进自身进步的精神动力与知识体系,中国近现代历史进程就证明了这一点。纵然历史发展充满了曲折,文化发展隐含着痛苦,但整体上是一个吸纳、整合、新生的过程,古老的文化传统被外来文化刺激,被新的历史发展要求激发,深层的本元基因被激活了,穷则思变,革故鼎新,自强不息,实事求是,与时俱进,促进中国社会走上自己特色的革命、建设和现代化发展道路,为人类提供了不同于西方化的现代化模式与道路。这就是中华文明传统所具有的强大生命力与巨大能量。习近平总书记指出:"中华民族生生不息绵延发展,饱受挫折又不断浴火重生,都离不开中华文化的有力支撑。中华文化独一无二的理念、智慧、气度、神韵,增添了中国人民和中华民族内心深处的自信和自豪。"

今天看来,中西方文化传统是不同类型的文化传统,各有所长。在价值理念上,西方文化重个体,中国文化重整体;在思维方式上,西方文化重实证分析和逻辑推理,中国文化重直觉感悟与辩证综合;西方文化强调主客体对立,中国文化强调主客体和谐;在艺术精神上,西方文化崇实,中国文化尚意,西方文化重于求真,中国文化重于向善;等等。中西方文化的这些差异构成互补关系而不是你死我活的替代关系。

一种文明与文化,是否具有生命力,能否在世界产生影响力,关键在于其价值理念能否为人类社会发展提供新的思想资源,能否解答人类未来和平发展遇到的新问题。面对现代化全球化发展带来的生态环境日趋恶化、贫富悬殊与两极分化、激烈的文明碰撞以及不间断的军事冲突等问题,中华文明逐渐显示出了解决这些问题在价值理念、文化资源和思维方式上的优势,这就是整体地、辩证地、综合地认识和处理人类的现代化诉求。"天人合一",首先承认人是自然的一部分,只有"道法自然",尊重自然规律才是最好的维护人类自身利益。"和而不同",承认差异,肯定世界是多样性的统一,所以,应当在多元文化互补中求得和谐,在和平共处中相互依存,在竞争中求得发展,而不是强求同一——"西方国家的普世主义日益把它引向同其他文明的冲突"。"和实生物,同则不继",不同事物的"和"能够产生新的事物,是进化和发展的条件,而相同事物的叠加则不能产生新的事物。这是对世界多样性合理存在的符合自然规律的认识。"美是和谐","大乐与天地同和",由"和"而"谐",是世界多样性存在的最佳形式,是"美"的规律。总之,以"和"为核心的价值理念与思维方式是符合自然规律、符合人类未来和平发展要求的,必然会在新的世界秩序重建中发挥积极的作用,推动国际秩序和全球治理体系朝着更加公正合理的方向发展。

西医"治病",中医"治未病"。中西方文化的不同优势,会在不同的历史发展阶段体现出来。因此,我们无须妄自菲薄,应当对我们根深蒂固、源远流长的文化传统、文化精神充满自信。自信不是封闭和排外,恰恰是包容并蓄,是一种"吞吐八荒"的大气度,是一种"和谐万物"的大智慧。文化发展总是在回答时代提出的、人类遇到的新问题中得以发展,这就要求我们用中国文化的智慧创造性回应时代,影响世界。中国文化为我们提供了这样的基因、活力和能量。

(原载 2016 年 12 月 16 日《中国艺术报》)

文学制度对文学进程的影响

丁　帆

毋庸置疑,任何一个时代和任何一个国家都会有自己的文学制度,它是有效保障本国的文学运动按照自身规定的轨迹运行的基础,因此,文学与制度的关系应该是一种互动的循环关系,当然,它可以是良性的,也可以是恶性的,这就要看这个制度对文学的制约是否有利于其发展,所以,在很大程度上取决于制定文学制度者是如何操纵和驾驭这一庞大机器。

美国批评家杰弗里·J.廉斯在《文学制度》一书的"引言"中说:"从各种意义上说,制度产生了我们所称的文学,文学问题与我们的制度实践和制度定位是密不可分的。'制度'(institution)一词内涵丰富,而且往往带有贬义。它与'官僚主义'(bureaucracy)、'规训'(discipline)和'职业化'(professionalization)同属一类词语。它指代的是当代大众社会与文化的规章与管理机构,毫无'自由'、'个性'或'独立'等词语正好处于相反的方向。从一个极端来说,它意味着危险的禁锢……更普遍的说法是,它设定了一些看似难以调和的国家或公务员官僚机构……我们置身其中,我们的所作所为受其管制。"毫无疑问,这种管制是国家政权的需要,也是一种对文学意识形态的管控,我将其称之为"有形的文学制度",它是由国家的许多法规条例构成的,经由某一官方机构制定和修改成各种各样的规章与条例,用以规范文学的范畴,以及处理各种文学事件,使文学按照预设的运行轨道前进。在一定程度上,它有着某种强制性的效应。

还有一种是"无形的文学制度",正如杰弗里·J.威廉斯所言:"'制度'还有一层更为模糊、抽象的含义,指的是一种惯例或传统。根据《牛津现代英语用法词典》所载,下午茶在英国文化中属于一种制度。婚姻、板球、伊顿公学亦然。而在美国文化中,我们可以说棒球是一种制度,哈佛也是一种制度,它比位于马萨诸塞州剑桥市的校园具有更深刻的象征意义。"也就是说,一种文化形态就是一只无形之手,它所规范的"文学制度"虽然是隐形的,但是其影响是巨大的,因为它所构成的约定俗成的潜在元素也是一种更强大的"文学制度"构成要件,我们之所以将这部分由各种各样文化形态称之为"无形的文学制度",就是因为各个时代都有其自身不同的文化形态特点,大到文化思潮、现象,小至各种时尚,都是影响"无形的文学制度"的重要因素。

在我们百年文学制度史中,尤其是在20世纪后半叶以来的两岸文学制度史上往往是以文学运动、文学思潮、社团流派乃至于会议交流等形态呈现出来的,它们既与那些"无形的文学制度"有着血缘上的关联性,又与国家制定的出版、言论和组织等规章制度有着不可分离的联系,它们之间有时是同步合拍的互动关系,有时却呈逆向运动的关系,梳理作用与反作用二者之间的历史关系,便是我们撰写这个制度史的初衷。因此,我们更加重视的是整理出百年来有关文学制度的史料。

基于这样一种看法,我们以为,在中国近百年的文学制度的建构和变迁史中,"有形的文学制度"和"无形的文学制度"在不同的时空当中所呈现出的形态是各不相同的,对其进行必要的厘清,是百年文学史不可或缺的一项重要任务。从时间的维度来看,百年文学制度史的变迁,随着政权的更迭,半个多世纪来,如果以1949年为切分线的话,那么以此时间为节点来解读1949年前后的文学制度史,无论是晚清还是民国,抑或共和国的文学制度都有着既相同的"有形"和"无形"的形态特征,也有许多相异之处。而从空间的角度来看,地域特征(不仅仅是两岸)主要是受制于那些"无形的文学制度"钳制,那些可以从发生学方法来考察的许多文学现象,却往往会改变"有形的文学制度"的走向。要厘清这些纷繁复杂、犬牙交错的文学制度的过程,除了阅读大量的史料外,更重要的就是必须建构一个纵向的史的体系和横向的空间比较体系,但是,这样的体系结构统摄起来的难度是较大的。

在决定做这样一件工作的时候,我们就抱定了一种客观中性的历史主义的治学态度,也无须用"春秋笔法"做过度阐释,只描述历史现象,不做过多评判。后来发现这种方法也是国外一些文学制度史治学者共同使用的一种方法:"我们必须采取更加直接的方式以一致立场来审视文学研究的制度影响力,不要将其视为短暂性的外来干扰,而要承认它对我们的工作具有本质性影响。与此相关,我们需要不偏不倚地看待人们对制度的控诉;制度并不是由任性的妖魔所创造出来的邪恶牢笼,而是人们的现代组织方式。毋庸置疑,我们当前的制度所传播开来的实践与该词的贬义用法相吻合,本书的许多章节都指出了制度的弊端,目的在于以更好的方式来重塑制度。布鲁斯·罗宾斯(Bruce Robbins)精明地建议,我们必须'在断言制度化(institutionalization)一词时抛开惯有的刻薄讽刺,要区别对待具体的制度选择,而不是一股脑儿对其谴责(或颂扬)'。"其实,我们也深知这种治史的方法很容易陷入一种观念的二律背反之中,当你在选择陈述一段史实时,选择 A 而忽略了 B,你就将自己的观念渗透到了你的描述中,所以,我们必须采取的是尽力呈现不同的观念史料,让读者自行判断是非,让历史做出回答。

按照《文学制度》第一章撰写者文森特·B. 里奇《构建理论框架:史学的解体》的说法:"建构当代理论史有 5 种方式。关注的焦点既可以是领军人物,或重要文本,或重大问题,也可以是重要的流派和运动,或其他杂类问题。"

毫无疑问,构成文学制度的前提要件肯定是重要文本,没有文本当然也就不会产生与之相对应的许许多多围绕着文学制度而互动的其他要件,就此而言,我们依顺历史发展的脉络来梳理每一个时段的文学制度史的时候,都会因每个历史时期文学制度的不同侧重点来勾勒它形成的重要元素。虽然它们在时段的划分上与文学史的脉络有很多的交合重叠,但是,我们论述的重心却是在"有形文学制度"和"无形文学制度"是怎样建构起来,并支撑和支配着文学史的发展走向的。

综上所述,我们在撰写制度史的过程中,试图将文学史的发生与制度史的建构之间的关系勾连起来分析:外部结构是法律、规章、出版、会议、文件等大量的制度"软件系统";而内部结构则是文学思潮、现象、社团、流派、作家、作品等"硬件系统"。只有在两者互动分析模式下,才能看清楚整个制度史发展走向的内在驱力。虽然我们做出了努力,但囿于种种原因,比如我们尚不能看到更多可以解密的文件资料,就会影响我们对某一个时段的文学制度做出更加准确的判断,所以我们只能做到这一步,尽管有遗珠之憾,但我们努力了。

（原载 2016 年 8 月 8 日《文艺报》）

当代文学考证中的"感情视角"

程 光 炜

今年 5 月,我应浙江大学中文系吴秀明教授之邀,去参加他博士生的毕业论文答辩,其间还有一次与博士生的座谈。吴秀明教授是我老朋友,他闲谈中问道:你怎么看当代文学考证过程中叙述者的"感情视角"? 他指的是我前两年在刊物上陆续刊登的《莫言家世考证》等系列文章。我们知道,秀明教授是著名的史料文献整理专家,他带领浙大博士生历经十余年做的大型当代文学史史料丛书,有数十本之多,规模宏大,体系完整,相信它们出齐后会引起大家的兴趣。

由于答辩和旅途匆忙,我当时没有深想秀明教授提出的这个尖锐问题,他是出于老朋友的善意,才向我发问的。借这次《文艺争鸣》编辑部举办的"中国当代文学史史料研讨会"之机,我简单谈谈看法,以便就教于学术界同行。众所周知,当代文学史史料的整理研究,包括我刚刚开始做的"作家家世考证",都属于文献学的范畴。著名文献学研究专家张舜徽先生在《中国文献学》一书中,对文献学的范围和任务、编述体例、校勘、目录整理、抄写、注解、考证、辑佚、辨伪,以及方志、地图、制表等方面,均有富有启发性的论述。他主要强调,在这些工作中,整理者的客观眼光、有距离的筛选和甄别是非常重要的一个环节。也就是说,整理者应该以一种"看过去"的冷静态度开展工作,而不应该把自己的感情好恶卷到其中去。这与秀明教授对我的提醒十分相似。

说老实话，我2014年秋冬在澳门大学陆续做的《莫言家世考证》，纯粹是一个无心插柳的工作。由于此前没有接受过文献学的严格训练，只是在澳门大学图书馆临时借出基本入门书，先啃起来。当时带到澳门的莫言资料，也不够用，打听到与该校有相互借阅流通关系的香港中文大学，这方面的材料也极缺乏。关键还有，我对自己这个"历史叙述者"角色，也并没有想好。举例来说，作为历史"当事人"的我，究竟与莫言先生的身世历史是一种什么关系，我和他作为同代人，共同经历过"70年代"这样的大时代，那么，在叙述这段历史情况的时候，我自己的"位置"——也即这篇短文中所说的"感情视角"应该怎么摆？例如，在写《教育——莫言家世之三》的时候，叙述到莫言曾经给当时的国家教育部、山东省招生办、潍坊地区和高密县招生办等各级负责招收工农兵大学生的机构写信，申诉自己无书可读的苦恼，强烈希望能争取到上学机会。为把莫言这件事情的时代背景说清楚，我在文章下面加了一个颇带个人感情色彩的"注19"，其中写道：

　　　　1972年12月，福建省莆田县城郊公社下林小学语文教师李庆霖给毛泽东写信，叙述自己的儿子和当时下乡知青的困境，揭露了地方上某些干部利用职权开后门招工、参军、上大学的不正之风。次年4月，此信由王海容转交给居住在中南海游泳池的毛泽东。据说，读到这封人民来信后，可能触动了内心某种深层感情的缘故，毛泽东当时久久沉默不语，潸然流下了眼泪。他在回信中说："李庆霖同志：寄上三百元，聊补无米之炊。全国此类事甚多，容当统筹解决。"毛泽东的信通过中央文件的形式逐级下发传达，促使中央高层调整知识青年政策，对某些地方迫害知青的干部严厉整肃。像中国古代社会一样，有时中央政府有些好的政策传到州、县一级便扭曲变样，而前者也常常无奈。"中央"和"民间"两层的隔阂，成为中国社会不同于西方各国的特殊架构，向我们描绘着中国几千年来变与不变的情形。另外需要指出，我们也不能仅仅从政治维度贬低辽宁知青张铁生那封"上书",虽然他因此摇身一变,成为反"教育回潮"英雄,并得以进入大学。他的上书,与李庆霖的上书,固然诉求角度不同,仍然可完整看做知青社会问题总爆发前夕的一个讯号。若干年后,张氏上书的复杂性,依然可以纳入我们考察历史的范围内,并予以重视。

不妨说,我在叙述过程中把自己的"感情视角"不自觉地"卷进去"了。我当时确实无法抑制自己的感情,甚至在写作过程中潸然流下的泪水。我心里明白,虽然在写莫言,实际是在写我自己。我与其在为莫言的人生遭遇流泪,同时也在为自己,也包括了我千百万的同代人流泪。这涉及到感情与历史的关系。涉及到携带着个人感情的叙述者怎样进入到历史认识之中的复杂问题。1974年春季以后,我被困在河南大别山腹地的一个知青农场,无书可读,也前途茫茫,达两年多之久。虽然我当时读了很多书,也胡涂乱抹地写了不少东西,但这终究不是个办法。上大学,是我一个久久积蓄在内心深处的强烈的愿望。

凭借在写《家世考证》之前一点文献学的自学经验,我知道这种"感情视角"是非常不应该出现的一个错误。但是,更令我苦恼的是,作为"当代史"的"当事人",又无法完全彻底地把这个"感情视角"剔除出去,如果这样,那么克罗齐所说的"历史的人性""历史的积极性质"还有什么意义呢?换句话说,即使考证者不抱着把历史真相告诉下一代读者的想法,但如果他的叙述只是一些冷血材料,是一些类似木乃伊的历史断片,那么"最终的考证价值"又在哪里?说老实话,对这些深奥纠缠的问题,我是惶惑的。道理上清楚这是怎么回事,但一到具体考证工作的操作的层面上,问题就发生了,非常突出尖锐地摆在你面前。所以,说了这么多,我的不成熟的看法是:第一,虽然现在做当代作家的文献整理和考证工作,时间稍微早了一点,但也不是不能做的。因为很多50后作家的年龄都已在60岁以上,乘着他们记忆还清楚的时候,不妨先试做一些个案,先把史料文献留下来。遇到不清楚的地方,还可以当面向他们咨询、求证、辨伪和辑佚。我的意思是,先把中国当代文学史的"史料学"做起来,至于"感情视角"往哪里摆,作者叙述与史料文献之间的距离尺度,以及与此相关的一些问题,则一边做一边解决。解决不了的,推给下一代的研究者来质疑、纠正、批判和丰富完善。第二,与这个问题相关的,有一个史料文献整理和叙述的"简与繁"的问题。我的看法是不妨先"繁复"一些,力求翔实穷尽,进一步挑拣、筛选和剔除的工作,也留待下一代研究者去做。就是先抢救材料,多多益善,堆积在那里没关系,等经过数十年的努力,做成一个当代文学史史料文献的巨大仓库之后,后面人的工作压力就会大大减轻了。

因此,在我刚完成的《莫言家世考证》的初稿中,加了大量乃至不免繁琐的"注释"。有些章节的注释,字数上还超过正文,我整个变成了一个"文抄公"。但我心里开始明白,尽管文献学方法论著作在提醒"剪裁"对于整理者的重要性,然而,作为与所叙述的"历史"还保持着"同步状态"的人来说,完全从叙述中挪走"感情视角"是不现实的;另外,材料的"繁复"虽然显得芜杂、重复,但也非常必要,因为这样可以保留历史存在状态的丰富性和它可感知的体温,当然这样也容易露拙,未能把杂质剔除尽净,给人还不够"严谨"的印象。当代文学史的史料文献整理才刚刚开始,我个人认为尺度先不妨稍微放宽一点。

(原载 2016 年 9 月号《文艺争鸣》)

关于先锋文学答问

张 清 华

去载 10 月,在《文艺争鸣》"纪念先锋文学三十年"的专辑中,笔者关于先锋文学的历史和外延,已做了一些粗疏的梳理,年末我们又与《文学评论》杂志联合举办了"纪念先锋文学国际论坛"。与会者对这一话题做了颇为深入的对话和讨论。但奇怪的是,关于这一话题我们仍会听到一些奇怪的谈论,比如先锋文学经典化为时尚早,先锋文学压抑了现实主义文学,先锋文学在青年一代这里已不再有市场,等等。这些说法当然部分地道出了一些现象,但是否被正确地给予了对待,同时,媒体又刻意放大了某些说法,致使关于先锋文学的理解与评价又有了更大的歧义。不论是现象的问题还是看法的问题,我认为都有进一步讨论的必要。因为这不止事关当代文学的历史,更关乎它的现在和未来。如何理解作为遗产的先锋文学,左右着人们对于文学的方向、趣味和标准的看法,也会深远地影响着今天文学的道路。

基于这样一些考虑,我这里不揣啰嗦,耐不住借了一些朋友的问题再来说几句,并非为谁辩护或张目,而是为了再引起大家的思考,以更进一步厘清事实。

1."先锋文学"的概念是舶来品吗,究竟应该怎么理解?

"中国当代先锋文学",这是个独有或者专有的词汇,虽然它是西方现代派文学、意识流、六七十年代而下的魔幻现实主义、法国新小说等在当代中国的影响的产物，但我又不认同它只是西方文学渗入的产物。对此我已在将近二十年前写过一本《中国当代先锋文学思潮论》来探讨它的起源，认为是源于"文革"时期地下状态的启蒙主义写作。"先锋文学在当代中国首先是启蒙主义思想运动的产物"，在早期它的核心是人道主义，在1980年代中期以后则逐步置换为存在主义——"存在主义也是一种人道主义"，这是萨特的说法。我的意思是，"先锋文学"在当代中国首先是本土性的范畴，它不止局限于1985年和1987年两个波次的小说新浪潮，它是根源自1960年代，断续隐现于1970年代，并终于在1980年代全面浮出地表的一场波澜壮阔的思想启蒙与文学变革，与"五四"新文学遥相呼应的、部分重合的一场文学运动。关于这一点，我希望能够成为知识界和批评界的共识，否则就不会有一个历史的和客观的看法。在近三十年中，这场运动逐渐沉落，但其精神与艺术的元素已经渗透到现今的文学之中，遁形于无迹，但却又成为了文学的骨血。

2. 先锋是一种精神吗？先锋文学现在是否还存在？

先锋当然是一种精神，本质上是自由的精神，尤奈斯库说过大致如此的话。但仅仅这样看，是一种本质化的理解，而非历史的理解。作为一种历史现象，作为一个文学运动，它不可能永远存在。历史上所有的文学运动都是存在于一定的时间和历史环境之中。如今这样一个环境已经全然不再，要求先锋文学运动依然如故是不可能的。这正如文艺复兴的精神，人文主义的精神是永恒的，但文艺复兴却是指五百年前发生的一场思想文化与文学艺术的运动，你不能说文艺复兴运动还没有结束。当然，先锋文学作为运动结束了，并不意味着已经全然没有先锋艺术，或许它还是有的，但在精神上可能已经有变化——蜕变为了一种德里达所说的"产生于文学的危机经验中的'文学行动'"，一种比较极端化的行为化的东西，各种极端的观念和行为艺术式的作品仍然会零星出现,但这也不能表明作为历史的先锋文学仍然以现代时存续着。这个问题并不难理解。

3. 先锋文学的经典化是否为时尚早?

先锋文学的经典化是一个自然的进程,不存在"过早"的问题,任何经典都是相对的,相比于托尔斯泰和鲁迅,可能马尔克斯与福克纳都经典化得"太早了",这种说法看似有道理,但其实站不住脚。因为与莎士比亚和曹雪芹比,可能托尔斯泰和鲁迅也有点早了。这种比较是没意思的。你当然也可以"颠覆"——某种意义上经典就是供后人阅读、批评和颠覆的,但颠覆可能会反过来更加强和加速其经典化。我之所以看重先锋文学,一方面是因为它们代表了我们时代文学的精神难度、思想高度,也代表了在艺术探险上曾经达到远足之地——如果认真细读过,并且真正读懂了先锋文学,便一定不会对其有过于轻薄之论,因为它们中的那些代表性的作品大都是经得起细读的。路遥当然也很好,但不能说路遥有很多读者,就说先锋文学没人看。如果真的没人读,那倒不是先锋文学的悲剧,而是我们时代和文明的读者的悲剧了。因为一个不崇尚难度和思想性与精神性的时代,与这个时代读者的精神矮化之间,必定是互为因果的。

单纯从"难度系数"上也说不过去,很简单,一个体操运动员一生所做过的最难的动作,便是他所达到的专业高度的标志;先锋文学在最低限度上说,也称得上是我们中国当代文学所达到的最高难度系数的标记,从这个意义上,它是无可回避、不可绕过的。你不读,除了表明你对"有难度文本"的畏惧,还能说明什么呢?

4. 如何看待先锋文学的"转向"?

关于先锋写作的转向问题,已讨论了十几年。一方面这个是客观现象，另一方面又接近于一个伪问题——有谁的写作是始终不变的呢？同时又有哪一个作家会变成另外一个作家呢？任何写作者都在变与不变之中，不可能不变，也不可能变成另外一个。余华写出了最为繁难的作品之后，又写出了最为简约和看起来"容易"的作品，他完成了自己的自我证明：即，我是那个写出了《世事如烟》和《现实一种》的人，但我又写出了《活着》和《许三观卖血记》，这才有意义。如果没有早期的"极难"来证明，后面的"容易"就显得可疑和缺少意义，反之亦然。但余华一贯的尖锐地书写现实、历史和人性，却是没有变的。格非写出了非常晦涩的《敌人》，又写出了十分具有中国神韵和传统格调的"江南三部曲"，也是一种对证和自我确认。他回归中国古典美学传统的写法，并未妨碍他对中国近现代历史的尖锐思考，而是相得益彰。先锋试验之后文学终于结出了正果。这要联系起来，历史地看，才会有正确的看法。

处理现实有无数种方法，既可以非常形而上，也可以非常形而下，就看你处理得好不好，没有哪一种方法是包打天下的。先锋作家在处理现实的方式上确实有很大变化，这种变化有的是成功的，有的不那么成功，也很正常，有谁是永远成功的呢？有人不断地指责作家们在处理现实时的"无力"或"失真"，多数是属于站着说话不腰疼的，你处理处理看看？在现今条件下，如果不用变形、荒诞和怪诞，各种障眼法，作品能够出得来吗？

还有一点，先锋文学是在1980年代异常紧张和危险的处境之中诞生的，充满了探险和真正的自由精神。有人喜欢将80年代理想化，认为那是一个如何如何好的"黄金时期"，可是现在的人们早已忘记了那时环境的低下和危险，认为历史为他们提供了最好的机遇，这种看法只是看到了一面，而没有设想他们所承受的巨大压力。事实上，没有真正的艺术勇气和斗争精神，不可能写出《一九八六年》和《往事与刑罚》那样的作品。这样的写作与后来的80后的青春写作、撒娇写作是无法同日而语的。所以，永远不要拿韩寒和郭敬明们与先锋文学相比，他们之间没有可比性。

5. 先锋文学是否压抑了更具现实感的"介入"文学？它在今天的遗产和影响是什么？

把先锋文学狭义化，当然会得出这样的结论。在我看来，假如整体地理解先锋文学运动——将之看成是从上世纪 60 年代的黑夜中孕育，隐现于 1970 年代，并且在 1980 年代最终显形的一场思想文化运动的话，那么意义就不容小视。当然，这场运动可能是一场夭折的，或先天即发育不良的运动，但这没办法，历史只赋予了它这么多。但我仍然觉得，我们今天的文学所享有的一切，还是在很大程度上得益于它的馈赠。艺术上的品质，思想上的丰富程度，都与"文革"和所谓"新时期"之初不可同日而语。我还是那句话——只有先锋写作才使中国文学获得了与世界文学对话的资质、资格与可能，才使中国文学获得了真正现代性变革的起点。说先锋文学"影响了对现实的介入"，这纯粹是胡说八道，根本没有读过或者从来没有读懂的人才会这样说，在当代文学的历史上，还没有哪一种文学对于历史的反思和对于现实的"介入"与批判深度，能够超过先锋文学。

先锋诗歌与先锋艺术是更为复杂的问题，我只能说，在诗歌领域中，先锋精神要早得多，早上十几年和二十年。1971 年，插队白洋淀的 19 岁的根子（岳重）就写下了《三月与末日》，我认为那可以称得上是"1970 年代中国的《荒原》"，其水准和难度，不啻于飞来之物，简直不可思议。先锋艺术的步伐似乎也略早于先锋小说。我的看法是，先锋诗歌在精神和艺术上引领了整个当代文学与艺术变革的进程。

6. 先锋文学与"五四"文学怎么比？

先锋文学在艺术的难度与复杂性上，早就"超过"了"五四"文学。但是历史本身是不能代替和超越的，所以我们又不能说先锋文学是"高于""五四"文学的。同时反过来，也不能因为鲁迅和许多"五四"作家是学富五车的,他们的作品就一定是"五粮液";当代作家没有多少文化,甚至有的还没有上过大学,其作品就一定是"二锅头"。"诗有别才,非关理也",有学问的人比比皆是,不一定都能成为好的诗人。明清之际大儒多如牛毛,但文学成就却远不及盛唐。这是两个问题。尺有所短,寸有所长,鲁迅是伟大的,但莫言也写出了《丰乳肥臀》这样的伟大作品,用了一个世纪的时间、一个家族的覆亡故事,写出了中国近代以来的历史——民间社会被侵犯的和被毁灭的历史。况且莫言也是一直认真读书、阅读量很大的作家。

我反对动辄把当代作家与现代作家对立起来加以观察的看法,恰恰相反,他们是一个整体和一个谱系。在我看来,中国当代最好的作家正是鲁迅传统的真正继承者。在莫言、余华笔下,鲁迅的"吃人"主题,围观与嗜血的主题,国民劣根性的主题,都得到了有过之而无不及的展开描写。类似《酒国》《檀香刑》《许三观卖血记》《兄弟》这样的作品,只要认真读一读,就会领悟他们对于鲁迅的苦心传承与创造性的发挥,为什么不能将他们联系起来看呢?怎么能说他们是"保守"的呢?

7. 怎样纪念先锋文学,怎样看待
先锋文学与俗文学的关系?

"先锋文学三十年"是指一个"纪念"的意思,并非说先锋文学本身持续了三十年,虽然这些作家还健在,但不能说先锋文学存续了三十年。在我看来,截至 1990 年代中期的人文精神讨论,先锋文学作为"运动"即告终结了。之后的创作更多地成为个人性的现象。你这个思维还是对立的,好像先锋文学的又一个"罪状"是没有给俗文学留下空间。请注意,1980、90 年代没有给俗文学留下空间的不是先锋文学,先锋文学也是用自己的全部力量冲开了一角;而今,则差不多是俗文学不给先锋文学留空间了。

我并非鄙薄俗文学、网络文学,我只是担忧,尼尔·波兹曼早就说过,有两种东西能够使文化枯萎:一是专制集权,一是娱乐至死。至少从文化结构上,文学结构上,先锋文学所代表的是精英和核心的部分,如今这个核心正在萎缩和消失,你不担忧,反而指摘,我无法苟同。至于年轻一代的写作,他们想成器,自然有前途,如果他们只喜欢娱乐至死,只着眼于俗文学和现实利益,那么文学的衰落就是必然的。这诚如《红楼梦》中所讲的,昏惨惨似灯将尽,呼剌剌似大厦倾。文化的衰败当然有至为复杂的因由,但青年一代的不作为是一个关键因素。先锋文学诞生于一群青年人的手上,他们至少无愧于自己的时代和使命,如今另一群年轻人想怎么做,也是他们自己的选择。

8. 先锋文学给了我们什么样的启示?

前面已讲了太多,先锋文学的遗产之一,是告诉我们中国文学依靠什么、如何走向了世界。如今他们已经走向了世界——莫言已经获得了诺贝尔文学奖。最根本的,我以为就是,他们用了世界性的、人文主义的眼光,来讲述属于中国人的故事,对中国的历史和现实进行了反思,当然是在鲁迅式反思的基础上,更为多向和芜杂了,这也是无可避免的,当代中国的社会构造与文化情境比之“五四”时期要复杂得多,所以作家的思考也更为五花八门。但这都不要紧,要紧的是中国作家确实获得了一种现代性的能力,即借助复杂的文学手段,坚持了对历史、现实的秉笔直书,或者变形记式的旁敲侧击,坚持了对于人性黑暗与光明的共同探究,甚至也抵达了对于人类共同的各种忧患的书写,对于与生存与存在的哲学追问……所有这些,如今看似即在左右,但没有当初先锋文学运动筚路蓝缕的开拓前行,是无法想象的。所以,当所有写作者和读者享有这一切的时候,不要忘了那些当初的开拓者,他们不是来自天国的光明中,而是来自冷战和“文革”的历史黑夜之中。

(原载 2016 年 6 月号《文艺争鸣》)

网络文学主流化及其前景

马 季

文学永远是面向未来的事业。20年后，将是"95后""00后"走上中国文坛的时候，而今天他们正在接受文学启蒙，今天的阅读将会影响他们未来的创作，甚至影响他们的生活。在课外，这一代人主要通过网络进行阅读，网络文学自然成为他们最广泛接触的内容。而他们的父辈中，很多人无法接受网络文学。这样，两代人关于文学的认识和理解就出现了差异，久而久之，便会产生断裂。

十多年来，在涉及网络文学发展，网络文学主流化、精英化等若干议题时，我们总是在讲如何引导和帮助网络作家进行自我提升，如何提高网络文学的思想性艺术性等等。对创作的引导当然十分重要，但是，如何站在时代高度，深刻理解和认识这一新的文学现象，这一工作或许更加重要。这是一项双向的工作，引导者要先去学习，先"引导自己"弄清楚搞明白，再去引导别人，才会产生实际效果，才是对网络文学发展负责任的态度。

中国当代文学的主流化，与中国社会对内改革、对外开放阵痛过程中的新生，所遭遇的历程是一致的。在这一框架之下讨论"网络文学主流化"，不仅不构成对当代文学的颠覆，反而是在探讨如何延续和发扬中国的文化传统。

在网络文学生态系统中，非现实世界占据了主导地位，这恰恰是其迈向主流化的一大障碍。中国现当代文学的主流是以现实主义创作方法为基础的，网络文学选择的却是另一条道路。

《悟空传》(今何在)、《庆余年》(猫腻)、《惊门》(徐公子胜治)、《天才相师》(打眼)、《锦衣夜行》(月关)、《步步惊心》(桐华)、《琅琊榜》(海晏)、《浣紫袂》(天下尘埃)等一系列网络文学"神作"的共同特点有两个,一是非现实主义手法,二是对传统文化的接续。显而易见,文学的虚拟性在网络文学这块地盘上获得了成长,但它的出发点并非是对传统文学的背叛,而是大家通过互联网参与文学写作形成的集群效应。但在客观上,网络文学选择的这一条道路,与当代文学之间形成的"观念"鸿沟着实令人担忧。邵燕君认为,"需要对文学传统有了解的人,把文学的传统引渡到新的媒介中去,而不是任由媒介革命带来文化、文明的中断"。我以为,这是比较冷静、客观的看法。同时,传统文学界、理论界要求网络作家向托尔斯泰看齐,以鲁迅为标杆,不仅不切合实际,更是对网络文学的误读。

如何从理论上界定网络文学?在这个问题上,我赞同范伯群先生对大众文学发展脉络的指向,即冯梦龙—张恨水—金庸,网络文学由此接续。这条主线将网络文学纳入中国通俗文学范畴,应该是对网络文学主体较为准确的定位。上世纪80年代开始,中国经济社会高速发展,物质问题基本解决之后,民众产生了极大的文化心理需求,恰逢互联网普及运用,大众文学终于借网络实现了爆发式成长。网络文学的"落地开花""野蛮生长"说明文学的大众性有其历史基因,一旦气候温度适宜,就会蓬勃再生、星火燎原。值得引起思索的是,知识精英建构的经典文学价值体系在新的历史时期如何应变,以适应民众不断增长的文化需求。

在网络文艺领域,网络文学发挥的是领头羊的作用。从1998年发端起,网络文学就是最先起步的文艺样式,受众最广泛、内容最丰富、形式最自由,由其衍生出本土网络游戏、网络动漫、网络剧、网络有声读物等,构成了一个全新的"网络公共话语空间",为新世纪我国文艺发展打开了辽阔的空间。

由此,网络文学的主流化问题,受到越来越多的关注。任何一种文艺样式,要想深得民心,获得多数人的认同,其价值观、审美观必须经得住时代的考验。供求关系和读写关系显示出网络文学同时具有商业性和文学性两个特征，两者之间如果是共生关系，网络文学就会在不断创新的过程中产生新的美学价值。在过去的十多年里，网络文学在坎坷中摸索前行，逐步形成了一套自我修复功能，但仅凭这一点还远远不够，新的主流化文学必须承担起创立新的中国话语，讲述新的中国故事，塑造新的中国形象的历史使命。

从发展的角度看，网络文学的主流化不仅是网络文学自身的需求，也是时代的需求和历史的必然。有人提出网络文学的商业化是其主流化的拦路虎，他们认为，文学作品一旦迎合消费目标，将丧失其纯粹性。上述观点的确应该引起重视，当前网络文学存在大量跟风、雷同，乃至抄袭现象，都是商业化在作祟，值得警惕。然而，从大众传媒的角度来看，商业性需要一定的时间去缓释；从大众需求积极性的角度来看，网络文学存在的症结也基本上是广大读者所排斥的。更为重要的是，国家在文化层面上已经形成战略思维，"大力发展网络文艺"字字千钧，当然包含对网络文学发展的支持、引导和管理。

（原载 2016 年 5 月 6 日《文艺报》）

"全集"的泛滥与贬值

黄 桂 元

一

出版一部个人"全集"意味着什么？无论此人是否健在，都是一件不得了而不是无所谓的事情。它象征一种授勋仪式——对"大师"量级的辉煌成就的认可和历史评价，无异于在大众的心中矗立起一座偶像的文化丰碑，它带给人们的应该是一种近乎朝圣般的高山仰止。透过皇皇"全集"，读者看到的是一个隆起的文化、智慧与精神的海拔高度。"全集"剔除了一般文集的筛选和拔萃，要求尽可能全面地展示作者最客观、最真实的文字内容，包括未刊稿、私人书信、日记、便笺，看上去宽松得没了界限，其实不然，包罗万象的另一面便是巨细无遗，便是纤毫毕现，它使得扬长避短和去芜存菁失去了可能性，即使最轻程度的文过饰非和"为尊者讳"，都会践踏"全集"的定义。总之，此绝非等闲之事。

很显然，不是随便哪一位学者作家的文字全貌都具有珍藏价值，都值得"曝光"和展示，都无愧于"显微"。从这个意义上说，"全集"的质地应该是纯净的，品性应该是透明的。它抵制虚伪拒绝炒作，也容不得浅薄、乏味和平庸。它理应得到人们跨时空的仰慕和珍爱。而我所看到的事实，是许多已经面世的"全集"处境尴尬，颜面难堪，无人喝彩，命运很不美妙，更别提得到书界的尊重。这里,无辜的作者和读者不应承担什么责任。它们如同一个个违章建筑,虽搭出了像模像样的框架,却地基松软材质低劣,工程的质量便可想而知了。

十几年前,记得曾有名刊联袂推出过一个"寻找大师"的理论栏目,寻找的结果,当代中国的文学地理并没有诞生哥伦布和他的新发现。当代中国文坛看上去各领风骚群雄逐鹿,若寻找起真正的所谓"大师"来,又何其艰难。想象大师如繁星满天,对于东西方的任何时代和国家都只是一种寓言,一些聪明的出版人却不这么认为,他们面带无所谓的微笑,以批量生产和销售的姿态,很轻松地就把一套套名家"全集"供上书界的庙宇,同时也很轻易地用这种方式稀释了大家名家们原有的含金量,使人们不能不质疑这些出版人的诚意所在。

二

我的质疑缘于一次逛图书大厦的经历。那是个深秋的中午,幽幽日光透过落地玻璃窗洒进来,笼罩着几个位置显赫的专柜,我发现,那光影斑驳中竟满满当当排放着各种个人全集,少则数卷多则数十卷,从什么时候起,我国文化界已经是大师云集"全集"林立,竟如同变戏法一般?为何一些出了"全集"的作家学者,在我心目中的位置反而降低了?这种无人喝彩的廉价"繁荣"原因何在?

许多大家名家,皆为各自领域的翘楚,是不是所有的文字纸屑都有流传和珍藏的价值,却未必然。丁玲女士的《莎菲女士的日记》在上世纪 20 年代尚有些影响,长篇小说《太阳照在桑干河上》却有太多图解政治的痕迹,这位生前主张"一本书主义"的女作家,身后却出版了远谈不上珍贵文学遗产的所有文字,也是一件趣事。诗人闻捷恐怕生前做梦也不会想到,30 年后会有自己的"全集"问世,这种事怎么解释都无法令人信服,闻捷作品的审美品质如何,稍具水准的读者自有判断。还有一些著名学者、作家,其学问有高下,成就有大小,说到出全集,也都有一定水分。比如我所尊敬的傅雷先生,创作有限,译作却声名远播,如果把巴尔扎克的那些巨著拿来充数,则难免牵强。我以前曾在书店看到过《傅雷文集》,包括文学卷、艺术卷和书信卷,虽非著作等身,却很有含金量,出版"文集"还算是实事求是。最有意思的是,尚健在的美籍华人陈香梅女士也被隆重推出了"全集",陈女士在 22 岁时因其传奇的跨国婚姻而一举成名,进入中年,寡居的陈女士开始步入美国政坛且一度成为风云人物,同时经商理财,还风尘仆仆地在中国大陆、台湾和香港之间从事交流活动,也常常"客串"作家且有著述数十种,水准多类似文学"票友",作为卓有政绩的社会活动家的陈香梅,我可以诚惶诚恐,但看到《陈香梅全集》,我难以恭维。

陈平原先生曾在《中华读书报》上很认真地开列了一个包括从晚清到"五四"一代的著名学者在内的大名单,认为应该给他们出"全集",论述这些珍贵的名字所创造的学术价值是我力不胜任的,陈先生是研究近现代文学史的实力派专家,所言自然颇具权威性。我只是想说,出全集,并非对所有的文人学者都有利,如果本身并不怎么完美,出了全集,其原有形象反而有可能会受到"损伤",很显然,并不是每个在生前享有盛誉的作家学者,都具备出全集的条件。

三

全集和文集、选集之间绝不是一个简单的数量关系,而是有本质的区别。用袁枚在《随园诗话》里的说法,"诗有大家,有名家。大家不嫌庞杂,名家必选字斟句"。在文化艺术领域,大师和天才、名家之间的区别有时候并不清晰,甚至见仁见智,但多数文化人绝不糊涂,心里还是有杆秤的。具备了超凡脱俗的心灵质量和人格魅力,同时拥有足够丰厚的精神遗产、足够分量的文化建树和足够辉煌的艺术杰作的大师大家,读者需要也愿意了解其全部构成,包括作品内存之外更多的个人生活细节、思想微痕和心理涟漪,历史也不会任其自生自灭,如果以一种最好的纪念和继承方式表达人们对他们的敬仰，莫过于出版他的"全集"，这也是对大师的一种盖棺论定。当我们面对这样的"全集"，会联想到峰峦、森林、大海和天空，而不是闪电、雷鸣、昙花、飞瀑。后者多属于天才和名家，更适合出文集或选集，而出全集者则非气象万千的大师才能享此尊荣和待遇。

"大师"不是一顶纸糊的桂冠，经不起岁月的风吹雨打，也不是一颗媒体廉价炒作出来的明星，很容易随时尚潮流的起伏而生而灭。"大师"意味着博大精深，海纳百川，气象万千，承前启后，并不靠局部的光芒和短暂的声响吸引人们的关注。像莎士比亚、托尔斯泰、陀思妥耶夫斯基、雨果、罗素、泰戈尔和博尔赫斯等，谁能指出具体哪一部作品是他们的代表作？他们的思想和艺术能够跨越国别和年代而浑然一体，成为全人类的共同财富而走向永恒。

天才也是不多见的。他们不是靠"百分之九十九的努力加一分灵感"，也不靠"取百家之长"，用勋伯格的话，"天才只向自己学习，有才干者则主要向别人学习"，天才的创造常常表现出尖锐的原发性和鲜明的独创性，一般人很难模仿和重复，同时，天才的才情缺乏节制和收控，很容易在极短的创作燃烧中化为灰烬，往往难以达到大师那种高度、深度、广度所必需的精力、体力、从容、坚韧、平衡力、吞吐量和寿命。而我们最常见的就是名家了。这不需要饶舌，每个年代每个地区都有可能出现各自的名家。名家的才华有时候看上去也能直逼大师，由于各种原因也可以声名显赫，但他们很难企及大师的高度、成就和境界，据说巴金就对自己的文学成就评价不高，甚至称自己不是"文学家"，我想这大概不都是出于谦逊之辞。

其实，天才和名家们大多身怀绝技，笔墨风格各有特色，精选出能无愧于作者水准的文集就可以了。在一个大师稀有的时代，出版人不必"皇帝不急太监急"，草草推出各类低质量的"全集"，给人的感觉很像是在人为缔造"神"，结果"神"一多就不值钱了，把好事情往砸里办。出版人不是魔术师，不可能通过出版"全集"而使大师林立，这种闹剧似的做法是对历史和读者的欺弄。当务之急是让诸"神"归位,回到初心。退一步说,出版人即使打算为什么人出"全集",也需要一种严格的"资质"认证,以防泛滥成灾,滥竽充数,否则就太不负责任了,既害作者又坑读者。事实上,一些"全集"出版或计划出版的原因复杂微妙,有的是受制于乡谊乡情,带有地方保护主义或政绩色彩,有的出于相互攀比心态,有的则可能取决于财力的配置,或文化与出版官员的偏爱等诸多因素,使得本来是发掘精粹、传承文化的大好事变了味儿,以至于鱼龙混杂、泥沙俱下,不利于创作环境的清洁、学术秩序的改善和文化遗产的整理,容易产生一种阅读误导,败坏文化消费者的胃口,未必符合"全集"作者的意愿。

（原载 2016 年 10 月 26 日《文艺报》）

文心植沃土　百年说柳青

——纪念柳青诞辰100周年暨柳青与中国当代现实主义文学学术研讨会发言摘要

《文艺报》编者按:2016年是当代著名作家柳青诞辰100周年,陕西省委宣传部、陕西省作家协会与中国文艺评论(西北大学)基地共同主办了"纪念柳青诞辰100周年暨柳青与中国当代现实主义文学学术研讨会"。研讨会于5月15日在西北大学召开。与会专家从柳青的生活与创作,柳青深入生活、扎根人民的创作道路,《创业史》的艺术价值及文学史意义,柳青与陕西当代文学的关系,柳青对当代现实主义文学的启示,柳青研究的可能路径等多个方面展开了广泛的讨论。

白烨:不可企及的楷模、不可替代的经典、不可估量的影响

柳青之于当代文学,有许多方面可以总结和借鉴,我简谈三点。

一、不可企及的楷模。柳青在深入生活、扎根人民方面,践行得最为到位和彻底,为今人难以企及。深入生活的14年间,他不是作为一个旁观者,而是参与到农村的各种运动、各种事件中,作为一个当事者、参与人、见证者。他不是简单地深入,是身入、心入、情入,把自己融进去了。他思考的问题不只是文学的问题,还有农村和农民的种种问题。因此,他才做到了习近平总

书记所说的,中央出台一个政策,他马上就知道农民是高兴还是不高兴、欢迎还是不欢迎。这样的心系于民是我们最该学习的。

二、不可替代的经典。《创业史》主要写蛤蟆滩互助组的奋斗与坎坷,写了农村体制的演变带来的农民心理的改变。它看起来是在写合作化运动的兴起与发展,实际上揭示的是社会变革给传统农民造成的精神冲击,带来的心理更变,以及人们如何从心理上、精神上适应这种变化。这是一种走心的写作,它越过了体制、越过了运动本身。今天看《创业史》仍然具有生活感,很有情绪和新意,就是因为他写了不同阶层农民的精神成长,这是《创业史》在今天仍有价值的地方。

三、不可估量的影响。柳青为我们确立了一个什么是现实主义写作的标杆。现实主义写作是建立在深入生活、扎根人民基础上的写作,是一个"去作家化"的过程,其主旨是为生民立言,为人民立言。柳青作品有个"我们"的用法,叙事、抒情和议论都会常见,这里的"我们",实际上是在告诉人们,他不是一个人在写作,他是"我们"的代表。柳青的这种代言性写作,对陕西作家影响很大。在路遥、陈忠实、贾平凹等作家身上我们都能够看到这一点。我们的陕西作家都是一流的作家,但是他们之间并不是文人相轻、相互倾轧,而是暗中较劲、相互借力,总体上构成了一种良性的竞争,从20世纪50年代到现在,一直都是这样,是一个很好的经验,也是柳青等老一代文学人传下来的。

围绕柳青的话题很多,需要我们不断地去阅读、去解读,研究柳青对陕西、对中国当代文学都是一个宝库,我们可以从中获取很多的营养和能量。

段建军:《创业史》的终点构成了《白鹿原》的起点

中国当代现实主义文学的两位大师柳青和陈忠实都有史诗情结,善于在宏阔的社会历史大背景下书写人的生存成长史,善于把个人的命运与家族、民族的命运联系在一起,都认为个人的生存成长与民族、家庭的兴衰相互关联,个人对生活的理解与觉悟关联着其对民族、家族的理解与觉悟。这种理解与觉悟与其在民族和家庭中所处的位置,所体验到的人生相关联。他们都认为艰难是人的生活实践即历史过程的本色,摩擦和冲撞是这一过程的主要内容。两人的不同点在于,柳青认为历史是新与旧的斗争史,是新生事物在斗争中不断成长壮大,最终成为世界历史主角的过程。陈忠实则认为历史是一部鹿狼争霸史,是人们在争斗中重演前生前身的榜样,开创新的社会人生的过程。柳青把目光聚焦在民族的今天和未来,陈忠实把目光聚焦在昨天和过去,柳青歌颂斗争中涌现出来的英雄,陈忠实歌颂和谐关系的好人。柳青用乐观主义的态度对历史做了理性化、理想化、线性进展的处理。陈忠实则用丰富的感受、冷峻的态度、忧思的神情,对其进行还原,展现其曲折运动的态势。

历史进程中充满迷雾,每个人都在迷雾中摸索前进。20 世纪中期社会主义与资本主义两种制度处于竞争期,柳青将那千千万万个梦想家、实干家的斗争精神和英雄主义,作为史诗来书写,是对人类历史上曾经发生的社会主义革命与建设实践的形象化记录,这种崇高精神本身就值得后人敬仰。它尽管存在诸多不足,但却直接启发了后来的作家,如何在现实主义文学的框架下处理好作品与历史的关系;启发了作家思考如何在社会主义文学体制内,使文学更好地贴近人性与自我。从这个意义上讲,柳青《创业史》的终点也构成了陈忠实《白鹿原》的起点。

贺绍俊:用客观、公正的态度对待"十七年文学"

柳青是一个文学时代的代表性作家,对柳青的评价不是一个简单的对作家的评价,而涉及到如何认识和阐释当代文学的发端期即所谓的"十七年文学"。我们要研究的是在"十七年文学"这样的特殊背景下文学是怎么存在发展的,形成了什么样的文学品行和文学样式。

中国当代文学的组织性和合目的性不仅仅是中国当代文学独立形成的一种特性。如果放在当时国际共产主义运动的背景下，社会主义国家对文学的态度，反映了在阶级对垒分明的时代，无产阶级要从资产阶级手中夺回文化领导权的愿望。这对中国无产阶级政党显得更加迫切，因为中国无产阶级是在东方专制主义土壤上的革命，缺乏资产阶级文明广泛传播和精英阶层集结这样的过程，中国将文学作为夺回文学领导权的重要的渠道和手段，决定了当代文学的组织性和合目的性，而这与文学创作的个人性和自由精神有冲突，这种冲突构成了当代文学发展的内在动因，这种张力形成了当代文学特殊的审美样式、表达方式。当代文学作家服从这种组织性和合目的性，在与内在文学的自由精神发生冲突时以委婉曲折的方式表达出来，这与中国文化传统有一种传承的关系。

柳青、赵树理、周立波代表了一种作家类型，在主观上是努力去追求与时代相吻合的作家，认同于这样的思想变化，有一些作家却并不认同，他们会用另外的方式表现出来。柳青作为作家的个人的自由精神在作品中表现出来，这恰好是"十七年文学"的特点。在柳青诞辰 100 周年的今天，并不在乎给出一个肯定性或否定性的评价，或作出柳青应该在文学史上地位的界定，而在于用一种客观、公正、学术的态度去进入"十七年文学"史，看到这个时段的重要性，看到那个时段文学是怎么样的一种特殊的表达方式，提供了什么样的审美经验，这恰是《创业史》作为独特的经典所必不可少的因素。

陈福民：《创业史》写出了组织起来的农民

对柳青研究的分歧是到了该总结的时候了，这并不是说一下就可盖棺论定，但确实应该进行一个阶段性的总结。这个阶段性的认知是在二三十年间的变革中逐渐浮出水面，我希望通过我们的研究澄清分歧和歧义，使之服务于我们的学术讲坛。柳青《创业史》最重要的是其包含的历史哲学认知，虽然它处理的人物都是面向黄土的农民，但其背后有强烈的知识分子的认知框架，历史起点是很高的。周扬评价《创业史》是"农业合作化运动的史诗"，正是这种知识分子的认知框架、历史哲学基础，使之有别于其他同类作品的创作，这种认知起点使之高于其他作品，这也成为1980年后中国文学的一个新的起点。

更大的问题是如何评价农业合作化。对政治经济学来说，这条路在开启时未经论证，在历史实践中被证明是失败的。但农业合作化还有一个重要的意义，就是中国农民被组织起来了，而这正是中国现代社会成立的基础。中国近代社会只有一个目标就是把中国建成一个现代化的国家，现代化国家最根本的问题是将农民组织起来，这是中国摆脱农业社会进入现代工业社会的基础，离开了这个，中国革命无法继续。

第二点是人的问题。柳青认为他写了社会主义新人的形象，梁生宝区别于以往的农民起义的领袖，区别了中国历史上所有的农民英雄，是一个新的形象，但是这个新人的形象在今天仍然没有完成，中国当代文学依然要面对如何塑造这个形象的问题。第三点，如何处理知识分子的身份与生活的关系。柳青作出典范，去知识分子化，在生活方式上完全融入底层草根。如何处理这些价值观念不同的关系，保有知识分子的身份，作为创作主体的个人如何处理这些矛盾，柳青带来了很多启示，学习他可以很好地丰富我们自己。

刘琼：文学创作要超越历史、阶级和个体的局限

柳青的创作观认为文学家要超越三个局限：历史、阶级和个体。柳青是如何超越这三点的？柳青《创业史》写作的是合作社和社会主义建设初期的经济问题，作为一个作家，历史中的人，应该怎样面对这样一个重大的社会历史事件而发言呢？在论证型写作、观察型写作之外，柳青的方式是独特的，他既不是主题先行地解释某种观念，也不是冷静地、绝对客观地再现历史，他采用了既有观察也有自己的思考和主体性参与的方法，这是对历史本身和现实本身的一种超越方式。

柳青是一个有信仰的人，新中国成立之后，他有很多的机会

生活在城市,但是,他没有放弃自己的信仰和人生追求,他依然坚持自己对于农民的阶级情感。柳青对农民问题是感兴趣的,对农民实际经历是熟悉的,他的选择是出于自己的主观意愿,想主动超越自己的阶级局限。在他的文学中,既有对特定阶层农民生活的表达,也有他对于整个社会架构的思考。柳青的创作超越了个体的经历。他获得了一种历史意识,对那样一个重大的历史问题用文学意识来书写。他不仅通过个体的书写切入到历史重大主题之中,对历史主体的表现进行描述,他还超越了个体让自己进入到那样的生活当中去,他绝不从外部虚构文学,而是从生活中打捞出能够反映时代的语言、生活细节、人物形象,通过文学文本的表达来呈现历史。柳青是一个清醒的现实主义者,他的发现的眼光和再现的能力是非常强大的。他的历史意识、深入生活获取经验的强大意志,以及他对文学的主体性精神和艺术追求的执着,都是陕西留给当代文坛的一个遗产。

周燕芬:《创业史》的"史诗性"在于它的复杂和深厚

《创业史》是代表"十七年文学"实绩的一部作品,被誉为"史诗",源于它的史诗内涵。作品揭示了中国社会历史变动中富有规律性的发展方向,展现农村乃至全国范围内阶级势力的消长变化及转化的必然性,柳青以现实主义手法,巨细无遗地勾画出当时农村阶级构成、阶级层次、阶级对抗的客观存在,作品整体透出的思想倾向显然是时代赋予的,是社会的、政治的、公众的思想倾向的传达,迄今仍有重要的认识价值。

梁生宝的价值更多取决于他所负载的时代精神意义,而对梁三老汉,作家动用了最为深层内在的主题情感。梁三老汉是浸透了作家血肉疼痛的一个人物,作家笔下形象的所思所想、一举一动、一颦一笑,莫不熔铸着作家的切肤之爱。随着时间的推移,人们会愈来愈深地挖掘梁三形象所蕴含的历史容量和理性意味,他身上涵盖着更为深广复杂的农村社会生活内容,表现着当代中国农民命运中更为本质的东西。梁三形象的成功得力于作家理性与情感的高度融合，此种融合又是建立在柳青非同一般的生活体验之上，无论梁三和梁生宝，他们所包含的农村生活内容，农民生活情调，个人性格气质，都构成形象特有的艺术魅力。

《创业史》在整体思想价值取向和局部客观再现之间形成巨大的矛盾。《创业史》内涵的广博与深厚体现在这些观念与认识的冲突和对立之中。总之，复杂、丰厚应该更接近作者的"史诗"追求。《创业史》作为复合状态的文学文本，还在于它已超越了合作化运动本身，将一种无限开阔的人生命题蕴含其中。因为特定历史条件对文学创作的制约，使得像柳青这样具有大家潜质的作家没有充分施展他们的文学才华，也使得像《创业史》这样本该成为文学经典的鸿篇巨制留下了永久的艺术缺憾，毕竟柳青以他的智慧和生命所熔铸的《创业史》显示了如此丰富复杂的精神内蕴，以它为代表的一个时代的文学问题，也未被我们彻底挖掘和全面认识。

李继凯："丝路文学"是与时俱进的"创业文学"

赵树理有山药蛋派，孙犁有荷花淀派，柳青却不好命名为什么派别。西部比较穷困，关注创业是一个自然而然的选择。"创业文学"是对柳青最好的定义。创业是大的境界，柳青积极的书写，创立了一个文学范式，提起创业不光是陕西，全国也会想起柳青，这是一个巨大的成功。我们很难忽视他对普通民众生存状态和普通创业者的描写，他对现代合作化创业运动的关注，以《创业史》为代表的集体合作创业轨迹的书写反映独特的社会文化心理，进入新社会浓重的创业热情，反映了中国特色的农村创业的书写范式，为天地立心、为生民立命的民族感和使命感。

"一带一路"是昭示中华民族伟大复兴的道路。传统概念的"丝绸之路"在"丝路精神"中泛化为一种"创业精神"，我认为，以柳青为代表的"创业文学"应该纳入到"丝路文学"的大范畴内考察。"创业文学"和"丝路文学"有着内在的密切关系:首先,在创业中追求"长安"的价值取向,在两种文学形态中都有充分的体现。其次,"创业文学"与"丝路文学"具有交叉性,在丰富当代中国文学版图方面做出了重要贡献。第三,"丝路文学"作为与时俱进的"创业文学",是更加具有发展潜力的文学形态。第四,从"创业文学"到"丝路文学"我们可以看到,中国人的创业和守业理应同等重要。当代丝路作家应当具有更加强烈的创业精神和包容意识,将创业与守业意识在国家化、多民族的多元文化交流中强化,使文学具有更多的开拓创业的正能量抒发,同时也能使文学具有更多护生惜命的人类学意味。

王鹏程:《创业史》应与《狠透铁》综合起来解读

通过对处于同一艺术谱系中的作品进行对照研究,我发现,《创业史》的写作受到高尔基的《母亲》和肖洛霍夫的《静静的顿河》《被开垦的处女地》这些文本影响是非常深刻的。《创业史》的"题叙"是最为人称道的,也是作者最满意的一部分,一开篇便气势不凡地呈现出历史的广阔和深度,这与高尔基的《母亲》和肖洛霍夫《静静的顿河》开头是相似的。

柳青在访谈和读书笔记中,多次以高尔基的《母亲》为例,分析苏联社会主义文学的成功经验,但是对《创业史》的结果发生深刻影响的却是肖洛霍夫的长篇小说。肖洛霍夫的长篇小说结构与托尔斯泰《战争与和平》的全景式反映不同,他小说的特点是用主要人物结构作品,众星拱月式地层次清晰地安排周围的人物,矛盾冲突递进式展开。这种结构方法就是《创业史》的方法。我们甚至能够看到,梁三老汉的形象与《被开垦的处女地》中梅谭尼科夫之间有很多相似之处,梁生宝的爱情纠葛也参照了《被开垦的处女地》的情节模式。《创业史》除了受到苏联文学影响之外,还有作家自身创作前后的互文性。

《狠透铁》是《创业史》的一个不可剥离的"副文本",前者集中体现了农业合作化运动后期的致命缺点和严重偏差,是那个时代的悲剧的一面镜子,将《创业史》与《狠透铁》综合起来审视柳青对农业合作化运动的现实认识和历史判断,无疑是一种更稳健而妥当的视角。

仵埂:柳青作品中乡村伦理与阶级意识的博弈

在柳青的作品中,乡村伦理意识一直是乡土中国的隐形存在,它对来自政治话语的阶级意识产生着潜在的抗争,在《狠透铁》中,王以信以和善仁义的面目出现,与村民和平相处,与新制度的阶级划分形成对峙。王以信常常会站在村民的利益上,更多从宗亲本位出发,对抗国家的粮食征收政策,这是他号召群众的法宝,而"狠透铁"更多地站在国家利益的高度,赞成小利益服从大利益,牺牲村民利益服从国家利益,在这个过程中,我们看到,乡村伦理原则对抗国家意识形态,血缘亲情并没有因阶级划分而完全失效。

在特定的历史时期,柳青从现实生活出发,一定感受到了阶级意识和农村中所具有的伦理原则的撕裂和对抗。但是,他也看到,以上中农为代表的这个群体,实际上承继着原来的文化传统,在一定时期,他们成了事实上的乡村政权的主宰者。也就是说,儒家的社会秩序安排,以一种变身后的方式,在暗暗地改造和融合着新的变迁,并将自己的秩序原则注入这一新事物之中,构成一种潜在的深刻的隐形影响。乡村伦理在解放后会对阶级意识有所反抗。乡村社会以家作为基本生活单元,合作社以宗族为主的自然村落作为基本生产单位,这些根基没有动摇时,儒家文化事实上还在起作用,它艰难地弥合着乡村因阶级划分而导致的人与人之间的对峙和分裂。这种曾被批判为"小农意识"的乡村文化传统事实上在社会主义建设中起到了重要的作用。

陈然兴:《创业史》是反映农民言语生活的标本

在严家炎与柳青关于梁生宝形象的真实性的争论中,存在着一个语言的问题。严家炎认为,梁生宝"缺乏农民气质",实际上是因为,梁生宝的语言是混杂的语言,在柳青看来这恰恰是一个天真的农民党员真实的言语形象,于是发生在梁生宝的语言中的"不协调"是真实的,而且是社会主义新人的言语的典型特征。《创业史》的修辞结构是独特的。在这本书中,主人公的内心话语不仅在情节中力图控制和改造其他人物,它甚至控制和改造了作者,使得作者的叙述语言也沾染和渗透了主人公的内心情调和感情色彩,从而使文本带有强烈的政治抒情色彩。

艺术地描绘民众的日常口语、积极地认同和传播官方政治语言、有保留地压抑和改造知识分子的文学语言,这三者构成了《创业史》语言修辞的基本态度。其中对农民生活言语形象的塑造是柳青艺术创作的重要成就。柳青创造性地建构了以英雄人物的内心话语为主导的小说修辞形式,有效地实现了革命现实主义文学的崇高化目的。而它所塑造的一系列言语形象——典型的"社会主义新人"的言语形象,具有浓郁地域特色的民众口语的形象以及新型的通俗化、大众化、饱含"启蒙"激情的文学叙述语言——本身就有其审美的意义和艺术地反映社会生活的价值。《创业史》已然成为我们通过语言了解 20 世纪 50 年代农村社会生活状况的艺术标本。

胡小燕:对《创业史》应有"陌生化"阅读

《创业史》少有可供挖掘可供引申的潜在意向,我们对人物的解读、评价并没有超过柳青本人的预设。那么在文本内容高度确定的情况下,如何来评价作品呢?一种方法是撇开"写什么""怎么写"而关注"写得怎样"。另一种研究方向是倾向于相对理性地看待《创业史》这类文学作品,学者们把它们看成是这一特殊历史时期社会文化心态的文学文本形式,是整体意识形态状况的产物,并发挥着意识形态的作用。这两种研究方向都易走极端,但二者也可以形成互补的可能。

"写得怎样"首先是一种阅读体验,我们应该把细读文本时的直接体验引到理性研究中。同时,这种经验不能仅仅看成是一种独特的、无法相互交流的个人经验,而应该是一种情感结构。其次作为一种结构,它应该具有一定的稳定的、可辨识的特征,它所要描述的是一种"经验的延续性,即存在于某一特定作品中的独特形式过渡为获得承认的一般形式,以及随后从这种一般形式的关联过渡为时代潮流"。再次,情感结构是"在特殊形式下,通过特定的假定性产生交流的经验",也就是说,作品中的场景、人物、情景、故事情节、氛围带给读者的最直接的感触就是一种情感结构。阅读《创业史》这类作品无疑会获得更大的冲击,即一种"陌生化"效果。让读者时刻保持清醒的认识。文学,特别是无产阶级革命文学之于柳青决不是小资产阶级的个人情怀,而是无产阶级革命事业的一部分。

就《创业史》而言,作者一开始通过各种要素之间的移置以及接合构建了某种意义,呈现为一种固定的文本形式。这种意义移置的方式,大致可以归为五类:第一类:指定,即将两种原本没有必然联系的因素主观地接合在一起;第二类:遮蔽,即刻意回避某些关键性问题;第三类:模糊,即忽视两种因素之间的差异性;第四类:中断,即出于某种原因终止叙事,导致意义不完整;第五类:分离,即原本应该是统一的两个因素却分别叙述。总的来说,《创业史》文本内部呈现的各种移置状态决定了当代读者在阅读时要体会陌生化的效果,这种效果最终与新的社会背景结合在一起,由此激发出文本最大的意义内涵,读者根据新的立场做自己的判断、抉择,这不失为一种重新激发这类文本文学价值的可行的阅读实践。

尚斌：文学在柳青那里具有绝对的高度

在柳青的文学世界中，对历史本质故事做这一宏大命题的阐述，是其文学雄心的重要体现。对历史本质故事与宏大叙事的追求，不仅是一种对制高点的青睐，更是对写作者思想关照厚度的呼唤。因此，柳青的作品在"十七年文学"中才占据着重要地位，这使他的文学作品明显地区分于同时代、同题材类型写作。他的作品意味着对文学高度的仰望与敬畏，也是对文学厚度的坚守与信仰。为了使高远的文学意识落在实处，柳青极为重视写作效果的坚实性，尽力保证作品的实感与质感。《创业史》为人所称道的一大原因即是：宏伟的结构能与精细的描写通融结合，作品蕴藉的历史判断、思想高度、议论抒情都建立在充实而精致的叙述中。

我们不可能抹去以《创业史》为代表的柳青文学文本的瑕疵与局限，但更难抹去的是他对陕西文学、西部文学的深厚影响。他作品中浓郁的地方色彩，他写作理念的区域特质，对当代文学尤其是后续陕西文学的发展起到了开拓作用。柳青小说的长篇史诗追求，无疑对后世陕西作家写作理念形成了一种恢宏的典范。在对现实主义能量的信心层面，柳青也做出了一个沉潜的先行者所带来的积极影响。在柳青的文学方位中，对区域文化特色尤其是区域文化精神的书写亦是颇为突出的。对地域文化与地理风貌的展示，本身即是农村题材创作的一大轴心因素。

柳青对作家创作理念与写作精神的阐释带有独到的个人魅力，最闻名的是他曾提出作家的"三个学校""60年一个单元"等理论，他非常强调作家在写作过程中保持丰富的吸收，保证知识结构与视野维度的更新。柳青称，文学是愚人的事业，他显然不是天赋与才情型的作家，他的这种理解不仅是一个作家谦逊人格的表现，更是一种对自我的磨砺与自我的不断要求。像柳青这类苦修式的写作者,他的文学也许不能达到绝对的文学高度,但文学在他的内心深处具有绝对高度。

(原载 2016 年 6 月 15 日《文艺报》)

文化自信:给文艺评论布上亮丽的底色

——第一届中国文艺"长安论坛"在西安举办

8月20日至21日,由中国文艺评论家协会、陕西省委宣传部和西北大学主办的第一届中国文艺"长安论坛"在陕西西安举办。以"长安"为名的论坛并不少见,但在国家"一带一路"战略背景下,长安(今西安)作为陆上丝绸之路的一个起点,这样具有标志性意义的历史存在让中国文艺"长安论坛"也有了不同寻常的意义。

"首届中国文艺长安论坛贯彻落实习近平总书记一系列重要讲话精神,围绕'文化自信:中华美学与当代表达'这一主题展开研讨,非常切合实际。文化自信是一个国家、一个民族、一个政党对自身所拥有的文化的充分肯定和积极践行,是对自身文化生命力和影响力的坚定信心。中华美学是中华优秀传统文化的有机组成部分,也是文化自信的重要来源。习近平总书记明确指出,要结合新的时代条件传承和弘扬中华优秀传统文化,传承和弘扬中华美学精神。我们相信,在大家的共同努力下,长安论坛一定会焕发出勃勃生机,一定会为我国文艺的繁荣发展提供更多的真知灼见。"中国文联党组成员、副主席、书记处书记夏潮在论坛开幕式上致辞。

其后,中共陕西省委常委、宣传部部长梁桂,西北大学校长郭立宏等致辞。中国文艺评论家协会主席仲呈祥、中国政法大学资深教授李德顺、中国文艺评论家协会副主席王一川、中国戏剧家协会副主席罗怀臻、北京电影学院党委书记侯光明、陕西省美术博物馆馆长罗宁等发表主旨演讲。开幕式和主旨演讲由中国文联理论研究室主任、文艺评论中心主任、中国文艺评论家协会副主席兼秘书长庞井君主持。

仲呈祥认为,中国文艺长安论坛至少融汇形成四个方面的力量:一是高等教育战线的文艺评论力量,二是文联系统相关研究室的文艺评论力量,三是科研机构的文艺评论力量,四是重要的学术刊物、党报党刊的文艺评论力量。"因此,我们聚集一堂,是一个名副其实的代表着国家水平的长安论坛。我们沾了长安的光,要不负长安的托付。我对此充满信心。但愿中国文艺'长安论坛'快快成长,成为中国文艺评论界的一个响亮的品牌、一个重要的平台,为推动中华民族的文化复兴作出自己独特且不可取代的重要贡献。"

文化自信让中国文艺充满底气

党的十八大以来,习近平总书记曾在多个场合提到文化自信,在庆祝中国共产党成立95周年大会的重要讲话中强调,全党要坚定中国特色社会主义道路自信、理论自信、制度自信、文化自信,并进一步指出文化自信是更基础、更广泛、更深厚的自信。

对于来自哲学、历史、美学、艺术学、文艺理论以及文学、戏剧、影视、美术、音乐、舞蹈、书法等多个学科的百余名专家学者而言,"文化自信"不是一个空泛的口号,而是切实感受到有如呼吸一般重要的意义,长期以来刻苦所学都在同一片天空精彩绽放。

仲呈祥谈到"文化自信与中华美学精神",他认为我们要从理论与实践相结合的高度重新认识"文化自信"的重要性。具体到习总书记所强调的"中华美学精神",仲呈祥认为我们对中华美学精神、对人类美学思维的独特贡献一定要充满自信。要坚守不移,与时俱进,为中华美学精神赋予时代感、现代感。但是,这种赋予是从中华美学精神思维的正向方向去深化发展丰富它,而不是逆着中华美学精神的反方向去颠覆它、戏耍它,甚至东施效颦地遵循西方的某些观念。

李德顺从价值论的角度分析了"文化自信",他着眼于人类命运共同体,着眼于为人民说话,认为不管是理论自信、道路自信、制度自信还是文化自信,都不是自我标榜、盲目自大,而是踏踏实实地思考、观察、分析、解决问题,对自己解决问题的方式有充分的自觉和自信。他熟练运用"应然"与"实然"这对概念,将中西方思维的差异条分缕析出来。历史在他的表述里大踏步跨越,从古希腊到休谟,从老子、孔子到毛泽东时代,看似浅显的道理有了深厚的根源,看似模糊的事情也有了明确的说明。他的主旨演讲涉及文化、历史、哲学、政治、艺术等诸多领域,能让人明晰的不仅是知识的金字塔,还有人生的点点滴滴。

作为艺术学理论研究领域的学者,王一川思考的是"怎样的艺术才可以承担通向文化自信的审美中介这一任务",他的发言标题很有特点,为"照镜子、传基因、接圆环"。他认为有三种艺术形态值得关注:一是外来型艺术,二是古典型艺术,三是现代型艺术。外来型艺术是文化自信的他者镜像或外因,古典型艺术是文化自信的基因代码或远内因,现代型艺术是文化自信的主源地。文化自信不是一个固定的静态的结果,而应当是一个动态的生长或生产过程,是一种正在耕耘、保障生长和发育、期待收获果实的动态过程。要建设当代中国公民的文化自信,就必须认真改善对现代型艺术的认知,否则文化自信可能难以落到实处。

罗怀臻结合中国戏曲当前发展的实际,对"文化自信"有着另一番理解。他认为,在强调文化自信的同时,还应该强调文化自省。自信是底气、是根基,自省是扬弃、是创新。以戏曲为例,当社会形态从农耕文明向工业文明信息文明转变之际,提炼于过去时期生活生产方式与情感交流方式的传统戏曲,不可避免地遇到了难以逾越的瓶颈,逾越瓶颈不是简单地批评时代,抵制创新,一味强调"移步不换形",而是在承认传统戏曲程式系统在表现现代生活方面存在局限的同时,想方设法完成创作思维的转变,通过实践实现中华戏曲艺术发展的"创造性转化"与

"创新性发展"。

侯光明期待中国电影能迎来"钻石时代",成为一张弘扬中华文化的"名片"。他认为,中国电影也面临着建构属于自己的话语体系、进一步提升国际地位的多重压力。因此,从一个前瞻性的角度,思考"中国电影学派"的建构及其实现路径,也许能成为解决当下中国电影产业发展问题的主要方法。在他看来,建构"中国电影学派"是中国电影当前的内生需求,也是宣传"中国梦"的客观要求。"中国电影学派"要将中华美学精神融入艺术理念中,外化为具有中华美学特色的影像表达;要根植社会发展的现实基础,描摹当下现实画卷;要紧盯世界电影科技发展趋势,最终促进中国电影产业格局的转型升级;要提升对外合作的能力,才能用世界听得懂的电影语言,讲好中国故事。

构建中国文艺评论学科体系

8月20日下午,"文化自信与世界眼光""现实主义与中国传统""中华美学与当代呈现""网络文艺与时代审美"等四个主题论坛在陕西宾馆同时进行,密集的发言,让每个分论坛都成为一场激烈的"头脑风暴"。信息、知识、观点在这里交汇,聚集成颇有含金量的"文艺评论大数据"。庞井君明确提出应建立"文艺评论学",把文艺评论真正落实到学术体制和学科建设中,推动构建文艺评论新格局。长安论坛是中国文艺评论家的一个平台和家园,希望长安能成为中国文艺评论的一个新的发源地,中国文艺评论学科体系的建设从这里出发走向世界。

在"文艺评论大数据"中细细探寻,会发现一个又一个振奋人心的事件,如浙江大学中国艺术研究所副所长金晓明介绍了《中国历代绘画大系》的编纂进展,中国方面与全世界累计有100多家博物馆以及十几所世界一流大学合作,"文化自信是项目的一个重要支撑";会了解到一个又一个不寻常事件背后的深层缘由,如中国的各家出版社从国家新闻出版广电总局所获的曹文轩作品翻译基金共计430多万,最好的翻译有力助推了

332

曹文轩在国际文坛的成功;会知晓各种新兴的研究,如陕甘宁文艺文献整理与研究、吴宓全集与吴宓研究文库、当代丝路文学及其研究等。

论坛发言或者根植传统,讨论文艺界的重大理论话题,如现实主义和中华美学精神,或者以更加开放的心态包罗万象,在更宏大的时代背景中,结合新理念、新技术去重新理解文化艺术的丰富内涵,如"文化自信与世界眼光""网络文艺与时代审美"。谈到现实主义这个当代文学中有意识回避的话题,学者们从文学、影视、美术、舞蹈等各种艺术形式中去找寻中国当代现实主义的代表人物和代表作,试图找到现实主义在当下发展的更为合理的路径。路遥、贾平凹、陈忠实等新闻热点人物,再次在学术中回归为热点话题。显微镜视野中的多样的现实主义创作手法,让中国的现实主义艺术面貌更加立体多面,更加具有可参照性。相对于"现实主义"这种偏重于实操性的话题,"中华美学精神"的深入研讨偏重于理论的激荡。在这个论坛中,老生常谈的内容如何出新,是一个难题。清华大学新闻与传播学院党委副书记梁君健关于"电影与非物质文化遗产"的发言是另一种风格。他认为,非物质文化遗产和电影的结合有两种方式,一种是机械结合,也就是对非物质文化遗产原生态的呈现方式,一种是有机结合,也就是将非物质文化遗产作为电影表达的符号和表征来使用。如果说其他三个论坛更像是"学院派",网络文艺相关的分论坛就好像"十八般武艺样样精通"的江湖达人,专家学者各出奇招,谈论的话题涉猎甚广,如自媒体的诗歌界、媒体融合和网络审美新业态、大数据时代文艺何为、新媒体创业叙事等。在网络文艺的研究范围里,似乎一切都可以拿来研究,各种推陈出新的研究确实又都能刷新你的认识,刺激到你的脑细胞。

值得注意的是,在分论坛中,民族文艺也是耀眼的话题。内蒙古自治区文联名誉主席巴特尔强调,弘扬草原文化,要加强文化转型的自主能力,坚持时代性和民族性的统一,不能重文化形式、轻文化内涵。大理大学文学院院长纳张元谈及新媒体时代少数民族文化传播的瓶颈与对策。他认为，随着全球化、工业化、信息化的快速发展，新媒体的瞬间性、平面性、碎片性侵入到少数民族文化之中，或简化、或同质化、或解构了少数民族文化的形式与内容，使得民族文化在新媒体的各种形式当中被渐渐稀释或替代，少数民族文化遭遇前所未有的冲击与挑战，面临严重的生存危机。他建议，紧跟新媒体的发展潮流，运用新的技术、方法、手段促进文化资源发展，采取大众化、多元化的传播方式，使民族文化最大范围地传播，而且必须回归文化本身，传播民族文化的精华部分，尽可能传播原生态民族文化，使文艺作品有底气、接地气、显灵气、扬正气，让少数民族文艺作品真正入耳入脑和入心。

经过激烈的思想碰撞，第一届中国文艺"长安论坛"圆满结束。每一个发言者都感觉意犹未尽，期待有更多尽兴发表言论的机会。短暂的论坛交流虽然留有遗憾，但仍然给与会者留下诸多思考。更为重要的是，大家都好像觅得知音，情满而归，归程中在微信群接续表达了不尽的谢意。

（原载 2016 年 9 月 12 日《中国艺术报》）

聚焦中国问题　夯实理论基础

——"当代中国马克思主义文艺批评的理论与实践"研讨会综述

由全国马列文艺论著研究会与大连大学联合主办、大连大学文学院承办的"当代中国马克思主义文艺批评的理论与实践"学术研讨会于近日在大连举行。来自全国多所高校的50多位学者，就马列文论思想研究与批评实践中的诸多热点理论问题进行了广泛、深入而有效的讨论和交流。会议主要围绕以下几个方面展开：

探索当代中国马克思主义文艺批评学科建设的新路径。探索符合中国特色的、顺应当代历史要求的马克思主义文艺批评学科建设的具体路径，是马克思主义文艺工作者面临的重要历史任务。党圣元提出，推进当代中国马克思主义文艺批评的学科建设要以习近平总书记系列讲话精神为思想引领。我们应该在反思几十年来我国马克思主义文论研究所走弯路的基础上，实现"回到马克思"和"发展马克思"的统一，实现以马克思主义"原典精神"切入当下中国"当下现实"的理论作为，从而推进马克思主义文艺批评中国形态化和当代形态化的建设。党圣元认为如何在"互通、互补、互融"三个层面上对既有"相异性"又有"相通性"的马克思主义与中国传统文化两种思想资源之间实现对话，是中国当代马克思主义文艺思想工作亟待解决的问题。

张永清认为，马克思与恩格斯在1833—1844年之间的批评理论是马克思主义批评理论的"前史形态"。他提出将马克思主义批评理论分为五个"历史形态"（即前史、初始、科学、政治以及文化形态）和一个发展形态——即当代马克思主义批评理论的"中国形态",并强调立足于当下社会现实构建具有中国特色的马克思主义批评理论。

在考察了西方文论范式历时发展过程中所呈现的异质性的基础上,韩振江提出共时性译介和引进历时发展中的西方文论范式导致中国文论建设中思想范式之间的异质性问题。他认为要应对这种学科现实并建设中国文艺理论思想的开放性体系最重要的是"剥离种种历史因素而不是纠缠于历史之中"。

李志宏认为应该提升马克思主义文论思想在文艺本性问题上的话语阐释效力,要在重新辨析以形式主义文艺理论关于文学内外部研究区分的理论合法性基础上,从建设马克思主义的文艺审美论开始,重新搭建马克思文艺思想的时代性、社会功利性与审美形式价值之间的内在关联,从而提升马克思主义文论思想有关文艺本性的话语阐释功效。

在马克思主义视野下聚焦当代中国文化与文艺现象。如何运用马克思的理论视野和方法解析中国当代文化经验和文艺现象,是文艺批评的重要理论实践。孙士聪就中国当下文化中出现的"新小资"以及关于"新小资"的各方观点纷争提出了自己的看法,他认为"新小资"既不是当代中国社会文化权的领导者,也不是实施者,而是一种表达主义的游荡者抑或是投机者,而对"新小资"的解读必须根植于当代的社会文化现实。他指出,认为"新小资"掌握文化领导权的观点恰好表明中国文化理论阐释的焦虑和无所适从。张红军认为,中国当代文学评论中有明显的"去历史化"价值判断倾向,这种认定在思想上直接借自于西方以虚无主义为核心的后现代主义思潮,而并非完全是当代文学创作自觉的内在冲动。因而,应该在中国具体的文化语境和文学经验基础上认识借用西方后现代主义思想之后的负面影响,从而避免商业化、娱乐化文学生产对历史真实的"戏说"和历史理性的侵蚀解构,避免这种文化价值倾向对文学和当代青年人精神成长的伤害。

王金山认为在以市场为导向的情况下,当代文艺现象呈现为价值多样化和对象多样化的整体特征,但是文艺真实性问题却因为唯物史观和主体性没有得到充分发挥而没有很好解决，从而出现难以长销的一时之作的文艺现象。

马克思主义文艺批评本土化研究。马克思主义文艺批评理论在中国本土化过程中有许多理论问题需要在中国当代的语境中具体辨析。丁国旗就学界对习近平《在文艺工作座谈会上的讲话》所提出的"历史的、人民的、艺术的、美学的"四个文学批评标准作了深层辨析，认为这四个标准构成我国当代文艺批评的新标准。他认为这四个标准既符合马克思的经典思想立场和方法又直接针对中国当下历史现实，既有现实的历史针对性又有对马克思文艺思想的理论继承性，从而反驳学界对四个标准不处在同一学理层次等的诸多纷争意见，强调了四个标准在学理上的内在一致性。

张宝贵认为鲁迅是现代时期马克思主义文艺思想中国本土化过程中做得比较好的人之一。鲁迅文艺思想对马克思主义文艺思想的接受和运用正好体现了异域思想在本土化过程中的三个要求：利，即异域思想能否保证中国本土利益；实，即异域思想能否解决特定时期中国本土实际问题；思，即特定异域思想能否包容本土乃至其他异域思想。

张奎志认为"文学与政治"之间的关系是文学研究无法回避的重要课题。文学如何在保持文学独立性特点的情况下表达政治诉求，东西方文学有着不同的叙述策略，西方文学以"隐喻"为主要策略，而中国古典文学则以"比兴"为具体手法和叙事策略。

朱首献提出了对20世纪中国文学史观中历史本质主义的反思，他认为，文学史研究应以文学为中心，历史为次要，多一些文学的关怀，少一些历史的主义。

黄擎认为20世纪90年代以来我国"关键词批评"在对西方关键词批评的理论承传和批评实践中出现诸多新变，表现在：在科学发展与批评实践的流变中对关键词的意义衍生进行考辨解析，注重紧扣文学文本的批评倾向，彰显表达个人观点与批评立场的文论性。

马克思主义文艺批评的唯物史观立场及概念辨析。如何深化对马克思主义文论思想中的人民的、美的和历史的唯物史观立场的理解,建设当下文化的良好生态也是许多学者关注的问题。吴晓都重申了作为马克思主义文艺评论核心的人民性问题。他认为马克思主义文艺评论的人民性思想主要集中在"关注人民大众的阅读取向、鼓励推动时代与社会主体人民的进步创作、坚持思想标准与艺术标准的统一、对民间文艺的高度重视以及对文化载体新技术发展趋势的关注"这些重要方面。尤其是,马克思主义人民性文艺思想强调民间文艺与专业文艺之间的良性互动,这为更好理解习近平讲话中的人民性要求提供了理论参照。

卢铁澎指出"美学观点与历史观点"是马克思文艺批评的方式,与批评方法与批评标准有密切联系又有区别,不能与方法与标准等同,更不能被认为是文艺批评的"最高标准"。他认为毛泽东文艺思想直至习近平文艺思想具体实现了对"美学观点与历史观点"的理论运用,是"美学观点与历史观点"在中国本土里程碑式的继承和发展。

王天保提出按照批评的目的可以将马克思主义文学批评形态划分为革命性、批判性和建设性三种形态,他认为如何坚持和着力发展建设性的马克思主义文学批评精神,在当下文化环境中建设健康良性的文化氛围是马克思主义文艺批评需要长期努力的主要方向。

重申"西方马克思主义"文化理论与文艺批评。西方马克思主义越来越受到当代中国学界的重视,越来越作为一种重要的思想资源进入中国文艺批评的理论视野。作为西方马克思主义代表人物的阿多诺从上世纪80年代末90年代初进入中国研究者视野之后,经历了未经深入理解就似乎已经过时的"命运"。赵勇认为,阿多诺的《文化批评与社会》既表达了流亡与回归之间阿多诺经历的文化冲突和复杂心路,也隐藏了阿多诺文化批判理论的内在旨趣和深刻批判性。在中国当前的文化现实中,阿多诺文化批评精神和具体理论操作方法仍然具有高度的阐释效用。

朱印海提出应该重视西方马克思主义在中国马克思主义文论研究中的地位,他认为西方马克思主义的思想资源中有值得深入发掘的现实主义精神,对我们发展中国化马克思主义的现实主义精神具有重要的借鉴意义。

傅其林认为卢卡奇在批判吸收形式主义符号学的基础上,挖掘亚里士多德修辞学、康德审美形式规范性思想、黑格尔逻辑结构模式和马克思主义主客体统一结构机制,借助于文艺审美形式的丰富多样性体悟,建构了融合形式符号的复杂结构机制与其社会—历史生成机制的马克思主义美学,在马克思主义符号学的阵地中占有规范性意义。

章辉认为法兰克福学派和伯明翰学派之间在文化观念、研究方法和关注重点上都有很大差异,这决定了他们对大众文化迥异的看法。这些思想资源对中国学者在面对当代中国的媒介文化和文化产业,在发展中国文化研究学科的思路、理念、逻辑和方法时,具有重要的理论启示意义。

李世涛认为,詹姆逊对新时期中国文化与文学研究的影响已经嵌入中国当代文化的版图,但是中国的詹姆逊研究仍然存在着许多亟待克服的问题。诸如研究零散、系统性差;翻译多、介绍多、浅尝辄止式的研究多,批判性的分析反思少,平等而深入的对话和探讨更是缺乏等。

党圣元在闭幕致辞中指出,近几年国内思想文化处于新的转折起点中,我们需要加强马克思主义经典作家的经典文本与中国马克思主义经典文本以及中国传统文化经典文本之间的打通工作,深入推进马克思主义文艺思想与中国现实经验的紧密结合,从而为更准确有效地解释中国问题提供更为坚实的理论基础和多样的研究视野。

(原载 2016 年 8 月 17 日《文艺报》)

中国故事与中国精神：
从新时期到新世纪的文学
—— 中国当代文学研究会第十九届学术年会综述

王 鹏 程

2016 年 10 月 22 日至 23 日，由中国当代文学研究会主办、西北大学文学院和中国文艺评论西北大学基地联合承办的中国当代文学研究会第十九届学术年会在古都西安隆重召开。中国社会科学院副院长、中国当代文学研究会会长白烨，和来自海内外各高等院校、科研院所和出版单位的 350 余位专家学者参加了此次学术盛会。

新世纪以来，当代文学面临着一系列新的问题和挑战。本届学术年会紧密联系中国当代文学的发展现状与现实问题，深入贯彻习近平总书记文艺座谈会精神，以"中国故事与中国精神——从新时期到新世纪的文学"为主题，设立了"大学文学教育的价值与困境""当代文学的传统与自我更新及当代文学的评奖机制问题""当代文学中的'陕西经验'""海外华文文学研究""新媒体文学的生产与接受"五个议题并专门设立青年论坛。在两天会期里，著名学者白烨、孟繁华、程光炜、吴思敬、贺绍俊、张清华、陈福民、张志忠、唐小林、江冰、汪政、周燕芬、盐旗伸一郎、松村志乃等人与来自海内外的专家学者们就上述论题展开了坦诚、深入的对话与交流。

张江在开幕式的讲话中，重点阐述了关于"强制阐释"和"以理论为中心"的文学研究观念与方法存在的问题。他以文本为切入点,概括了世界文艺批评的三个发展阶段,即从"作者中心论"到"文本中心论"再到"读者中心论",进而论证了西方文艺理论的两面性。他提出:建设当代中国文艺理论,自主性问题是核心问题,最根本的一点就是要发挥文艺理论研究者和阐释者主体的自主性,以树立我们的文化自信。建设中国自主的文论,要坚持以当下的实践为中心,西方的理论是一个重要的参照。我们对西方理论的吸收要立足于本土,用理论来拓宽我们自己的思维,而不应当是生硬地照搬或嫁接,这样才能有真正的理论创新,从而向世界展示中国智慧。

此次大会的研讨范围涵盖了小说、诗歌、散文、音乐、戏曲戏剧以及影视等方面,具体内容涉及到了现代文学、抗战文学、延安文学、十七年文学、新时期文学、反思文学、寻根文学、西部文学、网络文学、香港文学、台湾文学、女性文学、文学批评与文学评奖以及高校文学教育教学等。会议期间,专家学者们从法律叙事、医学叙事、亡灵叙事、魔幻叙事、西藏叙事、革命戏仿叙事、特工叙事、政治叙事、权力叙事、疾病叙事以及从暴力视觉和嗅觉世界等全新角度入手,围绕贾平凹、莫言、路遥、陈忠实、柳青、张贤亮、刘震云、张爱玲、席慕蓉、张嘉佳等知名作家展开了广泛而又深刻的讨论。会议气氛生动活泼,议程紧锣密鼓,发言严谨有序,讨论热烈踊跃。综合提交的论文和会议发言,这次年会主要包括以下几个方面的内容。

一、当代文学的传统与自我更新及
当代文学的评奖机制问题

文学传统问题是当代文学在创作与发展过程中必须直面的重大问题,如何将文学传统与文学创新更好地结合起来,让文学的评价机制发挥积极作用,选出真正符合读者期待的传达中国故事与中国精神的作品,也是作家与批评家们一直都在思考的问题。对此,汪政表示要提倡文学的多样性。他以国家文学与民间文学的写作来分析,认为鲍勃·迪伦获诺奖对于打通纯文

学和民间文学的边界有着极大意义。梁丽芳围绕《中国当代小说家》，探讨了"中国故事"如何来"变"、如何"不变"的问题。贺绍俊以"讲出中国故事的世界意义"为主题，结合莫言的文学创作，分析了中国文学怎样走出去的问题。陶庆梅主张以戏剧的"民族化"来呼唤中华美学的当代表达，重建我们的文化自信。朱栋霖与赵黎明的《现代文学史，如何"新修订"》，清理了文学史写作中的积弊。朱栋霖认为："我们的现代文学史研究有两个理论系统，一个是政治化思维、革命化价值标准下的现代文学史研究。第二是在反映论理论模式下，以文学的社会意义、文学与时代的关系论来阐释现代文学的演变与评价。"前一个理论系统占据文学史写作很长时间，影响了我们文学史写作的质量。

关于新时期文学，黄平以《哥德巴赫猜想》为例，从新时期的"科学"问题入手探讨了新时期的文学起源；山西师范大学孙俊杰教授就新时期小说中时间意识的发展与学者们展开了讨论；曾令霞分析了新时期小说与戏曲声腔的互文关系；吴道毅以张贤亮和王蒙的作品为中心，讨论了反思小说的政治向度；叶炜教授探讨了鲁迅文学院与新时期以来的文学政治生态之间的关联；松村志乃从茹志鹃与王安忆文学作品中的人物形象入手，分析了王安忆笔下的知识分子母亲以及母亲笔下的男性革命者。关于莫言经典化问题的讨论是大会的热点。张学军以莫言的《酒国》《生死疲劳》《蛙》为例，论述了莫言小说中的元叙事；王洪岳以莫言驳杂的文学世界、丰富的宗教情怀和信仰维度为主，指出他对中国当代文学中信仰精神的贡献；朱永富分析了莫言小说《透明的红萝卜》中的"文革"体验，认为里面有一种"权利缝隙中的欢乐"；张志忠则从诺贝尔文学奖颁奖词对于莫言作品的误解，做了颇有新意的阐释。

当代诗歌也是这次会议讨论的热点。吴思敬谈到在物欲横流的时代诗人何为的问题。他认为：中国应该出现关心"天空"的诗人；黄永健认为，松竹体十三行汉诗（手枪诗）因其强烈的汉诗特质以及开放性特征，为汉语诗歌摆脱西方诗歌的同质化开辟了一条出路;尚斌以汉代诗人杨键为研究对象,探讨了汉诗民族品性的问题;刘波认为诗人们对传统的重新认识和接续可能会形成一种自觉,如此有助于新诗在向古典获取境界时,不仅能够超越合法性的问题,更能由此建立起自身的新传统。

关于当代文学评奖问题,毕海认为评奖机制是在既有的中国文学制度之"体制""成规"及"文化记忆"上发展而来的;霍艳梳理了台湾文学奖的发展历程,并以联合文学小说新人奖为例,就台湾文学奖对中国文学做出的贡献进行了说明;王鹏以当代文学史上第一次全国性文学评奖为对象,对当代文学评奖史进行了历史考辨,指出即便是在中国当代文学逐步走向"一体化"的进程中,文学评奖本身仍与文艺界内部纠缠不清的派性斗争、与权力争夺密不可分。

二、当代文学中的"陕西经验"

陕西是当代文学的重镇。这里曾孕育过柳青、杜鹏程、王汶石、李若冰、魏钢焰、胡采等一大批来自老革命根据地的"延安文艺派",新时期以来又诞生了路遥、陈忠实、贾平凹、高建群、叶广芩、红柯等优秀作家,在中国文坛具有重要的地位和影响。总结当代文学中的"陕西经验",对陕西当代文学的传承、对中国当代文学的发展,都具有重要的价值和意义。

程光炜就贾平凹序跋文中的"古代"作了独特阐释;周燕芬就《白鹿原》的文学经典性及其"未完成性"发表了深刻见解;江腊生、陈黎明、阎浩岗通过探讨陈忠实的《白鹿原》,解读了其中的文化世界、接受情况以及陈忠实的矛盾思想。吴进探讨了柳青与文学传统问题;姜彩燕透过鲁迅与贾平凹,分析中国现当代文学疾病叙事的历史变迁;杨辉从陕西文学的渊源问题以及海外传播问题入手,认为地域化的写作和方言是限制贾平凹作品向外译介的重要原因;毕光明、程小强、彭正生、刘传霞等人就贾平凹的《极花》发表了不同的见解。盐旗伸一郎以《时代呼唤堕落——论〈废都〉之孤独》为题,认为"堕落本身永远是没有价值的,它仅仅是一种恶,但堕落的基本性格中确实存在着人的伟大真相——孤独"。梁向阳认为要研究《平凡的世界》必须结合1980年代中国特定的环境;李继凯对王心剑的长篇小说《生民》进行了文本分析,指出小说通过细致深切的自然灾害书写,呈现了人性最本真的一面;赵林运用吉尔兹的"地方知识"概念来探讨区域文化与20世纪陕西文学,认为全球化语境促成了特色鲜明的"地域体验"与区域文化书写;红柯也对当代文学中的陕西经验进行了自己独特的分析,并提出了陕西经验的另一种可能。陈娇华以《空山》《古炉》《额尔古纳河右岸》作为考察中心,指出"近年来乡村历史题材小说中涌现出了许多幻魅人物形象,他们在中国现当代文学史上经历了一个由淡隐到消退再到涌现的过程,这类人物形象的涌现既与宗教文化的复兴有关,也与浮躁功利的乡村历史与现实有关,表征了一个时代的文化精神演变及作家对急剧现代化现实的态度与思考"。

除了陕西文学,李生滨从张贤亮的文学创作谈起,指出了西部文学的存在价值及地域文学的研究意义;金春平探讨新世纪以来西部小说的本土化范式,他指出文学本土化精神的构建以对第一现代性的继承与质疑、第二现代性的流动与反思,介入到当下中国的社会和文化情境当中,力图终结西方式参照的文学线性叙事模式,催生具有本土文化范式的立体型价值谱系。刘海军认为在新世纪乡村小说中出现的荒野想象,表现的不仅是乡村所呈现出的荒芜的外部图景和农民物质世界与精神世界的贫乏,更透露出了中国乡村文明的一种衰落。

三、新媒体文学的生产与接受

从玄幻、穿越、惊悚、科幻和历史,到都市、校园、官场、武侠与戏仿,各类网络文学日益繁衍壮大。周志雄指出网络文学离广大读者很近,却离学院研究者很远,大众读者的阅读趣味和精英的"经典文学"立场似乎难以弥合,网络文学的评价对批评家的知识谱系提出了新的挑战,网络作家对批评家不满意,理论界对网络文学的研究也不满意。王涛从张嘉佳现象看中国当代文学,他从"暖男""小众"及"文学复制"几个关键词入手,指出文学可以进入市场但进不了文场的现实问题。单昕认为自媒体已经广泛介入大众生活,她谈到以张嘉佳为代表的作家们以自媒体为平台,在写作过程中完成了由写手到文化明星的形象塑造与身份建构,读者在阅读过程中也扮演着受众、用户、粉丝的多重角色,成为文学场的中心,自媒体文学在文学观念、叙事伦理、审美范式、生产机制等方面均呈现出与传统文学相异的新特质,是后现代大众文化的重要表征。李文浩认为,"从'+互联网'到'互联网+',文字游戏式的符号位置变化所带来的是文艺生产方式的更新与观念的转变,'互联网+'文艺的特点已经突破了媒介工具,对思维能力的重视和对融合观念的推崇强化了人(具有生产者、传播者、接受者等多重身份的人)在文艺生产过程中的主导作用。"王华以《仙逆》为例,分析了修真小说实现传统元素的现代化,一是通过叙事内容改写了修真的目的,二是人的主体性增强,三是性别观念的调整;冯鸽谈到了当代科幻小说的发展和存在的问题,指出中国科幻小说缺乏原创性。中国当代文学研究会会长白烨说,现在的网络文学变成了以娱乐为主的产业链,"读者至上、娱乐第一",网络文学日益表现出"读者至上、娱乐第一、利益为重"的三大特点,网络文学已在不断溢出文学范畴,发展成为"网络文艺"和"网络文娱"。

关于小说的电影叙事,冯勤指出小说的影像化叙事是不可逆的大趋势,她认为在当代不同类别的小说文本中影像化叙事实际存在的交互形态大致有三种:一是传统小说中影像化叙事基于媒介转换而形成的自然交互,二是影视小说中影像化叙事始于媒介参照但主次失调的过度交互,三是新媒体小说中影像化叙事源于媒介结合开始显现的多元交互。丛坤赤认为现在的青春电影在带上了狂欢色彩的同时,又有着一份浓重的怀旧伤感情绪,狂欢与感伤的映照体现了这些影片在追逐商业利益的同时对人文情怀的坚守。霍霞指出当代小说作家的"影视化"焦虑是所有"文学焦虑"中表现较为典型、范围较为广泛、影响较为深刻的一种情绪,由此出现了视觉化写作;刘泰然认为,中国现代文学的发生,与现代视觉技术所带来的文学感知方式的变迁有着密切的关联,但是通过文字赋予场景以意义,将图像转换为话语,将其纳入到一种新的上下文中进行处理,现代视觉技术中所包含的那种直接的震惊效应以及视觉侵略性稍有缓和。

四、海外华文文学研究

海外华文文学作为一种特殊和复杂的文学存在,越来越受到研究者的关注。大会中部分学者围绕席慕蓉、白先勇、杏林子、陈映真等台湾作家及其作品展开了讨论。徐诗颖对白先勇与《香港文学》之间的互动关系进行了阐释,并提出这种关系对香港文学的促进作用。马玉红以女作家杏林子的《生命之歌》为对象,认为杏林子的生命是一首美丽的歌,"与己和谐""与人和谐""与自然和谐"与"与信仰和谐"的人生态度让其留下了永恒的生命之美。陈友军以陈映真的小说集《忠孝公园》为例,就台湾人的身份问题进行了发言。他认为在台湾政治生态出现变化、"文学台独"从针锋相对到"隐在"的暗流涌动的情势下,重新探讨台湾人的身份问题、回应日益嚣张的"文学台独"思潮,是当代文学与文化研究义不容辞的责任。丛治辰认为台湾已经成了被抛掷的小岛,作家们敏感地体察到了一种隐秘痛苦,因而造就了以华丽修辞去塑造的"废人"形象。魏文鑫从台湾本土作家骆以军的《女儿》出发,在互文性的视角下思考了"少女神"的反复建构。柴高洁涉足了一个较为陌生的领域——台湾现代诗,从"日据""日治"等词语的转换中发掘几代人的心理过程。

泉佑二以跨境日语作家杨逸为研究对象探讨了其作品中存在的日语语言特点;王彦彦对新移民小说叙事伦理的特点及其存在的"多解构颠覆少建构"等问题发表了自己的观点;古远清从三个方面来质疑学术界对张爱玲的评价:1.张爱玲是不是文化汉奸,2.张爱玲是不是台湾作家,3.张爱玲是不是反共作家,在翔实的史料佐证下,使得该问题的讨论富有思辨性和启发性。

五、大学文学教育的价值与困境

本届年会上,与会学者们还特别关注了大学文学教育的价值与当前所面临的困境。彭文忠提出了当今文学教育的三大困境:工具理性时代文学的边缘化生存、视觉文化围困之下的文学"图像化"与文学教学的"非文学化";张瑗提出文学教育存在"祛魅"与"返魅"的双重困境。她认为文学教育应该是一个灵魂对另一个灵魂的呼唤,文学创作、文学研究都应该有"返魅"的自觉追求,这个"魅"是发自灵魂的"文学情结",是高于匠心和学术的"文学境界";唐小林从当代文学如何面对"当代"这一问题出发,探讨了大学文学教育的价值与困境。陈思广以谢冕、洪子诚主编的《中国当代文学作品精选》为例,分析了中国当代文学阅读教学的相关问题,认为文本阅读有助于提高中文系学生的文学感受力,培养综合人文素养、丰富和完善学生们的艺术想象力及创造力的作用。龚奎林以井冈山大学校园诗人群为例,对高校文学教育与诗歌创作进行了探讨;王德领更是以北京地区的具体高校作为研究对象进行了探究。丁玉柱提出要打破现有按部就班的中文本科僵化的教学管理模式,要坚持以人为本、因材施教,创建全新的开放的现当代文学教学模式。

王志华认为,相较于一些学科发展更为均衡的综合性高校,一般的理工科高校在文学教育尤其是专业性文学教育方面,普遍面临着学科基础较弱、教育主体缺乏活力、管理者观念偏误落后等问题;张玲丽认为文学教育在高等教育中的位置极为重要,在中医教育中也不例外,但在一般中医院校开设文学类课程的比重并不大。周晓风讨论了文学的学科定位与当代文学教育中人文性的缺失等问题,很有实际意义;房福贤认为现在的真正学科危机是技术理性与市场逻辑的强行闯入,破坏了人文学科的发展规律,致使急功近利的研究大行其道,创造性思维与创新性研究大大弱化。

这次年会,海内外350多名专家学者济济一堂,共聚西安,紧紧围绕"中国故事与中国精神"这个总主题,以"新时期到新世纪的文学"为中心,从创作现状、生产传播、阅读批评、研究译介等方面,交流、讨论了当前文学创作与研究的新力量、新关系、新格局、新形态,以及面临的新机遇、新困惑与新问题。专家学者直面当下文学,对当代文学创作与研究的迫切课题与时代使命做出了积极深入的回应。正如中国当代文学研究会会长白烨所言:专家学者们带着新的思想指南、精神动力与中国文艺研究者的本位立场,研究了中国文学的特有现象,观察了文学创作的全新动向,解读了文学现实中时代课题,检视了高校文科教学的现状,提出了诸多耐人寻味、启人深思的理论性意见和建设性思考。这些必将对中国当代文学创作、当代文学教育以及高校文学课程教育,产生重大而又深远的影响。

(原载 2016 年第 6 期《当代文学研究资料与信息》)

近 读 袁 鹰

郑 荣 来

袁鹰(本名田钟洛)曾是我的领导。他在《人民日报》任文艺部主任时,我是普通编辑。因为工作关系,我们多有近距离的接触,对他的文章和为人,都有过真切的了解。袁鹰退休30年,我退休也已11年。前年他家拆迁,搬到我们这栋楼,与我家相邻一个单元,连楼层室号都一样。常有访客找他,错按我家门铃。

不久前,袁鹰出版了一本新著《生正逢辰》,拿到10本样书之后,给我送了一本。他在扉页上竟是这样题款:"荣来肇英兄嫂正 袁鹰敬赠 二〇一六年四月"。他今年高寿92,大我14岁。这题款,分明有友好、客气的成分在。以往,我和所有同事一样,都称他"老田",他叫我"小郑"。他给过我一二十本书,在岗时,题款大都称"同志",退休后,我渐次被称为"兄"。十多年前,我们夫妻合著小书《绿竹情红叶梦》,回送一本向他请教,自此,他凡有新著出版,必题我们夫妻名字,并有"贤伉俪哂正"一类客气词。此番称"兄嫂",就更有熟人老友的味道,也多了点幽默。

袁鹰待人向来很客气,对前辈、同辈如此,对晚辈也如此。他与部下都相处得很亲切。我们如今成了近邻,就更有胜过远亲之感。他有很多好友和老部下,都是呼之即来,并乐于给他帮忙者。前年他不慎摔跌导致骨折，曾住院几个月，终因年纪大，未能治愈，只能靠助步椅艰难挪步。适逢某出版社约稿，要他结集一本散文集。他勉力编集，完成了他自称"可能是最后一本"的集子。剩下一点事，就是编排和打印目录。他不会电脑，只好找离他最近的老部下刘梦岚和我帮忙。老田从不愿麻烦别人，过去连审完的报纸大样，都不劳编辑来取，而是亲自送还给编辑。小刘和我，其实是义不容辞，并且只是举手之劳。而他却不忘这小事，在后记中特记上一笔。

伤痛很难为了他。至今脑清目明，为文冲动不断，无奈腿不得劲，并难以久坐，俯身执笔更有困难，多少美文佳构，只能蜗居心底。不久前，他看到一篇文章《"异化"问题的讨论和周扬的遭遇》，文中附了一张照片，文字说明是"1983年4月8日周扬与《人民日报》同志交谈"。他读后引起一些回忆，那"《人民日报》同志"就是社长秦川和他。他于是写成一篇1000多字的文章，详记会见情况。想必文章在他手里已攥了多时，最后想起让我给打印出来。我虽非电脑能手，但敲千把字也是轻而易举，并且乐于为之。如前所说，老田是不愿轻易麻烦别人的，但我敢说，凭他的为人与人格魅力，他的许多老部下，谁都乐于帮他一把。他其实是很不甘于歇笔的，就在3年前他住院安起搏器期间，还写了近体诗《病房怀旧》（20首）。我可惜的是，他能诗能文，如今被伤痛束缚，才情难以从心所欲地展现。

近几年，文友和部下先后为他张罗过两次生日宴。一次是2012年，由刘锡诚、冯立三、缪俊杰和郭玲春策划组织，邀约20多位作家朋友，为他过88岁米寿。刘锡诚在致辞中说，伴随着文艺界思想解放运动、新时期文学的步伐一路走来，袁鹰同志始终走在我们队伍的前头！是我们这一辈文学人的榜样和领头雁之一。他的人品文品一直受到我们的尊敬。期待他写出更多更好的作品来！

那天，友情洋溢，气氛温馨。虽在米寿之年，袁鹰却是精神矍铄，腿脚也还灵便。期待他多出好作品，必能如我等所愿。会后，我们夫妻捧着那块冯立三题写的贺寿诗匾，驱车直送他家，也把福寿之气,转送到他的新居。20多份祝愿,20多份真情,让袁鹰感到了文坛朋友圈的温暖。

第二次是2014年10月28日,他90岁生日。还是缪俊杰牵头,我跑腿负责订购生日蛋糕。意向一出,应者踊跃。他的老部下,以至不曾受过他直接领导的"袁粉",都闻讯赶来。也是20多人,在他家客厅里济济一堂。报社同事、"袁粉"钱江,早早就送来一副大红寿联:"九秩光翻千里雪,三生笔落万山秋"。张宝林和高宁送的是一幅字:"霁月光风"。90岁的朱宝萟、85岁的姜德明、81岁的丁浪等本身已年届高龄的朋友都赶来。大家自由发言。

一开始,老田就要求大家不要评功摆好。但"德高望重""道德文章""山高水长""为人楷模"这些词,还是不时从人们嘴里冒出来。姜德明说,我们文艺部几代人,都感谢老田,他无论工作、生活,对我们帮助太多了。徐刚说,老田不仅教我们做编辑,还教我们做人。易凯说,老田是《人民日报》的一个"文化符号"。高宁说,她工作过几个单位,在老田手下的那些年,心情最愉快,记忆最深刻。王必胜说,老田人品、文品没得说,他什么都好,就有一个缺点,"对坏人也太好"。逗得大家都笑。老田是必胜的研究生导师,说完,他执弟子礼鞠了三个躬。每个人发言都很短,几分钟,但都发自肺腑。

老田接着回忆起《人民日报》文艺部刚成立时的往事。他说,他是27岁时从《解放日报》调来,没多久就赶上了"两个小人物"事件,批俞平伯,后来又是反胡风,从此风风雨雨不断,没想到,一晃这么多年过去了。正说着,88岁的李希凡拄杖叩门。他就是那"两个小人物"之一。近两个小时的活动,又一次带着同仁的真诚祝愿,连同那蛋糕蜡烛,喜庆明亮,同时融进宾主的心中。贺寿盛况,由张宝林撰文,刊于《新民晚报》。

我其实也有一事想说,因为人多插不上话。1983年,我因爱人工作单位离家远等个人原因,请调到中国文联,参与草创中国文联出版公司。我向老田陈述原因,并把请调报告呈交给他。他理解我的家庭困难,并表示同意。过了几天,他召集文艺部全体同事,为我举行欢送会。纯属个人原因,本来无由开这样的会,他想必是要给我留一个好念想。热情的会议气氛,让我感动不已。那天晚上,我在家里凭窗而望,忽然感叹:我怎么说走就走了呢!我其实无限留恋文艺部这个集体。

2011年,报社评选优秀共产党员,他是离退休干部局推荐的人选。评语说:"田钟洛同志离休多年,虽年迈体弱但他离而不休,多年如一日地默默地为社会作贡献。作为一个老党员,他立场坚定,旗帜鲜明,坚决拥护党的各项方针政策。他撰写的多篇文章,颂扬党的改革开放成果,弘扬乐观向上精神。他乐于奉献,积极参与各项社会捐助活动。在社会上他关心爱护青少年学生,为他们捐书授课,在家里他照顾身有残疾的女儿任劳任怨。体现了一个共产党员的高尚思想品德。"今年是中国共产党成立95周年,他在报社又一次被评选为优秀共产党员。在报社,他是口碑最好的老人之一。当选优秀共产党员,也是众望所归。

5月27日,一个大不幸降临到他家——他夫人吴芸红老师逝世。我得到消息时,已过了3天。我与缪俊杰、王必胜相约,前往他家慰问。客厅里挂着吴老师遗像,在肃穆的气氛中,我们向遗像三鞠躬。之后老田沉重告知,丧事已料理完毕。此前没发通知,一切从简。我深知,老田其实很沉痛。他们风雨相依六七十年,相濡以沫,不离不弃,堪称模范。他书稿的最后一篇《濡沫相依古来稀》,回顾了他们的相识相知相爱的故事和细节,略述了他们的坎坷经历,和为孩子而承受的沉重心情,也表达了对未来的真情。一种高尚的情怀,读来让人动情。

吴老师是一位很有革命理想,很能干又很有成就,而且口碑很好的人。她在初中时就投身党领导下的抗日活动,后来获得过多种全国性荣誉称号。作为《少年报》总编辑,"文革"中自然也挨过整,也蹲过"牛棚"。他们恋爱时没怎么浪漫过,一起走路时话都不多。年到古稀时,老田却忽有情诗萌生。1990年他们结婚40周年,老田写过一首诗:"还记结缡日,悠悠四十年。风霜同携手,哀乐总相牵。留得丹心在,何愁白发添。今生情未了,再续后生缘。"他尤其不忘他被勒令蹲"牛棚"的当天,被限制行动不许回家。他于是打电话到家里,让老吴送衣物和洗漱用品来。他打开包袱一看,里面藏着四盒前门牌香烟。他大为感动。原来他平时不抽烟,只有烟客来访时,他陪着抽一支半支。她知道有"棚友"爱抽烟的,也是想让他写交代材料时解闷。她特意给他买烟,爱意深深。他捧着香烟,心中一热,愣了好久。

吴老师老年多病,感到像活受罪,常有颓丧情绪。最让她牵肠挂肚的,是身边的残疾女儿。许多年以前,她就不止一次对老田说:"我走了,你再去找一个,只要能把孩子照顾好,我就放心了。"她比老田大两岁。老田总是连声阻止,不让她说下去。"我心中也总是想,你若是有朝一日先走了,我还能遇到第二个吗? 那是绝不可能的,今生今世只有一个!"读此真情表露的文字,深感老人爱的深沉。

我问过老田:"老吴读过此书和此文吗?"老田说:"读过。《濡沫相依古来稀》是十六七年前写的。"我说:"很好! 老吴走得无遗憾了。"

近读袁鹰,一个多彩的形象,矗立在眼前。慈祥、豁达、正直、善良、重人性、有才华,生动地汇于一身,成就他丰富而有价值的人生。

（原载 2016 年 8 月 10 日《文艺报》）

宗璞的南东西北

李　冰

　　这个文题看起来有些"玄虚"。何谓"南东西北"？宗璞四卷本"野葫芦引"系列长篇小说《南渡记》《东藏记》《西征记》《北归记》是也。

　　宗璞是获茅盾文学奖的女作家，本名冯钟璞。宗璞出身书香门第，其父冯友兰是众所周知的大哲学家，其叔冯景兰是著名的地质学家。宗璞上世纪 50 年代毕业于清华大学外文系，60 年代后长期在外国文学研究所工作，中外文化的滋养使得她"腹有诗书气自华"。宗璞的作品有小说和散文，还有童话和译著。她算不得"多产作家"，却是"多奖作家"，曾获茅盾文学奖、全国优秀中篇小说奖、全国优秀短篇小说奖、全国优秀散文（集）奖等等。

　　那年春节，我去给宗璞拜年。宗璞住在北京大学燕南园 57 号冯友兰先生的老屋内。这是一座青砖黛瓦的小院，号"三松堂"。如今，房舍虽旧，仍能看出当年的格局：院中三棵松，室内万卷书。宗璞不尚"家长里短"的闲聊，我与宗璞自然谈起她的"野葫芦引"。宗璞生活在我国高级知识分子群中，接触了众多的文化名家、巨匠，因此，知识精英是她创作的独特对象。抗战爆发后，她随父南迁昆明，在西南联大度过八年。这便是反映中国知识界抗日的系列长篇小说"野葫芦引"丰厚的生活基础。她在书中生动塑造了一批忧国忧民的知识分子形象，深刻细腻刻画了他们的人格操守和情感世界。读宗璞的文字如读《红楼

354

梦》,语言优雅蕴藉,有一种难以言表的文趣,一种独特的风格。

说起来,宗璞的创作着实不易。在写《东藏记》时,她已病痛在身,写了七年,与疾患抗争了七年。她曾有感而作了首散曲:"人道是锦心绣口,怎知我从来病骨难承受。兵戈沸处同国忧。覆雨翻云,不甘低首,托破钵随缘走。悠悠!造几座海市蜃楼,饮几杯糊涂酒。痴心肠要在葫芦里装宇宙,只且将一支秃笔长相守。"这亦正亦谐的散曲是她心境的写照,反映了一个作家的生命价值、灵魂皈依和坚强意志。

一天,宗璞的女儿冯珏给我来电话,说"妈妈住院了"。我赶忙去探望。宗璞穿着病号服倚在床头,因高血压脸色潮红。在问候中得知,最近她忙着赶写《北归记》,累着了,血压高,头晕。是呀,《南渡记》《东藏记》《西征记》都已面世,只剩最后一部《北归记》尚未完成,她着急呀。我劝她不要太拼了。她说:"放不下,小说里的故事和人物在脑海里翻腾,挥之不去,不写完睡不着觉。"我说:"从长计议吧,现在少写点儿,是为了以后多写点儿。"听这话,宗璞笑了,我也笑了。我的笑是自己班门弄斧,有点不好意思,怎么在大哲学家的女儿面前"卖弄"起哲理来了。后来,宗璞在用药问题上遇到困难,我又和铁凝主席一起去找医院商量,请求给予照顾。

去年春夏时分,宗璞突然脑出血,这次病得危急,在重症监护室里熬了两周,又住了三个月院。当时,宗璞曾悲观地认为自己无法再继续写作了。可是当身体稍有好转,她就又重操旧业,开始像蜗牛一样缓缓地在格子里爬起来,恢复了每天早晨的写作。写一会儿歇一会儿,头晕就去吸氧。有人问她,抱病苦耕的动力何来?她的回答很简单:我有责任把那个时代的知识分子所想、所为记录下来,呈现给现在的读者。

又是一年春节,我又去给宗璞拜年。这时她已经搬离住了六十年的"三松堂"老宅,住到昌平的一个新建小区。宗璞告诉我,老宅已交给北京大学,作为"冯友兰故居",准备修缮后供人参观。宗璞坐在沙发上,瞪大眼睛看着我,是在努力辨认。我知其不止一次视网膜脱落,几经手术右眼保留了零点三的视力,左眼几乎失明。我挪过去坐在离她最近的地方,向她问安。

她戏称自己是"半盲人","用放大镜也只能看清拳头大的字,写得很苦,进度很慢"。她说:"现在每天只能写一二百字。不是手写,是口述,别人帮助记下来,然后念给我听,我再修改。"也就是说《北归记》的写作全部是由宗璞口述,记录后由助手反复念,她反复改,这样一段一段、一章一章磨出来的。看着她慈祥的面容和面前茶几上摆着的放大镜,不由心生敬意。这是用生命在苦吟炼句,每天百余字在腹中推敲,用写诗的功夫在写小说。与那些被市场牵引只讲数量不讲质量的草率急就文字相比较,一个如同陈酿的美酒、一个如同勾兑的汽水,文野高低自见分明。

面对宗璞,我想起苏联作家奥斯特洛大斯基。他双目失明,身体瘫痪,却在病床上历时三载,克服难以想象的困难,创作出传世精品《钢铁是怎样炼成的》。我还想起了美国著名女作家海伦·凯勒,病魔夺去了她的视力和听力,她却以顽强的毅力完成了十四本著作,其中自传体的《我的人生故事》被称为"世界文学史上无与伦比的杰作"。奥斯特洛夫斯基和海伦·凯勒都是从小就刻在我们心里的最受尊敬的人。中国作家群中也不乏这样"身有疾、志弥坚"的值得我们敬佩并为之骄傲的作家,宗璞是一个,史铁生是一个,还可以举出若干其他作家。

宗璞曾说过:"读小说是件乐事,写小说可是件苦差事。不过苦乐也难截然分开。"她还表示:"下辈子选择职业,我还要干这一行。"

(原载 2016 年 8 月 15 日《人民日报》)

印象曹文轩

高 洪 波

这几日,手机被"曹文轩"三个字刷屏,便努力回想与曹文轩的初次见面,不知为什么竟然想不起来了。记忆鲜明的一次应在上世纪 80 年代初,《文艺报》主办中篇小说评奖读书班,那时分为初评和终评。初评委大多由年轻的批评家和编辑充当,曹文轩、高红十、胡永年、黄国柱、张西南等都干过这份工作,记得当时中国作协在颐和园佛香阁下有座宅院,古色古香,便成为举办评奖读书班的最佳场所。

我当时是《文艺报》比较年轻的编辑,常常因事住在这幢古宅,我说的"因事"有点矫情,其实是因为这宅子太古老太宁静,副主编唐因觉得瘆得慌,我便借机陪住了几日。

忽一日飘起了大雪,昆明湖冻得很瓷实,我在早饭后便约上曹文轩、高红十和胡永年,踏雪走过昆明湖,湖面一望无际的白,一览无余的平,雪在脚下吱吱作响,我们快乐地边聊边走,此时一个游人都没有,偌大的颐和园仿佛只有我们几个童心未泯的年轻人,真是一个毕生难忘的场景。

后来,后来就不一样了。

曹文轩开始创作儿童文学,他为中国 1980 年代初期的儿童文学园地迅速提供了《弓》《古堡》和《第十一根红布条》等一批个性鲜明的短篇佳作,然后参加各种不同规格和类型的创作研讨会,旗帜鲜明地提出自己的文学主张,在文学前辈面前他显得倔强和认真,把北京大学的校风与学风无保留地展示在儿童文学同行面前;在文学同辈面前他却宽容和谅解,尽情展示自己的学养和修养,所以曹文轩很快成为各种会议的中心和主角,杰出的表达能力、缜密的逻辑思维加上良好的学术训练,当然还有英俊的仪表和近乎羞涩的微笑,"曹文轩旋风"就呼啦啦地刮了起来。

记得在庐山新潮儿童文学丛书编委会上,文轩虽然仍是会议的主角,可我无意中发现他与《文艺报》副主编唐因有相似的性格弱点:怕黑夜里的孤寂,这也许是不少才华卓异人物的通病:敏感。

文轩向我们抱怨,说夜里总梦见一个戴白帽子的老太婆无声地立在自己床头,很吓人,他坚决申请搬到夏有志的房间去。

事后我观察了一下,这是一家解放军疗养院改造的宾馆,每个人床头旁都立着一个半人高的氧气瓶,半夜里望上去,氧气瓶上罩着的护士帽的确瘆人,后来我专门写了一篇有趣的散文《庐山鬼趣》来讲述这段经历,不过这已经是 30 年前的往事了。

"庐山鬼趣"之后,由文学讲习所七期和八期共同组建的北京大学首届作家班开学,曹文轩成为班主任,从此开始了我们之间亦师亦友的岁月,一直到今天。

文轩发自内心地喜欢北大,推崇北大,他为我们讲述"思维论",每次阶梯教室都挤满了人,当然第一二排的必定是些风姿绰约的女同学,"曹粉",这让作家班某些自命不凡的男同学心生嫉妒,可曹老师的课的确讲得好,不服还真不行!还有就是班主任的责任心,无与伦比的充盈和澎湃,文轩关心这些比自己年纪大得多的同学,从学业、论文直到生活琐事,无例外的投入,从这个意义上说,文轩是当之无愧的一个好老师,称职的班主任。

在儿童文学创作上,文轩有坚定的艺术主张,有一个评论家总结文轩的创作印象是"一束浪漫主义者的心灵之光",深得他首肯。他自己也明确地表示过一个观点:"儿童文学作家是未来民族性格的塑造者。"此外文轩注意对语言的试验,在不少作品中显示出这种发自一个优秀作家心灵深处的艺术自觉,在一次演讲中他说过这样的话:"我蔑视那种浮躁的、轻飘的、质量低下的愉悦。文学，尤其是儿童文学，正丢弃安徒生的传统格调，片面地、无休止地去追求那种毫无美感的、想象拙劣的愉悦。就我所看到的许多童话和卡通片，给了我这样一个让我厌烦和恼火的感觉。他们把天真好奇的孩子吸引过去，挠人以痒，使孩子们发出一阵阵空洞的、毫无高雅气息的傻笑。它们对孩子的文化教养、对孩子的性格塑造，毫无意义。"

　　文轩说这话时是在 1992 年，可仔细琢磨一下，对今天的荧屏仍有强烈的现实针对性！这就是一个在创作与理论上能"双管齐下"的优秀作家深刻的洞察力，说前瞻性思维也成。

　　这些年来我出席过无数次与文轩相关的颁奖会、研讨会、新书发布会，我对他的"三优加一"型的总结也渐渐广为人知。何谓"三优加一"型？第一，文轩具备优雅的写作姿态，他从不草率地对待自己的创作素材和小读者；第二，文轩具备优美的语言风格，他对中国儿童文学中语言的考究乃至挑剔尽人皆知；第三，文轩具有忧郁的审美情怀，他固执地追求忧郁美给予读者的灵魂提升，在《草房子》《红瓦》和《青铜葵花》几部代表作中尤为突出，何为"加一"——幽默感。在文轩"我的儿子皮卡"的系列小说中，让我欣赏到从前不曾表达的内在幽默；在"丁丁当当"系列中，这种幽默感更具人文情怀，因为他所描写的主人公是"智障儿童"，悲天悯人的大爱，借助内在的、不露声色的幽默传导给每一个读者，童心与纯真在文轩笔下，便具有了耀目的光芒。

　　去年 12 月受文轩之约赴南京出席《草房子》300 次印刷庆典，同时《青铜葵花》英文译本面世，我即兴为文轩写了一首小诗道："奇葩一束迁英伦，字字当铸钟鼎文。江南才子拈诗笔，饱蘸爱心写童真。"文轩在庆祝会上表达了对故乡出版界浓浓情谊和感恩心态，他把江苏少儿社戏称为"老东家"，言外之意自己是"文学长工"。说"长工"不如说"劳模"更贴切，他真是儿童文学界著作等身、勤奋耕耘的劳动模范。

　　在文轩即将奔赴博洛尼亚前的今年 3 月底，北师大首届"原创图画书 2015 年度排行榜"举行发布会，他由二十一世纪出版社出版的图画书《夏天》，从入围的 600 多本图画书中脱颖而出且排名第一，我为文轩颁发了证书。在即席发言中，文轩讲述了一个柠檬黄蝴蝶寻找花海的故事，奇幻中色彩迷离，诗意里充满阳光，这应是他下一本图画书的成熟构思。

追求花海的柠檬黄蝴蝶扑入水中后消失了，一种鱼却出现了，这鱼有个美丽的名字：柠檬黄。

此时的曹文轩，距离荣获国际安徒生奖还有 5 天，他即将到意大利亚平宁半岛，去我们熟悉的会展名城博洛尼亚出席国际童书盛会，"百道网"的一个记者小心翼翼地向我提问道："你怎样看待曹文轩先生这次角逐国际安徒生奖？"

我回答道："我一直认为曹文轩获奖没有悬念，这是我们应该有的文化自信。文轩获奖是国际安徒生奖的光荣，落选则证明评委的艺术眼光有问题，起码是这个奖项的一大遗憾。"

也许我的回答太过肯定和敏感，那位记者采取了回避的方式，没有披露这段话。

曹文轩是独一无二的。我的判断不仅仅是出于几十年的友谊，更多的是对他作品和人品的了解，对中国儿童文学几十年创作成果的研究，所以一个甲子的国际文学奖项首次给予曹文轩这样一位中国作家，的确应得上两个中国成语：一个是"实至名归"，一个叫"水到渠成"。

为我的班主任浮一大白！

（原载 2016 年 4 月 6 日《文艺报》）

琴心剑胆范小青

潘 向 黎

对范小青,我一直是叫"小青姐姐"的,这样叫着随便,而且透着亲。因为我开了头,许多人都跟着这么叫。我本来还挺得意,觉得自己的创意广受认可,结果有一次她对我抱怨说:"都是你,现在大家都这么叫,上次连林建法都这么叫,好不容易遇到一个比我老的,也叫我姐姐,有点受不了!"头一回见小青姐姐受了委屈的模样,我忍不住哈哈大笑起来。没想到,这个在我心目中的大女人,内心依然有这样小儿女的角落。好吧,今天我在这里赔个不是:小青姐姐,你不是什么大众姐姐,你依然是从小被宠大的范家妹妹(这个形象因为范老先生的那篇写范小青和范小天的名作已经深入人心),永远的小青妹妹,好不好?

小青眉目清丽,身材纤秀,永远是得体的衣服、精致的卷发、淡雅的妆容,让人想起亭台轻巧、花香浮动的姑苏园林。她不开口,气质是淡定的,陌生人容易想的是:艳若桃李,是否冷若冰霜?她一开口,这个担心马上瓦解,她真是毫不造作、快人快语,而且经常边说边笑,眼神透明,笑靥如花,说是写苏州小巷出身的作家,完全没有小巷子的那种弯弯曲曲和阴柔晦涩。范小青的外表秀气纤弱,她的气质上却有大气、爽利的一面,二者统一于半是天然半是后天修为的灵气之中。

她在圈子里是出了名的好人缘。对朋友,她重情义、重然诺,能帮忙的都会倾力相助,而且不会告诉人家她多么忙,或者费了多少周折。那些光辉事例也无法细说,反正说起她,许多人会说:"什么事请她帮忙,只要她答应了,绝对放心!"或者说:"小青没说的,够朋友!"本来以为是江苏的作家们关系好,后来听见其他地方的人也这么说,说这些话的,都是肚子里撑得船、胳膊上跑得马的汉子,他们的夸奖是很有含金量的,让一众堂堂须眉觉得可敬,这在一个女子实在是不容易做到的。这时候我会想起一词:琴心剑胆。除了属于江南烟雨的亲和力,小青身上确实有一种"侠女""大姐大"的味道,这就是我自然而然叫她"姐姐"的原因吧。当今的世界粗糙、冷硬而势利,能在一个女子身上,看到细腻柔情和侠义之气奇妙地并存着,是一件让人愉快而且鼓舞的事情。

综上所述,小青给人的印象第一是美丽,第二是人好,第三个呢,是劳模。二十多年来,作家朋友们对她的产量之丰、出品量之稳定保持惊叹,主编、编辑们把她当成秀外慧中、特别能吃苦的楷模到处宣扬。有一次,林建法打电话来约小说,听见我又以"忙、身体不好"之类破理由支吾,就说:"你应该学学范小青!今天的文学杂志,幸亏有像她这样的劳模。"这种含蓄的鞭策对我这号没出息的人完全没用,人的能力有大小,我对劳模范小青的杰出贡献完全"不能至",也不"向往之"。若说见贤思齐、向她取经,倒是想问问她,干的是最累心、最毁容的职业,而且一干这么多年,如何保持容颜不老?可有私房秘方?我猜测,这一半是得之于遗传,另一半是得之于好的心态。我见过几次,小青需要处理一件什么事,很无辜地对兄弟姐妹一说,大家马上七嘴八舌地出主意,有的还说:"这事你操什么心?早跟我说一声啊。"有的还有具体出方案:"得这样这样这样。"小青可能还会说:"可是某某某说应该那样那样啊。"旁边支招的高人一脸不屑:"胡说,我来跟他说!反正我们来,你吃吧!"于是刚才还有点六神无主的小青马上高高兴兴地吃起饭喝起酒来了。所说的往往不是私事而是公事,但是小青的姿态使得公事变得柔软,好像是她自己的事,而大家是在帮范小青。

竟记不清是什么时候认识小青的了。印象深的一次是多年前,我们参加一个采风团去云南。在云南,不管有酒量还是没酒量的,在饭桌上都苦苦推辞不饮,主人们本来看她秀气,并没有对她大下功夫,谁知她竟然"将进酒,杯莫停",自顾自喝得干脆利落,后来甚至对团长主动请缨:"团长,你就派我去敬敬他们那一桌吧!"一副年幼无知胆气冲天的样子,团长高兴,主人惊讶,两下里都合不拢嘴。那天晚上她肯定喝多了,但是没有话多,更没有哭,只是笑,回房间时笑了一路。那个笑啊,像听了笑死人的笑话,或者有了天大的好事。我很羡慕地想:酒是个好东西,可惜我没福气消受。后来在石林,我和她还换上了白族的衣服,拍了许多照片,还和旅行中一直乐哈哈的刘兆林合了影,回家一看,我还是比较本土,她却有点像换上中国民族服装的外国人,眉眼长得太洋了。

还有一次是《苏州杂志》的活动,那时候陆文夫老师还在,费振钟召集,李洁非、吴俊、徐坤、何向阳……好多人去了,苏州的作家参加的有小青、荆歌、陶文瑜、叶弥、朱文颖……我到苏州杂志那个著名的小院的时候,抬头看见,隔了一个清亮的园子,他们一色儿藤椅,错落地坐在廊下,人人神情怡然,个个笑容满面,真像一幅画。小青第一个开口:"你怎么现在才来?"(后来有人说我开始写小说很晚,我不知道为什么想起了小青清亮的那一声:"你怎么现在才来?"我在心里默默地回答:是啊,我来迟了。)后来陆老师请我们在里面喝茶,还对我和何向阳说:"我就不陪你们吃饭了,如果是你们的父亲来,那我是要陪的。"老前辈加父执的他说这个话,我们除了连连称是,还能说什么?后来到了同里,住在一家民居客栈,清雅幽静,晚餐时能喝酒的又喝了酒,饭后自由活动,李洁非和费振钟在二楼一间房间参禅一般地盘腿对坐,气定神闲地下围棋,这时听见一阵笑语喧哗,我往下一看,几个女作家笑得东倒西歪,小青更笑得靠在栏杆上。那个画面,让我想起了红楼里的群芳开夜宴。

说到陆老师,有一次陆老师请我们在苏州老饭店吃饭,陆老师的女儿是总经理,楼上楼下地张罗,顺便监督医生严令戒酒的父亲。她真是一丝不苟,每次来,目光都首先扫向陆老师面前的酒杯,后来还干脆把那个空杯端走了。酒过三巡,小青趁人不注意,把自己的酒杯往陆老师眼前一放,陆老师对着这杯天外来酒,眼睛一亮,低着头眼光左右略扫半圈,动作幅度很小地端起酒杯一饮而尽,轻轻放下,小青一边热情地招呼其他人,一边眼明手快地把那个杯子端回自己面前。不一会儿,陆老师的女儿又上来了,小青大声说:"没喝,他没喝! 你放心吧!"没有说话的陆老师,脸上掠过一缕笑意。看他们师徒俩合作的默契程度,我能肯定:这样的事情,肯定发生了许多次。我不觉得这仅仅是一个爱酒人对另一个爱酒人的体谅,这里面包含了对老人更深一层的理解和爱护——我一向反对对上了年纪的人讲清规戒律,赞成让他们随心所欲。后来陆老师走了,我不止一次地想:早知道这样,当时应该让陆老师再多喝几杯啊! 不过,还好小青"作弊"了。

小青喝酒,最好玩的一次,是开她长篇《城市表情》研讨会的那次。开会前一天,兄弟姐妹们团团到齐,晚上,小青夫妇,还有范老先生出来给大家接风,小青情绪很高,又喝上了,她丈夫和父亲不断暗示、明说,要她少喝点,她笑嘻嘻地置若罔闻,俨然"已饮矣,遑恤其他!"的不管不顾。等到酒阑人散,我回房间的时候,看见她在我前面游游荡荡,没有方向的样子,我赶上去问:"你去哪儿?""我回房间。""你几号房间?"她兴高采烈地说:"我不知道!"我一听就急了:"你喝成这样啦? 喂,你这次可不能醉倒啊,明天一早要开会的!"她一面飘飘然往前走,一面笑嘻嘻地说:"我喝多了,明天我要睡觉,你们开吧!"我对着她的背影喊:"是谁的研讨会啊? 喂喂,你等等!"虽然第二天她神志清明、衣光鬓亮地坐在横幅下面,我还是没放过她,为了这事,我取笑了她很久,哪怕她到南京当了据说很了得的领导,也丝毫没有"为尊者讳"的打算——反正就算她当真要管起人来,我也不归她管。

她偶尔被我惹急了,就反击说:"你呢? 人家在生病,我爸在住院,你还只管来苏州,还带了一群人!"唉,这事是我和小青姐姐来往史上理亏的一页。2007年的10月,范老先生重病住了院,小青是孝女,奔波求医,病榻服侍,加上心里着急,胃病发作,已连续多天都只能喝粥。我不知道她这么水深火热,正好几个同事说想去苏州玩,我就大包大揽地说:"我来跟范小青说。"一找就找到了,一说她就答应了,替我们定好了住处,然后我们到了马上现身,请了一顿饭,又在两天里抽空陪了几顿饭,这几顿饭,都是我们一群人在吃,她一个人在看——因为胃痛。我非常过意不去,她身体不好,而且心里牵挂着父亲,还这样关照我们。那时候刚刚知道她的《城乡简史》获得第四届鲁迅文学奖的消息,她是短篇的状元,我也忝列其后,但是媒体尚未公布,不好声张,所以我一见到她就模仿江苏作家惯常的派头来了个拥抱,拥抱时小声说:"祝贺你啊。"她也回答:"也祝贺你。"颇像地下党在用暗号接头。后来我们到绍兴领奖,她仍然不能吃正常的饭菜,是从苏州自己熬了粥带去的,看得我觉得自己不久前麻烦她简直不人道。

在绍兴的鲁迅文学奖颁奖会出了一件意外。小青的获奖作品是发表在《山花》上的,《山花》的主编何锐作为获奖编辑参加了颁奖会。何老师是最敬业的编辑家,在走廊上、电梯里,他对我们每一个人都是直截了当的一句话:"你给《山花》写小说啊!"然后就目视前方,不及其余。谁知就在颁奖晚会出发前,他在宾馆门口摔到距离地面几米的地下车库车道上,当场昏迷,送到医院急救。我们知道后都非常担心,因为何老师在重症监护室,探视不便,心里伤感并且忧心忡忡的迟子建和我还出去喝了一通闷酒,借酒浇愁。我们还说:"小青肯定更难过。"后来小青专门从苏州再去绍兴看望何老师,因为我一直在和她谈论何老师的伤势,看望之后,她给我发来短信:"何老师已经清醒了。他一看见我,你知道他说什么? 他第一句话就说:你是不是给我送小说来了? 我当时都不知道说什么好了,眼泪都要流下来。向黎,我们一定要把最好的小说给《山花》!"不记得我是怎么回答她的了,只记得后来,《山花》2008 年第 4 期"头条推荐"就是范小青的短篇《右岗的茶树》和创作谈《永远的茶树》。现在我手上新到的 2009 年第 1 期《山花》,又有她的小说《茉莉花开满枝桠》和创作谈《文学路路通》。今年何锐精心策划一系列新栏目,记得他给我打电话兴致勃勃地谈起过,而且说这些栏目都是很强的阵容,被约的作家都一口答应。后来本来应承写"回应经典"的另一位作家经过努力没能按时交稿,何锐情急之下,请范小青来救急,范小青二话不说,下笔万言,倚马而成。我知道,这是她在实践自己当时在何老师病房里的诺言。这种风格,十分范小青。

亲姐妹明算账,最后要说一点"戒骄戒躁"的话了。如今小青是个真正的"女同志"了,我知道以她的认真周全,很难把这个不当一回事,那么我希望她能把当一个好作家放在当一个好官之上,又把继续当一个好人(性别:女)放在当一个好作家之上。说来说去,人是最根本的,是什么样的人,就有什么样的作品,什么样的境界。

还有一句要紧的话:小青,时间没什么了不起,你只管一直美丽、一直劳模、一直笑嘻嘻!

（选摘于 2017 年 1 月号《小说月报》）

建设文艺研究的中国话语

对话人:张江(中国社会科学院副院长、教授)
　　　　王杰(上海交通大学人文学院教授)
　　　　丁国旗(中国社会科学院文学研究所研究员)
　　　　段吉方(华南师范大学文学院教授)
　　　　高建平(中国社会科学院文学研究所研究员)

张江: 改革开放以来,中国学界引进了大量西方文论,这对于中国的文艺理论建设,起到了一定的作用。但是,由此也带来不少问题。将西方理论奉为圭臬、照搬照抄西方经验、"套用西方理论来剪裁中国人的审美"等现象屡见不鲜。当下,如何建设文艺研究的中国话语,成了一个普遍关注且亟待解决的问题。

文艺理论要以审美实践为基础

王杰: 在全球化时代,对于文学艺术的感受和评价,是否也可以像科学和技术一样用"先进"与"落后"来衡量呢? 我的答案是否定的。文学艺术创作是作家艺术家的审美经验符合艺术规范和社会需求的表述,而审美经验是人类社会生活中的一种非常复杂的现象,它既包括文艺创作和文艺欣赏的活动,也包括人们在日常生活的各个方面体验到的审美愉悦。由于人们总是生活在一定的社会关系、文化关系和情感关系中,审美经验一定是具体的,是在具体的历史语境和文化语境之下进行实践的结果,而文化语境和历史语境是不断变化着的,加之文化本身的民族性和多样性,这就决定了在文学艺术实践的解释和评价上,所有声称放之四海而皆准的理论都是有待质疑和检验的。审美经验不是物理现象,它是情感性的,是一种带着不同民族、不同阶层、不同性别各自"气味"和特征的文化现象,因此,我们自己的审美经验、民族气质、感觉结构等,应当成为中国当代文艺理论和艺术批评的基本面向。

当代中国的生产方式、文化传统、社会关系、文化矛盾和社会心理等方面都不同于西方,尤其不同于新自由主义主导下的西方社会现实状况。我们已经走出了一条中国特色社会主义道路,当代中国的文学艺术实践也已经形成了西方美学和文艺理论所无法完全把握和概括的新的审美经验,这是人所共知的事实,问题是我们在学理上应当怎样概括出这种新的审美经验和文艺实践。如果不能与充满活力的创造性的审美经验相对应,提炼出能够解释、评价、分析当代中国文艺实践的文艺理论和美学,那就是当代文艺理论家的失职。

前沿理论不等于西方理论

张江:多年来,国内的文艺理论研究形成了一种求快求新的惯性,即以最快的速度追赶西方最新的理论,套用阐释一番,然后迅疾更换,如此循环往复。这种做法甚至被看成是紧跟前沿、走在时代前列、具有理论敏感性的表现。理论的前沿是否就是西方的最新理论,是否就是谈论时髦话题和时髦学者?这个问题需要反思。

丁国旗:什么是前沿理论?我认为,它首先应该是能跟上时代发展、反映当下文艺热点的理论。表面上看,应接不暇的西方文论确实足够"新潮",甚至在一些人看来,写文章或讲话时不时地蹦出"新历史""后殖民""语义矩阵""酷儿理论""解构""主体死亡""超仿真"等词汇,似乎就能有效证明学术研究的前沿性。但"新潮"并不等于"前沿",况且限于传播的时效问题,这些所谓前沿理论在西方或许已是"明日黄花"了。其次,前沿理论要关注文艺创作和理论发展中最迫切、最关键的问题。西方文艺理论在进入中国之后,承担的更多是对已有作品的重新解读与阐释,如用精神分析解读《红楼梦》、用女性主义解读《花间词》等,对指导我国当下文学创作或解决现实文艺问题,意义不大。再次,前沿理论还应该在一定程度上具有创新性,对于文艺未来发展有所启示。以目前的情况来看,不少学者对于西方文论的研究停留在拾人牙慧的层次,西方文论中国化的创新成果付之阙如。

如果说改革开放之初对西方文论的引介与研究对拓宽中国学者的思路有积极意义,那么今天我们仍将西方理论奉为"圣经",就需要认真反省了。不加分析地将西方理论当成前沿理论是对学术的误读。当代文艺理论只有立足于当下中国文艺创作的现实需求,继承传统文论的优秀成果,批判借鉴西方文论的优长,才能真正有效地创建具有中国特色、中国风格、中国气派的理论成果。

有效整合文艺研究话语体系

张江:与盲目地求新求异相比,我们的当务之急是进行文艺研究话语体系的整合。当前,我们的文艺研究存在多种理论资源与话语体系,彼此之间的隔绝冲突显而易见。有效整合多重话语体系是对既有理论资源的消化吸纳,也是建设文艺研究中国话语的必要工作。

段吉方:建设中国特色社会主义文艺理论话语体系,首先需要深入理解马克思主义基本立场和理论见解,充分掌握马克思主义美学传统与批评原则。其次,要充分关注当代文艺批评实践,特别是对中国当代各种新兴审美文化经验要有充分的理论把握。再次,要充分考虑中国文学与艺术问题的基本语境与现实,在马克思主义文艺批评与中国问题、中国经验相结合的过程中充分展现理论研究与当代语境的关联性。

当代西方新兴文化思潮的崛起,既给当代中国文艺理论话语体系建设带来了对话与发展的机遇,也带来了严峻的挑战。当下,中国传统文论、中国现代文论、西方文论、西方马克思主义文论是当代中国文艺理论话语体系建设最重要的四种理论资源。在理论建设中,既离不开对它们的有效借鉴,更需要做出深刻的批判鉴别。特别是当代西方文论在一个较长的时期内已经影响了中国当代文艺理论研究和文艺批评的思维方式与话语方式,因此,把握当代西方文论范式转换的理论路径及其中国影响,系统反思当代西方文论话语的有效性与理论缺陷,是当代中国文艺理论话语体系建设的一项重要任务。

中国文艺理论话语体系建设不是靠简单梳理历史发展就能实现的。我们需要在理论层面上反观传统、反思经验,进行批判性的理论探究,需要在批评实践上,以马克思主义美学传统解析当下文艺发展经验。这意味着,中国特色社会主义文艺理论话语体系建设既要重视马克思主义文艺理论的学理特性,又要系统把握由于历史语境发展变化导致的具体文艺问题的发展与变异。从历史变化和现实语境出发,充分观照审美文化与大众文化经验变迁中的中国审美意识形态现实,方能彰显马克思主义文艺理论研究的问题意识与实践品格,展现中国化的马克思主义文艺理论话语体系建设上的努力和成绩。

话语体系建设要关注当下实践

张江:建设文艺研究的中国话语,这个命题蕴含着空间和时间两方面的诉求。从空间意义上讲,是要建立文艺研究的本土意识;从时间意义上讲,则是要建立文艺研究的当下意识,两者最终都是为了解决"有效性"这一核心问题。所谓当下意识,就是文艺理论要关注当下文艺实践,解决当下文艺实践中的现实问题。

高建平:从本质上讲,理论是实践的。首先,理论的起源是实践。理论总是关于某物、某事、某学科的理论。那种建立"没有文学的文学理论"的说法，是荒唐的。其次，理论要指导实践，并受到实践检验。如果文学艺术的理论对文学艺术的发展没有指导作用，只是一些自我消费的空洞话语，或是清谈家的谈资，那么，这种理论就没有发展前途，从事这种理论的人以及整个文艺理论学科，都会在社会中自我边缘化。

人们思考和构建理论，尽管最初是从实践出发，但在构建过程中会出现种种偏离。这些偏离的形成，既受个人学术特点的影响，也有理论大环境的原因。有时，在某个时期有着一定进步意义的理论，过了这个时期，就会成为理论进一步发展的障碍。

晚清时，有人提出"中学为体、西学为用"，在极端保守的封建主义意识形态笼罩下，这种学说有助于突破迷雾，"开眼看世界"，尤其对于引进西方的器物之学有积极意义。但随着国门的打开，中国在与西方列强的碰撞中屡遭挫折，这种学说就过时了。晚清以来另一种在中国产生重要影响的指导思想，是"西体中用"，即"向西方找真理"，运用于中国。通过"西体中用"，中国引进了大量的西方思想并付诸实践，使国家的面貌发生了巨大的改变。后来，人们在总结中国的现代历程时发现，思想的引进也有一个实践检验的过程。思想理论，凡是符合实践需要并以实事求是的态度来运用的就取得成功，凡是以教条主义的态度生搬硬套的就遭遇失败。

以上所论是经过长期实践所取得的经验和教训，有的甚至是血的教训。但是一些文学理论研究者却忘了这一切，纠缠在"中体西用"与"西体中用"之间，各执一词，造成了学术上的空耗。其实，古今的道理是一样的，文学理论研究也要以当下的现实、当下文学艺术创作和欣赏的实践为本，持"古为今用、洋为中用"的态度，实践为"体"，"古"和"洋"都是"用"。

当下的文学艺术理论，还是要走"拿来主义""实践标准""自主创新"之路。继续向国外学习，拿来对我们有用的理论话语。这些话语要经过实践的检验，取其精华，去其糟粕。更加重要的是，我们的精力还是要放在创新上，创新才是文艺理论话语建设的主要途径。

张江:前不久出台的《中共中央关于繁荣发展社会主义文艺的意见》提出,文艺理论和评论工作要"坚持以马克思主义为指导,继承中国传统文艺理论评论优秀遗产,批判借鉴外国文艺理论,研究梳理、弘扬创新中华美学精神,推动美德、美学、美文相结合,展现当代中国审美风范"。这应该是我们建设文艺研究中国话语的基本遵循。

(原载 2016 年 1 月 8 日《人民日报》)

鲁迅精神和我们的文学传统

对话人:张江(中国社会科学院副院长、教授)
　　　　孙郁(中国人民大学文学院院长、教授)
　　　　袁盛勇(重庆师范大学文学院教授)
　　　　李继凯(陕西师范大学文学院教授)
　　　　李林荣(北京第二外国语学院文学院教授)

张江:今年是鲁迅逝世 80 周年。80 年间,斗转星移,世事变迁,中国社会发生了翻天覆地的变化。但是,鲁迅留给我们的精神遗产,却始终如一条涓涓细流,从未间断。尤其在文学方面,不但鲁迅当年的创作始终是后人难以超越的高峰,而且可以毫不夸张地说,我们所寄寓的文学传统,有相当一部分来自于鲁迅,肇始于鲁迅。

鲁迅为何常读常新

孙郁:今天的中国,鲁迅恐怕是被阅读最多的作家,其影响力从未消退过。阅读鲁迅文本,我们便进入湍急的精神激流,被一遍遍洗刷着。他引领着我们造访远古的遗存,也攀援着精神的圣地。他的文风透着热气,也散出古老文明的气息。他有一种颠覆性的智慧,却又在暖意中流淌着人间爱意。在其留下的翻译文字、创作文字和整理国故的文字里,指示着未来文化的方向,"外之既不后于世界之思潮,内之弗失固有之血脉",一直启示着一代又一代人。我们的前辈学者早就指出,鲁迅的价值在于对中国文化的一次重要的改写,把"立人"和国民性改造、新文化建设联系起来。他清楚地看出中国文化里的问题,又能以现代的眼光重新调整自己的思路。那些丰富的文本不是线性因果的排列,在肯定里的否定和空无里的实有,让人想起爱因斯坦式的智慧。他的每一篇文章都不重复,其创新笔法显出现代中国人罕有的高度。鲁迅早期受到进化论思想影响,后来注重对马克思主义文艺美学的译介,形成了自己特别的文化理念和审美精神。他在多维的时空里构建了自己的诗学世界,而这世界不属于士大夫式的附庸风雅,也非绅士阶级的自恋,他的一切,都和大众息息相关。鲁迅逝世 80 年了,纪念他的时候,我总想起他晚年几篇动人的文章。他说无穷的远方、无穷的人们都与自己有关。那时候,鲁迅已经卧床不起,但内心不忘的是苦难中的百姓。他诅咒黑暗里的遗存,且不断寻找新的精神之源。与保守主义战,与各种政客战,与自己内心旧的精神遗传战。他在战斗中,又有无量的爱意辐射于世间,我们由此看出他内心最为动人的一隅。鲁迅为什么常读常新?因为其遗产纠葛着历史的敏感之点,人性的敏感之点,存在的敏感之点。他警惕历史的轮回,希望在没有路的地方走路;拒绝文学中的瞒与骗,强调赤诚之心;反对主奴意识的侵蚀,礼赞人间的正义。在表达自己思想的时候,他敞开着胸怀,又能不断拷问自己的灵魂,在精神的突围里一次次呈现着创造性的实绩。当我们遇到困苦和不幸的时候,鲁迅文字间流动的智慧与勇气,会成为我们行走的参照,那些鲜活的思想召唤着我们走在克服困苦的路上。无论是在战争时期还是在和平年代,其文字一直像燃烧的灯火,照耀着不断摸索新路的人们。这是自孔夫子以来罕有的伟人,他的精神的现实性和超越性,乃新文化原点性的存在。重要的还在于,鲁迅的经验对于现代性的明暗、曲直,以及存在的缺陷,都有启悟的价值,这一点在今天越来越清楚地显现出来。希望自己文字速朽的鲁迅,一直清醒于自己写作的有限性。他在克服这种有限性的跋涉里,因了穿透的智性,而逼近精神的无限的可能性。这与康德、卡夫卡对人的主体的内觉的凝视显示了惊人的一致性,且有了东方式的逻辑。我们古老的文明,因了鲁迅那一代人的努力而拥有了现代性的闪光,"取今复古,别立新宗",不再是空想。鲁迅的著述是百科全书的遗产,写着我们民族的过去与现在,中华文化的根脉在这里得以延伸。

文化自觉的先驱

张江:鲁迅的精神遗产中,当然包含了诸如"立人"思想、国民性反思、拿来主义等相对具体的存在,但超越这些具体存在的背后驱动,则是一种发自思想深处的文化自觉。他的文化自觉联结着宽广而深厚的文化视域,既有对民族文化的忧虑与反思,也有对民族前途的拷问与考量;既有对本土文化的诊脉和甄别,又有对世界文化的探究和展望。

袁盛勇:鲁迅所处的时代是一个大变局时代。作为一个浸染着传统也沐浴了西风的读书人,鲁迅在晚清民初应该说是经历了一个文化感受上的嬗变期,既有感伤、悲愤,也有亢奋和激进,而到了"五四"新文化前夕,他更是甘于沉埋于古碑和拓片之间。其间的寂寞和无聊,在我看来,乃是与一种文化上的悲凉感联系在一起。此种体验其实在鲁迅早年《文化偏至论》等文言论文中,已有突出表现。鲁迅的文化启蒙,其实就是从这个悲凉的文化感开始的,他在当时中国文化的九曲低回中感受到无边落木萧萧下的苦楚,但也看到不尽长江滚滚来的文化生命和内在活力。

鲁迅文化观的确立经历了一个过程,这是毋庸置疑的,但是,其间亦有一以贯之之处,这就是在文化的民族性和世界性之间,鲁迅着眼于二者的调适和兼容,以及在此之上的创造性发展。鲁迅早先倡导"取今复古,别立新宗",后来高举"拿来主义",并且向往一种"自由驱使,绝不介怀"的汉唐气魄,这些无一处是引导人们去割裂中国文化的,反而是促使人发挥文化创造的主体性和自信力,中西兼顾,相生相合,进而去创造一种属于新时代和新世纪的中国文化。鲁迅在文学和文化创造的根基处始终着眼于对始源性东西的探寻,他早年所谓的"复古"不仅仅具有历史性内涵,更具有形上的方法论意味,其间是寄寓了一种文化生命的民族向度和人文情怀的。鲁迅的文化观始终具有一种生命的热度和民族情怀,与其说他是从文化民主主义走向世界主义,毋宁说是用新的世界视野和人类情怀重构内心深处的文化民族主义,其旨归是让中国人站起来融入到世界潮流中去,让一盘散沙似的中国发展成一个真正的"人国",而不至于从"世界人"中被挤出。因此,作为现代中国的思想先驱,鲁迅的文学和文化之路是中国文化自我拯救和复兴之路延续与发展的一部分,而非割裂和阻断。

文化的自觉是跟知识分子的人文意识联系在一起的。鲁迅在《狂人日记》中揭示了鲜血淋漓的某种属于东方的沉沦,"救救孩子"的呼声至今仍回荡在历史和现实之中;也塑造了愁苦可怜但又于无意识中具有某种超越性精神内涵的阿Q,深刻揭示出某种国民性的病根;即使在《野草》一类充满诗意和人生哲理的创作中,自称所采撷的也不过是地狱边缘的几朵白色小花,令人无法产生更多美的遐想。如此等等,鲁迅其实在对"铁屋子"体验的多维度展示中,也把自己的心烧在其间。鲁迅未尝不是狂人,未尝不是阿Q,但其更心系来自无穷远方的人们,乐于驱逐和审视人间的鬼魅,这又何尝不是他笔下那个执着前行的过客。所以,鲁迅文学实践中的批判和解构,并非是一种所谓文化的破坏,他不倦地往前走去,指向人生和文化之路的建构。这无疑是一种更为深刻的文化自觉。

当然,鲁迅是人不是神。鲁迅在文学和思想实践中前行的路,也是一条在犹豫彷徨中挣扎前行的路。他的挣扎与批判,其实就是一个知识分子在特定历史境遇中的文化自觉,在这自觉中,现代中国文化的某些现代性缺陷才会得以显现,也才会获得拯治。在这个意义上,坦然而真切地面对鲁迅及其他现代中国文学与文化的先驱,回到一个复杂而完整的鲁迅那里去,在我看来,乃是对于鲁迅精神的自觉承继和光大。或许惟其如此,鲁迅才会永远生动地活着——是的,在人类文学和思想的天空,鲁迅是永远不会逝去的存在!

鲁迅与民族魂

张江:鲁迅先生被称为"民族魂"。为什么偏偏是鲁迅获此高誉?仅仅是因为鲁迅逝世的时候人们把一面写有"民族魂"三个大字的旗帜盖在了他的身上?在我看来,最重要的还是在于,终其一生,无论是日本学医期间的"幻灯片事件",还是后来的弃医从文;无论是"救救孩子"的呐喊,还是对国民劣根性的批判,鲁迅始终是在为中华民族的前途和未来而彷徨,而呐喊。

李继凯:有"民族魂"之誉的鲁迅,是我们心目中具有现代风范和引路作用的"大先生"。他年轻时就曾说过:"学说所以增人思,文学所以增人感。"作为"大先生"的鲁迅便是既能引人多感,更能引人多思的极具感召力和启发性的一位现代文化巨人。一个伟大的民族必有其伟大的"民族魂",也必有能够代表其文化精魂的文化巨人。身处历史转型时期的"大时代",鲁迅便是应运而生的文化巨人。很明显,"民族魂"与鲁迅的关联,不是偶然的遇合或权力决策,而是民众和知识界不约而同的长期感知与认同。

鲁迅的人生追求,可以看作是有异于古代文人"旧三立"(立德、立功、立言)的"新三立"(现代文化价值观重构中的立人、立家、立象)境界。许多人认为鲁迅仅仅是"破坏型人物",缺少"立得住的东西",其实,鲁迅在"立人"(倡导现代人的充分自觉)、"立家"(眷顾个人、集体、国家乃至人类之家)和"立象"(创造以文学、学术及书法等为代表的形象化、符号化世界)方面,贡献了许多标志性的重要成果,留下了丰富的深深地烙有鲁迅印记的文化遗产。

以现代人的清醒,以思想家的理智,以革命家的敏锐,以文学家的激情,来系统地、缜密地、持续地"研究"中国人,进行空前的彻底的民族反省,终生为民族及其子民们的自我更新而奋斗,并获得了卓越的成就,产生了广泛而深刻影响的,在中国文化史上,迄今为止,仍应首推有着"民族魂"之誉的鲁迅!这或许可以说是对鲁迅研究领域"三家说"(思想家、文学家和革命家)的积极继承和阐释。在"三家说"的整体评价中,包含了很多耐人寻味的意蕴。即使最容易引人质疑的"革命家"之说,至今也会进一步激发人们对鲁迅与革命、鲁迅与时代、鲁迅与启蒙等问题的深入思考。尤其是结合鲁迅的一生追求和深切认知,对"有度"的革命和"无度"的革命的区别理解与准确把握确实很有必要。其中尤其要把握住革命与启蒙的兼容、互动关系,避免顽固的二元对立思维模式导致的误解和误用,这方面的历史教训可谓沉重,我们理应从鲁迅的丰富思想中获得启示。

鲁迅与文学批评

张江:作为文学家,鲁迅当然首先是个伟大的作家,同时也是一位了不起的批评家。鲁迅在文学批评领域的建树,可能丝毫不比创作方面逊色。鲁迅的文学批评不是刻意为之,也没有任何理论野心,他的批评文字大多分散在各种杂文、书信、序言之中,而恰恰是这种随性之作,反而蕴含着诸多真知灼见,今天读来仍然富于启发。

李林荣:对于历史人物的纪念,在凸显和强调他们凝固在某一点或某一方面的形象和业绩时,他们在其他方面的飞扬鲜活,就容易从我们眼前黯淡、模糊,以至于消失。鲁迅的文学批评实践,正属于我们每谈论起鲁迅时,多半没有予以足够重视乃至忽略的一项内容。

今天我们从文学批评的视阈去回望鲁迅的历史形象,首先应看清楚相关的时代背景:在鲁迅所处的时代和鲁迅的思想意识里,文学和文化在整个社会空间是以新旧双重并置的结构存在的,而且旧的一重已是现实的强势存在,新的一重还只是观念大于实践、理想大于现状的弱势存在。当时的文学批评,在这个双重并置的文学、文化空间里,不但没有可以寄生其中或依附其上的强大丰厚的新文学创作的现成积累,相反,还要担当起为新文学和新文化的创造奋力闯开生路和通路的责任,从观念和舆论上为新文学和新文化的存在和发展确立合法性、正当性,从现实影响上对充塞、浸透了整个社会空间的旧文学和旧文化展开整理和批判。

鲁迅作为文学批评家的一面,正是在这样的时代背景中凸显出了独特的历史意义和思想光彩。他从改造国民精神的思想起点上出发的文学道路,第一步就踏在了改造中国文学自身的方向上。而改造中国文学的策略和方法,鲁迅弃医从文之初的选择,就是译介域外文学和熔铸在译介实践中的新文学批评的建构。"异域文术新宗,自此始入华土"——1909 年在为自己平生第一部译著《域外小说集》写的序言里,青年鲁迅曾对自己这种"从别国里窃得火来,本意却在煮自己的肉"的选择,表现得豪情满怀。

此后,虽经几度曲折,凭着表现深切、格式特别的小说创作和深刻犀利的杂文,而跻身新文学骁将之列的鲁迅,在创作之余,始终没有中断把对外国文艺的译介和面向本国文学的批评两相结合的艰辛探索。与他的创作所受到的广泛瞩目相比,他在译介和批评方面苦心孤诣的种种付出,无论是当时还是后来,都远未得到足够广泛的认同和关注。但贯穿在"窃火煮肉"式的译介与批评实践中谋求中国文化复兴的鲁迅方法、鲁迅策略和鲁迅道路,越是在我们的民族需要大步前行、奋发自强的时候,就越是值得我们认真反顾、重新审视。

张江:今天还需要读鲁迅吗?与鲁迅相连的文学传统还有必要坚守延续吗?阅读鲁迅,坚守鲁迅传统,意味着不惧沉重,意味着反思与精神自剖,这个过程中难有愉悦的体验。相比之下,那些鸡汤散文、娱乐小说读来要快意得多。对此,只需要明白一个道理,一百份甜品也没有一份主食营养丰富,虽然甜品更甘饴可口。

(原载 2016 年 11 月 4 日《人民日报》)

回归经典　重建经典

段崇轩　杜学文　王春林　傅书华

一、当下文学"非经典化"现象日趋严重

段崇轩(主持人,山西省作家协会一级作家):从上世纪末期到现在,学界和文坛展开了一场持久不衰的文学"经典化"讨论。讨论的目的无非有两个,一是回眸过去检视经典文学的传统、经验以及潜在的问题,二是放眼当下审视新的文学的"缺失"、推进文学的经典化建构。这场讨论的意义,应该说是现实的、深远的。我注意到,山西评论家也涉足了这场讨论。譬如春林发表在《光明日报》的《关于当代文学经典化问题的一点思考》,论述了长篇小说创作中的经典化表现和经验。再如我发表在《文学报》的《2015 年短篇小说批评》,集中论述了当下短篇小说的"非经典化"倾向。还有学文、书华在多篇文章中,都论及了文学的经典化问题。

讨论文学的经典化,涉及到一个敏感的、严峻的问题,那就是对当下文学特别是小说的评估问题。有人认为 1990 年代之后的多元化时期文学,硕果累累,不乏经典。而有人以为文学处于边缘、衰落时期,泡沫飞溅、没有经典。最近王安忆在一次访谈中说:"现在中国的长篇小说真的很差。""出了那么多长篇,对作家来说是一种伤害。"孟繁华在答记者访问时说:长篇不错,中篇优秀,短篇糟糕。短篇小说创作"让我非常担忧"。我

跟踪短篇小说十几年,也很不乐观。窃以为深层原因,就在于背离了文学经典的优秀传统和经验,在一条自发的、盲目的、狭窄的路径上渐行渐远。我认为,当下文学就创作规模、平均水准看超过了过去几个时期。但在市场化、世俗化的社会环境下,它还缺乏应有的经典追求和精品意识,确实存在着"有高原没高峰"的问题。也许这种状态还要继续存在下去。请诸位就这些问题发表看法。

杜学文(山西省作家协会,文学评论家):我以为,所谓文学经典,就是文学发展进程中在社会思想、文化价值及艺术追求诸方面具有标志性意义的作品。具体而言,可能会涉及这样几个方面。一是其表现的情感与思想是或一时代精神的反映;二是这样的作品在艺术表达方面有对既有手法的创新与拓展,或是达到了极为完善的程度;三是能够表现特定地域、民族的社会生活及文化环境;四是其对读者情感与内心的冲击力具有非同一般的强度;五是经过了时间的检验。但是,现实当中,这几个方面并不是都能够实现,很可能一部作品只是在某一方面表现得非常突出,也往往被人视为经典。同时,我们需要强调的是,经典是由历史来证明的,而不是当下由人们命名的。或者说,经典需要时间的检验。新时期以来,文学出现了百花齐放、乱花迷眼的生动局面。过去被定为一尊的创作模式被更多的可能改变。其中最主要的是外来表达方式及艺术观念大量引进,使中国的文学变得丰富起来。这无疑是非常积极的。经过差不多三十年的引进、实践、创新,文学表达的可能性大大拓展,创造力得到激发。但是,另一方面的问题是,文学以及其他门类越来越呈现出趋同的倾向,或者说,出现了"非经典化"倾向。小说与散文的区别、纪实与虚构的区别、韵文与非韵文的区别等越来越不明显。这种现象引发人们关于文学的焦虑与思考,也就出现了"经典化"的话题。事实是,在文学的表达方式越来越丰富多样的同时,我们也应该更深入地思考,文学的特性是什么? 或者更具体地说,小说的基本特征是什么? 散文、诗歌等文学样式的基本特征是不是仍然存在? 比如,在出现了大批的不以人物、情节、细节为主要特征的小说之后,小说是什么? 小说还是小说吗? 我们的小说是不是应该为文学的殿堂提供典型人物? 其结构的主体是不是仍然应该以情节为主? 那些具有经典意义的理论与经验还有没有价值? 这些问题对文学而言至关重要。

王春林(山西大学文学院教授):我对当下时代文学尤其小说创作的总体看法倒不那样悲观。强调这一点,并不是说我就无视文坛的确充斥着大量糟糕的垃圾作品这样一种现象。坚持这样一种态度的根本理由在于,我们一定要在一个更为宏阔的时空背景下来理解看待文学创作。无论任何时代,优秀的经典总是少而又少,极其罕见,大量存在的肯定是那些最终被文学史残酷淘汰的垃圾作品。你根本不可能奢望在一个或者若干个自然年度内都会有经典作品生成。道理说来也非常简单,明清文学最具代表性的文体无疑是小说,细细检点,两个朝代加起来能够被称为经典的小说作品,也不过是《红楼梦》《金瓶梅》《三国演义》《水浒传》《西游记》《儒林外史》《聊斋志异》,以及"三言二拍"这些有限的数量而已。如果说四五百年明清两代叠加后方才能生成这样有限的一些经典,那又怎么可以奢望相对短的历史时期就会有经典作品大量生成呢? 也因此,我觉得,一方面我们固然应该看到当下时代文学创作"非经典化"现象的存在,另一方面却也没有必要为此而过度焦虑。因为,从一个宏阔的时空背景来看,"非经典化"可能正是文学存在的一种常态形式。文学的经典实际上正潜隐于这一片看似"非经典"的作品之中。

傅书华(太原师范学院教授):在今天,谈当下文学"非经典化"的话题,我首先想到的是,这表现了一种"焦灼"情感,这种焦灼情感,一方面是因为中国目下已然成为一个经济大国,迫切地希望着成为一个文化大国,因而产生出来的对当下文学的一种期待;一方面是中国当代文学界对于自身价值认可的一种急切追求,希望着当代文学能够进入经典化过程;再一方面是对当下大众文化潮流的一种恐惧。谈当下文学的非经典化,其积极意义是可以让我们正视当下文坛的弊端,但我们也要避免另外一种负性作用,那就是被今天整个时代整个民族的"浮躁"情感所同化。我想表达的另外一个意见是,谈当下文学的非经典化,是我们在用一个原有的经典的标准作为我们作出这一判断的参照系,所以,带来的一个问题就是,什么是文学经典。我觉得,今天对于中国当代文学是否有经典性作品,或者说,中国当代文学什么样的作品可以算经典,在这方面的分歧,正是当前中国价值动荡价值多元的一个必然反应。在这一时代语境中,谈论什么是中国当下文学的经典,或者谈论当下文学的非经典化问题,实际上是想在当下的价值动荡中,厘清价值向度,张扬一种价值导向,这当然是非常有意义的事情,只是我们在做这样一件事情时,要考虑到我们是用什么样的经典资源和经典标准来确定当下的经典是否存在。我举三个例子:一个是《平凡的世界》,这样的反映中国现实人生的作品算不算经典作品?可在许多人眼中,只是因为它少了一些所谓现代小说的技法,就把它广受欢迎的原因归之于是所谓的"成长小说"的吸引力。第二个例子,王蒙的作品。我觉得王蒙及其作品,在体现文学与政治关系这样一个历史时代的文化生态及由此带来的文学形态上,在体现中国人圆熟、世故的生存智慧及价值选择上,都非常有典型性,这算不算文学经典性之一种?第三个例子,莫言小说获诺奖,确实标志着文学的某种经典性,但因此在我们判断当下文学是否具有经典性时,是不是也带来了某种"错把杭州作汴州"的错觉?

二、文学经典的传统、经验以及局限

段崇轩:我以为,今天应当明确地、响亮地提出"回归经典"的口号,然后逐步达到"重建经典"的目标。文学经典中的优秀传统、经验以及写法,是一代一代作家经过探索、取舍、总结缓慢地凝结而成的,是一代一代读者和研究者经过阅读、淘汰、阐释渐渐地获得共识的。它具有稳定性、神圣性乃至真理性。当然,随着历史的前行,经典以及经验会出现种种变动。譬如有些作家在评价上会发生沉浮、替换,如现代文学史上的沈从文、张爱玲就经历了由隐到显的变化；譬如有些经典创作经验，如"十七年"时期的"理念化"写作，新时期文学中的纯技巧实验，在今天就应当扬弃。但是，经典文学中那些基本规律和方法，还是稳定的，应当努力继承和发展的。就拿小说创作来说，努力揭示社会人生的深层脉动和真谛，倾力刻画富有个性和深度的人物形象，苦心营构巧妙、独特的人物形象，精心打造风格化的叙事语言等，均是典范化的写作传统和经验。不管是长中篇小说，还是短篇小说，都应当努力遵循。但现在的小说创作，这些经典写法都逐渐扬弃了。主题浅薄、人物虚化、故事庞杂、语言粗糙，成为普遍现象。这样的作品怎么能打动读者？怎么能传之久远？

杜学文：一个时代有一个时代的经典。但是，不同时代的经典仍然具有其相同或相近的特征。否则，我们就无法进行讨论。而由于作家个人的人生经历、审美倾向等不同，作品所呈现出的风格又是丰富多彩的。对经典的追求，我以为，首先是对社会生活的表现及对人的思想情感表达深度的追求，以及建立其上的对人的精神世界的提升。之后才是对传统表现手法的继承与新变。或一时代的经典，是那一时代文学所能够达到的高度。但是，这个所谓的高度将随着时间的变化而变化。经典传统的许多方面将呈现出或此或彼的新变。这种变化在许多情况下是非常积极的。就山西的文学而言，以赵树理等为代表的"山药蛋派"作品成为一种具有非常代表性的经典。这一流派对中国文学产生了十分重要的影响，以至于今天我们仍然需要从中汲取营养。但是，我们的文学肯定不可能在同一个平面来重复它。正常的发展路径应该是，在吸纳其有益因素的基础上，进一步接纳其他创作方法中的元素，使文学得到发展进步。就"山药蛋派"而言，很多人从所谓的"乡土"来考虑，并强调其"政治性"，或者只学习其皮毛，或者认为应该舍弃。但是，这批作家对普通民众的尊重、热爱，以及他们与生俱来的人民性却被忽略了。他们对中国社会的关切、表达的深刻性，以及其中所包含的文化价值被遮蔽了。他们对中国文化所做出的巨大贡献还有待今天的人们进一步研究、认知。即使是在创作方法上，这些作家对人物性格的刻画、细节及个性化语言的熟悉及运用，仍然不是一般人所能够达到的。中国文学在经过了三十多年的众语喧哗、各争其艳之后，确实是到了一个应该再反思、再整合，从而创作出属于这个时代的文学经典的时刻。

王春林：关于"回归经典"与"重建经典"的问题。首先是一时代有一时代的经典。先秦时代的经典是《诗经》与屈原，唐代诗歌的经典就是李白杜甫白居易以及其他一流诗人的优秀作品。将视野进一步扩大至世界文学，则各个不同的国家民族又有各自不同的文学经典。既然如此，那"回归经典"中的"经典"又是什么样的一种经典？是中国的经典，还是另外哪一个国家民族的经典？是先秦时代的经典，还是唐代抑或明清的经典？依照我个人的一种逻辑，既然一时代有一时代的经典，那么，一种站得住的提法就应该是"打造经典"，也即通过当代作家的积极努力，打造独属于我们这个时代的文学经典。

傅书华：我觉得，当下文学"非经典化"中的一个最大的失误在于细节上的现实真实性的消失，许多的作品，立意、情节、人物命运的设计上，都还不错，一些批评家对此粗略了解一下，也就据此展开评论。但这些作品，没有大量的血肉丰满的充满现实真实性的细节作为支撑，不可读，更经不住反复阅读，所以，难以构成经典性。这一方面说明了作家缺少深入准确把握现实生活的能力，一方面是由于作家创作的浮躁心态，还有一个原因，就是对细节上的现实真实性不重视，不知道这是作品得以成立的最根本的基础，是小说现代表现方法的基础。马尔科姆·考利多次告诫那些热衷于用现代小说技法进行创作的写作者说：如果不真实，就不可能是象征；如果不成故事，就更不成神话；如果一个人活不起来，它不可能成为现代生活的原型。这话说得是极有道理的。

三、在创新与背离之间

杜文学：回归经典，或者重建这一时代的经典，对今天的文学而言,似乎是一种考验,但也是文学自身发展的必然。在经过一段时间的探索、创新之后,人们应该归于冷静,疏理那些能够支撑我们前行的路径与方法。我以为,这样几个方面是非常重要的。首先是作家到底是干什么的? 或者说,其责任是什么? 如果这个问题不解决,仅仅在技巧方面下功夫,还是不行的。因此,我们应该突出地强调作家个人对社会的责任,即从情感与精神的层面提升人的操守、情怀及人文素养。应该在艺术的表达中创造出美的境界,并以此来感染人、引导人与世俗的、低级的、功利的价值选择说再见。其次是作品的深度从哪里来? 现在,很多人已经回避谈深度的问题了。他们认为文学就是作者个人的表达。虽然我们不能否认这一观点,但在对这种所谓的"个人表达"的理解上还是要强调,这个所谓的"个人"所表达的是什么品质的内容? 是否具备了相应的历史深度与人文情怀? 在他们的作品当中是否能够给人以启示、思考,或者揭示出人类追求美好世界的可能性与现实性,以及人类发展的某种必然? 如果今天的文学还肯定这种追求的话,我以为,一方面是要对我们生存的社会现实有非同一般的体验与了解,另一方面是要对历史有相应的认知。这样,才能站在现实的土壤上,洞察人类的未来。人们才能够从我们的文学中获得信心与力量。其三,作品的魅力在哪里? 或者说,文学对读者的吸引力从何而来? 简单地说,当然是从作品的艺术表达而来的。但是,在文学出现了许多新的表现手法以及迥异于前的类型之后,我们是不是应该反思一下,那些最具魅力的艺术表达是什么? 那些最生动典型地体现了文学的根本特征的东西是什么? 如果这些重要问题解决好了,文学,将重新获得力量,获得走向未来的永恒魅力。

傅书华:我觉得,我们还是应该从如何应对、面对当下中国的价值危机价值需求这样的价值论层面,来谈论如何面对作为文学经典的创作资源。譬如说,中国的文学传统在价值流向上,有两大流向,一个是以整体利益作为价值本位的,是主流的,一个是以个体生命作为价值本位的,是民间的。后一个价值流向,源自诗经,经由汉乐府、李商隐杜牧、柳永直达《红楼梦》。在中国新文学中,则是胡适周作人梁实秋徐志摩老舍张爱玲赵树理等人。我觉得,面对中国市场经济下新的人生形态的形成,对于上述的民间传统的继承学习是当务之急,它可以使我们在今天应对如何面对个体生命日常生存的价值危机,从而让我们看到中国当下文学世界中个人化写作以及书写个体生命日常生存的那些作品的意义与不足。譬如说,面对西方古今诸多的文学思潮,中国当下最为需要的,我觉得,还是现实主义,但是这个现实主义,不应该是以社会现实为本体构成的中国式的现实主义,而应该是经历了浪漫主义洗礼过的,以个体生命为本体构成的西方经典的现实主义。对于这两种创作资源的重视不够研究不足,是中国当下文学创作"非经典化"的一个主要原因。

段崇轩:当下文学有着丰厚的创作资源,主要有四个方面。一是中国的古典文学,二是西方的现代派乃至后现代派文学,三是中国的现代文学,四是当代六十多年的文学。其中都积淀着丰富的经典文学传统。1990年代以至新世纪文学,到底继承和发展了哪些文学传统?值得反思。今天的文学自然也有探索和创新,譬如对人的精神情感世界的开掘,譬如对大众化叙事方法的借鉴,譬如具体的表现形式和技巧等等;但表现更突出的是对经典传统的背离。我在对短篇小说的述评中,列举了几个方面,如:"好故事"的负面效应,思想探索的乏力,人物塑造的"困境",形式创新的衰竭等。不知这些判断是否准确?1990年代之后,短篇小说虽然退居边缘地带,但依然坚守着精英品格,继续着经典化式的写作。但近年来这种坚守逐渐松懈,自觉不自觉地滑向了一种通俗化、自由化写作的路径上,距离短篇小说的经典化越来越远。

王春林:我个人认为,当下时代的文学实际上面对着三个方面的文学传统,一是中国的古典文学,二是西方现代以来的文学,三是中国现代文学。在这里,段老师的中国现代文学局限于习惯上的"中国现代文学三十年",而在我的理解中,中国现代文学的范围其实一直延伸到了"文革"结束之后。也即是说,我所谓的中国现代文学的时间,其长度显然已经是六十年。以上三个方面的文学传统,都在不同程度上充分地滋养着当下时代的文学创作。创新,自然是指思想艺术上一种新的创造,背离,指的则是背离了某种优秀的文学传统。若非如此,谈论文学传统也就失去了意义。在我看来,任何时代的文学创作,要想真正有所创新,都需要作家既具备突出的思想发现与掘进能力,也具备出色的艺术表现能力。但这两方面能力的不足,是否就可以被看作是对文学传统的一种背离呢?实际的情形我以为恐怕没有如此简单。即以我自己更熟悉一些的最近一个时期长篇小说的创作状况而言,我还是可喜地看到了积极探索创新的努力。那就是一种可以被称之为"小长篇"的新的艺术形式的出现。一些作家不再迷恋所谓"宏大叙事",开始以一种深刻、犀利的笔触直插生活的某·纵深处。

四、重建经典的可能性与艰难性

杜学文:就文学自身的发展而言,还需要做更多的努力。因为我们对这个急剧变革的社会缺乏深刻、生动的表现。但是,对文学,我们并不悲观。尽管文学的影响力已然不能与曾经有过的辉煌相比,但是,文学的力量从来没有消失,仍然在积蓄着燃烧的力量。我们已经有了一段极为丰富生动、变动不止的现实,为文学的表达提供了最为广阔的舞台与素材。同时,经过数十年的吸收、接纳与消化,我们的文学观念、创作手法得到了极大的丰富、拓展。更重要的是,经过几十年的创作实践,我们的文学已经积累了非常可观的经验,能够使我们在一个比较扎实的基础上进行回顾、反思、梳理,从而汲取那些最具民族特色、最富艺术表现力的元素,以及最能够使我们已有的文学接受吸纳的经验,从而创造出属于我们这个时代的具有经典意义的鸿篇巨著。它将成为这个时代滚滚向前的历史洪流中最为壮观的浪花,与这个民族一起奔向未来。

段崇轩:一个时代的文学,总是以青年作家的创作为主体、为潮流的。他们的写作状态和创作发展,决定着一个时代的文学命运。当下的作家队伍，"60后""70后"以及"80后"作家已经成为中坚力量，而三四十年代的作家基本退场、五十年代的作家逐步减少。而正值风华正茂的中青年作家，在创作上既表现出他们独特的优势和长项，也暴露出他们突出的劣势和短处。从山西新锐作家群的创作中，也可以看到这种正面和负面的现象。他们的优势和长处是，更长于表现置身其中的市场社会和城市生活，更谙熟同代人的精神情感世界，更善于营造一种通俗的、自然的文学文本等等。他们的劣势和短处是，生活领域狭窄，思想视野局促，文学功底浮浅，表现方法单一等等。他们当中自然有佼佼者，但这些缺陷无疑是普遍存在的。这是不是当下文学"非经典化"现象的一个直接原因呢？

傅书华：我觉得，当下文学如果努力重建经典，有几个问题是应该引起重视的：第一个，要汲取思想界特别是史学界的研究成果，这特别地表现在那些书写历史场景的作品中。一个阶级斗争的大时代已经成为历史，书写这个大时代应该产生经典性的史诗性的作品，但我们现在在这个领域里，譬如书写抗日斗争的作品，书写农村变革的作品，书写国内战争的作品，无论从对历史事件的反映，还是对一个时代历史风云人物的刻画，更多地看到的还是把教科书给以形象化的文学版本。第二个，小说界要汲取近年来国内外非虚构写作的成果。国外2001年的诺奖得主奈保尔，今年的诺奖得主阿列克西耶维奇，都以非虚构写作而著名。受国外的这一影响，也是中国本土发生的需要，近些年来，国内的非虚构写作风生水起，或者说，近些年来中国文学界的思想标高和精神标高，在非虚构写作中有着鲜明的体现，但小说创作界对此学习不够。第三个，对新的文学形态产生文学经典可能性的关注。譬如网络写作、科幻写作。就前者说，新的文学形式对新的文学内容及由此带来的新的文学经典要素的作用不可小视。就后者说，犹如红色经典曾经培育了我们这一代人，很难说，科幻文学会对今天科技时代一代新人会产生怎样的影响，所有这些，都是我们用原有文学经验所不能轻易臧否的。

王春林：要想打造独属于当下时代的文学经典，其所依托的创作主体到底是所有的中国作家，还是青年作家或者中青年作家，我给出的答案是前者而不是后者。这里的一个前提是，文学创作其实与年龄无关。之所以强调这一点，是因为我不太同意单单指出青年作家存在创作上的劣势和短处。与其说存在着不同年龄段的作家的差别，莫如强调存在着优秀作家与非优秀作家的区别。不论是生活领域狭窄、还是思想视野局促，不论是文学素养匮乏、还是表现方法单一，所有这些，都只能说是属于那些不够优秀的作家，而不能说是属于哪一代作家。至于当下时代文学的痼疾究竟何在，我认为，其中最大的症结恐怕还是在于作家能不能对于生活或者说存在有独到的发现与开掘。究其根本，这是一切伟大文学创造得以实现的一个基本前提。

当然，说到当下时代文学经典的打造，我给出的判断应该说还是乐观的。以我所集中关注的新世纪以来的长篇小说创作为例，虽然还不可能判断出那些作品已经称得上是经典，但诸如《古炉》《天香》《农民帝国》《春尽江南》《圣天门口》《蛙》《繁花》《笨花》《平原》《迷冬》《陆犯焉识》这样一些作品中，经典性因素的具备，还是有着相当的可能性。这一点，在我的《新世纪长篇小说地图》中已经进行过相当充分的思想艺术分析。

段崇轩：尽管文学"非经典化"现象突出，文学的外部环境和内部因素问题多多，但我对文学"重建经典"仍然抱有期待和信心。一是社会发展的推动，当今中国正处在一个剧烈的历史转型期，其深刻、复杂、广大为文学创作提供了丰富的资源和强劲的动力。二是文学发展的大势，新时期文学到多元化时期文学将近四十年了，我们经历了思想、思潮、流派、方法等各种各种的变革和演化，积累了大量的精品、经验和教训；它将呼唤、促进文学的经典化进程，超越既往的经典文学作品，进而创造出我们这个时代的经典作品和经典经验。

（原载 2016 年 4 月 29 日《文艺报》）

贾平凹：写胡蝶，也是写我自己的恐惧和无奈

　　贾平凹新作《极花》，发表于 2016 年第一期《人民文学》，即将由人民文学出版社推出单行本。他以为要写四十万字的篇幅，却只写了十五万字收笔。是故事并不复杂，还是与作家的年纪有关？总之，贾平凹在写作中用了减法，他似乎试图把一切过程隐去，试图逃出以往的叙述习惯。于是《极花》成了他最短的一个长篇，也让他收获了另一重经验。

　　《极花》中的极花，是冬虫夏草，它在冬天里是小虫子，而且小虫子眠而死去，在夏天里长草开花，要想草长得旺花开得艳，夏天正是好日子。

　　他喜欢在夏天里写作，他觉得自己如热气球般越热越容易飞起来。《极花》正式起笔于 2015 年的夏天，这个时候，先前他觉得不自在的文字变得得心应手，他曾经的激愤与悲哀变得从容平和。

　　《极花》讲述了一件发生在中国西北的妇女拐卖事件。小说的主人公胡蝶无意间落入人贩子手中，几经周折被卖到西北的一个小山村，她在那里经受种种折磨后，公安部门营救了胡蝶。然而胡蝶的命运因此彻底改变，她变得性格孤僻，少言寡语，她经受着周围人的冷嘲热讽，最终她选择继续回到被拐卖的地方……

　　中国现代文学研究会会长丁帆在阅读《极花》后提出问题：在长篇小说一步步远离社会和时代的今天，胡蝶们的悲惨遭遇固然值得我们深思，但是更加值得我们思考的问题却是：胡蝶们

在文化巨变的时代潮流之中，她们能够蜕变成一个什么样的蝴蝶呢？我们从她们身上能够体验到现实的困厄吗？我们从她们的体味中能够嗅到未来文化与文明的胎动吗？

这也是我们迫切想知道的。

读书报：您对于农民进城的思考在《高兴》《天气》等作品中都有体现。那么在《极花》中，您的思考是否也有进一步深入？

贾平凹：现在的城乡在一起互动着，已经无法剥离，问题复杂得无法想象，你得不断地观察不断地思考，才能了解和看懂。这个时期的写作，如果还是写现实吧，材料极其容易，什么都可以写，主要是怎么写才能使你的心和笔得到自由，怎么写才能有你自己的声音和色彩。

读书报：《极花》的某些精神气质，和之前的《古炉》《老生》一脉相承。《古炉》中用剪纸艺术复活飞禽走兽的蚕婆，来到《极花》中成了剪纸上瘾的麻子婶。对于这些民间形态的表现，成了您作品的标签。除了生活中确有这样的人物，他们在作品中承担着怎样的使命？

贾平凹：陕西北部以及山西、甘肃一带的高原上，是这几年我喜欢去的地方，那里的剪纸是天下闻名的，无数的艺术家都去过，有了相当多的作品，我一直想弄明白为什么在那里能产生这些东西而形成他们的生活形态和精神形态，在那样的环境中人之所以代代繁衍，神的力量在如何支配作用？现在的城市被科技控制了。

读书报：那位半张脸被胡子窝住的老老爷，更是超乎一般的神人。他画的星相图，有什么格外的意义？

贾平凹：书中所写的老老爷，他是乡村的智慧，他的那些怪异，其实是人活着的原本的方法。

读书报：为什么在《极花》中，一再出现那么多笔画繁多的生僻字？从《老生》中的《山海经》，到《极花》里的禅语，中国传统文化的博大精深，有些被您直接植入作品，总担心对于读者来说太过高深。比如"天上的星空划分为分星，地下的区域划分为分野，天上地下对应着"——能谈谈您的用意吗？

贾平凹：农村的衰败已经很久了，而我这几年去那些山地和高原，看到好多村子没有了人，残垣断壁，荒草没膝，知道它们在消失。我们没有了农村，我们失去了故乡，中国离形乡下，中国将会发生什么，我不知道，而现在我心里在痛。我曾经取笑说，农村人死了，烧那么多纸钱，城市人死了，尸体立即送去了火葬场，而在家里设个灵堂，或者象征性地烧几张纸钱，那么在另一个世界或有托生的话，那城市人是最穷的。我在我的作品中，感情是复杂的又微妙的，我不知怎么才能表达清，我企图用各种办法去表达，但许多事常常是能意会而说不出，说出又都不对了。

读书报：胡蝶代表了千千万万从农村走出来的姑娘，有一点点文化，一点点姿色，一点对爱情朦朦胧胧的向往，和逐渐膨胀的虚荣……正如丁帆所言，从农村进入城市的少女胡蝶，哪怕是在收破烂的贫民窟里栖身也要追求现代物质文明的脚步，那一双从不离脚的高跟鞋，既是她对美的追求的象征，同时也是她试图摆脱农耕文明枷锁的一种仪式。我想知道的是，您写这些人物的心理，尤其是胡蝶，自己满意吗？

贾平凹：世上什么事情都在变，人的情感不变。不论是男人还是女人，内心最深处的波动是一样的。而且每个人都在为他人反映出整体的不同部分。看到了别人的善其实是我们的善，看到了别人的恶，其实是我们也有恶。《极花》中写那个叫胡蝶的女人，何尝不是写我自己的恐惧和无奈呢？

读书报：作品中的人物，无论是买了胡蝶的黑亮，还是被拐的胡蝶、訾米，竟没有一个人物特别令人生厌。看到后来，连我也爱上了这个村子，虽然它贫穷愚昧，却有让人割舍不断的东西。作品让人思考农村的凋敝，思考文明的社会仍然有如此荒唐野蛮的诸多事件发生，却没有激愤和尖刻。您是以怎样的心态写作？

贾平凹：当风刮来的时候你能怨怪树叶的飘零吗，能怨怪花草倒伏吗？写作是你能明白历史的整体又不明白你个人的具体，都知道人总是要死的，但当亲戚朋友突然去世又都悲痛不已。《极花》是一个关于拐卖的故事，但我并不单纯只写这个故事。

读书报:"减法"式的写作,对您来说是否也有格外的体验?

贾平凹:《极花》是我最短的长篇吧,因它就集中写了一个女人被拐卖后的禁闭的情况,它不可能写得长,把事情说完就行了,虚张声势的东西没有必要。

（原载 2016 年 2 月 24 日《中华读书报》,记者舒晋瑜）

曹文轩:我的选择被世界认可

我的文学倾向押在"花瓶"上

文汇报:儿童文学中的好人和坏人,常常具有脸谱化特点,易于辨别,好和坏都非常绝对,似乎这样才比较符合儿童的认知。您笔下的人物却非常复杂:比如《草房子》里的桑桑,既有勇敢的一面,敢于和欺负秋月的坏孩子打架;又有懦弱的一面,不敢承认自己玩火引起了火灾。在《火印》中,河野和稻叶既是日本鬼子,又有爱护动物、充满人情味的一面。您这样对深层人性的书写,会不会让小读者困惑?

曹文轩:儿童文学是笼统的说法,根据读者年龄可分为不同样态,比如低幼、高年级、初中生、准青年。低幼的孩子还没有非常复杂的思维,也没有很好的心理承受能力,对他们展示这个世界的时候,越简单越好。简单不等于浅薄,背后一样可以有丰厚的东西。

随着年龄的增长,孩子们渐渐看到了人性的复杂,这时的儿童文学,就应该正视人性的复杂性。你提到了《火印》里的河野和稻叶,两人情况不一样:河野品质恶劣,他生于养马世家,他对马的偏爱并不意味着对大千世界的怜悯,就像希特勒当年喜欢绘画、音乐,这并不意味着希特勒就是个高雅的、有文艺情怀的人;而稻叶是战争的受害者,他是被无辜卷到战争里来的。如果小读者对稻叶充满同情,这都是可以的,因为他本来就是个好人,他的手上从来没有沾过鲜血。

但相对于成人文学,儿童文学又不能过于复杂。我们不能在儿童文学里刻画陀思妥耶夫斯基笔下的形象,那种分裂的人格小孩子是不能理解的。儿童文学所谓的复杂性无非是好和坏之间的中间地带,有时呈现出两面性而已。

文汇报:一方面,您在作品中展现人性的复杂,但另一方面,您好像又在回避过于沉重的现实,比如在《草房子》,您让桑桑活过来了,而谢冕先生(编者注:文艺评论家、诗人)曾从他的人生经验判断,桑桑得的是绝症;再如,秃鹤虽然用一场演出赢得了同学的尊重,但他未来的人生里也许不会再有这样的演出,现实依然残酷。您如何掂量儿童所能承受之重,在写作时会做哪些过滤?

曹文轩:当我们向儿童书写这个世界的时候,有些东西要适当遮蔽,比如暴力、情色、绝望……儿童不宜嘛。儿童文学的判官永远是父亲、母亲,而作家首先就是父亲或母亲。这种场面、这种描写适合孩子看吗?选择是不复杂的。父亲或母亲有着天生的直觉和至高无上的判断能力。

文汇报:您说过,对您产生重大影响的不是儿童文学作家,而是鲁迅、沈从文、川端康成、海明威、普宁等成人文学作家。但您并没有在成人文学上发力,而是选择了更为单纯、更加阳光的儿童文学。您难道不觉得对阴暗的书写更容易震撼读者吗?您怎么看有些作家专注于阴暗面的写作癖好?

曹文轩:现代主义兴起之后,文学基本上放弃了它的审美功能,唯一的目标就是一个词——"深刻"。文学就像羊群,被高高举起的"深刻"的鞭子,撵得满山野乱跑。

怎么实现"深刻"呢?我们在潜意识中形成了一个逻辑关系,那就是唯有把这个事情写得很恶、很残酷、很阴暗、很猥琐、很变态,才是"深刻"。所以现在出现了一种文学景观,里头不光没有好人了,连坏人都没有了,有的是变态的人、异常的人。

文学的标准一直在变,诺贝尔文学奖也是。我问过一个问题,假如川端康成和大江健三郎的年代颠倒一下,让大江生活在川端的年代去写大江式的作品,让川端生活在大江的年代去写川端式的作品,这两个日本人还会不会获得诺贝尔文学奖?我认为不可能,因为文学的标准改变了。川端的年代偏爱感觉,他的作品为读者供应了温暖与悲悯,为空虚的心灵开垦了栖息之地;大江的年代偏爱理性,他的作品常常在暴戾命运的背后,试图探摸人类的困境与不安。

生活本来就是多面的,有花瓶也有痰盂。我只是看到花瓶,或者说我的文学倾向押在花瓶上,难道不真实吗?但现在的文学更倾向于写痰盂。对于这类作品,我跟学生讲过:"我已经活得很不好了,看了它会更好一些吗?只能感觉更不好。如果一部作品看了以后觉得更不好,你非得说它好,那你不是很贱吗?"我的文学观跟很多人不一样,这其实不是刻意的坚持,背后有我的美学思考。这次安徒生奖颁给我,我最深刻的感受就是慰藉,它让我知道,我的选择也是会被世界认可的。

只有艺术可以抵达明天和远方

文汇报:在年龄分类日益细化的童书出版界,您的书却能做到儿童、成人通吃。您曾表示,您并不是一个典型的儿童文学作家,您写作的时候是不考虑阅读对象的。但我注意到,您的文风非常适合孩子阅读,绝不会用生涩的词,很少用长句,更不会用费思量的逻辑推理,由此我感觉,您写作时至少应该考虑过要让儿童读懂您的书。您还曾说过,《天瓢》是为成人写的,那这是否更印证了您其实考虑过阅读对象?

曹文轩:我会在潜意识里有这么一个设定——我的读者主要是孩子,但并不都是孩子。当落笔写下第一个字开始,我首先想到的并不是阅读对象,而是怎样编织故事,怎样遣词造句,风景如何描绘,人物怎么出场……开头第一句我可能花很长时间琢磨,因为第一句是给作品定调的。举个例子:一开头如果是"我的妻子",那说明叙述者是个有点儿文化的人;如果少一个字,变成"我的妻",那这就是个有着小资情调、酸溜溜的知识分子;如果换成"俺老婆",那可能是一位老农。总之,我把作品当作艺术品来对待,只有艺术可以穿越时间和空间,抵达明天和远方。这次国际安徒生奖,十个评委把票一致投给了我,我认为原因不是别的,正是作品中的艺术性。

文汇报:十多年前您就说过,中国最优秀的儿童文学就是世界儿童文学的水准,您将此次获奖当作这一观点的有力佐证。但安徒生奖毕竟是一项个人奖,由个人的荣誉推及中国儿童文学创作的全貌,这会不会只是获奖之后惯有的谦虚表态呢?至少,我从来没看到您拿出过具体的依据,用以说明为什么中国的儿童文学达到了世界水准。

曹文轩:我永远记住一个朴素的道理,一个人的高度是由平台决定的。中国文学的平台在一天天升高,有一两个人因为角度的原因被世界先看到了,我是其中一个,莫言也是。但我得奖和屠呦呦得奖、和运动员拿世界冠军还不一样,科技和体育是可以量化的,文学和艺术却做不到,所以我无法具体说出一二三,我只能大致讲,世界水准的儿童文学所具备的品质,中国儿童文学都有。

这并不是狂妄的、过于自尊的判断,我一直认为这是理性的、学者的判断。中国有一支超级巨大的翻译大军,这让我对英国、美国、德国、法国等各个国家的儿童文学非常了解,而我正好又是研究这个学问的。我发现,我们最优秀的部分和他们最优秀的部分是并驾齐驱的,我不比你弱,不比你小,不比你矮。我们要充满底气,把独特的中国故事讲给全世界听。

有些批评家不同意我的观点,我想回应的是:当我们谈论一个国家文学水准时,千万不要做错误的比较——你拿全世界最优秀的东西和一个国家的东西打拼,这怎么行?我们要单练,一个对一个,不能打群架。你们合伙对付我一个,我当然打不过了,这是最简单的道理。

和苦难结伴而行

文汇报:安徒生奖给您的颁奖词(编者注:颁奖词为"曹文

轩的作品读起来很美,书写了关于悲伤和苦痛的童年生活,树立了孩子们面对艰难生活挑战的榜样,能够赢得广泛的儿童读者的喜爱"。)有两个关键词,"悲伤"和"苦痛"。这两个词凝结了您对儿童文学一个很重要的看法,即儿童文学不能只带来快乐,而是要带来快感,快感既包括喜剧快感,也包括悲剧快感,您举例说,安徒生的作品大部分是悲剧色彩。您在创作时对苦难的着墨很容易让人联想到当下提倡的挫折教育、苦难教育。

曹文轩:追求快乐无可非议,但如果一味追求快乐而忘却苦难,那就成了享乐主义,而不是乐观主义。乐观主义是一种深刻认识苦难之后的快乐,那才是真正的、有质量的快乐。

孩子们要学会和苦难结伴而行,培养对苦难的风度,就像美丽的宝石必经熔岩的冶炼。如果忽视苦难的必然性,就会忽视苦难对于我们生命的价值,当苦难来临时,就会变得叫苦连天、手足无措、不堪一击。

文汇报:您曾说过,饥饿穷苦的孩子想象力更丰富,比如"卖火柴的小女孩",她在又冷又饿时才能在火苗中看到烧鹅、圣诞树和外婆。莫言和您恰好都有饥饿穷苦的童年。在后来的作品中,读者很容易看到你们童年的痕迹,比如莫言提到了"啃煤渣",您提到了"啃石头"。可今天的孩子,物质条件相对丰厚,那是不是意味着他们的想象力会先天不足呢?

曹文轩:福克纳讲,我最大的财富在于我有一个苦难的童年。我是这么理解的:一,苦难童年向他提供了丰富的文学素材,比如无比绝妙的故事;二,苦难童年无意之中培养了文学创作必须具备的想象力。你什么都没有,怎么办呢,那就通过想象来弥补,没有书包就想象有个漂亮的书包,没有教室就想象有间宽敞的教室。无意之中,贫穷帮你操练了想象力。

但这话不能反过来说,不能说富有了,想象力就消失了。尽管物质上富有,但也有精神上的缺憾甚至痛苦啊,也需要想象力来弥补啊。托尔斯泰出身豪门贵族,不也很有想象力嘛。

文汇报:您刚提到苦难童年能为文学提供无比绝妙的故事,这让我想起《青铜葵花》中的一个故事:葵花没有项链,青铜就给她做了一条"冰项链"。这个故事光凭想象是无法编出来的，我猜您小时候应该做过"冰项链"。

曹文轩：小时候，我们把屋檐下的冰凌敲成小块儿，嘴里衔一根细细的芦苇管，一头对准小冰块，吹出一个小小的、圆圆的洞，然后用线穿成一串儿，拎在手里玩儿。在《青铜葵花》中，我把这个情节做了发挥，写出了一条"冰项链"。

"经验"可以无限繁衍

文汇报：《草房子》的所有章节，都是在讲"转折"：秃鹤从被人捉弄到获得尊严，杜小康从"富二代"变成读不起书的孩子，细马想离开油麻地却又回来了，死守着那块地的秦大奶奶后来主动把地交出来了……您为这些"转折"安排了意料之外又意料之中的情节，悄悄拨动了读者情感的开关，通篇的"转折"读下来，竟然没有突兀感。

曹文轩：越是好的故事，越是存在状态的写照，人的整个存在就是在一个个转折过程中进行的。

我曾到中小学给孩子讲作文，我告诉他们，"得来回折腾，往前走、往前走……可是……再往前走、往前走……可是……"这个"可是"不是人为造出来的，就是你一天的样子。一个人从出生走到今天，如果有个路线图可以显示，那就是一张令人眼花缭乱的曲线图，有些曲线看似绕回来了，但并不是原点了，而是"螺旋式上升"了。文字背后是生活，生活背后是哲学。马克思分析世界，不是总结了几大规律么？对立统一、量变到质变、否定之否定……

文汇报：但文学不等于生活，否则干吗要强调作家的想象力呢？

曹文轩：文学中写到的生活有两种：一种是生活本来的样子，叫"经历"；另一种是用逻辑或想象改造之后的生活，叫"经验"。

举个例子：一个人15岁时父亲去世，多少年后他写自传，把这件事写进去,这叫"经历";他从这个"经历"中得到了一种"经验",那就是失去父亲之后的悲痛、忧伤、孤独、从此没有根……"经历"是有限的,但"经验"可以无限繁衍,幻化成他未来创作中的不同情境,比如一个5岁孩子失去父亲,比如一个老人失去孩子,甚至进一步形而上,上升到一个民族无父的记忆。好的作品是充满经验感的。

文汇报:您的很多作品,比如《草房子》《青铜葵花》《根鸟》……都带着苏北水乡的气息。可我发现,您最近的两部作品,《火印》和《蜻蜓眼》,却从那片水乡脱离开去,《火印》写了北方的草原,《蜻蜓眼》把目光投向了精致、优雅的城市生活。您过去一向强调您作品的独特性和"水"有关,可现在不是这个路数了,似乎在寻找一片更宽广的天地。

曹文轩:水参与了我的性格、人生观和美学情调,因为有水,我的灵魂永远不会干涸,我作品的独特性确实和"水"有关。作品独特性的背后是作家熟悉的生活:水乡我是最熟的;但我对张北一带的草原风景也很熟悉,这些年我时常驾车去度假,那儿差不多成了我的第二故乡;我对城市的熟悉就更不用说了。我从来都珍视我独特的经历和经验,从不去揣摩今天孩子的处境。对那些自以为是知音、很随意对今天孩子处境做出是非判断、滥施同情的做法,我不以为然。我自信能感动今天孩子的东西,和曾经感动过我的东西是一样的,无非是生离死别、悲悯情怀、厄运中的相扶、孤独中的理解、亲情、友情、爱情……这一切是永在的。

（摘自 2016 年 4 月 27 日《文汇报》）

李敬泽：在青鸟翼下回眸元写作

在《一个散文家如何进入历史叙事》的跋语里讲到新作《青鸟故事集》的来龙去脉："感谢布罗代尔。在他的书之后，我写了这本书。1994年夏天，在长江三峡的游轮上，我第一次读布罗代尔，读他的《15至18世纪的物质文明、经济和资本主义》。夜幕降临，江水浩荡，汽笛长声短声，凭生远意。在那时，布罗代尔把我带向15世纪——'现代'的源头，那里有欧洲的城堡和草场、大明王朝的市廛和农田，我们走进住宅，呼吸着15世纪特有的气味，察看餐桌上的面包、米饭，有没有肉？有什么菜？走向森林、原野和海洋，我们看到500年前的人们在艰难地行进，我们注视着每一个细节……布罗代尔说，这就是'历史'，历史就在这无数温暖的细节中暗自运行。但这不仅是历史，也是生活。"

李敬泽的这一写作背景，使人不能不想到历史学家唐德刚提出的"历史三峡论"。他显然触及到了峡谷的陡岩与一些暗礁，他渴望在文学的视域里，以绝大的勇气与才学，将他心目中的历史与现实、东方与西方、宏大叙事与生活细节、传统与现代化、虚构与非虚构的复杂关系，来一次厘定和呈现。

"我提供的是一个散文家如何进入 历史叙事的角度和方法。"

蒋蓝：你已经出版了二三十部著作，这本由译林出版社新近推出的《青鸟故事集》为什么显得特别重要？

李敬泽：我算是鲁迅的信徒。从小读大先生的书长大，我发现他是特立独行的，连书名也是，一字不能易，《呐喊》《彷徨》等等，戛金断玉。即使不断再版，他也不会另取一个书名，对此我一直是谨从的。而且我也学习大先生另外一个德行，那就是新书里不收录别的版本里的文章，货真价实，以示童叟无欺。但是，出版《青鸟故事集》却是一个"例外"。

蒋蓝：此话怎么讲？

李敬泽：在我看来，一本书是否值得再版，要看它的思想、观点是否过时。我至今认为，这本书的主要观点没有过时，而且对当下如何思考现实与历史、本土与西方、文学和思想等等，仍然具有启发意义。何况，《看来看去或秘密交流》出版至今满 16 年了。当下中国变化之巨大、思想更替之迅猛，历史上没有任何时代可以与之相提并论。16 年回首，我就有一种充分自信：两千年来，国人从未想到用这种言路来演绎历史。我提供的是一个散文家如何进入历史叙事的角度和方法，16 年弹指而过，你会发现有很多作者也按照这本书的言路在写作历史了。这本书对于我而言，不但是一个具有生命刻痕的纪念，而且是时间对我探索性写作的一个褒奖。从这个意义上而言，我不悔"少作"。

2016 年译林出版社找我，决定新出《看来看去或秘密交流》，我思考良久同意了。在原稿基础上，我修订了百分之二十的篇幅，主要是去掉了一些抒情过分的段落，另外补充了一些观点和少量新作。

蒋蓝：这就是《青鸟故事集》的由来。这本书在国外有译本吗？

李敬泽：2003 年，法国一家出版社决定出法文版。委托给法兰西学院的一位翻译家。不料这位年事已高的翻译家突然病故。出版社又请来一位双语翻译高人，商定一年半交稿。哪知道这位高人"突然失踪"了，全世界都找不到他了。这只能叫"祸不单行"。出版社只得委托第三位翻译家再接再厉。我只能祈祷，事不过三嘛。谢天谢地，这位翻译家终于完成了。这是 13 年的马拉松啊。看起来"福有双至"，《青鸟故事集》的法文版将与译林出版社的中文版于 11 月同步上市。呵呵,世界真奇妙。

蒋蓝:《青鸟故事集》的命名,你自然有考虑。

李敬泽:我当了多年编辑,书名命名自有"机巧"。开始本拟使用"飞鸟",考虑到已经被人糟蹋,白白毁了这个好词,只好另辟途径。李商隐名句"蓬山此去无多路,青鸟殷勤为探看",但我的"青鸟"里并没有多少这样的意思,反而是大师梅特林克的最著名代表作——六幕梦幻剧《青鸟》,在我的故事集里留下了它巨大的鸟影。

蒋蓝:梅特林克的《青鸟》是欧洲戏剧史上融神奇、梦幻、象征于一炉的杰作。写兄妹迪迪和麦迪去寻找青鸟的故事。一路上他们经历了许多事情:夜宫的五道大门,恐怖的墓地之路,难以置信的青孩子的身世,以及幸福家园的见闻。种种经历都是为了让兄妹明白幸福的真正含义。

李敬泽:我在《青鸟故事集》里展示的我进入历史迷宫的历险。我们不应该再采用教科书的态度进入历史,而是自由地探索历史真谛:我强烈地感到,人的境遇其实并未发生重大变化,那些充满误解和错谬的情境,我们和陌生的人、陌生的物相遇时警觉的目光和奔放的想象,这一切仍然是我们生活中最基本的现实。我们的历史乐观主义往往是由于健忘,就像一个人只记住了他的履历表,履历表记录了他的成长,但是追忆旧日时光会使我们感到一切都没有离去,一切都不会消失,那些碎片隐藏在偏僻的角落,等待着被阅读、被重新讲述。

"文学尤其需要一种平民史观,只有这样才能审视不同时空里的许多问题。"

蒋蓝:在《沉水、龙涎与玫瑰》一章里,你展示了一种"博物学"式的旺盛趣味,考据了这些事物、植物的自然历史与人文历史。引用、考据、想象、思考穿插其间,其碎片拼接之书天衣无缝。尤其是你对玫瑰与蔷薇的考据,引人深思……东方人之于蔷薇,西方人之于玫瑰,各自的文化围绕花朵之杯倾注了完全不同的酒。

李敬泽:这恰恰就是东西方在文化上的差异,也是历史叙事里我最为看重的事物细节和事物在生活方式里的悲欢荣辱,花开花落。钱穆说过,要用"温情与敬意"去诠释历史,我尽力这么做了。有时,"掉书袋"也是必需的。问题在于我们不是枯燥且无节制的引用,而又没有自己的独特观点。

蒋蓝:你为什么对历史如此感兴趣?

李敬泽:我父母均毕业于北京大学考古专业,所以我的童年玩耍的地点,基本上是在一些考古发掘现场。考古十分艰辛,父亲一年也不容易回一次家。我当时就想,历史、考古自然是高大上的,是宏大叙事,与寻常百姓根本没有关系。这种想法伴随自己阅历的增加,我最后彻底否定了这些看法。我从布罗代尔的著作里,看到了西方的平民历史,尤其是老百姓的生活方式,那就是我心目中可信的历史。在我看来,记载历代帝王将相的历史,远不及一部《红楼梦》伟大。

蒋蓝:你是以平民历史观来演绎、展开你的历史视域。也可以这样说,《青鸟故事集》也是一种文学的"微观史"。

李敬泽:要害在于:我们如何看待中华民族的历史?而文学尤其需要一种平民史观,只有这样才能审视不同时空里的许多问题。我在一篇文章里谈到,所谓一切历史都是当代史,什么意思?就是说随着每一代人的境遇、每一代人面临的问题的变化,我们需要重新回望我们的过去,在这个过程中,我们不仅丰富了对历史的认识,也扩展了对自身、对当下的理解。所以历史是需要不断重写的,每一代人都会重写,否则只有一部《二十四史》不就够了?在重写中人们会不断有新的发现,达到对我们民族历史更为真切、更为宽阔的认识。

蒋蓝:我印象里,你至少三次前瞻性地提出观点引起世人关注:一是2000年针对历史的平民史观写作;二是2008年你担任《人民文学》主编时力推"非虚构写作";三是你对亚洲与欧洲、东方与西方的文学性想象的对比。

李敬泽：承蒙夸奖。我曾经说，人类一定是相互想象的，我们对西方的认识和理解，很大程度上也是通过文学作品。想象会有偏差，但偏差不能阻挡我们的相互想象和交流。比如对郑成功的认识，我们的印象基本上是他早期的抗清和后来的收复台湾，其实郑成功的业绩和意义远远不止于此。郑氏父子不是孤立偶然的现象，其实在明代禁海之后，民间的海上活动就非常活跃，这种活跃某种程度上是15、16世纪世界贸易发展的结果，所谓"白银时代"，明朝政府不让出去，大量的民间商人出去，在正史叙述中这些人都是"海盗"，都是坏人。但现在看，当时的这些民间海商活动具有长时段的、深远的历史意义，甚至为后来我们的海上疆界的形成提供了强有力的历史依据。这是被正史遮蔽的大规模的历史活动，从中涌现出的最杰出的代表就是郑芝龙、郑成功海商集团。从日本到菲律宾，从东海到南海，我们的先民们，在当时的历史条件下，冒着巨大的压力、风险、困难，与日本、荷兰、西班牙等国家展开激烈的竞争，而且还占了上风，这是非常了不起的一段历史，真当得起波诡云谲、波澜壮阔。

"我向往的是一种朝向元典的元写作，这是一种精神，不是文体学问题。"

蒋蓝：你如何评价自己的写作？是一种由跨文体构成的"超级写作"吗？

李敬泽：从写作方法上我基本认可"超级写作"，但我未必是跨文体。准确说，我向往的是一种朝向元典的元写作，这是一种精神，不是文体学问题。中国历史上的所有问题，在《左传》里均可以找到踪迹。那是民族的元典，如此有力，展示出强有力的语言与强有力的精神。可惜的是，春秋时代斩钉截铁的问题，被当代人搞得非常复杂和暧昧。一个民族的价值观如果没有从元典里吸取滋养，它后来因为各种训令形成的价值观就是可疑的。

如果说柏拉图的《会饮篇》展示了人类的基本问题，并且得到了可贵的延续和发展的话,那么中国的元典并没有得到一流头脑的诠释,既然如此,弘扬与继承就更无从谈起了。《青鸟故事集》是对异质经验的涉入与旁出,其现实意义可能要高于16年之前。尤其是在一个面临中华民族复兴的时刻,我们就必须深入研究汉唐作为伟大帝国的高标,它如何与西方发生关系?

蒋蓝:你如何看待文学与吟唱?

李敬泽:我不大相信口述实录。一个人口才再好,笔头很烂,这两者没有关系。但吟唱不同。走在天地之中,心中有歌要唱。这就是文学,这就是荷马,这就是元典精神,这就是鲍勃·迪伦给我们的启示:我们需要不断返回元写作。

蒋蓝:你目前工作如此繁忙,如何来面对自己的写作?

李敬泽:2000年前后,我的写作十分流畅。后来写作时间就不够用了。这也没有办法,我只好采取冲刺性写作。近年我在《收获》《十月》开设了个人专栏,让专栏编辑挥舞鞭子赶着走。有时太忙竟然忘记了交稿,干脆最后一天交稿。这也好,一年也完成不少作品。

蒋蓝:你说过,一个作家要让傻瓜与天才都能服气很难。

李敬泽:是的。首先是反省自己:在价值向度上,我必须知道好与坏。然后,在文本上等着别人来挑毛病。对此,我又有把握地说,我有"吊花腔"的本事。书,好看!

蒋蓝:你是非常敬重才华的。

李敬泽:一个有才华的人需要得到最大敬重。才华是一种气息。才华在任何正常时代都是珍稀资源。

(原载 2016 年 12 月 30 日《文学报》)

格非:《望春风》的写作, 是对乡村作一次告别

好比攀援在墙上的常春藤,格非在讲述《望春风》的过程中,被缠绕,被依附,被过往的青葱岁月召唤,被古朴的民风和纯粹的人情深深地打动。

尽管每一次写作都会开启新的经验,但《望春风》的写作,对格非而言仍是一次独特的体悟。他没想到情感的聚集如此浓厚,以至于写作时常常一坐五六个小时,心跳加速,始终处于亢奋之中。

他曾经将故事起名为《浮生余情》,但感觉流于直白。台湾作曲家邓雨贤的《望春风》带给他一些启发,这是作曲家青睐的词名,却十分契合格非写作这部小说的心境。

一个具有传统文化意味的村庄消失了,那些曾和他一起生活过的人物消失了,几千年来是建立在乡村伦理的基础上的中国乡村社会,突然间只剩下了废墟。站在废墟上时,格非想到了什么?

"一边看废墟在倒塌,一边匆匆在废墟中记录下你所看到的一切;有生之年你已经死了,但你却是真正的幸存者。"或许本雅明解读卡夫卡的一段话,最能概括他此时的心情。

艾略特笔下的《荒原》,英文原意是"被荒废的土地",是被遗弃的"荒原",但艾略特没有放弃对圣杯的寻找,或者说,废墟的存在同时也暗示了她的复苏。

舒晋瑜:写作《望春风》的缘起是什么?

格非:这部作品我想了很多年。过去村子里有河流、有庄

稼,每次回到村庄,感觉村子是永远不会变的,它的存在不断印证着家的感觉。村庄拆掉后变成荒原,和丘陵地带连在一起,没有任何标属。

有一次我弟弟开车带我回老家。当时下着小雨,我一个人在村子里待了两个小时,想了很多。我想起《诗经》里"不知我者谓我何求",心里很难过。先民们从北方来到江南,寻找栖息地,家谱里曾详细记录了这一支,我祖父也曾经不断地给我讲述这个故事。现在村子突然被拆掉了,成为一片平原。

又过了两三年,我问我父母,老家拆房后是否建了工厂。他们说因为资金链断了,一直荒着。我又回去看了一趟,发现原来生产队里开辟出来的新田,全部长满了树,植被茂密,只有池塘里的荷花还在。艾略特笔下的《荒原》,英文原意是"被荒废的土地",是被遗弃的"荒原",但艾略特没有放弃对圣杯的寻找,或者说,废墟的存在同时也暗示了她的复苏。

我决心要写一部小说,就从五六十年代写起。如果不写,用不了多少年,在那片土地上生活的人也许不会知道,长江腹地曾经有过这些村子,有过这些人,这些人和这片土地曾有过这样一种关系。从那之后我每次回家都做一些笔录,主要是找父母,以及他们同一时代的朋友们聊。

舒晋瑜:您确定要写的人物,有来处吗?

格非:曹雪芹说,他写《红楼梦》是因为记忆中的女子,不想让她们消失。我要写的就是村子里的人物,他们的存在不可辩驳。可是突然之间这些人都在面临消逝或湮灭的命运。我父母那一辈的人,至少已经有一半已不在世上了。有时想想挺恐惧的。

我不是可惜村子不见了。沧海变桑田,历史的变换不是特别奇怪的。奇怪的是一个有历史感觉的地方突然终结,一些重要的记忆,它们仍然鲜活地呈现在我眼前,可眼下遭到人为的、轻浮的忽略。这一巨变对我而言到底意味着什么? 这才是思考的重点。我小时候所接触的那些人,他们有才华、有性格,他们的一举一动、一颦一笑,在记忆里都还闪光,犹如昨日。现在他们大多已衰老,或者说正在死去,表情木讷,蹲在墙角跟人聊天。他们曾经做过的事,说过的话,都随青烟散去。不过无论如何,他们的一生需要得到某种记述或说明。

舒晋瑜:是不是写作时还有一种责任感驱使?

格非:说一句高调的话,我真正觉得对这个地方有责任感。我突然觉得有一种冲动,想要把正在消失的这些人记录下来。他们的存在,对于解释我的生活和生命,仍然非常重要。最近一个时期,我只要闭上眼睛就能想起他们。

我不是作为一个文化人记录这个地方。我自己就是从这里走出来的,这块土地养育了我;我从事写作,我来写这个地方是最合适,也是最可能的。我不会追溯一个村庄的历史,写一个地方志式的乡村生活画卷。我要写的故事是我亲历的;和我一起生活过的那些人,有形有貌,多年后他们说的话还能穿透时间,回到我的耳边。他们的过往和今天的状态构成极大的反讽和巨大的变异。他们代表着一个正在衰歇的声音,这声音包含着非常重要的信息。

舒晋瑜:写作《望春风》,和过往的写作有何不同的感受?

格非:写这些人物,我很难控制自己。这些人会用记忆中的语调和你说话。我写的人物是虚构的,和我的记忆没有关系,但是我的那些邻居们,童年时的伙伴们,父母、亲戚和朋友,这些人会有直观的图像,都能和小说中的人物对上号。每次写作时,小说中的人物和真实的人物构成一种复杂的关系,带给我强烈的情感上的刺激和震动。

舒晋瑜:作品中的父子情感人至深。父亲的形象在作品有何独特的意义?

格非:儒家文化中"三纲五常"讲"父为子纲",在中国的文史作品里,父亲的形象是极为重要的文化符号,但我觉得奇怪的是,到了近代以来,母亲形象的重要性在显著上升。一旦我们要追述自己的本源,我们首先想到的象征之物,便是母亲的形象。

在我个人的经历中也是如此。我父亲是个沉默寡言的人,家里的事都是母亲掌管——这样的事在中国乡村很普遍。父亲似乎是可以忽略的人。但是我直到中年以后,才会慢慢发现在成长过程中父亲的影响。

也就是说,我自己有了孩子以后,才重新发现了"父亲"。小说里的"父亲"和我的父亲有一点关系:很少说话,但是很细腻,情感丰富。

舒晋瑜:作品中的很多细节非常感人,也许是非常朴素的感情,但是很有人情味。

格非:这种朴素的感情,可以是父母和孩子,可以是生产队社员之间,也可以发生在陌生人之间。当年大量逃荒的人会来到我们村庄——南方的村子即使再穷,也还有鱼虾,有野菜和野萝卜。所以我们那个地方,成为安徽等地逃荒人的聚集地。

有一次我弟弟发烧,母亲给他煮好粥后就出门了。这时冲进来一帮难民,一看锅里有粥,拿着碗就扑上去抢。那是我第一次看到饥饿的情景。每次有逃荒的人到我家,母亲总会想方设法找东西给他们吃,过年的话还会送一点馒头。家里做了好吃的,也都会挨家送去给邻居们尝尝。那个年代,乡村的互助关系,在我的记忆里印象很深。如果说,那个时候的乡村社会和今天有什么不同,大概就是浓郁的人情。我很反感"人情味"这个词——似乎人情是一种表演。我记忆中的人情是一种坚固的伦理关系,寄托着乡人对于生存最朴素的理解。

舒晋瑜:作品中的几个女性角色,让人过目不忘。尤其是美艳无比的妓女王曼卿,一直让村里大小男人魂牵梦萦。我觉得古今中外优秀的男作家写女性,一点儿不亚于女性作家。您认为自己对女性了解吗?

格非:小时候我接触最多的女性是母亲。我没有姐妹。我母亲和我的关系非常亲密,她干活、赶集、看戏、看电影都会带着我,我16岁之前,几乎所有的道德教育都来自母亲。她成了无数女性形象最重要的源头。在现实生活中我和女人打交道比较害羞。也许正因为如此,我在与她们接触时,反而会对她们的言行和心理更为敏感。这可能对写作有些帮助。

舒晋瑜:《望春风》里,是否也延续了"江南三部曲"的一些

411

情绪？

格非：《人面桃花》讲述晚清末年、民国初年的故事，《山河入梦》的故事是五六十年代的江南农村，《春尽江南》讲述的是主人公近二十年的人生际遇。《春尽江南》写完以后，我很长时间被结尾处的悲伤气氛所笼罩。鲁迅先生曾说过，如果说希望是虚妄的，那么绝望同样是虚妄的。差不多同一时间，我开始考虑用一种新的视角来观察社会，那就是重新使绝望相对化。

舒晋瑜：《望春风》中，您对乡村的情感是否得以充分表达？

格非：简单化地对中国社会生存状况的加以观察，不管是歌功颂德，还是审视批判都没有意义。我的整个童年记忆告诉我，生活中有时充满暴力、倾轧和欺骗，但也有美好情感的流露。

《望春风》可能是我最后一次大规模地描写乡村生活。乡村已边缘到连根端掉，成无根之木，无源之水。我的家乡仅存在我记忆之中。日本学者柄谷行人说，只有当某个事物到了它的终结之时，我们才有资格追述它的起始。我想，即便中国的乡村生活还远远没有结束，但它对我来说，是彻彻底底地结束了。这一点没有什么疑问。换句话说，我个人意义上的乡村生活的彻底结束，迫使我开始认真地回顾我的童年。不过，这部小说从内容上来说完全是虚构的，你当然也可以把这种追溯过程理解为我对乡村的告别。

（选自 2016 年 7 月 4 日《中华读书报》，记者舒晋瑜）

吕新:我记忆中的历史与世人不同

长篇新作《下弦月》正是吕新熟悉且喜欢的题材,他在小说中回到故乡雁北小城讲述记忆中的乡土经验,而历史时间倘若不仔细分辨的话并不容易看清,直到主角因为各种原因的害怕而出走,读者或许能猜到其所在的特殊历史时期。从表面上看,《下弦月》依然不提供一个足够清晰的情节链,现实世界里的人际接触、背景环境的虚化、人物内心独白的涌现等等,让阅读多了些障碍的同时无法忽视的是语言带来的美感以及人物内心带出的紧张感,事实上,在他今年发表的另一个中篇《雨下了七八天》里,下雨意象的抒情和人物等待审判的内心纠缠,也被书写得淋漓尽致。这正是吕新不曾变化的方式,他看待历史与世界的视角是非逻辑非理性的,他对待文学的方式也是不轻易跟风的先锋精神。

无限夸张夸大所写对象是浅薄的

记者:《下弦月》中的乡镇世界有种晦暗不清的感觉,"文革"背景、人物独白、自然意象组成了一个个梦呓般的场景,故事的起因是林烈提了意见怕被报复而出走,引出了众人的困境,但在那个时代逃亡对主人公而言是更威胁到生命的方式。

吕新:其实提意见只是他在最初的时候、年轻的时候,一次不知深浅的生猛之举,其中既有年轻的真诚,也不乏一定的任性。他后来遭遇了一系列的变故,在不同的时期,不同的地点,很少有过安稳和自由。而导致他最终踏上逃亡之旅的,则是一次次直接危及性命的现实,有些和他一样的有着相同境遇,甚至境遇好过他的人,在他的面前和周围不断地消失,他感到了害怕。他也是一个有着很多毛病的人,并非时代的英雄,更不是神,他有什么理由不怕死。

记者:每一个新人物的出场都会打开新的秘密和世界,比如黄奇月,就像下弦月这般"如淘米水一样的月光"照射人间,混沌的是世事,明朗的是草木,这是否是对某个历史时期抽象化的归纳?

吕新:对于黄奇月的出场,我在写作的过程中也曾心生期待,他的出场,确也是一个秘密的打开,人世间还有那样的地方。不只是那个时期,任何一个时期,混沌的永远都是世事和人心,明朗的也只能是草木和自然。人为什么看见自然就会情不自禁地激动、亲切、心旷神怡?不用说大多数的人,即使是真正的所谓的坏人,在他们的内心深处也是愿意亲近自然的,因为只有在没有算计和利益之驱的自然面前,人才会得到一种清洁或放松。他需要对一棵树、一只野兔保持警惕么?完全不需要。会担心头顶上面的一片云彩掉下来,直接把他砸死么?也完全不会。

记者:或许小说可以更明显地处理那些历史观念,比如文中对物质诱惑、权力关系、紧张害怕等描写虽涉及了但很快掠过,你是否刻意避免那种过于直接的历史讨论?

吕新:有很多人都描述过他们各自眼里或者观念中的历史。但是,我眼里或者记忆中的历史却并不像很多人观念中所以为的,或者他们在别的书里所看到的那样,我只是想尽可能地叙述一段相对真实的岁月。今天的人们,喜欢不负责任地夸张,喜欢把一切都妖魔化,无论好的方面还是坏的方面,一概都要推向极致,喜欢把一个人或一件事情说得一惊一乍,鲜血淋漓,似乎只有那样说了,写了,才是所谓的真实。我真的觉得很轻薄也很浅薄。

另外,无论怎样的事实,很快都会过去。就我们的生活而言,轻轻掠过才是真正的常态和事实。而不轻轻掠过,在一个点上长久地停留,反复纠缠,甚至无限地夸张和夸大,都是不对的,为了把一个描写推向极致,而置事实于不顾,我不想做那种事情。

记者:小说到中间时涉及供销社岁月的叙事很精彩,围绕售货员因糖而生乱、民众对供销社的情感,阐述了许多历史看法,像这样饱满的集中的叙事在小说里不算多,这是否也与你曾经的亲身经历或观察有关?

吕新:不只是我,供销社,曾经是整整几代人共同的记忆,尤其是对于农村或者偏远山区的人们来说,其意义完全超越一个广场对于某一个城市的意义。它不仅仅是一个单纯的销售食品和人们日常用品的地方,而更是一个新闻、政治、情感、视野、故事、文化、家长里短、天下大事等事物的集散地。供销社可以让你能够以物易物,解决你甚至你们一家人的燃眉之急,即使你手里没钱也没关系,只要相应的东西就行。你是外地人,你迷路了,站在供销社门口的那些人会告诉你准确的方向。当然,你得意洋洋地骑着崭新的自行车,带着你们孩子他妈或者未过门的对象,在结了冰的河面上摔倒的时候,人们也会哄堂大笑。

很难想象,如果没有供销社,我们这些偏远山区长大的孩子,我们的童年该是多么的黯淡而无味。我对于供销社的记忆和感知,远远不是整整一本书能够说完的。

记者:《仿佛林教头风雪山神庙》这一章里主人公在雪夜里获得了自由和勇气,你在后记中说你也曾在相似场景里获得新生,这里面存在一种呼应。

吕新:一个人,其立场,世界观,价值观,生死观,有的很可能一贯到底,终其一生也不会改变。有的改变起来很难。但是,也有的时候,彻底的改变甚至颠覆,也几乎就是一瞬间的事。不过,这中间必须有因,有一定的前提和必要的铺垫,还要有特定的场景和氛围,温度不到,也很难发生质变。

我并不刻意坚持先锋写作,只是自然而为

记者:你的作品在语言上的美感是很明显的,抒情化诗化的

意象比比皆是,最近看了你的一个新中篇《雨下了七八天》,仅针对雨本身就有非常好的描述,《下弦月》自然容纳了更多类似描写,然而一些评论者还是会认为长篇小说的故事叙事更为重要。

吕新:我用吃饭来做个比喻。我们平时吃饭,喜欢在什么地方吃呢?当然都希望周围环境很好,洁净,安静,有的喜欢更豪华一点,富丽堂皇;有的希望更多一些自然的内容,比如有花,有葱郁的草木,有流水,有蓝天,甚至还有雪山草地和大海。即使这些条件都无法达到,那就更朴素一些,面前的小方桌至少也应该是干净的。如果连一个小方桌也没有,一块能够放碗的石头,或者一片平地,也应该多少洁净一些吧,总不能把碗放在垃圾堆里吧。

如果按照某些人的观点,人们吃饭其实完全可以在厕所里吃,因为在他们看来,重要的只是吃,而不是在哪里吃。

记者:如果比较你的中篇和长篇的话,前者在语言和叙事上有种平衡感和满足感,而后者在阅读中的确会让读者中断情节的连贯性和前后逻辑,你是否同意一种看法即长篇《下弦月》可以被容纳进一个中篇的体量里?

吕新:恰恰相反,我认为篇幅还不够。我们每天过的生活,所经历的事情,都是逻辑性极强的么?生活、人生,可以用逻辑性来衡量和判断么?

记者:应该说你的写作是有连贯性的,对乡土经验执着的发现提取,对现实的个人经验改写,对文字美感的保持等等,相比早期作品,当下作品感觉多了些阅历上的成熟,对历史有了更综合的看法。

吕新:更多的应该是年龄或者阅历上的差异。一个中老年以上的人,和一个年轻人,想的问题会一样么?永远不一样,不可能一样,也不应该一样。

记者:之前在某次研讨会上有个观点说如今先锋写作更多是作为艺术不妥协的象征,我想不妥协本就是先锋精神的一部分,但还应该有更多原因可以解释为何你坚持这种风格写作?

416

吕新:很多人以为我在坚持一种什么,我其实并未坚持什么,我只是尽可能地按照自己的意愿,一年一年地这么过着,这么写着。我从没有刻意地做过什么,不仅在外在上是这样的,内里也是这样的。

记者:似乎现实主义和先锋写作之间被认为是不可调和对立的两种,但在你的作品里,你一直在书写自己熟悉的雁北小城,这也是《下弦月》的故事场景,只是你以自身乡土经验提取了实体,诉诸更自由的时空,这其实也是现实世界的文学表达,我们可能太强调不同主义之间的划分了。

吕新:各种什么主义,更是麻烦,我更是从来不想。我只是按照自己的意愿和所谓的审美标准去写我自己喜欢并想写的内容。很多人在文章里反对二元对立,但是在具体的生活中,又总是用二元对立的习惯和方法去看待一切,评判一切。就像过去,很多人嘴上时刻喊着反封建的口号,但是血管里却依然流着锈得发绿的血。

记者:现在许多写作会有意识地纳入最新发生的事情,但有时候看似如实呈现了某些社会热点进入小说,却是容易被读者看后忘记,反而以象征的隐喻的方式能够提取当时时代和社会的核心东西,这里面最大的原因或许还是考验作家如何处理素材的能力。

吕新:人各有志,每个人都有权选择自己喜欢并感兴趣的内容。如果写作连这一点也做不到,那也真的很无趣了,不仅没有相对的自由可言,甚至只能沦为一种苦役。至于能否很好地处理或者驾驭什么,那就是另外一个问题了。

(选自 2016 年 12 月 19 日《文学报》,记者郑周明)

李凤群:寻找那些乡土世界的游魂

　　江心洲是一个四面环江的小岛,沿江有堤坝,内围种玉米、油菜和棉花,岛上有小卖部、小学和初中,江水是天然屏障,隔开江心洲人与世界。除了水,这里什么都缺。意味着单调、贫穷,白天冗长,夜晚暗黑,江心洲就是风起浪打,夏长冬短。

　　生活在这里的人,绝大多数在童年和少年时代都没有机会离开江心洲。有一只渡船连通向邻近的小镇,但是除了油盐酱醋,没有出门的理由。逃避江心洲是江心洲人共同的理想。

　　李凤群也一样。

　　她离开了故乡,且越离越远。先是在常州,后来去了南京,现在又居美国。但是,"江心洲"在她不同的作品中反复出现。她说,故乡是来处,也是去处。"她养育过我,我嫌厌过她,因为她偏远,落后闭塞、不为人知。但是,现在,她是我最熟知的地方,她在我心里,将永远在我笔下,没有她,我什么也不是。"

　　读书报:从最初的爱情小说、网络小说,到后来的《大江边》《颤抖》《大风》,你的每一部作品都会有很大的突破。能谈谈你是怎样从最初浓重的自叙色彩中走出来,走向社会与人性的开掘,走出更为广阔的格局的?

　　李凤群:如果说有变化,风格不好说,格局上是有些变化的。最初是有点自叙色彩,小说里的故事和情绪,围绕自身经历的痕迹很明显的,自我的原始面貌和围绕着主人公的情感和生活奔闯的线索,是最初写作的基本格局,这一点,和很多人起步时没什么差别。我身上的某种诚实的东西,或者在不经意中形成的某种执拗。后来的长篇小说《颤抖》就有此种延伸,只是在格局上有了多重性,除了成长的困境,家乡家庭的元素以及时代中精神的症候等等。所以看起来尖锐些复杂些也对质疑与和解的关系有了新的认识。

《大江边》是目前为止我的最长的长篇,跨度广度人物的繁多度,还有社会与人性复杂的呈现程度,都是达到了我可能的写作容积的最大值,我自己回头想,说实话也有点吃惊。《大风》在容积上其实不比《大江边》弱,小说的流动感漂泊感,几代人男女老幼的个性更鲜明,格局也不止于青少年和老年的矛盾、乡村与城市的对立、男权和女性的争斗、社会阶层之间的对峙等等,我想实现更亲切的艺术化叙事,自然地把这些藏在其中,让读者看到"我",看到家,看到国,看到世道人心,看到任何人都在盼望的、都在为之挣扎奋斗的东西。

如果说起因,写作本身就是吧,是写作让我看到自己和周边,接着看到历史和现实,看到复杂和单纯,看到小说所能抵达的所有地方以及小说无法触碰的地方。

读书报:20 年前,70 后作家的起步,多是从私小说开始备受关注,比如卫慧、棉棉,那个时候,你的写作是怎样的?

李凤群:20 年前,我还没有写。我发表了处女作之后,就不怎么写了,即使写,也只是写点儿散文,那批作家风靡的时候,我在小城市的写字楼里打工谋生。有一次我在街上做市场调研,看到一个地下商场的书店里摆满了卫慧、棉棉的书,我写字楼里的同事都在谈论她们,我心里的某块地方被触动了,我心想,哦,小说可以这样写。我于是开始写我的第一个长篇的开头,后来这个开头被舍弃了,因为有点黄,但这是开端。我受她们激发。

读书报:《颤抖》是一部小长篇,写了一个乡村女孩的精神成长史。我觉得这部作品是你的成长中不可缺少的一部。小说对于母亲的描写,颠覆了我们对母亲的印象。为什么选择了第一人称?如此无情地揭露母亲的粗俗、恶毒,有何用意?

李凤群:你读到的是母亲的粗俗和恶毒,但其他人读到了母亲身上的其他特质。比如邵丽在评论中说:"其实,这个母亲几乎是所有母亲的化身,她的爱藏在恨的表象下面,她对女儿的狠毒,其实是一种博大的爱,她要在一个严酷的世界里训练自己单纯而又笨拙的女儿,这是她在这个冷漠的世界学到的方法论,来自于用爱与死都换不来同情之后的决绝。比如她编瞎话,让女儿对'性'恐惧,这可能是那个时代的母亲多多少少都会做的事情。"

我的理解是,世上不会只有一种母亲,母亲也决不能只有一种性格,那就太单调了。我认为小说的人称不决定小说的品质。小说就是小说,当然小说也不是空穴来风。

读书报:看《颤抖》时,我忍不住拿这部作品和70后作家写自我的小说比,觉得写得节制,有对光明和善良的渴望。我不知道你怎么评价?

李凤群:70后小说家的确大有不同,有些人的光明和渴望更容易被你感知,还有一些人,走在寻找光明的路上,用新的形式表达对善良的渴望,或者不渴望什么就是他们自我的独特的标志。说到这部作品,我现在感到遗憾,它有许多缺点,写法和想法都太老实了,但它的优点是诚实。《颤抖》的完成,使我学会了轻装上阵。人人都被迫背负铠甲,但卸除铠甲的方式各有不同。

读书报:为什么能够较早地摆脱自我,转向乡土小说?是有意识的吗?还是受到什么影响?

李凤群:摆脱自我,也可以说是摆脱某种文学形式,这种文学形式是学习写作的必经之路,我在许多优秀作家的作品里看到他们自己,甚至成熟的作家最成熟的作品里都有他自己的影子,在对自我的探索完成之后,作家会本能地逃避自我,那是对"已知"的逃避,更是对"未知"的探询,有时候,作家知道自己要写什么,有时候,会在写的过程中发现真相。对于我而言,乡土是我的来处,我不过是从关注"我一个人"转向关注"我一类人",诚实点说,我以为我是自己的时候,我接近了属于我的一类人。我在完成审视自我的过程中,体悟到某种血脉相连,我沉湎其中,不敢离去。

读书报:"寻祖"是《大风歌》的主题,作品中的四代人其实都漂浮着,他们内心何尝不渴望有个根基扎牢的定海神针。"寻祖"是在第三代张文亮开始的,离开江心洲是为了寻祖,过上好日子之后一直仍在寻祖,能谈谈你写作背后的深意吗?

　　李凤群:寻祖并不是从张文亮开始,从张广深开始,不,张长工本人也无时不刻不在寻祖。张长工一直在虚构,无论是先前虚构的悲惨家世,以及后来整夜炫富耀贵,无不在推扯自己的儿孙回归祖上的荣光;张广深童年时候一直在挖洞,这是他的寻祖大法;子杰也在寻找,他从七岁开始,从跨上那条渡船之时起,他就在寻祖,直至灵魂出窍,也是一路返回;子豪也在寻祖,他对陌生男子的身世如此孜孜不倦的探询,也正是他潜意识里寻祖之念的发端。

　　他们四代其实都漂浮着,他们内心何尝不渴望有个根基扎牢的定海神针。祖宗,大概就是这样的力量。大风让这一切徒劳,也让这一切更坚定。

　　读书报:整部作品,从开始"天象有异、世道太坏"到后来文亮之妻孟梅也开始想家,"想的又不是具体的什么地方、什么人",中国社会乡村的凋敝、环境污染的加重、教育等各种弊病在作品中呈现出来——"到这是个没有天也没有地的城市"。这部作品包含了太多的信息。你是要写一部怎样的作品呢?我觉得,这部作品容纳了你太多的观察和思考,也融入了你对国家发展中涌现出的诸多问题的忧思。

　　李凤群:这是一个复杂的时代,处于高速度发展当中,许多家庭妻离子散、各个阶层都在冲锋陷阵。你看城市一天比一天繁华,可是我们的道德已经溃败不堪。为了钱,无所不用其极,奶粉可以致命,疫苗也可以。人的尊严在哪里?人的信仰在哪里?以前我还看到个新闻,一个包子店用纸箱子掺在肉里做馅,我们这一代人,处于这个状态之中,既有自己的价值判断,又要经受巨大的诱惑。原本非常纯粹的价值观都被撕碎、质疑,从张文亮身上体现出这些东西。他带着复杂的身世,爷爷和父亲二人累积到他身上的重负,从青年向中年游走,成为家庭和社会的顶梁柱,虽然带着疼痛,胶着和混乱,他已经有了自主意识,从找祖宗开始,虽然对情感有过沉醉,但所有的目的都是为了出人头地,他身上积攒了非常多的压力,寻根问祖的意识,出人头地的欲望,种种压力,致其非常扭曲,理想根本无法实现,又把希望寄托到下一代身上。下一代张子豪和子杰,明显分化,一个踩在父母的肩膀上,已经脱离基本需求,想要活出自己;另一个人由于从小被遗弃,成为乡土世界的游魂,这就形成了一个游荡在外部世界,一个游荡在故土的局面。我就是想把这种状态表现出来,我觉得如果我们心里有方向,有敬畏,有期许,我们的行为会受到制约。我们一定要有个某个类似于"家"的地方,一个终生寻找的所在。这个问题很容易想清楚,你渴望把什么带回家?"爱""美"和"安宁"是不是?你不会把凶器带回家,你不会把生意场上的谋略带回家,你不会把仇恨带回家,你凡是不想带给亲人的东西,丢弃掉,你就不会感到羞愧,这个世界也肯定会好得多。我就是抱着这个简单的想法,希望我们内心有指引生活的准则,有方向,有责任感,我觉得人有了这些信念,就不会做出那些骇人听闻的事。

读书报:相比之前的《大江边》,这部作品体积小了,但是更为厚重。能谈谈自己的变化吗?

李凤群:写《大江边》的时候,我三十三四岁,很有蛮力,也很有热情,但我缺乏节制,但也可以说,我打开了一扇记忆之门,门里的那些人争先恐后地出来,个个都是我的亲人,我没有办法取舍,我还爱热闹。我喜欢他们在一起,所以,难免使你觉得嘈杂,到了现在,我知道体力和能力都有限,需要必要的节制和忽略。

但是,我前面说过,我觉得不是容量小了,是所包含的东西不那么生硬了,也不那么容易分析出子午卯酉了,或者说我想让它们化开了。

(原载 2016 年 8 月 3 日《中华读书报》,记者舒晋瑜)

晚 年 罗 荪
—— 写于先生逝世 20 周年

刘 锡 诚

时间过得真快,我的老领导、《文艺报》主编罗荪先生离开我们整整 20 年了。从 1978 年到 1983 年,在新时期文学的发轫时期,我在他和冯牧两位主编的领导下,紧张而愉快地工作了六年。后来我调动了工作,他的夫人周玉屏于 1994 年逝世,他患了脑软化,回上海女儿家养病,1996 年 6 月 26 日逝世于华东医院。我们这些他晚年身边的同事、友人、晚辈,没有机会向他送别。这些年来,他的音容笑貌还历历在目,他的道德文章犹在心中。

罗荪是 20 世纪著名的作家、文学批评家,文学编辑家和文学活动家。从 30 年代到 80 年代,他在文坛上战斗了 60 多年,而文学编辑和文学批评是他一生中从事时间最长的职业,为中国现当代文学事业作出了不可磨灭的贡献。1928 年在哈尔滨组织蓓蕾社,主编《国际协报·蓓蕾》文艺周刊,为"东北作家群"的形成起了重要作用。"九一八事变"后,1932 年 9 月转移到上海;1935 年初又西迁武汉,主编《大光报·紫线》文艺副刊。1937 年 9 月与冯乃超、锡金共同创办并主编《战斗》旬刊。1938 年 3 月任《抗战文艺》编委。武汉沦陷前夕去重庆,1940 年主编《文学月报》。新中国成立后的"十七年",先后在南京文联、上海文联和作协任秘书长等重要职务。"文革"中,遭受"四人帮"的残酷迫害。"文革"结束后,上海文艺工作恢复,但因他被国民党逮捕入狱的那段历史,迟迟得不到平反,只能在《上海文学》编辑部当一名编辑。这时的北京,被砸烂十年的中国文联和各文艺家协会正在酝酿恢复活动,在老友、时任国家出版局顾问、《人民文学》主编、恢复中国文联和中国作协筹备小组成员的张光年的帮助下,把他从上海调来北京。

罗荪来到北京时,已年届66岁,却以高昂的热情和百折不回的毅力投入到百废待举的文学事业的重建中去。在晚年的这一段人生中,他身兼数职,公务冗杂,但他总是站在思想解放的前沿,以《文艺报》为依托,积极参加批判"四人帮"的斗争,肃清"左"的思潮的影响,支持和推动新时期文学的蓬勃发展。他还以他亲历的抗战文学为中心议题,在国际笔会等文学舞台上积极发表见解,开展国际合作,推动中国文学走出去。同时,他作为巴金的挚友和代表,积极参与了中国现代文学馆的筹建,荣任现代文学馆的名誉馆长。

是"论坛"不是"哨兵"

罗荪是1978年4月25日到京的。没过几天,5月8日,张光年、冯牧、罗荪在礼士胡同129号召开了《文艺报》复刊的第一次座谈会,尽管两天前在张光年那里,罗荪已与少数几个人见过面,但应该说,这次会上是罗荪与未来的《文艺报》最初的工作人员的第一次会面。会上,除了冯牧和张光年比较系统地谈《文艺报》的办刊方针外,其他人也都各抒己见。罗荪在会上的发言很简短,是接着张光年的话茬,强调《文艺报》要向文艺界提供一个"论坛",让大家发表意见,开展百家争鸣,要扭转过去"哨兵"的形象。中国文联全委会闭幕后,6月3日,刚刚恢复工作的中国作家协会主席茅盾在作协主席团会议上正式宣布:冯牧和罗荪双双就任《文艺报》主编。

在工作中,冯、孔两主编之间常常长短相济、相得益彰。冯牧思想比较敏锐,思辨能力过人,社交范围广泛,勤于阅读作品,在他周围团结了一大批文学新人,被誉为新时期文学的"领头雁"。罗荪虽然阅读作品相对较少,具体编辑事务也过问不细,却在团结老作家方面游刃有余,不仅常给我们带来一些前辈作家圈子里(如周扬、夏衍、巴金等)的不同思维和信息,在涉及到重大的原则问题时,他常常表现出一种坚定性,我们能从他那里得到一种安全感。1980年3月3日,他在《文艺报》编辑部的星期一例会上专门讲了争鸣的问题,提出每期刊物都要写个"编后记",讲讲提倡争鸣的风气。在这前后,我曾给他送去一篇来稿,请他审阅后作出决定。他随后给我捎来一张便条,上面写着:"锡诚同志:文章我看过,我觉得应当在最近一期上发表。我始终主张,对文艺问题有不同意见,应当开展讨论,那种盛气凌人的文风,是不值得提倡的。罗荪3月15日夜。附原稿一件。另外一篇发表在上海《解放日报》(2月22日)上的短文,供参考。阅后仍退我。"他的这个便条,立刻让我回想起三年前他在《文艺报》复刊第一次座谈会上要把刊物办成一个文艺界的论坛、扭转过去那种"哨兵"形象的意见。看来在这个问题上,他是经过深思熟虑的,是一以贯之的。

思想解放,敢为天下先

十一届三中全会是中国历史发展的一个分水岭。在这前后,思想界、文艺界存在着两种对立的思想。罗荪始终站在思想解放的立场上,和冯牧一起,推动文艺界真理标准问题的讨论,与"四人帮"的封建法西斯文化专制主义的余毒和"凡是派"进行斗争。那年的12月5日,《文艺报》与《文学评论》在新侨饭店联合举行"落实政策座谈会"。尽管那天大雪纷飞,寒气逼人,交通阻塞,到会的作家艺术家竟有140余人之多。由一群编辑自动出来呼吁并宣布为众多受迫害的,甚至迫害致死的作家作品平反昭雪,这在中国文学史上,是一件史无前例的事。会议的发言涉及到当时还讳莫如深的一些问题。会前,在政治迫害中生还的《刘志丹》作者李建彤对我们的担忧和忠告，因杜鹏程的《保卫延安》而罹祸的责编宁干的顾虑重重，都无不在警告我们：政治无戏言呀。尽管作为普通编辑的我们并没有多少顾虑，但对于任何一个当主编的人来说，却不能不考虑这次行动的风险有多大。而罗荪和陈荒煤两人，一个是《文艺报》的主编，一个是《文学评论》的主编，毅然地主持了这个政治上十分敏感的大会。罗荪致开场白，荒煤致结束语。两人的坚定态度和鲜明立场，不仅令我们肃然起敬，也给了我们力量和信心。这两个刚从外地调来或召回北京的文坛宿将站出来主持这个平反大会，以及那么多受过迫害的老作家艺术家们在会上义愤填膺的发言，不仅是对我们这些年轻的策划者的最大支持，也在文学史上记下了一笔。

　　三中全会开过两个月，《文艺报》于1979年3月16—23日召开了全国性的"文学理论批评工作座谈会"，贯彻三中全会的精神，就文艺上的一些重大历史问题和现实问题进行研讨。会议由冯牧和罗荪共同主持。罗荪致开场白，冯牧作主旨发言。罗荪说："这场大辩论（指围绕着'两个凡是'的斗争）使我们至少也弄清了一个问题：为什么'四人帮'垮台一年多，'文艺黑线专政'论虽遭到批判，但还有人仍坚持说十七年'黑线'还是有的，不能推翻。有人对文艺战线的同志总是另眼看待。'四人帮'在文艺上的流毒，并没有肃清。文艺上的许多重大理论问题，如建国30年来文艺理论上的正反两方面的经验和教训，当前文艺创作中涉及的一些重大问题（如文艺为政治服务，文艺是不是阶级斗争的工具等）都需要展开讨论。"（引自文艺报编辑部编《文学理论批评座谈会简报》第一期，1979年3月17日）罗荪的开场白，还触及到当时已经露头的否定"伤痕文学"的思潮。他说："近年来有些揭露'四人帮'的短篇小说，引起读者的强烈共鸣，但有的人却认为是'伤痕文学''暴露文学''悲剧文学''批判现实主义'等，甚至有人认为它们脱离了为工农兵服务的方向，脱离了主题。"

　　在一种顺乎时代的新的文艺思潮出现时，罗荪是站在前面的,是持欢迎和支持态度的。应予肯定的是,这次文学理论批评工作会议上对"文艺为无产阶级政治服务"口号的批评,很快得到了中央的重视。1979年12月第四次文代会召开前夕,中央书记处在讨论周扬的报告时对过去的文艺方针进行了重新审视;邓小平同志在文代会上的致辞,提出了文艺"为人民服务、为社会主义服务"的新的文艺方针,不再提"文艺为政治服务"的口号,对文艺与人民、与政治的关系,作了历史的回顾和全新的阐释,给文艺工作者指明了新的前进方向。

抗战文学情结

罗荪是一位在抗日战争中主要以文学编辑的身份出现于中国文坛的著名作家评论家,他主编过《大光报·紫线》文艺副刊,与冯乃超、锡金共同创办并主编《战斗》旬刊,担任过《抗战文艺》编委,在重庆主编过《文学月报》,在抗战文学的浪潮中起过推波助澜的作用,推出和帮助过不少作者和作家,也因而成就了其在文学界的名声和地位。几十年来,抗战文学情结一直在他身上没有减退,在历史新时期的文学活动中时时重现在心头。那时,在我国文坛上,多数人正忙着为恢复文学固有的真实地反映社会生活的职能尽力,对抗战文学这类问题无暇东顾,倒是国际和港台文艺界对其热切关注。这时的罗荪却对他亲身经历的这段文学盛况和文学史情有独钟。

1980年6月16—19日,由辛格·波里巴亚克基金会和巴黎第三大学在巴黎举行的"中国抗战时期文学研究讨论会"上,罗荪出席并宣读了以《抗战时期中国西南文坛》为题的论文,论述了以重庆为中心(包括成都、桂林和昆明)的西南地区的文艺运动和创作、出版、演出情况。时隔一年,1981年12月20日,香港中文大学主办由内地、台湾和香港三地作家评论家参加的中国现代文学研讨会,中国作家协会派出第一个出访香港的作家访问团参加。全团由14位作家和学者组成。团长是文艺理论家黄药眠教授和杂文家唐弢。罗荪和我也是这个代表团成员。由于罗荪临时有事去不了香港,临行前他嘱我代他宣读他提交的长篇论文《四十年代中国文学概略》。这篇论文与在巴黎宣读的论文不同,所论涵盖了包括国统区、解放区和沦陷区三个被分割的地区的文学:诗歌、报告文学、小说、话剧的重要作家、作品、成就和特点,以及不同时期出现的文艺思潮和文艺论争。

罗荪向香港中文大学中国现代文学研讨会提交的这篇约为一万字(52 页文艺报稿纸)的论文,也许没有巴黎会议论文的内容那样集中,但作为 20 世纪 40 年代文学的亲历者,他的观察、感受和评论却是无可代替的。他在这篇文章中写到抗敌文协的成立和意义时说:"1938 年 3 月 27 日在武汉正式成立了'中华全国文艺界抗敌协会',形成了文艺界的大团结。……文协的成立,一方面是在抗日的旗帜下团结了一切可以团结的力量,这是'五四'新文学运动以来形成的最广泛的团结。另一方面是战争的烽火促使作家从狭小的圈子里解放出来,大大开阔了视野,扩大了同人民群众的联系。"他在如此开阔的背景和视野下,以宽容的胸怀分别论述了从郭沫若、茅盾、巴金、夏衍、老舍、柯仲平、丁玲、沙汀、艾芜、丘东平、陈白尘、欧阳予倩,到赵树理、李季等许多不同倾向的作家、诗人、剧作家,实属不可多得。

在我的印象中,这篇长文在罗荪生前好像没有发表过,也没有收入 1983 年 4 月由冯牧、阎纲和笔者主编,湖南人民出版社出版的《罗荪文学评论选》中,应该是他的一篇重要的佚文。

这次香港会议,还有一桩巧事,原定与会的大陆作家孔罗荪和台湾作家陈纪滢在香港会面,他们二人于 1928 年在哈尔滨组织蓓蕾文艺社,同属于抗战时期的东北作家群,1938 年都到了武汉,并参加了中华全国文艺界抗敌协会。后来一个在大陆、一个去了台湾。这次孔罗荪有事冲突、陈纪滢因台湾当局不发给护照,都没有到会,失去了在香港见面的机会。陈纪滢向大会提交的论文题目是《四十年代中国文学之演变》,也只得由他人代读。所幸,1986 年在中国作协外联部的安排下,分别 40 年的孔罗荪与陈纪滢终于在香港见面了。这已是后话。

关心被遗忘的彭慧

在我国现当代文坛上,女性作家是一支不容忽视的力量。她们以各自独具风格的作品,赢得一代代读者的喜爱,丰富了我国文学艺术的画廊。可是,在改革开放之初,还没有一本综合性的女作家作品选可供读者阅读。有感于这种状况,我与《文艺报》文学评论组的同事高洪波、雷达、李炳银于1979年12月计划编选一部《当代女作家作品选》,并得到了花城出版社社长兼总编辑王曼先生的支持。我们遂向所知道的女作家发了信,征求她们的意见,选哪篇作品为好,并请她们提供一份简历。此举得到了许多女作家的热情呼应,很快便收到了她们的回信,或寄来她们自己认为具代表性的作品。集作家、翻译家、教授于一身的彭慧,于1926年加入共产党,1927年被党送去苏联莫斯科孙中山劳动大学学习,回国后30年代进入左联成为执委,1932年在《北斗》上发表短篇小说《米》,1949年7月参加了第一次全国文代会,50年代担任《文艺学习》编委,1957年在北京师范大学任教时被错划为右派,"文革"中于1968年含冤而死,理应收入我们所编的选集中。可是,在第一、二集中却没有收录。1980年3月29日,罗荪收到东北作家群的老友、鲁迅研究专家、抗日战争全面爆发后在汉口与他、冯乃超合编《战斗》旬刊的蒋锡金的一封信,以及已故女作家彭慧和穆木天的女儿穆立立提供的她母亲的一份简历。在汉口时,蒋锡金曾与穆木天合编过《时调》(诗歌半月刊)和《诗歌综合丛刊》,与彭慧和穆木天这对革命作家夫妇结下了友谊。作为晚辈,穆立立不认识罗荪,为推荐和提供她妈妈的作品,转着弯儿写信给她父母辈的老友锡金,锡金再写信给罗荪。罗荪收到锡金的信后很重视,立即把信和穆立立的材料转交给我,嘱咐我积极办理。

因1980年尚在改革开放初期,许多事情刚上轨道,我们编辑工作既忙又乱,主要还由于我们(特别是我本人)的眼界狭窄、编选工作的疏漏和失误,没有把在新中国成立后还继续写作、在"文革"中死于非命的女作家彭慧的作品选入,而第三集出版后再也没有继续编下去,对此感到极大的遗憾和懊恼,也对未能完成罗荪和锡金两位前辈的嘱托深为不安。

(原载 2016 年 6 月 29 日《中华读书报》)

不够知己的纪念

——忆杨绛先生

周 绚 隆

　　杨绛先生在她 105 岁的时候,平静地走了。根据她生前遗愿,后事从简,没有开追悼会,也没有告别仪式,最后送别她的只有极少数戚友。杨先生一生为人低调,不慕荣利,喜欢安静。后事的安排,体现了她一贯的行事风格。

　　和杨先生相识,是沾了我所在的人民文学出版社的光。他们夫妇都是我社的重要作者,平日里免不了要打交道。大概 2000 年前后,我刚参加工作不久,钱先生的《宋诗选注》重印出版,责编弥松颐先生要给杨先生送书,问我有没有兴趣一起去见见。我当然乐意去,只是心里有些忐忑,怕在老人面前说话露怯,所以见面的时候略微有些紧张。印象中聊得还算愉快,话题似乎一直围绕着钱先生和他的学术。杨先生大概觉得我还不算很外行,后来提出说有个东西要给我们看看。说完就从里屋抱出一本手工装订的大厚册子,封面题签写着"复堂师友手札菁华"的字样。册子里贴的全是晚清著名学者和词人谭献的友朋书信,其中很多作者都是政界显要或文化名流。老人说这原本是她公公的藏品,后来给了钱锺书先生。这批东西共有八大册,拿给我看的只是第一册,其中包含着有关晚清社会各个方面的丰富信息。我想它们如果能被整理出版,对于研究晚清社会和学术文化都有重要意义。于是试探着向杨先生提出了出版的建议,她说将来可以考虑,还答应会交由我们出版。

那次见面以后，转眼三年多过去了，我无缘再去登门拜访，出版《复堂师友手札菁华》的事也没什么进展。虽然不好继续追问，心里却始终不能放弃。一次去看望吴学昭老师，听说杨先生已准备将一些文物捐赠给国家博物馆，我立刻想到了这批东西。我的态度是，文物交给国家固然是最理想的归宿，但考虑到内地博物馆与图书馆的普遍做法，捐赠的文物和图书一旦入库，往往侯门一入深似海，很难重见天日，其所承载的文献价值与文化价值也会因之埋没，有负捐赠者的初心。所以我主张在把文物交给国家的时候，应考虑把文化留给大众。吴老师性格豪爽，有极强的文化责任心，对我的观点表示支持。她也认为对于珍贵的纸本文献，出版是最好的保护，所以慨然答应帮我促成此事。有了她的帮助，这件事很快就定下来了。

　　就具体操作的问题，杨先生特意约我上门谈了一次。这次见面谈得很轻松，她主要就该书的出版提了两点要求：一是为了文物安全考虑，她希望我们制版时能到她家里来扫描，免得把原件带出去发生丢失或损坏。二是她不要求我们付任何报酬，只希望将来出版时书的定价不要太高，好让更多的人购买使用。这都是合情合理的建议，而不要底本费则是对我们的最大支持，令我既意外又感动。

　　我们商定扫描工作只让一个技术人员来操作，免得人多给老人的生活带来不便。但杨先生希望我能每天陪在那儿，以便有问题随时交流。这一次，我们就这批书札有了较多的交流。它们其实原是谭献的家藏。1911年春，袁昶夫人六十大寿，谭献之子谭紫镏托当时的无锡图书馆馆长徐彦宽介绍，请钱基博先生为撰寿序。钱先生序成而不受润笔，谭氏即以这批书札相酬。书信涉及作者一百多人，近五百余通。钱基博先生对之做过精心整理，并为部分作者撰写了小传，与书信一起粘贴在毛边本上。前面还有一篇题记，系他口述，钱锺书先生笔录，详细介绍了这批书信的来源、内容和价值等。杨先生要我把这个念给她听。题记的最后一段说："余常患儿子不谙世故，兀傲自喜，诋痴儿不解事。今读袁昶书，曰子弟能有呆气方能读书，今儿辈皆有软熟甜俗之韵,奈何!辄欲以此为诸儿解嘲,何如?"杨先生听后笑了,给我解释说:"'软熟甜俗'其实是指他的宝贝小儿子说的,不是指钱先生。"我听了心下暗乐,钱老太爷明明说的是"皆有"啊!但又不敢和她争辩。同时忍不住私自好奇,生性幽默的钱先生,在听到其尊公的这番议论时,会是何样的表情呢?

　　接下来的十多天,我每天早出晚归,陪着那个负责扫描的技术员守在杨先生家里,顺便也看看带去的稿子或书本。我们工作时尽量轻手轻脚,不弄出响动来,怕影响老人的作息。杨先生每天上午和下午精神好的时候,常出来与我聊聊天。时间一久,彼此慢慢熟悉了,谈话的内容就多了起来,从历史到时事,都会涉及,有时也谈到一些人事。多数时候是杨先生谈,我听。有一天,不知怎么谈起了先秦诸子,她讲了自己对《论语》的印象。末了,问我有没有大字本的《左传》,想借来看看。第二天,我把文学古籍刊行社 1954 年影印的《春秋经传集解》带给了她。这书字大,但没有标点和注释,杨先生说她看没问题。多年后,我读她的新作《走到人生边上》,发现里边对《论语》和《左传》有大量引用和分析,意识到那次谈话时,她可能就在对一些问题进行思考。

　　我们的扫描工作进行得很顺利,每扫完一本,会提前告诉杨先生明天要哪一本,好让她早点准备出来。扫描到第五册的时候,那天早晨刚一进门,她的保姆就对我说:"这次多亏了奶奶心细,不然就冤枉好人了。将来都说不清楚啦。"这话让我有点莫名其妙。杨先生紧接着也从屋子里出来,见我就说:"周先生,我们差点就要犯错误了!"见我一脸茫然,他们说出了事情的原委。原来她一开始觉得对我们并不是很了解,为防发生意外,在把每一册交付扫描前,都要提前和保姆在每页做上记号。说着她把第五册上已标的记号指示给我看——其实就是用铅笔标的页码,很小的阿拉伯数字,写得很轻。她不提醒,我确实未曾注意。她们前一晚在给第五册做标记的时候,意外地发现中间有许多页被人齐根剪掉,出现了空缺。杨先生说,这套东西曾被某机构借去用过,还回来时钱先生未再过目,她过去又从来不看,没有想到东西早已失窃。她笑着说:"要不是我们这次清点时提前发现,将来一定会怀疑到你头上,那就是冤案了。"这倒确实出乎我的意料。随后她表示,要就这些信札的失窃问题写个启事,让我们印在书中,这就是后来收入书中的《手札若干纸失窃启事》的写作缘起。

扫描工作完成后,我曾发愿要对这批书札做释文和注解。但工作刚开了个头,就感到困难重重。因为要想对这批信札做深入整理,必须得对谭献的交游做全面研究,还得对涉及的每个作者有较深的了解,否则若对其中提到的人和事都不甚了了,很难不出错误。出版社本身的工作从那时起又日重一日,平时几乎很难静下心来投入大量时间做研究。最后只好知难而退,决定只做影印。我们最初从节约成本的角度考虑,准备只印单色。但版制好了,又觉得这样做有些可惜,既不能显示书札的原貌,也对不住杨先生的美意,一时下不了决心开印。这样一拖就是数年。杨先生虽然始终没催,但我却无颜再去见她。这中间我因用眼过度导致右眼视网膜脱落,杨先生听说后还以为是为了整理这部稿子造成的,通过吴学昭老师向我表达关切,更令我无地自容。

最后,为了保证不失真,我们决定还是改用四色印刷。于是废掉原来的方案,对书稿重新编辑处理,也重新制版修版,经过无数折腾,到2015年初终于印了出来。书出来了,杨先生却因病住院,不能马上送到她手中。到了5月份,听说她已出院回家,遂约定12号上午和同事小胡去给她送书。

多年不见,杨先生身体已大不如从前,而且听力下降严重,我跟她说话都得用手写。她那天精神很好。我见面就给她道歉,说书没能很快出来,一直没脸来见她。她笑笑说没关系,我们做事她放心,说这话时眉眼中全是慈祥。她对我说了许多鼓励的话,令我颇感惭愧。然后提到自己的身体,说眼睛看东西不行了,验光配镜很费事,但换了新眼镜还不理想。我把新出的书拿给她看,她表示满意,但指着封面上钱基博先生的题字做了个鬼脸,捂着嘴直笑,说:"这是我公公的字,就是烧成灰我也认得。他写得不好看。"我故意逗她,在纸上写:"诋毁公公,在过去犯七出之条。"她大乐。谈话久了,怕她累,我们提出告辞。她说:"我当然不能指望你常来看我,但我信任你。"那次告别以后,一直还想找机会再去看看她,但隐约听说她精神不好,很快又住院了。到了今年5月底,突然传来了她去世的消息,悲伤之外,是无限的怅然。

我因工作上的这点事偶然认识了杨先生,全部的交往也都是围绕着这本书的出版。但因为有了一点交往,所以对她产生了好奇。嗣后的日子里,陆续读了她的一些新作,对其人生和家庭才有了较多的了解。最初知道她是在20世纪80年代,因为读了《干校六记》《将饮茶》和《洗澡》。真正了解她的过去则是通过读《我们仨》和吴学昭老师的《听杨绛谈往事》。《杨绛全集》出版以后,我又借机重读了她的全部创作。关于其在创作和翻译方面的成就,学术界早有定评,无须我再饶舌。真正引起我注意的是《走到人生边上》和《坐在人生的边上》,它们是了解杨先生晚年思想状态和人生态度的关键篇章,极有思想价值和现实指导意义。

杨先生一辈子活得明明白白,走得也干干净净。她经历了20世纪中国社会的全部动荡,又经受了中西两种文明的洗礼,早已修炼得世事洞明、人情练达。但她不肯曲随阿世、虚掷光阴,更拒绝无聊的周旋与应酬。在近百岁高龄的时候,她还不断在叩问人生的本质,思考生命的意义,保持了一位智慧老人永不放弃的求索姿态,这使其远远超出了大多数作家和学者的高度。现实中许多人怀着各种目的去接近她,杨先生对此自然不能不有所戒备。她不愿拂别人的面子,但对过分的要求也绝不答应。不求名利,也不愿被人利用和欺骗。老人做事非常讲原则,和我们合作多年,从来没有就任何一本书的起印数和版税率提过什么要求,但对个别人假出版社之名谋取私利的行为却十分"计较",一点也不宽容。有的人因个人要求得不到满足而对她有怨言,说她不好打交道,其实都是罔顾事实的狭隘之见。她在自己生前捐出了全部收入以资助母校的贫寒学子,又向国家捐献了所有家藏文物,这些东西的总体价值如今已难以计数。我想,只有修得了大自在的人,才能把名利二字看得如此透彻,摆脱得如此干净。

杨先生说:"我的'向上之气'来自信仰,对文化的信仰,对人性的信赖。"这是她百岁高龄时的自白。在生命的最后十多年里,杨先生常与衰病相伴。她说:"我孤独一人已近十年,梦里经常和亲人在一起。"为了表达对亲人的思念,她以无比坚强的毅力,从容地打扫干净了他们一家三口曾经生活过的空间,完成了亲人们未能做完的事情。同时,还在不停地锻炼自己的精神和灵魂,探究生命的本质和终极意义。她说:"老人的前途是病和死。我还得熬过一场死亡,再熬过一场炼狱里烧炼的苦。老天爷是慈悲的。但是我没有洗练干净之前,带着一身尘浊世界的垢污,不好'回家'。"为此,她写下了自己晚年最重要的两篇作品——《走到人生边上》和《坐在人生的边上》,这很容易让人想起卢梭的《忏悔录》和《漫步遐想录》。我相信这里面也有杨先生对自我的拷问。她说:"了解自己,不是容易的事。头脑里的智力是很狡猾的,会找出种种歪理来支持自身的私欲。得对自己毫无偏爱,像侦探侦查嫌疑犯那么窥伺自己,在自己毫无防备、毫无掩饰的时候……捉住自己平时不愿或不敢承认的私心杂愿。……一个人如能看明白自己是自欺欺人,就老实了,就不偏护自己了。这样才会认真修身。"这段话简直就是她的夫子自道了。过了三年,她又写道:"我得洗净这一百年沾染的污秽回家。我没有'登泰山而小天下'之感,只在自己的小天地里过平静的生活。"这就是她的人生。

(原载 2016 年 12 月 24 日《中国艺术报》)

送别陈忠实

陈　彦

　　都知道他要走了,但没想到会这么快,因为工作原因,我与这件事情保持着密切联系。在最后三天,我见证了先生的痛苦;见证了先生的从容;见证了先生的安详;也见证了先生的顽强,不,可以说是钢铁一般的意志;更见证了先生对美好生命的留恋。

　　先生是去年这个时候查出舌癌的,整整一年时间,开始先生有些大意,一直当是口腔溃疡,只吃些维生素或消炎片之类的东西,家里人看没效果,才催着他去检查的。没想到,一查出来,就是这样的结果,并且已到晚期。但先生始终很淡定,也很配合医生的治疗。什么手段都用了,从我接触西京医院的医护人员看,他们对先生也是怀着十分崇敬的心情的。成立医疗小组,想着法子治,中途也有转机,但后来,还是出现扩散,甚至肺部都有转移,一步步,就把一个善良老人逼向了绝境。春节时,我还陪同陕西省委常委、宣传部部长梁桂同志去看望他,虽然脸部下方有些浮肿,头发也基本全白,但整个精神还算硬朗,说话多有不清晰的字句,可内容表述依然完整坚定。甚至比我前几次去医院探望,更显出一种挺过来的生命晴朗。谁知几个月后的今天,他到底还是走了,竟然走得那样匆忙。

　　4月27日,我听说先生昨晚突然吐血,病情出现危机,我和省作协书记黄道峻同志早上就去看望,得知当天早晨又吐了一次血,并且量很大。我们见先生时,已经暂时平稳下来,我坐在床边,拉着先生的手,虽然已经瘦得皮包骨头了,但还依然有些力量,我拉着他,他也拉着我,还说了一会儿话。他只用表情回答着一切,有几次似乎想说,但一提气,发现发不出声,就那样慈祥地看着我。那里边有一种生命的淡定,但也有一种深深的无助、无奈。死神已紧紧攫住了他的咽喉,我吻了吻他的手背,害怕眼泪掉下来,就低着头离开了。我们到医务室,开了个简短的会议,主治医生宁晓瑄介绍了病情,她一再讲,先生随时都有生命危险,吐血是因为扩散的癌细胞破裂造成的,先生的左肺已停止工作,剩下半边肺叶,随时都有被血淹呛窒息的可能。我一再问生命可能的限期,宁大夫也一再肯定地说:随时。

我立即给梁桂同志打了电话,报告了先生病情恶化的情况,道峻也立即向中国作协做了汇报。下午 5 点多,省委书记娄勤俭、省长胡和平在省委常委刘小燕、梁桂的陪同下,从省人代会现场直接赶到医院,看望了先生,听取了医疗小组的汇报,并作出具体安排要求。此前,他们都为先生的治疗,多次作过指示,并解决了具体问题。这天晚上,医院再次为先生做了气管切开术。我跟道峻离开时给家属交代说,一旦有紧急情况,立即给我们打电话,不管什么时候。

凌晨 3 点 45 分,手机突然响了,我浑身一怔,立即抓过来,一看,是先生的二女儿陈勉力打来的,说先生又吐血,正在抢救。我立即爬起来赶到医院。道峻也到了。这时先生已暂时平稳下来,不停地在一个本子上写着什么,许多句子和字迹都不太清晰,有的句子压着句子,字压着字,能看清的,大意是对家里人的一种交代,还有几个字给我的印象特别深刻:"……生命活跃期……"(前边的实在辨认不清)先生此时在思考什么?"生命","活跃期",这个"活跃期"是什么意思呢?他心底到底"活跃"着一种什么意识与思维呢?我感觉他既是糊涂的,也是清醒的,大脑深处,甚至有一种特别的清醒,只可惜已经表达不出来了,瘦弱的双手,勉强在家人的帮助下,不停地写着,写着……这个动作,这种状态甚至持续了很久。后来,是在先生夫人和儿女的一再劝告下,才把写作停止下来,有一阵,甚至还暂时进入了休眠状态。

28日中午11点钟,中国作协党组书记钱小芊也专程从北京赶来看望先生,先生神志依然清醒,钱小芊书记与他交流时,他不断用可能表达出来的手势、表情,表示着感谢的意思。贾平凹悄声跟我说:"看见老陈这个样子,我心里突然感到一阵锥痛,瘦干了!"这天下午,医疗小组做了最后的努力,进行了支气管动脉栓塞手术,西京医院院长熊利泽给钱小芊、梁桂同志介绍说,如果能够把破裂的血管栓塞住,陈忠实先生的生命还有可能存活一段时间。省保健局的领导,以及四医大校长、政委,西京医院院长、政委,都参与了抢救工作。

实在不幸的是,4月29日早晨7点45分,先生还是因再一次癌细胞破裂,痛苦地离开了人世。我跟道峻8点零几分赶到医院,抢救已经结束。医生说:很快,几乎没有多少预兆,突然一咯血,造成逆血,人就走了。头天晚上10点钟,我还给家属打了电话,家属说,手术后还算平稳,因为手术是微创,病人几乎没有多少痛苦。我们想着先生是应该有个生命的缓冲期了,没想到来得这么快。简直快得让人难以置信。

在先生病重期间,陕西以及北京的很多宣传部门、文艺界领导、作家、评论家、艺术家,都多次过问先生的病情,先生始终不让探视,充分显示了先生素来低调、质朴、平和的做人风格,他永远都是只愿帮助别人,而不愿麻烦别人。他的这种作风也影响了家人。在他患病的这一年时间里,无论我们问有什么困难,更多领导问有什么要求,家人的回答永远都只是两个字:没有。我要求他们随时把先生的病情告诉我们,不到万不得已,他们也从来不会打电话。他们的眼神,他们一切的一切,都只集中在亲人病痛的痊愈上。连医生护士都说,陈老师非常好,普通得就跟任何一个普通病人一样,非常配合我们,也非常顽强。

多少人想看望病中的先生,一来先生不愿麻烦别人,二来身体也的确撑持不住。如果让探视,那就一定是车水马龙的场面,医院的医疗秩序会被打破,病人也受不了,因此,很多人就只能深深遗憾着,无缘见先生最后一面。

因为工作关系,受梁桂同志委托,我们伴随先生度过了最后三天。我跟道峻陪着家属，从病房给先生穿衣服，到最后扶灵送上殡仪车，手脚不住地颤抖，内心充满了无尽的悲怆。但我觉得自己是有幸的，有幸伴随一颗伟大的灵魂走完生命的最后几步，这是我一生从事文学艺术事业中最荣光的一件事。

一个民族优秀的书记员走了，我突然感到一种大地的空寂，尽管西京医院人山人海，甚至半夜三点多，排队挂号的人流还络绎不绝。在先生推车通过的电梯、路道、厅堂，我们行走甚至要贴身收腹，但还是感到一种巨大的空旷与寂寥。

在等待殡仪车的那一个小时里，我始终在回想与先生接触的这几十年，先生对文学晚辈的提携呵护，我想我跟每个文学晚辈的感受是一样的。他对文学的贡献，不仅仅是一本堪称"高峰"的《白鹿原》，更有对陕西文学艺术繁荣发展整体推进的呕心沥血。他是在以自身的创作高度和人格、人品高度，有形无形地雕塑着这个文化大省的具体形象，以及它的宽度、厚度与高度，有他在，我们会感到自信、骄傲、踏实、有底气，先生忽然在一个清晨，一个近千万人口的城市刚刚醒来的时候撒手而去，我们顿时感到一种生命与事业的虚空与轻飘。他是上天不可能再创造出来的那个人，他的离去，是一座高峰的崩塌，是一颗星辰的坠落，是一个时代永远也无法医治的巨痛。

在先生推车缓缓通过医院大厅、医院走廊、医院车库、医院大门时，所有忙碌的人，大概都已经从微信、短信上，知道了先生在这个医院病逝的消息，但他们不知道，一个时代的巨人，像一个普通老人一样，在走过了他74岁的生命旅程后，正平和、安详地从他们身边悄无声息地经过。先生静静地躺着，一切病痛都在最后时刻全然冰释，脸上留下的，是十分慈祥、周正的样貌。无论身边怎么喧嚣，先生的安静，都让我想起海明威墓志上的那句著名的话："恕我不起来了！"

先生走了，但这支思想火炬、这支文学火炬、这支生命人格火炬，这支民族精神火炬，将永远不熄！

（原载 2016 年 5 月 2 日《文艺报》）

送一个灵魂高贵的人远行

——悼南丁老师

何　弘

2016年11月12日时近正午,我和李佩甫、张宇及南丁老师的儿子、女婿一起,在郑州殡仪馆的火化炉前,亲手把他的骨殖一块块捡拾起来,装入骨灰盒中。南丁老师的子女带着他的骨灰乘车走了,我一下子感觉世界是如此的空空荡荡。

一次,一次,又一次,我忍着内心的伤痛写下悼念文章。今年1月份,张一弓先生去世,《文艺报》约我写篇悼念文章,那时,正值我的母亲去世,我在为母亲守灵时写下了那篇文章。然后是和我搭班子的马新朝,我们一起参加着各种活动,他忽然就英年早逝。接着又是南丁。三位都是河南文学界旗帜性的人物。因此有人说,2016年的河南文坛,一个个巨人相继离世。

1988年7月,我大学毕业被分配到河南省文联工作,到一份纪实文学报《当代人报》做编辑。那时,南丁是文联主席、党组书记,同时又是报社挂名的主编,会不时到编辑部走一圈。当时的河南省文联,气氛融洽,同事之间很少像现在这样以职务相称,有喊老师的,更多是省略姓氏单称名字。印象中当时文联的同事很少有喊南丁主席的,大都直呼其名,我也没大没小地跟着叫,他也不以为意。这种习惯我一直保持到现在,经常惹得一些人觉得我不知高低。我那时刚毕业,满身是20世纪80年代大学生的习气,说话写文章冲冲的,总想与众不同。记得有次南丁到编辑部说:"何弘是个思想家。"我那时刚毕业不久,一个人在郑州,就说:"我思家、想家,可不就是思想家吗?"南丁就看着我温和地笑笑。从那时到现在,28年有余,和南丁因为是本家,又都属羊,更因为脾气相投,我一直以父辈待他,他也一直视我如亲人。

这么多年来,南丁以其出色的文学才华为中国新文学留下了精彩的华章;以其对后辈作家真诚无私的提携扶持使文学豫军不断发展壮大,在中国文坛独树一帜;以其正直而宽容的伟大德行,显示出高尚的人格魅力;以其幽默旷达的人生态度,虽历经坎坷依然积极面对人生。南丁也因此成为我人生的楷模,指引我不计个人得失积极为河南的文学事业做些力所能及的工作,教会我如何正确面对社会与人生,包括如何正确面对生死。

南丁,原名何南丁,曾用名何铿然、何家英,著名小说家、散文家,河南文学界杰出的领导人。祖籍安徽安庆,1931年9月20日出生于安徽蚌埠。1949年7月结业于华东新闻学院,1950年开始发表作品,1952年加入中国共产党,1956年加入中国作家协会。历任《河南日报》编辑,河南省文联编辑、专业作家、主席、党组书记。河南省文联、河南省作家协会顾问,中国文联第五届全委,河南省第七届、第八届人大常委。

南丁是新中国成立后成长起来的第一代作家。1954年短篇小说《检验工叶英》发表于《长江文艺》,《人民文学》给予转载,选入当年《短篇小说选》《青年文学创作选》和英文版《中国文学》。《科长》《良心》《被告》也都受到广泛关注。"新时期"创作的小说《旗》开"反思文学"的先河,《尾巴》《亮雨》《新绿》也广受好评。南丁的小说语言简洁、沉稳、朴实而又闪现着智慧的光芒。他注重作品的思想性但寻求以文学的方式进行表达,以老到的叙事、扎实的细节和鲜活的人物来表现作品的主题。小说之外,他的创作涵盖几乎所有的文体,特别是其散文和随笔,往往在不经意间显示出深厚的文字功底、通达的人生智慧、开阔的个人胸怀和高尚的人格魅力。有小说、杂文、散文等作品入选《中国新文学大系》《中国新文艺大系》《新中国六十年文学大系》及高中语文课本。出版有小说集《检验工叶英》《在海上》

《被告》《尾巴》《南丁小说选》，散文随笔集《水印》《半凋零》《序跋集》等，作品结集有《南丁文选》（上、下卷）、《南丁文集》（五卷）。

南丁是河南当代文学60多年发展历程最完整也是最重要的亲历者和领导者之一。1983年，作为专业作家的南丁52岁，创作势头正好，不断有优秀作品问世，组织上一下子就直接让他做了河南省文联主席、党组书记。在其位，谋其政，南丁从此坚定地把个人创作放在了后面，而把主要精力放在了组织工作上。他主持创办了《莽原》《散文选刊》《故事家》《文艺百家报》等多种文学期刊，调入了李佩甫、张宇、郑彦英、杨东明、田中禾等后来成为中原作家群中坚力量的一大批作家，对新时期"文学豫军"队伍的成长壮大发挥了关键性作用，为河南文学事业的发展作出了重要贡献。

南丁是一个正直而宽容的人。能将正直和宽容集于一身说起来容易，做起来很难。大凡正直的人往往眼里容不进沙子，对人容易苛刻；而宽容的人往往姑息迁就，对人容易纵容。南丁的正直在于他内心有坚定的操守，行事有主见，不会见风使舵。这曾使他被错划为"右派"，被下放到南阳西峡农村，但他并不因这些挫折而妥协。南丁的宽容在于他尊重他人的个性，能看到别人的优点，使每个人都能发挥自己的优长。这对文艺界的领导来说非常重要。不管是在担任领导期间，还是退休之后，他总是利用自己的位置、影响，为河南作家、艺术家遮风挡雨，使之能有一个良好的环境安心创作，并因此成就了文学豫军，他也因此赢得了河南作家的一致尊敬和拥戴。

南丁是一个幽默而旷达的人。南丁的笑容总是挂在脸上，让人看了就觉得温暖。这么多年来，不管是由衷地表扬人，还是善意地批评人，他总是会用不紧不慢似乎平淡而又内含深意的幽默语言来表达，让人听了就觉得有暖意、愿意接受。南丁的旷达不仅表现在他历经坎坷而初心不改上，表现在他自始至终都对文学负责任的态度上，更表现在他重病来临时对待生死的态度上。今年6月份，南丁因身体出现黄疸到医院检查，发现患了胰腺癌。那时马新朝也刚查出患胰腺癌一个来月,我每次到医院都会楼上楼下看他们两个。但不管是我陪他做 CT 时,还是在做手术前我去看他时,他的脸上都挂着惯常的微笑,这使我们乐观地认为他的病经过手术问题不大,他可以平安地渡过此关。手术后,他不愿意多在医院住,常常输完液就回到家里。我家就在他家楼上,我时时会到他那里坐坐,即使在知道他已经肝转移了之后,总觉得乐观的他应该可以挺过更长的时间。而他其实心里明白一切,但他表现了对待生死从容不迫的态度,他让医生不要再做过度治疗,如果出现情况不必进行抢救,更不要用仪器维持生命。

11 月 1 日,南丁把李佩甫、张宇和我喊到他家里,让我们在他写好的遗嘱上签上字,作为他遗嘱的见证人和执行人,并郑重地把他的后事托付给我们三个,说他不再接受探视、慰问,去世后不设灵堂、不搞遗体告别仪式,让我们三个以朋友的身份和他的家人一起把他送走就是。当天下午,我去单位上班,在楼下碰到去医院的南丁,他坐在轮椅上连站起来的力气都没有,我帮忙把他架到汽车后座上,他已经无法抬起腿来。没想到,这一去,他就永远离开了自己的家。11 月 3 日,医院给他验血发现电解质紊乱,下了病危通知。次日,他把家人叫到床前,再次重申了他的遗嘱,告诉家人,佩甫、张宇和我是他的朋友,他去世后不要惊动别人,后事由我们三人办理。

11 月 11 日凌晨,我接到电话匆匆赶到医院,南丁老师刚刚于 5 时 10 分逝世,还躺在病床上。我和他的妻儿简单收拾后,把他从病房送到太平间。在和佩甫、张宇等商量了后事的细节后,下午又亲手把他的遗体抬上灵车送到郑州市殡仪馆。12 日上午,我们三人和南丁的儿女等,送他远行。参加告别的仅有十多人,佩甫和张宇让我来主持。我说,站在南丁老师遗体前的,是他自然血脉的传承者和文学血脉、精神血脉的传承者,是他最亲、最信任的人,也是对他最亲、最敬重的人,我们以能有他的信任而荣幸,也以能最后为他送行而欣慰。南丁的女儿何向阳和他做了最后的告别,她说,父亲告诉她,写作也好,干别的什么也好,到最后比的就是人格,父亲不仅用语言,更用一生的行动,教会她如何作文、如何做人。

我们送走了南丁老师的遗体,但他高贵而伟大的灵魂仍在世间。

我知道,在中原大地,南丁也一样关爱、扶持过很多很多的人,他们也一样热爱、敬重南丁,一样在传承南丁的文学和精神血脉。因此,文学不朽,南丁不朽!

（原载 2016 年 11 月 16 日《文艺报》）

怀 念 萧 平

肖　复　兴

　　一直到今天,才知道萧平已经不在了,2014 年 2 月就去世了。我真的惭愧自己消息的闭塞,竟然一点都不知道。想起今年年初到美国看孩子,在印第安纳大学的图书馆里,偶然间看到萧平的《三月雪》,颇有点儿他乡巧遇故知的感觉。谁会想到呢,他已经不在了。

　　翻检年初读《三月雪》时随手做的笔记,抄录书中的片段,那一天细雪飘飞的傍晚,从图书馆里把那本《三月雪》借来重读的情景,恍若目前。这是一本只有 100 多页薄薄的小书,1979年人民文学出版社的新版。虽是新版,封面和旧版却完全一样,浅蓝色的封底,衬托着一束清新淡雅的白色三月雪花瓣。书显得很新,和我当年在新华书店的书架上最初见到它时一模一样。只是里面多了两篇小说,感觉不过是多年不见的老朋友,个子长高或是腰围长胖了一点儿而已。

　　1964 年,我读高一,买过一本《三月雪》,是 1958 年作家出版社的初版本,里面只有 6 篇短篇小说,其中最有名也让我最难忘的,是《三月雪》和《玉姑山下的故事》。年初重读,忍不住先读这两篇。《三月雪》第一节开头写道:"日记本里夹着一枝干枯了的、洁白的花。他轻轻拿起那枝花,凝视着,在他的眼前又浮现出那棵迎着早春飘散着浓郁的香气的三月雪,蓊郁的松树,松林里的烈士墓,三月雪下牺牲的刘云……"一下子,又带我进入小说所描写的战争年代;同时,也带我进入自己的青春期。这

446

段话，我曾经抄录在我的笔记本上，52年过去了，许多东西都丢了，那个笔记本还在，纯蓝色的墨水痕迹还清晰地在本上面跳跃。那时候，我16岁多一点儿。

《三月雪》和《玉姑山下的故事》写的都是战争年代的故事。在上个世纪50年代，它们与同时代其他书写战争的小说在写法上有些不同。萧平是把战争推向背景，把更多的笔墨放在了战争中的人性和人情上。将战争的残酷和人性中的微妙，有机地调和在一起。浸透着战争的血痕，同时又盛开着浓郁花香的三月雪，可以说是萧平小说显著的意象，或者象征。可谓一半是火，一半是花。

这两篇小说的主角，不是叱咤风云的大人或小英雄，都是小姑娘，清纯可爱，和庞大而血腥的战争，仿佛有意作着过于鲜明的对比。《三月雪》中，区委书记周浩很喜爱聪明伶俐的小姑娘小娟，在离别前小娟孩子气地和他商量好，骗妈妈说要跟周浩一起走，走了几步，又跑回去告诉了妈妈真相，怕妈妈担心的那一段描写，现在读来还是那样的可亲可爱。

这应该是后来批判小说宣扬"人性论"和"战争残酷论"的重要证言或说辞，却也是当年最让我心动之处。《三月雪》中的小娟和妈妈在战争中相依为命又相互感染的感情，是写得最感人的地方。有了这样的铺垫，妈妈牺牲之后，小娟到三月雪下妈妈的墓前，才格外的凄婉动人。"天上变幻着一片彩霞。一只布谷鸟高声叫着从晴空掠过。""墓上已生出一片绿草，墓前小娟亲手栽的幼松也泛出新绿，迎风轻轻摇摆着。"三月雪的花朵和彩霞和绿草和松树连成一片，成为我青春期一幅美丽的图画。

《玉姑山下的故事》中的小姑娘小凤，比小娟大几岁，应该和当初读小说时的我年龄相仿。小凤与小说中的"我"发生的故事，将青春期男孩女孩之间情窦初开的朦胧感情，写得委婉有致。特别是放在战火硝烟的背景之中，这样的感情如鲜花一样开放，如春水一样流淌，却极易凋零和流逝，格外揪心揪肺。这在当时描写战争的小说中，是难得一见的。其异于当时流行的铁板铜钹而别具一格的阴柔风格，是格外明显的。

四年未见的一对男孩女孩，再次见面时，小凤"手扯着一枝梨花，用手一个瓣一个瓣地向下撕扯着"。当初读时就觉得萧平写小姑娘，总不忘用花来作映衬，上一次是用三月雪，这一次用梨花，足见他对小姑娘的怜爱，也足见他格外愿意以鲜花来对比炮火硝烟，而格外珍惜人性之花的开放。这篇小说最迷人之处是晚上的约会，"我"的渴盼，小凤没去后"我"到梨园找她时一路的心情和想象……那一番极其曲折又微妙难言的情感涟漪的泛起，写得一波三折，质朴动人。重读时候，还是让我感动。感动的原因，还在于第一次读它的时候，我也正悄悄地喜欢一个小姑娘。我曾经把这篇小说推荐给她看过。

　　小说结尾，小凤成为了一名战士，骑着一匹红马从"我"身旁驰过，"我想叫住她，可是战马早已经驰过很远了。我呆呆地站在那里，望着那匹红马迎着西北风在山谷里奔驰着，最后消失在深深密林里。"那时候，我曾经特意给她读过这段话，是想讲小说收尾给人留下那种怅然若失的味道。世事的沧桑，中间又隔着和战争一样残酷的"文化大革命"，我想叫住她，可是那匹红马早已经驰过很远，消失在密林深处。

　　记得很清楚，年初重读《玉姑山下的故事》，让我想起乔伊斯的短篇小说《阿拉比》，同样写一个小男孩对一个姑娘悄悄的爱。一个从未去过的叫作阿拉比的集市，只不过因姑娘一次偶然提起，小男孩竟连夜赶到了阿拉比，阿拉比却已经打烊。同样的怅然若失的结尾，让我感叹小说写法尽管千种百样，一个是战争年代，一个是庸常日子，一个是消失的红马，一个是打烊的集市，人心深处的感情却是一样的，不分古今中外。萧平一点儿不比乔伊斯差。

　　今天知道了萧平去世的消息，心里有些不平静。年初读《三月雪》时，心里是安静的，是美好的，充满想象的。因为那时一直都觉得萧平还活着，也因为想起50多年前最初读萧平时自己的青春日子。同时，还想起了30年前写长篇小说《早恋》和《青春梦幻曲》的时候，小轩愁入丁香结，幽径春生豆蔻梢，我在小说中对男女中学生青春期朦胧情感忧郁惆怅又美好纯真的描

448

写,很多地方得益于萧平这篇《玉姑山下的故事》。当时写作时并未察觉,重读萧平的时候,感到潜意识里代际文学血液的流淌,是那样的脉络清晰,又那样的温馨温暖。那时,觉得萧平虽然离我很远,却也很近。

青春期的阅读,总是带着难忘的心情和想象,它对你的影响是一生的,是致命的。它给予我的温馨和美感,以及善感和敏感,是无可取代的。我应该庆幸在我的青春期能够和萧平相遇,感谢他曾经给予我那一份至今没有逝去的美感、善感和敏感。

我和萧平有过一面之缘。那是上世纪80年代之初,我和刘心武、梁晓声一起乘火车到蓬莱,路过烟台的时候,到萧平教书的学院里和他见过一面。但那一面实在有些匆匆,而且那一次主要是心武更想见他,主角是他们两人,因此,主要是听他们两人交谈。可惜,我没有来得及对萧平表达我的一份感情。一别经年,没有想到,世事沧桑流年暗换之中,竟是惟一的也是最后的一面。

此刻,我想起了高一时候买的那本《三月雪》。1968年的夏天,去北大荒插队前的那天晚上,我的从童年到青年一起长大并要好的那个小姑娘,来我家为我送行,我把这本书送给了她。如果这本书还在,陪伴我们已经有52年了,萧平陪伴我们也已经有52年了。真的,我很想对他说说这样的话。并不是所有的人,所有的书,所有的感情,都有这样久的生命。

萧平如果活着,今年整90岁。

（原载2016年10月14日《文艺报》）

举起杯,献上你的爱

——缅怀张笑天先生

丁 利

乍暖还寒,流经吉林省西北部的洮儿河一片迷茫。我仿佛听到了冰冻三尺下的洮河水,为一位作家的离世,在呜咽、在倾述、在痛惜……

惊闻张笑天先生病故的那个早晨,我正在阅读由他作总序的"中国梦·生态梦——洮儿河"大型文丛。

浅绿草地、溪流环绕的封面,散发着油墨的芳香,每一部都饱含笑天先生的一片心血、厚爱和期望。白城10位作家的专著刚刚出版,他还没来得及看到这套装帧精美的文丛,就匆匆驾鹤西去,这个噩耗让我和白城的作者悲痛至极。

再捧读他那洋洋洒洒的序言《又到洮河飞浪时》,一字一滴泪,一句一声泣。

笑天先生一生著书、编剧几千万字,艺术成果辉煌厚重。如今我书架上珍存着他的30卷本《张笑天文集》。他的中篇小说《前市委书记的白昼和夜晚》获1985—1986年度全国第四届优秀中篇小说奖;由其担任编剧的电影《末代皇后》获第四届巴西国际电影节特别奖;电影《开国大典》获1989年中国电影金鸡奖、第十三届大众电影百花奖和1989年度中国电影政府奖,并入围奥斯卡国际电影奖角逐;电影《重庆谈判》获第十七届大众电影百花奖、1993年度中宣部"五个一工程"奖;电影《世纪之梦》获1998年度中国电影华表奖;电影剧本《世纪之梦》获中国

450

电影华表奖、优秀剧本奖;电影剧本《白山黑水》获首届中国夏衍电影文学奖。

笑天先生一生不但自己辛勤创作,将一批脍炙人口的名篇大作留在人间;他还积极扶持当地文学新人,特别对身在底层的作者,投入了大量心血,一位艺术家的德艺双馨和坦荡襟怀,回荡在白山黑水间。

他对白城文学的关注,一桩桩让我们难忘。

记得 2006 年,我要出版一本纪实散文专著《远去的村庄》,时任省青少年作协秘书长的李勇大姐看到我的乡土散文,觉得语言朴素、风格独特,就把文稿推荐给时任省作协主席的张笑天先生,恳请他为我的书写序。我心想,人家是全国知名作家,那么有名,创作那么忙,不可能给一个基层小作者写序。没想到,不到半月,李勇从长春给我打来电话:弟弟,张主席的序给你写好了,发给你看看吧。我激动地打开邮箱,题为《生命的本色》的序言出现在我眼前:"如今,喧嚣的声音和斑斓的色彩充斥了我们整个世界,我们的耳朵被塞满了,眼睛也被遮住了,随之欲望也开始滋长起来,总觉得丢掉了什么东西。生命只是一只陀螺,被时光的鞭子抽打着无休止地转。在这样一个近乎膨胀的世界里,我们到底失落了什么? 难得丁利用深邃的目光、用感念的心、用一支与生命相伴的笔,饱蘸颤抖的真情为我们展现出了另一番世界……"

后来,这个序言分别发表在《文艺报》《吉林日报》《中华风采》上。而我此后获得的文学成绩及进步,与笑天先生的激励和关怀都是分不开的。如今他留给我的墨宝"天道酬勤"还悬挂在我办公室的墙上。

2014 年,白城市文联、白城市作家协会按照吉林省委勾画的"建设北方文学高地"的宏伟蓝图,由我主编、策划一套"绿野之星"大型文丛,这是白城作家首次集体亮相,具有一定的现实和历史意义。总序的作者人选有各种建议,最后我想到了笑天先生,因为他刚刚给白城《绿野》文学季刊创刊 35 周年写了纪念文章,感觉他了解白城,知悉白城文学发展脉络,对白城文学和作者充满情感。请张主席来写,他的文字对白城作家来说,是丰厚的财富、无尽的动力和前行的航标。当时张笑天先生正在创作抗美援朝系列长篇小说,而且刚做了一个咽喉手术,说话沙哑,我实在不好意思打扰老人家,就发去一条短信约请。没承想,不到10天他就写来"绿野之星"总序《生命厚味》。他在序言里回忆:"算起来,我仅在80年代就在《绿野》发表过《底色》《绿色拱门的暗杀》《心底的墓碑》《一篇没有直奔主题的小说》等。我发表在1985年1月号《绿野》上的电影文学剧本《雷北利号沉没在印度洋》,还获得了首届绿野金牛奖,奖杯是李杰亲自设计并在景德镇瓷厂定制的开片瓷,那头造型独特的牛,显然象征着开发西部广袤大草原的一股牛劲,今天端详它,依然牛气冲天。记得那是1985年的10月中旬,我与刘凤仪、朱晶坐火车去白城领金牛奖,时任省委宣传部副部长的车书栋,以及诗人万忆萱、芦萍,作家万寒、洪峰、赵春江、王成刚等,也都躬逢盛会,由时任白城地委第一书记的冯国刚给大家发奖,可见其隆重。白城的草原和瀚海孕育了一大批本土作家和雁过留声作家的作品,丁仁堂的《猎雁记》和李杰的《田野又是青纱帐》,永远定格在白城的文学史上。纷至沓来的作家,如赵洪峰、凌喻非、张顺富、朱光雪、王长元、任林举、于笑然、张国庆等等,也用他们饱蘸着绿野乳汁的笔书写着故乡特色的文学。"

透过这些滚烫的、情真意切的文字,见证了笑天先生对白城作家的一往情深。

可惜,"绿野之星"首发式上,因笑天先生在外地,没能参加,但在首发式现场,朗读了他的序言,大家深受感动和鼓舞。

2015年,借吉林省委、省政府在吉林西部实施"河湖连通"生态战略之机,我又主编、策划了一套"中国梦·生态梦——洮儿河"大型文丛,得到省委宣传部和省作协的重视,将其纳入全省文学重点出版项目。经过层层遴选,有10位白城本土作家入围这套丛书,总序请谁来写?大家一致认为还是由张笑天先生来写。深知笑天先生身体不好,创作十分繁重,我不忍心打扰老人家,又斗胆给他发去一封电子邮件,把丛书概况和每本书简介

都发给他。一个月后,我收到了回复:

丁利:

序言写完,按你的建议,虽保留了对白城作家作品的罗列、点评,但我以为,这要慎重,经常因点名不全挂一漏万或因评价高低等,反起负面作用,不如笼统概括,我尊重你意见。这几年你执掌白城作协,确实大有起色,成效卓著,为你高兴。不多赘,祝好。

张笑天 10 月 29 日上午

他不但写下 3000 字序言,还提出了中肯的建议,令人感动。他对白城文学发展的真知灼见和对基层作者的大爱情怀,更令人感动。

屈指一算,自邮件发来总序《又到洮河飞浪时》,到"中国梦·生态梦——洮儿河"大型文丛出版,历时百余天,如今长达 200 余万字的 10 本文学专著,沉甸甸放在每位作者手里。正当我们沉浸在喜悦之中时,却传来张笑天先生在京与世长辞的噩耗。10 位作者纷纷发来微信或打来电话,问我消息是否属实,我含泪告之。本来说好了,这次首发式一定请笑天先生到白城,遗憾的是我给作者的这个承诺永远不能实现了,就让我们铭记老人家的谆谆教诲,像他那样作人做文,创作出更优秀的文学作品。就像笑天先生序言最后说的那样:

"洮河后浪催前浪,时光在洮儿河畔匆匆行走,希望有更多更好的作品像奔流不息的洮河一路叮咚而来。用爱去写作,你甜,读者也甜。正如泰戈尔所说,爱就是充实了的生命,正如盛满了酒的酒杯。

举起杯,献上你的爱!"

我们在白城草原,洮儿河畔,高高擎起杯,为可钦可敬的笑天先生送行,一路走好,精神永存!

(原载 2016 年 3 月 9 日《文艺报》)

他将在自己的作品里永生

——追记杨镰同志

蒋 守 谦

　　写下这么个题目,心情特别沉重。今年春节,杨镰提着一袋新疆楼兰地区的特产"中国红"大枣,坐了近一个小时公交车来我家看我。两年不见,他头发全白了,但依然很壮实,神采奕奕,毫无衰老感。交谈间,他说,过了春节就去新疆,那里还有一摊子活儿,每年都得去几趟。我说现在国家搞"一带一路"战略,你们这个活儿就更有得干了。他会意地笑了笑。临别时他嘱咐我要保重身体,并深情地说:"你有事,只要用得着我,尽管说,我一定尽力。"说得我心里暖融融的。万万没有想到,过了一个多月,竟传来了他在新疆遭遇车祸罹难的噩耗!这么好的一个人,从此便与我们永远阴阳两隔了,实在让人无法接受!

　　我与杨镰熟悉起来,是20世纪80年代末在一起编纂《中国文学大辞典》的时候。这部设有两万多个条目、多达1750万字的大型文学工具书,由文学所已故所长马良春和天津人民出版社已故编审李福田任总主编,另有6人分别为各学科主编,所内外撰稿者多达数百人。词典的全部编纂工作都由各学科主编和几位常务编委负责。杨镰和我分任古代文学和当代文学的学科主编。工程浩繁,千头万绪,困难重重。大家在一起摸爬滚打两年多时间才完成了任务。那时的杨镰,在我们这一帮人当中是个少壮派,年富力强,干起事来雷厉风行,主动承担了许多分外工作。这就使我们彼此间有了较多、较深的接触和了解,我知道了他的"底细"。

原来，他是北京大学中文系原系主任、著名学者杨晦先生之子，在北大校园里度过了自己的青少年时代，家学渊源深厚。中学毕业后，他去新疆插队，做了4年的"牧马人"。1972年，他考入新疆大学中文系，毕业后到一个煤矿做基层工作。1980年，他考入社科院文学所，师从著名学者孙楷第先生研究中国古典文学。他是一个怀有远大抱负而又能矢志不渝地为理想去顽强奋斗的人。回到北京以后，他非但没有中断与新疆的联系，相反，却经常以"新疆人"自许，称新疆是自己的"第二故乡"。在中国古典文学研究岗位上，他也没有放弃业已开始的以新疆历史和现实为题材的文学创作。他选择了与新疆历史关系密切的元代文学作为自己的主攻方向，并且扩大为对整个古代西域文化的研究。多年来，我时时都能感觉到他在这两方面的结合上所做的不懈努力。

据说，杨镰在1968年离京奔赴新疆伊吾军马场时，他那简单的行囊里就藏有一本瑞典探险家斯文·赫定的《亚洲腹地旅行记》。这透露出年纪轻轻的他准备扎根新疆、探索新疆的雄心壮志。果然，经过12年历练，他的青春年华同茫茫天山的冰雪，同辽阔丰美的草原，同干旱荒凉的塔克拉玛干大沙漠，同短暂易逝的塔里木河，同复杂、奇异，有如谜一般难解的新疆的历史、文化，结下了不解之缘。自1982年以来，他在坚持元代文学研究并取得一系列具有突破性成果的同时，相继发表、出版了3部长篇小说、6部中篇小说、6篇报告文学，又与人合作主编了"西域探险考察大系""中国西部探险"丛书等。可以说，这些以新疆的历史和现实为题材的著述，是他献给自己"第二故乡"的一组情真意切而又寄意深远的恋歌。

在这难以排遣内心哀痛的特殊时刻，恍惚间，杨镰的音容笑貌，他作品里的种种景象，像"过电影"似的不断地浮现在我的脑际、眼前……

杨镰小说在艺术上的一个重要特色，就是他经常采用探秘、推理、解谜的方式来组织结构、展开情节、刻画人物。他这样写的目的不是要走以情节取胜的通俗小说的路子,而是要把自己在实际生活中所体会到的时代精神和人生感悟有声有色地传达出来,写成美文。他的小说的时代背景一般都比较清晰,各种人物和事件都是作为一定时代的产物来描写的;细节描写真实可信,而且时有神来之笔;气氛渲染轻重有度,文采斐然,诗意氤氲。比如,他的第一部长篇小说《千古之谜》,作品主人公谢凌枫和文物普查小队的队员们为了探明塔克拉玛干沙漠深处是否存在过"英苏城"这样一个神秘的文化遗址,他们调动了自己的全部热忱和考古探险知识,历尽艰险,在沙漠的"死界"里日夜工作,直到濒临"生命的极限",才终于破解了这个"千古之谜"。在这里,我们不仅看到了探险家们探险精神的伟大,领悟到了历史的沧桑之变,感受到了水、绿色、理性与生命的关系,更把自己的思考推进到了人和大自然究竟应怎样相处的高度。像这样从新疆历史和现实里提炼出来的主题意蕴,在 20 世纪 80 年代的文学作品中独具一格,具有明显的超前性,是杨镰对当代文学的一个不可磨灭的贡献。

一直以来,杨镰坚持美文写作,在执笔行文过程中,他常常寻找各种契机,通过种种意象和情境的营造,去发掘新疆独具特色的诗意美。比如,他的另一部长篇小说《生死西行》,女主人公项青为了探明其父亲在清代统一西北战争中立下"盖世之功"后神秘失踪的真相,女扮男装,仗剑西行。她的足迹踏遍了天山南北,历经了种种艰难险阻,在弄清了父亲生死与乾隆皇帝"青鸟"计划存废之间的奥妙关系之后,便决定落脚新疆,与蒙冤被流放的八旗子弟隋遇安结婚生子。故事被写得像一部意味隽永的叙事长诗。在寻父的曲折复杂过程中,经过一番艰难的历练,项青的身心和情感逐步与新疆特殊的人文环境和美丽的自然生态交融到了一起。比如,当她与隋遇安走在南疆巴音布鲁克草原上的时候,一种快乐的心情,使她觉得湛蓝的天宇看上去特别低,"仿佛那丰饶的泉水和蜿蜒的河流是直接从天上接引到山间的";这神奇的大草原,"有时会使人产生了天地倒置的感受,好像空明澄澈的天空,只是一个极其巨大的湖泊的倒影"。又如,傍晚时刻,项青在塔里木河滨小憩,感受大自然的美,觉得"那橘红色的太阳被地平线的雾气分割成若干台阶",而仿佛只要你愿意,就能在这个时刻循级走上太阳神的神殿……这样美的情境,不正是杨镰长期在新疆生活所获得的深切感受在作品中的折光么?由此我们也就不难想象他对新疆的爱是多么强烈,多么深沉!

文学创作是作家生命的燃烧。杨镰走了,但是读他留下的作品,我们依然能深切地感受到他那燃烧着的生命是那样炽热,那样绚烂,那样令人喜爱和敬重!

(原载 2016 年 5 月 20 日《中国社会科学报》)

生命的绝响

——怀念褚钰泉先生

张 秋 林

1月13日傍晚时分,我乘车去新五湖大酒店赴一个作者的邀约,突然接到一个陌生的电话,是褚钰泉先生的弟弟褚孝泉打来的,顿时就有一种不祥的预感,因为之前他从来没有给我打过电话——果然,他哽咽地告诉我:他的兄长已于1月9日突发心梗去世!倏然间,如五雷轰顶,震得我瞠目结舌,泪水夺眶而出。当时只有一个念头:马上回去,把自己关在房里,一个人静静地待着,好好地回想。当晚11点我发出微博:"惊悉钰泉仙逝,我顿时泪流满面。钰泉,上个月你编定四十四卷《悦读》,离别之前我们说同一句话:我们都要好好保重! 你怎么猝然离我而去呢? 你是我三十年至交,你用心血和智慧编出的《悦读》,是我们友谊和合作的见证,也是当下文化坚守的丰碑。"同时还转发了他不久前为我社建社三十周年纪念文集撰写的文章《〈悦读〉四十四卷》。

一夜无眠,悲痛万分。

第二天上班,我做的第一件事,就是把副总编、《悦读》责任编辑熊炽、美编徐泓叫到办公室来,商量如何安排好纪念钰泉的活动,以表达我们的哀悼和思念。我一边说着,一边泣不成声。他们的心情也和我一样十分沉痛。

我们做的第一个决定,就是编辑出版《褚钰泉先生纪念文集》,在他的逝世百日追思会上面世。为此又做出一个决定,在

《文汇报》连续 5 天刊登有关该纪念文集的征稿启事,同时给《悦读》的部分作者发出征稿函。我想,以这样一种方式纪念褚钰泉,才能表达出我们对这位书界"燃灯者"深深的致敬。

如我们所愿,征稿启事和征稿函一经发出,便迅即得到回馈,并引发强烈反响:《中华读书报》1 月 20 日率先发表汪家明的纪念文章《永不再来的催稿电话》;接着 1 月 26 日《文汇读书周报》发表吴中杰的《献身精神与人文风骨——悼褚钰泉弟》,以及毕冰宾的《我们都相信来日方长,但是》;1 月 31 日《北京青年报》整版发表陈四益的《一代编才的爱与哀愁》;2 月 5 日《新京报》发表韩戍的《一个人、一本书和一个时代的落幕》;2 月 23 日《出版人》发表朱正的《褚钰泉、〈悦读〉和我》;3 月 4 日《南方周末》发表陈思和的《怀念褚钰泉》。可见褚钰泉先生的离世,在书界、学界和传媒界引起了多么大的反响。

我和钰泉相识于 1986 年,那时我刚出任江西少儿社社长不久,他主编的《文汇读书周报》正办得风生水起,是出版社新书宣传的最佳窗口。我们社里每有重点新书,《文汇读书周报》都会率先报道。我还记得钰泉在他的"阿昌逛书市"里,对我社推出《中学生密友丛书》予以夸赞,说把握了中学生流行文化的热点;在"每周一书"栏目,又重点推介了我社的《巴金和寻找理想的孩子》《布鲁诺与布茨系列小说》等。由于《文汇读书周报》的鼎力宣传,成立不久的江西少儿出版社在业内便声名大噪。我去上海出差,总会抽时间去报社拜访他,或者约上"书坛三剑客"其他两位,解放日报读书版的伊人(房延军)、新民晚报读书乐的米舒(曹正文)餐叙小酌。钰泉对出道不久的我非常关心,鼓励我一定要抓原创,建立自己的作者队伍。现在想来,二十一世纪出版社有今日的辉煌,从他这位"燃灯者"那里真是受益良多。

最让我难以忘怀的是,在我因那场"风波"而被解职,一度漂在上海时,他对我的悉心关照和支持。当时我在上海长寿路主持南海书店(南海出版公司在上海的分支机构)工作,钰泉时常来看望我、鼓励我。不久我总编撰的《绘画本二十五史故事精华》(福建少儿社版)出版了,他用《文汇读书周报》的版面大张旗鼓地宣传,还编发我《关于大出版的若干思考·〈大灰狼画报〉的象征意义》等文章,使我在世态炎凉中感受到真正的友谊和温暖。1994年12月,我回到二十一世纪出版社工作,他马上在《文汇读书周报》上刊发韩沪麟对我的专访《海峡两岸文化交流的使者——二十一世纪出版社副社长张秋林素描》,颇有为我"正名"的意味。

钰泉从《文汇读书周报》离开主编岗位而被"休息",却不甘寂寞,办起了杂志书《悦读》。我收到他寄来的《悦读》,顿时眼睛一亮,编得多好的一本读书杂志呀!不料这么好的《悦读》,仅出三期就无端地被叫停了。后来,我们谈起"无疾而终"的《悦读》,他问我可以出吗?我毫不犹豫说:"当然可以!"虽然《悦读》的读者对象不是少儿,但社名既已改成"二十一世纪",出书范围自然拓宽了,而且我又有很深的人文情结。于是,2006年,《悦读》正式落户二十一世纪社,以两三个月一卷的节奏,出版至四十四卷。每当《悦读》发稿时,钰泉都会乘高铁来南昌,待上一周,等稿子排定校改后再返沪。他一般是周二晚上8点半左右到,我会安排在食堂与他共进晚餐,约上三两好友同仁喝上几杯,聊一些书界文坛的趣事逸闻。他就住社里15楼招待所,与我比邻。第二天上班他会准时来我办公室,给我看新一卷的目录,告诉我有哪几篇分量重的特稿,又有哪几篇饶有意味的文章,让我和他一起分享妙文佳作的欣悦。在南昌期间我尽量不安排出差,享受与他在一起谈书论道的日子。十年的时光就这样不知不觉地走过。这十年也正是二十一世纪出版社高速发展的十年,我们站上了世界童书出版之巅;而《悦读》历经十年修为,在书界也立起了令人瞩目的丰碑。可以说,我们共同经历了"黄金时代"。钰泉在他生命的最后十年,藉《悦读》一方天地,释放他的饱满能量,挥洒他的非凡才华,把"一本关于书的书"做到了极致。如今,钰泉驾鹤而去,《悦读》遂成他生命的绝响了!

在组织《褚钰泉先生纪念文集》文稿的过程中,我以为必须有一篇厚重的文章,对四十四卷《悦读》的文化价值做出总体评价,于是特约著名评论家、《悦读》的作者李建军执笔,撰成《折芳馨兮遗所思——褚钰泉的理念与〈悦读〉的风标》。皇皇一篇万言文,《悦读》伟绩有定评。当然,在万千读书人的心中,在著书人和出书人心中,对于"燃灯者"褚钰泉和他主编的《悦读》,也早有定评了。

安息吧,钰泉兄!

（原载 2016 年 3 月 30 日《中华读书报》）

现实需要与实践先行

——建党初期中国共产党领导的革命文艺实践(1921—1927)

张 志 忠

在中国共产党创建初期,其工作注意力全都集中在发展党员及社会主义青年团的成员,建立和加强党的组织,发动工人农民组建工会农会,确定在风云变幻中的应对策略,以及后来的国共合作、北伐战争中的战略方针等迫切事务方面,对于文艺工作,还没有来得及予以独立的关注,没有做出组织化的关于文艺工作如何进行的决定。

这一判断在这一时期的中央文件中也得到了印证。1921—1927 年间,中共中央文件中谈到宣传工作的不在少数,还有几个文件是专门讨论宣传教育的,但是,对文艺工作却几乎很少涉及,更不会予以专门的关注。查阅这一时期的中央文件,往往是在谈到宣传工作时,会把借助于文艺的通俗易懂特色作为宣传工作的途径之一而加以提及:

> 已有的《工人周刊》及《劳动周报》当尽力推销于工人及党员之间。凡能与工人接触之党员当尽力运用《前锋》《新青年》《向导》社会科学讲义等之材料,使用口语,求其通俗化。
>
> 当尽力编著通俗的问答的歌谣小册子。
>
> 本党中央的或地方的出版品,须切实登载关于职工运

动的消息和论文；过去本党的定期刊物，都不免犯了一个共同的毛病，不是文字太艰深，就是空发议论，不切事实，很少登工人的投稿，最近虽然有些进步，但是还未能普遍的群众化。根据过去经验，只有画报最能影响工人群众，各级党部以后应注意发刊工人画报的工作，而各种刊物必须注意插画一栏。

宣传方法，当注意利用画报，标语，歌谣，幻灯，小说式的文字等项，好能改变乡村传说神话而把我们的宣传附会上去，不要做毫无兴趣的机械式的讲义式的灌输。

在这里，第一段引文是专讲宣传教育工作的，第二段和第三段则是 1926 年 9 月，于大革命高潮时期分别论述工农运动的工作方针的。三个文件所涉及的，还是浅表性的通俗化的文艺形式，歌谣、插画和画报，对乡村传说和神话的改写，文艺工作还很难占据独立的相当的位置。

不过，这并不说明文艺工作在党的实际活动中所占据的比重之轻微。相反，在工、农、兵各方面，文艺活动都是随着运动的开展而开展的。实践先于理论，需要决定生产，此之谓也。

彭湃开创乡村革命文艺的新篇章

在党领导农民运动的历史中，彭湃是最早的开创者，他也是最早在乡村中开展革命文艺活动的开创者。彭湃（1896—1929），生于广东省海丰县海城镇，中共早期领导者和革命家，广东农民运动的领导者。这位出身于大地主家庭，曾就读于日本早稻田大学政治经济科的翩翩学子，却在中国最早地投身于农民运动。他 1921 年 5 月从日本回国，不久参加中国社会主义青年团，后长期在广东从事农民运动。1924 年转为中国共产党党员。早在 1922 年 6 月，彭湃就脱下洋装到乡下去进行乡村宣传，旋即组织了中国最早的农民协会"六人农会"，领导海陆丰和广东全省的农民运动。国共合作期间，担任过国民党中央农民部秘书和广东省党部农民部长，并于 1924 年 7 月，在当时的革命中心广州开办了农民运动讲习所,将广东农民运动的经验推广向更广大的乡村。大革命失败后,彭湃任中共中央农委书记等职,后因叛徒出卖在上海被捕牺牲。

彭湃的走向乡村,可谓历尽艰辛。最初他到乡下去向农民作宣传,遭到各方面的反对和农民的冷遇。在他的家中,众叛亲离:"我的家庭,在海丰县可以算作个大地主,每年收入约千余担租,共计被统辖的农民男女老幼不下千五百余人。""家里的人听说我要做农民运动,除了三兄五弟不加可否外,其余男女老幼都是恨我刺骨。"来到乡村,满腔热忱地向农民进行宣传,却几次都遭到冷遇,不但无人喝彩,而且无人理睬。用他的自我反省来说,"一来我对农民所说的话太过文雅了,好多我们说来农民都是不晓,所以就把许多书面的术语翻译作俗话,二来是我的面貌身体服装与农民不同,农民惯受了面貌服装不同者的压迫和欺骗,一见我就疑是他的敌人;二者表示阶级不同,格格不入总不欢喜和我接近。"

为了能够毫无障碍地与农民沟通,彭湃可谓煞费苦心,编写了一批通俗易懂的歌谣,教给农民传唱,既朗朗上口又切近现实。例如用海丰方言写作的《田仔骂田公》:"冬呀!冬!冬!冬!/田仔骂田公!/田仔耕田耕到死/田公在厝食白米!/做个颠倒饿,/懒个颠倒好!/是你不知想!/不是命不好!"另一首诗歌则更具有民歌风味:"山歌一唱闹嚷嚷,农民兄弟真凄凉!早晨食碗番薯粥,夜晚食碗番薯汤。""半饥半饱饿断肠,住间厝仔无有梁。搭起两间草寮屋,七穿八露透月光。"

在农会活动中,他把用广东方言表演的时事剧推广到乡村,在农会宣传部下设粤剧团。在他的一篇农会工作报告中记载,"本年(1923年)旧历正月二十,该会发起开农民新年同乐大会,到会会员达五千余人,鼓乐喧天,极一时之热闹。该会宣传部白话(广东话)剧团演《二斗租》之农村悲剧,当一贫农被田主之侮辱时,状最可哀,观众悲愤交集,会场为之鼓噪,而年迈农夫睹此,不觉老泪夺眶。"追溯既往,在"生平年表"中,彭湃参与白话剧团的活动有数次记录:彭湃在1919年五四运动期间就曾经在海丰组织白话剧团,演出《打倒帝国主义》《朝鲜亡国恨》等节目,进行抵制日货和救亡宣传。1922年3月,彭湃在广州参加由社会主义青年团发起组织的白话剧社,剧社由谭平山任主任,彭湃等负责配景并担任演员。该剧社曾上演过揭露资本主义罪恶的6幕话剧,可惜剧目无存。在党创建初期,彭湃最早将文艺宣传与党的工作结合起来,积累了最早的实践经验。

李求实编选第一部《革命歌集》

党较早关注的,还有具有广泛群众性的便捷而易于普及的革命歌曲。1926年,秋实(李求实,又名李伟森,早期共产党人,著名的左联五烈士之一)编选了《革命歌集》,由中共的出版机关中国青年出版社出版,收入《国际歌》《少年先锋队歌》《国民革命歌》《赤潮曲》《二七纪念歌》《纪念五一歌》等,共辑有诗歌(配曲谱)15首,其中一部分是他自己创作的。秋实在《序言》中写道:革命歌曲是革命军的生命素,是它无可抵御的炮火刀剑,是它的无限的生命力的源泉,宣示了全世界千万受压迫民众的痛苦,宣示了他们数百年的沉冤和表现了他们全部所有的不可侮的力量与宏大的志愿。《革命歌集》中的一些歌曲,曾经在黄埔军校、北伐军和红军中传唱,《少年先锋队歌》就一直唱到了20世纪40年代。

周恩来和黄埔军校的文艺活动

与此同时,在接受中国共产党人领导和影响的军队中,士兵俱乐部得以建立,军队中的文化工作和文艺活动受到重视。最典型的是周恩来任政治部主任的黄埔军校。在周恩来的直接领导下,黄埔军校学生入学后学唱的第一支歌就是《国际歌》,周恩来组织了"血花剧社"(取"烈士之血,主义之花"之意),共产党员陈赓、蒋先云、李子龙等都是剧社的活跃分子。"血花剧社"以宣传革命为主要工作,以青年军人的高尚革命理想和娱乐性的演技为依托,其表演充满救国激情。演出的剧目主要有《血泪湖》《黄花岗》《还我自由》《鸦片战争》《革命军来了》《马上回来》《联合战线》《沙基血》等,剧情和表演大多朴实、真挚、感人。剧社经常将革命斗争的生动题材(基本上由左派文艺家提供),如帝国主义怎样侵略中国,军阀怎样摧残百姓,资本家怎样压迫穷人等编成活报剧演出。剧社的日常事务由李之龙负责。李之龙天生就是一个搞文艺的材料,早在少年时期他就热爱戏剧事业。在黄埔军校期间,他常对其他演员说:"枪炮只能攻城,艺术可以攻心,搞戏剧工作就是革命。"剧社演出的很多剧目都是李之龙自编、自导、自演的。"由于文化水平较高,其他剧社成员也参与编写剧本,严格实行按照剧本念词,每次上演剧目前要经过多次排练,方才开场。"除了日常在校园内外的演出,他们还在革命军的两次东征中配合群众宣传而进行演出。在北伐战争之前,他们到学校、友军、群众团体公开演出达50余场。

西北国民军中的女子宣传队

在接受了孙中山革命政策之后,冯玉祥领导的西北国民军中,有大批共产党人在活动,同时也在国民军中开展文艺工作。李大钊曾经亲赴西北和冯玉祥会谈,在军中建立俱乐部的建议就是李大钊提出的。还有一个有趣的插曲。1926年9月,从苏联归来不久的冯玉祥在五原誓师,宣布他和他的部下参加国民革命,和他一起从苏联返国的中共党员刘伯坚,担任了国民军的政治部副主任,并且在西北军中迅速开展政治工作。同年11月,中共中央给刘伯坚写指示信,答复刘伯坚关于请调10位女政工宣传人员的要求,"女同志尤其一个也不能派去,他们到那里无工可做,并且不能过那里的苦生活"。

不过,事实却与中共中央的这种保守态度相反。据当时在西安接受刘伯坚领导、做党的工作,以美丽著称的秦德君回忆,翌年春天,西北国民军参加北伐,出师河南,冯玉祥示意她组建一支女子宣传队,以女子从军激励军中官兵英勇作战,并且当场拨款1200元作组建女子宣传队的经费。"总政治部宣传处陶金熔设计做了一面'国民革命军第二集团军女子宣传队'的红旗,旗帜一打出去,妇女们纷纷要求参加。当时有规定,国民革命军不能携带家眷,因而军事头目们的夫人、小姐都来报名,还有女教员、女护士、女医生、女学生等等,组成了娘子军队伍,浩浩荡荡地随军出发了。"这支娘子军欢欣鼓舞地高唱《国际歌》随军前进,"为国民军作文艺演出,唱歌跳舞,慰问伤员"。女子文艺宣传队在冯玉祥的国民军中确实发挥了很大的宣传作用。

（原载2016年7月1日《文艺报》）

想起《团泊洼的秋天》

石　湾

去年秋,著名作家冯牧先生的女儿程小玲将冯牧的珍贵手稿《战地手记》和生前收藏的作家著作签名本一千多册等捐赠给中国现代文学馆。因与冯牧同时代的著名作家大都已离世,出席捐赠仪式的文艺界朋友几乎都是他的老部下及他战友的子女。最后一个发言的是郭小川的女儿郭晓惠。在发言临近结束时她说,她和哥哥小林带来一些有妈妈杜惠亲笔签名的郭小川著作,因数量不多,优先赠送给与会的叔叔、阿姨。

我与郭小林是同事,早些年还是邻居,属于同一辈人,当然不属受赠之列。待他俩赠书将毕,我发现小林手里还有一本精装的《郭小川精选集》,就厚着脸皮说:"是否可以破例赠送给我呀?你妈妈在《光明日报》编副刊时,我曾是她联系的作者。"小林答:"刚才找不到纸,情急之下,晓惠把好几个要补赠书的叔叔、阿姨的地址记在包封的背面了。"我灵机一动说:"包封你留下,把书送给我就行。"小林笑了,补上他的签名,就把《郭小川精选集》赠给了我。

郭小川是我青少年时代最崇拜的当代诗人。在 1968 年,还有幸与他结识。那时,郭小川和中国青年艺术剧院的年轻编剧邢益勋、赵云声等在国家体委乒乓球队体验生活,周末常到邢益勋家来打桥牌,而我恰好是邢益勋的邻居,于是我就有了多次和他谈诗及打桥牌的机缘。到 1969 年,当时已被"砸烂"的中国文联、中国作协、文化部的干部一锅端分别下放到了湖北咸宁和河北怀来(后迁到静海的团泊洼)的文化部"五·七"干校劳动改造。郭小川去了咸宁,我则流落到团泊洼,从此再未见过面。

文化部静海"五·七"干校,在天津城东南五十多公里处,位于独流减河南侧"新生"劳改农场内。到1972年,随着国内形势的变化,下放的干部陆续重新走上工作岗位。因留下待分配的干部越来越少,文化部咸宁"五·七"干校奉命撤销,所剩的学员统统合并到了文化部静海"五·七"干校。郭小川就是在两校合并之后,于1974年底,与张光年、许翰如、王朝垠等一起流落到团泊洼的。

那时,我与大多数难友已先后离开干校,重新走上工作岗位,团泊洼已是"静静的团泊洼"了,留在那里的只有少数待分配的干部和郭小川这样仍未解除审查、继续遭受"四人帮"迫害的革命老干部。

郭小川是在此年的8月13日由中央专案组宣布对他进行隔离审查的,其主要罪名据说是"与林彪集团关系密切",查抄的叶群日记上有"文艺问题找郭"六个字。他由咸宁转到静海途中,是由专人押送的,到北京转车时,不准他下车回家,只准在丰台车站停留。到团泊洼后,由专人看管,也不允许他回京参加儿子的婚礼,更不允许儿子、儿媳到团泊洼来探望。因此此时郭小川的心境是苦闷、惶惑的,几近心灰意冷。1975年1月3日,他写信给女儿晓惠说:"我曾经'名噪一时'(这大概不是夸大吧),味道尝过了,辛酸也受尽了,现在才懂得它不值得羡慕了。"

冬天过去,春天到来。尽管团泊洼尘沙飞扬,树木稀少,但毕竟有了一点绿色的生机。但郭小川仍看不到"解放"的希望。他在给河南友人杨晓杰的信中说:"我生多难,又住进了干校。地点不同,审查依旧,而且又加'新罪',比咸宁有过之而无不及。'鬓发多年作白,寸心至死如丹',任他们罗织去。"到了夏天,各种消息越来越多,形势似乎有了转机。8月间,干校传达了毛主席关于电影《创业》的批示后,整个连队弥漫着一种狂喜,对郭小川的看管明显放宽,他上午可以带着一帮干校子弟去独流减河游泳,晚上也可以和同事们一起打桥牌了。就在这种气氛之下,他突然有了一种创作的冲动,悄悄对同连的刘小珊说:"我准备写诗了!"刘小珊一听很振奋,说:"那你就写一首战斗的诗送给我吧!"郭小川慨然允诺。

未料就在讲完这一约定之后,刘小珊结束干校生涯,回了北京。还留在干校的郭小川,则给党中央写了一份关于文艺工作的意见书。据画家钟灵回忆,在静海干校,他是接近郭小川最多的人,还有干校校长李超。他们仨喝了酒无话不谈,一起发牢骚,骂人。郭小川骂"江青最无知了,自称半个红学家,其实不学无术!中国人受这种人领导算倒了霉了!"

有一天,郭小川去找钟灵,说要和他讲一件大事,并观察了门外的动静,把门闩住,从怀里拿出一叠稿纸,嘱咐他仔细看看。钟灵发现这篇无头无尾的长信,内容十分重要,是对整顿文化界的意见书,长达万余言。郭小川告诉他,这是上书小平同志的稿子,并请他提出修改意见。钟灵问"是联名还是怎的?"郭小川回答:"不要拉扯别人,就我。现在情况复杂,不要对别人说。"

也就是在这"情况复杂"的 1975 年 9 月,已回到北京的刘小珊在月底接到了郭小川的一封信。拆开信一看,是诗稿《团泊洼的秋天》,没有其他多余的话,只是注明:"初稿的初稿,还需要作多次的修改,属于参考消息一类,万勿外传。"刘小珊一直与郭小川保持着信件往来。1976 年春天,周恩来总理逝世后,小平同志又一次被打倒,文化部也又一次对郭小川进行审查。郭小川敏感到形势严峻,立即写信给刘小珊说:"你如果不准备以后揭发我的话,请把我给你的所有信件全部销毁。"话说到了如此地步,刘小珊不得不将郭小川的所有来信付之一炬。但她觉得,《团泊洼的秋天》是一位伟大诗人的创作,代表着一个特殊的时代和这个时代一个特殊的人的抗争、呐喊和呼唤。它是一首"战斗的诗",不是信,完全可以不烧毁。于是,她就用塑料薄膜把这诗稿严密地封装好,牢牢地钉在了自家大衣柜的底部……

郭小川在《团泊洼的秋天》中这样写道:"战士的歌声,可以休止一时,却永远也不会沙哑;/战士的明眼,可以关闭一时,却永远也不会昏瞎。/战士可以在这里战斗终生,却永远也不会告老还家;/战士可以在这里劳累而死,却永远也不让时间的财富白搭……/请听听吧,这就是战士一句句从心中掏出的话,/团泊洼,团泊洼,你真是那样静静的吗?"结尾时,他则断言:"不管怎样,且把这矛盾重重的诗篇埋在坝下,/它也许不合你秋天的季节,但到明春准会生根发芽……"果然,到了"四人帮"垮台,文艺界又迎来春天的时候,他的这首不朽的诗篇终于见到了阳光,在广大读者中"生根发芽"了。从此,团泊洼也就出了名,一提到它,人们就知道,在十年浩劫中,那里有过一座中国文化人的最大的炼狱。

郭小川遗孀杜惠在赠书扉页上落款后,写的是"2015 年金秋"。捧起这本《郭小川精选集》,我蓦然想起的自然是《团泊洼的秋天》。我在八十八页上,看到这首诗注明的写作日期是"一九七五年九月",整整四十年过去了。那种文艺界"蝉声消退""蛙声停息"的悲秋一去不复返了,如今的"金秋"时光是多么值得我们好好珍惜啊!

(原载 2016 年 3 月 21 日《文汇读书周报》)

珍重与汲取

——《林默涵文论》出版有感

王　蒙

　　《林默涵文论》(以下简称《文论》)出版了。我读这本书有一种亲切感和沧桑感，仿佛读到了我们革命文艺事业的历史，读到了党的事业，读到了革命的文学，也读到了自己的经历。到现在还能想起来 1948 年底，我从地下党那儿拿到香港出版的刊物，上面刊登有默涵同志和乔木同志与胡风一派关于文艺理论争论的文章。《文论》中《关于典型问题的初步理解》一文，让我想起 1956 年苏联《共产党人》杂志的有关讨论。上世纪 50 年代苏联《共产党人》杂志发表过很多类似的专论，像"新与旧的斗争是社会主义社会的主要矛盾"，像"批评和自我批评是社会主义社会的前进动力"，像"典型问题是一个党性问题"等，这些提法对我来说很新鲜，既令人敬畏又捉摸不透。我还可以补充一点，就是斯大林在世时的十九大——当时叫"联共"，十九大决议后简称"苏共"——马林科夫的发言里讲到了典型问题，谢皮洛夫(当时《真理报》总编辑)的发言里也讲到典型是党性问题。看到《文论》这本书，一下子想起了很多事情，好像一下子回到七十年前，重温我们的文化工作如何一步一步、跌跌撞撞、曲曲折折地，但又是始终如一地奋斗、前进这样一个历程。从某种意义上说，一切理论、主张、实践、经验都会凝结为历史。我觉得林默涵同志的这些文章有重要的文学史价值，这也是我建议这本书选编、出版的重要原因。我到文化部工作以后，得以打交

472

道的最有历史经验和领导胸怀、境界的文化界领导之一就是林默涵了。默涵同志早在50年代后期已经担任中宣部副部长、文化部副部长。1963年中国文联举行的读书会上,我有幸参加,并与各地作家、文艺家一起听过默涵同志的报告。

在阅读《文论》的过程中,我对许多文章非常感兴趣,里面的许多话我觉得至今仍然有重要的现实意义。我的感受是,林默涵同志谈文艺主张、文艺政策、文艺理论,他的精神资源、立论圭臬主要包括以下几个方面:

一个是毛泽东文艺思想。默涵同志讲毛泽东文艺思想,他反复强调,关键是文艺与工农兵结合,与人民群众结合。至今,习近平同志讲的文艺工作要以人民为中心这样一个思想,这些都是一脉相承的。默涵同志在1952年为《人民日报》撰写的社论《继续为毛泽东同志所提出的文艺方向而斗争》一文中,一方面批评文艺脱离政治、脱离群众的小资产阶级庸俗趣味,同时又批评文艺创作上的公式化、概念化倾向。他说,这两种倾向的表现虽然并不相同,但是就其根源和结果来说,却是具有共同的特征。它们同样是根源于脱离群众和实际斗争,不关心人民的生活和要求,对于政治的无知以及思想的懒惰和麻木,结果同样是障碍革命文艺的发展。默涵同志还说,有些作品不受读者喜爱,并不是因为写工农兵写得太多了,而是写工农兵写得太贫乏了(《关于题材》)。这些说法,合情合理。到了80年代,在论及文艺工作者与工农兵相结合、转变思想感情的问题时,他在《坚持真理修正错误》的讲话中,充分肯定了张贤亮先生的小说《灵与肉》(后来改编为电影《牧马人》)。

1957年5月,他曾在《什么是危险?什么是障碍?》的发言中说,在文艺界,"左"和右的两种倾向都存在,但是目前的主要危险是"左"的教条主义和宗派主义。因为,(一)教条主义和宗派主义很严重,很普遍。过去搞阶级斗争,习惯于采取比较简单的方式,现在要很细致地解决人民内部矛盾,就很不容易改变过来。应该看到,反对教条主义和宗派主义是一件很艰苦的工作。(二)教条主义者总是打着马克思主义的旗帜,容易吓唬人。教条主义者又总是自认为是马克思主义者,他们觉得自己是在捍卫马克思主义,因此很不容易觉悟。(三)教条主义很容易和官僚主义相结合,而教条主义和官僚主义结合起来,它的影响就更大。他还提到,作家从事文学创作需要有丰富的生活积累和多方面的生活知识。不应该割断和否定一个作家过去的生活经历,对于作家,什么样的生活经历都是有用的。无论在题材和创作方法上都不能给作家硬性规定"必须"这个,或"不要那个",而只能让他们自由选择。默涵同志讲得相当宽阔和开放。

在对待古典文学遗产的问题上,他在1959年纪念五四运动40周年的文章《继承和否定》一文中,深入分析了五四运动以来革命派、改良派、妥协派对待古代文化遗产不同的态度,指出毛泽东在《新民主主义论》中对这个长期未能解决的问题做了科学的分析,阐明了对待民族文化传统的马克思主义的科学态度。默涵同志认为,对于传统应该是既有继承又有否定,也就是毛主席说的取其精华、去其糟粕。他说,没有继承就没有真正的否定;没有否定也就没有真正的继承。这个说法深入浅出,辩证全面,颠扑不破。

他的第二个精神资源和立论圭臬是马克思主义的经典作家,特别是列宁的一些论述,一些观点。他多次引用过列宁的话。他也正面引用过日丹诺夫的一些看法,里面有一些说法现在看起来是令人遗憾的——这也不足为奇。

默涵有一个我非常赞成也是我长久以来没有好好研究过的观点,在《关于典型问题的初步理解》一文中,他说现实主义和非现实主义,不可以说是"党派性的表现,不是阶级的界限、政治的界限","因此,不能根据这个去划分作家的党性"。他还提出:"作者应该敢于坚持自己的意见。"这些都说明他是比较高瞻远瞩地来立论的,他并没有一味跟着苏联的调子走,他努力尽可能避免一些常常会有的、不怎么正确的,或者不够全面的说法。

同时他对苏联文论的有些引用我觉得非常精彩,至今仍然很有意义。比如1981年他在《学习中央精神　加强文艺批评》

一文中引用高尔基的话说:"现在的文学家是不是还关心祖国的前途呢?这让人怀疑。社会问题已经不能刺激他们的创作了,他们已经从诗人,革命的诗人变成平庸的文学家,他们从天才概括的高处滑到了生活琐事的平面,他们只能够在日常的事件中摸索,越来越单调、贫乏、熄灭、失去了激情,作家已经不是世界的镜子,而是抛在城市街头的灰尘中的一小片玻璃……只能反映出庸俗生活的片段,反映出受损害的灵魂的小碎片。"默涵同志引用的高尔基的这段话,就是今天对于我们某些文艺作品的状况也是完全适用的。

"文革"以后,默涵同志在《关于文艺工作的过去与现在》的文章里面还讲到"十七年"文化工作的两个教训,有他自己立论的特点,不是抄录文件,或只是人云亦云。他讲的两个教训一个是科学文化建设与经济建设的比例不能失调,就是我们不能只抓经济,还要抓科学文化建设。他说"我们始终把阶级斗争放在第一位,没有把重点转到经济建设上来,这就必然不会重视科学文化,从而又必然影响到对待知识分子的态度和政策,不会重视发挥知识分子的作用",他的用词是有讲究的,这立刻就使我想到了在邪教闹得最凶的时候,任继愈先生在《人民日报》上的一篇文章,这篇文章说"中国不但要脱贫,而且要脱愚"。第二个教训他说是用政治斗争的方法来解决文艺创作上思想认识问题,而且往往搞得过火,把思想问题弄成政治问题,大大挫伤了文艺工作者的创作积极性。这些都反映了默涵同志对于文艺事业的全面了解和衡量,给我留下了深刻印象。

他的第三个精神资源和立论圭臬就是鲁迅。他对鲁迅是恭恭敬敬,多方宣讲与视为楷模的。

默涵同志是努力真诚地拥护和正确地理解毛泽东思想,拥护和正确地理解苏联的经验教训和马列主义经典作家有关理论的,但同时他又是通情达理地探讨其中的各种问题。例如1980年3月,在《关于文艺工作的过去和现在》的发言中,他认为文艺为政治服务是正确的,但是现在不这么提没有关系。至于《讲话》里面提到的文艺从属于政治,他觉得可以不这么说,因为他认为文艺也好,政治也好,都是一定经济基础的上层建筑,它们都是为经济基础所决定的,说文艺从属于政治,等于说一种上层建筑从属于另一种上层建筑,这是不科学的,他赞成今后不再宣传这个提法。我觉得这些地方,默涵同志掌握的分寸比较恰当。另外他这些立论当中,尤其在本书第 274 页,也是《文论·前言》里引用到的,他说:"对这些问题的看法显然存在着分歧,我的意见不过是其中之一种,错误肯定有,我是平心而言、不遵矩矱,怎么想就怎么说,绝无看风向、赶浪头之意,即使错呢,我这样也错得明明白白,绝不含糊其词。"他意思就是一切我都清清楚楚的,我有什么想法我说了,这样你们要是想批评呢也容易抓住我的论点,"不像有的人昨天那样说了,今天看看风头不对,抹抹嘴巴却又这样说。"这是他令人尊敬的一个原因。

对默涵同志的一些具体观点,尤其是拨乱反正时期的一些观点,毋庸置疑是有各种不同说法的,我们现在无须乎重提那些分歧,或者企图做出结论,然而历史是不能割断的,今天与明天都是脱胎于昨天与前天的,我们可以从《文论》里面吸收我们所能够吸收的那些健康的、正面的、有意义的、有见地的内容,也可以对于一时说不清楚的问题从容思考,继续思索消化。

《文论》中还有许多其他的说法。例如:在 1978 年《总结经验奋勇前进》的讲话中,他拥护实践是检验真理的唯一标准。他指出,林彪、"四人帮"所以能够猖狂的社会、历史根源是由于中国是小生产者的汪洋大海,旧思想旧意识仍然存在,很容易盲从,容易受野心家的欺骗;原因之一是我们没有经过资产阶级民主的锻炼;还由于人民的文化落后。他提出不现代化,人民的生活水平不高,人民是不满意的,国防也是不巩固的。他批判"四人帮"反对生活的真实、取消艺术多样性是一种文化专制主义。他提出,不应当规定什么题材可以写,什么题材不可以写。作家写什么,应该由他们自己决定。一个革命作家他会知道写什么对于革命有利。倘若是反动的作家,你规定了也没有用。我认为他说得非常实在。他提出不应该限制创作方法,一个作家只要他站在人民的立场,他愿意采用什么创作方法,不要加以限

476

制,应该由他自己去选择他所熟悉的和他认为恰当的方法。当然,"我们认为革命浪漫主义和革命现实主义的结合的创作方法,是最能够反映我们时代和生活的,所以我们提倡这种创作方法,鼓励作家去掌握它、运用它。"大跃进时候,他反对人人做诗。他提出不要夸大阶级斗争。他提出要广开文路,要解放思想,实事求是。他提出文学艺术必须多样化。他提出艺术靠感觉,也靠思维——这在今天也仍然非常重要,因为现在有的人反过来把思想完全否定了;他提出要有时代精神,等等,这些都给人非常深刻的印象。

第三,我想说一下,从个人来说,我对林默涵同志有特别的尊重,我也有幸几次得到过林默涵同志的关心、提携、帮助。

一是1957年3月,根据毛主席的指示,默涵同志写了评论《一篇引起争论的小说》,对我写的《组织部新来的青年人》这篇小说进行评论,登在《人民日报》上。他事先把清样寄到我家,我看到了。恰恰是这一初稿,他举的几个例子都是我作品原来所没有的,是由编辑同志添上去的,所以我就很犹豫要不要告诉他这个情况。当时跟我联系比较多的是中国作协青年作家工作委员会的副主任萧殷先生,我跟萧殷老师一说,他就急了,说必须告诉组织,你没写这个话你怎么为这个做检讨?又说不管这个作品有多少缺点,你写的就是你写的,不是你写的就不是你写的。所以后来我告诉了默涵同志,有了后来高规格地座谈作家与编辑的关系问题等情况。现在重温林默涵同志当时的文章,我认为在那个时候,他是本着最大的友善来爱护、引领我这个年轻人的态度来处理的,为此我感激默涵同志。

第二次是我从新疆回来以后。当时一开文艺方面的座谈会就出现许多对默涵同志不赞成的说法。我个人则决意尊重每一位领导,这一点我在文章中公开表示过。我不喜欢"文革"后成为流毒的"站队"一说,我不准备把领导分成两派然后选择紧跟某人攻击某人,乃至乘机扩展自己。我的看法也许跟哪位领导距离大一点,跟另一位领导距离近一点,但是我绝不投靠;同时,我尊重每一个同行与群众,但我绝不拉拢自己的一帮。我把在

1979 年出版的《青春万岁》寄给了默涵同志,后来默涵同志对我说,他虽然没看全文,但是他翻了翻,他很喜欢这本书。他还提到孙岩同志(林老的夫人)全文看了这本书,孙岩同志担任过师大女附中校长,对我写的那些内容非常熟悉,她非常喜欢这本书。当时在默涵同志身边工作的邹士明同志也鼓励、肯定这本书。

还有就是 1980 年我应邀去美国以前,默涵同志亲自到我家。他是最早对我进行“家访”的一位领导。那时我住在前三门一室一厅四十平方米的房子里。因为他刚刚访美回来,他给我讲访美的一些经验,一句笑话我还记得,他说的是服装问题。因为那个时候出国以前都先到红都服装店做西服。他说,你别老穿红都新做的这两身衣裳,穿这个太像新姑爷了。所以他也是很幽默的。

还有一个事,不知道在座的朋友知道不知道。“文革”以后第一次文代会,就是第四次文代会,当时总部是西苑饭店,我当时虽不住西苑,但在那里发现了当年人民大学的所谓大右派林希翎,我感到很奇怪,因为她不是代表,她怎么来了?后来据说是她给大会写了一个信,说她和社会脱节很多年了,想看望与会的一些朋友,是默涵同志特批的,同意她在西苑饭店住几天。这起码说明默涵同志的人情味,对人抱有一种与人为善助人为乐的态度。所以,我对默涵同志始终有一种尊敬和感激的心情。

我也知道上世纪末一些人打报告要求上级提高林默涵的级别待遇,其中也包括提升打报告者自己,但被他严肃制止。林老这一代革命家是有自己的纯洁性理想性乃至几分清高的,不怕为了坚持某种观点而付出代价。

最后我要说,在很多文艺问题的具体观点和提法上,我跟默涵同志有过碰撞,他给我提过尖锐的意见,我也给他提过意见,而且他接受过我的意见。默涵同志从年龄上来说是我的上一辈,他比我的父亲小两岁,夏衍则比我父亲大十岁,他们是我的父辈的文艺家、领导者。在怀念默涵同志的时候,必然还会想起许多许多老一代的重要的文艺家、作家、画家和担任过重要领导职务的师长,虽然他们之间后来有一些不同见解,不同说法,以至于有一些个人之间的隔膜,说得严重一点,还有点恩恩怨怨;但是今天回想起来,我个人觉得更要看到他们的一致性,薪尽火传,我们需要继承的是他们的共同性。回顾历史,重点不是爆谁和谁有什么鸡毛蒜皮的摩擦之"料",而是继承他们的奋斗与理想,珍惜他们开创的事业与创业维艰的伟大精神,总结汲取他们的丰富经验教训。他们希望革命事业胜利,希望党的事业胜利,希望社会主义建设成功,希望革命能给文学带来一种新气象,用周扬同志的话说,希望中国出现东方的文艺复兴。他们为此献出了自己的一生。在这些大的问题上,我当然把这些老领导、老作家、老师长视为一体,我更多地看到并希望得到珍惜与汲取的是他们的共同性、一致性、理想性、坚持性,而不是他们之间的蜚短流长。我愿珍重学习老一辈革命文艺家的精神,尽自己微薄的力量,使我们的文学事业能有更好的成果,使老一辈革命文艺家的英灵得到告慰。

(原载 2016 年 11 月 25 日《中国文化报》)

陈映真的"山路":不忘初心

蓝 博 洲

出版于上世纪 80 年代末的《陈映真作品集·出版缘起》指出,在国际冷战与中国内战所造成的民族分裂时代的台湾,陈映真"一直孤单却坚定地越过一整个世代对于现实视而不见的盲点……掀起日本批判、现代主义批判、乡土文学论战、第三世界文学论、中国结与台湾结争论、台湾大众消费社会论、依赖理论和冷战民族分裂时代论等一个又一个纷纭的争议"。因为这样,长久以来,"陈映真"在台湾一直代表着一种奇特而复杂的文化现象。这种现象既反映着陈映真个人的传奇性,同时也体现了台湾历史与社会的矛盾。

阅读陈映真作品的历程及其影响

1960 年出生的我,其实也是众多受到陈映真先生影响的文艺青年之一。

我出生于工人家庭,文学启蒙很晚,也很偶然,大概是在 1975 年秋天失学浪荡的 15 岁左右。也就在那时,我立下了写小说的人生志业。

回想起来,第一次读到陈映真先生的小说应该是在 1978 年高二快要结束的春夏之交,在无意中看到了发表于《雄狮美术》的《贺大哥》,原本要准备第二天月考的我被叙事迷人的小说所吸引。刚刚升上高三,同学又借给我《第一件差事》和《将军族》,但为了贯彻自己考上大学的决心,我随手翻了翻小说集之后就把它们搁到一边。

第二年秋天,我侥幸考进大学。不久,南台湾发生了一场"高雄事件"。事件后的校园处于沉郁的状态。在思想和行动都没有出路的情况下,我回到文学世界,寻求心灵的慰藉与思想的出路,自觉、系统地读起日据以来台湾的现实主义文学。其中,尤其深深吸引我的就是陈映真的小说。

在大学生涯的前两年,从封闭、保守的客家乡村来到台北都会的我,也一直过着小说家早期作品所描写的那些小知识分子的精神苦闷的生活。那时候,在南来北往的旅途中,每当搭乘的纵贯线火车经过莺歌小镇时,我内心总是不由得升起一股莫名的激动,望着过站不停的车窗外急速流逝的风景,脑海里自然就想起了这样一句话:"我不要回家,我没有家呀!"(《故乡》)而小说家笔下"那个栽着修剪得滑稽的矮榕的月台的故乡小站"莺镇就在某种意义上成了我难以忘怀的文学风景了。我一方面在日记本上学舌地呐喊着:"我不要回家,我没有家呀!"另一方面,也像康雄那样幻想着"在乌托邦建立许多贫民医院、学校和孤儿院"(《我的弟弟康雄》)。

1981年,我担任学校文学社社长。因为杨逵的孙女也加入文学社的缘故,我有机会经常利用假日到乡下拜访杨逵,实际接触到了一些神秘的"绿岛归人",更聆听了许多课堂里听不到的历史与道理,从而扩大了思索与关怀的领域。一年的任期内,我有计划地带领社团同学阅读日据以来的现实主义文学,也邀请了杨逵、陈映真和尉天骢等乡土作家到校演讲;其中,陈映真先生就被邀请了两次。

当时,"陈映真"还是一个禁忌。第一次,学校课外活动组以"此人不宜"否决了申请。我于是再次以先生的本名陈永善提出申请,最终通过了审核,如愿请到陈先生来校讲演。

作为小说家的陈映真总是在文章中提出:为什么写,写什么以及为谁而写的命题。我想到加缪的《小说家与他的时代》,就自作主张地定了"小说家与他的时代"这一讲演题目。那天,陈先生说了一段简短的开场白以后,随即转过身去,擦掉原先的讲题,另外写上了"大众消费社会的文学家和文学"。

陈先生的讲演在死寂的校园获得了热烈的反响。会后,许多认识与不认识的同学纷纷向我致意,说那是一场非常有启发性的讲演;当然,也有一些老师表示不以为然的敌对意见。后来,讲演记录被整理出来,在杂志上全文发表。我记得,应该就从那时起,作为小说家的陈映真经常发表批判大众消费社会的文章与言论,并且强调作家应该努力在生活中有意识地抵抗人在消费社会中被商品所异化。与此同时,我也认真地读着他的《华盛顿大楼》系列小说。

通过阅读小说家对自己早期作品进行彻底总结与批判的《知识人的偏执》等论理文章,在思想成长上一路跌跌撞撞的我,虽然也逐渐知道了要"从社会的全局去看家庭的、个人的沦落"的道理,可因为欠缺社会科学的理论武装,还是只能在找不到思想出路的现实生活中继续怀抱着"康雄的"暧昧的理想,困处在他早期"忧悒、感伤、苍白而且苦闷"的小说所带给我的惨绿的内心世界,走不出来。因此,1982 年冬天,当我为了抒解长期以来的思想苦闷而拿起笔来开始习作小说时,也就很难不受到陈先生早期作品风格的影响。

在白色恐怖年代的台湾,"安那琪"("无政府主义"的音译)是惟一不被禁忌化的左翼名词。事实上,就我实际的接触范围,不只是陈映真写康雄的 1960 年代(我在作品发表的稍后才出生),一直到我大学毕业前后反共戒严令尚未解除的 1980 年代初,以克鲁泡特金的自传为代表的"无政府主义",都还是一些思想左倾化而又读不到马克思主义经典作品的、参与党外运动的文艺青年的精神支持。而这样的带着浓重虚无气息的"黑色青年",就我所知,后来也就在看不到理想的复杂的党外杂志圈子打滚一阵后无可避免地堕落了。我知道,在那样的时代氛围下,找不到真正的思想出路的我,很快也会步他们后尘。

怎么办?

对五〇年代的书写

1983 年 3 月，我发表了第一篇小说，步上写作之路。稍后，我看到了陈映真先生在政治禁忌犹存的年代接连发表的小说《铃铛花》与《山路》，勇敢地展开了揭露上世纪 50 年代白色恐怖历史的系列创作。

到了《山路》，"从矿山蜿蜒着莺石山，然后通向车站的煤矿起运场的、那一条细长的、陈旧的、时常叫那些台车动辄脱轨抛锚的台车道"，已经不再是 23 岁的陈映真写《故乡》时想要远离的、有着"通到数十里外的矿山的台车轨"的破败故乡的意象，而是"一心要为别人的幸福去死"的革命青年寄托理想的"山路"象征了。

1983 年 7 月，陈映真先生又发表了《绿岛的风声和浪声》，公开呼吁当局立刻全部释放上世纪 50 年代被捕的政治终身犯。1984 年元月，被监禁 30 年以上的 11 名政治终身犯假释出狱；他又进一步发表声援最后两名监禁已达 33 年以上的政治终身犯林书扬与李金木的文章《打起精神英勇地活下去吧》。

通过陈映真先生的小说与报告，我第一次具体地触及到长久以来台湾社会"夫不敢传妻，父不敢言子"的恐怖政治的历史源头，也因此有了想要进一步认识台湾历史的渴望。

1987 年春天，我终于正式加入了陈映真先生主持的《人间》杂志，成为《人间》报告文学工作队伍的一名小兵。那时正值"二二八"事件 40 周年，台独派在街头展开"二二八"夺权运动。基于认识台湾历史的渴望，我选择了陈先生策划的"台湾民众史"专题，作为我在《人间》采访的第一件差事。

我的第一篇关于"二二八"的报道被陈先生退稿，因为禁忌犹存，采访困难，我觉得这个主题无法做下去而想要放弃。但陈先生却鼓励我说："写得很好，继续做下去。"我只好回去阅读在采访中新搜集的材料，看看有什么题目可做；终于发现了之前未曾听闻的线索，经询问林书扬先生而偶然知道了地下党人郭琇琼的名字;再经一番寻访之后,我真正地走入了长期被湮灭的上世纪50年代白色恐怖的历史现场。

我以《美好的世纪》为题的第一篇报告交出去之后的那年6月,陈先生又在《人间》发表了震动人心的小说《赵南栋》。7月,《美好的世纪》在《人间》低调刊出,获得超乎意料的反响。严格说来,那是台湾第一次比较完整地报道了上世纪50年代地下党人的生命史。这一次,陈先生给了我真正的肯定。后来,我才侧面听到:因为在解严前夕刊登了《美好的世纪》,陈先生遭到警总的约谈,《人间》也面对某种程度的压力,但陈先生一肩顶了下来。

阅读《赵南栋》,我看到陈映真先生在更广阔的历史与社会背景下,一方面借由更直接的牢狱生活的描写,谱写了一代革命者为理想献身的慷慨悲歌;另一方面也以革命者后一代人的精神迷失与堕落为对照,对资本主义消费社会做了再一次的批判。实际接触了那段历史的我认为,陈映真先生显然已经通过这篇小说向历史交了他个人的答卷。我很想知道,当小说的思想高度已经拉到那样高的调性以后,接下来,作为小说家的陈映真还会写出怎么样的小说?

1987年以后,台湾岛内外的政治局势都有了惊天动地的变化,后来《人间》也停刊了;陈先生也因为这样那样的因素暂停了小说创作。

1993年,台北六张犁公墓偶然出土了201个上世纪50年代被刑杀的革命者墓石之后,陈先生又及时地写了报告文学《当红星在七股林山区沉落》。几年后,他又开始了《忠孝公园》系列的晚期创作。

从题材来看,从《铃铛花》到《忠孝公园》是以两岸分断的历史为主题。除此之外,陈先生早期的《乡村的教师》《故乡》和《祖父和伞》也是以本省左翼分子或老党人在白色恐怖下的命运作为书写的主题。那么,造成两岸长期分断以及日据以来的台湾左翼传统断裂的50年代白色恐怖的历史,对陈映真个人,乃至于对台湾进步运动的发展有何意义呢?

承先启后

在 1993 年 12 月发表的《后街——陈映真的创作历程》中，陈先生第一次较清楚地表白了对他所目睹的这段历史的印象：在半夜里被军用吉普车带走的级任老师；分别在莺镇和台南糖厂被人带走的、在他家后院住的外省人陆姐姐兄妹俩；中学时，每天早晨在台北火车站看到的枪决告示和在告示上看见亲人名字的民众的悲痛；以及不知来自何地、带着幼儿的农村老妇人在看守所等待探监的情景……

我想，同样的历史场景，其他同年龄的同学乃至同样在写作的同时代的文学创作者们不可能没有看见吧。差别恐怕就在于：恐怖，让其他人刻意回避历史，独独善感的陈映真却敢于直面历史。他写道：

> 从看守所高高的围墙下走过，他总不能自禁地抬头望一望被木质遮栏拦住约莫五分之三的、阒暗的窗口，忖想着是什么样的人，在那暗黑中度着什么样的岁岁年年。

青年陈映真这"不能自禁地抬头望一望"，就像着魔一般，无可抵挡地吸引着他也要走进那"高高的围墙"里头吧。

于是，在上世纪 20 年代以来的进步思想、运动与先辈们被彻底肃清的荒芜年代，"突然对于知识、对于文学，产生了近于狂热的饥饿"的大学青年陈映真，开始透过台北旧书店街残存的一些进步书籍，寻找思想的出路。《大众哲学》《联共党史》《政治经济学教程》《马列选集》等，在"思想、知识和情感上""一寸寸改变和塑造"了这个文学青年，并且在他的"生命深处点燃了激动的火炬"。

1968 年 5 月，青年陈映真也走进那道"高高的围墙"里头了。在 1970 年春节前，他终于在被移监的台东泰源监狱，"头一次遇见了百数十名在 1950 年韩战爆发前后全面政治肃清时代被投狱、幸免被刑杀于当时大屠杀的恐怖、在缧绁中已经度过了二十年上下的政治犯"。他激动地说,通过这些老政治犯,"他终于和被残酷的暴力所湮灭、却依然不死的历史,正面相值了"。这时候,对身系监牢的青年小说家陈映真来说,那些在"五〇年代心怀一面赤旗,奔走于暗夜的台湾,不惜以锦绣青春纵身飞跃,投入锻造新中国的熊熊炉火的一代人……再也不是恐惧、神秘的耳语和空虚、曲扭的流言,而是活生生的血肉和激昂的青春"。

正因为有过那样直面被湮灭的历史的经验,我想,陈映真后来才会有不同于他那一代人的发展与坚持吧。如果不是有过不同于同代人的生命经历,后来的陈映真也许不过只是另外一个自我流放海外的"蜉蝣群落"吧。

从台湾近现代左翼运动的历史长河来看,历史恰恰在这里让陈映真扮演了一个承先启后的角色。

山路与初心

陈映真是台湾主张两岸和平统一人们中的一面旗帜。他的中国心源自于他在青少年时期阅读了鲁迅的《呐喊》。他说:"鲁迅给了我一个完整的祖国。"

1979 年的"高雄事件"让台湾知识界的民族认同再度产生分歧。在此之前,陈映真已经敏感地意识到问题的严重性而表达了他的忧虑。10 月 3 日,他"第二次被调查局拘捕,36 小时后始释放"。在描述历劫经过的报告《关于十·三事件》的最后,他语重心长地写了这样一段话:

> 我深深地感觉到我的事业毕竟在文学工作上……我自知我在文学上的成就是微不足道的。驮负着与我的才能不称的关爱,我决心不论今后的生活多么艰难,我要把这支笔献给我所爱的中国和她的人民。

与此同时,在新出版的小说集《夜行货车》序文中,他再次强调:

在中国,和在古老的亚洲一样,一切不屑于充当本国和外国权贵之俳优妾妓的作家的命运,是和写一切渴望国家的独立、民族的自由、政治与社会的民主和公平、进步的人民一样,注定要在侮辱、逮捕、酷刑、监禁和死亡中度过苦艰的一生……物质生活基本上公平和充裕;精神生活上不虞组织性的谎言和神话教条;政治上充分的自由、民主;国家完全的独立;民族从帝国主义下获得解放……这一全中国人民共同的、不可压抑的、不容妥协的愿望,就是海峡两岸中国作家自己的愿望。他们决心不惜牺牲性命,为实现民族共同的愿望,和全中国人民一道,奋斗到底!

　　马克思认为,在进入共产主义社会以前,人类终究还没有进入真正的历史。人,包括1937年出生于日本帝国主义统治的殖民地台湾的陈映真,毕竟还是台湾历史的产物。而历史的终结,往往要超越个人生命的单位长度。当历史走到他面前的时候,他抉择了一个理想主义者应该走的路;即使理想不一定能在自己的有生之年实现,或者曾经一度实现后来又遭到遗忘或背叛。因为他对历史进程的认识,对社会公平的真理的坚信,应该清楚明白"道路是曲折的,前途是光明的"。毕竟,他所走的路是前有古人后有来者的啊。重要的是,在重重"山路"的进程中要时时不忘初心吧。

　　谨此悼念尊敬的陈映真先生!

（原载2016年12月9日《文艺报》）

2016 年度逝世的文学艺术家

吕坪同志逝世

中国作家协会会员,广东省文联原党组书记吕坪同志,因病医治无效,于 2016 年 1 月 5 日在广州逝世,享年 93 岁。

吕坪,原名吕应生,笔名黎兵。中共党员。抗战期间主要从事音乐、戏剧活动。1945 年到重庆从事工人运动、青年运动和戏剧活动。1948 年,奉命撤退到香港,在《香港学生》周刊工作。全国解放后,主要从事宣传、理论工作。历任中共中央华南分局青委委员,华南团校副校长,中共广东省委党校初级部分党委副书记、副主任,中共茂名市委宣传部部长。1979 年任广东省文联党组副书记兼作家协会党组副书记,1983 年后任广东省文联党组书记。

1982 年加入中国作家协会。著有诗集《大地情深》,纪实文学《赤炽童心早许国》等,发表组诗《延安颂》(十余组)。曾获中国当代诗词精品一等奖、国际优秀论文特别奖。

卢永华同志逝世

中国作家协会会员、江西省新余市作家协会原主席卢永华同志,因病医治无效,于 2016 年 1 月 7 日在江西分宜逝世,享年

65 岁。

卢永华,民盟盟员。出生于赣西一个小镇,下过乡,经过商,在县城文化部门工作多年,曾为省城文学报刊特邀记者与编委,曾在县政协任职,中国作家协会会员,省作家协会理事,市作家协会主席。

20 世纪 70 年代开始文学创作。2010 年加入中国作家协会。著有《卢永华小说选》《卢永华散文选》《卢永华剧本选》等。曾获江西省政府优秀文艺成果奖、第三届江西省谷雨文学奖等。

吕曰生同志逝世

中国作家协会会员,山东省作家协会第三届理事、山东省散文学会副会长吕曰生同志,因病医治无效,于 2016 年 1 月 7 日在山东济南逝世,享年 84 岁。

曾用笔名芳草、鲁阳戈。山东泰安人。中共党员。1952 年毕业于山东行政学院教育系。历任山东行政学院助教,《山东文艺》杂志编辑,《当代散文》编委。山东省作协第三届理事,山东散文学会副会长,专业作家。1951 年开始发表作品。1962 年加入中国作家协会。文学创作一级。著有短篇小说集《战友》《一个安静的晚上》,散文集《杨柳青青》《雨蒙蒙》《泉城赏泉记》《雀喧集》等。参与修改现代京剧《奇袭白虎团》。诗歌《给朝鲜弟兄们》获 1952 年山东文学创作二等奖,散文《凭花说与东风知》获全国侨联月是故乡明创作奖。《骡子的故事》选入全国初中语文课本。

张一弓同志逝世

中国作家协会会员,中国作家协会名誉委员,河南省作家协会原主席张一弓同志,因病医治无效,于 2016 年 1 月 9 日在河南郑州逝世,享年 81 岁。

张一弓,河南新野人。1950年肄业于开封高中。历任《河南大众报》记者、编辑、编辑组长,《河南日报》记者、文艺组负责编辑、理论处处长、革委会副主任兼党的核心小组副组长,中共河南省委办公厅副主任,登封县文化馆副馆长,河南省文联创作员,河南省作家协会副主席、主席、名誉主席,文学创作一级。中国作家协会第四届理事、第五届全国委员会委员,河南省第七届政协委员。1956年开始发表作品。1980年加入中国作家协会。

著有小说集《犯人李铜钟的故事》《张一弓代表作》《张一弓小说自选集》《流泪的红蜡烛》《死恋》《火神》《野美人与黑蝴蝶》《死吻》等12部,长篇报告文学《正大集团创业史》,纪实散文集《飘逝的岁月》等。长篇小说《远去的驿站》等。

中篇小说《犯人李铜钟的故事》获全国第一届中篇小说一等奖,中篇小说《张铁匠的罗曼史》《春妞儿和她的小嘎斯》分别获全国第二、第三届优秀中篇小说奖,《黑娃照相》获1981年全国优秀短篇小说奖,中篇小说集《张一弓集》获全国第一届优秀图书奖。

褚钰泉同志逝世

著名报刊编辑人褚钰泉,1月9日因突发心脏病去世,享年71岁。

褚钰泉,笔名阿昌,1966年毕业于复旦大学中文系,上世纪80年代初,供职于《文汇报》文艺部任编辑,先是创编了"书亭"的专栏,后于1983年间扩展为《文汇报》"读书与出版"的专版。"读书与出版"正式改版为《文汇读书周报》后,长期担任该报主编,并担任《书城》杂志执行编委。退休后,应二十一世纪出版社之邀,主编《悦读MOOK》。十年间编辑《悦读MOOK》44卷。

褚钰泉投身新闻出版事业近半个世纪,殚精竭虑、专心致志,铸成中国书评领域的两座高峰:《文汇读书周报》和《悦读MOOK》。他执念文化坚守,淡泊世俗名利。他为人儒雅谦和、热忱温润,朋满天下。他与巴金、汪道涵、王元化等大家有着深厚的文化情谊,与当今诸多学界耆宿有着高山流水般的君子之交;他还乐于提携后学,很多新晋学人曾得到他的热心指点和无私帮助。在其主编《文汇读书周报》和《悦读MOOK》的近三十年间,他的文化践行和道德担当,在众多读者中起到了引领悦读、文化启蒙的作用,其对中国书业的贡献难以磨灭。

陈之光同志逝世

中国作家协会会员,四川省作家协会原党组副书记、副主席陈之光同志,因病医治无效,于2016年1月11日在四川成都逝世,享年86岁。

1930年1月出生,四川古蔺人。1949年毕业于泸州师范学校美术系。1949年6月参加革命工作,从事地下党学生工作。历任泸州市学联主席,川南区学联副主席,团市委学生部副部长,中共川南区党委宣传部干事,四川省文联创作委员会秘书及《四川文艺》编辑部领导成员、书记处书记,四川省文联第五、第六届副主席,四川省作家协会书记处书记,四川省作家协会第二、第三、第四、第五届副主席及党组副书记,四川省第五、第六届人大代表,编审。

1951年开始发表作品。1980年加入中国作家协会。著有电影文学剧本《东山女炮排》、报告文学《没有名字的烧盐工人》《从水牢里活出来的人们》、话剧《就错这一回》等多部作品。

刘荣敏同志逝世

中国作家协会会员,贵州作家刘荣敏同志,因病医治无效,于2016年1月12日逝世,享年81岁。

刘荣敏,笔名祝化、凌乾。侗族。中共党员。贵州天柱人。1958年肄业于贵阳师范学院中文系。历任贵阳市文化局社文科科员,《群众文艺》杂志编辑,《花溪》杂志编辑、小说组组长,贵阳市作家协会第一、第二届副主席,副编审。贵州省作家协会第四、第五届理事。1956年开始发表作品。1983年加入中国作家协会。著有短篇小说集《金鸡飞过岭来》等。《高山深涧上的客栈》获1985年全国少数民族短篇小说二等奖,《风雨桥头》获1980年贵州省创作二等奖,《打牛场上》获1981年贵州省创作二等奖。

贾芝同志逝世

中国作家协会会员,中国社会科学院民族文学研究所原所长、研究员贾芝同志,因病医治无效,于2016年1月14日在京逝世,享年103岁。

山西襄汾人。中共党员。1938年毕业于西北临时大学商学院经济系。后到延安抗大、鲁艺学习。历任鲁艺文学部研究室创作员,延安大学文艺系副主任。1949年随西北代表团赴京参加第一次文代会,在文化部编译局工作。1950年参与创办中国民间文艺研究会(现中国民间文艺家协会)历任秘书组组长、党组书记、秘书长、副主席、名誉主席;1950年参与创办并主编《民间文艺集刊》;1951年参与创办人民文学出版社任党总支书记、编辑部主任;1953年调入北京大学文学研究所(后改为中国科学院文学研究所)任研究室主任、研究员;1955年参与创办《民间文学》(月刊)任执行主编;1980年筹建中国社会科学院少数民族文学研究所,首任所长;1980年创办中国民间文艺出版社,首任社长;1981年参与创办中国少数民族文学学会,首任会长;1982年创办《民间文学论坛》(季刊)任主编;1991年兼任中国通俗文艺研究会会长。

20世纪30年代开始发表作品。著有诗集《水磨集》,散文集《春天的跋涉》,评论集《民间文学论集》,编辑《中国民间故事选》(第一、第二集合作,第三集主编),主编《延安文艺丛书·民间文学卷》《中国新文艺大系·民间文学集(1949—1966)》,选注《李大钊诗文选集》,译著《磨坊书简》等。

贾芝是中国民间文艺(包括民间文学、曲艺、美术、戏剧、工艺民歌、民谣等诸多方面)的开拓者、领导者。50年代初,贾芝编辑出版"中国民间文学丛书",其中《洪古尔》系蒙古族史诗《江格尔》的重要章节,这是我国第一次出版史诗作品。1958年,贾芝与何其芳开始组织编写中国各少数民族文学史,坚持了40余年,评审出版了20余个民族的文学史或文学概况。2001年获首届中国民间文艺山花奖·学术著作最高荣誉奖(《播谷集》);2007年获第八届中国民间文艺山花奖·民间文艺终身成就奖;2014年获第九届中国文联文艺评论奖·著作类特等奖(《拓荒半壁江山》)。

傅璇琮同志逝世

著名唐诗研究专家、中华书局原总编辑傅璇琮先生因病医治无效,于1月23日15时在北京去世,享年83岁。

傅璇琮,1933年11月出生于浙江宁波,1951年考入清华大学中文系,后转入北京大学中文系,1958年调至商务印书馆,1958年调入中华书局工作,先后任编辑、编辑室主任、副总编辑、总编辑。曾任国务院古籍整理出版规划小组秘书长,中国唐代文学学会会长等。旋调中华书局任职,兼任国务院古籍整理规划小组成员等。

傅璇琮在古代文学研究方面和古籍整理领域,都有开创性的重要成果,扶持和培养了一大批古代文学研究的生力军,长期从事唐宋文学研究及古典文献整理工作,在海内外学术界有着广泛和崇高的学术声誉。曾参加《二十四史》的点校和编辑,担任《唐才子传校笺》《唐五代文学编年史》以及《全宋诗》《续修四库全书》《续修四库提要》等大型古籍整理类总集与丛书的主编,主要著作有《唐代诗人丛考》《唐代科举与文学》《唐诗论学丛稿》《李德裕年谱》《唐人选唐诗新编》,合著有《河岳英灵集研究》等。

戴煌同志逝世

中国作家协会会员，新华社高级记者戴煌同志，因病医治无效，于 2016 年 2 月 19 日在北京逝世，享年 88 岁。

戴煌，1928 年 2 月 12 日出生于江苏阜宁。1944 年参加新四军并加入中国共产党。1947 年调入新华社苏北前线支社做记者。历任苏北射阳县文工团团员、分队长、苏北文工团团员、文学组长，新华社军事记者、政治记者、机动记者，高级记者。参加了从淮海战役、渡江战役，到建国后的抗美援朝战争、支援越南抗法战争等。有关志愿军战士罗盛教冰窟窿里舍身救朝鲜少年通讯被选入中国小学语文课本。1957 年，肄业于外交学院英语代训班。在 1957 年的整风"反右"中被错误地打成"右派"，1978 年得以彻底平反，重返新华社。

1944 年开始发表作品。1995 年加入中国作家协会。著有《戴煌通讯报告选》《宝贝鱼》《海岸线上》《胡志明主席印象记》《胡耀邦与平反冤假错案》《九死一生——我的"右派"历程》《直面人生》等。《权柄魔术师》获 1994 年《当代》文学奖。《九死一生》获 1998 年《当代》文学奖。还曾获得朝鲜最高人民会议颁发的三级国旗勋章和军功章。

阎肃同志逝世

中国作家协会会员，著名艺术家、空军政治部文工团创作员阎肃，因病医治无效，于 2016 年 2 月 12 日在京逝世，享年 86 岁。

阎肃，原名阎志扬。河北保定人。毕业于重庆大学。1953 年加入中国共产党，历任西南军区文工团分队长，空军歌剧团编导组组长，空军歌舞剧团创作员，中国剧协第三、第四届理事。曾任中国戏剧家协会副主席、中国音乐文学学会荣誉主席，荣立二等功 1 次、三等功 4 次。

1958 年开始发表作品。1986 年加入中国作家协会。著有《江姐》《党的女儿》《我爱祖国的蓝天》《长城长》《军营男子汉》等作品,创作了许许多多被人们传唱的歌词,比如《唱脸谱》《故乡是北京》《前门情思大碗茶》《雾里看花》等。阎肃还创作过好几出颇有影响的京剧现代戏。比如京剧《红灯照》《红色娘子军》《红岩》《年年有余》等。参与策划《祖国颂》《回归颂》《长征颂》《复兴之路》等重大文艺活动。曾荣获"文华奖"、"五个一工程"奖、中国歌剧艺术"金葵花"终身荣誉奖、第十二届"中国戏剧奖终身成就奖"、第八届"中国音乐金钟奖终身成就奖"等国家和军队重要奖励 100 余项。

郑世隆同志逝世

中国作家协会会员郑世隆同志因病医治无效,于 2016 年 2 月 20 日在广东深圳逝世,享年 73 岁。

郑世隆,笔名石农,生于 1942 年,天津人。1989 年毕业于香港西太平洋学院中文系。1958 年参加工作,历任《中国电子报》驻甘肃、深圳记者站站长,中国深圳彩电总公司办公室主任,中国电子工业文学艺术学会文学部部长,甘肃省作协纪实文学委员会副主任,中国报告文学学会常务理事兼外联部主任。1977 年开始发表作品。1991 年加入中国作家协会。著有散文集《拥抱大西北》,报告文学集《特区人讲述的敦煌故事》《深圳有一片彩虹》《天上人间》(合集),小说集《权限之外》,电视剧剧本《挑战》《电波里的暖流》《奔马魂》(均为编剧之一)等。作品获甘肃省第二、第三届优秀文学作品奖,省作协报告文学奖,甘肃人民广播电台散文一等奖,全国电子人物特写征文一等奖等。

张笑天同志逝世

中国作家协会会员,中国作家协会第八届全国委员会名誉委员,吉林省作协名誉主席、文联名誉主席张笑天同志,因病医治无效,于 2016 年 2 月 23 日在北京逝世,享年 77 岁。

张笑天,中共党员。1961 年毕业于东北师范大学历史系。历任长春电影制片厂编剧、副厂长,吉林省作协主席、省文联主席,中国文联全委会委员,中国作协第五届全委会委员,第六、第七届主席团委员,中国电影家协会理事。省优秀专家、高级专家,省劳动模范。中共十六大、十七大代表。

1961 年开始发表作品。1980 年加入中国作家协会。著有《刘铭传》《永乐大帝》《叶挺将军》《沉沦与觉醒》等,出版《张笑天文集》(30 卷)。中篇小说《前市委书记的白昼和夜晚》获 1985—1986 年度全国第四届优秀中篇小说奖;由其担任编剧的电影《末代皇后》获第四届巴西国际电影节特别奖;电影《开国大典》获 1989 年中国电影金鸡奖、第十三届大众电影百花奖和 1989 年度中国电影政府奖,并入围奥斯卡国际电影奖角逐;电影《重庆谈判》获第十届大众电影百花奖、1993 年度中宣部"五个一工程"奖;电影《世纪之梦》获 1998 年度中国电影华表奖;电影剧本《白山黑水》获首届中国夏衍电影文学奖。《太平天国》获 2001 年度飞天奖。2005 年被授予电影百年国家优秀电影艺术家称号。

苏予同志逝世

中国作家协会会员,文学编辑家、《十月》杂志首任主编苏予同志因病医治无效,于 2016 年 3 月 14 日在京去世,享年 90 岁。

苏予,四川南部人。中共党员。1948 年毕业于燕京大学新闻系。大学期间曾任《燕京新闻》、天津《大公报》实习记者、编辑,1948 年后历任中共北平市十二区委、北京市委郊区工委及北京市人民政府办公厅干部,北京市教育局中学语文教材编辑,北京朝阳师范语文专业组长,《十月》杂志领导小组组长,主编。

1947 年开始发表作品。1982 年加入中国作家协会。著有

《天山瀑》《新港采访》《华年》《独语》《蓝色的勿忘我花》《百年风雨识杨骚》等作品。

在担任《十月》杂志主编期间,编发了大量在中国当代文学史上有着重要地位的力作,如《高山下的花环》《飞天》《牛棚小记》《小镇上的将军》《黑骏马》《北方的河》《绿化树》《没有纽扣的红衬衫》等,产生了巨大的社会影响。1988 年获中国作协文学编辑荣誉奖。

毛正三同志逝世

中国作家协会会员、广西电影集团有限公司退休干部毛正三同志,因病医治无效,于 2016 年 3 月 21 日在广西南宁去世,享年 88 岁。

1949 年毕业于山东文学院中文系。历任《广西文艺》编辑,广西文联专业创作组秘书,广西电影制片厂、广西桂剧团专业编剧。广西影协、剧协、音协及科普作协会员、理事、常务理事、副主任委员。

1953 年开始发表作品。1980 年加入中国作家协会。著有长篇小说《拔哥的故事》,电影文学剧本《拔哥的故事》《鼓楼情话》《最美的画廊》《少年忍者》《海怪与女奴》,电视剧剧本《炎黄子孙》(10 集),诗集《山乡集》,散文集《花香三百里》,大型歌舞剧剧本《胜利属于英雄的越南人民》,戏剧剧本《春来风雨》等。作品曾获全国少数民族文学创作"骏马奖"。

杨觉同志逝世

中国作家协会会员、鲁迅文学院教务处原主任杨觉同志,因病医治无效,于 2016 年 3 月 28 日在京逝世,享年 94 岁。

杨觉,笔名花椒、欧阳子信。河北固安人。中共党员。1936年肄业于北京大同中学。1937 年后历任冀中饶阳县抗日动员会刻写员,中共冀中九地委《新建设报》助理编辑、印刷股长,中共固安、北京地下工作小组组长,北平《解放报》、新华分社记者,华北野战军六十八军政治部《前锋报》编辑兼印刷厂长,中国作家协会《文艺学习》编辑部文化生活组组长,鲁迅文学院教务处主任。1941年开始发表作品。1991年加入中国作家协会。著有长篇小说《名门淑女》《雨中凤凰》《出水芙蓉》《从夏天开始的故事》《英烈不朽》、诗集《连队板话》等。

张承信同志逝世

中国作家协会会员,山西作协理事、《山西文学》原编审张承信同志,因病医治无效,于2016年3月29日在山西太原逝世,享年79岁。

张承信,河南南召人。1955年毕业于内蒙集宁铁路干校。历任干事、工人,《汾水》编辑,《山西文学》编审。中国诗歌学会理事等。

1956年开始发表作品。著有诗集《太行月》《红土魂》,长诗《左权将军》等。诗歌《谒包公祠》获《星星》诗刊创作奖,《走进太行》获山西省第三届文学艺术创作奖,诗论《马思边草拳毛动》获山西省首届社会科学研究优秀成果奖。

杨镰同志逝世

中国作家协会会员,中国社科院文学研究所研究员杨镰同志,于2016年3月31日在新疆遭遇车祸不幸去世,享年70岁。

杨镰1947年2月生于辽宁辽阳。1975年毕业于新疆大学,1975年至1981年在新疆乌鲁木齐六道湾煤矿工作。1982年调入中国社会科学院文学研究所从事古代文学研究,1998年8月晋升为研究员。曾任中国国家图书馆特聘咨询委员,中华文学史料学学会常务理事、副会长,中国作家协会会员。

杨镰的学术专业为元代文学研究,个人爱好是新疆历史地理,在元代文学研究方面著有《元诗史》《元代文学编年史》等一系列元代文学研究专著,并主持编纂《全元诗》及其元代文献整理项目,为元代文史研究奠定了坚实的基础。在新疆史地方面,他著有《寻找失落的西域文明》《新疆探险史图说》《黑戈壁》《荒漠独行》《最后的罗布人》《云游塔里木》《千古之谜》《青春只有一次》《生死西行》等作品,主编"西域探险考察大系"等丛书。中篇小说集《走向地平线》1983年获《当代》中篇小说奖,《最后的罗布人》1998年获《当代》报告文学奖。

喻德海同志逝世

中国作家协会会员,长江文艺杂志社原社长、主编喻德海同志,因病医治无效,于2016年4月14日在湖北武汉逝世,享年78岁。

喻德海,笔名汪洋。中共党员。历任武汉大学学生科干事、政治处秘书、生物系办公室副主任,武汉大学学报编辑、教务处教学科副科长、《写作》杂志副主编,湖北省电视剧制作中心副主任、文学部主任、专职编剧,长江文艺杂志社社长、主编,湖北省作家协会专业作家,文学创作一级。中国作家协会湖北分会第四届理事、书记处常务书记、第五届理事。有突出贡献专家。

1955年开始发表作品。1985年加入中国作家协会。著有长篇小说《无爱的情歌》《N维的情侣》《授受之亲》,中篇小说《红烛》《沃土》《春潮》《女神》,小说集《樱花雨》《花瓶人像图》,报告文学集《楚天风流谱》,长篇传记文学《张加陵传奇》,电视剧剧本《美食家》《深深的小巷》等。

杨克兴同志逝世

中国作家协会会员,宁夏作协理事、中国电力作协理事杨克兴同志,因病医治无效,于2016年4月28日在宁夏银川逝世,享年81岁。

杨克兴,笔名杨峰。河南虞城人。1950年参加工作,历任河南省虞城县店集区政府秘书,黄河水利委员会团委宣传干事,《黄河建设》刊物实习编辑,宁夏石嘴山发电厂团委书记,宁夏电力工业局政治部秘书,宁夏农业厅办公室秘书,宁夏电力工业局党委宣传处处长。宁夏电力文协副主席,中国电力作家协会理事,宁夏作家协会理事等。

1955年开始发表作品。1995年加入中国作家协会。著有诗集《三百萃编》《与光同行》《夕阳碎影》、小说集《生命之光》《黄河梦》《梦魂》、报告文学集《六盘山的春光》《秋天奏鸣曲》、长篇小说《秋英》,以及电视剧剧本《高压线下》《我是罪人》《局长和他的工程师》等。作品曾获电力文学作品一等奖、《人民日报》三等奖、《宁夏日报》优秀作品奖等,并被授予"全国电力文艺之星"称号。

陈忠实同志逝世

中国共产党优秀党员,中国作家协会副主席、陕西省作家协会名誉主席陈忠实同志,因病于2016年4月29日7时45分在西安逝世,享年74岁。

陈忠实1942年6月出生于陕西西安郊区,中学毕业后,曾任西安市灞桥区灞陵乡蒋村小学教师、毛西农业中学教师、毛西公社革委会副主任及党委副书记、西安市郊区文化馆副馆长、西安市灞桥区文化局副局长、陕西省作家协会副主席、主席、名誉主席、中国作家协会副主席。是中共第十三、第十四大代表,中共陕西省委第七、第八届委员会候补委员。

陈忠实1965年开始发表作品,1979年加入中国作家协会,在小说、散文、报告文学等方面,都有重要的创作成果,出版长篇小说《白鹿原》、《陈忠实小说自选集》三卷、《陈忠实文集》七卷、散文集《生命之雨》《告别白鸽》《家之脉》《原下的日子》等著作76种。作品多次获全国优秀短篇小说奖、全国报告文学奖等20多个奖项。

长篇小说《白鹿原》获第四届茅盾文学奖。《白鹿原》曾多次再版,并被改编成多种艺术形式,在读者和全社会中具有广泛影响。《白鹿原》被国家教育部列入"大学生必读"系列,被评为"百年百种优秀中国文学图书"(1900—1999),被中国出版集团列入"中国文库"系列,2009年全文收入《中国新文学大系》出版。《白鹿原》已被改编成秦腔、话剧、舞剧、连环画、雕塑等多种艺术形式,以本部小说改编的同名电影《白鹿原》已经拍摄完成,并于2012年上映。

张藜同志逝世

中国作家协会会员,国家一级编导、中央民族乐团原编剧张藜同志,因病医治无效,于2016年5月9日在北京逝世,享年83岁。

张藜,笔名桦成林、钟子玉。辽宁大连人。1945年就读于大连一中,1948年进东北鲁艺戏剧系攻读文学,1950年毕业于东北鲁艺文学研究室。毕业留校从事文学创作,1955年入北京师范大学中文系从教,历任北京师范大学中文系美学进修生,东北沈阳音乐学院教师,吉林省歌舞剧院(1957年调入)、吉林省作家协会专业作家,北京中央民族乐团创作室专职创作员(1970年调入),中央民族乐团作词,国家一级编导。北京音乐家协会理事。中国音协会员,《词刊》编委、中国音乐文学学会副主席。

1948年开始发表作品。1979年加入中国作家协会。著有歌词《亚洲雄风》《篱笆墙的影子》《苦乐年华》《命运不是辘轳》《不白活一回》《苦篱笆》《我和我的祖国》《鼓浪屿之波》《女人不是月亮》《半边楼》《运河人家》《情债》《山不转水转》《小英雄哪吒》等。《篱笆墙的影子》选入《二十世纪华人经典》,《亚洲雄风》获亚运会歌曲大奖,《篱笆墙的影子》《山不转水转》《苦乐年华》等均曾获奖。

白刃同志逝世

中国作家协会会员，解放军艺术学院原研究员白刃同志，因病医治无效，于2016年5月15日在京逝世，享年98岁。

白刃，笔名王爽、蓝默。1918年出生，曾就读于厦门集美中学。抗战期间，曾参加编辑《救亡月刊》。1937年从菲律宾回到延安，翌年加入中国共产党，1939年参加革命工作。曾任中国戏剧家协会第三、第四届理事，中国电影基金会名誉理事，中华归国华侨文艺协会顾问，中国作家协会第四届理事、第五届名誉委员。曾获中国人民解放军红军二级红星功勋荣誉奖章。

1936年开始发表作品。1949年加入中国作家协会。著有长篇小说《战斗到明天》《南洋漂流记》，小说集《白刃小说选》，戏剧集《白刃剧作选》，诗集《野草集》，话剧剧本《兵临城下》，传记文学《罗荣桓元帅纪事》及《白刃文集》（七卷）等。诗歌《郑秀兰》《弟弟的眼泪》获山东文协文艺奖，话剧剧本《糖衣炮弹》获中南军区汇演优秀剧本奖，电影文学剧本《兵临城下》获长春电影制片厂奖。

李庶同志逝世

中国作家协会会员，中国戏剧出版社原"宝文堂"总编辑李庶同志，因病医治无效，于2016年5月9日在北京逝世，享年99岁。

福建福州人。民盟成员。1949年后历任新闻出版总署编审局编辑，人民出版社编辑，《新华日报》编辑室、《世界知识》编辑室副主任，中国戏剧出版社外国戏剧编辑室副主任，人民文学出版社戏剧编辑室副主任、现代文学编辑室编辑，中国剧协宝文堂书店总编辑。

1937年开始发表作品。1983年加入中国作家协会。有译著小说《小人国和大人国》等。

庄家新同志逝世

中国作家协会会员,江西省新余市作协名誉副主席庄家新同志,因病医治无效,于 2016 年 5 月 24 日在江西逝世,享年 80 岁。

1956 年至 1978 年,在安徽从事配电工作;1978 年至 1985 年,在基建工程兵水电部队和武警水电部队任技师、宣传干事、助理工程师;1985 年后,先后在《中国电力报》任副刊编辑;在武警水电部队任电气工程师。

1994 年加入中国作家协会。著有报告文学集《来自红土地的报告》《水电将军》《情系江河》《第三种太阳》《新的长城》《军歌壮三峡》《有一种生活叫感动》,剧本《托起太阳的人》,散文集《明月山中》等。曾获江西省第二届"谷雨文学奖"等。

杨绛先生逝世

2016 年 5 月 25 日凌晨,著名女作家、文学翻译家和外国文学研究家、钱锺书夫人杨绛在北京协和医院病逝,享年 105 岁。

杨绛,原名杨季康,祖籍江苏无锡,1911 年 7 月 17 日生于北京。少年时代先后在北京、上海、苏州等地读书。1932 年毕业于苏州东吴大学,获文学学士学位,当年考入清华大学研究生院,为外国语言文学研究生。1935 年与钱锺书结婚,同年夏季与丈夫同赴英国、法国留学。1938 年秋回国,曾任上海震旦女子文理学院外语系教授、清华大学外语系教授。1949 年后,调任中国社会科学院外国文学研究所研究员。

杨绛先生的第一部作品为短篇小说《璐璐,不用愁!》,于 1934 年初发表于《大公报·文艺副刊》。1940 年代初,她连续创作了喜剧《称心如意》和《弄假成真》,这两部剧本写作和上演于抗战时期沦陷后的上海,当时引起很大反响。1980 年代以来,是杨绛创作的"新时期",她以散文和小说两方面的创作成就引起世人注目。其散文代表作《干校六记》出版于 1981 年，畅销于整个 1980 年代，在港澳台均出版了繁体字单行本，并被译成多种外国文字在国外出版。小说代表作《洗澡》出版于 1988 年，在知识分子当中引起很大反响，作品亦被译成多种外国文字出版。在文学翻译方面，由杨绛先生翻译的《堂吉诃德》被公认为最优秀的翻译佳作，到 2014 年已累计发行 70 多万册；早年创作的剧本《称心如意》，被搬上舞台长达六十多年；93 岁出版散文随笔《我们仨》风靡海内外，再版达一百多万册，96 岁出版哲理散文集《走到人生边上》，102 岁出版 250 万字的《杨绛文集》八卷。

艾哈迈德·阿拜同志逝世

中国作家协会会员，艾哈迈德·阿拜同志，因病医治无效，于 2016 年 5 月 26 日在辽宁逝世，享年 70 岁。

艾哈迈德·阿拜，原名于犁。回族。辽宁大连人。民盟成员。1982 年毕业于大连教育学院中文系。1968 年赴辽宁庄河插队。1971 年调大连造船厂先后当工人、干部。经济师职称。

1971 年开始发表作品。2003 年加入中国作家协会。著有《牵骆驼的多斯提》《云南的云》《云贵高原》《风》《白蜡烛》《阿拜抒情诗选》《阿拜爱情诗》等。

龚德同志逝世

中国作家协会会员，江苏省作家协会创作室原专业作家龚德同志，因病医治无效，于 2016 年 5 月 31 日在江苏逝世，享年 87 岁。

龚德，1929 年 12 月出生。江苏启东人。1945 年春参加新四军，历任文工队员、宣传干事、政治指导员、政工组长、《华东战士》杂志助理编辑、《解放军战士》杂志记者、《解放军报》记者、编辑。1976 年 2 月转业地方，曾任江苏南通市文化局副局长、南通市文联主席。1980 年 2 月起,为江苏省作家协会专业作家。

1949 年开始发表作品。1957 年加入上海作家协会,1980 年加入中国作家协会。著有长篇小说《三百万颗民族心》《扬子百年》《飘零的归宿》《梦留安第斯》,中篇小说《向敌后出击》《北汉江两岸》《不可侵犯的人们》《军营之春》,短篇小说《老杜与宝》《入党介绍人》以及散文、诗歌、报告文学等作品。

王昊同志逝世

中国作家协会会员,原总政文化部文化体育处处长、副军职离休干部王昊同志,因病医治无效,于 2016 年 6 月 7 日在北京逝世,享年 90 岁。

王昊,笔名望昊、王伯鸿。1941 年肄业于上海光实中学,同年参加新四军,历任战地服务团团员、第一团司令部书记,华东野战军政宣干事、股长、党委秘书、秘书科长、宣传科长、副处长,南京军区政治部文艺创作组长、文艺科长,金华军分区政治部副主任,江苏 2 师司令部副参谋长,总政文化部文艺理论研究处副处长,文化体育处处长等。

1941 年开始发表作品。1960 年加入中国作家协会。著有长篇小说《换心记》,诗集《火线诗集》,长篇传记小说《杨根思》,电影文学剧本《四渡赤水》(合作),长篇纪实文学《一个老兵心目中的陈毅元帅》《青松挺且直》《开国上将叶飞》《传奇人生》《百旅之杰》(上、下卷,合作)等。

王家达同志逝世

中国作家协会会员,甘肃省文联原副主席,甘肃省作协名誉主席、原主席王家达同志,因病医治无效,于 2016 年 6 月 11 日在甘肃逝世,享年 76 岁。

1939 年 10 月生于甘肃兰州。50 年代后期开始业余创作,

1965 年毕业于兰州大学中文系。历任《甘肃文艺》《飞天》编辑部编辑，甘肃文学院专业作家，甘肃省文联副主席，省作协主席。甘肃省政协常委，全国第八届人大代表，中国报告文学学会常务理事，中国作协第五、第六、第七届全委会委员。

1957 年开始发表作品。1988 年加入中国作家协会。著有长篇小说《铁流西进》《所谓作家》，长篇报告文学《敦煌之恋》《天下第一鼓》《莫高窟的精灵：一千年的敦煌梦》，中篇小说《清凌凌的黄河水》等。《敦煌之恋》曾获首届鲁迅文学奖、首届徐迟报告文学奖、敦煌文艺奖一等奖，《莫高窟的精灵》曾获中宣部"五个一工程"奖文艺图书奖，《天下第一鼓》曾获中国报告文学奖，1994 年《人民文学》银磊杯奖，《大千破壁》获 1998 年《人民文学》昌达杯奖。

朱铁志同志逝世

中国作家协会会员、求是杂志社副总编辑朱铁志同志，于 2016 年 6 月 25 日在北京不幸逝世，终年 56 岁。

朱铁志，吉林通化人。中共党员。1982 年毕业于北京大学哲学系。曾任《红旗》杂志编辑，《体育报》记者，曾任《求是》杂志编委，编审，中国作协第六、第七届全委会委员，中国作家协会散文委员会副主任，北京市杂文学会副秘书长。

1983 年开始发表作品。1998 年加入中国作家协会。著有杂文随笔集《固守家园》《自己的嫁衣》《被亵渎的善良》《思想的芦苇》《精神的归宿》《克隆魂》《浮世杂绘——小人物系列杂文》等十余部，主编《20 世纪中国幽默杂文》《中国当代杂文经典》《1998 年中国最佳杂文》《1999 年中国最佳杂文》《2000 年中国最佳杂文》《2001 年中国最佳杂文》《2002 年中国最佳杂文》《中国杂文大观》(第四卷，合作主编)《真话的空间》。曾获鲁迅文学奖，多次获中国新闻奖以及中国报纸副刊年度金奖，多次获北京杂文奖，上海笔会文学奖以及《人民日报》《光明日报》等报刊杂文奖。

季涤尘同志逝世

中国作家协会会员,人民文学出版社原副编审季涤尘同志,因病医治无效,于 2016 年 7 月 17 日逝世,享年 88 岁。

季涤尘,笔名季年。中共党员。江苏无锡人。1951 年毕业于北京新闻学校。历任《工人日报》国际部编辑,人民文学出版社当代文学编辑室编辑、诗歌散文组副组长,副编审。

1979 年开始发表作品。1988 年加入中国作家协会。著有诗歌《沙面抒情》《太湖远眺》《师祭》《彩虹》,散文《喷水池》,评论《娓娓而谈 扣人心弦——〈爝火集〉简介》《千磨万击还坚劲——读黄秋耘的〈风雨年华〉》《壮美的心灵之歌——新版〈刘白羽散文选〉读后》《写在〈无题集〉出版时》,主编《中国当代散文精华》《现当代中华散文名家名作》《人生的太阳——作家艺术家致青少年》等。

陆谷孙同志逝世

著名翻译家、复旦大学外语学院教授陆谷孙先生因病医治无效,于 7 月 28 日下午 1 时 39 分在上海新华医院去世,享年 76 岁。

1940 年出生于浙江余姚,1962 年毕业于复旦大学外语系。1965 年复旦大学外文系研究生毕业,为复旦大学外国语言文学学院教授、博导。上海翻译家协会理事、中国作家协会上海分会会员,中国莎士比亚研究会副会长。

主要从事英美语言文学的教学、研究和翻译工作,专于莎士比亚研究和英汉辞典编纂。主编《英汉大词典》《中华汉英大词典》,著有《余墨集》,译有《幼狮》,撰有《逾越空间和时间的哈姆雷特》等论文 40 余篇。他曾多次应邀参加上海市重大经济或文化国际会议,担任主要口译,多次为上海市市长笔译讲演稿,并担任 1990 年出访香港、新加坡的上海市经济代表团首席翻译。

谭湘同志逝世

中国当代文学研究会常务理事、副秘书长,女性文学委员会原主任委员谭湘女士因病于 2016 年 8 月 9 日在石家庄逝世,享年 58 岁。

原名谭翠艳,笔名西水、韧子。女。辽宁沈阳人。中共党员。1982 年毕业于河北师院中文系,1986 年又毕业于中国社科院文学研究所,研究生。历任邯郸教育学院中文系负责人,《文学评论》当代组、《文艺报》理论部编辑,河北《文论报》新闻部主任,《大文化报》执行主编,《当代人》杂志副主编,副编审。中国当代文学研究会理事、常务理事、副秘书长,女性文学委员会秘书长、主任,中国新文学学会、中国小说学会、河北出版工作者协会理事。

1981 年开始发表作品。1997 年加入中国作家协会。著有专著《性别文学形象解读》《二十五史智慧金典》(合作),文集《布衣》《城市徜徉》《温柔的倾诉》,纪实文学《秋瑾的故事》,长篇报告文学《责任重于泰山——河北 1996 抗洪胜利一周年》,理论评论《它必将给历史刻下深深的印迹——关于寻根文学的讨论》《理论与激情——对近年中国女性文学的几点思考》《女性的旗帜》等,主编《午夜散文随笔书系》等八部(套)。曾先后荣获“中国当代文学研究表彰奖”“首届中国当代女性文学建设奖”等荣誉。

林柏松同志逝世

中国作家协会会员,黑龙江省残疾人作协原副主席、牡丹江市作协原名誉主席林柏松同志,因病医治无效,于 2016 年 8 月 18 日在牡丹江逝世,享年 69 岁。

林柏松,笔名梅翁。中共党员。1968 年入伍,因在边境执行潜伏、巡逻任务遭冻伤而致一等重残。1962年开始发表作品。2002年加入中国作家协会。著有散文诗集《拨响灵魂之羽》《闲聊波尔卡》，诗集《心的折痕》《长夜无眠》《去意彷徨》，散文集《自己的背影》（六部）。有作品被选入多种选本。散文作品《太阳岛奇遇》获《人民文学》"太阳岛·红博杯"优秀文学作品奖，散文《独自行走》获《人民文学》爱与和平征文优秀作品奖。

章明同志逝世

中国作家协会会员，原广州军区政治部创作组创作员章明同志，因病医治无效，于2016年8月13日在广州逝世，享年91岁。

章明，原名章益民。江西南昌人。中共党员。1949年毕业于武汉大学法律系。同年参军，长期担任部队文艺部门创作员。曾任广东省作协理事、杂文创作委员会主任。

1950年开始发表作品。1979年加入中国作家协会。著有长篇小说《海上特遣队》，诗集《三支赞歌》《椰树翩翩》，中短篇小说集《隔海的想念》，歌剧集《出发之前》《四个守岛兵》《数九春风》，曲艺集《不可抵挡》，长诗《钓鲨的人们》，歌词《当兵为什么光荣》《跳木马》《歌唱欧阳海》，报告文学《女神箭手》，短篇小说《两个哨兵》，杂文随笔集《剑花小集》，作品集《章明作品选萃》《上帝与傻子》《历代幽默笔记精选今评》《官多之患》等。部分作品选入《中国新文艺大系》诗歌卷、杂文卷、曲艺卷。作品曾获新时期全国优秀散文杂文集奖、广东省鲁迅文学奖。

刘不朽同志逝世

中国作家协会会员，湖北省作家协会原副主席，宜昌市文联原党组书记兼主席刘不朽同志，因病医治无效，于2016年8月21日在宜昌逝世，享年83岁。

刘不朽,中共党员。湖北武穴人。1949 年参加革命部队,1958 年转业地方从事文化工作。先后担任机要参谋、文化科员、创作员、群众艺术馆馆长、地区创作室主任,宜昌地区文联主席,宜昌市文联主席兼党组书记,《三峡文学》主编,湖北省作协副主席。曾任中国诗歌学会理事、湖北作协名誉委员、宜昌市作协名誉主席。

1956 年开始文学创作。1980 年加入中国作家协会。著有诗集《山寨水乡集》《歌满山乡》《金翅鸟》《鄂西情歌选》《三峡风景线》《三峡之恋》,报告文学《三峡移民行》(合作),《刘不朽文集》等,发表和出版的各类文艺作品共 500 余万字,获奖 30 余次。

龚爱民同志逝世

中国作家协会会员,张家界日报社副刊部原主任龚爱民同志,因病医治无效,于 2016 年 8 月 25 日在张家界逝世,享年 51 岁。

龚爱民,土家族。湖南张家界人,曾任《张家界日报》编辑,张家界市作协副主席。

1983 年开始发表作品。2013 年加入中国作家协会。著有长篇报告文学《山东好汉孟昭良》,长篇小说《寻亲》等。纪实文学《三千里路云和月》入选《中国特别关注:2004 年好看报告文学精选》《建国 60 年少数民族文学优秀作品选》,中篇小说《回家》获《今古传奇》2008 年度读者最喜爱小说奖等。

卫建林同志逝世

中国作家协会会员,中共中央政策研究室原副主任、第十届全国政协委员卫建林同志,因病医治无效,于 2016 年 8 月 30 日在京逝世,享年 77 岁。

卫建林,笔名何唯。中共党员。1939 年 9 月生于山西省闻喜县。1964年8月参加工作,1978年8月加入中国共产党。先后在《红旗》杂志社、中共天津市委党校、国务院财贸小组工作。1979年至1987年,历任中共中央书记处研究室副研究员、研究员,文化组副组长、组长。1988年1月任中国大百科全书出版社研究员,同年7月任中共中央党史研究室第三室主任。1989年7月任中共中央组织部党建研究所研究员,同年11月任中共中央政策研究室副主任。2009年4月退休。为中国共产党第十四次全国代表大会代表,政协第十届全国委员会委员。

1954年开始发表作品。1980年加入中国作家协会。著有《论红楼梦政治历史主题的意义》(合作)《〈红楼梦〉主题论》《〈红楼梦〉人物论》(合作)《曹雪芹论》《文学要给人民以力量》《秋天遭遇春天——危机和后危机世界》《卫建林自选集》《全球化与第三世界》等。

马新朝同志逝世

中国作家协会会员,中国诗歌学会副会长,河南省作协原副主席、省文学院原副院长马新朝同志,因病医治无效,于2016年9月3日在河南逝世,享年62岁。

马新朝,笔名原野。河南省唐河人,1970年入伍,1984年转业至《时代青年》杂志社,2005年调入河南省文学院从事专业创作。

出版有诗集《爱河》《青春印象》《黄河抒情诗》《乡村的一些形式》《幻河》等,报告文学集有《河魂》《人口黑市纪实》等3部等多种。作品曾入选多种文学选本,有的还被翻译到国外。曾获得过《莽原》文学奖,《十月》文学奖,第三届河南省政府奖,长篇抒情诗《幻河》获第三届鲁迅文学奖。

袁良骏同志逝世

中国社会科学院文学研究所研究员、退休干部袁良骏,因病医治无效,于 2016 年 9 月 5 日 7 时逝世,享年 80 岁。

1936 年 9 月出生,山东鱼台人。1961 年毕业于北京大学中文系并留校任教,1966 年 2 月加入中国共产党,1983 年调入中国社会科学院文学研究所,从事鲁迅及现代文学研究。1990 年 9 月晋升为研究员,2002 年 3 月退休。曾担任鲁迅研究室主任、现代文学研究室副主任、主任,中国鲁迅研究会副会长、秘书长,《鲁迅研究》杂志副主编,史料学学会常务理事、副会长,中国作家协会会员。

一生致力于中国现代文学研究,尤其在鲁迅研究和香港文学及海外华文文学研究方面贡献卓著。其主要学术著作有《鲁迅研究史》《鲁迅杂文研究》《香港小说史》《白先勇论》《张爱玲论》《袁良骏学术论争集》《周作人论》等。另有杂文随笔集《独行斋独语》《冷板凳集》《八方风雨》《准"五讲三嘘"集》《坐井观天录》等。曾主编《鲁迅研究书系》(获第三届国家图书奖提名奖)《学术随笔自选丛书》等。

张柏青同志逝世

中国作家协会会员,内蒙古自治区国家税务局科研所原所长张柏青同志,因病医治无效,于 2016 年 9 月 11 日在呼和浩特逝世,享年 63 岁。

张柏青,笔名柏青、弘引。内蒙古突泉县人,1979 年毕业于白城师范中文系,2001 年毕业于长春税务学院研究生班。中国作家协会会员、中国散文家协会会员。国家一级作家。曾任内蒙古国家税务局处级调研员、《西部作家》杂志主编、内蒙古作家协会全委委员。曾任南京中山文学院客座教授,内蒙古作协副秘书长等职。

1983 年开始文学创作。2003 年加入中国作家协会。著有短篇小说集《绿太阳》,中短篇小说集《柏青小说自选集》,诗歌集《丰盈的雨雾》,散文集《孤旅》等,编著小说集《大草原》《守望税舰》等。曾获第八届内蒙古文学创作索龙嘎奖、草原文学

512

奖等。

吴建友同志逝世

中国作家协会会员,光明日报社国际部原主任吴建友同志,因病医治无效,于 2016 年 9 月 11 日在京逝世,享年 67 岁。

笔名陈坚、福原。山东济宁人。中共党员。1974 年毕业于山东大学外文系。1984—1985 年在法国巴黎新闻学院研究生班学习。大学毕业后历任北京语言学院教师,《光明日报》记者、编辑,主任编辑、高级记者。《光明日报》驻土耳其、泰国、美国首席记者。

1982 年开始发表作品。2004 年加入中国作家协会。著有散文集《西欧九国剪影》,译著有《无人知晓的谋杀》、《风流王子查尔斯的真面目》《岩洞》和《难忘的王妃》等多部外国文学作品。

董生龙同志逝世

中国作家协会会员,青海省作家协会原主席董生龙同志,因病医治无效,于 2016 年 9 月 16 日在西宁逝世,享年 67 岁。

董生龙,笔名钱积。中共党员。1949 年出生,陕西乾县人,1969 年毕业于西安公路学院(长安大学)。1969 年参加工作,当过工人,后任青海省海西州委宣传部文教科长、副部长,州文联主席兼《瀚海潮》杂志主编,青海省委宣传部文艺处长、作协主席,青海省诗歌学会会长,《青海湖》文学月刊主编、《牧笛》杂志总编辑等。

1972 年开始发表作品。1988 年加入中国作家协会。著有诗集《柴达木》《草原的风,飘去》,小说集《金黄色的光线》,报告文学集《江海风采》《青藏大铁路》(合著),电视剧《魂归可可西里》等。作品曾多次获全国"五个一工程"奖提名,青海省人民政府奖、省"五个一工程"奖、省哲学社会科学奖等。

李军同志逝世

中国作家协会会员,黑龙江省作家协会原理事、委员李军同志,因病医治无效,于 2016 年 9 月 18 日在哈尔滨逝世,享年 86 岁。

李军,笔名赤叶。辽宁瓦房店人。历任鸡西煤矿区文工团创作员,《黑龙江文艺》《北方》《北方文学》杂志编辑,黑龙江省作家协会第三届理事,专业作家,兼任《黑龙江作家》主编。

1950 年开始发表作品。1982 年加入中国作家协会。著有诗集《初歌集》《致故乡》《掘进集》《雪国草》《跋涉集》,散文集《绿谷二十年纪》《北方,辽远辽远的海》,长篇纪实文学《重塑从今天开始》《龙江商杰》和《中国农机之光》(合作)等。散文《遥远的小镇》获全国首届煤炭文学优秀作品一等奖,《我头上有一颗属于自己的太阳》获全国第二届煤炭文学作品乌金奖。

刘浩华同志逝世

中国作家协会会员,广东省作协原理事、河源市作协原主席刘浩华同志,因病医治无效,于 2016 年 9 月 30 日在广东逝世,享年 71 岁。

刘浩华,笔名文吉。中共党员。1963 年离开中学回乡务农,自学大专中文系课程,任农村基层干部十余年,1985 年调入县文化馆任县文艺报主编。为副高级馆员。曾任广东省作协理事,河源市作协主席。

1980 年开始发表作品。2001 年加入中国作家协会。著有长篇小说《黄金通道》《午夜行动》《血染东江月》《谍海苍茫》,散文集《走进晨曦》,小说散文集《蔚蓝色蝴蝶梦》《东江女人》等十部,与人合编文集六部。作品获《南方日报》文艺副刊优秀奖、国家某刊物专栏优秀奖各两项、《黄金时代》散文二等奖、河源市委文学贡献奖及长篇小说一等奖。另获广东省民间文学三套集成优秀编选工作者奖。

白煤国同志逝世

中国作家协会会员,中国电力作家协会副主席白煤国同志,因病医治无效,于 2016 年 10 月 4 日在杭州逝世,享年 81 岁。

白煤国,原名李有恒。浙江嵊州人。中共党员,大专毕业。1958 年参加工作,历任水利电力部东北勘测设计院工程师、政治部主任、党委副书记、副院长,电力工业部华东勘测设计院党委副书记、纪委书记,曾担任《松辽文苑》文学期刊副主编,文学期刊《繁星》编委,高级政工师、高级咨询专家(副厅级)。中国文学艺术协会理事,中国电力作家协会副主席。浙江省和杭州市作家协会会员。

1955 年开始发表作品。1999 年加入中国作家协会。著有诗集《飞翔的江河》《远山和晨雾》《亮丽的地平线》等。著有报告文学《支流之歌》、散文《界河金灯》和文学评论《羡慕长江》等。负责编辑诗集《多彩的星河》《白山彩虹》、报告文学集《奔向大海》、散文集《平凡人的故事》等。诗集《飞翔的江河》获 1990 年全国优秀图书出版二等奖,诗集《远山和晨雾》获 1994 年全国电业职工文学作品优秀专著奖。诗歌《太阳神》获 1988 年中国星星杯奖,诗歌《黄河的思念》获 1989 年中国水利电力职工诗歌大赛三等奖等。

许淇同志逝世

中国作家协会会员,内蒙古包头市原文联主席、市文联第六届委员会名誉主席许淇同志,因病医治无效,于 2016 年 10 月 9 日在内蒙古逝世,享年 79 岁。

许淇,中共党员。1942 年至 1953 年在原籍上海上学至苏州美专绘画系肄业。1956 年"支边"到内蒙古包头市。初任团市委《包头青年报》编辑、记者;后调市委编纂《包头史》。1960

年底至包头市文联《包头文艺》月刊任编辑并创作员。1977年至1980年,任文联组联部副主任。1980年至1983年为专业作家,1983年至1997年连任市文联主席。1997年任名誉主席。1998年后任内蒙古自治区文史馆馆员,内蒙古作家协会名誉副主席。包头书画院名誉院长等。

1958年开始发表作品。1980年加入中国作家协会。著有《许淇散文选集》《许淇散文诗近作选》《第一盏矿灯》《呵,大地》《北方森林曲》《城市意识流》《词牌散文诗》《疯了的太阳》《美的凝眸》《在自己灯下》等。作品曾获内蒙古文学、戏剧剧本及电影文学剧本创作一等奖,内蒙古索龙嘎奖,第九届陈伯吹儿童文学奖等。

王蔚桦同志逝世

中国作家协会会员、贵州省贵阳学院教授王蔚桦同志,因病医治无效,于2016年10月19日在贵阳逝世。享年79岁。

笔名蔚桦、王桅。贵州贵阳人。中共党员。1961年毕业于云南大学中文系。1950年参军,历任文工团员、侦察员、随军记者。大学毕业后任《贵阳晚报》编辑,省中国现当代文学学会会长,贵阳作协名誉主席,贵阳学院教授。

1953年开始发表作品。1986年加入中国作家协会。著有小说集《鹰的故乡》等五部,散文集《销魂集》等五部,诗歌集《邓小平之歌》等六部,理论集《电视的美学特征》等三部,剧本集《茅台魂》等四部。电视连续剧剧本《悠悠赤水河》《黄金高原》获省"五个一工程"奖,长诗《邓小平之歌》和电视连续剧《黄齐生与王若飞》获1997年中宣部"五个一工程"奖。

南丁同志逝世

著名作家、原河南省文联主席南丁先生因病于2016年11月11日5时10分在郑州逝世,享年85岁。

南丁,原名何南丁,曾用名何铿然、何家英,1931 年 9 月 20 日出生于安徽蚌埠。1949 年 7 月结业于华东新闻学院。1952 年加入中国共产党,1956 年加入中国作家协会。历任《河南日报》编辑,河南省文联编辑、专业作家、主席、党组书记。河南省文联、河南省作家协会顾问,中国文联第五届全委,河南省第七、第八届人大常委等。

1950 年开始发表作品。1954 年短篇小说《检验工叶英》发表于《长江文艺》,《人民文学》给予转载,选入当年《短篇小说选》《青年文学创作选》和英文版《中国文学》。小说《科长》《良心》《被告》也都受到广泛关注。"反右"时被错划"右派"。平反和恢复工作后,以小说《旗》开"反思文学"的先河,《尾巴》《亮雨》《新绿》也广受好评。在从事文学创作、文学组织工作的同时,还以较大精力投入文学的期刊建设,曾创办了《莽原》《散文选刊》《故事家》《文艺百家报》《专业户报》等众多文学期刊。

出版有小说集《检验工叶英》《在海上》《被告》《尾巴》《南丁小说选》,散文随笔集《水印》《半凋零》,《南丁文选》(上、下卷),《南丁文集》(五卷)。有小说、杂文、散文等作品入选《中国新文学大系》《中国新文艺大系》《新中国六十年文学大系》及高中文学课本。

陈映真同志逝世

台湾著名作家、中国作协第七届全国委员会名誉副主席陈映真于 2016 年 11 月 22 日上午在北京去世,享年 79 岁。

陈映真,原名陈永善,笔名许南村,1937 年生于苗栗县竹南镇中港,1961 年毕业于淡江英专(即今淡江大学)英语系,之后先任高中英语教师,后又进入辉瑞大药厂工作。1968 年 7 月被台湾当局逮捕,被判处十年有期徒刑并移送绿岛。1975 年特赦出狱,仍然从事写作,转趋现实主义,并且在台湾乡土文学论战中发表《建立民族文学的风格》《文学来自社会反映社会》《乡土文学的盲点》反击余光中等人对乡土文学视为工农兵文学的攻击。1980 年代参与《文季》《夏潮论坛》等杂志的编务,并且在"中国结"与"台湾结"论战中再度与本土派交锋。1985 年 11月,陈映真创办以关怀被遗忘的弱势者为主题的《人间》杂志,1989 年 7 月成立"人间出版社"并担任出版发行人。陈映真始终坚持中国统一,1988 年参与成立中国统一联盟,担任创盟主席,为促进两岸和平统一而不懈地工作。2010 年 6 月,陈映真成为中国作家协会成员,并任作协第七届全国委员会名誉副主席。

陈映真被认为是台湾文学的重要旗手,1959 年还是大学学生的陈映真,便以第一篇小说《面摊》出道文坛。他曾创办《人间》杂志,代表作有小说《将军族》《第一件差事》《我的弟弟康雄》《上班族的一日》《苹果树》等,他的作品受鲁迅影响颇深,以描写城市知识分子的生活和心态为主。入狱期间,陈映真对社会现实有了更深刻的认识,开始由一个市镇小知识分子走向一个忧国忧民的、爱国的知识分子。1977 年,他参与乡土文学论战,1983 年赴美参加爱荷华大学"国际写作计划",曾获"吴浊流文学奖"及中国时报"小说推荐奖"。

秦家伦同志逝世

中国作家协会会员,贵阳市原常委、宣传部长秦家伦同志,因病医治无效,于 2016 年 12 月 6 日在贵阳逝世,享年 70 岁。

秦家伦,笔名秦一丁、洪叶。浙江宁波人。中共党员。大专学历。历任贵阳市云岩区教育局教师,《贵阳晚报》编辑、编委委员、部主任,贵州省社科院文艺理论研究室主任,贵阳市委副秘书长兼《贵阳年鉴》主编,贵阳市云岩区委副书记兼机关党委书记,贵阳市教育委员会党委书记、副主任,贵阳师范高等专科学校党委书记、副教授,贵阳市委常委、宣传部长。

2001 年加入中国作家协会。著有文学评论集《文苑一隅》,散文随笔集《谈天说地》,编纂《贵州新文学大系》(合作)。《文苑一隅》《谈天说地》获中国艺术展示会优赏奖,《蹇先艾和他的创作》获贵州省文学评论奖,《论电影的审美特征——变调》获贵州省电影评论奖,《也议倒挂问题》获贵州省优秀新闻评论奖。

马林帆同志逝世

中国作家协会会员,陕西省作协理事马林帆同志,因病医治无效,于2016年12月17日在西安逝世,享年77岁。

马林帆,笔名秦地雨、方歌。陕西泾阳人。中共党员。1958年毕业于高陵师范。历任泾阳县永乐中学、石桥中学教师,县文化馆文学创作辅导干事,专业作家。陕西省作协理事、常务理事,咸阳市政协委员,咸阳市作协名誉主席。

1956年开始发表作品。1990年加入中国作家协会。著有诗集《绿濛濛的雨丝》《坎坷的河》《回眸瞬间》《狂风吹我心》,散文集《帆挂长河》《诗意家山》,小说集《丝竹断续》,纪实文学集《大西北,村堡的魅力》《黑色雕塑》等。长篇抒情诗《啊,我的关中》获陕西省首届文艺开拓奖,纪实文学集《大西北,村堡的魅力》获陕西省作协双五文学奖,诗集《坎坷的河》获陕西省作协十年(1989—1999)优秀诗集奖。

赵龙男同志逝世

中国作家协会会员,延边人民出版社原编辑赵龙男同志,因病医治无效,于2016年12月23日在延吉逝世,享年81岁。

赵龙男,朝鲜族,吉林珲春人。1979年延边大学朝文专业毕业。历任中学教师,延边人民出版社文艺编辑,编审。延边作协副主席,延边自治州政协第七、第八届常委,文史委副主任。

1951年开始发表作品,1990年加入中国作家协会。著有诗集《在遥远的地方》《一颗思念的心》《蒲公英集》,译著《白夜》《七月》《无际的早晨》等。曾获吉林省长白山文艺奖、全国少数民族文学奖、东北三省朝鲜文优秀图书奖、天池文学奖等。

鲁秀珍同志逝世

中国作家协会会员,北方文学杂志社原副主编鲁秀珍同志,因病医治无效,于 2016 年 12 月 30 日在沪逝世,享年 82 岁。

祖籍山东,生于哈尔滨。中共党员。1951 年肄业于哈尔滨市七中、自修大学。历任哈尔滨市文联图书管理员,《哈尔滨文艺》编辑,黑龙江省文联《北方》《黑龙江文艺》《北方文学》《东北作家》副主编,编审。

1950 年开始发表作品。1980 年加入中国作家协会。著有散文集《返青集》。《灯下白头人》被选入《中国新文艺大系》1976—1982 年散文卷,《海思》被收入百花文艺出版社《万叶丛书》等,《假如北方没有雪》获东北三省副刊一等奖。1988 年获新中国成立以来首次全国优秀编辑奖。

(李晓晨根据"中国作家网"等资讯辑录)

2016 年度文坛大事记

1 月

第二届人民文学诗歌奖颁奖 1 月 9 日,第二届人民文学诗歌奖颁奖典礼暨武汉诗教推进咨询会在武汉举行。此次活动由《人民文学》杂志社和江汉大学联合举办,中国作协副主席吉狄马加、江汉大学校长李强、《人民文学》主编施战军出席并为获奖者颁奖。人民文学诗歌奖每年评选一次,在 2015 年度评选中,诗人叶舟以组诗《白雪草原》获得年度诗人奖,诗人石头、郭建强分别以组诗《无所诗》《青海诗篇》获得年度诗歌奖,诗人夏午、黄智扬、徐晓分别以组诗《唯有满目星辰》《夜行者》《大雪之夜》获得年度新锐奖。

中国作家协会召开第八届主席团第九次会议 1 月 11 日,中国作家协会第八届主席团第九次会议在北京召开。中国作家协会主席铁凝主持会议。会议深入学习贯彻习近平总书记在文艺工作座谈会上的重要讲话精神,贯彻落实《中共中央关于繁荣发展社会主义文艺的意见》,学习贯彻全国宣传部长会议精神,审议了《中国作家协会 2015 年工作总结》和《中国作家协会 2016 年工作要点》,同意提交中国作家协会第八届全国委员会第六次全体会议审议。会议提名白庚胜同志为中国作家协会第八届全国委员会副主席候选人,提名吴义勤同志为中国作家协会第八届全国委员会主席团委员候选人,提交中国作家协会第八届全国委员会第六次全体会议选举。会议推举吴义勤同志为中国作家协会书记处书记。

2015 年度中国网络小说排行榜揭晓 1 月 23 日,由中国作协网络文学委员会主办、中国作家网承办的 2015 年度中国网络小说排行榜揭晓。《奥术神座》《回到过去变成猫》《木兰无长兄》等 10 部作品入选精品榜,《原始战记》《诛砂》《修真四万年》等 10 部作品入选新书榜。2015 年第四季度中国网络小说排行榜经过网上投票、预审、专家终审等环节,也在同日从 147 部参选作品中选出 20 部上榜作品。

加强与改进文艺批评研讨会在京召开 1 月 27 日,由光明日报社和文艺报社共同主办的"加强与改进文艺批评"专题研讨会在京召开,近 20 位文艺批评家认真学习领会习近平总书记关于文艺批评工作的重要论述,共同探讨文艺批评的本质与规律。中国作家协会副主席何建明、光明日报总编辑何东平出席会议并讲话。《文艺报》总编辑梁鸿鹰主持研讨会。仲呈祥、雷达、白烨、王一川、丁亚平、张清华、彭程、胡军、徐忠志、刘琼、马建辉、丁国旗、郭艳、张莉、李云雷、刘大先、刘涛、傅强等批评界人士参加了研讨。

中国作家协会迎春茶话会在北京举行 1 月 27 日,2016 中国作家协会迎春茶话会在北京首都大酒店举行。中国作协主席铁凝出席迎春茶话会并致辞。中国作协党组书记、副主席钱小芊主持迎春茶话会。茶话会上,中国作协党组书记处同志同300 余位在京的老作家、老同志代表一一握手,互致问候,送上对丙申新春的真挚祝福与问候。茶话会气氛热烈,务实简朴,其乐融融、暖意浓浓。

2 月

全国政协来中国作协进行专题调研 2 月 18 日,全国政协教科文卫体委员会副主任、北京市原副市长、北京奥运城市发展促进会常务副会长刘敬民,全国政协副秘书长、机关党组成员、党委书记张秋俭率全国政协教科文卫体委员会有关同志一行专程来中国作协调研。中国作协副主席吉狄马加出席调研座谈会并讲话。中国作协书记处书记阎晶明主持座谈会。与会同志就当前条件下,如何为文学营造出人才、出精品的良好环境,作协体制机制改革、文学事业资金保障、文学对外推介等问题深入交换了意见。对近年来文学界普遍关注、文学界政协委员反复提出的稿酬个税、著作权保护、文学奖项设立等议题进行了探讨。

中国作家协会发出定点深入生活项目申报的通知 2 月 22 日,中国作家协会发出 2016 年定点深入生活项目申报通知。通知指出:为落实习近平总书记在文艺工作座谈会上的重要讲话精神,坚持以人民为中心的创作导向,催生文学精品力作,2016 年,中国作家协会将进一步深化"深入生活、扎根人民"主题实践活动,继续开展实施定点深入生活项目。定点深入生活的地点为城乡基层、改革开放和生产建设一线,尤其是革命老区、民族地区、边疆地区、贫困地区,时间为 4 至 6 个月。2016 年定点深入生活选题自行确定。今年特设立"纪念中国共产党建党 95 周年、红军长征胜利 80 周年"选题方向,以鼓励挖掘红色题材富矿,弘扬红色文化,传承红色精神,努力使新鲜的中国红色故事深入人心。

"弘扬现实主义精神"研讨会在京召开 2 月 27 日,文艺报社与人民日报文艺部联合召开研讨会,专题研讨在新的时代如何在文艺创作中弘扬现实主义精神。中国作协副主席何建明,《人民日报》副总编辑杜飞进,《人民日报·海外版》原总编辑丁振海出席会议并致辞,周大新、何向阳、胡平、冯小宁、王丹彦等20多名作家、艺术家、批评家参加了本次会议。与会专家学者围绕"现实主义新的探索与可能性"、"如何用现实主义精神和浪漫主义情怀观照现实生活"、如何理解"用光明驱散黑暗,用美善战胜丑恶"、"创作题材与现实主义创作精神"、"现实主义创作的真实性与个性化"等话题展开讨论。

2016 年新旧诗论暨中国诗歌网恳谈会在京召开 2 月 27 日上午,2016 年新旧诗论暨中国诗歌网恳谈会在北京举行。本次会议由中国作家出版集团中国诗歌网、中国作家协会诗歌委员会主办,中华诗词学会、中华辞赋社等多家单位协办。中国作家协会副主席、中国作家出版集团管委会主任何建明到会发表讲话并介绍了中国诗歌网创建一年来的发展运行情况。著名诗人、学者郑欣淼、屠岸、叶延滨、周笃文、郑伯农、闽凡路、吴思敬、曾凡华、殷之光九人在会上被聘为中国诗歌网顾问。

3 月

"2016:中国报告"中短篇报告文学专项工程征集启事发布 3 月 1 日,中国作家协会重点作品扶持办公室、中国作家协会报告文学委员会、中国报告文学学会、文艺报社、人民文学杂志社、中国作家杂志社、民族文学杂志社联合发布"2016:中国报告中短篇报告文学专项工程征集启事"。启事中说:"2016:中国报告"中短篇报告文学专项工程,定向公开征集反映在坚持全面建成小康社会、全面深化改革、全面依法治国、全面从严治党,践行创新、协调、绿色、开放、共享发展理念,推进经济建设、政治建设、文化建设、社会建设、生态文明建设和党的建设过程中涌现出的新人、新事、新风尚、新气象,讴歌人民创造历史的伟大实践,讲述中国故事,彰显中国道路,弘扬中国精神等方面的选题及作品。

刘锡诚先生民间文学藏书资料入藏中国现代文学馆　3 月 9 日,刘锡诚先生民间文学藏书资料捐赠仪式在中国现代文学馆举行。捐赠仪式上,刘锡诚先生介绍了自己与夫人马昌仪在当代文学和民间文学领域工作 60 年来所积累的专业藏书情况,此次捐赠给中国现代文学馆的近万册图书资料,包含了中外神话学作品与学术著作;中外民间文学作品、民俗志与研究著作;民俗学、文化学、社会学、民族学、考古学、原始艺术、民间信仰方面的理论著作;以及 20 世纪 80 年代我国民间文学三套集成部分省卷本及县卷本、21 世纪十年来非物质文化遗产作品和研究等。

中国作协举行稿酬个税立法调研座谈会　3 月 17 日,中国作协举行稿酬个税立法调研座谈会,作家代表与财税法专家就稿酬所得个税缴纳问题进行探讨。稿酬个税起征点过低一直是广大作家反映强烈的问题。近几年中国作协不断呼吁有关部门尽快解决该问题。2016 年初,中国作协权保办委托全国律协知识产权委员会及财税法委员会开展"稿酬缴纳个税立法建议"的课题研究,希望从法律专业角度展开调研,形成关于稿酬所得个税缴纳改革的立法建议。此次座谈会主要由财税法专家听取作家代表对稿酬所得个税缴纳改革的意见和建议。

深入学习贯彻习近平总书记文艺工作座谈会重要讲话第一期培训研讨班开班　3 月 24 日,由中宣部、中国作协共同举办的深入学习贯彻习近平总书记文艺工作座谈会重要讲话第一期培训研讨班在京开班。中宣部副部长景俊海、中国作协主席铁凝先后在培训研讨班授课。中国作协党组书记、副主席钱小芊作了开班讲话。为期两年的中国作协系统文学骨干和管理干部培训活动由此全面启动。

本次培训研讨班采取集中授课和分组讨论、自学相结合的方式。根据安排,在这期培训研讨班上,还将由中国作协副主席吉狄马加、何建明围绕不同主题授课,中国作协副主席白庚胜作培训研讨小结。中国作协主席团成员、全委会委员,各团体会员单位和中央军委政治工作部宣传局有关同志,中国作协机关、直属单位负责同志,以及部分作家参加培训研讨。

2016《民族文学》重点作家培训班在京举办 3月26日,由民族文学杂志社主办的2016《民族文学》重点作家培训班在京开班。中国作协党组成员、书记处书记、副主席吉狄马加、白庚胜,中国作协党组原副书记玛拉沁夫,中国作协主席团委员、中国少数民族作家学会常务副会长叶梅,《民族文学》主编石一宁等出席了开班典礼。培训班为期5天,共邀请了来自十几个民族的近30位作家。这些作家带来了最新创作的小说、散文、诗歌作品,将与编辑面对面坦诚交流、相互启发,以期共同推出一批弘扬中国精神、凝聚中国力量,无愧于时代和民族的精品力作。

4月

曹文轩荣获国际安徒生奖 4月4日,2016年国际安徒生奖在意大利博洛尼亚国际童书展揭晓,儿童文学作家曹文轩获奖。这是该奖项设立60年来,第一次颁给中国作家。中共中央政治局委员、中央书记处书记、中宣部部长刘奇葆委托中国作协党组书记、副主席钱小芊向曹文轩获得国际安徒生奖表示祝贺,感谢他多年来为中国儿童文学事业作出的贡献。中国作协主席铁凝向曹文轩发去贺信。

重走长征路 追寻中国梦 中国作协"重走长征路"主题采风活动在江西启动 4月7日,中国作协"重走长征路"主题采风活动启动仪式在江西于都中央红军长征出发园举行。中国作协党组书记、副主席钱小芊,江西省政协副主席、省委宣传部部长姚亚平,赣州市委常委、宣传部部长胡雪梅,中国作协办公厅主任李一鸣,来自全国各地的采风团成员,以及赣州本地的作家参加了启动仪式。

2016 年是中国共产党建党 95 周年、红军长征胜利 80 周年。为将中国作家深入生活、扎根人民的主题实践活动引向深入，中国作协将组织 100 多名作家组成四个采风团、多个小分队，分期分批沿当年红一方面军、红二方面军、红四方面军和红二十五军团等四条不同行军路线采访创作，接受灵魂洗礼，讴歌时代巨变，创作反映红军长征精神及长征沿线地区发生翻天覆地变化的文学作品。

中国现代文学馆第四届客座研究员离馆暨第五届客座研究员聘任仪式在京举行　4 月 10 日，中国现代文学馆第四届客座研究员离馆暨第五届客座研究员聘任仪式在北京举行。中国作协副主席李敬泽，中国作协书记处书记阎晶明，以及梁鸿鹰、白烨、陈福民、李洱、高秀芹等出席仪式。仪式由中国作协书记处书记吴义勤主持。

客座研究员制度是中国现代文学馆为加快研究中心和学术中心的建设而设立的。第五届客座研究员的招聘对象仍为 70 后、80 后的青年批评家。经过各省作协推荐和中国现代文学馆学术委员会的严格评审，唐翰存、晏杰雄、刘永春、刘波、杨辉、张屏瑾、张丛皞、张涛、颜水生、韩松刚、李德南、叶子等 12 位优秀青年批评家入选。

"传承和弘扬中华美学精神"研讨会在京举行　4 月 16 日，文艺报社在京召开"传承和弘扬中华美学精神"研讨会。中国作协副主席廖奔、中央文献研究室副主任陈晋，以及 20 多位作家、艺术家、评论家与会研讨。研讨会由《文艺报》总编辑梁鸿鹰主持。与会专家学者们围绕"中华美学精神的历史发展与内涵""中华文化传统与当代表达""当代文艺创作中如何体现中华美学精神""如何在全球化时代坚守中华文化立场"等议题展开热烈的讨论。

《人民文学》杂志日文版《灯火》出版暨中日文学翻译研讨会在京举行 4月21日,《人民文学》杂志日文版《灯火》出版暨中日文学翻译研讨会在北京日本文化中心举行。中国作协副主席李敬泽、日本驻华大使馆公使山本恭司、《人民文学》及《灯火》主编施战军、中国作协外联部主任张涛、外文出版社副总编辑胡开敏出席会议。《灯火》杂志于2015年11月创刊,目前已出版第二期。施战军介绍说,《灯火》的翻译和编辑,是一件漫长和艰辛的工作。为了集中展现中国当代文学的优秀作品,中日双方都付出了极大的努力,终于使得这本杂志以最佳的状态呈现出来。这是一扇让日本人民了解中国文学的窗口,以后会打开更多的窗口,让世界的眼睛看到更多的中国文学。

5月

《2015年中国文学发展状况》在京发布 5月3日,署名"中国作协创研部"的《2015年中国文学发展状况》在《人民日报》发表。《2015年中国文学发展状况》分文学创作、文学理论批评两大部分,概述了2015年间的各类文学创作成果与理论批评状况,在"结语"中说道:2015年的中国文学,为讲好中国故事、传播好中国声音、弘扬好中国精神做出了积极的贡献。中国梦激励着广大作家,伟大的时代、伟大的人民召唤着中国的文学。在习近平总书记《在文艺工作座谈会上的讲话》的指引下,中国作家、评论家和广大文学工作者将以更加充沛的激情,深入生活,扎根人民,与人民同心,与时代同行,创作出更多更好的精品力作,为中华民族的伟大复兴提供强劲的精神能量!

陈忠实遗体告别仪式在陕西西安举行 5月5日上午8时,中国当代杰出作家、中国作家协会副主席、陕西省作家协会名誉主席、第四届茅盾文学奖获得者陈忠实遗体告别仪式在陕西省西安市殡仪馆举行。数千名文艺界人士和各界群众参加仪式。中国作家协会主席铁凝,中国作协党组成员、副主席、书记

528

处书记李敬泽专程来到西安,代表全国文学界,与陈忠实深情作别。陕西省副省长姜锋主持遗体告别仪式,中共陕西省委常委、宣传部部长梁桂介绍了陈忠实生平。中央有关部门,陕西省委、省政府及有关方面负责同志马中平、韩勇、郭永平、魏民洲、毛万春、胡悦、白阿莹、孟祥林、黄道峻、贾平凹等参加告别仪式。

《人民文学》杂志意大利文版《汉字》出版暨中意文学翻译研讨会举行 5月5日,《人民文学》杂志社在意大利驻华使馆文化处举行《人民文学》杂志意大利文版第二期《汉字》发布会暨中意文学翻译研讨会。会上,中国作家协会副主席吉狄马加、意大利驻华使馆文化处参赞史芬娜,中国作协外联部主任张涛,鲁迅文学院副院长邱华栋,《人民文学》副主编宁小龄、徐坤,翻译家李莎、吴正仪,作家宁肯、林白、刘琼、刘汀等就中意文学的交流、影响和翻译的相关问题进行了研讨。

据悉,意文版第二期《汉字》以"时间"为主题,选择了小说、诗歌、散文等不同文体有代表性的中国作家作品,注重中意文学交流中的审美共通性,邀请意大利翻译家担纲翻译。

第四届冯牧文学奖揭晓 5月7日,第四届冯牧文学奖在北京揭晓,作家魏微、徐则臣、批评家杨庆祥获奖。中国作协副主席陈建功、高洪波、李敬泽出席颁奖仪式并为获奖者颁奖。颁奖仪式由中国作协书记处书记吴义勤主持。束佩德、徐怀中、谢永旺、杨匡满、崔道怡、张守仁、雷达等近20位作家、批评家共同见证了这一时刻。高洪波、李敬泽、陈建功先后宣读获奖评语并为获奖者颁奖。

"21世纪文学之星丛书"2016年卷入选作品出炉 5月9日,"21世纪文学之星丛书"2016年卷入选作品揭晓,李清源的小说集《走失的卡诺》、徐广慧的小说集《小鲶鱼》、祁媛的小说集《我准备不发疯》、杨莎妮的小说集《七月的凤仙花》、张忠诚的小说集《翠衣》、臧海英的诗歌集《出城记》、秦羽墨的散文集

《通鸟语的人》、唐翰存的评论集《一对青白眼》、范党辉的评论集《〈茶馆〉再解读及其他》榜上有名。

中国作协举办行业作协会员培训研讨班 5月10日至13日,中国作协在京举办"深入学习贯彻习近平总书记文艺工作座谈会重要讲话培训研讨班",来自中国石油作协、中国国土资源作协、中国水利作协、中国石化作协、中国化工作协的83名中国作协会员参加培训研讨。本期培训班以集中授课与分组讨论、自学与大会交流相结合的方式进行,中国作协副主席白庚胜、书记处书记吴义勤,评论家白烨为培训班授课。在小组讨论和大会交流中,作家们结合自己的行业特点和创作情况,从不同角度畅谈学习讲话的体会。

柳青与中国当代现实主义文学学术研讨会在西安召开 5月15日,"纪念柳青诞辰一百周年暨柳青与中国当代现实主义文学学术研讨会"在西北大学召开。中国作协副主席李敬泽、陕西省宣传部副部长陈彦、西北大学校长郭立宏、陕西省作协党组书记黄道峻、中国当代文学研究会会长白烨等出席开幕式。研讨会主题包括柳青精神及其当代价值、柳青与中国当代现实主义文学谱系、柳青文学与中国当代文学道路等。

6月

"陈忠实的创作道路"研讨会在京举办 6月6日上午,由中国作家协会主办的"陈忠实的创作道路"研讨会在中国现代文学馆举行。中国作协主席铁凝,中国作协党组书记、副主席钱小芊,中国作协副主席李敬泽出席会议,二十余位作家、评论家参与研讨。会议由钱小芊主持。研讨会上,雷达、阎纲、何启治、李国平、白烨、贺绍俊、梁鸿鹰、张志忠等专家先后发言。大家深情回顾了与陈忠实同志的生平交往,分析探讨了陈忠实创作的道路、成就与风格,深入思考了其带给中国文坛的现实影响和深刻启示。与会者表示,此次研讨会的意义,不仅是对陈忠实同志的追思与纪念,更在于对其高远的创作追求和崇高的人格精神的学习与传承。

湖南省作家协会第八次代表大会召开　6 月 14 日至 16 日,湖南省作家协会第八次代表大会在长沙召开。中国作家协会党组书记、副主席钱小芊,湖南省委书记、省人大常委会主任徐守盛在开幕式上作重要讲话。中共湖南省委常委、宣传部部长张文雄在闭幕式上讲话。

大会选举产生了由 127 人组成的湖南省第八届全委会和 15 人组成的主席团,聘请了从省作协第七届主席团退下来的 7 位同志为本届名誉主席。王跃文当选为湖南省作协主席,龚爱林当选为省作协常务副主席,万宁、马笑泉、刘清华、汤素兰、何顿、余艳、沈念、胡丘陵、莫傲、龚旭东、阎真、彭东明、谢宗玉当选为副主席,王艳当选为秘书长,邓宏顺、何立伟、欧阳友权、姜贻斌、陶少鸿、梁瑞郴、蔡测海被聘为本届名誉主席。

"柳青纪念馆"在西安开馆——西安市举办柳青诞辰 100 周年系列活动　6 月 23 日,西安市举行了"柳青纪念馆"开馆仪式及"深入生活、扎根人民"——纪念柳青诞辰 100 周年座谈会。中国现代文学馆副馆长梁海春,西安市委常委、宣传部部长吴键等出席了活动并为纪念馆揭牌。中国文联、中国现代文学馆分别发来贺信。

开馆仪式上,柳青的女儿刘梅风向柳青纪念馆捐赠了柳青生前使用过的物品,中国现代文学馆与柳青纪念馆签署了共建协议。仪式结束后,文艺界代表、柳青家属和市民群众参观了柳青纪念馆。

柳青百年诞辰纪念座谈会在京举行　6 月 29 日,柳青百年诞辰纪念座谈会在京举行。中国作协主席铁凝出席座谈会并讲话。中国作协党组书记、副主席钱小芊主持座谈会。中共陕西省委常委、宣传部部长梁桂,陕西作协主席贾平凹,陕西省委宣传部副部长陈彦,陕西作协党组书记黄道峻,柳青家人,近20位专家学者,鲁迅文学院第29届高研班学员及中国作协各单位负责同志与会。与会专家学者围绕柳青的人生和创作道路展开了探讨一致认为:这位杰出的现实主义作家与世长辞,给我们留下了一部未完成的《创业史》和远未终结的纪念与探讨。

中国作协网络文学工作交流会召开 6月29日,中国作协在北戴河召开网络文学工作交流会。中国作协副主席李敬泽,新闻出版广电总局数字出版司网络监管处副处长程晓龙,中国作协创研部副主任李朝全、中国作协全国网络文学工作联席会办公室副主任肖惊鸿,全国部分省、市作协及网络作协相关负责人以及全国网络文学重点园地工作联席会的代表等出席交流会。王跃文、何弘、邓子强、王忠琪、吴正峻、夏烈、周西篱、李智明、李伟长、袁锐等介绍了各省市网络作协的工作开展情况。大家表示,目前关于网络文学的理论研究仍然有所欠缺,需要研究网络文学生态下应该如何开展网络文学理论和评论工作,加强最基本的理论和现象研究,并形成舆论场。网络文学领域竞争与机遇同行,尤其需要良好的"生态系统"。

7月

首届"茅盾文学新人奖"颁奖典礼在桐乡举行 7月3日,由中华文学基金会、桐乡市人民政府发起主办的首届"茅盾文学新人奖"进行了颁奖典礼,付秀莹、马娜、弋舟、颜歌、江非等10位青年作家、评论家获奖。中国作家协会副主席、中华文学基金会理事长、"茅盾文学新人奖"组委会主任何建明说,文学需要一代一代来接替,优秀的青年文学家代表着中国文学的未来,这个新人奖随着时间推移,会产生不可估量的影响。

此奖以弘扬中华民族优秀文化,推动和繁荣当代中国文学创作,奖励已经取得相当文学成就的青年文学家,从而促进中国文学事业发展为宗旨。其奖励对象是年龄在 45 周岁及以下,系中国作协会员及所属团体会员单位的会员,近年来在文学创作和文学评论中成绩特别优异的青年作家、评论家。此奖每两年颁发一次,每届奖励 10 名。

中国作家协会公布 2016 年新会员名单　7 月 18 日,中国作协在《文艺报》公布了经过本人申请、专家评审和书记处等程序通过的中国作协新会员名单,共有 454 人在 2016 年成为中国作家协会新会员,会员分布于各个省、市、自治区和行业作协系统。

"中国著名作家影像库"工程项目正式启动　7 月 18 日,由中国作家出版集团具体实施的"中国著名作家影像库"工程项目正式启动。"中国著名作家影像库"工程项目旨在抢救、挖掘、收集、留存当代作家的影像资料,为当代作家研究和当代文学研究丰富史料,弥补文字和图片资料的不足,使优秀作家的生动形象和文学贡献得以在影像中展现与永久保存。此项工程得到了中央有关部门和中国作家协会的大力支持。

网络文学行业自律倡议书新闻发布会在京举行　7 月 20 日,网络文学行业自律倡议书新闻发布会在中国现代文学馆举行。中国作协副主席李敬泽、陈崎嵘出席会议。国家新闻出版广电总局数字出版司司长张毅君,中国作协创研部副主任李朝全,以及 50 余家文学网站负责人、网络作家等参加发布会。发布会由国家新闻出版广电总局数字出版司网络监管处副处长程晓龙主持。活动由中国作协网络文学委员会、中国音像与数字出版协会数字阅读工作委员会共同发起主办。全国网络文学重点园地工作联席会办公室副主任肖惊鸿宣布了倡议书。网站代表侯庆辰、傅晨舟,网络作家代表天蚕土豆、骁骑校、红九先后发言。

中国延安鲁艺校友会第六届代表大会召开 7月30日,中国延安鲁艺校友会第六届会员代表大会在北京现代文学馆召开。大会选举了新一届理事会,完成了新老交替工作。理事会选出由鲁艺校友子女和从事鲁艺研究的学者构成的常务理事以及会长、副会长。布赫、贺敬之、傅庚辰任名誉会长,马海莹任会长,刘嘉绥、古安村、江文和凌飞担任副会长。

8月

中国作协创联工作会暨作家维权工作经验交流会召开 8月5日至7日,中国作协创联工作会暨作家维权工作经验交流会在京举行。中国作协副主席白庚胜出席会议并讲话。中国作协创联部主任彭学明作了工作报告。来自各省(市、区)及产业、系统作协负责创作联络工作的60余人参会。交流会上,来自45个团体会员60余位代表主要围绕如何延伸服务手臂,深化新形势下的服务与管理工作;如何团结、服务和培养青年作家、网络作者、自由撰稿人等新兴文学群体;开展"深入生活,扎根人民"文学实践的经验与做法;开展少数民族文学工作的经验与做法;促进作家维权工作交流,提高各地作协维权工作水平;如何增强创联工作的联络协调服务能力等议题展开讨论。

上海纪念茅盾诞辰120周年暨抵沪100周年 8月5日上午,由上海市作协、中共虹口区委、华东师范大学、中国茅盾研究会联合主办的系列纪念活动在中共四大纪念馆举行启动仪式。《弥满着生命力的人——茅盾诞辰120周年暨抵沪100周年纪念展》在中共四大纪念馆同时开幕。金炳华、朱咏雷、吴义勤、汪澜、童世骏、管维镛、钱振纲、沈韦宁等出席展览开幕式。来自各地的百余位专家学者以及茅盾长孙沈韦宁等亲属参加活动。"茅盾抵沪百周年纪念暨第十届全国茅盾研究会年会"同期举行。年会还选出新一届理事会,杨扬任会长。

第三十二届青春诗会助推新人成长　8 月 11 日至 16 日，由诗刊社、大兴安岭地委宣传部和漠河县委、县政府联合主办的第 32 届青春诗会在黑龙江漠河举行。中国作协副主席吉狄马加，中共大兴安岭地委书记贾玉梅、地委宣传部部长王利文，《诗刊》常务副主编商震、副主编李少君等出席开幕式。曹立光、辰水、方石英、林火火、林子懿、陆辉艳、沈鱼、王琰、小葱、肖寒、严彬、臧海英、张远伦、祝立根、左右等 15 位青年诗人参加此次诗会。诗刊社邀请谢冕、刘立云、李琦、李元胜、霍俊明等诗人、评论家担任本届诗会的辅导老师。参会诗人分为 4 组，每组由一位辅导老师和一位诗刊编辑带队，对提交的诗歌稿件进行详细讨论。

首届全国传记文学创作会在京举办　8 月 13 日，首届全国传记文学创作会在京举行。首届全国传记文学创作会由中国作家出版集团、中国报告文学学会主办，《作家文摘》报社承办。中国国际战略学会原会长熊光楷、中央文献研究室副主任陈晋、军事科学院军事历史和百科研究部部长曲爱国以及近 60 位来自全国各地的传记作家、报告文学作家、评论家、学者出席会议。会议由张陵、董保存主持。熊光楷、陈晋、高建国、李炳银、梁鸿鹰、万伯翱、忽培元、江永红、薛庆超、黄宾堂、徐剑、白烨、张亚丽、李朝全、杨晓升、郭启宏、陈歆耕等先后就当代中国传记文学的成就及存在的问题、传记文学的发展及展望、传记作家的诉求和评论家的眼光等议题进行讨论。会上还宣布成立了全国传记文学创作与研究专家指导委员会，何建明、陈晋担任主任。

延边作协庆祝成立六十周年　8 月 19 日至 22 日，纪念延边作家协会成立 60 周年暨全国知名作家走进延边活动在延吉举行。吉林省委常委、副省长、延边州委书记庄严出席并致辞。中国作协主席团委员张胜友、吉林省委宣传部副部长张志伟、吉林省作协主席张未民参加活动。延边州委常委、宣传部部长金基德主持庆祝仪式。延边作协常务副主席郑风淑作工作报告。

其间，来自全国多地的十多位作家先后到延边博物馆和龙市金达莱村等地采访创作，并与延边各民族作家座谈文学创作经验。与会作家们期待延边文学能够以此为契机，绽放出更加夺目的光彩。

中外文学出版翻译国际专家座谈会举行 8 月 22 日，由文化部、国家新闻出版广电总局与中国作家协会主办的 2016 中外文学出版翻译国际专家座谈会在北京举行。文化部副部长董伟、中国作家协会副主席李敬泽与巴西文化部第一副部长沃内出席座谈会并致辞。本次座谈会是"2016 年中外文学出版翻译研修班"的重要部分。来自阿根廷、比利时、巴西、保加利亚、白俄罗斯、埃及、法国等近 30 个国家的 50 余位译者、作家、出版界人士参加座谈。

座谈会上，7 位海外代表分别发言，交流了对中国文学出版翻译的认识与体会。"2016 年中外文学出版翻译研修班"活动设三大主题，分别是"中外畅销书国际写作翻译营""中外文学出版翻译工作坊""BIBF—CCTSS 翻译咖啡馆"。研修班将持续至 8 月 29 日，其间将举行近 20 场专项活动，相关活动系第 23 届北京国际图书博览会的重要内容。

中国作协在延安召开部分省级作协和行业作协负责人座谈会 8 月 30 日，中国作协在陕西省延安市召开部分省级作协和行业作协负责人座谈会，研究中国作协第九次全国代表大会工作报告起草和《中国作家协会章程》修改等工作，听取对筹备开好第九次作代会的意见建议。中国作协党组书记钱小芊主持会议，中国作协副主席、书记处书记白庚胜，中国作协书记处书记吴义勤出席会议。河北作协关仁山、山西作协杜学文、吉林作协张未民、上海作协汪澜、江西作协刘华、山东作协杨学锋、湖南作协王跃文、陕西作协黄道峻、国土资源作协陈国栋、电力作协潘飞等参加会议。在延安期间，与会同志参观了延安革命纪念馆，到鲁艺、枣园、杨家岭等革命旧址进行了参观学习。

9 月

中国艺术研究院马文所纪念建所三十周年　9月9日,中国艺术研究院马克思主义文艺理论研究所建所暨《文艺理论与批评》创刊30周年纪念研讨会在京举行。中国作协名誉副主席、诗人贺敬之出席。中国艺术研究院院长连辑出席并致辞。中国艺术研究院马文所历任领导、前辈学人与来自全国各地的文艺理论家、评论家等60多人参加了研讨会。研讨会由中国艺术研究院马文所所长祝东力主持。在回顾所、刊发展历程时,与会者还联系现实,对所、刊的未来发展进行展望,希望很好地学习、贯彻、落实习近平总书记在文艺工作座谈会上的讲话精神,为繁荣发展社会主义文艺作出新的贡献。

"毛泽东诗词与中国共产党的伟大精神"学术研讨会在山东召开　9月21日,由中国毛泽东诗词研究会主办的"毛泽东诗词与中国共产党的伟大精神"学术研讨会暨中国毛泽东诗词研究会第十六届年会在山东枣庄学院召开。中央文献研究室原主任、中国毛泽东诗词研究会顾问滕文生,中央文献研究室副主任、中国毛泽东诗词研究会会长陈晋出席会议。来自全国各地的研究、宣传毛泽东诗词的70多位专家学者和诗词爱好者参加研讨会。与会专家围绕"毛泽东诗词与中国共产党的伟大精神"这一主题,结合毛泽东同志在各个历史时期创作的诗词特别是围绕"毛泽东诗词与长征精神"展开了深入研讨。

山西纪念赵树理诞辰110周年　9月22日,中国赵树理研究会举行第五届全国会员代表大会。中国作协副主席白庚胜,山西作协党组书记、主席杜学文等出席会议。大会审议通过了《中国赵树理研究会工作报告》等相关报告,选举产生了中国赵树理研究会新一届领导机构,赵魁元当选为会长,傅书华、赵二湖、刘洁、郝雨、赵勇、萨支山、贺桂梅、刘旭当选为副会长,李金山当选为秘书长。活动期间举行了纪念赵树理诞辰110周年座谈会。陆建德、杜学文、杨占平、傅书华、贾克勤、赵魁元、赵沂旸等专家学者及赵树理家属代表参加座谈会。与会专家学者从不同角度，缅怀了人民作家赵树理卓越的文学成就、崇高的精神境界和坦荡的胸襟情怀。

江苏作协在京举办系列活动 9月24日，由中共江苏省委宣传部、江苏省作协、人民文学出版社等单位主办的"江苏当代作家与中国当代文学研讨会暨《江苏当代作家研究资料丛书》首发式"在京举行。中国作协主席铁凝，中共江苏省委常委、宣传部部长王燕文出席并致辞。中国作协书记处书记阎晶明、吴义勤，江苏省作协主席范小青、党组书记韩松林，人民文学出版社社长管士光等出席会议。与会江苏作家分别发表了感言，与会批评家分别就范小青、赵本夫、黄蓓佳、苏童、叶兆言、周梅森、储福金、毕飞宇、鲁敏、叶弥等10位江苏当代作家的作品进行了研讨。大家以这些小说家的创作轨迹、代表作品与中国当代文学发展的关系为切入点，研讨江苏当代文学30多年来走过的历程，在中国当代文学与江苏当代文学的坐标系里，考量江苏当代作家所取得的创作成就，同时也提出了一些中肯的意见。

"第二届中国网络文学论坛"在广东举行 9月25日至26日，由中国作家协会主办、广东省作协承办的"第二届中国网络文学论坛"在佛山举行。中国作协副主席李敬泽，中国作协副主席、网络文学委员会主任陈崎嵘，广东省副省长蓝佛安，中共广东省委宣传部常务副部长郑雁雄，广东省作协党组书记张知干等出席论坛，李敬泽于26日作闭幕式总结讲话。杨克、欧阳友权、张威（唐家三少）、白烨、邵燕君、刘旭东等逾百位网络作家、专家和业界代表与会参与研讨。论坛共设立网络文学引导管理、网络文学业界动态和网络文学理论评论三个板块进行研讨。

第十一届全国少数民族文学创作"骏马奖"在京颁奖 9月27日晚,第十一届全国少数民族文学创作"骏马奖"颁奖典礼在北京中国现代文学馆举行。中国作协主席铁凝,中国作协党组书记、副主席钱小芊出席颁奖典礼并分别致辞。中国作协副主席李冰,中宣部副部长景俊海,国家民委副主任李昌平,中国作协名誉副主席丹增,中国少数民族作家学会名誉会长玛拉沁夫,以及在京参加中国作协八届十次主席团扩大会议的全体同志出席颁奖典礼。

全国少数民族文学创作"骏马奖"是由中国作家协会、国家民族事务委员会共同主办的国家级文学奖,旨在贯彻落实党和国家的民族政策和文艺政策,推动少数民族文学的繁荣发展和各民族文学的交流与融合,促进中华民族的大团结,是我国目前最重要的文学奖项之一。在本届"骏马奖"的评选中,共有24部作品和3名译者获奖。

中国作家协会第八届主席团第十次(扩大)会议在京召开 9月27日至28日,中国作家协会第八届主席团第十次(扩大)会议在京举行。会议的主要任务是:传达学习贯彻中央关于召开中国作家协会第九次全国代表大会的指示精神,研究部署九次作代会有关筹备工作,为换届做好各项准备。中国作家协会主席铁凝主持会议,中国作家协会党组书记、副主席钱小芊讲话。会议认真传达学习了中央关于召开中国作家协会第九次全国代表大会的指示精神,传达了中国作协第八届主席团第十次会议审议通过的《关于召开中国作家协会第九次全国代表大会的决议》《中国作家协会第九次全国代表大会代表条件、分配原则及推选产生办法》以及其他有关工作方案,研究部署了九次作代会的筹备工作。

10 月

刘白羽百年诞辰纪念座谈会在京举行 10月9日,中国作协在中国现代文学馆举行刘白羽百年诞辰纪念座谈会。中国作协主席铁凝出席会议并致辞。中国作协党组书记、副主席钱小芊主持会议。中国作协名誉副主席金炳华、中国作协副主席李敬泽出席活动。来自军队和地方的部分作家、评论家代表,以及刘白羽同志的家属、亲友,中国作协机关各部门负责人等70余人参加座谈会。

李祯盛、金炳华、王丽、张炯、范咏戈、周明、胡世宗、宋学武先后在会上发言。刘白羽女儿刘丹代表家属发言,向中国作协对父亲的关心和支持表示由衷感谢。

北京十月文学月活动在京启动 10月12日至31日,由北京市委宣传部、市新闻出版广电局、市网信办、北京市文联主办,北京出版集团、北京发行集团、北京作协、北京新媒体集团、千龙网承办,多家实体书店、网络文学网站等单位共同参与举办首届北京十月文学月系列活动拉开序幕,系列活动有"主题活动""讲座沙龙""经典诵读""读者见面""少年文学""网络文学"及"阅读惠民"七大板块共70余场活动。地点主要集中在十月文学院(佑圣寺)、北京出版集团大厦、北京图书大厦、王府井书店等大型书城以及三联韬奋书店、涵芬楼书店、雨枫书馆、第二书房、甲骨文阅读空间等特色书店。活动期间,还举办了十月文学院开院仪式、"呼唤北京文学的高峰时代"文学论坛等数场重要活动。

《西部》创刊六十周年纪念座谈会在乌鲁木齐举行 10月15日上午,新疆文联《西部》杂志社在乌鲁木齐成功举行了创刊六十周年纪念座谈会。新疆文学界的老、中、青几代作家、编辑家70余人欢聚一堂,共话《西部》的过去、现在与未来。在座谈会上,自治区党委宣传部文艺处副处长张太保受部领导的委托宣读了自治区党委宣传部的贺信,《西部》杂志主编沈苇介绍近几年刊物的现状和取得的成绩,并对今后的办刊思路进行了梳理和展望。与会的作家、编辑家陈柏中、吴连增、周涛、朱旭、丰收、董立勃、叶尔克西、赵光鸣、秦安江、熊红久、蒋林、郭晓力、于文胜、郑兴富、陈漠、周军成、都幸福等同志纷纷发言,从各自的角度,对《西部》曾经的扶助表示感谢,对《西部》六十华诞表示了祝贺,并对刊物的发展提出了诚恳的意见和建议。

中国当代文学研究会第十九届学术年会在西安举行 22日至 23 日,由中国当代文学研究会主办、西北大学文学院和中国文艺评论西北大学基地联合承办的以"中国故事与中国精神——从新时期到新世纪的文学"为总议题的中国当代文学研究会第十九届学术年会在西安举行。中国社会科学院副院长张江、中国当代文学研究会会长白烨、陕西省作协主席贾平凹、西北大学校长郭立宏、西北大学文学院院长段建军,孟繁华、程光炜、贺绍俊、吴思敬、包明德、张清华、陈福民、张志忠、赵树勤、陈思广、周燕芬、红柯、松村志乃等人以及来自海内外各大高校、科研院所的 350 余名专家学者出席开幕式。与会的学者从多个角度探讨了如何在新时代背景下讲好中国故事,讲出中国精神。

会议期间还进行了中国当代文学研究会理事会换届工作。白烨当选为新一届会长,程光炜、陈晓明、陈思和、陈福民、孟繁华、吴义勤、於可训、贺绍俊、阎晶明、张志忠、张清华、乔以钢当选为副会长,陈福民当选为秘书长。

中国作协召开"2016:中国报告"专项工程作品研讨会 10月 24 日,"2016:中国报告"专项工程作品研讨会在北京召开。中国作家协会副主席李敬泽,中国作协报告文学委员会主任张胜友等二十余位专家及作者代表出席研讨会。会议由中国作家协会创作研究部副主任李朝全主持。"2016:中国报告"专项工程由中国作协创研部、中国报告文学学会、文艺报社、人民文学杂志社、中国作家杂志社、民族文学杂志社共同主办,旨在以中短篇报告文学的形式,展示中国人民在实现中华民族伟大复兴"中国梦"过程中取得的重大成就和涌现的感人事迹。该专项工程于今年 3 月启动后,得到了全国广大作家的热烈响应和踊跃参与,截至 9 月已征集到 500 余项申报选题。中国作协于今年 5 月和 9 月,先后进行了两次评审论证,确定了两批共 35 项选题进行资助扶持。

纪念周克芹诞辰八十周年座谈会在成都举行　10 月 27 日,由四川省作家协会主办的"纪念周克芹诞辰八十周年座谈会"在成都举行。中国作协副主席李敬泽出席并发言。省作协主席阿来主持,省作协党组书记、常务副主席邹瑾致辞。中国文艺评论家协会主席仲呈祥,南京大学新文学研究中心主任、教授、著名评论家丁帆等先后发言。省作协各部门负责人、巴金文学院签约作家代表、网络作家代表及周克芹先生亲属共 50 余人参加会议。与会评论家、作家深情追忆与周克芹交往的点点滴滴,高度评价周克芹的人品、文品和崇高风范,深入探讨周克芹的文学创作留给后人的宝贵启示,表达了对周克芹的深深敬仰和缅怀之情。

第十五届全国文学院院长联席会议召开　10 月 27 日至 29 日,由鲁迅文学院主办、江苏省作协承办的第十五届全国文学院院长联席会议在江苏南京召开。中国作协副主席、鲁迅文学院院长吉狄马加,中共江苏省委常委、宣传部部长王燕文出席会议并讲话。江苏省作协主席范小青、党组书记韩松林,鲁迅文学院常务副院长邱华栋、副院长王璇及全国各省区市文学院院长与会。会议期间,与会者围绕文学院工作广泛开展了经验交流,并进行了工作谋划。据悉,下一届全国文学院院长联席会议将在 2017 年由安徽省文学院承办。

叶圣陶教师文学奖在京颁奖　10 月 28 日,在教育家、文学家、编辑出版家叶圣陶先生 122 周年诞辰之日,第三届叶圣陶教师文学奖揭晓,并在叶圣陶先生的第二故乡——江苏省苏州市吴中区甪直镇举行颁奖典礼。北京大学中文系曹文轩的长篇小说《蜻蜓眼》、陕西师范大学文学院红柯的长篇小说《少女萨吾尔登》、江苏南京外国语学校余一鸣的中篇小说集《愤怒的小鸟》、江苏省东台市第一中学丁立梅的散文集《有美一朵，向晚生香》、江苏省盱眙县城南实验小学张佐香的散文集《亲亲麦子》、山东省威海市古寨中学李秀英的诗集《低处的生活》等46位大、中、小学教师凭借各自的力作获奖。

11 月

中央第六巡视组专项巡视中国作家协会党组工作动员会召开　11月9日下午，中央第六巡视组专项巡视中国作家协会党组工作动员会召开。会上，中央第六巡视组组长陈瑞萍就即将开展的专项巡视工作作了讲话，黎晓宏就配合做好巡视工作提出要求。钱小芊主持会议并作表态讲话。中央第六巡视组副组长陈毓江、黄河、文秋良及巡视组全体成员，中央纪委驻中央宣传部纪检组负责同志、中国作协党组、书记处全体同志出席会议，近期退居二线的老领导，各直属单位领导班子成员，机关各部门副局级以上干部，机关纪委和人事部副处长级以上干部列席会议。

据悉，中央巡视组将在中国作协工作2个月。根据巡视工作条例规定，中央巡视组主要受理反映中国作协党组领导班子及其成员、下一级党组织领导班子主要负责人和重要岗位领导干部问题的来信来电来访，重点是关于违反政治纪律、组织纪律、廉洁纪律、群众纪律、工作纪律和生活纪律等方面的举报和反映。其他不属于巡视受理范围的信访问题，将按规定由中国作协和有关部门认真处理。

《南方文坛》举行改版20周年座谈会　11月12日上午，"《南方文坛》改版20周年座谈会暨2016年度优秀论文奖颁奖会"在南宁举行。中国文联副主席、书记处书记郭运德，福建省政协副主席、福建省文联主席、福建社科院院长南帆，中国当代文学研究会会长白烨，中国人民大学教授程光炜，广西桂学研究会会长、自治区党委原副书记潘琦,广西文联党组书记、主席洪波,广西文艺理论家协会主席容本镇,广西作家协会主席东西,《南方文坛》主编张燕玲,以及优秀论文获奖作者、中国现代文学馆研究员、广西青年批评家及新闻媒体等参加了相关活动。在同时举行的题为"作为写作的文学批评"第七届"今日批评家"论坛上,与会者就文学批评应秉持的特质、界限、文学批评家的素养、作家与批评家关系等问题进行讨论。

《冯雪峰全集》首次整理出版　12 月 25 日,由中国作协、中国出版集团公司联合主办的《冯雪峰全集》出版座谈会暨新书首发式在京举行。中国作协副主席李敬泽,中国出版集团公司副总裁李岩,人民文学出版社社长管士光,以及聂震宁、屠岸、朱正、何启治、孙郁等专家学者与会,深入研讨《冯雪峰全集》的价值和意义,深切缅怀冯雪峰对文学事业所做出的巨大贡献。

《冯雪峰全集》共 12 卷 540 余万字,收录了冯雪峰文学创作、理论评论和翻译作品,包括书信、日记、编务文稿、政务文稿函件和外调材料等。其中不少内容为首次整理面世,如 60 余篇的寓言遗稿、160 余封书信,大部分都是以前没有公开发表过的。这些材料涉及中国现当代历史上的很多重大事件和各类人物,具有重要的史料价值。

中国作家协会第八届主席团第十一次会议在京举行　11 月 28 日,中国作家协会第八届主席团第十一次会议在北京举行。中国作协主席铁凝主持会议。中国作协党组书记、副主席钱小芊在会上讲话。会议审议了《中国作家协会第九次全国代表大会筹备工作报告(审议稿)》、《中国作家协会第八届全国委员会工作报告(审议稿)》及说明、《〈中国作家协会章程(修正案)〉(草案)》及说明、《中国作家协会第九次全国代表大会议程(草案)》、《中国作家协会第九次全国代表大会主席团组成原则及建议名单》、《中国作家协会第九次全国代表大会秘书长、副秘书长建议名单》和《中国作家协会第九次全国代表大会代表资格审查委员会建议名单》,同意将上述文件提交中国作家协会第八届全国委员会第七次全体会议审议。

中国文联十大、中国作协九大在京开幕　11月30日上午,中国文学艺术界联合会第十次全国代表大会、中国作家协会第九次全国代表大会在北京人民大会堂开幕。中共中央总书记、国家主席、中央军委主席习近平出席大会并发表重要讲话。中共中央政治局常委李克强、张德江、俞正声、刘云山、王岐山、张高丽出席大会。部分中共中央政治局委员,中央书记处书记,全国人大常委会、国务院、全国政协和中央军委有关领导同志出席大会。

中国文联主席孙家正致开幕词,共青团中央书记处第一书记秦宜智和中央军委委员、军委政治工作部主任张阳分别致贺词。中国作协主席铁凝主持开幕式。

中央和国家机关有关部门负责同志,全国文艺工作者代表,香港特别行政区、澳门特别行政区和台湾地区的特邀代表以及海外地区的特邀嘉宾约3300人参加会议。

12 月

中国文联十大、中国作协九大在京闭幕　12月3日,中国文学艺术界联合会第十次全国代表大会、中国作家协会第九次全国代表大会在京闭幕。会议期间,与会代表认真听取并学习了习近平总书记在中国文联十大、中国作协九大开幕式上的重要讲话精神。大会修订了《中国文学艺术界联合会章程》《中国作家协会章程》,选举产生了中国文联、中国作协新一届领导机构,铁凝当选中国文联主席、连任中国作协主席。

《当代作家评论》颁发优秀批评家和优秀论文奖　12月10日,由《当代作家评论》杂志社、东北大学艺术学院主办的中国文艺论坛:走向经典的中国当代文学——暨第三届当代中国文学优秀批评家奖、《当代作家评论》年度优秀论文奖颁奖典礼在东北大学举行。来自全国的著名作家、评论家及辽宁省相关部门的领导参加。

自 2008 年,《当代作家评论》设立"当代中国文学优秀批评家奖"以来,每四年一届,遴选和表彰为中国当代文学与批评的繁荣作出杰出贡献的批评家,孟繁华、贺绍俊、施战军、白烨、黄发有获本届"当代中国文学优秀批评家"奖。南帆、李云雷、郜元宝、杨洪承、朱自强、孙郁、贺绍俊、朱向前、傅逸尘、朱德发、李建军的作品获《当代作家评论》2015 年度优秀论文奖。

中国文艺评论 2016 年度推优活动发布仪式在京举行 12 月 15 日,中国文艺评论 2016 年度推优活动发布仪式在北京举行。发布仪式上,中国文联党组成员、副主席,中国文艺评论家协会副主席郭运德宣读了《中国文联、中国文艺评论家协会关于表彰中国文艺评论 2016 年度优秀作品、优秀组织单位的决定》。中国文艺评论家协会主席团成员为优秀作品的作者和优秀组织单位颁发了"啄木鸟"杯和荣誉证书。中国文联理论研究室主任、中国文艺评论家协会副主席兼秘书长、中国文联文艺评论中心主任庞井君主持仪式。

此次推优活动,通过初评、复评、终评三次评议,最终推选出年度优秀文艺评论著作 9 部,年度优秀文艺评论文章 32 篇,优秀组织单位 10 家。

北京老舍文学院挂牌成立 12 月 29 日,北京老舍文学院在市文联挂牌成立。北京作家和广大文学爱好者又多了一个基地和家园。市文联党组书记沈强介绍了老舍文学院筹备和建设的相关情况,宣读了北京市文联对北京老舍文学院的聘任决定:聘任刘恒为北京老舍文学院院长;聘任曹文轩、毕淑敏、刘庆邦、徐坤、邹静之为北京老舍文学院副院长;北京作家协会驻会副主席、秘书长王升山担任北京老舍文学院常务副院长,主持日常工作。北京老舍文学院聘任陈晓明、孟繁华、张清华、陈福民、程光炜、贺绍俊、张柠、孙郁、李林荣、宁肯、祝勇、周晓枫、邱华栋、王泉根、白烨、徐小斌、格非、叶广芩、周大新等19位在文学创作和教研上成绩卓越的学者作家为客座教授。刘恒为他们颁发了聘书。

内蒙古作协第八次代表大会召开　12月26日至28日,内蒙古作家协会第八次代表大会在呼和浩特召开,150多名内蒙古作家和文学工作者代表欢聚一堂,共商推进内蒙古文学繁荣发展大计。中国作协副主席白庚胜,内蒙古自治区党委常委、宣传部部长白玉刚出席开幕式并讲话。内蒙古文联党组书记张宇等出席会议。

会议选举产生了内蒙古作协第八届委员会和领导成员,满全当选新一届内蒙古作协主席,王樵夫、白涛、庆胜、张凯、张天男、纳·乌力吉巴图、恩克哈达、海德才、萨娜、敕勒川、锡林巴特尔、额尔敦哈达当选副主席。

四川省作家协会第八次代表大会召开　12月28日至29日,四川省作家协会第八次代表大会在成都召开。四川省委书记王东明出席开幕式并讲话,中国作协副主席李敬泽代表中国作协向大会召开致祝词。

会议审议通过了四川省作协第七届委员会工作报告,选举产生了新一届领导机构。马识途被推举为四川省作协名誉主席,阿来当选主席,侯志明当选常务副主席,伍立杨、杨红樱、罗伟章、贺小晴、骆平、袁野、格绒追美、倮伍拉且、龚学敏、梁平当选为副主席。

编　后　记

　　2016 年的文坛,在依流平进的惯常运行中,文学创作与理论批评持续活跃,各种大事要事纷至沓来,使得 2016 年在文学的演进与发展中,平添了厚重性,也凸显了重要性。

　　习近平总书记出席中国文联十大、中国作协九大开幕式并发表重要讲话,显示了党中央和总书记对于文艺事业和文艺工作的高度重视与殷切期待。习近平的这一重要讲话,是我们党有关文艺工作的又一重要文献,在文学艺术界、思想文化界引起强烈反响,是自然而然的。本年度的"文坛记事",在相关专辑里选摘了相关文章与资讯,意在对这一重要讲话引起的反响用以点带面的方式给予应有的反映。

　　文学也包括文艺,在自身的演进与发展中,越来越受到社会生活、经济生活、文化生活、科技生活的渗透与影响,使得当下的文坛现状,更显混血,更其丰繁。本年度"文坛记事"在其他栏目里,尽量以代表性的资讯,反映这种演进中的新变化,变化中的新动向,以使读者诸君更多地了解正在行进中的文坛样貌,同时也给文学自身留下属于这个时代的行进印记。

　　这个从 1999 年开始做起的一年一本的"文坛记事",已经坚持不懈地编选了 17 年。每年都要做,面目差不多,不免就渐渐地生出一种疲惫感来。但当硬着头皮选出文章,编完全书,又有某种欣慰油然而生。因为,在文坛越来越变动不居,越来越难以把握的情形下,这本资讯丰盈、材料鲜活的年度"文坛记事",目前还无以替代,其意义与作用也显而易见。因此,一切辛劳也就值得。

　　是为编后记。

白　烨

2017 年 2 月 28 日于北京朝内